NEGENDODER

Van Ule Hansen is verschenen:

Negendoder ®

® Ook als e-book verkrijgbaar

Ule Hansen

NEGENDODER

Vertaald door Roelof Posthuma

UITGEVERIJ LUITINGH-SIJTHOFF

MIX
Papier van verantwoorde herkomst
FSC® C110751

Uitgeverij Luitingh Sijthoff en Drukkerij Koninklijke Wöhrmann BV vinden het belangrijk om op milieuvriendelijke en duurzame wijze met natuurlijke bronnen om te gaan.

Oorspronkelijke titel: *Neuntöter*
Vertaling: Roelof Posthuma
Omslagontwerp: Studio Jan de Boer
Omslagbeeld: Martina Eisele, München
Auteursfoto: W. Huthmacher

ISBN 978 90 245 7335 6
NUR 332

www.lsamsterdam.nl
www.boekenwereld.com

1

Ze hield het pakje in haar hand. Het pakje van hem.

Ze bewoog niet. Kon zich niet bewegen. Kon nauwelijks ademhalen.

Ze had van de voordeur tot de keuken nodig gehad voor ze zijn naam op de achterkant herkende. Vijftien seconden? Tien? Minder? Toen begreep ze wat daar stond: zijn naam. Waar had hij haar adres vandaan? Ze stond niet in het telefoonboek, was nergens geregistreerd.

De laatste tien jaar had ze zijn naam vaak gelezen.

In de politiedossiers en rechtbankverslagen waarvan ze thuis kopieën bewaarde, op het internet, op zijn website die ze tamelijk snel na zijn vrijlating uit de gevangenis had ontdekt, in artikelen en interviews over zijn nieuwe leven, zijn resocialisering, zijn lezingen, zijn levensfilosofie, zijn opbeurende woorden; er waren zeker kritische artikelen bij, maar altijd was er ook bewondering van gefascineerde journalisten, prominenten die bijna beschaamd bekenden fans te zijn, een groeiend publiek.

Er waren tijden dat ze al die rommel niet aanraakte. Soms wekenlang. Maar dan werd ze op een bepaald moment weer zwak, meestal laat op de avond, en haalde alles weer tevoorschijn: de artikelen en de dossiers. Ze las erin, zocht zijn naam op het internet op.

Maar hij had zich nog nooit persoonlijk gemeld.

Niet per post, e-mail of telefoon. En nu plotseling dat pakketje. Zijn adres stond er zelfs op. Hij was intussen dus ook naar Berlijn verhuisd.

Een van de buren moest het pakje voor haar hebben aangenomen, zaterdag waarschijnlijk, en het gisteravond nog voor de deur van haar appartement hebben gelegd. Ze had het gevonden toen ze naar haar werk wilde. Het pakketje was zwaar voor zijn afmetingen, klassiek verpakt in bruin pakpapier, strak en rechthoekig, een boek. Ze wist ook welk boek. Het zijne. Het boek waarover ze al in de krant had gelezen. Over het algemeen positieve dingen. Hij was er ook mee op televisie geweest. Twee keer. Ze had de uitzendingen niet gezien. Alleen opgenomen. Ze moesten ze nog bekijken, maar hij hield het boek ongetwijfeld voor de camera.

Met een groet. Er zou beslist een groet bij zijn. Dat moest. Een auteur stuurt je geen boek zonder een paar persoonlijke woorden, toch? Een opdracht of een kaartje. *Hartelijke groet* bijvoorbeeld. Misschien: *Met de hartelijke groeten van een oude vriend.*

Of misschien: *Ik denk aan jou. Je verkrachter.*

Emma Carow stond als aan de grond genageld in haar keuken.

Ze keek naar de vloer. Linoleum zoals dat vroeger op werktafels werd gebruikt, donkergroen, glanzend gepolijst. Het deed op de een of andere manier aan school of kantoor denken. Ook de oude keukenbank en de zware houten tafel vielen in die categorie. Haar zus Sarah had ooit gezegd dat Emma haar hele appartement als een kantoor had ingericht, zelfs de keuken en de slaapkamer. Het was niet helemaal eerlijk. Die berg afwas in de gootsteen en de stapels boeken en tijdschriften die overal lagen, die zag je niet in een kantoor. Nou ja, de naslagwerken en standaardwerken als Goffman, Dahle & Dölling of het laatste nummer van MKS. Maar niet die stapel oude reisbrochures, de kindertekeningen, de puzzelboekjes van haar oude buurvrouw, volgekrabbeld, op de paar raadsels na die ze te moeilijk vond en die ze graag aan Emma overliet. Zoiets vond je niet in een kantoor, dus zo erg was het allemaal niet.

Het warme licht van de plafondlamp vormde een gouden kegel op de tafel en de vloer. Buiten de lichtbundel was het nog donker. Te vroeg in de ochtend. De duisternis nam in oktober snel toe in Berlijn. De nacht komt aanrollen over de oostgrens en dringt de dag terug; elke ochtend wijkt de schemer later, de wolken die uit het westen komen, uit het noorden, eigenlijk van alle kanten, blijven hangen en het donker dringt geluidloos als nevel in alle hoeken en gaten door, liefkoost je en ademt zwaar in je nek. In oktober in Berlijn. En niet alleen dan.

Emma stond in de gouden kegel en stelde zich voor dat ze het pakje openmaakte. Maar ze deed het niet. Ze stelde zich andere dingen voor, die ze ook niet had gedaan. Bijvoorbeeld dat ze toen níét bij hem in de auto was gestapt. Heel eenvoudig.

Maar ook dat hij in een of andere boekhandel achter een tafel zit en zijn boek signeert. De rij is lang, hij maakt grapjes met zijn bewonderaars, is charmant, tot hij begrijpt wie er voor hem staat. Zij. Emma. Zijn slachtoffer. Met een honkbalknuppel. Ze heft die en slaat met één klap alle boeken van de tafel. En kijk, interessant, zijn charme verdwijnt als sneeuw voor de zon. Als hij onder de tafel kruipt, trekt zij hem weer tevoorschijn en zijn fans kijken verbijsterd toe en durven niet in te grijpen; ze weten wie ze is.

Of toen in de rechtbank. Zij zat er als civiele partij en hoorde de rechter het vonnis uitspreken. Ze kon zijn reactie niet zien, maar ze wist dat hij glimlachte. Zeven jaar? Niet meer dan een volgende stap in zijn ontwikkeling, net als zijn schooltijd of die paar maanden militaire dienst. Wie weet kon hij in die tijd nuttige dingen leren. Dan draait hij zich om en zijn glimlach verstart als hij haar wapen ziet. Hij zweet, zijn ogen worden groot, hij beeft, kan geen woord meer uitbrengen. Het eerste schot raakt hem niet eens, een waarschuwingsschot, hij valt op zijn knieën, bidt en smeekt, hij heeft berouw, kermt om vergeving. Dan schiet ze gericht.

En uiteindelijk altijd weer dat ene: ze stapt bij hem in de auto. Waarom ook niet? Ze is niet bang. Ze kent hem immers. Ze maken grapjes. Zelfs wanneer hij de snelweg verlaat en zij beseft dat hij haar niet naar huis brengt maar naar het bos, naar het vakantiehuis in het bos waar hij koffie wil zetten, hij heeft dringend koffie nodig, zelfs dan lacht en flirt ze. Ze is niet bang. Zelfs in het koude vakantiehuis van zijn ouders, terwijl hij koffiezet en haar iets wil laten zien, hier, in de schuiflade van zijn vader, dat dikke jachtmes met die zinnelijk glanzende houten greep, zelfs dan is ze niet bang. Ze weet dat hij haar niet op het bed kan dwingen, haar kleding niet van het lijf kan snijden en het staal, op de rug dik en met een vlijmscherpe snede, een mes dat gemaakt is om een groot hert van honderdvijftig kilo de hals af te snijden, niet tegen haar keel kan drukken. Hij kan haar niet als een tegenstribbelende buit bestijgen en ondanks haar bidden en smeken in haar binnendringen, en haar dan weer aan het bed vastbinden zoals je een geschoten ree voor transport vastbindt. Voor het gemak. Dat alles kan hij niet, want ze is sneller en sterker, zij is de jager. Dit keer heeft zij het mes in haar hand en ze steekt toe, zelfs als hij belooft haar onmiddellijk naar huis te brengen, zelfs als hij zweert dat het maar een grapje was, als hij om zijn leven smeekt, als hij niet meer is dan een bundeltje angst: ze steekt toe met de harde, scherpe kling die moeiteloos in de huid doordringt, kwaliteitswerk, en ze fluistert in zijn oor met een hete stinkende adem zoals hij die toen had, noemt hem een slet, een hoer zoals hij deed, drukt hem hard op het bed met zijn van afgrijzen verwrongen gezicht, een bijna komisch masker van schrik en shock, want hij had zich nooit kunnen indenken dat hem dit zou overkomen, dat is onmogelijk, het moet een vergissing zijn, denkt hij, zoals zij toen dacht. Maar het is geen vergissing, het gebeurt werkelijk, en nu steekt ze op hem in, eerst in zijn hals, waar het bloed, het levenssap, zomaar naar buiten spuit, het is aan hem verspild; hij kronkelt, draait zich om en zij drijft het mes in zijn zachte buik onder zijn borstkas, ze snijdt de broek weg, neemt zijn lul en ballen in haar hand, ach, kijk hoe verschrompeld hij nu is, alsof hij zich wil verstoppen, wil ontkomen aan wat hij weet dat er gaat gebeuren. Ze trekt het erbarmelijke zaakje omhoog, snijdt het af zoals je kraakbeen van een gegrilde haan snijdt, met een enkele ruk, en ze smijt het ding opzij, het is afval, keukenafval, niet de moeite waard; wie heeft dat nog nodig, hij in elk geval niet meer.

Het waren geen nieuwe fantasieën. Emma had het zich al vaak voorgesteld. En steeds is het hetzelfde liedje: wanneer het voorbij is, niet omdat ze klaar is maar omdat de fantasieën haar hebben uitgeput, is ze nog steeds niet tevreden. Nog steeds niet gelukkig. Nog altijd de vrouw die hij van haar heeft gemaakt. Haar hele lichaam rilt en de donkere vuist in haar binnenste, die haar adem wegdrukt, is er nog steeds, zoals altijd, en gaat niet meer weg, ongeacht hoe vaak ze hem in gedachten om zeep helpt. Dit is het verminkte, beschadigde leven dat hij haar heeft bezorgd. Haar leven.

Emma maakte het pakje met zijn boek niet open.

Ze droeg het op beide handen naar de woonkamer en ging op haar knieën voor de oude inbouwkast onder haar raam zitten, die met zijn klapdeur van vlechtwerk op een sierpaneel voor een radiator leek. Ze deed het deurtje open en haalde documenten in verbleekte dossiermappen tevoorschijn, het plakboek met de oude rechtbankverslagen, de prints van zijn website, zijn eerste krantenartikelen die hij nog vanuit de gevangenis publiceerde, zijn lezingen, de genummerde dvd's met zijn televisieoptredens en de opnamen van zijn toenmalige verhoor.

En het mes. Niet zijn mes. Dat was een uniek exemplaar. Een echte Wolfgang Gerheim. Die werden niet in serie gemaakt, maar Gerheim had een mes in dezelfde stijl en met dezelfde afmetingen voor haar kunnen namaken: vierentwintig centimeter lang, inclusief de snede van twaalf centimeter, met een rug van vier millimeter dik, een greep van glad gepolijst moerbeihout, een kling van 1,1545-staal met een hardheid van 59 HRC. Het leek als twee druppels water op het mes uit de jachthut. Een mooi voorwerp, zinnelijk gewelfd, het donker glanzende hout was bijna rood, vlammend, levendig, de greep ging naadloos over in de harde, elegante kling en de punt die altijd naar voren leek te willen, altijd daarheen, ergens heen, waar levend vlees te vinden was. Het mes zat in zijn met de hand vervaardigde leren schede. Ze had het er maar zelden uit gehaald. Haar handen trilden dan altijd. De verdere verpakking en het vloeipapier had ze allang weggegooid, maar het mes wilde ze in de schede zien. Ze wilde zien dat het was waar het hoorde, en niet ergens buiten haar controle.

Met weerzin nam ze alles nog een keer in haar hand, het moest nu eenmaal. Ze legde het ongeopende pakketje onder in de kast en stapelde de rest erbovenop, voorzichtig, zodat de verschillende delen er als puzzelstukjes precies in pasten, tot de kast vol was. Het pakje lag helemaal onderin: om erbij te komen zou ze er alles weer uit moeten halen. Misschien dat ze zich dan wel bedacht. Niet vandaag. Te veel werk.

Maar ze wist dat ze op een dag zou terugkomen en het pakje zou openen.

Terug in de gang keek ze op haar horloge, controleerde haar handtas: make-up, mobieltje, sleutels, geld, paspoort. Politiepenning, dienstpistool. En ze reed naar het werk.

Eindelijk was het weekend voorbij.

2

Vijf hele dagen had het geduurd voordat de drie lijken op Emma's bureau belandden.

Haar bureau, dat maar op een paar minuten van haar huis stond. Vanaf haar appartement in het pand naast het gebouw waar de metro doorheen liep, direct aan het Park am Gleisdreieck, een park dat al jaren niet voltooid werd, had ze met haar kleine, zilverkleurige Polo maar een paar minuten nodig om over de groezelige Kurfürstenstraße langs talloze bouwputten, bakkerijen en kapperszaken tot voorbij café Einstein het vervallen-chique West-Berlijn binnen te rijden en dan rechtsaf de Keithstraße te nemen, waar de blaadjes al van de bomen dwarrelden. Nog een paar minuten rondrijden om een parkeerplaats te zoeken en ze was er al.

Landeskriminalamt 1, kortweg LKA1, belast met ernstige zaken als moord, zedendelicten en vermissing. Het dienstgebouw nam bijna een half blok in beslag. Een vesting uit de negentiende eeuw, met bogen boven de ingang en de ramen, en met pijlers, kroonlijsten en sculpturen. De collega's noemden het niet voor niets de Burcht. De ontvangsthal was als een operahuis getooid met hoge zuilen, een cassetteplafond en gebogen trapopgangen met daartussenin een verveelde portier die je netjes moest groeten alvorens de treden te bestijgen en je in de lange gangen met de poepbruine en kotsgroene wanden te begeven, onder de onnodig hoge plafonds, alles schemerig, met treurig tl-licht, want er moet tenslotte bespaard worden: de ambtenarenhel direct achter de glorieuze façade. Helemaal naar achteren, door het tussengebouw tot het eind, dan omhoog, tot onder het dak, kamer 506, de grote kantoorruimte, licht en hoog. Links de bureaus, rechtdoor de besprekingshoek, rechts de glazen deur naar het kantoor van de chef, daartussen prikborden, whiteboards op wielen, wandkasten met naslagwerken en tijdschriften, de verstofte legotafel voor het nabouwen van plaatsen delict, een krankzinnig idee, dossierkasten, de koffiehoek en ergens helemaal achteraan nog een volgestouwde bergruimte: dat was de OMA, de afdeling Operationele Misdaadanalyse, ook wel de Poppenkast genoemd.

Ze was als eerste op kantoor, zoals elke dag.

Emma deed alle verlichting en het koffiezetapparaat aan en startte de computer op, veegde het whiteboard schoon, zette het raam open. Ze haalde diep adem en rook de reinigingsmiddelen van de schoonmaakploeg nog. Ze luisterde naar het zoemen van de tl-buizen, die stuk voor stuk flakkerend aangingen, klik, klik, zoem. Buiten was het nog steeds niet opgeklaard, maar zij stond in een ruimteschip van licht.

's Ochtends alleen op kantoor. Het voelde als thuis. Meer nog. Als een beter thuis, een magische ruimte waarin uit het niets iets kon ontstaan. Zin en betekenis, misschien.

Voordat de anderen kwamen, natuurlijk.

Voordat het echt licht werd en luidruchtig. Voordat Brennemann iedereen begon af te blaffen en Sigmar en Matze elkaar tot vervelens toe jenden. Dat werkte op haar zenuwen. Niet dat ze haar collega's niet mocht. Emma was op mensen gesteld, dat was het niet. Maar bij het werk had ze hen er liever niet bij.

Toen zag ze het liggen. Op haar opgeruimde bureau: een dik dossier.

De drie lijken.

De lijken waar ze al naar had uitgekeken. Waarop ze zich had verheugd als een klein kind op een nieuwe fiets, of een junkie op zijn volgende shot. Al dagen had iedereen het erover, werd er gespeculeerd, gegist. Op de gang, in de kantine, in het café bij het bier, en natuurlijk in de pers. Was dat vreemd? Zich op lijken verheugen? Misschien. Sarah zou het waarschijnlijk 'morbide' noemen. Het maakte niet uit. De hele wereld was dol op de hangende lijken van de Leipziger Platz, en eindelijk waren ze bij haar terechtgekomen.

Ze ging zitten en las het verslag.

Op 23 oktober om 16.53 uur kwam er bij de alarmcentrale een telefoontje binnen. Mevrouw Tatjana Greve meldde de vermissing van haar tienjarige zoon: Elias was verdwenen uit het Ritz-Carltonhotel aan de Potsdamer Platz, waarin het gezin uit Braunschweig verbleef. De moeder en de vader waren even gaan liggen. Toen ze kort na 16.00 uur wakker werden, merkten ze dat de jongen weg was.

De agenten H. Peters en L. Gotzkowski reden naar het hotel en kort daarna werd de beschrijving van het kind doorgegeven. De hele actie bleek echter overbodig want om 17.35 uur werden de agenten naar de lobby van het hotel geroepen, waar Elias Greve stond.

De jongen was lichtgewond en kennelijk in shock. Het vermoeden ontstond dat hij mishandeld was. Hoewel hij nauwelijks een woord kon uitbrengen, lukte het de agenten hem te ondervragen. Hij ontkende dat iemand hem iets had aangedaan, maar praatte steeds over 'aliens'.

Met moeite wisten de politiemannen hem een duidelijke verklaring te laten afleggen. Hij was gaan klimmen, zei hij, hij kon altijd iets te klimmen vinden, ongeacht waar, maar hij was uitgegleden, had zich aan de vele stangen gestoten, had gebloed en was bijna bewusteloos geraakt. Hij ontkende dat hij geduwd was, maar bleef volhouden dat hij pas was gevallen toen de 'aliens' niet met hem wilden praten en hij plotseling begreep dat ze dood waren.

Peters en Gotzkowski waren sceptisch, maar toch lieten ze zich samen met de inmiddels gearriveerde ambulanceverplegers door de jongen naar de plek brengen waar hij aliens zou hebben gezien. Hij liep naar de kruising Ebertstraße/Leipziger Straße, waar de Leipziger Platz grenst aan de Potsdamer Platz. Het gebouw op de hoek ziet er vanbuiten uit als een normaal, aan drie zijden vrijstaand appartementencomplex van acht verdiepingen, even hoog als de gebouwen ernaast. Maar de drie gevels zijn van de grond tot het dak bespannen met een doek waarop deuren en ramen zijn afgebeeld en waarmee de gevel alleen wordt gesuggereerd. De bovenste helft van het decor dient als ruimte voor twee enorme reclames (aan de Ebertstraße een lingeriemodel, aan de kant van de Leipziger Platz een Mercedes; de scherpe punt die direct naar de kruising gericht staat, heeft geen reclame).

De jongen bracht de agenten naar de scherpe hoek van het gebouw en wees hun een kleine deur in de valse wand aan, met aan het houten kozijn een hangslot, dat echter niet goed gesloten was, zodat de deur opengeduwd kon worden.

Erachter troffen de agenten niet, zoals verwacht, een te slopen gebouw aan, maar een driedimensionale, honingraatachtige stangenconstructie: een steiger van reusachtige afmetingen. De mannen waren verrast. 'Heeft dat hier de hele tijd gestaan?' vroeg Gotzkowski. 'Ik dacht dat hier een appartementencomplex stond.' Een van de verplegers grapte dat alles in deze stad kennelijk loos decor was.

Als antwoord op de vraag waar hij de 'aliens' had gezien, wees de jongen omhoog. Kennelijk was hij op de steiger omhooggeklommen. De talrijke stangen van de constructie liepen echter zo kriskras door elkaar dat je niet meer dan tien meter de constructie in kon kijken, zelfs niet met de zaklamp die de agenten vanwege de invallende schemering gebruikten.

Agent Peters, die klimervaring had, klauterde vervolgens in de constructie omhoog en volgde de exacte route die de jongen ook had genomen. Hij kon ongeveer drie 'etages' klimmen voordat hij uit het zicht verdween en alleen nog via de mobiele telefoon met Gotzkowski kon communiceren. Al snel zag Peters in het licht van zijn zaklamp dat er in de verte, vermoedelijk ter hoogte van de vijfde etage, iets zilverachtigs achter de stangen glom. Zijn collega raadde hem aan naar beneden te komen, maar hij antwoordde: 'Als die jongen dat kan, kan ik het ook.' Na nog eens vijftien tot twintig minuten naderde de agent drie mensengrote, coconachtige zilverkleurige voorwerpen. 'Nu begrijp ik hoe die jongen bij aliens kwam,' zei hij via de telefoon.

Toen hij op dezelfde hoogte was aangekomen, schuifelde hij in het schemerige licht voorzichtig langs de stangen verder tot hij zich direct tegenover de cocons bevond. Op het moment dat hij de voorwerpen met zijn zaklamp wilde onderzoeken, gingen plotseling met veel geraas de grote schijnwerpers van de reclames aan weerszijden van het gebouw aan, zodat de hele steigerconstructie verlicht werd. Het gebeurde zo onverwacht dat hij net als de jongen uitgleed en zich maar met moeite op de been kon houden. In het licht van de schijnwerpers zag hij dat de cocons bovenin een uitsparing hadden waarin menselijke gezichten in verregaande staat van ontbinding te zien waren. Later vertelde hij dat de plotselinge aanblik van de drie doden met hun grotendeels vergane gezichten hem in shock had gebracht. Hij gleed opnieuw uit en dit keer ontwrichtte hij een schouder. Met de grootste moeite kon hij zich nog aan de stangen vastgrijpen, maar de telefoon viel uit zijn hand, zodat hij geen contact meer had met zijn collega. Op de grond waren alleen zijn pijnkreten te horen.

Gotzkowski belde om assistentie en had eerst moeite om de centrale ervan te overtuigen dat zich achter de façade van het gebouw op de hoek alleen een enorme steiger bevond. Vervolgens klom hij zelf omhoog naar zijn collega, wat een poosje duurde. Toen hij boven was, kon hij op het oog bevestigen dat het om drie mensen ging die op de bovenste helft van het gezicht na volledig in zilverkleurige, industriële tape waren gewikkeld. Ze waren alle drie dood.

Gotzkowski besloot de weg naar beneden niet meer te wagen en in plaats daarvan boven op de steiger op het bergingsteam te wachten. Om ervoor te zorgen dat Peters, die veel pijn had, zich beter kon vasthouden, bond hij een arm en been van zijn collega met hun broekriemen aan de stangen vast.

Later beschreven Peters en Gotzkowski de ervaring om ongeveer een uur op een gladde metalen stang op 33 meter hoogte naast drie volledig in tape ingewikkelde lijken door te brengen als volgt: 'Om de twee minuten moesten we ons omdraaien omdat we dachten dat er nog iemand achter ons zat.'

3

Emma keek niet op en hoorde niets. Ze hield haar hoofd over haar bureau gebogen terwijl ze aan het krabbelen was. Twintig briefjes vol bonte notities, bijna allemaal met vraagtekens, gesorteerd op kleur (shit, pen leeg, geen probleem, volgende pen). Zo begon ze altijd. Ze had collega's die alles direct intikten en dan later toch weer op briefjes moesten terugvallen. Emma niet.

Ze had het gevoel in een reusachtig kruiswoordraadsel te gaan rondwandelen, net zo lang tot ze op zeker moment over de juiste woorden zou struikelen. Zo was het altijd in het begin. Het was de vruchtbaarste fase, waarin het er helemaal niet om ging de puzzel onmiddellijk op te lossen. Eerst moest ze uitvinden wat voor soort raadsel het eigenlijk was. Soms een kruiswoordraadsel, soms een legpuzzel, een snipperjacht of een zoekplaatje; en soms was het alleen maar vreemd.

Ze keek naar de vindplaats. Leipziger Platz, in het hart van de stad, ingeklemd tussen de Potsdamer Platz en de pompeuze Mall of Berlin, midden in het nachtleven, midden in de massa, voor ieders ogen en toch aan alle blikken onttrokken. De gemiddelde moordenaar wil niet dat het lijk wordt gevonden, want het slachtoffer kan de politie naar hem toe leiden. Een hele wetenschap, de zogenaamde victimologie, hield zich uitsluitend daarmee bezig. Elk slachtoffer levert sporen op. Wat voor moordenaar is dit, dat hij zich daar niet om bekommert?

Ze keek naar het aantal. Drie. Drie lijken, alle drie op dezelfde plek achtergelaten, geënsceneerd om indruk te maken. Was dat van meet af aan de bedoeling, drie moorden? Of begon het met een enkele moord die vervolgens andere uitlokte? Was hij nog niet klaar? Omvatte zijn plan nog meer?

Ze kon niet zeggen wát zijn plan was, maar wel dát het er was. Niemand doet zoveel moeite en neemt zoveel risico zonder een plan.

Ook zijn motief was haar niet duidelijk. Iemand die drie mensen op rij vermoordt, handelt zelden uit woede, geldzucht, wraak, nijd, jaloezie of angst. De motieven van een seriemoordenaar zijn verborgen, en soms kent de dader ze zelf niet eens. Hij geeft toe aan zijn drang om te doden, waar die hem ook brengt, en dat maakt zijn keuze van de slachtoffers toevalliger. De een moordt met het mes, omdat hij als kind zag hoe zijn vader een ree met een jachtmes opensneed, een ander verminkt vrouwen omdat hij zijn moeder haat. Weer een ander doodt zijn slachtoffer langzaam omdat het lijden hem seksueel opwindt. En iemand neemt de enorme moeite om lijken in een semiopenbare ruimte als futuristische cocons uit een film over aliens te ensceneren, omdat... omdat... Ja, waarom?

Dat zag Emma niet.

Nog niet. Voor haar lagen de documenten: het rapport van de technische recherche, laboratoriumgegevens, de resultaten van de obductie en voorlopige onderzoeksresultaten met betrekking tot de drie slachtoffers. Ze begon met de laatste.

Voordat ze de map opensloeg, keek ze op.

Het kantoor was vol. Het was licht. Ze had er niets van gemerkt, zelfs van het lawaai niet.

Karen Brennemann, hoofd van de afdeling, stond in haar kantoor. Ze was verdiept in een document en vermoedelijk ontevreden over iets. Sigmar zat zwijgend voor zijn beeldscherm, zoals altijd met randloze bril en zwarte coltrui. Matze en een of andere stagiair van een andere afdeling dronken koffie en stonden te praten, iets over formulier LJ108bm, inderdaad een bijzonder weerbarstig document. Matze, het jonkie. Die kon werkelijk met iedereen overweg. In tegenstelling tot Sigmar, de grote zwijger. Zo weinig als hij zei, zo luidruchtig rammelde hij op de toetsen.

Emma voelde hoe de betekenissen die ze juist nog voor het grijpen leek te hebben achter de luidruchtige realiteit verdwenen. Ze probeerde ze vast te houden, maar ze vervluchtigden steeds meer, als een droom die je je zo graag wilt herinneren. Vergeet het. Ze moest het loslaten. Na de lunchpauze had ze nog een kans. Wanneer iedereen met een middagdip voor de beeldschermen hing, was het weer rustig.

Toen zag ze het, dat ene element dat er niet bij hoorde in het kantoor.

Wat wilde die vent hier?

Hij zat aan het lege bureau rechts en haalde in alle rust pennen, documenten, boeken, een koffiemok en een groot pak kauwgom uit een doos, waarna hij alles in en op het bureau ordende: pennen in de la rechts, of nee, toch liever links. Rechts de kauwgom en zijn mobiele telefoon. De koffiemok met SHERIFF midden op het bureaublad. Daarna werd het moeilijker. Ze zag dat hij zijn dossiers naar prioriteit probeerde te ordenen. Ze glimlachte. Wie hield er van een nieuw bureau? Ze zijn altijd weer anders dan je gewend was.

Maar waarom deed hij dat eigenlijk?

'Wat doe je daar?'

'Ik ruim mijn bureau in.'

'Maar jij bent toch een van de mannen van Lutz?' Schreiner. Fritz, nee, Felix. Felix Schreiner. Ze had hem al heel lang niet meer bij de recherche gezien. Was het maanden geleden of al jaren? Kennelijk verder gaan studeren, ja, wacht, zoiets was het. 'Jouw bureau staat in het voorste gebouw. Is er geen plaats meer bij Moordzaken?'

'Heb je het afgelopen uur niet geluisterd?' De man was verbluft. 'Geen woord gehoord? Van alles wat Brennemann heeft gezegd?'

Emma had inderdaad niets gehoord.

'Ze heeft verteld dat ik naar jullie afdeling ben overgeplaatst. En ze heeft jou gevraagd of alles duidelijk was. Jij knikte.'

Inderdaad, er was iets geweest. Had zij geknikt? 'En waarom word je bij ons geplaatst?' Emma voelde zich plotseling suffig, alsof ze net wakker was geworden.

'Ik help jullie met die mummiezaak.'

Het werd stil in het kantoor. Matze stuurde de stagiair naar buiten. Het koffiezetapparaat staakte zijn gegorgel. Ergens rinkelde een telefoon, maar niemand nam op. Karen Brennemann ging in de deuropening van haar kantoor staan en zette een vuist op haar heup.

'Welke mummiezaak?'

'Die zilveren mummies van de Leipziger Platz. We moeten het daderprofiel opstellen. Lutz... eh, het rechercheteam wacht erop. Ik begin zo meteen...'

'Jij bent niet van de OMA. Je bent rechercheur.'

'Ja, dat was ik vroeger.' Waarom praatte hij zo langzaam, alsof hij met een kind sprak? 'Net als jij, ooit. Maar ik ben bezig mijn opleiding als profiler af te ronden.'

'Er bestaan geen profilers. Televisietaal. We noemen dat misdaadanalyse. Operatieve misdaadanalyse.'

'Voor mijn part. Deze afdeling heeft ondersteuning nodig, en die ondersteuning ben ik. Dus: dit is nu mijn bureau. Zodra ik mijn spullen heb opgeruimd, vertel ik wat ik verder nog nodig heb en kunnen we met het daderprofiel beginnen.'

Wat dacht die brutale snotneus eigenlijk? Jonger dan zij, maar dubbel zo verwaand. Altijd al geweest. Toen hij verder ging studeren, had ze gehoopt dat ze hem nooit meer zou zien. De FBI. Nu wist ze het weer. Hij had een paar maanden bij de FBI in Amerika gezeten, dat was kennelijk zijn zogenaamde opleiding. En waarom stak hij zijn neus zo in de lucht? Aha, omdat hij zich langer wilde maken. Eigenlijk was hij nauwelijks groter dan zij. Een kleine, agressieve spierbundel, die vent. Hij zag er bijna uit als een Beier met die zwarte haren en stoere vierkante kop. Nu alleen nog een geruit houthakkershemd.

'Je gaat helemaal met niets beginnen. Dit hier is mijn afdeling.'

'Genoeg,' kwam Brennemann tussenbeide. 'Carow, dit is mijn afdeling. Ik ben nog altijd afdelingshoofd. Schreiner gaat je helpen bij zaak EG98. Dat is zo besloten op het hoogste niveau, en ik ben het ermee eens. Als jullie het niet eens kunnen worden, ga ik de taken verdelen.'

Harde woorden, harde stem. Zoals altijd. Brennemann, een man in een vrouwenlichaam. Werkelijk, in alle opzichten.

'Ik wil je graag even onder vier ogen spreken,' zei Emma.

Als antwoord trok de chef zich terug uit de deuropening, zodat Emma langs haar onheilspellend dikke buik het kantoor binnen kon komen. Ze deed de deur achter hen dicht.

'Hij is hier vanwege je zwangerschapsverlof, hè?' vroeg Emma.

'Dat is ook ter sprake gekomen.'

'Die positie was mij beloofd. Het was afgesproken. Hij is geen misdaadanalist, alleen rechercheur. Hij zou een extra opleiding hebben gedaan? Een ópleiding?'

'Carow, ik zal eerlijk zijn. Er zijn nog andere kandidaten behalve jij.'

'Sigmar? Die heb je zelf van de presentaties bij de recherche weggehaald omdat hij daarbij gaat stotteren.'

'Onze dr. Anstätt is te veel een vakidioot. Dat ben jij niet, dat geef ik toe. Soms heeft het ook voordelen om een studie níét af te maken. Dan maak je je eigen vak niet belangrijker dan andere. Wat was het ook weer, sociologie?' Ze verwachtte geen antwoord. 'Maar het heeft ook nadelen, vooral bij promoties. Het lijkt alsof je niets tot een goed einde brengt.'

Daar had Emma rekening mee moeten houden. Had ze niet gedaan. Integendeel, ze had gedacht dat iedereen het vergeten zou zijn na haar jaren van keihard werken.

Ze werd langzaam woedend. 'Heb je niet zelf gezegd dat Matze veel te jong is...'

'Maar hij kan goed met mensen omgaan,' onderbrak Brennemann haar.

'Wat heeft dat nu weer te betekenen?'

'Misschien is niet iedereen hier ervan overtuigd dat jij over de sociale vaardigheden beschikt die een afdelingshoofd nodig heeft.'

'Sociale vaardigheden? Ik ben de beste misdaadanalist. Dat is al meer dan eens vastgesteld. Ik geef leiding aan het team wanneer jij er niet bent. Ik presenteer de resultaten. Was je ooit ontevreden over een profiel? Of Lutz?'

'Dat niet, nee. Je bijt je erin vast. Ik zou haast willen zeggen dat de anderen zich er zonder jouw hardnekkigheid makkelijker van af zouden maken.'

Emma hoorde het onuitgesproken 'maar'. Ze keek door de glazen wand naar het kantoor. 'Ik kreeg de toezegging dat ik jou tijdens je zwangerschapsverlof zou vervangen.' Ze zocht naar woorden. Moeilijk. Naar argumenten. Ze vond er een: 'Met sociale vaardigheden bedoel je eigenlijk dat hij een man is. Schreiner. Hij kan met de anderen mee naar het bordeel, zo competent is hij. Hij kan meezuipen. Maar dat heeft niets met vaardigheden te maken.'

Het duurde te lang, een paar seconden maar, voordat ze erop was gekomen. Omdat ze geen sociale vaardigheden bezat.

'Er is nog niets beslist,' zei Brennemann.

'Wanneer?'

'Over twee, drie weken, denk ik.' Ze klopte op haar buik.

'Wat kan ik doen? Er moet toch iets zijn.'

'Ik zal je zeggen wat je kunt doen, Carow. Je kunt meewerken. Een collega zijn. Concurreren. Zoals hij dat ook doet. Hij is een bijzonder ambitieuze man. Hij gaat ervoor vechten, dat moet jij ook doen. Niemand gaat je die plek geven alleen omdat je borsten hebt. Mijn tieten hebben me ook niet verder geholpen.'

Dat was een leugen, honderd procent. Brennemann had een behoorlijk voorkomen, en nu meer dan ooit, alleen waagde niemand het haar complimenten te geven, omdat ze allemaal bang voor haar waren. Brede schouders had ze ook. Eigenlijk een mooie vrouw, haar chef, ergens onder die schil van lompheid. Donkerblonde, natuurlijke krullen, die krampachtig tot een dikke vlecht waren gedraaid, altijd ongeduldig, altijd hees.

'Dus toch naar het bordeel en zuipen.'

'Als je enig benul had van sociale vaardigheden, Carow, dan zou je het niet over het bordeel hebben. Dan zou je over collega's, samenwerking en teamvaardigheden praten. Je zou je nieuwe collega welkom heten, hem inwerken en respecteren en niet achter zijn rug om met de baas staan smoezen, met de deur dicht.'

Brennemann draaide zich om en stak een sigaret op. Het gesprek was afgelopen. Emma deed haar mond nog een keer open, maar voordat ze iets kon zeggen, kreeg ze te horen: 'En begin nu niet over de baby. Light. Superlight. Dat moet die blaag accepteren, of het komt niet goed met mij. Aan het werk.'

Emma draaide zich om naar de deur.

'O ja, Lutz wil het profiel morgen al hebben, om 14.00 uur.'

Emma lachte ongelovig. 'Hebben we daar eigenlijk wel voldoende gegevens voor?'

'Die taken heb ik verdeeld toen jij zat te slapen. Jij stelt de sequentieanalyse op. Lüders doet VICLAS en de andere databanken, Anstätt de getuigenverhoren en zijn psychokraam.'

'Victimologie,' zei Emma.

'Over sociale vaardigheden gesproken. Hou alsjeblieft op mij voortdurend te corrigeren, Carow.' Ze zuchtte. 'Schreiner neemt het forensisch rapport voor zijn rekening.'

'Ik ben al met dat rapport begonnen,' protesteerde Emma. Het was een leugen. 'Geef hem liever de sequentieanalyse, dat is minder werk.'

Brennemann deed de deur open en bulderde: 'Schreiner! Jij doet de sequentieanalyse.'

Emma glimlachte. Sequentieanalyse. De reconstructie van het verloop van de daad, van minuut tot minuut. Daar waren bij lange na niet genoeg gegevens voor. De nieuweling had een onmogelijke opdracht gekregen. Misschien stond de chef toch aan haar kant. Althans met één voet.

'Afdelingsvergadering na de lunchpauze,' kondigde Brennemann nog aan. '13.00 uur. Ik heb de leiding. Maar het kan gebeuren dat ik spontaan weg moet. Zwanger en zo. Je weet, moeders in spe hebben veel rust nodig, blablabla. Ik zou eigenlijk allang met zwangerschapsverlof moeten zijn. Dan moet iemand het overnemen. Dat zou jij kunnen zijn. Spontaan. Laten we zeggen, kwart over. Niet vergeten: sociale vaardigheden.'

4

De Poppenkast was stil toen ze uit het kantoor van Brennemann kwam. Nou ja, relatief stil. Matze bestudeerde zijn beeldscherm. Waarschijnlijk de VICLAS-databank. Oordopjes in zijn zeiloren en een blonde kuif met donkere uitgroei die op de maat meewipte. Waar ze stond, kon ze de muziek nog horen. Sigmar, tegenover hem, was in een dik academisch tijdschrift verdiept. Om de paar seconden schraapte hij zijn keel. Wonderlijk hoe iemand die zo weinig zei zoveel lawaai kon maken. De nieuwe, Schreiner, hield zich met de onderste schuifla aan de rechterkant bezig. Met één hand. In de andere zwaaide de SHERIFF-beker boven zijn papieren. Hij balanceerde daarbij op een bil. Ze las een vraag in zijn ogen. Nee, niet een. Verschillende.

Emma liep naar haar bureau, pakte een stapel dossiers, marcheerde de anderen weer voorbij, de gang op.

Een verdieping lager, tussengebouw, lange gang naar het voorste gebouw, hoogste verdieping, kantine. Leeg. Bijna. In de hoek naast de ficus zaten er twee van afdeling 13, Zedendelicten, die zacht met elkaar praatten. Waarschijnlijk ging het over vakanties. Emma haalde koffie uit de automaat, knikte naar de vrouw die zich achter de balie stond te vervelen, en ging in de hoek onder de historische plattegrond van Berlijn zitten. Hier had ze rust. Hier kon ze lezen.

Nee. Ze sloeg de mappen dicht. Anders zou ze er morgen aan terugdenken en moeten erkennen dat het een fout was. Je bent gevlucht. Je hebt je concurrent het hele speelveld gelaten, zonder een woord te zeggen. Je mag nooit vluchten. Dat heb je al te vaak gedaan in je leven.

Ze stond weer op, liet de documenten liggen en liep terug naar het kantoor.

Iedereen keek op en liet het werk liggen. Gesprekken verstomden, de toetsenborden zwegen. Emma beende naar het whiteboard, veegde het nog een keer schoon en schreef: *Wat heeft slachtoffer 2 hier te zoeken?*

Tevreden keek ze naar haar werk. Daarna voegde ze eraan toe: *Is het eigenlijk wel een echt slachtoffer?*

Dat was voldoende. Ze had hun iets gegeven om over na te denken. Om op te kauwen. Ook Schreiner. Ze moesten hun hersens maar eens laten kraken.

Met geheven hoofd draaide ze zich om en liep weg. De anderen keken haar na.

5

Resultaten van het voorlopige medisch-forensische onderzoek, stond er op het obductieverslag. Getekend door Emmanuel Kottke, directeur Forensische Pathologie, Charité. Plaats, datum. Slachtoffer 1, slachtoffer 2 en slachtoffer 3 chronologisch geordend naar het vermoedelijke tijdstip van overlijden. Nog steeds naamloos, hoewel Lutz hen alle drie had geïdentificeerd. Kennelijk had hij nog geen tijd gehad om Kottke de namen door te geven.

Drie rapporten, voor elk lijk één. En nog een vierde, een samenvatting waarin de onderzoeker bovendien opmerkte dat het feit dat de drie lijken op dezelfde plaats werden aangetroffen en op identieke wijze waren geplaatst, wees op een samenhang in de daden.

Je bedoelt seriemoord, Kottke, dacht Emma. Waarom moet je alles altijd zo gecompliceerd zeggen? Niettemin pakte ze eerst het vierde rapport.

Kottke schreef: Op 24 oktober om 10.30 uur werden drie opvallend geprepareerde lijken de obductiezaal van het Instituut voor Forensische Geneeskunde binnengebracht.

'Opvallend geprepareerd' was mild uitgedrukt. Ze waren van top tot teen als mummies in een paar lagen industriële tape gewikkeld. Hun hele lichaam, met uitzondering van neus, oren en ogen, was bedekt. Hun mond was met een lap dichtgestopt en eveneens met tape afgeplakt, en op hun rug was een plank mee ingepakt, met een haak aan de bovenkant.

Emma noteerde: Waarom mond afgeplakt, maar ogen vrijgelaten?

Kottke schreef: Alle lijken hingen al geruime tijd in de openlucht, zodat de gezichtspartijen in verregaande staat van ontbinding verkeerden. Aan weerszijden van de slaapboog liggen beenderen vrij.

Emma keek naar de foto's. Kottke had het zacht uitgedrukt. Van de gezichten was niets over. Verbleekte knoken, een paar vleesresten. De lippen waren vergaan tot een paar losse huidflarden. Bij slachtoffer 1 en 2 waren zelfs die al weggerot. In de lippen van slachtoffer 3 waren de maden nog actief.

De cocons bestonden uit ducttape, tot wel tien lagen dik, en vormden een zo stabiel omhulsel dat ze de mummievorm behielden, zelfs toen de inhoud nog slechts uit huid en botten bestond. De slachtoffers droegen geen ondergoed, alleen een volwassenenluier, die de dader hen vermoedelijk had omgedaan. Persoonlijke bezittingen ontbraken, behalve sieraden en – dat was zeer vreemd – alle portefeuilles waren aanwezig. Daarom konden de slachtoffers ook zo snel worden geïdentificeerd.

Emma noteerde: Mobiele telefoons verwijderd, maar portefeuilles niet? Waarom heeft hij dit spoor achtergelaten?

Nog iets merkwaardigs: vanwege de ongewone kunstmatige kleding van de slachtoffers en omdat in de cocons telkens een verzameling niet-passende objecten leek te zijn meegegeven, werden de lege cocons voor het afwikkelen naar de technische recherche doorgestuurd.

Wat zei hij? Kunstmatige kleding? Welke kleding zou er bij de moord dan natuurlijker hebben uitgezien? En wat waren dat voor niet-passende objecten? Kottke, ellendeling, je had toch op zijn minst een aanwijzing kunnen geven.

Ze noteerde: Technische recherche!

Kottke schreef: Op grond van de verschillende stadia van ontbinding van de lijken is vast te stellen dat slachtoffer 1 begin juni, slachtoffer 2 eind juni, en slachtoffer 3 midden september van dit jaar om het leven moeten zijn gekomen. De positie van de lijkvlekken is bij de toestand waarin het weefsel verkeert niet meer eenduidig vast te stellen.

Emma vatte samen. Pauze na slachtoffer 1: vier weken; na slachtoffer 2: tien weken. Waarom? Ze bekeek de foto's nog een keer. De obductiezaal van het Instituut voor Forensische Geneeskunde, felverlicht met neonbuizen. Drie matglanzende sectietafels van edelstaal. Daarop drie zilveren cocons, of liever inmiddels tingrijze, want het weer en de duiven hadden hun invloed gehad. Nog een foto: de open cocons, in de lengte opengezaagd, met de kleding van de slachtoffers nog tegen de binnenkant van het omhulsel geplakt, als de voering van een doodskist. Interessant dat Kottke kleding in deze toestand nog als 'kunstmatig' kon identificeren.

Slachtoffer 3 was groenachtig opgeblazen en zwart ingezakt, met een torso die vormeloos was geworden als een in de oven vergeten soufflé; zijn hoofd was bezaaid met gedroogde vleesresten en plukjes verkleefd haar. Slachtoffers 1 en 2 waren er bijna niet meer. De botten waren bijna kaal, bij de borstkas zwart en verdroogd, alleen aan de benen hing nog rottend vlees. In een groenzwarte vloeistof dreven stukjes huid en been. Toen Kottke de oudste cocon had opengezaagd, waren hem kennelijk een paar liter opgeloste biologische massa tegemoetgekomen die de bacteriën en maden nog niet hadden weggepoetst. Hij had genoteerd: *mensensoep.*

Je bent en blijft een grapjas, Kottke.

Hij schreef: Slachtoffer 3 vertoont littekens rond de genitaliën die op verkrachting wijzen. Seksueel geweld is bij slachtoffer 1 en 2 onzeker. Spermasporen zijn in geen geval meer aantoonbaar.

Maar wel drugs. Er volgde een lange opsomming van chemische stoffen, met aan het eind twee woorden: Rohypnol en ketamine.

Emma noteerde: In het begin rohypnol om het slachtoffer rustig te maken? Later ketamine: slachtoffer wakker, maar weerloos?

Het was nog niet alles. Kottke schreef: Alle slachtoffers hadden verschillende, maar minimale ribfracturen. Slachtoffer 3 vertoonde talrijke kneuzingen en bloeduitstortingen aan de ventrale thorax, maar alle beschadigingen zijn oppervlakkig. De relatief geringe verwondingen in combinatie met het hoge aantal wijst erop dat het letsel waarschijnlijk pas werd toegebracht nadat de slachtoffers in hun beschermende omhulsel waren gewikkeld. De beschreven traumata van de lijken zijn niet als doodsoorzaak te beschouwen.

Ze werden dus levend ingepakt? Dat was ongewoon. Kom op, kerel, dacht Emma, ze zijn niettemin gestorven. Als dat niet aan hun verwondingen lag, waaraan dan wel?

Eindelijk: *Doodsoorzaak: falen van hart en bloedsomloop door voortgeschreden exsiccose.*

Emma dacht: Kottke, grapjas, je zit er gewoon op te wachten tot de rechercheurs bij je komen om te vragen: Wat is exsiccose? Dan leg je het hun uit en geniet je ervan dat ze bleek worden en zeggen: Mijn god, hebben ze ergens ingepakt in een kelder gehangen en nog vier tot zeven dagen geleefd voordat ze van dorst omkwamen?

Emma schreef: Moord door uitdroging vereist een bijzonder afgelegen plaats delict, omdat het sterven dagenlang duurt. Waar word je minstens een week lang niet gestoord? Zonder bezoek van de huurbaas, werklui, buren, partners, vrienden, familie? Kelder in je eigen huis? Een vakantiehuis? Jachthut? Boot?

De kantine zat nu vol. De tafel naast haar was bezet. Emma keek op de klok. Nog een uur, daarna de bespreking. Ze had toch al geen honger.

Ze klapte de samenvatting dicht en nam de aparte rapporten over slachtoffer 1 en slachtoffer 3 door. Ze legde ze zorgvuldig naast elkaar, terwijl de geur van stoofvlees in jachtsaus in haar neus drong.

Slachtoffers uit het boekje. Allebei vrouwen, midden twintig, de ene een meter tweeënzeventig lang en voor de ontbinding vermoedelijk tussen de zestig en vijfenzestig kilo zwaar, de andere een meter achtenzestig en eveneens met een ideaal gewicht. Slachtoffer 1: natuurlijk blond haar tot op de schouders. Slachtoffer 3: van nature brunette, geblondeerd, haar tot op de schouders.

Emma nam Kottkes lijst snel door.

Uiterlijke kenmerken. Slachtoffer 1: gelakte vingernagels, smalle trouwring, goud 333 met diamant, gouden horloge, gouden oorbellen.

Slachtoffer 3: gelakte vinger- en teennagels, witgouden trouwring met inscriptie *Julia & Max 4ever*, oorbellen met parels. Verder droeg ze een zilveren navelpiercing en een bescheiden tatoeage op haar linkerschouder, in de vorm van een oneindigheidsteken.

Ongebruikelijke verwondingen: bloed- en huidresten onder verschillende vingernagels. De sporen waren echter van de slachtoffers zelf afkomstig: ze hadden in hun cocons hun bovenbenen tot bloedens toe gekrabd.

Overige bijzonderheden. Slachtoffer 1 had een litteken van een keizersnede; slachtoffer 3 een gehechte insnijding van het perineum. Beiden moeder dus.

Dat was nog niet alles. Emma legde de papieren neer.

Bij slachtoffer 3 was nog een speciale bijzonderheid geconstateerd: in haar cocon lagen ook de kleine skeletresten van een embryo. Hoe noem je een vierde slachtoffer dat te klein is om door de dader te worden gezien? Slachtoffer 3,5? Een slachtoffer dat niet had hoeven te lijden omdat het nog helemaal niet wist dat het had kunnen leven? Een slachtoffer dat de verkeerde moeder had uitgezocht?

6

Emma verliet de kantine zeven minuten te laat. Ze had het verslag over slachtoffer 2 absoluut uit willen lezen.

Met de dossiers onder haar arm liep ze haastig langs de lift, en op het moment dat de deuren opengingen stond daar Lutz. Hij kwam naar buiten, in gesprek met zijn eeuwige schaduw Habernickel. Hij grijnsde toen hij Emma zag.

'En, ben je weer gelukkig? Heb je weer iets om je tanden in te zetten?'

Ze wist wat hij bedoelde. Ze had een nieuwe zaak. Afleiding van haar echte problemen, noemde haar therapeute dat. Jammer dat niet het hele leven uit afleiding kon bestaan. Lutz was de enige die zoiets opmerkte.

Hij had een brede grijns. Alles aan hem was breed, van zijn schedel en schouders tot zijn knuisten en heupen. Een buik als een bierton. Geamuseerd merkte ze op dat hij in haar aanwezigheid zijn buik introk. Alsof dat nodig zou zijn. Lutz Bogner, zestig jaar, voormalige chef van Emma, nu chef van LKA11, de afdeling Moordzaken met zijn acht moordteams. Hij had persoonlijk de leiding genomen over het nieuw in het leven geroepen rechercheteam 'EG98 Leipziger Platz'. Het was een zo grote zaak dat hij er direct twee teams op had gezet, MK1 en MK4. Maar toch wilde hij morgen al een profiel hebben van Emma.

Lutz was het ook die de zaken naar de OMA had gestuurd zodra duidelijk werd dat de slachtoffers in geen enkele relatie tot elkaar stonden en het dus om een seriemoord met onduidelijk motief moest gaan. Pas bij zo'n geval werd de afdeling OMA voor nadere analyse ingeschakeld.

En hij was ook een vriend, op de een of andere manier. Ze hadden elkaar bij de schietvereniging leren kennen. Na de verkrachting, haar afgebroken studie en haar terugkeer naar Berlijn, hoewel haar ouders hier allang niet meer woonden, wilde Emma leren schieten. Ze dacht er nooit over na waarom. Ze wist het. Lutz leerde het haar. Het schieten gaf haar rust, een beetje zelfvertrouwen. Haar angst werd er iets minder van. Al een paar maanden nadat ze bij de schietvereniging was gegaan, besefte Emma dat Lutz haar houvast was.

Hij had haar weg naar de politie geëffend, naar het LKA, toen nog als rechercheur. Op grond van zijn aanbeveling werd ze ondanks haar afgebroken studie toegelaten tot de opleiding misdaadanalyse. Hij had haar niet alleen ondersteund, hij had haar vooral serieus genomen.

Op zekere dag toen ze nog maar een halfjaar in dienst was, moest ze een eerder veroordeelde verkrachter ondervragen. Alleen maar als getuige, niet eens als verdachte, niets ernstigs, niets met video of advocaten. De ellendeling kon zijn ogen niet van haar borsten afhouden. Hij sprak haar met je en jij aan, vroeg hoe ze het graag had. Van achteren? Tot het scheurt? Ik hou van preutse vrouwen. Wanneer ze komen, spatten ze in duizend stukken uit elkaar. Hij begon zichzelf te betasten. Hoe moest ze reageren? Ze moest zakelijk blijven. Plotseling was Lutz er. Kan ik u helpen? vroeg hij hoffelijk. Aan hem. Kan ik helpen wrijven? Hij trok zijn jasje uit, zijn overhemd. Geen fraai gezicht, een behaarde mannenborst, niet meer zo jong. Borsten, littekens. De smeerlap tegenover haar wist niet wat hij moest zeggen. Volkomen vanzelfsprekend ging Lutz naast Emma zitten, sloeg zijn armen over elkaar en knikte naar haar, waarop ze verderging met haar ondervraging. Bijna een uur later verlieten ze de verhoorkamer, zonder een woord te zeggen, en Emma wist dat hij alles van haar accepteerde. Toen ze later het recherchewerk niet meer verdroeg en wilde overschakelen naar de Operatieve Misdaadanalyse, was hij teleurgesteld, maar hij ondersteunde haar niettemin. Nu stond ze op het punt om de leiding over de OMA over te nemen. Zonder hem zou ze allang zijn stukgelopen op het bureaugekonkel, op mensen die zich niet graag met haar in dezelfde kamer bevonden. Dat ze zover was gekomen, had ze eveneens aan hem te danken.

Lutz verwachtte geen antwoord op zijn retorische vraag. Maar een paar vriendelijke woorden waren op hun plaats. Over het weer, het weekend, een grapje misschien? Emma vond het niet altijd makkelijk om met Lutz te praten. Vooral wanneer hij niet alleen was. Soms voelde ze zich goed bij hem, op andere momenten bracht hij haar in de war.

'Vergeet slachtoffer 1 en 3,' flapte ze eruit. 'Slachtoffer 2 is belangrijk. Ik heb meer informatie over die persoon nodig. Veel meer. Zonder dat lukt het niet.'

Hij gaapte onderdrukt, met een grote hand voor zijn mond. Lutz Bogner was een man van de oude stempel, zo eentje die dacht dat hij geen echte kerel was als hij voldoende slaap kreeg. 'Jij wilt altijd meer dan er is, Emma. Meer tijd, meer info. We hebben zevenentwintig man op de zaak gezet en nog meer aangevraagd, en nog heb je niet voldoende feiten?'

'Als je goed werk wilt...'

Plotseling werd Lutz minder vriendelijk. 'Weet je wat er in de kranten staat? Je bent niet de enige die iets van ons wil, Emma. Wij hebben niet de oplossing van de hele zaak van jullie nodig, alleen een profiel, en wel gisteren.'

Dat zag hij verkeerd.

Lutz was een goede rechercheur, maar hij zou nooit begrijpen hoe een seriemoordenaar dacht. Daar was hij het type niet voor. Hij begreep moordenaars en hij begreep motieven. Hij begreep mensen. 'Het is meestal de echtgenoot,' zei hij altijd. 'Geef me de echtgenoot en ik heb rust.' In 95 procent van de gevallen had hij ook gelijk. Maar psychopaten begreep hij niet. Emma wel. Dat was haar werk. En het was ook haar werk om hem te zeggen dat het tweede slachtoffer belangrijker was dan die twee sexy blondines. Maar hoe zeg je tegen een collega dat hij het bij het verkeerde eind heeft, zonder respectloos te klinken? Dat had ze nooit gekund.

'We hebben meer gegevens over slachtoffer 2 nodig,' herhaalde ze. Misschien een beetje nukkig.

Habernickel, hoofd van MK1, was een heel capabele man, die er naast Lutz echter altijd uitzag als de butler. Hij nam haar keurend op. Van top tot teen. Typerend. Die gortdroge vent met zijn spiegelgladde kale kop en oud-Pruisische snor zei nooit een woord te veel.

'Dat zie ik niet zo,' antwoordde Lutz. 'Nummer 2 is een uitzondering die de regel bevestigt. Een toevallig slachtoffer, iemand die te veel gezien had en eraan moest geloven. Meer niet.'

Hij draaide zich om en Habernickel volgde zijn voorbeeld. 'En dat geldt ook voor vanavond: ik wil niet dat je me de hele tijd de oren van het hoofd praat over slachtoffer 2.'

Pas toen Emma al bijna weer op de afdeling OMA was, vroeg ze zich af wat Lutz had bedoeld met 'vanavond'.

7

'Lutz is aan het eind van zijn Latijn,' zei Brennemann net toen Emma de Poppenkast binnenkwam en zich stilletjes op de lege stoel aan de vergadertafel liet glijden.

'Hij is de klos,' corrigeerde Matze.

'Hij heeft een overvloed aan sporen,' ging de chef verder, terwijl ze kort haar wenkbrauwen in de richting van Emma optrok. 'Maar er is geen rokend geweer bij. Drie doden en geen enkele getuige. Er werken elke week tientallen mensen op die steiger, om de reclamedoeken te wisselen. Voor een deel gebeurt dat zwart, dus we zullen ze nooit allemaal vinden, laat staan dat we hun DNA zouden kunnen controleren.'

'Denkt Lutz dan dat de Leipziger Platz de plaats delict is?' wilde de nieuwe weten.

'Nee,' antwoordde Brennemann bars. 'Dat is heel duidelijk alleen de vindplaats. Op een openbare bouwplaats kan een dader zich nauwelijks dagenlang verkneukelen bij het sterven van zijn slachtoffers.'

'We weten dus niet waar ze vermoord zijn of hoe ze naar de Leipziger Platz zijn gebracht?'

Het zwijgen van de chef sprak boekdelen.

'Ik was vanochtend bij de Tempelhofers,' merkte Matze op. Het was de aanduiding voor de afdeling Technische Recherche aan de Tempelhofer Damm: sporenonderzoek ter plaatse, onderzoek van personen, DNA-analyse, ballistiek, onderzoek van voertuigen. 'De hele TR ligt vol werkschoenen, tot aan het plafond. Echt, honderden paren, tweehonderd in reusachtige bergen, op elke tafel, overal. Ze maken afdrukken van elk afzonderlijk paar. Dat duurt nog weken.'

'De enige twee verdachten zijn alweer vrijgelaten,' ging Brennemann verder. Ze liet haar aansteker om haar vingers dansen. Al in het weekend had Lutz twee eerder veroordeelde verkrachters laten oppakken die ooit tape hadden gebruikt om hun slachtoffers te knevelen. Het zou meer hebben opgeleverd om gewoon het telefoonboek open te slaan en de vinger bij een willekeurige naam te zetten.

'En hoe zit het hiermee?' vroeg Emma. Ze trok een opsomming van sporen uit haar documenten tevoorschijn. Allemaal voorwerpen die op de steiger waren gevonden. Een paar zaken waren rood gemarkeerd:

- scherven van een brillenglas
- pop met geschoren hoofd
- portefeuille met Japans rijbewijs, foto's en 200 yen (euro's en creditcards ontbraken)
- drie rode stompjes kaars, van verschillende lengte
- acht lege bierflessen (Beck's, Jever, König Pilsener), vijf lege plastic flessen (Coke, Pepsi), een lege wodkafles (Smirnoff), een lege rodewijnfles (bordeaux)
- drie antislip werkhandschoenen
- een karabijnhaak van een bergsportuitrusting
- een vrouwenslip, wit, maat 36
- spermasporen op een blauw-wit geblokte doek
- een glazen oog
- een sportschoen, merk Reebok, maat 44

'De Japanse toerist heeft de diefstal van zijn portefeuille twee jaar geleden gemeld en is allang weer naar huis,' zei Brennemann schouderophalend. 'Die schoen is interessanter: het is een speciale klimschoen, geen werkschoeisel. Lutz heeft mensen naar alle bergsportverenigingen in de stad gestuurd. Het enige werkelijk spannende spoor is het sperma. Ik denk dat het om een bouwvakker gaat die te veel sexy moeders heeft nagefloten.'

'Die doek is een standaardtheedoek zoals die in elk restaurant van de stad ligt, ook te koop in ééneurowinkels,' vulde Matze aan.

'Ja, maar hoe zit het dan met die niet-passende objecten die Kottke in zijn obductieverslag noemde?' Emma tikte op haar dossiers. 'Die staan helemaal niet op de lijst.'

'En waar slaat dat niet-passend eigenlijk op?' vroeg Sigmar.

'En die "kunstmatige kleding"? Waar gaat dat over?' Opnieuw Matze.

'Daar moet je mij niet voor aankijken.' Ze trok haar wenkbrauwen op. 'Kottke en Lutz willen dat die voorwerpen grondig worden onderzocht voordat wij ze te zien krijgen. Haal jij maar eens allerlei kleine rommel uit honderd meter industriële tape. Ik weet niet wanneer ze daarmee klaar zijn.'

'Enig idee?'

'Het zijn niet-passende dingen.' Brennemann haalde haar schouders op. 'En niet-passende kleding. En niet-passende vragen. We moeten werken met wat we hebben, totdat er meer gegevens komen.'

Sigmar schudde zwijgend zijn hoofd. Zijn paardenstaart wipte op en neer. Matze liet zijn fietshelm in zijn handen ronddraaien. De nieuwe legde de kranten op tafel netjes op een rij.

'Een paar dingen weten we natuurlijk al wel.' De chef tikte op haar notitieblok. 'Ten eerste: het is te veel werk voor één enkele dader. We moeten dus in de richting denken van een hoofddader en een helper. Ten tweede: minstens een van hen is een man; dat is niet alleen noodzakelijk vanwege de grote inspanning, maar het blijkt ook uit de keuze van slachtoffers. Ten derde: er zit vrijwel zeker een seksuele kant aan de zaak. Slachtoffer 3 werd voor zover we weten verkracht, en slachtoffer 1 waarschijnlijk ook. Is dat alles?'

'Een beetje meer valt er al wel te zeggen,' merkte Emma op. 'De man die dit heeft bedacht, is trots op zijn werk. Hij beschouwt het als een enorme prestatie. Het is een moeilijke en zware klus, en hij heeft het al drie keer voor elkaar gekregen zonder te worden gepakt. Hij beschouwt zichzelf als een genie, almachtig en onfeilbaar. Wat hij hier verwezenlijkt, is een extreem ver doorgevoerde, specifieke fantasie die hij al een groot deel van zijn leven koestert. Sinds een paar jaar werkt hij aan de concrete realisering ervan. Het is zijn levensdoel, al het andere verbleekt naast dit meesterwerk, en nu heeft de wereld het eindelijk ontdekt. Dat wilde hij waarschijnlijk al vanaf het begin.'

Het duurde even voordat iemand iets zei. Het was de nieuwe, die net een stuk kauwgom in zijn mond stak: 'Het klinkt bijna alsof je hem bewondert.'

'Onthoud één ding goed: als misdaadanalist zul je zo'n dader nooit meer tegenkomen.'

'Eerst de feiten, dan de speculaties.' Brennemann kapte elke verdere discussie rigoureus af. 'Lüders, de databanken.'

Met een zucht trok Matze zijn aantekeningen vanonder zijn fietshelm tevoorschijn. Zijn vingers trilden een beetje. Het maakte hem nerveus wanneer de chef hem direct aansprak. Hij was nog heel jong voor dit werk.

'De trefwoorden waren: ducttape, steiger, 3D-steiger en leegstaand gebouw. We hebben ook onderzoek gedaan naar de enscenering op de vindplaats en vooral het ophangen van de lijken is interessant. Ik heb tot nu toe geen gevallen gevonden die er ook maar in de verte op lijken.'

'Wat is die ducttape eigenlijk precies?' wilde Emma weten.

'Dat spul heeft duizend namen. Ducttape, weefseltape, lassotape, filmtape, pantsertape. Werd in de Tweede Wereldoorlog ontwikkeld. Ongelooflijk taai en waterdicht: je kunt er letterlijk een pantser van maken. Geen grap. Volgens de Tempelhofers hebben de daders minstens tien rollen per slachtoffer gebruikt, afkomstig van minstens drie verschillende bedrijven. VICLAS heeft bij het trefwoord "ducttape" veel uitgespuugd.' VICLAS: de internationale databank voor seriedaders, oorspronkelijk opgezet in Canada, en inmiddels de internationale standaard.

'In Canada was er in de jaren tachtig een sekte waarin kinderen die iets hadden uitgehaald of die hun groente niet wilden opeten met ducttape aan hun stoelen werden vastgemaakt, als een soort schandpaal. Op een bepaald moment heeft de zoon zijn vader vermoord en vervolgens zelfmoord gepleegd. Een seriemoordenaar in Frankrijk heeft bij zes of zeven van zijn slachtoffers het hoofd volledig in ducttape gewikkeld, voordat hij het afhakte...'

'Zodat hij ze niet hoefde aan te kijken.' Sigmar knikte.

'Hij zit nog achter de tralies,' besloot Matze. 'Maar het hele lichaam in tape gewikkeld? Nergens te vinden.'

'Anstätt?' Brennemann wendde zich tot Sigmar.

'Normaal gesproken zou ik zeggen dat het omwikkelen van berouw getuigt,' zei hij. 'Veel moordenaars hebben spijt van hun daad en willen het weer goedmaken. Ze leggen het lijk af alsof het slaapt, wassen het, kleden het mooi aan, zodat de dood niet meer zo gruw... gruwe...' Hij begon weer te stotteren.

Felix Schreiner hielp hem: 'Klote uitziet.'

Sigmar zwichtte: 'Klote uitziet.'

'*Undoing*,' zei Felix Schreiner.

'Precies.'

'Ik heb maar één geval gevonden waarbij het slachtoffer compleet werd ingepakt,' zei Matze. 'Dat was echter niet met ducttape, maar met gips. In de Verenigde Staten, in de jaren zestig. Toen de politie de man oppakte, had hij vier vrouwenlijken in huis die op de vloer waren vastgespijkerd en volledig dichtgeplamuurd met gips.'

'Dat is vermoedelijk een andere kwestie,' zei Sigmar. 'Hij kon de lijken niet wegwerken, maar kon ook hun aanblik niet verdragen.'

'Maar hij struikelde er wel de hele dag over.' Schreiner, de grapjas.

'Je denkt vast aan *Dinner for One*,' zei Matze.

'Tsjonge, dat heb ik lang niet meer gezien. Is dat nog altijd op oudejaarsavond?'

'Maar dat was geen spontane actie om het weer goed te maken,' onderbrak Emma het gebabbel. 'Het was gepland, deel van de daad.'

'Correct.' Sigmar. 'Hier is het anders. Ik he...he... heb er nog geen verklaring voor.'

'Maar er zijn ook heel praktische overwegingen om de slachtoffers in te wikkelen,' zei de nieuwe. 'Sporen uitwissen.'

'Neem me niet kwalijk, maar als die vent sporen had willen uitwissen, had hij de lijken wel in het bos begraven,' merkte Emma op.

'Sperma. Op zijn laatst vijf dagen na een verkrachting heeft het lichaam alle spermaresten opgenomen. Maar alleen wanneer het lichaam nog leeft. Als de dader het slachtoffer zonder condoom heeft verkracht, moest hij vijf dagen wachten voordat zijn DNA verdwenen was. Gedurende die vijf dagen moet hij de verleiding om zich nog een keer aan zijn slachtoffer te vergrijpen absoluut weerstaan. Dus wikkelt hij haar in tape.'

Sigmar en Matze hielden op met hun gemompel.

'En het ophangen dan?' vroeg Brennemann.

'Dat is echt opmerkelijk.' Sigmar schudde zijn hoofd. 'Een lichaam ophangen is bijzonder zwaar.'

'En een lijk al helemaal. Dat is zoiets als de tango dansen met een natte zak,' zei de baas droogjes. 'En ik weet waar ik het over heb.' Niemand ging erop in. 'Voorbeelden?'

'Slagers hangen halve runderen na de slacht vijf dagen lang op,' zei Schreiner. 'Pas dan smaakt het vlees. "Besterven" noem je dat.'

'Nu weet ik weer waarom ik die rotzooi niet eet.' Matze huiverde.

'Ik ken ook een vegetariër,' zei de nieuwe. 'Hij heette Adolf Hitler.'

Matze haalde zijn schouders op. 'Ik ben veganist.'

Sigmar bladerde door de kranten op tafel. 'Ze noemen de dader al de mum... mummiemoordenaar.'

'Negendoder,' zei Emma. Ze keek naar de *Tagesspiegel*, waar de tekening van een vogel op prijkte. Naast een artikel over de drie moorden.

'Wat zeg je?'

'Een vogel. Een sadistisch klein kreng. Spietst zijn buit op prikkeldraad of doornen en laat die daar hangen.'

Matze was al aan het googelen. Toen hij een foto had gevonden, draaide hij het beeldscherm om, zodat iedereen het beest kon zien. 'Zo zien ze eruit. In de middeleeuwen werden ze bijna uitgeroeid, staat hier. Ze werden als duivelse wezens beschouwd. Negendoder is hun bijnaam, officieel heten ze grauwe klauwier of schatekster. Tegenwoordig een bedreigde diersoort.'

'Hij heeft een zorromasker.' De nieuwe lachte.

Dat lachje. Waarom werkte het haar zo op de zenuwen? Eigenlijk voelde Emma zich heel goed in de Poppenkast. Het was het beste, op alleen zijn na. Ze kende deze mensen. Als ze zo dadelijk langs het bureau van Matze liep, zou het er naar verse koffie ruiken. Ze wist dat hij met zijn vingers trommelde wanneer hij onzeker werd, maar niettemin respecteerde ze hem. Emma was volledig op de hoogte van Sigmars kleine rattenkolonie bij hem thuis en van het gedragsonderzoek dat hij daarmee deed. Ze vond het niet bijzonder weerzinwekkend. Wanneer ze een nieuwe zaak hadden, kon ze echt merken hoe de synapsen in de breinen om haar heen vuurwerk begonnen te leveren. Ja, het beviel haar hier. Alleen die Schreiner. Die stoorde.

'En is er een reden voor dat hij zijn buit overal zo ophangt?' vroeg de nieuwe.

'Omdat hij van de duivel bezeten is?' Brennemann werd ongeduldig. 'Mij interesseert alleen waarom onze dader dat doet.'

Emma legde de krant opzij. 'Wacht even, ik vind het een goede vraag,' zei ze met tegenzin. 'Het vertoont overeenkomsten met het principe van dat besterven van vlees. Enerzijds is het een vorm van voorraadbeheer, anderzijds kan hij op die manier ook giftige insecten eten. Hij wacht een paar dagen tot het gif geneutraliseerd is, dan zijn ze niet gevaarlijk meer. Het is een dier dat op de lange termijn denkt. Daar komt ook zijn bijnaam vandaan: in de middeleeuwen geloofde men dat hij eerst negen slachtoffers verzamelde voordat hij ze opvrat.'

De anderen waren stil. Emma wist wat ze dachten.

'Dat verzamelen is ook wat onze dader doet. Drie slachtoffers op dezelfde plaats. Hij ontdoet zich niet van de lijken, hij ver... ver... verzamelt ze.'

Brennemann keek Emma aan. 'Geloof jij dat hij een bepaald aantal in zijn hoofd heeft?'

Ze haalde haar schouders op. 'Hij heeft in elk geval een plan. De meeste moordenaars plannen slechts één moord, namelijk de volgende. Onze dader denkt kennelijk groter.'

'Maar hoe groot?' vroeg Matze toen iedereen zweeg.

Niemand gaf antwoord.

'Nog een zeldzaam gegeven,' constateerde de chef. 'Moord door verhongeren. Of verdorsten. Wat kun je daarover zeggen, Anstätt?'

'Het laten verhongeren is eigenlijk een wapen van vrouwen, net als gif,' zei Sigmar. 'Het vermijdt confrontatie. Het is passief, niet actief. Meestal gaat het om moeders die hun kinderen laten verhongeren. Het heeft voordelen: een moeder kan het feit dat ze een moordenares is makkelijker verdringen omdat het kind zogezegd vanzelf doodgaat.'

'Iets dergelijks zeiden we al,' zei Emma. 'Je pakt het lijk in, zodat je het niet hoeft te zien; je laat je slachtoffer verhongeren, zodat je het niet met eigen handen hoeft om te brengen. Het is alsof de moordenaar geen moordenaar wil zijn.'

'Precies,' beaamde Sigmar. 'Bedenk alleen eens hoeveel moeite de dader heeft gedaan. Hoe hoog hij geklommen is. Hij had de lijken ook aan de onderste stangen kunnen ophangen. Maar voor hem was het belangrijk dat ze heel hoog hingen, zo dicht mogelijk bij de hemel. Volgens mij zou er een religieus-ritueel aspect in het spel kunnen zijn, een soort offer aan... aan iets hogers.'

'Een zondebok,' dacht Emma hardop na. 'Je hebt gezondigd, je hebt berouw, je wilt een offer brengen aan God, een plaatsvervangend offer. Nu moet het offer zich voor God verantwoorden, niet de dader.'

Dat hakte erin. De Poppenkast dacht na.

'Nee,' zei Brennemann. 'Dat gaat de verkeerde kant op. Er is geen sprake van een religieuze symboliek. Wie een pakketje naar God stuurt, zet er een adres op. Een gebed, een kruis, een pentagram.'

'Er zijn daders die proberen hun slachtoffers te mummificeren,' hield Sigmar vol. 'Dat kan tal van redenen hebben. Bijvoorbeeld eeuw... eeuwi...'

'Dat is hier niet aan de orde.' De chef wuifde zijn woorden weg. 'Voor mummificatie is ventilatie nodig, het lichaam moet uitdrogen. Hier werd al het vocht met een dikke laag tape binnen vastgehouden. Heb je die foto's gezien? Dit is het tegendeel van mummificatie.'

'Eén ding begrijp ik niet,' zei Matze peinzend. 'Als die enscenering van de lijken voor hem zo belangrijk was, dan had hij toch net zo goed doodgestoken of doodgeschoten slachtoffers kunnen nemen? Dat was heel wat eenvoudiger geweest. Waarom heeft hij ze dagenlang laten verdorsten?'

'Ik denk de hele tijd aan feeders,' zei Emma.

'Wat zeg je?'

'Een feeder is ook een voorbeeld van iemand die doodt, maar zich daarbij inbeeldt niets slechts te doen. Kerels die van vet houden, van dikke vrouwen, extreem dikke vrouwen. Het windt ze op om hen te zien eten. En om hen te voeren. Zoals het eten in haar mond verdwijnt, ze schuiven het gewoon naar binnen en ze vinden het geweldig, tot de vrouw te dik is om op eigen kracht uit bed te komen.'

'Het is buitengewoon agressief gedrag.' Sigmar vulde aan. 'Ze maken die vrouwen volledig afhankelijk, met hun gezondheid is het op zeker moment gedaan. Eigenlijk vermoorden ze de slachtoffers heel langzaam, maar ze beelden zich daarbij in dat ze hun vrouwen alleen voeden. Aan de ene kant bevredigen ze het mannelijke instinct dat een vrouw wil beschermen, maar tegelijkertijd doden ze haar.'

'En ze worden daarbij ook nog door die vrouwen de hemel in geprezen.' Schreiner grijnsde.

'Ik zie op de foto's van Kottke geen dikke vrouwen.' Brennemann zag een beetje groen in haar gezicht.

'Ik vraag me af of het niet precies omgekeerd is,' ging Emma verder. 'Hij hoeft geen feeder te zijn, misschien heeft hij alleen een verstoorde relatie met betrekking tot eten die hem zozeer beheerst dat het tot een psychose is geworden.'

'Tegenwoordig heeft iedereen een eetstoornis.' Brennemann vouwde haar handen op haar buik, het typische kalmeringsgebaar van een zwangere vrouw.

'Misschien heeft hij als kind hongergeleden...'

'Dat zou goed kunnen.' De nieuwe borduurde voort op Emma's idee. 'Dat verklaart de zeven dagen dat hij het slachtoffer bij zich houdt. Hij wikkelt haar in tot ze hulpeloos aan hem is overgeleverd. In zijn woonkamer. In zijn eetkamer. Dan ontbijt hij met haar. Hij kijkt samen met haar naar de televisie, leest haar uit de krant voor en gaat 's avonds gezellig eten, bij kaarslicht, een schnitzeltje, gebakken aardappels, lekker knapperig, of hij neemt junkfood mee naar huis, hamburgers, pizza's en döner uit een puntzak, want dat ruik je goed, totdat de verhongerende vrouw in haar cocon begint door te draaien. Lekker wijntje erbij. Een koud biertje. Elke verdomde dag weer. Het slachtoffer jammert en kronkelt, stikt van de honger, hallucineert van de dorst, terwijl hij doodgemoedereerd zit te eten en haar over zijn moeilijke jeugd vertelt. Maar op zeker moment begint ze te stinken. Dan hangt hij haar ergens in de openbare ruimte op, zodat de hele wereld kan zien wat hij heeft gedaan.'

Het was doodstil in het kantoor.

Tot Brennemann zuchtte. 'Allemachtig, jij moet wel een zieke geest hebben. Echt. Gefeliciteerd.'

Zelfs Emma was onder de indruk, en dat ergerde haar. Bovendien had ze honger.

'En nu we het toch hebben over rondhangen op een plek waar je niet wilt zijn,' ging Brennemann verder. 'Ik moet nodig naar het kleine kamertje.' Ze stond op, zette haar handen in haar onderrug en kreunde. Bij de deur draaide ze zich nog even om en las de vraag voor die Emma die ochtend op het whiteboard had gezet: *Wat heeft slachtoffer 2 hier te zoeken?* Ze sprak haar er direct op aan. 'Ja, wat? Vertel het ons maar.'

Iedereen lachte nerveus. Het was duidelijk dat niemand erover had nagedacht.

'Dat weet ik dus niet,' antwoordde Emma. 'Maar daarover moeten we nu juist...'

'Begrepen. Pech voor ons.' Brennemann keek van haar weg.

Emma had haar moment gemist. Ze had iets uit haar mouw moeten schudden, ook al had ze niets, geen antwoord, geen theorie, niets. Ze wilde net iets naar voren brengen, een leugen, een sprookje, het eerste wat er in haar opkwam, maar de nieuwe was haar te snel af.

'Lutz beschouwt slachtoffer 2 als een toevalstreffer.'

De chef keek Felix Schreiner bedenkelijk aan.

'Heb je daar met Lutz over gepraat?'

'Nou ja... niet direct.'

Een keiharde wet: voordat een profiel is voltooid, vraag je de rechercheur niet naar diens theorieën. Dat beïnvloedt het werk aan het profiel. De OMA werkt altijd onafhankelijk. Plotseling had Emma het idee dat deze Schreiner wat minder gevaarlijk was dan een paar minuten daarvoor.

'Niet normaal meer, zo vaak als ik moet.' Brennemann was al halverwege de gang. 'Ik maak me zorgen om het welzijn van mijn kind. Ik kan maar beter direct naar huis gaan en gaan liggen. Carow heeft de leiding.'

'Schreiner, wil jij beginnen?' vroeg Emma op de toon van de baas. 'Jij had dacht ik de sequentieanalyse? Ik verheug me vooral op je informatie over slachtoffer 2.'

8

Felix Schreiner stond op en liep naar het whiteboard. 'We beginnen met slachtoffer 1. Op 11 juni, woensdag, verliet Lucy Herold, drieëntwintig jaar, muziekstudente en jonge moeder, tussen 22.00 en 22.30 uur de Gethsemanekerk in Prenzlauer Berg, waar ze viool had gespeeld in een Bachconcert. De muzikanten wilden samen nog wat gaan drinken, maar zij ging naar haar huis, Hufelandstraße, ook in Prenzlauer Berg. Een chique woonwijk, district 16. Zoonlief Jakob, drie jaar oud, sliep al. De echtgenoot was op reis. Laatste telefoontje tussen moeder en babysitter was om 22.35 uur. Rond 01.00 uur sliep de babysitter in. De volgende ochtend was de moeder er nog steeds niet, en ze was evenmin telefonisch bereikbaar. Om 07.36 uur belde de babysitter de oma op, die haar overreedde om het kind naar haar toe te brengen, in Zehlendorf. De grootouders wachtten nog 26 uur, daarna deed de grootvader aangifte van vermissing. Niemand belde de echtgenoot op.'

'Duidelijk,' zei Matze. 'Ze dachten allemaal dat ze met de eerste violist in het hotel de *Kleine Nachtmusik* oefende.' Sigmar giechelde.

'Zíj had geen affaire,' corrigeerde Schreiner. 'Maar de echtgenoot wel. Hij was namelijk nog in de stad. Hij zou al vanaf vrijdagochtend op zakenreis zijn, maar is pas zaterdag gevlogen. In de tussentijd, dus ook vrijdagnacht, was hij bij een zekere Simone Maier, in de Bergmannstraße, Kreuzberg. Dat heeft de wijkpost van district 16 al ontdekt. Er is nog een foto...'

'District 16 heeft iets ontdekt?' Sigmar en Emma keken elkaar verwonderd aan. 'Respect.'

'De echtgenoot stond eventjes onder verdenking,' ging Schreiner verder terwijl hij naar de foto bleef zoeken. 'Maar de barkeeper van de Haifischbar bevestigde dat de twee tamelijk veel cocktails hebben gedronken, tot twee uur 's nachts, zoals ook de afrekening via zijn creditcard laat zien. Aha!' Triomfantelijk hield hij een foto omhoog. 'Omdat het beslist relevant is voor het onderzoek, is hier het extreem goedgebouwde alibi van de echtgenoot.'

De foto ging rond. Waarderend gemompel. De vrouw was inderdaad goedgebouwd en slechts in bikini gekleed, wat nogmaals bewees dat ze niets te verbergen had. Voor de jongens in de Poppenkast was de echtgenoot al een held.

'EG98 vroeg de collega-musici naar vreemde figuren in het publiek of voor de kerk.' Felix Schreiner zuchtte. 'De lijst is lang. Een zwerver, een echtpaar dat na de pauze zonder te betalen naar binnen was geslopen, een oude blinde dame, en een rare snuiter die de hele tijd achterin stond en meedirigeerde.'

'En de echtgenote duikt nergens op op een bewakingscamera van het openbaar vervoer?' vroeg Sigmar. 'Geen taxichauffeur die zich haar herinnert? Het is een dr... dru... drukke hoek, bij de Gethsemanekerk.'

Schreiner schudde zijn hoofd. 'Niets. Helaas. Direct na haar verdwijning is er al naar gevraagd, en nu weer. Alleen bij de therapeute van het slachtoffer is er een interessant verschil tussen haar eerste verklaring en die van nu. Dit keer heeft ze gepraat, omdat het slachtoffer dood is. Maar ook haar verklaring leverde niets bruikbaars op.'

'Kun je dat nader specificeren?' vroeg Emma.

'Ik heb het proces-verbaal,' merkte Sigmar op. 'Volgens de therapeute had de vrouw geen minnaar en had ze er geen vermoeden van dat haar echtgenoot vreemdging. Bij de therapie ging het niet om huwelijksproblemen, maar om kwesties uit haar jeugd. Ze had een vader met gewelddadige neigingen en was kennelijk bang dat ze zelf ook losse handjes zou krijgen wat betreft haar kinderen. Of misschien was dat al eens gebeurd.'

'Ook slachtoffer 3 was in therapie,' zei Schreiner. 'En ook bij haar kunnen we de laatste avond goed reconstrueren...'

'En hoe zit het met het tweede slachtoffer?' onderbrak Emma hem.

'Daar kom ik zo dadelijk op. Slachtoffer 3, Julia Fredersdorf, zevenentwintig jaar, juridisch assistente. Op 19 september, vrijdag, kort na 20.00 uur, had ze met haar vriendin Kerstin Bölling afgesproken in het café Zur letzten Instanz in de Waisenstraße.'

'Meen je dat?' vroeg Matze ongelovig. 'Zur letzten Instanz? En dan ook nog in de Waisenstraße?'

'Ja, een slechte keus, als je het mij vraagt. Haar man bleef thuis in Zehlendorf, Delbrückstraße, dure buurt, district 26, paste op de vijfjarige dochter. Kort voor één uur 's nachts namen Julia en Kerstin afscheid bij de ingang van het metrostation. Kerstin Bölling ging met de metro, Julia wilde een taxi nemen. Om 03.15 uur belde de echtgenoot mevrouw Bölling wakker. In het daaropvolgende halfuur werden de zus van het slachtoffer en nog een vriendin opgebeld, tegen halfvijf ten slotte de politie. De volgende dag was ze nog steeds niet terecht. Mevrouw Bölling verklaarde dat ze in de

Biergarten het gevoel hadden gehad dat ze werden geobserveerd. Een man alleen aan een tafeltje. Donker haar, donkere jas, witte sportschoenen. Aan het begin van de avond zat hij aan de ene tafel, tegen het eind aan een andere. De serveerster wist echter niets van een man die van tafel had gewisseld. De bewakingsbeelden van metro en taxistandplaats zijn bekeken. Niets. Mogelijk is ze niet in een taxi gestapt. De echtgenoot heeft geen alibi, maar tot nu toe is er ook niets tegen hem gevonden: geen motief, geen vriendin, geen grote verzekeringspolis of iets dergelijks.' De nieuwe sloeg zijn dossiermap dicht en ging weer zitten. Kauwgom in de mond. De hoeveelste vandaag? Emma wachtte nog even. Er kwam niets meer.

'En slachtoffer nummer 2?'

Schreiner haalde zijn schouders op. 'Levert voor onze bespreking zo goed als niets op. Past ook helemaal niet in het slachtofferprofiel.'

Emma haalde een dossiermap uit haar stapel en liep naar het whiteboard. 'Slachtoffer 2, Karl Brandner, 59 jaar. Uit het medisch-forensisch verslag blijkt: geen verwondingen rond de geslachtsdelen of de anus. Wat wil dat zeggen? Hebben we met een zedendelinquent te maken of niet?'

'We hebben kennelijk te maken met een kieskeurige zedendelinquent,' grapte Schreiner. 'Misschien wilde hij iets nieuws uitproberen, maar is hij na een blik op die ouwe vent naar de vrouwen teruggegaan.'

Emma las verder: 'Vier tanden ontbreken, ernstige lichamelijke verwaarlozing door jarenlang alcoholmisbruik. Vervette lever. Witte huidkanker op het hoofd, niet behandeld. Dit in combinatie met de slechte toestand van het gebit doet vermoeden dat het slachtoffer enige tijd...'

De nieuwe onderbrak haar. 'Het is geen vermoeden. Het was een dakloze, dat weten we al.'

'Dank je, Schreiner. Vertel dan eens even wat we verder allemaal nog weten.' Emma bleef voor het whiteboard staan en trok het dopje van de stift.

'De collega's hebben een paar sociaal werkers ondervraagd en ook inwoners van het laatste ons bekende opvanghuis voor daklozen waar hij verbleef. De laatste datum die in het huis werd genoteerd was 22 juni, maar dat betekent niet dat de dader hem die dag overmeesterde. De man kwam en ging zoals het hem uitkwam. Er werd geen aangifte van vermissing gedaan en niemand heeft gevraagd waarom hij verdwenen was.'

'Is dat alles?'

'Zoals gezegd is hij moeilijk te peilen, de beste man. Er is geen echtgenote. Hij heeft een strafblad sinds zijn negentiende, met diefstal, autodiefstal, poging tot mensenroof, verstoring van de openbare orde, dienstweigering zonder opgave van redenen – ach ja, de jaren zeventig –, drugsbezit, bezit van een illegaal wapen in de vorm van een blaaspijp met gifpijlen.'

'Blaaspijp met gifpijlen?' Matze keek ongelovig.

'Geen idee,' zei Schreiner. 'Verdenking van lidmaatschap van een terroristische organisatie, teruggebracht tot inbraak. Een kruimeldief die te dom was om van zijn misdaad te leven. Vrijwel permanent werkloos, sinds 1989 in tehuizen ondergebracht en door verschillende instanties begeleid, bij tijd en wijle op straat levend. Woonde laatstelijk in de woongemeenschap Rust in de Storm. Zijn plaats daar werd begin juli aan een ander gegeven. Hij wisselde vrij vaak van verblijfplaats, dit soort hardcorelosers gaat altijd weer het verkeerde pad op. Het onderzoek is nog niet afgesloten, althans officieel nog niet.'

'Maar...?'

Hij tikte met een vlakke hand op zijn dossiers. 'Ik denk dat dit alles is wat we te weten komen.'

'Dat is niet genoeg.' Emma klonk geërgerd.

Schreiner ging in de verdediging. 'Ik weet het, ik weet het, ik had er niet met Lutz over moeten praten. Ik ben hier nieuw, ik ben nog aan het leren. Bovendien: vaak is de eenvoudigste oplossing de meest waarschijnlijke. De dader werd bij zijn misdaad verrast en de getuige moest uit de weg worden geruimd. Een nietsvermoedende passant werd slachtoffer. Dat hebben we toch al zo vaak meegemaakt. De dakloze past niet in het profiel en vertelt ons niets over de voorkeuren van de dader. Hij is irrelevant voor het profiel.'

'Jij denkt nog steeds als een rechercheur, niet als een analist,' antwoordde Emma. Ze hoopte dat de anderen haar zouden bijvallen, maar niemand gaf een kik. Ze voegde eraan toe: 'Jij ziet blonde haren en borsten en denkt: aha, duidelijk, dat is wat die vent wil. Maar het gaat hem niet om blonde barbies, maar om iets wat alle drie de slachtoffers gemeen hebben.' Die lul van een middelmatige rechercheur met zijn SHERIFF-beker had niet de minste ervaring met misdaadanalyse en maakte zich er veel te makkelijk van af.

'Dat kan een aardige zoektocht worden,' zei Matze uiteindelijk. 'Die ouwe vent zal niet veel gemeen hebben met die twee vrouwen.'

Sigmar schraapte zijn keel. 'Om iemand op zo'n manier te kunnen ombrengen, moet er sprake zijn van een dermate intense obsessie dat alle gedachten, alle emoties en alle haat zich daarop concentreren. De dader heeft zijn prooi al in zijn hoofd, lang voordat hij die in werkelijkheid tegenkomt. Er ontstaat een bepaald beeld: blond, jong, vrouwelijk. Of een hulpeloze dakloze. Maar slechts één beeld. Er is bij een zo grote obsessie geen plaats voor twee gelijkwaardige mikpunten van haat.' Hij stotterde niet.

Was het mogelijk dat de anderen haar niet begrepen? Had ze zich niet helder genoeg uitgedrukt? 'Dan hebben we de obsessie van de dader kennelijk nog niet onderkend.' Emma begon luider te praten. Ze merkte het, maar kon er niets tegen doen. 'We hebben hier een mannelijk slachtoffer waar dat kennelijk niet thuishoort. Maar hij hoort hier wel. Anders was hij er niet. De dader of daders hebben hem daar opgehangen. Dat is geen toeval, dat is opzettelijk. Niet de dader heeft een fout gemaakt, maar wij. We begrijpen de misdaad niet.'

'Emma, neem me niet kwalijk, maar de theorie dat de dakloze te veel wist en er dus aan moest geloven, is tamelijk voor de hand liggend,' merkte Matze op.

Ze snapten het niet en ze sloten de rijen. Tegen haar. Omdat zij te lastig was. Daarop was ze niet voorbereid. Emma besefte dat ze nu iets moest zeggen om hen te overtuigen, maar ze wist niet wat. Zonder een woord duwde ze het dopje op de stift en ging zitten.

9

Het was laat geworden. En een profiel hadden ze nog steeds niet.

Zonder de juiste informatie geen profiel, zo was het nu eenmaal. Emma had nog steeds geen idee wat ze moest doen om Lutz de gevraagde gegevens te laten aanleveren. Het was frustrerend: misdaadanalisten waren altijd aangewezen op het werk van de rechercheurs, die lang niet altijd begrepen welke gegevens er nodig waren. Ze moest iets doen, de zaken anders aanpakken, Lutz anders aanpakken. Ze wist alleen nog niet hoe.

Ze wachtte tot haar collega's het kantoor hadden verlaten voordat ze met de zoekactie begon. De verboden zoekactie. De actie waarvan ze om de paar weken hoopte dat niemand er ooit lucht van zou krijgen. Ze doorzocht de belangrijkste databanken, INPOL, POLIKS, snel, geoefend, op een naam en een uitspraak, altijd dezelfde naam en dezelfde uitspraak; ooit zouden ze weer opduiken, wist ze, ze was ervan overtuigd, ze moest alleen geduld hebben.

Niets.

Ze logde uit, sloot de computer af. Tas grijpen, jas aan, licht uit. Lange gangen, trappen, snel naar buiten, uit dat koude, stoffige ambtenarenpaleis. De koude, stoffige, muffe West-Berlijnse herfst in. Ze verheugde zich erop om op haar bank voor de televisie in slaap te vallen. Maar ze ging niet naar huis, niet vandaag. De uitputting lag ergens tussen aangenaam en pijnlijk. Een uur vroeger en ze had nog graag een biertje gedronken met Matze en Sigmar, een uur later en ze had aspirine moeten slikken.

Niettemin ging ze op weg naar de kroeg.

Op de hoek van de Kurfürstenstraße: oud huurhuis, sinds mensenheugenis niet meer opgeknapt, met pleisterwerk van een ondefinieerbare kleur. Buiten een paar bakken met verdorde bloemen, slordig toegedekt met dunne dennentakken. Boven de luifel de felgroene neonletters FÜRSTENTRÄNKE, in de wandelgangen 'Tränke' genoemd. Daar hadden ze nog goedkope König Pilsener en Schultheiß, niet al dat modebier met cactusvijgen of lychee-guacamole. Ze zou de kroeg met haar ogen dicht hebben gevonden, hoewel ze er nog nooit binnen was geweest. Een beetje met de collega's na diensttijd aan de bar staan kletsen, geintjes maken, een beetje roddelen over de bobo's. Dat was niet echt haar ding.

Voor het café aarzelde ze nog. Sociale vaardigheden. Ze duwde de deur open.

Schemerig. Partyhits uit de jaren negentig. Stoffig. Een rokerscafé. Het duurde even tot ze iets zag. Donkere lambrisering langs de wanden, neonlampen bij het toilet. Oude tafeltjes met formicabladen, ongetwijfeld praktisch. Als een hotel dat per ongeluk een bordeel was geworden. In de hoek een ouder echtpaar dat worstjes, augurken en aardappelsalade at. Cafékost. Verder naar achteren de lange toog. Geelgroen licht, genoeg om elkaar te herkennen, te weinig om het vuil te zien. Daar stonden ze, de jongens. Meer dan tien. Ze herkende Matze, een paar collega's van MK1. Huber? Hoogfeld? Kutschbach van 13, Zedendelicten was er ook. Die kende ze. Een paar anderen kende ze alleen van gezicht.

Gespreksflarden: lijken. Cocons. Mummies. Het ging om een weddenschap. De mannen waren net de voorwaarden aan het bepalen.

Emma was er eigenlijk wel op voorbereid. Ze had een anekdote in petto: er was laatst een ventje geweest dat beweerde dat niet hij die beide vrouwen had overvallen, maar zij hem. Ze hadden hem met een mes bedreigd en hem gewoonweg gedwongen hen stevig aan te pakken. En toen hij dreigde aangifte te doen, waren ze snel zelf naar de politie gerend. Grappig eigenlijk. Ze had op het toilet zelfs zijn klagerige toontje geoefend: 'Zoiets overkomt mij nu altijd!' Precies het soort verhaal dat de jongens graag hoorden.

Maar hier werd in alle openbaarheid over een lopende zaak gepraat. Dat was niet correct. De gasten en de waard waren buitenstaanders. Natuurlijk moet iedereen nu en dan stoom afblazen, maar hier was ze niet op voorbereid. Lol maken, daar ging het om, kletsen, ontspannen, een beetje opscheppen. Maar grappen maken over de zaak, dat kon ze niet, nog niet. Ze moest zich beheersen om de mannen er niet op aan te spreken: Wat jullie doen is verboden. Het zinnetje dat ze onmiddellijk op het puntje van haar tong had liggen. Maar het was nu niet het moment om de moralist uit te hangen. Ze balde een vuist in haar jaszak.

Toen de anderen haar zagen, vielen ze stil.

Paniek. Allerlei gedachten schoten door haar hoofd: wat nu? Wat moet ik zeggen? Goedenavond? Me omdraaien, weer weggaan?

Vroeger had ze dat probleem niet gehad. Vroeger was ze spontaan. Onbevangen. Naïef. Dat vinden mannen leuk, daar laten ze zich door inpakken, dat was goed en normaal. En het was oneindig lang geleden.

Toen schoot haar iets te binnen. Statistiek. Statistiek was altijd goed. Ongeveer twaalf man. Een vrouw. Dat was 8,3 procent. 'Wat is er?' zei ze. 'Hebben jullie nog nooit een vrouw gezien?'

'Nee,' antwoordde Ceesay. Yasemin Ceesay. MK5. 'Zie jij er een?'

Een paar lachten, zelfs luidkeels. Emma deed er een schepje bovenop: 'Wat? Is dit een flikkertent of zo?'

Te veel? Te veel. Ze zag het aan de diepe rimpel op Kutschbachs voorhoofd. 'Dat heet "anders georiënteerd", als ik daarop wijzen mag,' zei hij streng.

'Precies,' ging Hoogfeld snel door. 'Dat Kutschbach het alleen met opblaaspoppen kan, wil niet zeggen dat hij een flikker is, hij is alleen anders georiënteerd.'

De mannen lachten. Ze was binnen.

Ze kwam aan de toog staan en stak een duim omhoog: een bier. De kastelein vroeg niet welke soort. Het gesprek over de weddenschap werd voortgezet. Matze lichtte haar in. 'Engler gelooft dat het een gevelklimmer is, zo'n Spiderman; Kutschbach denkt eerder aan een jeugdbende op internet die een onlinemoordspel in het echt naspeelt, en Schwander zegt dat het een perverseling is die 's nachts in een cocon slaapt. Vijf euro en je doet mee.'

Als je dat wilt, kun je wat mij betreft weddenschappen over lopende zaken aangaan, maar zonder mij. Onprofessioneel, zei ze. Of liever, dat wilde ze zeggen. Maar voordat ze het kon uitspreken, balde ze haar vuist weer en hield haar mond. Emma's therapeute, dokter Klee, noemde dat 'geldingsdrang', of ook wel 'pretbederverssyndroom'. Iemand die de stemming bij andere mensen graag bederft om zijn of haar eigen persoon belangrijker te maken.

In plaats daarvan zei ze: 'Engler, hoe kom je bij een gevelklimmer?'

'Omdat die lui nergens bang voor zijn.'

'En een engelengeduld hebben,' vulde Ceesay aan.

'Alle twee eigenschappen die psychopaten ook bezitten,' wierp Emma tegen. 'Ik doe mee. Vijf op de gevelklimmer.' Ze legde met een klap een briefje van vijf op de toog. Verloren geld, wist ze, maar dat maakte niet uit.

'Ik ook,' zei Ceesay achter haar.

'Hola, ik stap over naar de gevelklimmer.' Hoogfeld.

'Ik wil alles erom verwedden dat hij maagd blijkt te zijn als ze hem vinden,' zei ze, voordat ze een grote slok bier nam. 'Hij doet het niet eens met zijn eigen vriendin.'

'Maar er waren toch sporen van verkrachting?'

'Dat was zeker niet de hoofddader.' Vreemd, ze verkondigde onzin, maar het maakte niet uit: ze luisterden naar haar. 'Hij is extreem bang om zijn handen vuil te maken. Hij heeft hulpjes die dat voor hem opknappen. Hij doodt ze ook niet zelf, hij laat ze verhongeren, zodat hem geen schuld treft. Door het inwikkelen zijn die vrouwen van hem... Maar hij hoeft ze niet aan te raken, en zij kunnen hem niet aanraken.'

Iemand viel haar in de rede.

'Je gaat ervan uit dat het een man is. Waarom moeten het altijd mannen zijn? Waarom zijn wij altijd de slechteriken?' Felix Schreiner. Hij stond achter haar, kwam net terug van het toilet.

Nu absoluut geen ruziemaken. Dan laat je je zwakte blijken. Het verraadt dat je je aangevallen voelt. Blijf nonchalant. Soeverein. 'Natuurlijk is het een man,' antwoordde ze onmiddellijk. Ze wist dat er ergens een grap in had gezeten, in zijn stem, de manier waarop hij het had gezegd, maar ze kon geen grappige reactie bedenken. 'Er zijn sporen van verkrachting gevonden.'

'Nou en? Ook vrouwen kunnen verkrachten.' De nieuwe had een fijn glimlachje om zijn mond. 'Bovendien, als de hoofddader bij de verkrachting helemaal niet heeft meegedaan, hoeft die ook geen man te zijn.' Het betekende iets, die superieure glimlach. Het duurde een paar zinnen voordat Emma het begreep. Dit hier is mijn territorium, wilde hij haar zeggen. Mannen die opscheppen in het café. *Je speelt nu een spelletje waar ik beter in ben, meiske.* 'Kom op, we weten toch allebei dat er bij dat spelletje van profielen opstellen heel veel onzin te pas komt,' ging hij verder toen ze bleef zwijgen. 'De eerste profilers waren allemaal bedriegers. Meer dan de helft van hen deed alleen aan wilde speculatie. Het is net waarzeggerij: je hoeft alleen maar zo veel mogelijk verklaringen te spuien, en als ook maar tien procent ervan klopt, ben je daarna een genie. Bij de FBI zeggen ze je het regelrecht: een beetje show hoort erbij, dat houdt de gewone agenten op straat scherp.' Nu grijnsde hij breed.

'In Amerika hechten ze misschien waarde aan show, maar bij ons niet,' zei Emma. 'En het heet trouwens Operatieve Misdaadanalyse.'

'Met een beetje meer show had je Lutz allang je geliefde dakloze kunnen aansmeren.'

'Hoe bedoel je dat?'

'Vanochtend, bij de lift. Je wilde Bogner die dakloze in zijn maag splitsen, maar hij wilde niet. Ik heb FBI-rechercheurs leren kennen die de goeie ouwe Lutz met drie zinnen om hun vingers hadden kunnen winden.'

De nieuwe merkte meer op dan ze dacht.

'Als we eerlijk zijn,' ging hij verder, 'doet een profiler toch nauwelijks iets wat een rechercheur met een beetje intuïtie en gezond verstand niet ook zou kunnen.'

Emma wuifde zijn woorden weg. 'Dat denkt elke rechercheur omdat hij niet beter weet, maar studies hebben aangetoond dat het zogenaamde gezonde verstand niet veel meer is dan een rariteitenkabinet van stereotypen en vooroordelen. Daarom werk ik daar niet mee.'

'Onzin. Jij werkt er niet mee omdat je het niet hebt!'

Emma haalde al diep adem om een woedend weerwoord te geven, toen ze merkte dat alleen Felix Schreiner en zij nog aan de toog stonden. Ceesay en Engler rekenden net af, de anderen waren al vertrokken. Klaar met drinken, betaald, weggeslopen. Alleen zij tweeën niet. Ze probeerde te glimlachen, hield een glas warm bier voor haar borst. Plotseling wilde ze alleen nog maar naar huis.

Schreiner keek op zijn horloge, dronk zijn glas leeg en zette het op de toog. 'Zo. Ik wil nog even gaan slapen voordat het begint.'

'Wat zeg je?'

'We zien elkaar dus om één uur.'

'Wat is er om één uur?'

'Weet je dat niet?' Het klonk ongelovig. 'De reconstructie. Vannacht op de Leipziger Platz. Dat heeft Brennemann toch verteld?'

Ze was maar een paar minuten te laat op de bespreking gekomen. 'Dat heeft niemand tegen me gezegd.'

Maar Schreiner had al betaald en was al bijna de deur uit. Emma stond alleen aan de toog. Haar bierglas was nog halfvol.

10

Ze had het gevoel naar de galaontvangst van een Hollywoodster te rijden. Het ontbrak alleen nog aan limousines die met draaiende motoren stonden te wachten. De Potsdamer Platz in de schijnwerpers. Alsof de Berlinale, het internationale filmfestival, bezig was.

Het was bijna één uur 's nachts. Ze had gedoucht en haar nog vochtige haren waren donker, nauwelijks meer blond. Haar blouse had plaatsgemaakt voor een trui, de dikke sjaal voor een jas. De mondaine flats rechts en links van de Potsdamer Straße, schemerig oplichtend in de nachtelijke nevel, werden toen ze de vindplaats naderde meer en meer tot zwarte silhouetten voor het felle licht.

De Leipziger Platz sloot direct aan op de Potsdamer Platz. Het acht verdiepingen hoge hoekgebouw met zijn geschilderde deuren en vensters en met het bedreigend grote lingeriemeisje van de reclame straalde als een gigantische lampion, zelfs nog feller dan de lichtshow op de koepel van het Sony Center. Iedereen die rond deze tijd uit een bar of de bioscoop kwam en het zag, drong zo veel mogelijk naar voren, in de richting van de afzetting. Iedereen wist wat er aan de hand was. 'Heeft het iets met die moorden te maken?', 'Zit hij daarin? Hebben jullie hem gepakt?', 'Is er weer een nieuw lijk?' Eentje brulde telkens: 'Festival of Lights!'

De adrenaline verdrong Emma's vermoeidheid toen ze op aanwijzing van een collega haar Polo op het grasveld voor de ambassade van Canada liet staan en door het vochtige gras naar de monstrueuze lampion liep. Plotseling was het midden op de dag, niet meer diep in de nacht. En het was zomer. Je voelde de warmte van de lampen bij het naderen.

'Waar is de ingang?'

'Daarginds, bij de lift van de S-Bahn.'

De enige doorgang naar de steiger was een deur als uit een tekenfilm: op het doek geschilderd, maar toch echt. Een houten raamwerk hield het vanbinnen strak. Onmiddellijk ervoor stond de glazen lift met de grote groen-witte 'S' op de bovenkant, die de ingang met roltrap naar het station van de S-Bahn markeerde. Lutz stond er ook. Hij was in gesprek met Hauke Bredow, chef van de afdeling Technische Recherche van de Tempelhofer Damm, die en passant zijn medewerkers alle kanten op joeg. Direct naast de tekenfilmdeur had Bredow een zware bouwlift laten neerzetten, die langs de buitenkant van het kunstmatige gebouw tot de bovenste rand van het gevelblok reikte, acht verdiepingen hoog.

'Waarom al dat licht?' vroeg ze aan Lutz.

'Jij ook een goedenavond.'

'Bredow gaat dat licht uitdoen, toch? De daders hadden ook geen licht.'

'Ik sta hier naast je, Carow. Je kunt mij ook direct aanspreken,' zei het hoofd van de Tempelhofers.

Emma deed onmiddellijk wat hij zei: 'Wat zijn dat eigenlijk voor niet-passende objecten? Die dingen die bij de lijken zijn gevonden?'

'We hebben nog een of twee dagen nodig om...'

'Maak je daar met opzet zo'n groot geheim van? Kan je ons niet op zijn minst een aanwijzing geven?'

'Ik geef je graag een aanwijzing. Met alle genoegen.'

'Ja?'

'De objecten passen niet bij de slachtoffers.'

Emma schudde haar hoofd. Ze keek om zich heen en ontdekte Felix. Hij stond iets verderop met twee rechercheurs, beiden van MK1. Ex-collega's. Ze keek weg, herkende een van de technische mannen. Hij heette Gökgöl. Ze ging naar hem toe. 'Die S-Bahnlift, die glazen toren, heeft die een bewakingscamera? Hij staat pal voor de ingang naar de vindplaats. Die opnamen moeten bekeken worden.'

'Gebeurt al,' antwoordde de man zonder van zijn papieren op te kijken. 'Met dat idee kwam je collega ook.' Hij wees naar Felix, die vanuit de verte naar haar grijnsde.

'En hoe zit het met die ambassade?' Ze wees ongeveer in noordelijke richting. 'Zij moeten toch bewakingsbeelden hebben?'

'Die Canadezen? Toen we vroegen of we die mochten zien, hebben ze dat hoffelijk maar zeer beslist geweigerd.'

'Dat kunnen ze helemaal niet, het is een moordzaak.'

'Kunnen ze wel,' antwoordde Gökgöl. 'Geloof me, ik heb lang genoeg bij de verkeerspolitie gezeten. Diplomaten zijn hufters. Heb je dat al gezien, daar?'

Hij wees met zijn kin in de richting van de straat, waar voorbijgangers zich achter de afzetting verzamelden. Engler slenterde er ook rond, in burger, zo onopvallend mogelijk, en maakte foto's. Ongetwijfeld waren er nog een paar mannen van EG98 met camera's onderweg.

'Jij bent toch profiler? Denk je dat hij daar naar ons staat te kijken, onze mummieman?' vroeg Gökgöl.

Ze haalde haar schouders op. 'Als hij weet wat er hier vanavond gebeurt, ja, dan zal hij het absoluut willen zien. Lutz had deze hele toestand eigenlijk in de krant moeten aankondigen.'

'Je bent en blijft pervers,' zei Matze, die met zijn fiets achter Emma was opgedoken. Kennelijk had hij die nergens kunnen neerzetten.

'We zouden entree kunnen vragen en braadworst kunnen verkopen,' merkte ze op. 'Een beetje geld inzamelen voor onze chefs, zodat ze onze overuren eindelijk kunnen uitbetalen.'

Matze en Gökgöl grinnikten. Zo nu en dan lukte het haar toch een grap te maken.

'Ik wil naar die spermavlekken kijken,' kondigde ze aan.

Matze knikte. 'Ik ga met je mee. Ik moet die fiets ergens daarbinnen op slot zetten.'

Bij de met behang beplakte deur kreeg Emma een veiligheidshelm en een radio van een van de technisch rechercheurs, waarna ze naar binnen stapte en het steigerblok betrad. Het woud aan stalen stangen boven haar hoofd gonsde als een bijenkorf. Ze vond iemand van sporenonderzoek en vroeg naar het sperma. Hij nam haar mee naar een met afzettape bij elkaar gehouden stapel steigerplanken, niet ver van de deur.

'We hebben overal gesproeid om bloed- en spermasporen te vinden. Dit was het enige. Heel vaag. Op een theedoek die tussen de planken was geduwd. Hier. De regen zou het op zeker moment hebben weggespoeld, maar het ding lag onder een krant. Een bouwvakker heeft hier geluncht en liet de krant liggen. Gelukkig voor ons.' Emma keek omhoog.

Geen dak. Alleen de zwarte nachthemel daarboven, achter de wirwar van glanzende stangen. Die zag je pas wanneer je binnen was.

'Waar hingen die lijken? Hier?' Ze wees recht omhoog.

'Nee, meer naar achteren. Ongeveer in het midden van de steiger, ter hoogte van de vijfde verdieping. Ik denk dat die vlekken niets met de lijken te maken hebben.'

Met een hoorbare knal gingen de schijnwerpers uit. Emma kon niets meer zien. Nee, dat klopte niet. Ze stonden in het schemerige licht van de automatische reclameverlichting, die van buiten door de reclamedoeken heen drong. De hele binnenruimte werd zacht verlicht, alsof ze zich achter een bioscoopscherm bevonden. Hierbinnen, viel Emma nu op, werd het zelfs midden in de nacht niet donker.

'Het gaat beginnen,' zei de technisch rechercheur, en Emma haastte zich terug naar het trottoir, waar ze beter zicht op het hele theater zou hebben. Achter haar werd de deur van doek weer met een hangslot afgesloten, zoals het geval was geweest toen de dader hier bezig was.

Over de Leipziger Straße naderde een transportbusje, een Mercedes Sprinter, een grote oranje doos zonder zijraampjes, met vijftien kubieke meter laadruimte. Een veegwagen van de stadsreinigingsdienst, met op de zijkant in grote letters BSR. Het was Berlijns geliefdste overheidsdienst, had ze ergens gelezen. De wagen denderde over het trottoir en parkeerde tussen de glazen liftschacht en de kleine deur van doek.

Emma startte de stopwatch op haar mobiele telefoon.

Twee Tempelhofers in BSR-overalls stapten uit de cabine. Een van hen brak het hangslot van de deur open. Hauke Bredow stond ernaast, observeerde, maakte aantekeningen. Het duurde alles bij elkaar een minuut.

Daarna haalden de mannen twee sporttassen vol apparatuur en een opgerold klimtouw, enkelvoudig en oranje, uit de bus. Een touw zoals het bij bergklimmen werd gebruikt, 70 meter lang, 6,5 kilo zwaar. Alles verdween door de deur naar binnen en daarna volgde het slachtoffer: een met zand gevulde pop die met tien rollen ducttape was omwikkeld. Er lag een zeil over de cocon, maar toch klonk er gefluit vanachter de afzetting.

Toen alles achter de deur lag, sloten de rechercheurs de toegang weer af, stapten in de auto en reden weg. Natuurlijk: ze konden de auto moeilijk midden op het trottoir laten staan. Ze zochten een parkeerplaats. Dat kon wel even duren. Emma keek op haar stopwatch. Het hele proces tijdens welk de daders en hun bus van alle kanten goed te zien waren geweest, had vierenhalve minuut geduurd.

'Te lang,' mompelde ze. Het verbaasde haar dat Lutz het hangslot van de deur weer openmaakte, maar toen drong het tot haar door: het eerste bedrijf was voorbij. Het was pauze totdat de collega's een parkeerplaats hadden gevonden en terugkwamen. Ze volgde Lutz door de open deur naar de steiger.

'Hoe weten we eigenlijk dat ze met een transportbusje kwamen? Zijn er bandensporen? Hebben getuigen een BSR-wagen gezien?'

Geërgerd zette haar voormalige chef zijn vuisten in zijn zij. 'Wat zou jij zeggen wanneer ik je dat zou vragen? Nou?'

'Dat een transportbusje de meest waarschijnlijke werkhypothese is,' mompelde Emma.

'Zelfs dat het 's nachts gebeurde, is een hypothese,' gromde Lutz. 'Net als het BSR-logo. In de stad wemelt het van de bouwplaatsen, zodat iets met het opschrift van een stadsdienst niet verdacht overkomt.'

Emma knikte en boog zich over het nagebootste slachtoffer. 'Is dat niet verkeerd ingepakt?' vroeg ze na een poosje. 'In het medisch rapport stond dat de slachtoffers een plank tegen hun rug hadden.'

'Waarschijnlijk om het inwikkelen te vergemakkelijken. Ze eerst aan de plank vastzetten, zodat ze niet kronkelen. Voor de technische recherche was dat niet het belangrijkste: een rubberen pop verzet zich niet. Wat ik vreemder vond was die kleine dwarslat die onder aan de plank zat. De duivel mag weten waarom.'

'Steun,' zei Emma. 'Net als bij Jezus. Aan het kruis zat ook zo'n dwarslat. Als je ergens hangt en bij het inademen niet met je voeten ergens op kunt steunen, krijg je namelijk nauwelijks lucht. Met een voetenplank leef je langer. Daarom sloegen de Romeinen spijkers door de voeten van gekruisigde misdadigers. Zodat het dubbel pijn deed wanneer ze steun zochten voor het ademhalen.'

Lutz fronste. 'Waar heb je dat in vredesnaam vandaan?'

'Ik zat ooit met een Jehova's getuige vast in een lift...'

'Natuurlijk.' Lutz moest lachen. 'Jij hebt ook altijd pech.'

Het duurde bijna twintig minuten voordat de collega's van de technische recherche te voet weer opdoken, nog altijd in hun BSR-overall. Logisch, je kon hier nergens parkeren.

Emma klom met Matze en een paar anderen, onder wie Ceesay en Hoogfeld, op het laadvlak van de bouwlift en liet zich naar de hoogste etage van de reusachtige steiger brengen. Boven hadden de mannen van Bredow planken over de dwarsstangen gelegd, als een soort provisorisch looppad.

Pas hier werd ze duizelig. Boven haar was alleen de hemel, onder haar de wirwar van stangen. Ze hield zich met beide handen aan de eveneens provisorische leuning vast. Het was ijskoud. Verderop langs het grote doek kwamen ze bij de steigerladders van het bedrijf dat de reclames verzorgde. Daar moesten ze zijn. Emma greep de bomen van de ladder vast en dwong zichzelf, centimeter voor centimeter, ongeveer drie etages af te dalen. De vindplaats was niet helemaal boven geweest, maar ter hoogte van de reclamedoeken, en ergens in het midden van de steiger. Om daar te komen moest ze nu over het smalle pad van planken lopen dat diep de constructie in liep. Haar hart bonkte nog steeds. De dwarsstangen van het ijzeren skelet vormden schachten en tunnels, naar rechts, naar links, naar onderen, vooral naar onderen. Met veel lucht ertussen. In theorie kon je via zo'n schacht loodrecht naar de grond vallen.

Op de plaats waar de cocons waren gevonden zag ze Felix, Matze en een paar anderen al op een geïmproviseerd platform staan. Het groepje leek in het luchtledige te zweven. Toen ze eindelijk bij hen was, opende Emma de aantekeningen-app op haar mobiel, zette het toestel op spraakherkenning en sprak trefwoorden in: waar de ladders langsliepen, waar de spermavlekken gevonden waren, waar de drie lijken hadden gehangen. Uit haar ooghoek zag ze dat ook Felix dingen insprak op zijn mobieltje. Via de radio hoorde ze wat er ondertussen onder hen gebeurde. Een van de Tempelhofers (ze dacht de stem van Gökgöl te herkennen) beschreef alles voor degenen die zich boven op de steiger bevonden of buiten op het trottoir stonden.

'Matze?'

'Ja?'

'Die markeringen. Hingen de lijken daar?'

Vlak onder haar voeten waren drie niet ver uit elkaar liggende stangen omwikkeld met afzetband.

Matze knikte en reikte haar een dossier aan. Het verslag van de Tempelhofers.

De lijken waren achter elkaar opgehangen. Slachtoffer 1 dichter bij het reclamebord dan slachtoffer 2, slachtoffer 2 weer dichterbij dan slachtoffer 3. Ze hingen niet recht achter elkaar, maar versprongen: slachtoffer 2 een stang naar links, slachtoffer 3 een stang naar rechts.

'Hm. Is dat een patroon of niet?'

Matze haalde zijn schouders op. 'Zou ook praktische redenen kunnen hebben.'

Onder hen waren de collega's in oranje inmiddels begonnen de acht etages omhoog te klimmen. 'Ze nemen de steigerladder naar boven,' meldde Gökgöl via de radio.

Het duurde bijna een kwartier voordat de eerste rechercheur, alias dader nummer 1, met het opgerolde touw, een rugzak en een ongeveer twee meter lange stalen buis op hun hoogte verscheen. Voorzichtig verliet hij de ladder en werkte zich via de dwarsstangen verder naar het inwendige van de steiger, tot hij op de vindplaats van de lijken aankwam. Hij zei geen woord. Emma en de collega's die van misschien twee meter afstand toekeken, waren publiek voor hem, luie donders. Maar hij was aan het werk, hij zweette en mompelde onverstaanbare vloeken. Hij legde de stalen buis dwars over twee horizontale stangen, zette die met ratels en verbindingsstukken vast en bevestigde er een katrol aan. Daarna liet hij het touw door de steigerschacht tot op de grond vallen, waar de andere collega, dader nummer 2, al wachtte.

Moeizaam. Moeizaam en gecompliceerd.

De eerste voorwerpen die via de takel naar boven kwamen, waren steigerplanken. De ene plank na de andere, vier in totaal. Dader nummer 1 maakte er een klein platform van, waarop hij veiliger stond. Dan pas zou het slachtoffer komen.

Waarom kwam het niet?

'Het slachtoffer hangt rechtop, en raakt de grond nog. Nu niet meer. Nu zweeft hij,' hoorde Emma Gökgöl vertellen. 'Hm, hij slingert nogal heen en weer. Rahn zet hem weer op de grond.' Rahn moest de andere technisch rechercheur zijn, die beneden dader nummer 2 speelde. 'Hij moet het ding stabiliseren. Lijkt een probleem te zijn.'

Emma en Matze keken elkaar aan en schudden hun hoofd.

Het slachtoffer kwam weer omhoog, langzamer dit keer, alsof het de testvlucht van een nieuw soort helikopter betrof. Eerst de schouders, totdat hij loodrecht hing en nog maar met één voet contact maakte met de grond. Daarna zweefde de zilveren cocon naar boven, de steiger in.

Instemmende kreten van onderen, die vervolgens wegstierven. Hoe hoger de cocon kwam, hoe meer die begon te bewegen, tot hij in een kringetje rondtolde.

'Slachtoffer is bij de tweede laag dwarsstangen vast komen te zitten,' meldde Gökgöl.

Hou er alsjeblieft mee op, dacht Emma. Ze wreef in haar handen. Matze kreunde. Onder hen probeerde Rahn het nog een keer: overeind zetten, stabiliseren, omhoogtrekken door de steigerschacht. Weer bleef de cocon steken.

En nog een keer.

Ze waren al anderhalf uur bezig.

Emma had het steenkoud.

Eindelijk klonk de stem van Bredow met het bericht waar iedereen op wachtte: 'We houden ermee op! Verdomme.'

Rahn liet het slachtoffer op de grond knallen.

11

Het probleem was het tollen, dat telkens weer begon zodra de cocon een paar meter de lucht in was gehesen. Pas toen de tweede technische man zuchtend en steunend was afgedaald en het gevaarte met een tweede touw stabiliseerde terwijl zijn collega hem omhoogtrok, hield het tollen op. Op die manier kregen ze het slachtoffer in elk geval drie etages omhoog.

Emma boog zich iets voorover, ze kon het al zien glinsteren. Plotseling scheurde het onwillige slachtoffer los van de haak en tuimelde terug naar de grond, waarbij hij onderweg tegen elke dwarsstang knalde die hij tegenkwam. Er was iets losgescheurd.

'Dat was het dan,' zei Matze. 'Die is natuurlijk...'

'Die poppen kunnen tegenwoordig heel wat hebben!' brulde een collega bewonderend van beneden.

'Stop!' riep Emma voordat ze opnieuw begonnen. 'Ik wil het slachtoffer nog eens zien.'

Het duurde even voordat ze beneden aankwam met de elektrische lift. Een beetje bedremmeld stonden de collega's om de beschadigde cocon heen. Emma inspecteerde het geval, dat er niet goed uitzag, slechter dan de cocons van de echte slachtoffers.

'Wat voor tape hebben jullie gebruikt?'

'Dezelfde als de dader,' antwoordde Bredow. 'Hij gebruikte drie soorten, allemaal topkwaliteit. Die mag niet zo snel scheuren.'

Hij hurkte samen met Emma, Lutz en twee andere technisch rechercheurs naast het gehavende gevaarte en plukte aan de lus die het begeven had. Hij begon te kreunen. 'We hebben die lus op de rug verkeerd geplaatst. Tering. Dat ding hing te schuin, te veel naar voren. Ducttape is alleen verticaal trekvast. Maar als je hem overdwars belast...'

'De plank,' zei Emma.

'Wat zeg je?'

'Daar diende de plank op de rug voor. Die stabiliseert in verticale richting en maakt het makkelijker de ducttape correct aan te brengen.'

Bredow vloekte. 'Zo snel krijgen we hier geen passende plank. We moeten morgen nog een keer aan de bak.'

'Kunnen we niet een van die planken nemen die hier liggen?'

'Te groot en veel te zwaar.'

Bredow was niet meer de enige die vloekte.

'Een strijkplank,' zei Emma.

Het duurde even voordat de chef van de technische recherche begreep wat ze bedoelde.

Dertig minuten later begon de derde fase. Dit keer had de pop een strijkplank op zijn rug, geleend van het naastgelegen Ritz-Carltonhotel, grote uitvoering.

'Fluitje van een cent,' zei Bredow tevreden, met zijn hoofd in de nek.

Emma kwam nog maar net voor de vracht weer boven aan. Nu ging Lutz ook mee. De twee technisch rechercheurs moesten weer de ladder nemen. Hoewel ze beiden tegelijk aan de klim begonnen, duurde het een goede tien minuten langer voordat ook de tweede man boven arriveerde. Emma hoorde hem zwaar hijgen voordat ze hem zag.

'Hoe oud ben jij?' riep ze. 'Rahn, als ik het goed heb?'

'Vier... vierenveertig.'

'Kom je wel eens in een sportschool? Klim je regelmatig?'

'Wat wil je daarmee zeggen? Bovendien proberen we hier...' Hij brak de zin af, luisterde naar zijn headset, knikte en werd hoffelijker. 'Ik doe aan boulderen en gewichtheffen.' Maar hij werd niet al te hoffelijk. 'Wil je een afspraakje maken, of zo?'

'Hoeveel uur sport je per week?'

'Ik ben politieman, ik moet fit blijven.'

'Hoeveel?'

'Tja, zes, zeven uur misschien, een uur per dag... minstens.'

'Heb je altijd zoveel gesport, of pas vanaf je veertigste?'

Een antwoord bleef uit.

'Hallo, Rahn?'

'Een beetje meer dan vroeger. Logisch, je moet fit blijven.'

'En jij?' Ze richtte zich tot de andere technisch rechercheur, die al naast haar stond en de geduldig aan de takel bungelende cocon vastzette. 'Hoeveel sport jij?'

'Ik voetbal af en toe. In het weekend. Maar niet elk weekend. En verder natuurlijk wat de dienst voorschrijft.'

'Geen zes uur per week?'

'Alsjeblieft zeg.'

'Je klimt niet?'

'Het is alleen onwennig. Een beetje meer licht zou niet gek zijn. Het is niet ongevaarlijk. Maar ik ben wel fit. Wil je het voelen?' Hij lachte.

'Hoe oud ben je?'

'Eenendertig.'

Emma fronste.

De tweede man was ook boven aangekomen en liep nu vanaf de ladder voorzichtig via de steigerplanken naar Emma, zijn collega en de cocon. Het gevaarte hing een kleine twee meter onder de katrol, met zijn schouders ter hoogte van de dwarsstang eronder, en wachtte erop definitief bevestigd te worden. De twee mannen wisten niet zeker hoe ze dat het beste konden doen. Ze probeerden een paar dingen uit, wisselden drie keer van plek. Ongeveer een halfuur later staarde het slachtoffer vastgebonden en roerloos naar de achterkant van het reclamedoek in de richting van de Potsdamer Platz.

Emma draaide zich om naar Lutz, die achter haar stond en een beetje groen zag onder zijn veiligheidshelm. 'Twee daders? Dat kan niet waar zijn.'

'Beneden. Buiten. Straks.'

Twintig minuten later stonden Emma, Lutz en Bredow voor de deur van doek. De toeschouwers achter de afzetting waren verdwenen en achter hen was de technische recherche bezig de bouwlift weg te halen.

'Het waren er meer dan twee, Lutz,' zei Emma.

'Kom nou, dat komt maar zelden voor. Er is er dan altijd eentje die de zaak verlinkt, die bang wordt, opstapt of te veel drinkt en praat. Drie daders gaat bijna nooit goed, niet drie moorden lang, dat loopt spaak.'

'Ik vrees dat ik je moet teleurstellen. Het waren er nog meer dan drie. Alleen al die auto. Ze hebben niet urenlang naar een parkeerplaats gezocht. Er was ongetwijfeld een chauffeur die verderop rondreed en op afroep beschikbaar was. En ook op de steiger waren het er meer dan twee. Apparatuur en planken naar boven brengen, werkvloer leggen, looppaden, installatie van de katrol – met zijn tweeën doe je daar de hele nacht over, veel te veel risico. En dan steeds die steiger op en af. Als het er maar twee of drie waren, moeten het bodybuilders of topsporters zijn geweest. Volgens mij is het waarschijnlijker dat we met een groter aantal doorsneetypes te maken hebben dan met twee van het slag Superman. Het gaat om een groep.'

Bredow snoof ongelovig.

Lutz: 'Hoeveel?'

'Zoek ik uit. Morgen geef ik je een aantal, bij de bespreking. Met een profiel. Of Schreiner doet de presentatie.'

'Wat zeg je?' vroeg Lutz, op zijn beurt ongelovig en misschien met een ietwat slecht geweten omdat hij haar met iemand had opgezadeld die haar chef zou kunnen worden.

'Hij is nieuw, hij heeft ondersteuning nodig.'

'Jij en ondersteuning? Je hebt geen idee wat dat inhoudt.'

'Ook ik kan bijleren.'

Ze loog. Ze had niets bijgeleerd. Ze was alleen iets van plan. Het was tijdens dat oeverloze wachten bij haar opgekomen. Ze wist nu hoe ze Lutz ertoe kon brengen haar de nodige informatie over slachtoffer 2 te geven. En Felix Schreiner kwam haar daarbij goed van pas.

'Nog iets,' zei ze. 'Hij heeft het al een keer eerder gedaan.'

'En je denkt dat we dat dan niet gemerkt zouden hebben?' Lutz klonk spottend.

'Het was niet precies wat hij hier heeft gedaan. Maar hij heeft minstens één keer eerder gemoord en waarschijnlijk ook dat ophangen uitgeprobeerd. Hij heeft daar vooral van geleerd wat er allemaal fout kan gaan. Net als wij vandaag. Een volgende keer mocht er niets fout gaan. Hij heeft geoefend. Met die katrol en de lier, met de organisatie, met de tollende cocon, en met die plank op de rug. Steeds weer, met de hele groep, totdat ze het vlekkeloos konden. Daarvoor hadden ze ruimte nodig... veel ruimte. Ze hebben ergens een hal.'

'Verder nog iets wat ik zou moeten weten?'

'Ja. Hij denkt precies tegenovergesteld vergeleken met de meeste mensen. Omgekeerd. Hij heeft meer werk gemaakt van de afhandeling van de lijken dan van de moord zelf. Alsof de moord voor hem niet meer dan bijzaak was. Dit hier, deze enscenering, het verzamelen van lijken in zilveren cocons in een semiopenbare ruimte, dát is de eigenlijke daad. Dat is belangrijk voor hem. Een of andere traumatische ervaring geeft deze dingen meer betekenis voor hem dan het leven zelf.'

Bredow zette zijn handen op zijn heupen. 'In het leger heb ik voor alle mogelijke dingen ducttape gebruikt, maar... steigers? Openbaarheid? Ophangen? Wat voor trauma moet dat dan wel niet zijn?'

'Geen idee. Maar misschien kunnen jullie niet-passende objecten me verder helpen.'

Bredow snoof alleen maar.

12

'Ik blijf nog even,' zei Emma tegen de chef van de technische recherche, nadat Lutz was vertrokken. De Tempelhofers hadden de lier weggehaald, de bouwlift afgebroken, alle apparatuur en schijnwerpers ingeladen en waren weggereden. Hauke Bredow keek haar alleen maar vermoeid aan. 'Ik wil naar huis.'

'Je hoeft niet op mij te wachten.'

'Dit is een plaats delict.'

'Ik weet wat dat inhoudt.'

'Ik ben verantwoordelijk voor de veiligheid, totdat we allemaal weg zijn.'

'Ik heb een mobieltje. Als ik overvallen word, bel ik de politie.'

'En wat krijg ik ervoor?'

'Een strijkplank?'

Hij gaf grommend toe.

Emma hield van het fenomeen plaats delict. Overal collega's aan het werk, allemaal experts, het intensieve zoeken naar sporen, de geconcentreerde vakkennis, de vanzelfsprekende focus op zaken die voor de meeste mensen onzichtbaar zijn. Ze vond het prettig daar deel van uit te maken. Maar nog prettiger vond ze plaatsen delict wanneer de anderen alweer weg waren. Pas dan kwamen ze ten volle tot leven, gaven ze hun boodschap prijs. Pas dan kon Emma ze ook horen.

Eindelijk alleen liep ze in alle rust over de steigers. Ze bukte voor dwarsstangen, stapte over de stangen op de grond. Het was een driedimensionaal coördinatensysteem en zij wilde weten hoe de ruimte was georganiseerd, hoe de dader de ruimte had opgedeeld. Zorgvuldig ging ze de routes na: van de deur naar de plaats waar het sperma was gevonden, vandaar naar het punt direct onder de vindplaats van de lijken en weer terug naar de deur. Ze had een driehoek gelopen. Dat had geen betekenis, maar het herinnerde haar wel aan iets. Drie lijken. De manier waarop ze hingen.

Ze haalde zich de situatie op de vindplaats nog eens voor de geest. De daders hadden de drie slachtoffers in een driehoek opgehangen. Ze keek omhoog. De nachtelijke hemel was tussen de wirwar van zwarte lijnen nauwelijks te zien. Alleen het licht van de reclameborden schemerde tussen de stangen door, als het schijnsel van de ondergaande zon in een donker bos. Ze noteerde in haar mobiele telefoon: *Als een pijl die naar het reclamebord wijst; het eerste lijk in de punt. Boodschap? Wil hij de aandacht op dat bord vestigen?*

Waarom deze plek? Waarom uitgerekend hier? Wat trekt je zo aan in deze steiger dat je hier je kunstwerk wilt installeren?

Ze vond de ladders en keek om zich heen. Daar stond de kleine aluminium trap die Bredow gedienstig voor haar had laten staan, zodat ze bij de steigerladder kon komen, die niet tot op de grond doorliep. Ze verplaatste de trap en begon omhoog te klimmen, langzaam, voorzichtig, steeds hoger. Soms stopte ze even om de duizeligheid af te wachten, maar die kwam niet meer. Ze klom langs de achterkant van het gigantische, verlichte reclamedoek naar boven, als een eenzame nachtvlinder. Van zo dichtbij kon ze de afbeelding op het doek niet meer zien, alleen nog licht van verschillende kleuren. Ze pauzeerde kort achter een kolossale letter, ging schrijlings op een sport zitten, haakte haar armen om de bomen van de ladder en liet haar benen bungelen. Ze luisterde. Onder haar voeten klonk het lawaai van de Potsdamer Platz: verkeer, claxons, lawaaiige toeristen. Zelfs om deze tijd nog.

Langzaam begon ze te begrijpen wat deze plek betekende.

Wat een vrijheid, wat een veiligheid. Hier was ze geborgen, in een andere wereld, direct naast die van alledag. En wat was die wereld groot! Emma kon overal heen, naar alle kanten, ze kon schreeuwen, naakt dansen, herrie maken. Wat ze ook deed, niemand zou er notitie van nemen. Niemand zou zelfs maar vermoeden dat ze hier zat.

Is dat wat je wilt? Een toevlucht? Een schuilplaats voor de wereld daarbuiten? Is dat wat je aantrekt? Heb je daarom je dode schatten hier achtergelaten? Ik geloof dat ik je begrijp. Wie je ook bent, ik begrijp je nu.

Verder. Helemaal naar boven, achtste verdieping, tot ze buiten adem was. Haar handen waren koud en vochtig. Nu niet uitglijden. Boven werd het lichter. Ze stak haar hoofd boven de bovenste stangen uit en keek om zich heen.

Buiten was het ochtend. In het oosten, boven de Mall of Berlin, ging de bleke herfstzon op. Onder haar heel Berlijn, van horizon tot horizon. Alleen in het westen belemmerden de hoge flats van de Potsdamer Platz het zicht.

Ze schreeuwde.

Ze schreeuwde zonder woorden. Alle angst, alle frustratie, alle haat schreeuwde ze eruit. Ze schreeuwde zo hard als ze kon. De ladder onder haar voeten trilde.

Niemand die haar hoorde.

Ze schreeuwde opnieuw. 'Klootzakken! Hallo? Klootzakken! Jullie kunnen me wat!'

Ze zocht naar de juiste woorden. Brulde: 'Losers! Idioten! Slachtoffers! Klootzakken! Rukkers!'

Niet persoonlijk genoeg. 'Ik maak jullie af!'

Al beter.

'Ik pak jullie! Allemaal! Kan me niet schelen of ik eraan ga. Ik maak jullie af. Smeerlappen, klootzakken, ik krijg jullie wel!'

Niemand had haar gehoord, maar ze waren er allemaal, iedereen die de boodschap van de dader moest horen. Heel Berlijn was daarbuiten. De stad had niets verstaan, maar hoorde niettemin toe. Emma's handen trilden, haar hart bonkte.

Is dat het? Is dat je boodschap aan de wereld? Je wilt ons iets zeggen. Wil je zeggen hoezeer je ons haat? En is die boodschap zo belangrijk dat je er drie mensen voor hebt vermoord?

Plotseling voelde ze hoe moe ze was. Voorzichtig daalde ze weer af. Het lawaai was verstomd, de schijnwerpers waren uitgegaan. Ochtendschemer. De stangen kruisten elkaar tot in het oneindige en vormden een steeds dikkere schaduw voor de hemel.

Ze pakte haar mobiel en sprak nog een paar notities in, nam de aluminium trap mee, die terug moest naar de Tempelhofer Damm, bukte om door de deuropening te stappen en liep de nieuwe dag binnen.

Op straat haastten de Berlijners zich gewassen en geschoren naar hun werk, mensen stroomden uit de metro, auto's claxonneerden, stopten en trokken weer op. Het woon-werkverkeer kwam op gang. Een oudere dame met een zak broodjes in haar hand en een kip aan de lijn liep voorbij en keek haar niet aan.

Emma haalde het hangslot uit haar jaszak en sloot de deur af.

Ze draaide zich om en wilde weglopen maar bleef staan, ging terug naar de deur en bekeek het hangslot nauwkeuriger.

'Je hebt iets over het hoofd gezien, Lutz,' mompelde ze.

13

Emma zocht een ijssalon. Niet zo eenvoudig eind oktober.

Kreuzberg, Hagelberger Straße. Ze bleef dubbelgeparkeerd staan en liep naar de deur van Vanille & Marille. Gesloten. Het was nog geen negen uur.

In haar hoofd ging ze de lijst van ijssalons in de stad na. Eismanufaktur, Vanille & Co, Inka, Franken & Grunewald. De stad wemelde van de kleine, chique ijssalons en er waren er zelfs bij die niet zonder slag of stoot voor de Berlijnse winter capituleerden. Zo vroeg was er echter niet één open.

Maar toch. Emma wist dat ze Lutz in een ijssalon zou vinden.

Ze had hem opgebeld, maar hij had niet opgenomen. Na de reconstructie was hij ongetwijfeld een paar uur gaan liggen, maar na achten kon die man onmogelijk in bed blijven. Hij was ook niet op het bureau. Hij zat ergens in Berlijn en at ijs.

Goed ijs: rozemarijn-vanille, yuzu-gember of crispy whisky. Hoewel, waarschijnlijk geen whisky. Emma zocht verder. In het Westend, aan de Steubenplatz. Het Wiener Conditorei Caffeehaus, een grote zaak met een lange traditie, die om deze tijd al bijna vol zat. Ze wist dat Lutz er al eens eerder was geweest. Hij had ooit iets verteld over een oude dame en koffie met taart. Vandaag zat hij er niet. Toen schoten haar de boterhamzakjes te binnen die Lutz nu en dan op zijn bureau had liggen, zijn broodjes met vleesworst of Goudse kaas.

Berlijn-Wedding was al wakker. Werknemers haastten zich naar de metro, uitladende vrachtwagens blokkeerden de weg, een claxonnerende lawine van blik verstopte de Müllerstraße. Overal internet- en telefoonwinkels, schoenenzaken met reusachtige procenttekens in de etalage, in het midden warenhuis Real: afgeprijsde levensmiddelen, veel soorten bier, goedkope T-shirts, een krantenkiosk en een broodjeszaak annex koffiebar. Een paar statafels. Ertegenover in de passage een zitbank.

'Je had rechercheur moeten blijven,' zei Lutz toen ze op hem af liep. Op de bank naast hem lagen een verfrommelde broodjeszak en een lege koffiebeker. Hij was net aan zijn toetje bezig. Ze pakte het bonte plastic bekertje uit zijn hand en keek naar het etiket.

'IJs van Florida-Eis. Dat stamt nog uit de jaren vijftig, toch? Ik dacht dat ik je in zo'n ijslaboratorium zou vinden, in een van de chique salons. Je hebt toch wat met die hippe tenten?' Ze ging naast hem op de bank zitten.

Lutz grinnikte, pakte zijn ijsbeker terug en keek ernaar. Het ding leek in zijn grote kolenschop te verdwijnen. De hippe dingen dansten voor zijn ogen, zag Emma. 'Die nieuwe zaken experimenteren graag, dat is leuk,' gaf hij toe, in het ijs porrend. 'Ze willen het anders doen en komen elke week met nieuwe idiote ideeën, zoals gekonfijte chili of kokosdrop. Sommige smaken zijn heel lekker, andere minder. Maar het is altijd interessant. Nooit saai.'

Afwezig staarde hij naar de lepel en het opgestapelde ijs.

'Het is aanstekelijk, begrijp je? Je probeert eens iets ongewoons uit en je voelt je alweer jong. Ze zijn goed voor de zomer, maar in de winter heb je er op een bepaald moment genoeg van. Ze proberen alles, maar ze zijn... onervaren. En dan ontdek je de oude, vertrouwde salons weer en vraag je je af hoe je ooit kon vergeten hoe goed ze daar zijn. Die weten wat ze doen, daar ben je in goede handen.'

'Ik heb het ook niet zo op jonge dingen.' Ze flapte het er zomaar uit.

Lutz draaide zijn hoofd en nam haar indringend op, totdat ze wegkeek. Zonder een woord te zeggen stond hij op, liep naar de vrieskist, haalde er een beker uit, legde een paar munten op de toonbank neer voor de verveelde dame van de broodjeszaak die al twintig jaar lang niet meer had geglimlacht, liep terug naar de bank en gaf Emma de beker aan. Aardbeien. Ze had nu liever glühwein gehad, zo in- en inkoud had ze het, maar het maakte niet uit. Het was prettig om naast hem te zitten, naast de man die haar ooit had gered. Hij rook naar zeep, cederhout en naar vertrouwen. Een specifieke geur die ze alleen van hem kende. Neurologen beweren dat een vrouw bij een man, met name in zijn hals, soms een heel bepaalde geur kan waarnemen, een feromoon dat haar vertrouwen geeft. Dat was de geur van Lutz.

Ze had plotseling zin om te praten. Over haar twijfel, haar vertwijfeling, haar verwarring, over het boek dat haar verkrachter had gestuurd, over haar angst, haat en woede. En misschien over hoop. Of die überhaupt de moeite waard was. Over dat alles wilde ze graag een keer met hem praten, nu, juist nu zou ze daar zin in hebben, vermoeid en overwerkt als ze was, midden in een zaak, met een ijsje in haar hand in een winkelpassage in Wedding – waarom niet? Vroeger kon dat toch ook? Problemen bespreken met mensen van wie je hield, die je vertrouwde, waarom niet, dat deed je toch op die manier? Waarom dan niet hier en nu, met hem? Maar één keertje weer zo vrij zijn als vroeger, hoe verfrissend zou dat zijn? Een verlossing.

Ze zei: 'Ik heb meer informatie nodig.'

'Als het om die dakloze gaat, Emma, hou dan maar op.'

'Nee, nee.' Natuurlijk ging het om die dakloze. Emma gooide het snel over een andere boeg. 'Er is nog wel iets te halen bij de echtgenoten, denk je niet?'

'Wat dan? Ze zijn al een paar keer ondervraagd. Ze herhalen zichzelf alleen maar.'

'Er klopt iets niet en dat zit me de hele tijd dwars als ik het proces-verbaal lees. Als die huwelijken zo probleemloos waren, waarom liepen die twee vrouwen dan bij een therapeute? Ze verbergen iets.'

'Wie?'

'De echtgenoten. Ze verzwijgen iets.'

'Ja, en wat dan wel?'

'Hoe moet ik dat weten? Huwelijksproblemen?' Ze haalde haar schouders op. 'Ik heb koffie nodig.'

Lutz lachte. 'Iedereen verzwijgt huwelijksproblemen.'

'Jij ook?'

'Waarom denk je dat je me op elk moment van de dag en de nacht kunt bellen? Mijn vrouw en ik slapen gescheiden.'

'Ik dacht dat dat vanwege jouw snurken was.'

'Ik snurk niet.'

'Weet je nog dat we een keer een hele nacht in de oude brandweerkazerne op een oproep moesten wachten? Toen snurkte je. En hoe!'

'Genoeg daarover,' zei Lutz. Hij stond op.

'Niet alleen die beide vrouwen lijken op elkaar, hun gezinnen ook! Te veel. Dat kan geen toeval zijn.'

'Denk je soms dat die echtgenoten elkaar via een chatroom leerden kennen en toen hebben afgesproken elkaars vrouw om te brengen?' Hij trok zijn jas aan maar bleef zitten. Ze leunde voorover, praatte sneller. 'En die jongen?'

'De getuige?'

'Ik heb het hangslot bij de steiger nog eens goed bekeken. Het is onbeschadigd. Hoe is die jongen daar binnengekomen?'

Lutz gaapte. 'Hij zei dat het slot open was, dat staat trouwens in het proces-verbaal. Of opengebroken. Waarom zou hij liegen?'

'De man van de beveiliging heeft verklaard dat de deur altijd op slot zit. Dat wordt elke dag gecontroleerd. De eigenaar van zo'n leegstaand object is daar wettelijk toe verplicht.'

'Ook beveiligingsbeambten kunnen liegen. En soms hebben ze daar meer reden voor dan kleine jongens.' Lutz begon zijn geduld te verliezen. Emma had nog maar een paar seconden. 'Bovendien kun je op YouTube vinden hoe je zo'n slot binnen drie minuten kraakt.'

'Een jochie van tien krijgt dat niet voor elkaar.'

'Maar hij is onze dader ook niet, Emma.'

'Iemand heeft die jongen binnengelaten,' zei ze.

Het verraste haar dat ze zichzelf dat hoorde zeggen.

14

'We zoeken tussen de vijf en de acht daders.'

Het grote kantoor van MK1 was afgeladen vol. De meeste rechercheurs kende Emma alleen van gezicht. Aanwezig waren natuurlijk de jongens van EG98 Leipziger Platz, maar ook collega's van afdeling 12, Vermiste Personen, en van 13, Zedendelicten, en wie weet wie nog meer. Ze had moeite om zich ertussen te wringen. Het was er benauwd, krap. Iedereen keek geboeid naar voren, waar Felix Schreiner stond en niet Emma, zoals anders.

Het was haar beslissing geweest en niet alleen Lutz had zich erover verbaasd. Kijken of het werkte.

'Dit aantal kennen we uit het terrorismeonderzoek,' legde Schreiner net uit. 'Een terreurgroep kan een paar honderd mensen tellen, maar de actieve kern is altijd in kleinere cellen verdeeld. Met minder dan vijf man kan een cel complexe acties al snel niet meer aan, bij meer dan acht personen is het slechts een kwestie van tijd voordat de cel uit elkaar valt. De grote inspanningen en de hoge mate van organisatie bij de mummiemoorden wijzen erop dat het ook hier om vijf tot acht daders gaat.'

Niet slecht, die Schreiner. 'Mummiemoorden.' Het zou niet

lang duren voordat de dader de mummiemoordenaar zou heten. De stelligheid waarmee hij haar theorieën uit de doeken deed, was goed. Een show, maar goed. En hij hield zich min of meer aan de afgesproken tekst. Nog een paar minuten voordat hij bij het punt kwam.

De hele ochtend hadden hij en Emma – moe, ongeconcentreerd, met een zwaar hoofd van een lange nacht en een hazenslaapje van een halfuur, op zoek naar koffie en met een razende honger – de presentatie telkens weer samen doorgenomen. Welke informatie stond vast? Welke hypothesen konden er met de paar sporen die ze hadden worden onderbouwd? Veel was het niet.

'Als het terroristen zijn, wat willen ze dan?' vroeg iemand.

'Terroristen zijn het niet,' corrigeerde Schreiner. 'De misdaad is niet opgeëist. Bovendien is er geen enkele aanwijzing voor een politiek motief. Dit zijn simpelweg psychopaten. En wat ze gemeen hebben is de lol aan het moorden. Ze hebben de moorden samen begaan, anders was het ze niet gelukt. Maar de hoofddader bepaalde waar en wanneer het gebeurde en hij zocht het slachtoffer uit, in lijn met zijn persoonlijke fantasie.'

'Nog maar twee dagen bij de psychonerds en nu al een grote mond,' grapte iemand die door het hoofdbureau was gestuurd. Ook daar had Schreiner dus oude bekenden.

'Betekent dit dat de anderen alleen maar meelopers zijn?' vroeg Habernickel, die zoals altijd naast Lutz stond.

Felix Schreiner knikte. 'De hele enscenering is te kenmerkend, te specifiek en moet wel aan één enkel ziek brein zijn ontsproten. De ducttape, het ophangen, verschillende lijken op dezelfde plaats verzamelen... Dat is een duidelijke handtekening. De hele enscenering heeft meer moeite gekost dan de moorden zelf, dat hebben we gisteren allemaal kunnen vaststellen. Hij vergroot zijn risico onnodig. Geen dader die dat vrijwillig doet, behalve wanneer hij een boodschap heeft.'

'En welke boodschap is dat?' merkte Ceesay op. 'Dat de stad vol zit met gekken?'

Niemand lachte.

'Wat kunnen we over de hoofddader zeggen?' ging Schreiner verder. 'Hij is tussen de dertig en veertig jaar, werkt in de bouw of heeft een soortgelijk beroep, bijvoorbeeld architect, opzichter of iets in die geest. Hij kent het verschil tussen een katrol en een lier en heeft ervaring met steigerbouw. Zijn daad wijst op een ongelooflijke vastberadenheid en efficiëntie, die je ook in zijn persoonlijke leven ziet. Hij heeft succes en wordt gerespecteerd. Hij heeft een relatie, die echter alleen voor de show is. Zijn vrouw verhoogt zijn maatschappelijk aanzien: ze ziet er goed uit, is slank en blond, net als de vrouwen die hij doodt. Ze hebben geen kinderen. Zou hij die wel hebben dan zou het leven niet meer louter om hem draaien, en dat zou hij niet toelaten. Als jullie hem oppakken, wens je dat je net zo kan leven als hij.'

Wonderlijk. Emma luisterde hoe hij haar teksten bracht, een klein beetje aangepast en hier en daar wat opgepoetst. Ze herkende de geboren verkoper. Zij stond niet zo graag vooraan, tegenover de anderen. Natuurlijk kon ze dat wel, maar ze schoot ook snel in de verdediging. Heel anders dan deze vent, die ervan genoot. Haar woorden klonken goed uit zijn mond. Hij was to the point, bracht ze helder en logisch. Zijn voorliefde voor gemakkelijke oplossingen was haar die ochtend goed van pas gekomen, toen ze zich gedwongen zag de feiten omwille van een hoger doel een beetje te verdraaien.

'Hij kan met mensen omgaan, ziet eruit als een gentleman. Dat merk je ook aan zijn omgang met de slachtoffers. Hij heeft slechts minimaal geweld gebruikt...'

'En hoe zit het dan met die verkrachtingen?' vroeg Ceesay. 'Een verkrachter is geen gentleman.'

'Vermoedelijk hebben de slachtoffers er niets van gemerkt,' zei Schreiner. 'Er zijn tenslotte ook sporen van morfine gevonden. Hij is iemand die zichzelf een fatsoenlijke kerel vindt, ook wanneer hij moordt. Zijn charme en omgang met anderen heeft hij tot in de perfectie geoefend. Wanneer jullie hem tegenkomen, zou je niet vermoeden dat je met een seriemoordenaar praat. Hij is goed voorbereid. Hij heeft antwoorden op alle vragen en zal geen tegenstrijdige dingen zeggen, jullie kunnen hem niet van zijn stuk brengen. Jullie zullen hem mogen.'

Toen zei hij het eindelijk. Het belangrijkste deel van haar tekst. Het zinnetje waar Emma de hele ochtend voor had gevochten.

'De sleutel ligt bij het mannelijke slachtoffer, de dakloze.'

Dramatische pauze. Het werd onrustig in het kantoor. De collega's links en rechts van Emma begonnen met elkaar te fluisteren en wierpen haar steelse blikken toe.

Felix Schreiner ging onverstoorbaar verder: 'Wij hebben dit slachtoffer zeer intensief besproken, en we weten dat jullie dat ook hebben gedaan. De man valt op omdat hij als slachtoffer niet in het patroon past. De vrouwen werden verkracht, hij niet. Niettemin werd zijn dood met evenveel moeite en inspanning geënsceneerd en werd hij opgehangen, net als de anderen. Dat betekent dat het slachtoffer belangrijk was voor de dader. Hij was niet zomaar een vreemde die te veel gezien had en uit de weg moest worden geruimd.'

Emma keek in de richting van Lutz, heel even maar, maar ze zag dat hij haar aankeek, en ze zag de uitdrukking op zijn gezicht. Hij was er niet gelukkig mee.

'Integendeel, het lijkt ons waarschijnlijk dat de dader hem goed gekend heeft,' zei Schreiner, alvorens zijn kauwgom met een sierlijke boog in de prullenbak te spugen.

Plotseling werd het aan alle kanten onrustig en begon iedereen door elkaar te praten, totdat Habernickel zijn stem verhief. 'Stil!' Emma bleef recht voor zich uit kijken.

'Misschien wist hij wat er gaande was. Misschien was hij er bij de eerste daad bij en wilde hij daarna ophouden, misschien was hij bang en dreigde hij naar de politie te gaan. Om de een of andere reden moest hij eraan geloven. Ze wilden hem niet vermoorden, maar ze moesten wel. Vermoedelijk hadden ze er moeite mee. Daarom wikkelden ze hem ook in, net als de anderen. Om hem een bijzondere eer te bewijzen. Dat verklaart tevens de lange periode tot het volgende slachtoffer viel, het derde. Ze waren eerst nog in shock omdat ze een van hun eigen mensen hadden moeten doden.' Schreiner grijnsde. Hij genoot van de verblufte gezichten van zijn ex-collega's. Hij kon het niet nalaten nog een extra prik uit te delen: 'Jullie vinden de dader hoogstwaarschijnlijk in kringen rond de dakloze.'

Het grote kantoor van MK1, ook wel de Ketel genoemd, was plotseling een machine die op volle toeren liep. Rechercheurs grepen hun mappen en telefoon, discussieerden met elkaar, kwamen in kleine groepjes naar Lutz toe.

Het had gewerkt.

Emma ontspande. En bovendien was niemand behalve zij op de hoogte van het detail dat ze zelfs de nieuwe niet had verteld: de helft van alles wat hij zojuist had voorgedragen, was eenvoudigweg gelogen. Het maakte niet uit: zij had wat ze wilde. De gegevens die ze over slachtoffer 2 nodig had, zouden op zijn laatst overmorgen op haar bureau belanden. Dat ze Felix Schreiner daarvoor in de val had laten lopen, zou hij waarschijnlijk nooit te weten komen. Waarschijnlijk zou niemand het merken.

Emma was tevreden. Toen ze wegliep keek ze nog even om naar Lutz, die het druk had met zijn rechercheurs. Niettemin kruisten hun blikken elkaar.

Hij wist precies wat ze gedaan had.

15

Emma vluchtte. Naar de dierentuin.

Waarom ook niet? Dat had ze haar nichtje al zo vaak beloofd. Direct na de presentatie belde ze Sarah spontaan op. 'Ik heb de rest van de dag vrij, dus ik kan Emily straks bij het kinderdagverblijf ophalen.'

'Je kunt haar zelfs nu ophalen,' zei haar zus.

'Is er iets gebeurd?'

'Ze wil vroeger naar huis. Er is een ruzie geweest. Een uitje met haar lievelingstante naar de dierentuin is precies wat ze nu nodig heeft.'

Emily wilde de apen zien. Terwijl de zon al langzaam begon te dalen, zochten ze de kortste weg naar de apen, maar die leek er niet te zijn. Kronkelende paden in het schemerlicht, een vochtige herfstdag, kinderen die al moe begonnen te worden, verveelde vaders en moeders die op hun horloge keken. Waarom alle kinderen zo gek waren op de dierentuin had Emma nooit begrepen. Ze liepen langs de ijsberen, waar Emily even wilde kijken. Daarna gingen ze naar de zeehonden. Na nog een pauze bezochten ze natuurlijk ook de olifanten.

Emma werd ongeduldig. 'Je mama verwacht ons straks voor de koffie. Als we alles onderweg naar de apen gaan bekijken, hebben we niet genoeg tijd.'

Maar Emily kon de flamingo's toch echt niet overslaan, of de giraffen.

'Of zullen we vandaag naar de giraffen kijken en een andere keer terugkomen voor de apen?'

'Nee!' zei haar nichtje.

Emily: een meter elf lang (vorige week nog maar een meter tien), 27 kilo, blond, donkerblauwe ogen. Een kind zoals iedereen het graag zag. Emma's nichtje was zo'n meisje van wie vrienden en familieleden zeiden: 'Als die in de puberteit komt, maak dan je borst maar nat.' Als Emma haar aankeek, zag ze een knuffelbaar bundeltje onschuld en vertrouwen, dat heel toevallig het seksuele ideaal van de meeste exhibitionisten, voyeurs, verkrachters en moordenaars beantwoordde.

Maar daar dacht ze maar zelden aan. Ze was er trots op dat ze die gedachten inmiddels kon onderdrukken en niets anders zag dan een kind van vijf dat van blijdschap stond te springen wanneer ze Emma zag aankomen. Een meisje dat eruitzag als haar eigen dochter, als ze die had gehad. Een meisje dat naar haar was genoemd:

Klein-Emma. Een klein mensje dat nog niets wist van verkrachters en seriemoordenaars.

'Eén, één, één!' kraaide Emily. 'Zo groot ben ik! Dat kan ik al schrijven.' Ze trok met een takje drie streepjes in het zand.

Bij de papegaaien vroeg Emma haar naar het kinderdagverblijf. 'Mama zei dat je daar ruzie had gemaakt?'

'Finn is stom,' zei Emily. Om haar oordeel te benadrukken, trok ze een boos gezicht.

'Waarom dan?'

'Hij slaat me.'

'Dan is hij echt stom,' zei Emma. Ze luisterde maar met één oor. Bij de miereneters keek ze op haar mobieltje. Drie berichten.

'Dat mag niet,' zei Emily.

Emma had haar gevraagd haar te helpen. 'Als je ziet dat ik mijn mobieltje uit mijn jas haal, moet je zeggen dat ik dat niet mag,' had ze haar in de auto op het hart gedrukt. In de auto was ze nog sterk geweest, bij de giraffen al minder, en bij de miereneters zette ze het ding weer aan.

'Ik moet alleen heel even luisteren, dan zet ik hem weer uit,' beloofde ze.

Het eerste bericht was van Matze. 'Kun je me ook zeggen waarom Lutz zo chagrijnig is? Dat zou Felix ook graag willen weten. Het profiel was toch goed? Ze zijn nu bezig de daklozenopvang waar die man heeft gezeten op de kop te zetten. Je wilde het adres hebben.' Hij gaf het door.

Tweede bericht: 'Met Lutz. Je bent me enige uitleg schuldig. Felix is nu je collega, en een collega speld je geen onzin op de mouw, maar dat heb je kennelijk nog niet door. Ik heb overigens contact opgenomen met de ouders van de jongen. Greve. Het gezin is weer terug in Braunschweig. Iemand moet ze ondervragen, en ik wil niet dat die plaatselijke lui dat gaan doen. Ach, ik krijg plotseling een idee! Waarom doe jij dat niet, als je daar zo tuk op bent? Samen met Felix Schreiner bijvoorbeeld. Dat ga ik zo dadelijk aan Brennemann voorstellen.'

Derde bericht: 'Brennemann. Carow, waarom ben je vertrokken zonder het profiel op papier te zetten? Felix is al druk aan het schrijven, maar ik wil dat jij het overneemt. Als ik jou was geweest had ik dat niet uit handen gegeven, maar dat is jouw zaak. Ik heb dat zootje morgenvroeg nodig. Ja, ik weet het, afgelopen nacht heb je niet geslapen. Moment.' Korte pauze. 'En waarom is Lutz zo chagrijnig?'

Terwijl Emma met haar telefoon bezig was, hing Emily tegen het hek en zwaaide aan de andere kant van het pad in de richting van de volgende dierenverblijven.

'Naar wie zwaaide je?'

'Die aardige man daar verderop. Hij zwaaide ook!'

Emma spitste haar oren. 'Welke man?'

Emily liet haar wijsvinger onzeker heen en weer gaan. Er was niemand. Behalve een man die luchtballonnen verkocht.

Ze gingen het apenhuis niet meer halen.

'We moeten terug naar huis,' zei Emma toen ze op een steenworp afstand van de apen waren. 'Anders komen we te laat voor de koffie. Mama bakt een appeltaart. Je houdt toch van appeltaart?'

'Ik wil naar de apen toe!'

'Als we te laat komen, krijgen we geen taart, omdat je anders geen trek meer hebt in het avondeten.'

'Mama kan ook later brood eten, zodat ik weer honger heb.'

Geen slecht argument. Maar Emma had voldoende gelegenheid gehad om haar zus in vergelijkbare situaties te observeren. Ze deed haar na en greep naar de authentiekste en effectiefste manipulatiemethode: 'Als je meegaat naar de auto,' fluisterde ze samenzweerderig, 'haal ik een ijsje voor je, dat mag je in de auto opeten.'

Ze zag dat er zich een zware strijd aftekende op het gezicht van Emily. 'Dilemma' noemden psychologen dat. Emily was vast van plan om naar de apen te gaan. Het besluit stond onomstotelijk vast, zonder mitsen of maren, een besluit dat haar leven zin gaf. Tot er een nieuwe optie naar voren kwam die alles op haar kop zette. IJs vertegenwoordigde in principe een hogere waarde dan de apen, maar om dat toe te geven... Dat zou betekenen dat ze voor een volwassene moest capituleren. Zo snel worden we verpest door onze begeerten.

Emily beet op haar lip. Ze wiebelde van haar ene voet op de andere, maar zei niets. Ze besefte dat ze hoe dan ook iets zou verliezen, wat ze ook zei.

Het was het juiste moment om de knoop door te hakken. 'Goed, dan is het duidelijk. We gaan ijs halen.'

'Ja!' jubelde Emily, die eindelijk van haar dilemma verlost was – en op een slimme manier verkocht ze haar nederlaag als triomf. Ze huppelde de hele weg naar de ijskraam.

Toen ze al in de auto zaten en onderweg waren, vroeg Emma door. 'Waarom slaat Finn je eigenlijk?'

'Omdat hij stom is.' Emily trok weer het bijpassende gezicht, dat zag Emma in de achteruitkijkspiegel.

'Plaag je hem misschien?'

'Nee, dat durf ik niet. Dan bijt hij!'

'Misschien vindt hij je aardig.'

'Dan moet hij me niet slaan. Hij slaat iedereen. Elke dag. Hij houdt gewoon niet op...'

Emily vertelde niet verder. Bij het volgende verkeerslicht draaide Emma zich om.

Achter haar hield Emily het hoorntje dapper vast, maar het ijs smolt en liep over haar hand. Ze had tranen in haar ogen.

Haar tante gaf haar snel een aai over haar bol. 'Niet huilen, liefje.' Het verbaasde haar hoeveel woede ze moest inslikken. 'Het komt allemaal goed. Dat beloof ik.'

Ze leek Sarah wel. Praatten alle moeders zo? Misschien moest dat ook: het komt allemaal goed, neem het niet zo serieus, het was vast niet zo bedoeld. Misschien hoorde dat bij een verstandige opvoeding.

Toen ze thuiskwamen was de taart nog niet eens klaar, hoewel het hele appartement naar warme appels rook en Kalli, de labrador van Sarah, al verlekkerd voor de oven wachtte. Sarah dirigeerde kind en hond de keuken uit en schonk koffie in voor haar zus. 'Je ziet er moe uit.'

Emma vertelde over het boek dat ze de vorige ochtend met de post had gekregen en zei dat ze niet wist wat ze moest doen. Dat ze de man in de gaten hield en inmiddels ook wist waar hij woonde. Maar wat moest ze doen? Moest ze een contactverbod laten opleggen? Zou dat hem tegenhouden? Kon ze hem misschien op een andere manier bang maken?

'Ho, stop. Wat bedoel je daarmee? Bang maken?'

Ze haalde haar schouders op. 'Iemand op hem afsturen, misschien. Of zelf voor zijn deur verschijnen... Gewoon zomaar, 's nachts. Ik ben een politievrouw en draag een wapen. Ik mag dat.'

'Maar zou je het ook kunnen? Oog in oog staan met hem?'

'Geen idee... Ik geloof dat ik hem zou kunnen vermoorden, maar niet met hem praten. Ik weet niet wat ik zou kunnen doen. Maar ik moet iets. Het liefst...' Ze maakte haar zin niet af. Sarah had even nodig voordat ze begreep wat Emma bedoelde.

'Je weet toch wel wat je zegt, hè? Zou je hem echt kunnen doden? Jij bent geen moordenares, Emma. Zou je dat werkelijk kunnen?'

Ze zweeg. Natuurlijk kon ze dat. Zij wel. 'Ik wil alleen dat hij weg is.'

'Nu even rustig aan. Je weet niet eens wat er in het pakketje zit. Goed, misschien is het een boek, nou en? Was er niet iets in het nieuws, iets over dat hij veranderd is? Wilde hij niet graag dat je hem zou vergeven?'

'Dat heeft hij gezegd. In een interview.'

'Misschien wil hij dat echt. Misschien beschrijft hij je lovend in dat boek en wil hij dat je dat leest. Misschien heeft hij iets aardigs geschreven.'

Emma kon zich nauwelijks nog inhouden. 'Hij heeft niets aardigs geschreven.' *Aardig*: ze spuugde het woord uit als vergif. 'Hij is een verkrachter. Alles wat hij wil, is vernederen. Hij wil niet dat ik hem vergeef, hij wil me kapotmaken. Hij wil laten zien dat hij nog steeds macht over me heeft, net als toen in die hut. Hij wil dat ik weet dat hij er nog is, hij wil mijn neus in zijn stront drukken en het windt hem op om zich voor te stellen hoe ik kijk wanneer ik zijn boek opensla. Dat is wat hij wil.' Ze balde haar vuisten tot haar knokkels wit waren.

'Emma, alsjeblieft, je maakt me bang. Dat weet je allemaal niet. Je weet dat niet. En je doet helemaal niets totdat het duidelijk is, begrepen? Hij heeft trouwens niets verkeerds gedaan.'

'Pardon? Niets verkeerds gedaan?'

'Hij heeft zijn tijd uitgezeten. Wat de wet betreft, heeft hij weer een schone lei. Hij heeft jou alleen een boek gestuurd. Dat is geen misdaad. Maar jij? Als jij hem achtervolgt, hem in de gaten houdt en bespioneert, als je voor zijn deur gaat staan, en dan nog het liefst met een pistool, Emma, ook al gebruik je het misschien niet. Dan ben jíj de stalker. Begrijp je? Voor de wet is hij namelijk de onschuldige burger en ben jij de crimineel, als je dat allemaal doet. Wil je dat? Wil je van hem de goeierd en van jezelf de slechterik maken? Denk er eens over na wat je eigenlijk aan het doen bent, Emma.' Sarah stond plotseling op om de oven uit te zetten.

Er was zelfs slagroom bij de appeltaart, en Emily vertelde niet dat ze al een ijsje had gehad, zoals afgesproken. Ze keek Emma triomfantelijk aan met een blik die zei: jij en ik, samen zijn we tot grootse dingen in staat.

'Hoe zit het eigenlijk met die Finn?' vroeg Emma.

'Finn?' Sarah fronste. 'Heb je iemand leren kennen?'

'Ik bedoel die jongen in het kinderdagverblijf die Emily slaat.'

'O die, dat zijn kinderen. Die jongen wil aandacht.'

'Slaat hij of slaat hij niet?'

'Emma, dat is een zaak van de leidsters. Die regelen dat wel. Ik heb er al iets van gezegd. Maar ik heb misschien iemand voor jou. Hij heet Johannes.'

'Geen interesse.'

'Hij is heel aardig. Hij is de jongere broer van een vriendin van mij, Heike.'

'Geen behoefte aan.'

'Hij is linguïst en gepromoveerd.'

'En hij heeft nog nooit een vriendin gehad.'

'De vriendin met wie hij jarenlang samen was, heeft hem bedrogen. Ze zijn nu een jaar uit elkaar. Hij heeft dus relatieschade opgelopen, zoals jij het graag hebt. Hij is van jouw leeftijd. En, Emma, hij is normaal.' Sarah draaide zich naar haar toe. 'Begrijp je dat?' zei ze indringend. 'Normaal. Hij is niet de hele dag bezig met misdadigers die graag vrouwen...' Ze praatte niet verder omdat Emily in haar slagroom zat te roeren en overduidelijk meeluisterde. 'Hij is een beetje verlegen, maar normaal.'

'Sarah, dat zijn nu juist de types die vrouwen... Je weet wel.'

'Nu ben je nog vrijgezel, maar binnenkort komt de dag dat dat "een beetje vreemd" wordt. Dat gaat heel snel, en je merkt het zelf niet.'

'Ik heb contact met het andere geslacht.'

'Op een manier die niet gezond is. Weet je, als alleenstaande moeder die ook nog een baan heeft en dus nooit vrije tijd, zou ik eigenlijk jaloers moeten zijn op jou, met je wilde nachtleven, je feesten en... al die O-N-S'en.' Ze bedoelde kennelijk onenightstands. 'Maar dat ben ik niet. Dat zou je te denken moeten geven. Van wat jij doet word ik veeleer bang.'

Emma wist niet wat ze daarop zeggen moest.

Sarah sloeg spijkers met koppen. 'Ik ga voor jullie koken. Johannes wil sowieso mijn nieuwe computer beveiligen. Heike komt ook mee, met haar vriend. En Emily is er ook, toch, Emily? Zullen we volgende week voor tante Emma gaan koken?'

'Ja!'

'Geen interesse.'

'Jawel, je hebt wel interesse. En je komt. Ik maak Krustenbraten. Je weet wel, varkensvlees met een heerlijk knapperige korst, zoals mama dat altijd op papa's verjaardag maakte, met aardappelpuree.'

Dat klopte helemaal. Sarah kookte net als mama. Af en toe had haar kleine zus heel sterke argumenten. Verdorie.

'Dilemma' noemen psychologen dat.

16

In het opvanghuis Rust in de Storm stonk het lichtelijk naar pis, ontsmettingsmiddel en zweet. Kortom: naar oude kerels. Van hen waren er hier zeven. Gelooide gezichten, ongeschoren en getekend door alcohol, ogen die geen blik kunnen vasthouden, slepende voeten, muffe tweedehandskleren, de gewoonte om ook binnen de vochtige winterjas aan te houden, gemompel, geklaag en geforceerde jovialiteit.

Een prefabgebouw in een rustige omgeving, Pekrunstraße in de wijk Marzahn, district 62. In het gebouw wemelde het van de collega's. EG98, Tempelhofers, minstens twee keer zoveel collega's als bewoners. Die laatsten klaagden luidkeels, met hese, kapotte stemmen, over de ruwe inbreuk op hun privacy. Alles was hier luidruchtig. De blèrende televisie in de gemeenschapsruimte – het culinaire programma *Das perfekte Dinner* – was tot in alle uithoeken van de etage te horen.

De rechercheurs stelden vragen, noteerden namen, maakten foto's, en namen bezittingen van de overleden Karl Brandner in beslag, die nu verrassend genoeg in andere kamers opdoken. De oude computer uit de gemeenschapsruimte moest ook mee, hoewel Emma betwijfelde of de Tempelhofers nog met zo'n fossiel konden omgaan.

'Carow, wat doe jij hier?'

Habernickel, de chef van MK1, kwam voor haar staan. Bovenop te weinig haar, onder de neus te veel.

'Ik heb een paar notities voor jullie,' zei Emma. Ze haalde een notitieboekje uit haar zak, scheurde het volgeschreven eerste blaadje af en hield het Habernickel voor. 'Een paar vragen. Onderwerpen. Dingen die we moeten weten.'

Hij nam het blaadje niet aan. 'Carow, wij weten wat we moeten doen.'

'We zoeken vooral naar overeenkomsten tussen Brandner en de beide vrouwen. Is hij bijvoorbeeld ook in therapie geweest?'

'Laat ons dat nu maar in alle rust uitzoeken. Ik stuur het verslag later wel naar de OMA.'

Emma liet het blaadje zakken. 'Ik wil de kamer van ons slachtoffer zien.'

'Weet Lutz dat je hier bent? Hij houdt er niet van als de OMA tijdens onderzoeken onaangekondigd langskomt. "Die psychonerds moeten zelf maar eens goed nadenken," zegt hij altijd. En hij is toch al boos op jou.'

'Is dit zijn kamer?'

Brandners voormalige kamer was een soort inloopkast. Smal bed, Ikea-kasten, schooltafeltje met bijpassende stoel van kunststof, adembenemende stank van sigarettenrook en verschaald bier. De huidige bewoner liep kwaad achter een hoffelijke politiefotograaf aan en ging elke keer dat de man een foto probeerde te maken in de weg staan. 'En hoe zit het met mijn privacy? Dat mag je niet doen! Hoe zit het met mijn rechten? Mijn privéleven is ook beschermd!' Het was een spelletje: de fotograaf probeerde af te drukken voordat de man weer voor de lens sprong. Of hij deed alsof hij naar rechts richtte en draaide op het laatste moment bliksemsnel naar links om een foto te maken.

'Had hij vrienden hier?'

'In de keuken.'

Ze liepen achter Habernickel aan naar de gemeenschappelijke keuken. Te oordelen naar het keukengerei bestond het hoofdgerecht elke avond uit boterhammen. Met margarine. Er zaten twee kameraden van de dakloze aan de ronde tafel. Wilde blikken, groezelige jassen, de een in een rolstoel. Ze waren in gesprek met twee rechercheurs. Een van hen, Wilk, kende ze, hij was ook zo'n oudgediende van MK1. De man in de rolstoel beloofde haar net alles over Brandners vrienden te vertellen, als ze daar honderd euro voor overhad. De andere man beweerde dat de eerste helemaal niets wist, en ging tien euro onder diens prijs zitten. Wilk legde in alle gemoedsrust uit dat een dergelijke financiële tegemoetkoming veel papierwerk betekende, dat het maanden kon duren voordat het geld werd overgemaakt, dat de naam van de ontvanger dan voor altijd in de databanken van de politie zou worden opgenomen en dat je daarvoor een bankrekening nodig had.

De man in de rolstoel keek bedenkelijk.

'Bovendien, als het al zover komt, bepaalt de staatsrekenkamer hoeveel de informatie waard is,' zei de tweede rechercheur. 'Het hangt ervan af hoeveel vrienden Brandner had en hoe regelmatig hij die ontmoette. Waren er afzonderlijke vrienden met wie hij weleens op zondag op de hoek voor de Lidl stond, of waren het er meer, ongeveer vijf tot acht, met wie hij ergens in het geheim samenkwam om dingen te bespreken waarover hij officieel niets mocht vertellen?'

'Het was op maandag, niet op zondag,' zei de rolstoelman.

'Hou je grote bek, klootzak!' blafte de niet-rolstoelman.

'Waren het vrienden die veel nadachten? Van die intellectuele types? Of meer spiritueel? Mensen die wisten wat er in de maatschappij allemaal misging en zo?'

'Hij was de intellectueel!' zei de niet-rolstoelman. 'Hij was de professor.'

'Zo heette hij, de professor. Hij had boeken. Marx zat er ook tussen. En hij was een terrorist. Dat heeft hij me zelf verteld.'

'Terrorist?' fluisterde Emma tegen Habernickel. 'Stond er niet iets in zijn dossier over een terroristische organisatie?'

'Ja en nee.' De rechercheur dacht even na. Hij opende een pdf-bestand op zijn tablet en drukte Emma het apparaat in handen. Terwijl de bewoners van het opvanghuis hem met hun gesteggel amuseerden, begon ze te lezen:

Getuigenverklaring van Christoph Jahnke, woordelijke inhoud.

'Brandner? Mijn god, aan hem heb ik lang niet meer gedacht. Die was oké. Die had ballen. Anders dan ik, haha. In de jaren tachtig kwamen we hier allemaal terecht, omdat we geen burgermannetjes wilden zijn. Tja, wat zal ik ervan zeggen? Tegenwoordig woon ik in Zehlendorf. Mensenlief. West-Berlijn. De RAF. Allemachtig, zo lang geleden.

Ik vraag me soms af wat er gebeurd zou zijn als ik erbij was gebleven. Karl is erbij gebleven. Vond ik te gek. Hij heeft een paar keer gebeld, als hij geld nodig had. Geen probleem. De meesten die toentertijd naar Kreuzberg kwamen blowden en naaiden zich alleen maar een slag in de rondte, zonder ooit te begrijpen wat er werkelijk loos was. Karl begreep dat wel. Hij meende wat hij zei. Dat we die bobo's daarboven eindelijk een keer een klap op hun smoel moesten geven.

We vormden een hechte kliek, Karl, Michi en ik. Michi had een meisje dat wilde meedoen, maar haar geld raakte op en ze ging terug naar haar ouders in Hannover. Michi moest iemand anders zoeken. Stomme trut. Karl had iemand leren kennen, een hoge piet in de farmaceutische industrie, ik geloof bij Schering. Echt een hoge piet. Hij wist waar die kerel woonde. In een penthouse in Tiergarten. Echt. Hij ging er een keer heen en belde aan bij een buurvrouw, om binnen te komen. Hij bekeek de deur van het appartement, die een heel eenvoudig slot had. Wij dachten: hoe kun je zo stom zijn? Hij kende een ober die hem had geleerd hoe je zo'n slot kraakt. We moesten die vent er ook nog voor betalen, met wiet. Het was moeilijk om er zelf van af te blijven, maar we waren vastbesloten. Het duurde nog een halfjaar, daarna gebeurde het. Op een avond belden we bij de buren aan en braken zonder problemen in in het appartement. We hadden alles bij ons. Touw. Zak. Wapens. Autokrik. Een indianenblaaspijp die Karl ooit als kind tijdens een of ander feest van een museum had gekregen. Die heeft hij zijn hele leven bij zich gehouden, het was zijn heiligdom, en op een dag had hij een boek gekocht over hoe je gifpijlen maakt. Eigenlijk waren we natuurlijk tegen geweld. Maar die vent was er toch niet. Weg. Niemand thuis.

Wij hebben dus gewacht. Michi ontdekte de platenspeler. De man had een gigantische installatie. En alleen maar Zappa-bootleg-lp's. Ongelooflijk, de helft kenden we nog niet. Karl vond ergens wodka en eierlikeur, en in de slaapkamer stond een gitaar. Hij speelt graag gitaar, niet heel goed, maar met heel zijn hart. We speelden, zongen, discussieerden en luisterden naar alle Zappa-lp's, en we dronken daarbij op de grote genieën, toen rock nog rock was, tot de tranen ons in de ogen stonden (snottert). Ik verbaas me er nog altijd over dat niemand in dat complex de politie heeft gebeld.

's Ochtends kwam die vent eindelijk thuis – hij was trouwens niet meer dan een klein apothekertje – en hij vond ons met z'n allen in de woonkamer, laveloos in slaap gesukkeld. Karl was geloof ik spiernaakt. Tja. Dat was het. Ons grote avontuur als Berlijnse revolutionairen. Weet je, ik zou het zo weer doen.'

'Hij poetste zijn tanden nooit,' zei iemand achter Emma.

'Wat?' Ze draaide zich met een ruk om.

In de deuropening stond iemand. Groot, heel groot, met loodzware oogleden.

'Deed hij wel!' schreeuwde de niet-rolstoelman.

'Met thee,' mompelde de grote. 'Alleen met thee. Er zat iets in tandpasta, zei hij. Van de regering.'

'Hoelang hebt u hem gekend?' vroeg Emma.

'Pas vanaf de tijd dat hij hier zat.'

'Sinds wanneer poetste hij zijn tanden alleen met thee? Altijd al?'

'Zolang ik hem heb gekend. Hij was een slimme vent. Hij wist veel over de wereldregering. Ze willen ons allemaal impotent maken. Daar hoor jij zeker ook bij? Hij zei altijd dat jullie hem op een dag zouden komen halen.'

'Klootzak!' schold de rolstoelman. 'Niemand heeft je iets gevraagd!' Hij wendde zich met een vertrouwelijk gebaar tot Emma: 'Die wil alleen maar geld opstrijken. Hij wil altijd alleen maar geld. Hij poetste zijn tanden helemaal niet met thee. Die vent vertelt sprookjes.'

'Hij schopte herrie.'

'Hoe?'

'Op woensdag. Voordat hij naar zijn vriend ging. Dan deed hij de deur op slot en begon te schreeuwen. In zijn kamer, alleen. Als een krankzinnige. Urenlang.'

De man in de rolstoel reed met een doelbewuste ruk naar achteren tegen de schenen van de grote man. Die hield zijn mond. 'Als je meer wilt weten over de professor, wil ik geld zien!' zei de rolstoelman. Hij sloeg op de tafel.

Emma kon niet precies uitmaken hoeveel van het zinloze gekakel echt zinloos gekakel was en hoeveel misschien een doelbewuste poging om hen in verwarring te brengen.

'Laat dat maar aan ons over,' grijnsde Habernickel, die het niet was ontgaan. 'Dit duurt nog wel even.'

Emma keek naar de afgeleefde gezichten. Zeer waarschijnlijk was niemand van hen hier geboren. Niemand was ooit weer uit de stad ontsnapt. Op een bepaald moment in hun leven hadden ze allemaal ergens naar gestreefd, naar iets groots dat hun bestaan zin kon geven. Zoals iedereen die toen hiernaartoe kwam. Maar de droom was hun ontglipt. Ze wilden hem vasthouden maar wisten niet hoe. Ergens ging het mis. Ergens hadden ze iets verkeerd gedaan, de trein gemist, een verkeerd nummer genoteerd, en toen was de eenmalige kans al verkeken. Sindsdien keken ze toe hoe het leven aan hen voorbijging. Ze dachten dat ze nog een kans kregen, maar die kwam niet, en inmiddels zouden ze die niet eens meer herkennen, al stond die pal voor hun neus. Nu zitten ze hier in een ranzige keuken en schreeuwen tegen elkaar, zo hard en verward mogelijk, zodat ze er niet over hoeven na te denken.

Emma stond op en reikte Habernickel haar blaadje met notities nog een keer aan. Weer nam hij het niet aan. Hulpeloos keek ze naar de twee andere rechercheurs. De ene keek opzij, maar Wilk zei: 'En hoe luidt het toverwoord?'

'Huh?'

'Hoe luidt het toverwoord?' herhaalde ze geduldig.

Emma dacht koortsachtig na. 'Alsjeblieft?'

Wilk grijnsde en nam het blaadje aan. 'Makkelijk toch?'

Habernickel schudde alleen zijn hoofd.

17

Echtgenoot Fredersdorf wordt verhoord.

Nog een sms'je van Matze. Emma had hem gevraagd om nieuwe ontwikkelingen onmiddellijk door te geven. Ze was eigenlijk niet van plan geweest die avond nog naar de Burcht terug te gaan, maar Fredersdorf... Dat was de man van slachtoffer 3. De zwangere vrouw.

Toen ze even na acht uur aankwam, hoopte ze dat Lutz al weg zou zijn, maar hij leidde de ondervraging in verhoorkamer 2, voorste gebouw, vierde verdieping. Emma dook in het kleine hokje een paar deuren verderop, waar de techniek zetelde. Ze drong zich tussen vijf of zes collega's die het verhoor op twee kleine zwart-witmonitoren volgden.

Het ging niet zoals ze zich had voorgesteld.

'Eigenlijk geen slecht idee om die kleine naar de kinderpsycholoog te sturen,' zei Lutz net.

De eerste monitor liet de hele verhoorkamer zien, via de camera direct boven de deur: Lutz met zijn kin op beide vuisten geleund, ellebogen op het bekraste houten tafelblad. Iets verder weg Augustin, de notuliste, met naast haar een tweede camera die direct op Fredersdorf gericht stond. Op de tweede monitor was een slanke, verzorgde man van begin dertig te zien: colbert, das, duur horloge, verzorgd kapsel, vriendelijk gezicht, niet te open maar niettemin eerlijk. Ook hij zat met zijn ellebogen op tafel, maar hij had zijn vingertoppen als een puntdak tegen elkaar gezet. Nadenkend. Voor hem stond een kop koffie. Zo laat op de avond nog?

'Ik wil geen slapende honden wakker maken,' zei hij na een poosje. 'Ze schijnt het redelijk verwerkt te hebben. Ze doet het soms nog in bed, maar... dat was vroeger ook al zo. Helaas. De juffen zeggen dat er geen verbetering te zien is, maar het wordt ook niet erger.'

Emma voelde dat haar geduld nu al begon op te raken.

'Je denkt dat kinderen op die leeftijd dingen snel vergeten,' zei Lutz, 'maar ze hebben vooral een band met de moeder. Dan verdwijnt zij plotseling en neemt de vader zijn dochter mee naar een gesloten doodskist en probeert uit te leggen waar mama is.'

De man aarzelde. 'Julia zou geweten hebben hoe je het moest aanpakken. Sinds zij weg is... Er is zoveel wat ik gewoon niet weet. Zij was... een goede moeder.' De man wiste zijn voorhoofd. 'Neem me niet kwalijk, ik ga van koffie altijd zweten.'

Emma drong naar voren. Pauluhn zat achter het schakelpaneel, met voor zich een microfoon zo groot als een kindervuist. 'Is die ingeplugd?' vroeg ze.

'Carow, ik denk niet dat het een goed idee is...'

Emma boog zich voorover en zei: 'Hij liegt.'

Lutz vertoonde geen enkele reactie op de kleine zwart-witmonitor. Pauluhn zette een schakelaar om. 'Probeer het nu nog maar eens.'

'Hij liegt,' herhaalde Emma in de microfoon.

Lutz kromp even in elkaar. Waarschijnlijk was er op dat moment één stem die hij niet wilde horen: die van Emma. Onopvallend, alsof hij even moest krabben, haalde hij het kleine dopje uit zijn oor. Hij keek niet naar de camera boven de deur.

'Ze was dus een goede moeder?' ging hij verder. Fredersdorf knikte. De rechercheur was even stil. 'Maar die avond was ze niet thuis. Ging ze vaak uit?'

De ondervraagde echtgenoot leunde achterover. Ver. Heel ver. Zijn kin raakte zijn borstkas bijna. Hij ging in de verdediging.

'Hebt u enig idee wat het betekent om ouder van een kind te zijn? Je moet er vierentwintig uur zijn, echt permanent. Het is een fulltimejob. Ze kon nog niet eens alleen naar de wc gaan. Ik vond het alleen maar goed dat ze nu en dan een beetje stoom afblies. Ik heb ook mijn vrienden. Dat heeft iedereen nodig.'

'Het was niet mijn bedoeling kritiek op uw vrouw te leveren. Of heb ik dat wel gedaan?'

'Nee, ik bedoel, ja. Nee.'

Emma zag ongeduld en frustratie. 'Gebeurt er iets met zijn stem?' vroeg ze aan Pauluhn.

'Ja, inderdaad. Duidelijk hoger dan eerder.'

'U hoeft uw vrouw niet in bescherming te nemen,' zei Lutz.

'Wat bedoelt u daar nu weer mee?' Fredersdorf zocht naar woorden. 'Luister. Wilt u soms zeggen dat het haar eigen schuld is? Dat het niet zou zijn gebeurd wanneer ze thuis was gebleven? Van welke planeet kom je eigenlijk, man?'

Lutz krabde opnieuw onopvallend aan zijn rechteroor. Het oortje zat er weer in.

'Hij heeft schuldgevoelens,' zei Emma in de microfoon. 'Hij had niks te maken met de moord, dus vanwaar dat schuldgevoel?'

Lutz knikte naar haar, bijna onmerkbaar.

'Meneer Fredersdorf, ik wil heel eerlijk tegen u zijn. We hebben met de vriendin van uw vrouw gepraat, mevrouw Bölling, en zij zei iets heel merkwaardigs. We begrijpen niet...'

'Over Julia? Over mij? Wat heeft ze dan gezegd?' De man ging gealarmeerd rechtop zitten.

'De eerste keer dat we haar ondervroegen, direct na de verdwijning van uw vrouw, zei ze dat we met u moesten gaan praten. Waarom?'

'Geen idee,' antwoordde Fredersdorf snel. Hij zocht niet meer naar woorden, voelde zich weer op veilig terrein. 'Uw collega's hebben me toen in alle toonaarden verhoord. Man, man. Het is altijd de echtgenoot, hè?'

'En toen we mevrouw Bölling opnieuw verhoorden,' ging Lutz doodgemoedereerd verder, 'zei ze dat ze opgelucht was dat u er niets mee te maken had. Stelt u zich eens voor, ze was opgelucht dat het om een seriemoordenaar ging en niet om de echtgenoot. Waarom? Wat denkt u?'

'Waarom?' Hij schraapte zijn keel. 'Omdat ze een ouwe, verdorde trut is, een jaloerse gifspuit. Daarom. Ik heb nog nooit iets positiefs uit haar mond gehoord en het verbaast me niet dat ze zoiets uitspuugt.' Emma kon zijn kaken zien malen. Waarschijnlijk had hij het zelf niet eens in de gaten. 'We hebben zo nu en dan ruzie gehad, zoals in elk huwelijk wel eens voorkomt, maar daarom ben ik nog geen moordenaar of verkrachter, of zoiets. Ik heb altijd mijn best voor haar gedaan, ik was een goede echtgenoot, we gingen zelfs naar huwelijkstherapie, ik heb alles gedaan wat in mijn...'

'Hij heeft "verkrachter" gezegd,' merkte Emma opgewonden op. 'Weet hij dat zijn vrouw is verkracht? Heeft iemand hem dat gezegd? Kent hij het forensisch-medisch...'

Lutz hief zijn hand en Emma hield op.

Hij beet op zijn lip, nam de tijd, keek naar de tafel en liet de man wachten. 'Mevrouw Augustin,' zei hij ten slotte. 'Kunt u ons even alleen laten, alstublieft?'

Zodra de notuliste weg was, stond Lutz op en zette de tweede camera op het kleine statief uit. De tweede monitor werd donker, maar de camera boven de deur bleef lopen. De rechercheur leunde voorover.

'Meneer Fredersdorf, hebt u iets gedaan wat u niet had moeten doen?' Warm, vol begrip, samenzweerderige stem. Dat kon Emma niet. Ze bewonderde dat altijd al in hem.

Fredersdorf zweeg. Vertrokken gezicht, wringende handen.

Toen er niets kwam ging Lutz verder: 'Wij mannen hebben het ook niet makkelijk. Er gebeuren dingen. Misverstanden. Dingen die we niet zo bedoelen. Soms moeten we daarmee leren leven.'

De echtgenoot haalde diep adem en wilde iets zeggen. Toch bleef hij zwijgen. Ook de rechercheur hield zijn mond. Lang. Een eeuwigheid.

Toen Fredersdorf eindelijk begon te praten, klonk zijn stem dof.

'Ik heb zoveel geduld gehad, zoveel begrip getoond, zo vaak mijn mond gehouden. Maar sinds de geboorte was alles anders. Alles vanwege die verdomde vader van haar, begrijpt u? Haar vader... Haar jeugd was niet leuk, verre van. Daarvoor was ze in therapie. Er zijn daar dingen gebeurd, hij was een smeerlap, een stiekeme smeerlap. Toen de baby kwam, zag ze mij met andere ogen. Van de ene op de andere dag. Maar wat kon ik eraan doen? Waarom moet ik boeten voor wat die hufter haar heeft aangedaan? Het was alsof ik melaats was. Je wordt verliefd, zij wordt verliefd, jij bent de held, de koning, en dan pats-boem! ben je niets meer. En zij trekt altijd aan het langste eind. Zij is de vrouw, zij bepaalt. Een man mag niets verwachten, niets eisen, hij moet bidden en smeken, hopen en wachten. En zij zegt: "Ik heb meer tijd nodig. Ik ben met mezelf bezig." Ik ook, schatje, ik ben ook met mezelf bezig, onder de douche, en wanneer kom je eens bij me in bed? Mijn vrouw, voor wie ik alles overheb? Wanneer? Wanneer?'

Lutz bleef zwijgen.

'Weet u wanneer ze me voor het laatst heeft aangeraakt?' Hij lachte honend. 'Op mijn verjaardag. Bij wijze van cadeau.'

Emma keek om zich heen. 'Heeft iemand zijn dossier?' Ze klonk een beetje in paniek. 'Ik zoek...'

'Op 12 februari,' zei Brennemann.

Ze stond achter Emma en bladerde in het dossier. Emma boog zich erover. De verjaardag van de echtgenoot. Haar baas had al begrepen wat dat betekende. Natuurlijk.

Ze draaide zich naar haar om. 'En de foetus?' vroeg ze geprikkeld. 'Die was toch nog maar drie maanden?'

'Drie, hooguit vier.' Brennemann werkte zich naar voren, tot bij de microfoon. 'Gestorven in september...'

'... dus verwekt in mei of juni,' vulde Emma aan.

'Hij liegt,' zeiden Emma en haar chef in stereo in de microfoon.

Lutz schokte opnieuw. Hij keek de echtgenoot aan. 'Wist u dat ze weer zwanger was?'

De man slikte. 'Natuurlijk wist ik dat. Waarom denkt u dat het zoveel pijn doet?'

Hij wist het niet, dacht Emma. Hij had geen idee.

'En u bent er zeker van dat het kind van u was?'

'Wat is dat voor vraag?' Verontwaardigd. 'Natuurlijk. Ze heeft me nooit bedrogen. Ik vertrouw haar voor honderd procent.'

'Het kind werd echter niet op uw verjaardag verwekt,' merkte Lutz op.

Langzaam maar zeker drong het tot Fredersdorf door waar het om ging.

'Weet u nog op welke dag u en uw vrouw dat kind hebben verwekt?'

De man bleef even stil. Daarna: 'Shit. Shit.' Hij begon te huilen, verborg zijn hoofd in zijn handen en snikte het uit.

'Er is iets gebeurd, nietwaar?' zei Lutz. 'Drie, vier maanden voordat ze verdween?'

'Eén keer. Shit. Mijn god, maar één keer.'

De rechercheur wachtte af.

'Ze is direct naar haar moeder gegaan. Ik wist helemaal niet dat ze blauwe plekken had opgelopen. Het is me overkomen. En ik heb er duur voor betaald, gelooft u mij. Ik bedoelde het niet zo. Zo ben ik helemaal niet. Het was eenmalig!'

Emma sprak in de microfoon. 'Die littekens rond de genitaliën zijn van hem afkomstig, niet van de dader. De dader is geen verkrachter.' Ze zag op de monitor dat Lutz het had gehoord. Het beviel hem niet. Emma kwam alweer overeind en wilde aanvullen: We zijn ervan uitgegaan dat we met een zedendelinquent te maken hebben, maar dat is hij helemaal niet, en dat betekent dat we hem tot nu toe volkomen verkeerd hebben ingeschat. We moeten anders gaan denken... Maar voordat ze kon praten, legde Brennemann haar hand over de microfoon.

'Hij heeft het begrepen, Carow.'

Emma keek haar chef aan en geloofde op haar gezicht iets van waardering te zien. Ze wist niet wat ze terug moest zeggen op een compliment. Op een aanval reageren? Geen probleem. Een compliment: heel onwennig. Misschien zelfs onaangenaam.

Plotseling flapte ze het eruit, misschien omdat ze buik aan buik stond met Brennemann. 'En hoe is dat bij jou? Weet de vader eigenlijk van... zijn kind?'

Het werd stil in het techniekhok.

Had ze iets verkeerds gezegd? Die vraag lag iedereen toch op de lippen? Al maanden wilde iedereen in de Poppenkast, nee, iedereen in de Burcht weten wie de vader is. Mensenkinderen, die Brennemann: op die leeftijd nog, eind veertig, net gescheiden, altijd stoer, en nu plotseling dit. Het kon toch niet waar zijn dat ze daar voor altijd een geheim van wilde maken. Of wel? Was dat eigenlijk wel eerlijk tegenover haar opvolgers, die niet wisten wanneer ze terug zou komen? Het was toch een verschil of je als alleenstaande ouder of met een partner... toch?

Brennemann stak een sigaret op. Eigenlijk was dat verboden in de techniekkamer, maar niemand waagde het commentaar te leveren.

'Smalltalk,' zei ze en ze inhaleerde met half dichtgeknepen ogen. 'Smalltalk op kantoor, dat betekent precies de juiste grens vinden tussen een koude schouder en onhandige verbroedering. Een koude schouder gaat je beter af, mijn beste. Hou het daarbij.'

Emma knikte woordeloos en liep de gang op.

18

Midden in de nacht belde Felix Schreiner op en haalde haar uit haar diepe slaap.

'Wat is dit voor geintje?'

'Ik wacht.'

Emma keek op de wekker. Haar hoofd werd helderder. Niet helder, maar helderder. Het was kwart over zeven. Ze had met hem afgesproken. Nu. Ze zou hem om zeven uur ophalen, voor de Burcht.

Ze had de wekker niet gehoord.

Zo snel had Emma nog nooit gedoucht. Koffie en ontbijt sloeg ze over. Haar ontbijt bestond hoe dan ook altijd alleen uit koffie. Even na halfacht was ze de deur uit.

Ze ergerde zich. Ze had vroeger willen opstaan, veel vroeger, om langs de Leipziger Platz te rijden voordat ze die Schreiner ging ophalen. Ze wilde immers een blik werpen in de lift van de S-Bahn. De techneuten van de Tempelhofer Damm hadden de bewakingsbeelden uit de lift inmiddels geanalyseerd, maar helaas had de camera de met behang beplakte deur met het hangslot niet geregistreerd. Echter wel iets anders: een dakloze die het zich steeds weer gemakkelijk maakte in de lift. Niet elke nacht, niet altijd om dezelfde tijd, maar vaak genoeg. Had hij misschien iets gezien? Ze hadden dringend een getuige nodig.

Maar ja, verslapen, kans verkeken. De nieuwe stond al te wachten, en wat voor politievrouw was zij eigenlijk wanneer ze niet op elk moment zonder genoeg slaap kon opstaan en vertrekken?

Toen Schreiner bij Emma instapte, begon hij onmiddellijk vervelend te doen. Hij wachtte niet eens tot ze de Kurfürstenstraße in gereden was. 'Heb je me voor joker gezet?'

'Ook goedemorgen.'

'Zeg op. Heb je me voor joker gezet of niet?'

Emma gaf geen antwoord. Ze had koffie nodig. Ze had honger. Ze had de verkeerde schoenen aan, die met de dikke zolen, volkomen ongeschikt om urenlang mee auto te rijden. Plotseling wist ze niet meer hoe ze het makkelijkst naar de snelweg kon rijden. Ze waren al aan de late kant en ze zouden niet meer stoppen voor Braunschweig, waar ze de tienjarige Elias Greve, die de lijken op de Leipziger Platz had ontdekt, opnieuw zouden ondervragen. Als ze niet in de file terechtkwamen.

'Er was iets niet in orde met dat profiel, en jij wist dat. Lutz wist het ook, en binnenkort weten ze het allemaal. Iets met de leeftijd van de dader of zoiets? En nu sta ik voor gek als een onbenullige beginneling.'

Emma antwoordde niet.

'Verdomde shit. Zo gaat dat niet.'

Zolang ze niet openlijk toegaf dat ze hem had gebruikt, bleef hij in het ongewisse, besefte Emma. Maar ze wist ook dat ze het geen vier uur voor zich zou kunnen houden, en dus kon ze het net zo goed maar direct zeggen: 'Je had het moeten opmerken.'

'Wat moeten opmerken?'

'Ik dacht dat je bij de FBI over schouders had meegekeken? Hebben ze je daar dan niets bijgebracht?'

'Hoezo bijgebracht? Jij weet precies evenveel over deze daders als ik. Er bestaat geen goed of fout. Uiteindelijk blijven het allemaal vermoedens.'

'Die dakloze. Die kon niet tot de groep daders behoren. Hij was een slachtoffer, net als die andere twee.'

'Ja, inderdaad...' zei Felix langzaam. 'Maar we weten nu pas, sinds het verhoor van die Fredersdorf, dat niet de dader het slachtoffer heeft verkracht, maar haar eigen echtgenoot.'

'En welke conclusie trekken we daaruit?'

'Ga je nu voor wiskundelerares spelen?'

'Kom op, laat eens zien wat je bij de FBI hebt geleerd.'

'Daaruit volgt dat het toch niet om een zedendelinquent gaat. En als het geen seksueel gemotiveerde moorden waren, werd de dakloze even gericht uitgekozen als de blondines. Dan hanteert die gek andere criteria om zijn slachtoffers uit te zoeken, de duivel mag weten welke... Maar dat wisten we gisterochtend nog niet. Gisteren had onze zwerver heel goed een mededader kunnen zijn die uit de weg geruimd moest worden... denk ik.'

'Niet. Dat is toch onzin. Je bent in de val gelopen omdat jij de man wil zijn die de zaak oplost. *Confirmation bias* noemen ze dat toch bij de FBI: wensdenken? Je wilde dat, en dus leek het logisch. Wie iets al te graag wil laat zich zomaar om de tuin leiden.'

'En jouw brein werkt altijd volledig neutraal, zeker? Hoe had je dat eerder kunnen weten?'

'Die enscenering van de drie lijken, dat is een soort heilig kunstwerk voor de dader. Wie daar hangt, hoort erbij. Wie er niet bij hoort, hangt er niet. Daar wordt niet aan getornd. Iemand die hij spontaan uit de weg moest ruimen? Hij heeft geen seconde overwogen om zoiets profaans in zijn werk op te nemen.'

'En nu denkt de hele Burcht dat ik geen benul heb van wat ik doe. Wat nou confirmation bias, je wilde me gewoon in mijn hemd zetten, verder niets.'

Het is niet onmogelijk dat hij gelijk had, een beetje. Maar eigenlijk ook niet. 'Ik moest Lutz een reden geven om nader onderzoek te doen naar die Karl Brandner. Daar had hij niet bepaald veel zin in, maar na jouw kundig voorgedragen presentatie had hij geen keus meer.'

'En en passant kon je mij nog snel een streek leveren. En dan zo achterbaks. Dat is het probleem met jullie vrouwen, altijd achter de rug om, nooit kunnen jullie eens...'

'Je hoeft hier helemaal niet de vermoorde onschuld te spelen. Jij bent alleen maar hier gekomen omdat je de leiding over de afdeling wilt. Een positie die mij is beloofd. Puur opportunisme. Een beetje serieuze analist laat zich niet door een theorie verblinden omdat die zo handig is. Ik heb jarenlang ervaring met misdaadanalyse. Ik heb hier een reputatie opgebouwd. Dat is mijn plek.'

Schreiner zweeg en keek naar de straat. Hij dacht na. Misschien overwoog hij hoeveel hij wilde zeggen. 'Jouw naam staat niet op die stoel gegraveerd. Wie de positie krijgt, die krijgt haar, punt uit.

Ik ben al lang genoeg een smeris, en een goeie. Ik heb een vrouw en kinderen en ik wil eindelijk een beetje promotie maken. Denk je dat ik vrijwillig tussen de psychonerds ga zitten? Mijn vrouw wil me van de straat hebben nu de tweeling er is. Luister, ik was een goede rechercheur, ik was goed op straat, het bureau is een straf voor mij, maar als ik al bij jullie moet zijn, verrek ik het om al mijn ervaring en harde werken overboord te gooien omdat jij toevallig al zo lang bij de OMA rondhangt en een sterkere nestgeur verspreidt. Daar kun je geen enkel recht aan ontlenen. Ook niet het recht om collega's een mes in de rug te zetten.'

Het was een regelrechte oorlogsverklaring.

Geen probleem. Oorlog kende ze.

'Je stinkt,' zei ze alleen maar.

'Pardon?'

'Het stinkt hier sinds jij bent ingestapt.'

'Nu moet je eens goed...'

'Heb je het in je broek gedaan of zo?'

De woedende verontwaardiging bleef nog een paar seconden op zijn gezicht hangen, totdat die plaatsmaakte voor de paniekerige gedachte dat ze misschien gelijk had. 'Shit, verd...' Hij greep snel naar achteren, trok zijn rugzak op schoot en haalde er een plastic zak uit. 'Die wilde ik nog in de container gooien voordat ik vertrok. Shit, dit wordt echt weer zo'n dag.'

Emma herkende de zoetige stank van babyluiers uit de haastig dichtgeknoopte zak. Ze trok haar neus op. 'Maar dat is meer dan een...'

'Tweelingen,' zei Schreiner chagrijnig. 'Praat me er niet van!'

Hij liet het zijraam zakken en smeet de zak naar buiten.

'Hé, dat is een verkeersovertreding.'

'Muggenzifter.'

19

De villa paste bij de manager van een oud, gevestigd bedrijf in de regio Braunschweig. Iets met meet- en regeltechniek, stond er in het dossier. Mooie, oude industriële residentie, toentertijd nouveau riche, tegenwoordig stijlvol. Een stukje van de weg gelegen, met een in een bocht lopende oprit en een poort met intercom. Oude wingerds aan weerszijden van de voordeur, felrood, alles behoedzaam gemoderniseerd, links achter de boomgaard een aanbouw met glazen dak.

Mevrouw Tatjana Greve: blond, nerveus, sierlijk, hoge jukbeenderen, accent, geïmporteerd uit Rusland. Nee, dat mag je tegenwoordig niet meer zo zeggen. Liever: tijdens een zakenreis ontmoet. Ze deed zelf open en wachtte in de deuropening terwijl Emma de auto parkeerde. De salon: oude vazen, snijbloemen, vleugel, stijlmeubelen bekleed met gestreept sits. Moderne prenten aan de muur. Een dienstmeisje serveerde zwijgend koffie, die verbazingwekkend slecht smaakte. Gastenkoffie, restjes uit de pot. De kruimeltaart was droog. Ze mochten niet te lang blijven. De jongen werd geroepen.

'Deze mevrouw en meneer zijn speciaal uit Berlijn gekomen om met jou te praten, je moet ze alles vertellen en mag niets verzwijgen,' zei zijn moeder toen hij voor haar stond. Ze draaide zijn kin zachtjes in haar richting.

Nee, dat zei ze niet, althans niet helemaal. Eerder: *Die politiemensen speciaal gekomen zijn uit Berlijn, om te praten met jou, je moet zeggen alles en niets houden voor jezelf.* Iets dergelijks.

'Je krijgt geen straf, wat je ook vertelt,' ging ze verder. 'Wij willen doen alles, zodat politie mannen kan oppakken die begingen deze vreselijke daad, hè?'

Het was een indrukwekkende redevoering. Elias had dan ook iets indrukwekkends gezien. Hij haalde zijn schouders op. 'Natuurlijk.' Maar hij keek Felix en Emma niet in de ogen.

'Was er iemand bij je?' vroeg Emma. 'Op die steiger bedoel ik, toen je daar aan het klimmen was?'

'Nee,' zei Elias.

'Hoe ben je eigenlijk naar binnen gekomen?'

Hij dacht na. 'De deur was open.'

'Elias, we weten dat de deur niet open was.'

De jongen zweeg. Daar had hij niet op gerekend. 'De deur was open,' herhaalde hij. Hij keek naar de vloer.

'Elias. Je kunt eerlijk tegen ons zijn. Je hoeft nergens bang voor te zijn.' Emma merkte dat haar stem harder werd. Frustratie. Ongeduld.

De jongen bleef zwijgen.

'Maar mevrouw... Carow? Hoe weet u dat deur gesloten was? Waarom liegen? Ik begrijp niet wat Elias zou verbergen. Onze jongen geen leugenaar. Misschien u vergissen?'

Nu moest Emma niet alleen tegen het kind opboksen maar ook nog tegen de moeder. Twee fronten. Ze haalde diep adem voor haar antwoord, maar Felix was haar voor.

'Emma, ze heeft gelijk. Ik denk dat de jongen de waarheid spreekt. De deur was open. Daar is niets ergs aan.'

'Felix...'

'Weet je wat? Je wilde mevrouw Greve toch nog iets vragen? Je wilde toch...' Hij keek naar de tafel. '... haar recept voor kruimeltaart? En ik moet nodig mijn benen strekken.' Terwijl hij opstond keek hij naar de jongen. 'Wij moeten straks weer drie uur in de auto zitten. Daar gaan je benen pijn van doen als je niet beweegt. Heb je een voetbal?'

In de gang had hij een shirtje over een stoel zien hangen. Duitsland, vier sterren voor vier keer wereldkampioen, nationaal elftal, nummer 13. Te klein voor een volwassene.

'Ik...? Natuurlijk,' zei de jongen, van zijn stuk gebracht.

Felix verdween met Elias naar de tuin. Een koude herfstdag. Grijze wolken, nog geen regen. Het ging zo snel dat zijn vrouwelijke collega niet kon protesteren. De moeder keek haar verbaasd aan.

Emma kon zich goed voorstellen dat mevrouw Greve zich wel

vaker verbaasde. Ze was te gast in een wereld die ze niet helemaal begreep. Ze luisterde, probeerde aan gesprekken mee te doen, maar wist nooit of ze het onderwerp goed had begrepen. Had ze een toespeling gemist, een ironische toon niet gehoord? Ook half begrepen is verkeerd begrepen. Haar rol in het gezin, haar positie aan de zijde van haar man, wat men zo over haar dacht. Als ze een grap maakten waar zij niet om kon lachen, was die dan ten koste van haar of onschuldig? Werden haar leven, toekomst en geluk door anderen bepaald, zonder dat ze het merkte? Mevrouw Greve zat in haar grote huis als iemand die een film in een onbekende taal bekeek, zonder ondertiteling. De anderen lachen, huilen, zitten in spanning, maar zij moet steeds weer vragen: 'Wat is er gebeurd? Wat zei hij? Waarom doet hij dat?' Totdat ze op zeker moment merkt dat ze anderen alleen maar op de zenuwen werkt, en ze ophoudt met vragen stellen. En dus niet meer begrijpt waarom de anderen lachen of huilen. Maar het verschil was dat het niet om een film ging die ze probeerde te volgen, maar om haar eigen leven.

'Recept?' vroeg de vrouw des huizes geïrriteerd.

'Hebt u... dat voor mij?'

'Moet ik vragen aan Irina.' Ze werd rood. 'Ik bak nooit.'

'Ik ook niet,' flapte Emma eruit, zonder na te denken.

'Waarom dan recept?'

Emma kon de twee jongens door het raam zien. Ze schoten de bal over en weer. Eindelijk vond ze een antwoord. 'Mijn kleine nichtje is gek op kruimeltaart.'

'Irina!'

De vrouw verdween naar de keuken, waar ze met Irina begon te praten. Russisch. Of toch eerder Pools? Ze kwam terug met een kookboek en schreef het recept zorgvuldig over op chic briefpapier met briefhoofd. Ondertussen keek ze steeds weer door het raam naar buiten.

Felix stond nu achter de jongen. Hij hield hem bij zijn beide schouders vast, terwijl Elias steeds weer met zijn rechterbeen in de lucht schopte. Daarna met het linkerbeen. Nog een keer, nee, anders, hoger. Felix pakte de bal met beide handen vast, hield hem de jongen voor en liet hem ernaar schoppen, steeds weer opnieuw. Het drong maar langzaam tot Emma door dat hij de jongen liet oefenen om de bal met de zijkant van zijn schoen te raken, in plaats van met de punt. Zijn kleine gezicht stond uiterst geconcentreerd.

Toen Felix en Elias zich uitgeput in de berg bladeren onder de kastanjeboom lieten vallen, wist Emma mevrouw Greve er spontaan van te overtuigen de spiksplinternieuwe espressomachine in de keuken ('cadeau van mijn man') een keer uit te proberen. Het duurde een poosje en ging met de nodige opwinding gepaard. Buiten lag de voetbal in het gras. De jongens praatten met elkaar. Emma keek naar hen en vroeg zich even af of ze werkelijk op voet van oorlog wilde staan met deze man.

'Is koud buiten.' De moeder was onrustig. 'Ik breng hem sjaal.'

Emma hield haar tegen, vertelde hoezeer haar collega zijn tweeling miste, twee echte deugnieten die alleen maar wilden voetballen. Maar ja, hij was dag en nacht met deze zaak bezig.

'Hoe oud?'

'Vijf,' loog Emma.

Eindelijk kwamen Felix en Elias weer binnen. Met rode wangen. De jongen met de nonchalante machopas van de Turkse jongens uit de wijk Neukölln. Met een lach op zijn gezicht.

Felix kwam met de uitslag. 'We hebben gepraat. Het is inderdaad zoals hij zegt. De deur was open. Tja, Emma, we hadden het mis. Mevrouw Greve, bedankt, u hebt een geweldige zoon.'

Emma wachtte tot ze weer op de A2 reden voordat ze vroeg wat het allemaal te betekenen had.

'Hij werd door een man binnengelaten,' bevestigde Schreiner.

'Een dakloze? De man die in die glazen lift slaapt?'

'Ik denk het niet. Jong, spijkerbroek, misschien een trui met capuchon, vreemde ogen, dat kon hij zich nog herinneren. Het kan ook een tiener zijn geweest. Voor kinderen van zijn leeftijd is iedereen boven de vijftien een man. Die vent sprak hem aan en wilde hem iets laten zien, een geheim. Hij maakte het hangslot van het deurtje in het doek met een of ander voorwerp open, geen sleutel. De jongen vond het natuurlijk heel spannend, een onecht huis met een echte deur, en ook nog iemand die het slot kon kraken. Hij ging met hem mee naar binnen. Een geheime plek, cool. Toen hij zich omdraaide had de man zijn broek laten zakken, inclusief onderbroek.'

'Was het alleen een exhibitionist, of wilde hij Elias misbruiken?'

Felix zuchtte. 'Dat zullen we wel nooit te weten komen. Elias gelooft dat de man naar hem greep, maar hij is er niet helemaal zeker van. Hij is gewoon gevlucht, en wel naar boven. Hij is net een kleine aap. Hij klimt graag en weet dat volwassenen het niet zo goed kunnen als hij. Hij hield pas op toen hij de cocons zag.'

'En hij wil niet dat zijn moeder dat allemaal weet.'

'Ik heb hem beloofd dat niemand er iets van hoort, en daar blijft het bij.' Felix stak de stekker van zijn koptelefoon in zijn mobieltje.

'Felix, hij moet meewerken aan een compositietekening.'

'Ik heb hem naar het uiterlijk gevraagd. Hij was in de war. Hij wist niet meer wat voor kleur haar die vent had. En de ene keer zei hij een leren jack, dan weer een lange regenjas. Die jongen heeft sindsdien veel televisiegekeken. Inmiddels ziet die vent er voor hem uit als elke schurk die hij ooit op televisie heeft gezien. Een lange regenjas! Kom op zeg, dat kun je vergeten. Maar een exhibitionist kunnen we wel vinden. Het is niet de eerste en ook niet de laatste keer dat deze man dit doet. Bovendien hebben we die spermavlekken.'

'Dat is niet genoeg. Lutz moet er echt een tekenaar heen sturen. Jij zou mee kunnen gaan om hem nog een keer te overtuigen.'

Felix schudde zijn hoofd. 'Ik heb het beloofd.'

'Het is een kind, Felix,' zei Emma. 'Je hoeft hem helemaal niets te beloven.'

Maar hij had zijn koptelefoon alweer op. Heavy metal, death

metal, of hoe het ook mocht heten. Ze luisterde noodgedwongen mee.

'Ik wil nog even naar die lift aan de Leipziger Platz kijken, voor we naar de Burcht rijden,' zei ze.

Geen reactie.

'Klootzak.'

Ze praatten niet meer tot ze in Berlijn kwamen. Het kwam goed uit. Op de terugweg begon het te regenen en ze moest zich concentreren.

20

'Ze hebben hem,' zei Ceesay, die net de trap af kwam lopen toen Emma en Felix de grote hal binnenstapten. Ze knikte naar de portier, die vanachter zijn dampende kop thee iets bromde wat zowel 'hallo' als 'tot ziens' kon betekenen. Buiten was het donker geworden, het regende nog steeds.

Emma had geen idee waar ze het over had.

'Die mummieman natuurlijk,' legde Ceesay uit, terwijl ze elegant haar paraplu openklapte. 'Lutz verhoort hem op dit moment. Een perverseling, hoor. Hij heeft een video...'

Felix en Emma renden de trap op.

Het kleine kamertje van de techniek zat bomvol, ze konden er niet meer bij. Iedereen wilde de mummieman zien en zo'n veertig rechercheurs verdrongen zich voor de monitoren en voor de deur van het hok. Ze rekten hun nek om in elk geval nog iets te kunnen horen. Emma hoorde stemmen, maar ze kon geen zinnen onderscheiden. Shit, dat verhoor zou ze missen.

'Hij heeft een seksclub,' zei iemand, die ook tevergeefs een blik op het beeldscherm probeerde te werpen. 'Vond hij kennelijk niet genoeg. Heb je die video gezien? Ziet eruit als ons slachtoffer...'

'Heeft hij een video van het slachtoffer gemaakt?'

'Pach heeft hem op zijn computer staan.'

Pach, die kende ze, MK5. Emma en Felix liepen een etage lager naar het tussengebouw. Ze waren niet de enigen. De dikke Pach was populair vandaag. Er stonden een stuk of vijf collega's om zijn bureau heen de video te bekijken.

Een witte kamer, klinisch wit. Zwak, blauwachtig licht, laag plafond. Midden in het beeld: een kruis van massief houten balken, meer dan twee meter hoog en gemonteerd op een merkwaardig metalen onderstel.

'Zoiets kun je in een bouwmarkt niet krijgen,' zei Pach. 'Dat is eigen makelij.'

Aan het kruis hing een cocon van zilverkleurige ducttape.

Helemaal identiek met de cocons van de Leipziger Platz was hij niet. Het hoofd ging schuil achter een zwart masker van latex, met een slang aan de voorkant, waarschijnlijk om de man achter het masker van zuurstof te voorzien.

Dat het om een man ging en dat hij leefde, was evident: de cocon had een opening ter hoogte van zijn kruis, waar zijn penis uit hing. Of liever gezegd naar voren stak.

'Holy shit,' fluisterde Felix. Emma zei niets.

De man bewoog niet. Hij hing, ademde, had een stijve. Boven in beeld liep de tijd mee: 15:39:45:06.

'Jullie staan hier toch geen vijftien uur naar te kijken, hoop ik?' vroeg Emma geamuseerd.

'De video zelf duurt maar drie minuten,' legde Pach genoeglijk uit. 'Maar er was kennelijk meer materiaal. Het is gemonteerd.'

Plotseling versprong de tijd: 19:23:15:52.

Zijn geslacht was nog steeds stijf.

De jongens achter haar applaudisseerden.

'Je krijgt het voor elkaar, man!' zei een van hen.

'Niet verslappen, we rekenen op je!'

'Allemachtig, laat dit alsjeblieft niet aan mijn vrouw zien.' Felix.

Gelach.

Op 19:24:57:19 schreeuwde de man. Hard, alsof hij ineens in paniek was. Dat was te horen, hoewel zijn kreten achter het masker gesmoord klonken, verstikt. Hij kronkelde in zijn cocon, met plotseling afgrijzen, met schokken, alsof hij eruit wilde breken, maar hij kon alleen het kruis laten beven. Hij hoestte, hijgde, kokhalsde, gaf het op. Daarna hing hij weer stil.

22:01:33:23.

Gefluit achter Emma.

'Hij staat nog steeds overeind.'

'Hij kan toch niet tweeëntwintig uur lang...' begon Emma. Ze zocht naar het juiste woord. '... staan. Zo lang. Hij moet toch slapen?'

'Geen idee,' zei Pach enthousiast. 'Zoals gezegd, dit is de korte versie. Wie weet wat er allemaal uit gesneden is. Ook het begin, dat hij aan het kruis wordt gebonden, ontbreekt. Dat heeft hij niet in zijn eentje kunnen doen.'

22:45:08:14.

Plotseling lag het kruis plat. Het metalen gestel waar het op gemonteerd was, kon kennelijk worden omgeklapt. Het was onbekend wie dat had gedaan.

'Dat hebben we wel vaker gezien,' merkte Pach op. 'Dat doen ze regelmatig, tegen trombose of zo.'

23:27:29:02. Hij hing weer. Nog steeds in opgewonden toestand.

'Het einde is het interessantst,' zei Pach.

'Na vierentwintig uur?' vroeg Emma.

'Precies.'

24:03:38:52.

Opeens was er een vrouw in beeld. Ze was alleen van achteren te zien. Naakt, maar niet helemaal: er waren engelenvleugels op haar rug gebonden, groot en wit, kennelijk van echte veren. Ze knielde voor de man. De vleugels wipten op en neer terwijl ze de gekruisigde met haar mond bevredigde.

Een mannelijke stem uit het niets zei: 'Draai je om. Nu.'

De vrouw liet de man los en draaide zich om naar de camera. Ze droeg een masker. De riemen van de vleugels liepen kruiselings tussen haar borsten.

'Laat zien wat je hebt,' zei de stem buiten beeld.

Wat kon ze verder nog hebben wat ze niet al zagen?

Ze hief haar hand. Een pistool.

Mijn hemel, een Desert Eagle, een .375 Magnum. Een reusachtig ding, dat in de kleine meisjeshand nog groter leek.

Ze ontgrendelde het pistool en knielde weer voor de man aan het kruis. Ze hief de loop, richtte op zijn penis, drukte het metaal tegen zijn vlees. De man kronkelde en jammerde. Ze streelde zijn ballen met het wapen en nam zijn penis weer in haar mond. De rest van de tijd bleef het pistool tegen zijn ballen gedrukt, met haar vinger aan de trekker, tot hij klaarkwam.

21

Emma moest zich door het applaus, de grappen en schunnige kreten van de mannen achter haar heen vechten, totdat ze eindelijk te horen kreeg hoe Lutz aan die video was gekomen.

'In dat opvanghuis stond toch een voorhistorische computer, weet je nog?' zei Pach. Hij leunde zo ver achterover op zijn stoel dat Emma bang was dat hij zou omvallen.

'En daar stond die video op?' vroeg Emma.

'Dat meen je niet.' Ook Felix was verbluft.

'Nee.' Pach steunde. 'Er stond geen video op. Alleen een hele emailcorrespondentie tussen die dakloze en een productiefirma. Het ging om een bepaalde video die hij wilde maken...'

'De seksvideo.' Felix weer.

'Nee, luister nu eerst eens, verdomme. Wij dus naar dat bedrijf toe, dat niets anders bleek te zijn dan een vunzige kerel die een berg verouderde techniek in zijn woonkamer had staan. Zitke, heet hij.'

'Zieschke,' riep iemand anders.

'Zieschke. Maakt video's van bruiloften, verjaardagen, enzovoorts. Kennelijk moest hij ook iets voor onze dakloze maken. Hij wordt dus bij Plausch in de Burcht ontboden, en ondertussen worden zijn harddisks in ijltempo gecontroleerd...'

'En daarop hebben jullie die seksvideo gevonden?' Emma.

'Niet slechts één.' Pach grijnsde. 'Meer dan honderd. De meeste voor privépersonen. Van die hengsten die een keer de pornoster willen uithangen. En dan niet in schokkerige mobieltjeskwaliteit, maar als profs. Hij werkt samen met een paar seksclubs. We zijn alles nog aan het bekijken.' Pach wreef in zijn ogen.

Opeens werd Emma zich bewust van het zachte klanktapijt dat zich vandaag over alles uitspreidde. Ze keek om zich heen. De diensttijd zat er allang op, maar toch waren bijna alle bureaus nog bezet. Het hele team van moordbrigade 5 was dus aan de EG98 Leipziger Platz toegewezen. Hoeveel rechercheurs werkten er nu in totaal aan de zaak? Veertig? Vijftig? En alle onderzoekers van MK5 zaten seksvideo's te kijken. Een permanente stroom van zacht gehijg en gesteun, gemompel en gegil verspreidde zich vanuit hun hoofdtelefoons. Grappig. Elke nacht zaten die seksclubs, ach nee, zat de hele stad vol met mensen die urenlang met en naast elkaar naaiden, pijpten, vrijden en rukten, tot hun lichaamsvloeistoffen als bij een confettiparade in het rond spatten. Daarna sliepen ze in, belden een taxi, gingen naar de volgende klant of naar hun werk, en een paar dagen of een paar jaar later kwamen de beeldverslagen van de lang vergeten avonturen op de bureaus van MK5 terecht, in een felverlicht kantoor midden in de donkere stad, waar vermoeide ambtenaren ze op aanwijzing van hun superieuren doorploegden, op zoek naar opvallende zaken, naar iets wat er niet in thuishoorde.

'En onze videokunstenaar zit nu bij Lutz in verhoorkamer 3?'

'Nee. Hij zit in 1. Hij heeft die video ook alleen in opdracht gemaakt. Maar hij heeft direct een naam genoemd: Roland Harke.'

'Hij? Die kennen we,' zei Felix.

Emma kreunde. Roland Harke: sinds 1979 uitbater van de swingersclub Friemelkelder 2, in Hasenheide, district 52. Om de haverklap in de roddelpers, steeds weer botsingen met de politie, althans in het begin. Inmiddels kende Harke zijn rechten uitstekend, en de politie had wel iets beters te doen.

'Waarom eigenlijk Friemelkelder 2? Is er ook een Friemelkelder 1?' wilde ze weten.

'Die is afgebrand,' riep iemand van achteren. Engler, van MK1. 'Kaarsen-fetisjisten. Geen grapje.'

'Maar die Harke zit nu dus in verhoorkamer 3. De video werd in zijn seksclub gemaakt. Het engeltje daar is zijn vrouw. In de kelder heeft hij een zogenaamde Witte Kamer voor bijzondere wensen.'

Vreemd. Altijd in de kelder. Zonder kelder gaat het gewoon niet voor sommige mensen. Emma had ook een kelder. Ze ging er soms naartoe als alles om haar heen alleen nog duisternis was, om er stil en ongezien te kunnen zitten en haar gedachten de vrije loop te laten, terwijl ze omringd werd door het kwaad van deze wereld, haar heel persoonlijke keuze. Ze was er lang niet meer geweest en ze vroeg zich af hoelang het nog zou duren voordat ze er weer naartoe zou moeten.

Niemand hier wist er iets van af. Gelukkig. Wat zouden ze van haar denken?

'Harke werkt in elk geval min of meer mee...'

'Ach wat, hij is een hufter.' De anders altijd zo bedachtzame Wilk klonk geërgerd. 'Direct om een advocaat roepen en dan misselijke verhalen ophangen: ook een politieman heeft recht op seksuele ontplooiing. Lutz is van harte welkom eens langs te komen en zich te laten gaan, dat zou hem goeddoen. Mijn god, wat die vent allemaal uitkraamt. Hij heeft een seksclub, maar hij praat alsof het een kuuroord is. Kreuzbergers. Jakkes.'

Emma moest grijnzen. Ze kon zich precies voorstellen hoe die kerel de arme Lutz met zijn onzinverhalen witheet maakte.

'Denken jullie dat Harke onze dader is?' vroeg ze.

'Eerder die vent die aan het kruis hangt.' Engler.

'Hebben we een naam?'

'Ik denk dat er in elk geval wel een compositietekening in zit,' antwoordde Engler. 'In zo'n club gebeurt veel in de anonimiteit, met contante betaling en zo. Die vent zou uit München afkomstig zijn. Zou zelfs in de bouw kunnen werken. Hij kwam vaak in de club wanneer hij voor zaken in Berlijn was, maar sinds ongeveer een jaar niet meer.'

'Dat is onze dader, wedden?' Felix.

Het ellendige was dat hij nog wel eens gelijk kon hebben. De moordenaar wist wat hij deed en die kennis moest hij ergens vandaan hebben. Wat ze hier op de video zagen, zou een proefneming kunnen zijn geweest. Of het was eerst puur voor zijn eigen plezier, waarna hij op het idee was gekomen om precies hetzelfde te doen met zijn slachtoffers. Bij seriemoordenaars gaan erotische wensdromen en moordfantasieën wel vaker hand in hand.

Maar waarom verzette alles in haar zich dan tegen dat idee?

Hij is de dader niet. Die man is niet meer dan een of andere perverse malloot die nooit tot zo'n daad in staat zou zijn. Onze dader zou nooit zo'n video laten rondslingeren, en wat hadden die engel en dat pistool te betekenen? Die pasten helemaal niet in het concept. Pure onzin. Emma zei het niet, maar ze dacht het wel.

Het begon tot haar door te dringen dat Felix misschien een groter probleem was dan ze had gedacht. Ze had hem ingeschat als een wannabe, een onervaren opschepper. Iemand die niet tegen haar op kon. Maar stel je voor dat die man op de video inderdaad de dader was? Het was zeker niet onmogelijk. Dan was het Felix en niet zij die de steen aan het rollen had gebracht, en nog wel met het valse profiel dat zij hem had laten presenteren. Dan was hij de held van de Poppenkast, zonder dat hij iets had gepresteerd. Op dat moment wist iedereen dat Emma over de meeste ervaring in de OMA beschikte. Afgezien van Brennemann was Emma min of meer het gezicht van de afdeling.

Het werd haar pijnlijk duidelijk dat dat elk moment kon veranderen.

Ze nam hem peinzend op. Hij was een van die mannen die vaak 'een kerel' werden genoemd. Goedgebouwd, open gezicht, geen groot denker, niet heel gecompliceerd. Ik ben gewoon je maat, straalde hij uit. Ik voer niets in mijn schild. En iedereen geloofde het. Ook Emma.

Maar als dat nu eens schijn was? Stel dat hij gevaarlijker was dan hij eruitzag? Die grap met het valse profiel had niet helemaal uitgepakt zoals Emma het zich had voorgesteld.

'Hoe oud is die video eigenlijk?' vroeg ze.

'Bijna twee jaar.' Pach zuchtte. 'Het is een soort reclamefilmpje waarmee de club klanten laat zien wat er zoal mogelijk is. Dat kruis heeft hij al jaren, zei hij. Er zijn nog andere video's waarin het ding een rol speelt. Een paar sm-klanten die zich er in leer of latex gehuld een uur lang aan vast laten binden, met uitgestrekte armen, als Jezus. Tegen het eind worden ze dan "verlost" door een non. Dat een van hen daarbij in ducttape verpakt wilde worden, was nieuw.'

Felix nam het woord. Emma had het al verwacht. 'Als ik het dus goed begrijp, hebben we nu een hoofdverdachte, toch?' Zijn stem klonk vergenoegd. 'Dat hebben we alleen maar te danken aan het feit dat Lutz de dakloze nog een keer onder de loep heeft genomen. En dat heeft hij op zijn beurt alleen maar gedaan omdat ons profiel voorspelde dat de oude dakloze de sleutel tot de hele zaak zou zijn. Ons profiel heeft dus iets opgeleverd, en bepaald niet weinig, zou ik zeggen.' Hij ronkte van genoegen. 'Het was ook een cool profiel, moet ik toegeven.'

Plotseling regende het potloden, gummetjes en propjes papier.

'Kijk die coole profiler eens!'

'Een dag in de Poppenkast en nu al een genie, onze kleine Felix.'

'Hier, vangen!'

Felix zocht geen dekking. Met opgeheven hoofd en lachend liet hij de waardering over zich heen komen. Zoals een kerel dat doet. Als een goede kameraad die je nooit in de luren zal leggen. Als iemand die je zwaar kan onderschatten.

22

Al in het voorbijgaan viel zijn tronie haar op.

Moe en hongerig was ze de kantine binnengelopen. Snel nog een broodje halen voor onderweg naar huis, na deze lange en niet bepaald aangename dag. Ze zag haar al vanaf de ingang, de aankondiging op het zwarte bord. Het was een nieuwe, gisteren hing die er nog niet, dat wist ze zeker. Die kop zou ze van veraf hebben herkend, nog met haar ogen dicht.

Onwillekeurig ging ze langzamer lopen.

Ze had hem zeven jaar geleden voor het laatst gezien, in de rechtbank. Het gezicht dat ze in de boshut drie dagen lang had moeten verdragen. Goed uitziend, charmant, mannelijk, fatsoenlijk, een gezicht waaraan je diep in de nacht op een leeg metrostation je intiemste geheimen zou prijsgeven. Dat gezicht, dat grijnsde alsof het nog nooit van zijn leven van verkrachting had gehoord.

Uwe Marquardt.

Daar stond hij, de naam die ze nooit meer horen wilde. Die ze onlangs op de envelop van het pakje had ontdekt. En op het boek, dat nog thuis lag, ingepakt, ongeopend, met het omslag dat ze nooit wilde zien. Daar was het, open en bloot, naast zijn smoel, met die van schijnheiligheid druipende titel die ze nooit wilde weten.

Loutering. Mijn lange reis naar mijzelf.

Boekpresentatie. Lezing. In de concertzaal van de Universiteit voor de Kunsten. Voornaam, voornaam. Zoals het een voorname verkrachter betaamde. 20.00 uur. Vanavond. Zo meteen, zogezegd.

Loutering. Emma voelde het bloed uit haar gezicht wegtrekken. Ze drukte het nog lege dienblad als een schild tegen zich aan. Pas toen merkte ze dat haar mond openstond, dat ze naar lucht hapte alsof ze een vuistslag in haar buik had gekregen. Ze scheurde de aankondiging van het prikbord en keek om zich heen alsof ze degene die haar had opgehangen nog in zijn kraag kon vatten. Niemand te zien.

Onmiddellijk beende ze naar de kassa, met mevrouw Berger achter het buffet.

'Wie heeft dat daar opgehangen?'

'Iedereen mag daar ophangen wat hij wil.'

'Was het iemand van de OMA? Schreiner? Die nieuwe?'

'Daar let ik niet op. Weet u, ik onthoud alleen de namen van ambtenaren die bijzonder sympathiek zijn.'

Emma maakte een prop van de aankondiging en smeet die in de dichtstbijzijnde afvalbak. Ze pakte geen eten. Buiten kreeg ze de autosleutel nauwelijks uit haar handtas, en toen het eindelijk lukte liet ze hem twee keer vallen. Pas toen ze achter het stuur zat, merkte ze hoe erg ze trilde. De hele Kurfürstenstraße reed ze veel te hard. In de Dennewitzstraße 3, het appartementencomplex naast het gebouw waar metrolijn 1 doorheen rijdt, liet ze de lift de lift en rende met twee treden tegelijk de trappen op, tot de vierde verdieping. Toen ze hijgend voor haar deur stond was ze nog altijd woedend, maar ze kon zich in elk geval inbeelden dat haar hart zo snel sloeg omdat ze zich had ingespannen, en nergens anders om.

De duisternis in haar woning was als een oude vriend. Ze had het idee dat ze een eeuwigheid niet meer thuis was geweest. Emma trok de deur achter zich dicht en bleef minutenlang in de gang staan, met haar rug tegen de muur. Hier was ze veilig. Hier kwam niemand binnen. Ze luisterde naar haar ademhaling, tot die niet meer gejaagd klonk.

Ze moest die tronie uit haar hoofd krijgen.

Ze deed het licht niet aan, alleen de verwarming. Snel trok ze dikke sokken aan, liep naar de slaapkamer en ging aan het kleine bureau in de hoek voor het raam zitten. Buiten kletterde de regen tegen de ruit. Ze startte haar laptop. Dat hielp. Dat zou helpen. Zoals altijd. Die bijzondere map met de naam Toekomst. Verborgen, beschermd met een wachtwoord. Dat had ze nu nodig. Dat zou haar op andere gedachten brengen. Positievere gedachten. Ongetwijfeld.

De map was niet eens haar idee geweest. Haar therapeute, mevrouw Klee, had haar het idee aan de hand gedaan. Ze had er zelfs op gestaan: 'Je bent een profiler. Maak een profiel van jezelf.'

Emma: 'Ik analyseer zaken.'

Klee: 'Maak een analyse van jezelf. Jij bent toch een zaak? Zo zie je het zelf toch?'

Emma: 'Een misdaadanalyse is een inschatting op basis van losse kenmerken van een nog onbekende dader. Mezelf ken ik al.'

Klee sprak haar tegen: 'Jij kent jezelf niet, anders zat je hier niet, en een dader ben je ook, want je bezorgt jezelf al jarenlang ernstige psychische schade. Maak een profiel van de nog onbekende vrouw die je wilt zijn. De Emma Carow van de toekomst. Welke kenmerken heeft die persoon die jij nog niet hebt? Welke eigenschappen moet je je nog eigen maken om haar te worden? Beschrijf de Emma Carow van morgen, de vrouw naar wie je zoekt.'

Er zaten negentien documenten in de map Toekomst. Een ervan heette Fantasie, een ander Triggers. Weer een ander Mogelijke verblijfplaatsen, een volgend Seksuele contacten.

Ze opende het document Voorbeelden en las.

Brennemann
Gefrustreerd. Ongelukkig. Overwerkt. Maar: oogst respect. Verlangt respect. Blijft zichzelf. Verontschuldigt zich niet. Macht is wat ze wil. Ze weet wat ze wil.

Lutz
Gerespecteerd. Stoer. Integer. Probeert anderen niet naar de mond te praten. Is niettemin iemand die anderen graag om zich heen hebben. Vraagt niet van mij dat ik verander. Heeft vrede met zichzelf. Stelt zichzelf niet om de haverklap ter discussie.

Het volgende document heette Wensenlijst.

'Stel je voor dat het kerst is en dat je alles kunt krijgen wat je hebben wilt,' had de therapeute gezegd. 'Hoe ziet je verlanglijst er dan uit?'

Vrijheid.
Vrienden.
Een kind (een wonder).
Liefde.
Niet voortdurend aan hem denken, niet de hele rotdag lang, niet altijd die beelden in mijn hoofd, wanneer ik wakker word of wanneer ik wil inslapen.
Een man kunnen vertrouwen.
Respect en erkenning op het werk (ik wil die baan!).

Een paar punten waren rood gemarkeerd: die had ze al gerealiseerd. Successen!

Ik wil niet meer in een huurwoning zitten.

Haar appartement zou pas helemaal van haar zijn wanneer ze al bijna met pensioen ging, maar dat maakte niet uit. Toen de mogelijkheid zich voordeed de huurwoning te kopen, had ze toegeslagen. Dat er om de tien minuten een metro door het gebouw ernaast denderde, stoorde haar niet. De geluiddemping was zo goed dat je het alleen hoorde wanneer je het wilde horen. Of wanneer je niet kon slapen. Maar dan nog: tussen 00.50 en 04.15 uur reed lijn 1 op werkdagen niet eens. Emma had niet veel slaap nodig. En de woning was goedkoop. Wie wilde er nu geld steken in een appartement naast een gebouw waar de metro doorheen reed? Bovendien had ze een schitterend uitzicht over het Park am Gleisdreieck – als dat ooit voltooid zou worden. Als die dag ooit kwam, moest ze beslist een hond nemen.

Het was een geruststellende gedachte. Ze kende ook successen in haar leven. En geen kleine. Een eigen appartement betekende dat ze moedig en met zelfvertrouwen naar de toekomst kon kijken; het bewees dat ze zich zoiets als een toekomst kon voorstellen. Daar was haar therapeute Klee blij om geweest. Ze vond het heel goed. Wie weet zou het Emma ooit zelfs lukken om haar kleine appartement met een eigen gezin te vullen. Zou toch kunnen?

Ja, het ging al beter met haar.

Ze bladerde verder. Naar het einde. Kijken wat daar nog allemaal stond.

Toen zag ze het en ze wilde dat ze niet had gekeken: *Voor altijd een eind maken aan zijn misdaden.*

In één klap was alles weer weg. De dromen en wensen, het gemoedelijke thuis aan de rand van het park, haar carrière, het respect, het gezinnetje met hond, de zondagse wandeling, de wittebroodsweken, koekjes bakken voor de kleinkinderen. Weg. Ze kon de andere woorden op het beeldscherm niet meer onderscheiden. Een lettermoeras. En het was allemaal toch bespottelijk, fictie, meer niet.

Dat daarbuiten dat was de realiteit, en de realiteit trok aan het langste eind. Nee, hij was het. Hij trok aan het langste eind. Hij deed wat hij wilde. Hij was degene die vrij was, echt vrij, ongehinderd door remmingen of een geweten. Hij gehoorzaamde alleen aan zijn eigen wensen, zijn driften, zijn zelfbewieroking, en niets stond hem in de weg.

Ook zij niet.

Wat zou er gebeuren als ze werkelijk tegenover hem stond, zoals ze het zich zo vaak had voorgesteld? Met het mes in haar hand, of haar dienstwapen? Zou ze toesteken? Zou ze schieten? Zou ze het doen? Of zou ze van angst vergaan, als een klein meisje in elkaar duiken, zich huilend voor zijn voeten werpen en hem smeken om haar alsjeblieft, alsjeblieft niet weer pijn te doen?

Ze wist het niet. Het ging allemaal zo snel. Maar ze kon erachter komen. Een blik op haar horloge leerde haar dat ze het die avond nog kon uitvinden.

Emma stond op. Binnen een halfuur zou ze weten hoe ze in elkaar zat.

23

Ga naar binnen.

Je gaat nu naar binnen.

Rechtuit door de foyer, zonder naar links of rechts te kijken, direct de zaal in. Laat je niet tegenhouden door een of andere uitzendkracht die je kaartje wil zien, je luistert niet, je gaat gewoon naar binnen, loopt over het middenpad door de zaal, stapt op het podium waar hij nonchalant naast de voormalige uitgever van de *Tagesspiegel* zit te keuvelen; je gooit hem zijn boek in zijn gezicht en zegt luid en duidelijk tegen al die verwende ellendelingen in het publiek in hun avondkleding dat de man die ze voor zich zien een veroordeelde misdadiger is; jullie bewieroken een verkrachter, hij is geen held, hij is niet gelouterd, hij is geen voorbeeld van geslaagde resocialisatie, hij misbruikt mijn naam nog altijd, hij is niet het bewijs dat jullie zieke maatschappij in staat is perverselingen te genezen. Integendeel, hij is niets anders dan een smerige verkrachter, en dat is ook alles wat hij ooit zal zijn, en als jullie mij nu als spelbederver beschouwen, als een slechte verliezer, als een verstarde politievrouw, dan kan me dat geen zier schelen, want ik weet dat ik gelijk heb.

Je gaat naar binnen en je zegt het hun allemaal in hun gezicht, tot ze van schaamte in rook opgaan.

Ga naar binnen. Doe het.

Emma zat in haar Polo in de nachtelijke motregen in de Fasanenstraße, voor de concertzaal van de Universiteit voor de Kunsten, haar handen aan het stuur, de knokkels wit.

Ze kon het niet.

Ze moest.

Was het dan alleen maar een verdomde illusie? Zelfbedrog? Bij de politie gaan, de hele opleiding, de schiettraining, zodat ze niet meer bang hoefde te zijn; zodat haar nooit meer zoiets zou overkomen?

Schiettraining. Wapen. Precies. Emma had haar dienstwapen bij zich.

Ze pakte haar handtas van de passagiersstoel en haalde het pistool tevoorschijn. Het lag goed in de hand, dat gewicht van haar Sig Sauer P6 9 mm. Een klein, solide brokje staal, precies op haar greep gemaakt.

Ze borg het pistool weer op en stapte uit.

Ze beefde toen ze het grote, geplaveide voorplein overstak en naar de chique glazen dobbelsteen met drie verdiepingen liep. Design uit de jaren zestig.

De ruime foyer achter de huizenhoge glazen gevel was leeg. Zo nadrukkelijk eenvoudig als het gebouw vanbuiten leek, zo weelderig was het vanbinnen, met indirecte belichting, houten lambrisering, granieten vloeren. Op de achtergrond de trap naar het balkon, de garderobe, een chique bar. Een eenzame ober stond verveeld glazen te poetsen. Midden in de foyer een tafel. Ervoor, erachter, eigenlijk overal, zijn poster aan de wanden met aankondigingen: *Loutering*. Vreedzaam tussen benefietconcerten, een fototentoonstelling, de beroemde bergbeklimmer Reinhold Messner.

'De lezing is al begonnen,' zei de blondine met knot die haar stoel schrapend achteruit had geschoven en was opgestaan om haar op te vangen. 'Er zijn alleen nog staanplaatsen.'

'Hij heeft mij verkracht,' zei Emma. 'Dan kunt u ongetwijfeld wel een zitplaats voor me vinden?'

Dat wilde ze zeggen, maar ze deed het niet. In plaats daarvan trok ze haar dienstpistool, liep door de deur de zaal in, richtte op Uwe Marquardt op het podium terwijl ze over het middenpad liep, tot hij haar voelde komen, tot hij stopte met voorlezen en opkeek.

Ook dat deed ze niet. In plaats daarvan zei ze alleen vriendelijk: 'Dan maar liever niet, dank u.'

Ze kon het niet. Ze wist dat ze het niet kon. Wat had ze dan verwacht? Ze draaide zich om en wilde net weglopen, snel naar buiten, toen er onverwacht een gong ging. 'Mevrouw, wacht even,' riep het meisje haar na. 'U kunt wat mij betreft na de pauze voor de halve prijs naar binnen.'

Emma draaide zich weer om en zag het publiek al uit de open

zaaldeuren in de richting van de bar stromen. Wat voor mensen kwamen op zoiets af? Studenten? Literatuurliefhebbers? Intellectuelen in colberts en met keurig gepoetste schoenen? Met hun vrouwen, die erover fantaseren een keer hard genomen te worden? Ze keek naar ze: mannen in pakken, opgewonden paartjes, oudere dames met rode wangen, een paar jonge meisjes, overwegend donker gekleed, logisch, roze doe je naar een avond met zo'n thema niet aan, rood ook niet, geel, groen, blauw, allemaal smakeloos, nee, nee, ze hadden zich chic gekleed. Zo ongeveer als voor een herdenking van een overleden beroemdheid. Ze zag juwelen fonkelen, veel zilver, dure laarzen, dito handtassen, fraaie kapsels, veel blond, zelfs een bontmantel. Nu had ze hen gezien, het publiek, nu wist ze wat voor ellendelingen naar zoiets kwamen luisteren – mocht ze nu alsjeblieft gaan? Toen zag ze hem.

Hij was best een verschijning.

Zijn gezicht was hoekiger, zijn schouders waren breder geworden. Fysieke aanwezigheid, nog meer dan tien jaar daarvoor. Hij was helemaal niet zo bijzonder groot of gespierd, maar hij maakte een krachtige indruk. Een beetje de ideale schoonzoon, met daarbij die stekende, indringende blik van onder zware wenkbrauwen, de koketterie waarmee hij zijn agressiviteit versluierde, de kunst waarmee hij zijn driften veredelde, die zelfbeheersing, bewonderenswaardig. Als de witte tijger van de illusionisten Siegfried en Roy. Ook Roy had de tijger vergeven dat hij hem had aangevallen, het zat nu eenmaal in de aard van het beestje. Hij had mooie handen, nog steeds. Hoe kon iemand zoals hij zulke mooie handen hebben? Zou hij de afdruk van haar tanden nog op zijn rechterduim hebben staan?

Zojuist kwam hij door de zaaldeur de foyer binnen, met aan zijn linkerzijde een dame in een gelikt mantelpakje, papieren in haar hand, kennelijk de begeleidster, wellicht zijn manager. Rechts een of andere assistent, een melkmuil, zelfs met bijna dertig nog niet volwassen, enthousiast, onhandig en overijverig.

Het maakte niet uit. Ze trok haar pistool, richtte op hem en haalde de trekker net zo vaak over tot hij dood was. Ze deed het voordat hij haar zag. Ze deed het zodat hij haar niet zou zien.

Ze deed het niet. Ze was niet eens in staat zich aan de mensen hier te presenteren. Hoe had ze moeten schieten? Ze kon zich niet eens bewegen. Ze wilde alleen maar vluchten, zich verstoppen, niet door hem worden gezien, niet hier. De haren in haar nek kwamen overeind, kippenvel op haar rug, duizelig van de hartkloppingen.

Hij gaat op in een gesprek. Details doornemen met de vrouwelijke manager. De drie komen dichterbij. Hij wordt door een fan aangesproken. Een vrouw van middelbare leeftijd, ze vindt alles wat hij doet zo geweldig. Hij glimlacht, sproeit zijn charme, komt dichterbij.

Hij wil Emma voorbijlopen.

Zij staat als aan de grond genageld.

De manager pakt zijn arm vast, draait hem in de andere richting. Naar de bar. Alleen de melkmuil ziet haar blik. Hij schudt zijn hoofd. De afstand tussen Emma en haar verkrachter groeit weer. Hij loopt van haar vandaan, heeft haar niet gezien. Hij heeft haar bijna aangeraakt, zo dichtbij was hij, maar hij had haar niet gezien. Zijn geur bleef in haar neus hangen. Hetzelfde parfum van toen.

Emma sloeg een hand voor haar mond, rende in de richting van de garderobe. Er stond een eenzame, hoge asbak van chroom, die hier kennelijk in de jaren zestig was vergeten. Mooi ontwerp. Emma gaf erin over. Ze voelde hoe al haar angst vanuit haar buik omhoogkwam en door haar keel naar buiten drong.

Er stond iemand achter haar.

Ze kon zich niet omdraaien.

'Mevrouw Carow?' Het was zijn stem niet.

'Bent u ziek?' Een hand gaf haar een papieren zakdoekje aan. Ze pakte het aan zonder op te kijken, draaide zich naar de deur, wankelde door de foyer, keek alleen nog kort over haar schouder naar wie er achter haar had gestaan, wie haar had geholpen. De melkmuil. De assistent.

Hoe kende hij haar naam?

Hij bleef staan, keek haar na. Een intense blik. Verrast, keurend, nadenkend. Alsof hij zich erover verwonderde haar hier te zien. Alsof er iets op het puntje van zijn tong lag, een vraag, een voorstel. Was dat mogelijk? Had Uwe zijn mensen opdracht gegeven in het publiek naar haar uit te kijken? Was hij op haar voorbereid?

Eindelijk, eindelijk was ze buiten. Alleen. Er kwam niemand achter haar aan. Ze haalde diep adem. Twee, drie keer. Meer wilde ze niet. Buiten zijn, in de frisse, bedorven Berlijnse lucht. Een klein, koud, smerig, ongevaarlijk stukje van de realiteit dat niet haar vijand was. Voor de rest was ze te zwak.

24

Ze had 'm geknepen. Ze was gevlucht. Ze was nog altijd het meisje, het slachtoffer, het eeuwige slachtoffer dat niets anders kon dan vluchten, huilen, in elkaar krimpen wanneer de boze wolf naar haar grijnsde.

Emma kon niet slapen.

De beelden wilden niet uit haar hoofd. Ze lag in bed en vocht in gedachten met zichzelf. De vermoeidheid bekroop haar en eindelijk viel ze in een halfslaap, waarin ze zichzelf weer zag: die tronie, haar lafheid, het nutteloze wapen op haar heup, en dan dat jochie van een assistent: *Mevrouw Carow? Bent u ziek?* Ze woelde, schreeuwde met gesloten mond en schoot weer overeind.

Er werd aangebeld. Bij de buitendeur.

Dat was hij. Natuurlijk, wie anders?

Ze was op slag klaarwakker, alert, bereid zich te verdedigen. Ze greep naar haar nachtkastje, haar handtas, haar pistool.

De bel ging opnieuw. Emma liep op blote voeten door de gang, naar de deur en de intercom. Ze pakte de hoorn maar zei geen woord.

'Carow? Ben je nog wakker?'

Emma was te perplex om te antwoorden.

'Doe je nog open?'

'Brennemann?' Wat wilde haar chef hier?

'Ik hoop dat jullie een lift hebben.'

'Aan de achterkant, helemaal rechtdoor op de binnenplaats.'

'Op de binnenplaats? Weet dan niemand in deze stad meer hoe je gebouwen in elkaar zet?'

'Hij is later toege...' Emma wilde het uitleggen, maar Brennemann was al onderweg.

Emma wachtte bij de deur van haar appartement, nog altijd op blote voeten en in pyjama. Haar chef kwam met haar kolossale buik uit de lift gewaggeld, met een dossier onder haar arm. Ze drukte Emma de map in haar hand terwijl ze zich langs haar heen naar binnen wurmde. 'Ontvang jij je gasten altijd met een proppenschieter in je hand?'

'O.' Pas nu had Emma in de gaten dat ze haar pistool in haar vuist hield. Ze legde het wapen weg en trok een vest aan. Brennemann wierp een korte blik in de woonkamer, kwam terug en ging aan de keukentafel zitten.

'Je mag me wel een kop koffie aanbieden,' zei ze, een paar boeken opzijschuivend. 'Als je dat graag wilt.'

'Wat is dat voor dossier?' Emma liep naar de espressomachine en liet de bonen ratelend in de kleine molen vallen.

'Die niet-passende objecten, waarmee je ons voortdurend op de zenuwen werkt. En de kleding van de slachtoffers.' Ze tikte op de map. 'Dat was niet hun eigen kleding. Het was een soort kostuum.'

'Aha, vandaar kunstmatig...'

Brennemann knikte. 'Ziet er echt uit, maar is een beetje in elkaar genaaid. Zonder voering. Zonder binnenzakken. Voor het oog, niet om te dragen. De naden zijn her en der alleen geregen, werk van een amateur. Sommige kledingstukken zijn wel echt, maar oud, uit tweedehandswinkels. Het was de dader om een bepaalde stijl te doen, ongeveer jaren tachtig, en wat hij niet kon vinden zette hij zelf in elkaar. Ook al kon hij duidelijk niet naaien. De bril die Brandner droeg had vensterglas. Ook onderdeel van het kostuum. En nog iets. Alleen de kleding boven hun middel was namaak. De slachtoffers droegen hun eigen broek, rok en schoenen. Alleen de overhemden en blouses werden vervangen.'

'Maar waarom...'

'Precies,' zei Brennemann. 'Waarom zou je zoiets doen? Hij heeft ze als poppen aangekleed. En de beide vrouwen dragen hetzelfde, exact hetzelfde.'

'Ze moesten kennelijk iets uitbeelden.' Emma geeuwde en besloot meteen maar twee koppen koffie te maken. 'Als in een toneelstuk. Een bepaalde rol die bepaalde kleding vereist.'

'Ja...' Haar baas rekte het woord. 'Of misschien ook niet. Lutz gelooft dat het een afleidingsmanoeuvre is. Hij denkt dat de dader met ons speelt.'

'Denkt hij dan dat die kleding niets met de moord te maken heeft?'

'De dader wil dat we tweedehandswinkels gaan verdenken, handelaren op vlooienmarkten, of weet ik veel wie nog meer – alleen niet hem. Hij wil ons met een vals spoor op het verkeerde been zetten.'

'Tja, misschien. Maar het kan ook een enscenering zijn die specifiek is voor de dader, een *staging*...' De espressomachine ratelde. 'Heeft Lutz ons daarom zo lang op die informatie laten wachten? Zodat we het profiel konden maken zonder ons daardoor te laten afleiden?'

'Ach kom. De Tempelhofers moesten die rommel dagenlang van de ducttape afpeuteren voordat ze wisten wat het was.' Brennemann nam een slok van de koffie die Emma voor haar had neergezet. 'Je hebt nog helemaal niet naar die objecten gevraagd.'

'De niet-passende objecten die mee verpakt werden?'

'Broodjes.' De zwangere vrouw rekte zich uit, greep vloekend naar haar onderrug en zette haar vuisten van achteren tegen haar heupen.

'Broodjes?'

'Bij de dakloze waren het acht beschimmelde broodjes, een pakje cervelaatworst en Goudse kaas in cellofaan. Plakken. Allemaal van de Aldi. En vier bordjes.'

Emma ging zitten.

'Bij de vrouwen weer twee keer precies hetzelfde: twee pakjes Capri-Sonne-sinaasappelsap, een potje aardbeienjam, vier kennelijk hardgekookte eieren met eierdopjes en eierlepels.'

Brennemann wachtte op haar reactie.

'Dat is toch zeker een grap?' zei Emma ten slotte. 'Een ontbijt? Hij heeft zijn slachtoffers ontbijt meegegeven terwijl ze verhongerden? Die neemt ons in de maling.'

'Dat denkt Lutz ook.' De chef gaapte en slurpte van haar koffie. 'Maar hij onderzoekt het natuurlijk wel. Het is nog niet genoeg dat hij elke klimvereniging in de stad ondervraagt, elke steigerbouwer opzoekt en de bewakingsvideo's van alle bouwmarkten bekijkt. Hij moet ook nog alle tweedehandswinkels langs om elke dwaas te ondervragen die stoffen uit de jaren tachtig verkoopt...'

'Het is een grafgift,' mompelde Emma. 'Zodat de slachtoffers met de goden kunnen ontbijten.' Ze deed een scheutje melk in haar koffie en nam een slok.

'Je bent een grappenmaker, Carow.'

'Of hij wil dat de slachtoffers weten dat ze iets zouden kunnen eten. De redding is heel nabij, als ze er maar bij konden komen...'

'Bordjes en eierlepels kun je niet eten,' zuchtte Brennemann. 'En die kleren uit de jaren tachtig ook niet. Het is trouwens maar de vraag of ze wisten dat ze dat eten bij zich hadden. Het was mee ingepakt. Ze konden het niet zien of ruiken.'

De chef schoof haar het dossier toe. 'Eigenlijk zou je dit helemaal niet hoeven te hebben. Het profiel is klaar, het is niet meer onze zaak. Maar toch.'

'Maar toch kom je hier om één uur in de nacht naartoe om mij dat te vertellen,' zei Emma.

Brennemann antwoordde niet. Ze stak een sigaret op en beantwoordde Emma's blik met: 'Verslaving blijft verslaving.'

'Of je bent bang.'

'Pardon?'

'Voor het kind. Die sigaret. Je wilt het kind al in de baarmoeder verzwakken. Zodat je ook later de baas blijft. Maar je weet dat het kind de baas gaat worden.'

De zwangere staarde haar aan. Een eeuwigheid. 'Sociale vaardigheden, Carow. Hebben we het daar deze week al niet over gehad?'

'Ik zou wel bang zijn,' zei Emma.

'Voor een kind?'

'Voor het moederschap. De verantwoordelijkheid. Jij bent bang de controle te verliezen. Daarom heb je er zo lang mee gewacht, toch?'

'Profilers,' mopperde Brennemann. 'Je kunt nooit eens gewoon met ze praten.' Ze legde de sigaret op het schoteltje dat Emma voor haar had neergezet. 'Het was een ongelukje, mens. Ik had het nog eeuwig voor me uit kunnen schuiven: misschien volgend jaar, misschien bij de volgende man, tot het niet meer mogelijk zou zijn. Dan zou ik mijn schouders hebben opgehaald met het idee, nou ja, het mocht niet zo zijn. Maar toen kwam het ongelukje.' Ze dronken zwijgend van de koffie. 'Helemaal niet zo slecht,' zei ze na een poosje. 'Waar heb je die vandaan?'

'Colombia.'

'En op kantoor?'

'Aldi.'

Het kopje rinkelde toen de chef het neerzette.

'Een ongelukje dus,' zei Emma. 'Tjonge, er zijn jaren geweest dat ik blij zou zijn geworden van zo'n ongelukje. Is dat niet wat je leven noemt? Een keer wat anders dan wat je van plan was?'

'Wat kun jij een psychononsens spuien als je de tijd hebt. Ik ben niet bang de controle te verliezen, ik ben bang dat het een meisje wordt.'

'Pardon?'

'Ik heb drie broers. Jongens begrijp ik. Jongens zijn makkelijk.

Meisjes? Trutjes. Leugenachtig. Huilebalken. Heb jij wel eens geprobeerd met meisjes te spelen, Carow? Ik zal je vertellen, je doet het nooit goed. Altijd is er wel een beledigd.'

'Ik heb een nichtje, en zij is eigenlijk...'

'En hoe gaat het als ze vlechten in haar haar wil hebben, of prinsessenkleding of een pony? Wat als het een klein loeder wordt, met niets anders in haar kop dan make-up en jongens? Die grieten doen wat ze willen, je kunt ze waarschuwen of tegen ze schreeuwen, maakt niet uit. Ik weet het, want zo was ik zelf ook. Stel je voor dat ze van school gaat en op haar zestiende zwanger wordt, of dat ze na elke maaltijd gaat kotsen omdat ze denkt dat ze te dik is, of dat ze de verkeerde man vertrouwt. Stel je voor dat ze wordt zoals jij.'

'Zoals ik?' Emma haalde diep adem. Nu was ze echt klaarwakker.

'Kijk eens naar jezelf,' zei haar baas. 'Ben jij de vrouw die je zou willen zijn? Ben je een voorbeeld voor jonge meisjes? Is er ook maar iets waarin een meisje je voorbeeld zou moeten volgen?'

'Ik... ik kan mezelf onderhouden. Ik kan profielen opstellen. Ik leid een heel normaal leven zoals elke andere vrouw... Ik kan schieten.'

Brennemann snoof. 'Carow, jij bent de ongelukkigste vrouw die ik ken. Kom me alsjeblieft niet aanzetten met "alles komt goed".'

Er gebeurde iets buiten. Al een poosje. Een claxon. Nauwelijks te horen door het gesloten venster.

'Mijn afspraakje wordt ongeduldig. Op mijn leeftijd moet ik bij een kerel in de auto stappen die op straat blijft staan en toetert. Het is treurig.'

Hoofdschuddend kwam ze overeind. Het was een gecompliceerde manoeuvre. Ze leunde voorover, zette zich naar achteren af en duwde zich van de tafel weg. Haar dunne wollen jurk bleef aan de rand van de tafel hangen, en Emma was al bang dat hij zou scheuren.

'Maar ik ben niet voor al deze onzin hiernaartoe gekomen. Ik ben gekomen om je te waarschuwen. Morgen is er stront aan de knikker. Schreiner heeft een klacht ingediend. Terecht. Je hebt hem gebruikt. Daar is hij ondertussen achter, en de anderen weten het ook. Lutz is kwaad. Als ik jou was zou ik een verdediging bedenken die niets te maken heeft met het feit dat je het hoofd van de afdeling Moordzaken wilde manipuleren. Dat komt als verdediging minder goed over dan je denkt.'

Brennemann waggelde door de gang. Buiten werd er weer geclaxonneerd. Emma wachtte voor haar appartement totdat de liftdeur openging, haar chef opslokte en weer dichtging. Daarna liep ze naar de woonkamer en keek op straat. Een zwarte Audi. De auto van Brennemann. Met iemand achter het stuur. De chauffeur gedroeg zich echt als een tiener. Toen de hoogzwangere vrouw met moeite probeerde in te stappen, stapte hij niet uit. Hij had het portier niet eens voor haar opengedaan. Terwijl Emma zich afvroeg wie het was, draaide Brennemann zich nog een keer om en zwaaide ironisch ten afscheid.

Betrapt schoot Emma achteruit.

25

Om twee uur in de nacht moest ze bekennen dat ze niets meer zou kunnen bedenken.

Emma zat in de keuken, met haar hoofd op haar handen. Slapen was uitgesloten. Steeds weer dwaalde haar blik naar het raadselachtige kledingdossier op haar keukentafel. Ze probeerde haar nieuwsgierigheid te bedwingen. Dit was nu niet belangrijk. Wat zij nodig had, was een verdedigingsstrategie. Een doorslaggevend argument. Een redelijke verklaring waarom ze een collega om de tuin had geleid. Ze kon er geen bedenken. Ze wilde Lutz manipuleren om meer informatie los te krijgen, en dat had ze ook gedaan. Meer was het eigenlijk niet.

Als ze dan toch geen fatsoenlijke rechtvaardiging kon bedenken en wist dat ze zich de volgende dag zou moeten verantwoorden, kon ze in elk geval tot dat moment doen waar ze goed in was, de enige verdedigingsstrategie die ze kende: werken. Vastberaden ging ze onder de douche staan, draaide de koudwaterkraan open en werd definitief wakker.

Kort na drie uur was ze op kantoor. Ze haalde de dossiers van de slachtoffers uit het archief en liep verder omhoog naar de Poppenkast. Leeg en donker. Het koffiezetapparaat was volautomatisch en Emma had niets tegen wat het ding produceerde. Matze had voor biologische melk gezorgd, de tolerante veganist, en in de la lag nog een reep chocola. Ze deed het licht aan en legde het kledingdossier op Matzes bureau, met de opmerking erbij: *Waar heeft deze kleding mee te maken? Film? Toneel? Reclame?*

Met de kop koffie in haar hand en de papieren onder haar arm ging Emma naar haar eigen plek. Waar moest ze beginnen?

Toen zag ze het. Op haar bureau. Een dossier. Een memo.

Het leven van Karl Brandner, samengevat in een stapel papier. Eindelijk. De nieuwe informatie. Emma kwam haast in de verleiding om naar de Ketel te rennen en de onvermoeibare ziel die daar nog werkte te zoenen. Ze deed het niet. Stel je voor dat het niet Lutz was geweest.

Ze deed alle lampen aan en begon te lezen.

Karl Brandner had een video willen opnemen. Een muziekvideo, iets heel bijzonders dat de wereld zou choqueren en hem tot een ster zou maken. Tja, wie wil dat niet? Emma bladerde verder.

Met dat doel had Brandner in totaal drieëntwintig e-mails naar de videoproducent Olaf Zieschke gestuurd. Zieschke had zeven keer geantwoord. Alle e-mails werden op de gemeenschappelijke computer van het opvanghuis Rust in de Storm gevonden. In het eerste bericht deed Brandner de videoproducent een tamelijk ongegeneerd voorstel: hij kon weliswaar niet betalen, maar wat hij voor ogen had, was zo explosief dat ook Zieschke beroemd zou worden als hij de video voor niets wilde opnemen en op YouTube zou zetten. Het was heel weinig werk, maar iedereen zou willen weten wie dat geproduceerd had. Het zou de beste reclame zijn die je je kon indenken.

Zieschke wilde betaald worden.

In de maanden daarop deed Brandner zijn best het geld bij elkaar te schrapen. Hij had de eerste termijn bij elkaar, de tweede zou volgen. Nee, de eerste termijn was gestolen, hij moest verder sparen, nog maar een maand. Hij had ook de tekst veranderd, alles nog scherper en harder gemaakt: het werd een knaller die de wereld wakker zou schudden. Maar misschien was de tekst ook wel te scherp. Brandner begon zich er zorgen over te maken wat de regering zou gaan doen. Niet de Duitse, maar de geheime wereldregering. Die was er, en waarschijnlijk lazen ze toch al mee, maar niemand kende de definitieve tekst, alleen hij, Brandner, zodat ze dus moesten wachten totdat de video op YouTube stond, maar dan was het te laat.

'Als je pech hebt, hebben ze jou ook in het vizier,' waarschuwde hij Zieschke. 'Ik hoop voor ons beiden dat ze alleen mij willen.'

Zieschke was niet bang, maar bleef erop hameren dat hij geld wilde zien.

Tot zijn verrassing had Brandner het op zeker moment inderdaad bij elkaar geschraapt en de opname ging door, in de woonkamer van de videoproducent. Brandner kon het nauwelijks afwachten om het gefilmde kunstwerk te zien. Alleen voor de montage en het afmixen ontbrak hem de derde termijn. Het geld was weg. Die ellendige Jendreyko had het gejat. Kon het ook niet zonder? Alsjeblieft!

Helaas niet.

Daarna werd het contact verbroken.

Pas een halfjaar later meldde Brandner zich weer. Hij vertelde over een verblijf in het ziekenhuis; hersenbloeding, vermoedde Emma. Daarna kregen de e-mails een andere toon, en er verscheen een nieuw element: Brandners dochter Krissi.

Mocht Brandner komen te overlijden, dan moest zij alle inkomsten van de video krijgen. Bovendien wilde hij het lied aan haar opdragen. Hij wilde alles voor haar doen, zodat ze in een betere wereld zou opgroeien, zodat ze zou weten wat voor mens haar vader was. Alles moest ze weten, alles waar hij voor stond, zijn hele gevecht, want hij had alleen voor haar gevochten.

Brandner was nu vastbesloten en ijverig scharrelde hij de derde termijn bij elkaar. Er moesten ook nieuwe strofen worden opgenomen. Nieuwe teksten, belangrijke teksten, teksten voor Krissi.

Eindelijk was het dan zover: Zieschke was aan het monteren. Nog een week en Brandner kon het voltooide meesterwerk bekijken. Ziedaar: de laatste e-mail van de videoproducent bevatte een link naar de video op YouTube. Die ouwe had het inderdaad voor elkaar gekregen.

Emma klikte op de link.

Te Laat! door 'Kater Karlo'. Een oudere man in een morsig tweedehands leren jack en met een kennelijk speciaal voor de opname aangeschafte rode hoed op, stond in een woonkamer op een bank te zingen, met een gitaar voor zijn bolle buik. Maar Brandner kon helaas zingen noch gitaarspelen. En gedronken had hij ook. De tekst kende hij maar ten dele. Zo nu en dan moest Zieschke, buiten beeld, hem die voorzeggen. Afgezien van een paar akkoorden speelde hij helemaal niet op de gitaar, maar hield hij zich er alleen aan vast. Af en toe sprong hij in de lucht, brulde hij en schudde zijn vuist in de richting van de camera. De geluidskwaliteit was echter heel behoorlijk.

Behalve de laatste strofe kende Emma de inhoud van de teksten al uit de e-mails: wereldregering, financieel kartel, Twin Towers-complot, chemtrails, totale controle. Het refrein ging hem in elk geval elke keer goed af: 'Word wakker! Word wakker! Te laat!'

De laatste strofe week af van het concept.

'Dit alles heb ik voor jou gedaan, Krissi, jij bent mijn vlees en bloed, ik ben bij je in gedachten, zodat je weet, het was allemaal alleen voor jou! Word wakker! Word wakker! Te laat!'

Emma vergeleek de data: de laatste e-mail, het medisch-forensisch rapport. De kunstenaar had zijn werk nooit gezien. Toen de video eindelijk online was gezet, hing Brandner al dood in de steiger op de Leipziger Platz.

Een dochter, dacht Emma. Waarom hoor ik nu pas voor het eerst iets over een dochter?

Nog een dossier: getuigenverhoor van Kristina Zweiger, 32 jaar. Kristina groeide op bij haar moeder en stiefvader. Woont tegenwoordig met haar vriend in Potsdam. Ze had slechts één keer in haar leven iets van haar biologische vader gehoord, een paar maanden eerder, in mei. Het telefoontje kwam laat in de nacht. Hij was dronken. Aanvankelijk was niet duidelijk wie ze aan de lijn had. Toen ze begreep dat het haar biologische vader was, kon ze de verbinding niet zomaar verbreken. Ze had heel lang naar dit moment uitgekeken. Dat zei ze hem ook, maar hij hoorde niets. Hij kletste gewoon door. Zwamde over zijn vergooide leven en dat hij binnenkort beroemd zou zijn, dat er iemand meeluisterde. Hij verviel in herhaling, brak zinnen af, wist nu en dan niet of hij met zijn dochter of met zijn ex-vrouw praatte. Uiteindelijk brak Kristina het gesprek af.

De volgende dag liet ze haar vaste telefoonnummer veranderen. Nee, Kristina Zweiger wilde de video niet zien.

Emma nam een slok koude koffie, klemde Karl Brandner, Julia Fredersdorf en Lucy Herold onder haar arm en liep naar het whiteboard dat achter haar bureau dwars over de hele muur liep. Een poosje keek ze nadenkend in het niets. Ze moest het beeld al voor zich hebben voordat ze de stift in de hand nam. Pas toen ze merkte dat ze begon in te dutten, begon ze te schrijven.

Bovenaan noteerde ze de drie namen van de drie slachtoffers. Onder die namen vulde ze in eerste instantie uit haar geheugen de bekende eigenschappen in, daarna ploegde ze de dossiers door om details aan te vullen die ze had vergeten:

	Lucy Herold	*Julia Fredersdorf*	*Karl Brandner*
Opleiding/ beroep	gymnasium Zehlendorf	gymnasium Helmstadt	tehuis, Moers basisschool, Moers
	Uni Berlijn, FU, muziek	juridisch medewerkster	werkloos
	huisvrouw	huisvrouw	
Familie	ouders Zehlendorf	ouders Spandau	ouders onbekend
	echtgenoot: medisch technicus; Vivantes, Reinickendorf	echtgenoot: bankmedewer-ker; Spaarbank Lichtenfelde	ongetrouwd
	1 zoon, 3 jaar	1 dochter, 5 jaar	1 dochter
	woonachtig Prenzlauer Berg	woonachtig Zehlendorf	
Medische gegevens	therapie: dr. Alex Karm, Kreuzberg	therapie: mw.dr. Beate Schuma-cher, Berlijn-Mitte	arts Michael Johanssen, Kreuzberg (hersenbloeding)
	allergieën, slaaptabletten	orthopedische klachten	alcoholmisbruik, gevolgen daarvan
Sociale contacten	fitness-studio Prenzlauer Berg	fitness-studio Zehlendorf	sociale opvang
	Uni-orkest Supper Club Mitte	vriendin: Kerstin Bölling, Publicity, IUY, Mitte	opvang Rust in de Storm
	Facebook	ex-vriend: Frank Werder, Hamburg	winkelcentrum Eastgate, Marzahn Gorlitzer Park, Kreuzberg

Ongewone omstandigheden/ psychische toestand	echtgenoot affaire Simone Maier vroeger misbruikt angst: mislukken als moeder	zwanger verkrachting vroeger misbruikt angst: mislukken als moeder	licht paranoïde vervreemd van dochter

Alles kwam op het grote whiteboard. Welke basisschool in welke plaats de vrouwen hadden bezocht; de beroepen van de ouders, zelfs alle vriendinnen; zoveel over vrienden en bekenden als ze maar kon vinden. In steeds kleinere letters noteerde ze geboorteplaatsen, sociale contacten via het internet, sociale milieus, stadswijken, voorgeschiedenissen met betrekking tot straffen, boetes en ziekten, bijbaantjes, hobby's, erebaantjes, kinderdagverblijven, stamcafés, favoriete winkels, buren, alles wat ze maar kon vinden, tot ze niet meer scherp kon zien.

Uitgeput ging Emma naar haar bureau, liet zich op haar stoel zakken en nam het hele panorama op.

Allemaal waardeloos.

Ze zag geen verbanden, geen overeenkomsten, behalve natuurlijk tussen Fredersdorf en Herold. Maar als de dader gewoon een hekel had aan jonge, blonde moeders, waarom dan Karl Brandner? En als de dader daklozen wilde ombrengen, waarom dan Julia Fredersdorf en Lucy Herold? De drie slachtoffers hadden geen enkele eigenschap gemeen.

Had de dader ze inderdaad willekeurig uitgezocht? Zat er helemaal geen idee achter? Was het puur toeval? Al dat werk, dat hele moorddadige kunstwerk, die ontzagwekkende, zieke fantasie die de hele stad in de ban hield – waren de bouwstenen ervan volkomen willekeurig? Hier een vrouw, wie dan ook, daar een man, maakt niet uit wie?

Bijna de hele muur was met kenmerken van de slachtoffers volgekrabbeld. Het keiharde werk van meer dan honderd rechercheurs en andere politiebeambten die al dagen informatie verzamelden.

Je reinste lettermoeras.

26

'Dat is jouw werk niet meer, Carow.'

Emma werd met een schok wakker. Brennemann stond achter haar en tikte op het whiteboard. De dag was begonnen. De Poppenkast zat vol. Alle collega's waren er. En niet alleen zij: Lutz was er ook.

'We hebben al een profiel geleverd,' ging haar baas verder. 'Daarmee is onze taak afgerond. En als de heer Bogner in een later stadium een uitgebreider profiel wil hebben, bestelt hij dat wel.' Lutz Bogner knikte, maar zei verder niets. 'Carow, veeg dat bord schoon en meld je daarna bij mij.'

Brennemann verdween in haar kantoor, met Lutz en Felix in haar kielzog. Het was zover. Zij zou zo meteen daarbinnen de wind van voren krijgen. Het zou ermee beginnen dat ze een collega bewust een verkeerd profiel in de maag had gesplitst en ermee eindigen dat Felix de vervanging tijdens het zwangerschapsverlof zou opeisen, omdat Emma aantoonbaar niet in een team kon werken.

Emma greep naar haar koffiekop. Leeg. Net als haar hoofd. Ze moest hoognodig wakker worden.

Ze pakte de spons en begon de trefwoorden weg te vegen. Het ene na het andere. Alleen de namen liet ze staan. Het whiteboard was bijna leeg toen ze ophield. De laatste woorden die er nog stonden waren:

	Lucy Herold	*Julia Fredersdorf*	*Karl Brandner*
Ongewone omstandigheden/ psychische toestand	vroeger misbruikt angst: mislukken als moeder	vroeger misbruikt angst: mislukken als moeder	vervreemd van dochter

Ach.

Als in trance pakte ze de stift weer en noteerde nog iets bij Karl Brandner: *Mislukken als vader.*

Emma deed een stap achteruit. Daarna liep ze naar de anderen, in het kantoor van Brennemann. De deur stond open en iedereen zat al. Emma bleef staan, en liet de deur ook open.

'Het zijn slachtoffers,' zei ze.

'Pardon?' Brennemann boog zich moeizaam naar voren. Ze hield een rekenmachine in haar hand, alsof ze op het punt stond voor te rekenen hoeveel geld Emma's valse profiel de afdeling had gekost. Of hoeveel weken ze nog moest voordat ze eindelijk met zwangerschapsverlof kon.

'De slachtoffers,' legde Emma uit. 'De dader zoekt mensen uit die in hun jeugd zijn misbruikt. En dan maakt hij ze opnieuw tot slachtoffers. Dat is het gemeenschappelijke: alle drie de slachtoffers waren al een keer slachtoffer.'

Felix snoof. 'Kom op zeg, dat is... Welke dader let op de jeugd van zijn slachtoffers? Dat is absurd.'

Lutz hief zijn hand, liet die weer zakken en zweeg. Brennemann kwam moeizaam uit haar stoel omhoog, liep om haar bureau heen en waggelde aan Emma voorbij de deur uit naar het whiteboard. De mannen kwamen achter haar aan.

'Julia Fredersdorf en Lucy Herold werden in hun jeugd door hun vaders misbruikt.' Emma wees naar de trefwoorden. 'Daarom zaten ze in therapie. Ze waren bang slechte moeders te zijn. Misschien waren ze bang dat ze hun eigen kinderen ooit zouden misbruiken, misschien was er al iets voorgevallen waarbij ze te losse handjes hadden gehad, of iets dergelijks. De therapeuten werken mee, we kunnen het hun dus vragen.'

'De vrouwen misschien, maar die dakloze niet.' Felix sprak uit wat ze allemaal dachten, dat kon ze op hun gezichten lezen.

'Hij komt uit een tehuis. Als we de geschiedenis van dat tehuis nagaan, wil ik wedden dat we op gevallen van misbruik stuiten in de tijd dat hij er opgroeide.'

'Dat is speculatie, Emma.' Felix klonk geërgerd. De richting waarin de zaak zich ontwikkelde beviel hem kennelijk niet. En het zat hem vooral dwars dat Lutz en Brennemann niets zeiden.

'Zoals ik al zei.' Emma keek de nieuweling recht in de ogen. 'Ik heb een briefje van vijftig bij me. Zullen we wedden? Hoeveel heb jij bij je?'

Felix gaf geen antwoord. Hij leek plotseling vermoeider dan zijzelf.

'Matze?' vroeg Emma.

'Ben al bezig.' Hij had verschillende databanken opgeroepen.

'Het vroegere misbruik is de enig mogelijke overeenkomst tussen de drie,' benadrukte Emma. 'De dader moet geweten hebben dat deze mensen zoiets hadden meegemaakt. Pas dat maakte hen interessant voor hem.'

'Dat is extreem intieme kennis.' Lutz. 'Zoiets vertel je niet aan vreemden, laat staan aan een seriemoordenaar die je toevallig tegenkomt. Hoe had hij aan die details moeten komen?'

'Als we die vraag kunnen beantwoorden, hebben we ook de dader,' antwoordde Emma. 'We weten dat de vrouwen met hun therapeuten over het misbruik gepraat hebben, dat was voor hen een heel actueel gegeven. Ze kunnen er ook met anderen over hebben gepraat. En Brandner heeft het ongetwijfeld met die videoproducent over zijn dochter gehad, dat was enorm belangrijk voor hem.'

'Videoproducent?' Sigmar.

Emma wees naar het nieuwe Brandner-dossier op haar bureau.

'Hij heeft kort voor zijn dood een video gemaakt die hij aan zijn dochter opdroeg. Hij was over zijn toeren. Misschien heeft hij bij die gelegenheid ook iets over zijn eigen jeugd losgelaten.'

Brennemann en Felix keken beiden naar Lutz, die in gedachten verzonken in het niets staarde.

'Hebbes.' Matze las van het beeldscherm: 'Kindertehuis het Mussenkasteel, Moers. Karl Brandner zat daar van 1969 tot 1972. Het tehuis ging dicht nadat er verhalen de ronde deden dat de directeur, Jochen Nüssel, tussen 1968 en 1977 verschillende kinderen systematisch zou hebben misbruikt. Dit komt uit krantenarchieven van 2010, toen alles en iedereen elkaar van kindermisbruik beschuldigde... De zaak kwam nooit voor de rechter, alles was allang verjaard. Maar in twee artikelen beweerde een voormalige bewoner van het tehuis, Karl B., slachtoffer van het misbruik te zijn geweest.'

Emma pakte de stift en vulde de trefwoorden aan.

27

	Lucy Herold	*Julia Fredersdorf*	*Karl Brandner*
Ongewone omstandigheden/ psychische toestand	vroeger misbruikt angst: mislukken als moeder	vroeger misbruikt angst: mislukken als moeder	vroeger misbruikt angst: mislukken als vader

In de loop van de middag was het nieuwe, gecorrigeerde profiel van de dadergroep opgesteld, uitgedeeld en in de Ketel besproken. Dit keer stond Emma voor de rechercheurs.

Daarna vluchtte ze.

Haar laatste blik in de Poppenkast: Felix stond stuurloos naast zijn bureau. Sigmar nam in alle rust het whiteboard op en dacht nog een keer na over alles wat ze die dag hadden besproken. Alleen Matze hamerde vlijtig op zijn toetsenbord.

Brennemann was weg. Lutz was weg. Geen woord meer over de klacht van Felix. Niemand merkte dat Emma was vertrokken.

Emily uit het kinderdagverblijf ophalen en een paar uur afleiding, luidde het advies. Misschien nog een keer naar de dierentuin, naar het apenverblijf, zodat Sarah in alle rust in de keuken aan het werk kon. Dan 's avonds eten bij Sarah, met haar vrienden en die Johannes.

Het kinderdagverblijf stond aan de Hindenburgdamm, dicht bij het Schloßpark. Bungalows uit de jaren zeventig, gelijkvloers, binnen minitafels en ministoelen en een indrukwekkende verzameling trommels. Alle muren lichtgeel geverfd en vol bonte kindertekeningen, verder naar achteren een gang, met links daarvan de tuin. De leidster van Emily's groep kende ze al. Althans, zo was het. Vandaag was er een nieuwe.

'Werkt Claudia hier niet meer?' vroeg Emma.

'Jawel, maar ze is ziek,' antwoordde de nieuwe. 'Een momentje alstublieft.' Ze wilde Emily naar binnen halen, en Emma moest even wachten. Maar dat deed ze niet. Ze liep achter de leidster aan door de gemeenschappelijke ruimten naar de tuin, waar een grote kastanje al bijna al zijn blad had verloren. In felgekleurde jasjes en met handschoenen aan sprongen de kinderen enthousiast in de moeizaam bij elkaar geveegde bladerhopen rond.

Emily kwam over het grasveld aangerend, sloeg haar armen om Emma heen en begon buiten adem over haar avonturen te vertellen. De kastanjes die ze had gevonden. Het konijntje...

Emma onderbrak haar en fluisterde: 'Wijs die Finn eens aan, die je steeds slaat.'

Niet helemaal zeker waarom een volwassene zich voor Finn zou interesseren, wees Emily op een zwartharige jongen, die net brullend met een plastic zwaard een zandkasteel bestormde.

'Haal jij je spullen maar vast,' zei haar tante. Ze liep naar Finn toe, legde zachtjes een hand op zijn schouder en leidde hem twee, drie stappen van zijn speelkameraadjes weg.

'Hallo, Finn.'

De jongen wist niet goed hoe hij moest reageren, zoals geen enkel kind dat weet wanneer het plotseling zonder reden door een volwassene wordt benaderd.

Emma hurkte voor Finn. Gelijke ooghoogte. 'Zie je Emily daar?' Ze wees met haar vinger in de richting van haar nichtje. Samenzweerderig. 'Dat is mijn nichtje. Ik pas heel goed op haar. Als jij haar nog een keer slaat, duwt, trekt of bijt, haar chips afpakt, haar verklikt of iets anders doet wat zij niet leuk vindt, dan krijg je het met mij aan de stok.' Emma zette haar handen op haar heupen, niet zo eenvoudig op haar hurken, en liet haar jas naar achteren openvallen. Zodat hij kon zien wat ze daaronder droeg.

'Als dat gebeurt, hoor ik het, en dan kom ik terug en praten we nog een keer.'

Finn stond stokstijf stil, het zwaard hing slap op de grond.

'Heb je het begrepen?'

De jongen wilde knikken, maar hij kon het niet.

'Begrijp je me?'

Nu lukte het hem.

'Goed zo. Ga nu maar weer spelen.'

Emma liet Finn gewoon staan, die haar met grote ogen nakeek. Ze liep het huis in en pakte Emily, die al op haar wachtte, bij haar hand. De leidsters volgden, de nieuwe samen met een collega. Onzeker vroegen ze zich af of er net iets ongewoons was gebeurd. Emma passeerde hen in het trappenhuis en liep naar haar auto. Ze zette Emily vast in het kinderzitje en fluisterde in haar oor: 'Alles komt in orde, liefje.'

Haar nichtje omarmde haar snel en ademloos, hoewel ze geen idee had wat haar tante bedoelde. Het maakte niet uit. In de koude kofferbak lag de schaal met tiramisu die Emma vooraf al bij Angelo had gehaald en waarvan ze later op de avond zou beweren dat ze die zelf had gemaakt.

Ze vertrok. Nu gingen ze eerst eens in alle rust naar de apen kijken.

28

Als begroeting maakte Sarah zonder een woord te zeggen de handtas van Emma open, haalde de telefoon tevoorschijn en zette die uit, terwijl Kalli dolblij op Emily afsprong en kind en hond samen door de gang ravotten.

'Alsjeblieft, alleen voor vanavond. Laat de anderen zien dat je ze respecteert.'

Op het menu stond biologisch varkensvlees met gekaramelliseerde korst en aardappelpuree. Emma en Emily dekten de tafel. Heike, de vriendin van Sarah, had haar vriend Roman en haar broer Johannes meegenomen. En een soufflé van rode biet met schapenkaas. Uitsluitend gemaakt om bewondering te oogsten, wat ook gebeurde. Heikes nieuwe vriend werkte bij een reclamebureau, voor Emma aanleiding om op te merken dat die hele onlinereclame volstrekte waanzin was – wat Sarah op haar beurt pijnlijk vond. Roman antwoordde alleen dat reclame de vooruitgang bespoedigde, hetgeen helaas niet altijd begrepen werd door wereldvreemde academici – wat Heike op haar beurt weer pijnlijk vond. Maar Emma verheugde zich erover dat ze voor een intellectueel werd aangezien – tot ze merkte dat de steek onder water voor Johannes bedoeld was.

Voor Johannes was de héle situatie kennelijk pijnlijk. Hij wilde daar helemaal niet zijn, dat zag Emma onmiddellijk. Hij was alleen gekomen omdat zijn zus erop had gestaan en hij richtte zijn blik vooral op de tafel, zijn glas en het bord voor hem. Zijn glimlachje kwam gekweld over.

Maar dat zag ze pas toen ze haar blik van Emily losmaakte, die nog steeds met Kalli speelde, en Johannes een keer echt aankeek. Het gebeurde op een moment dat het gebraden vlees al half verdwenen was en Johannes antwoord gaf op een directe vraag van Roman.

'Nou ja, zo bijzonder is het niet.'

Dat vond Emma interessant.

De meeste mensen zouden anders hebben gereageerd op de vraag: 'Ben je linguïst? Dan ben je dus waarschijnlijk de intelligentste hier aan tafel?'

Bescheidenheid. Niet direct een algemeen kenmerk van de man, laat staan van de succesvolle man. En dat had ook zo zijn redenen: als alle mannen alleen zouden praten over dingen waar ze werkelijk verstand van hadden, zouden ze nauwelijks nog een woord met elkaar wisselen.

Emma nam Johannes beter op.

Midden dertig. Atletisch gebouwd, maar niet zozeer gespierd. Een hang naar ascese, dus. Donkerblond haar, geen echt kapsel. Er was nog iets wat haar opviel: een open gezicht. Bereid om te leven. Eerlijk. Dat sprak haar aan, maar stootte haar ook af. Eerlijkheid was vaak niet meer dan naïviteit. Was hij een trouwe ziel of een idioot?

Ooit moest het natuurlijk komen. Emma besefte het, en ze was erop voorbereid. Heikes nieuwe vriend vroeg het als eerste.

'Heb jij eigenlijk iets met die mummiemoordenaar te maken?' Tijdens het eten was 'u' als vanzelf veranderd in 'je' en 'jij'.

Emma had eigenlijk wel zin om eens flink uit te pakken, vooral na haar zo succesvol verlopen dag. Maar ze deed het niet. Integendeel, ze reageerde ontwijkend en zei dat het haar verboden was om over de zaak te praten. Ook al was het eigenlijk het enige waar ze de hele tijd aan dacht. Op dat moment, terwijl zij aan de rode wijn zaten en de soufflé van rode biet en schapenkaas aten, namen de rechercheurs van EG98 ongetwijfeld de lijst van verdachten nog een keer door, om ze op aanwijzingen voor misbruik van kinderen te controleren. En waarschijnlijk niet alleen die lijst. Alles en iedereen rondom de slachtoffers werd ongetwijfeld nog een keer uitvoerig doorgelicht.

'Ik heb gelezen dat de mummieman wil afdwingen dat er iemand wordt vrijgelaten,' zei Roman met glanzende ogen. 'Een of andere bergbeklimmer die een torenflat in Dubai beklom en daar nu achter de tralies zit?'

'Ach, onzin, de kranten schrijven maar wat,' zei Heike. 'Als je het mij vraagt, is het een psychopaat. Zoals die vent in Noorwegen.'

'Breivik had politieke drijfveren,' zei haar vriend. 'Zulke fanatici zijn tot alles in staat. Het zou mij absoluut niet verbazen als ook die mummiemoordenaar politieke motieven had.'

'Voor mij zijn het gewoon pure criminelen,' zei Sarah. 'Ze doen alsof ze politieke motieven hebben, maar eigenlijk vinden ze het gewoon opwindend om mensen te doden.'

Emma hield het niet meer uit. Ze verontschuldigde zich. Voor de vierde keer. Bij de kapstok in de gang rommelde ze in haar handtas en haalde haar mobieltje voor de vierde keer tevoorschijn.

Geen berichten.

Waarom ook? Het feit dat ze vandaag een doorbraak hadden bereikt en dat ze de dader een stuk beter konden doorgronden, betekende nog niet dat Lutz hem die avond kon oppakken. Of dat hij überhaupt nog wat deed die dag. Of haar nieuwe profiel hem verder hielp, zou in de komende weken moeten blijken.

Sarah stond voor haar en keek haar verwijtend aan. 'Je had het beloofd.' Ze stak haar open hand uit en Emma legde haar telefoon er met tegenzin in. 'Je kunt op zijn minst een beetje je best doen. Jij hebt ja gezegd, anders had ik niet zoveel moeite gedaan. Doe nu niet alsof je onder onze onnozelheid lijdt. En jij komt ook weer aan tafel zitten, Emily.'

Aan de tafel dreigde zich een gesprek over de nieuwe serie van de realityshow *In de jungle* te ontspinnen. Emma smoorde het in de kiem.

'Het ergste is het wachten,' zei ze.

'Wachten?'

'Wij zijn op informatie aangewezen. Als profilers. De recherche moet die eerst verzamelen en aan ons doorgeven. Anders valt er weinig te analyseren. We zitten op kantoor en wachten op gegevens.'

'Dat klinkt als een computerprogramma.' Johannes, onverwachts. 'Gegevens erin, gegevens eruit.'

'Ja, daar zit iets in. Misdaadanalyse is uiteindelijk analyse van gegevensreeksen. Wij nemen informatie van de plaats delict, van de slachtoffers en de verdachten en vergelijken die met elkaar. Maar we hebben verschillende slachtoffers nodig, zodat we ze met elkaar kunnen vergelijken.'

Iedereen luisterde nu naar haar.

'Als alle slachtoffers twee meter lang zijn, weten jullie bijvoorbeeld dat de dader op lange vrouwen valt,' zei Heike.

'Precies. Als we maar één slachtoffer hebben van twee meter lang, weten we nog helemaal niets over de voorkeuren van de dader. Het zou toeval kunnen zijn. We hebben verschillende slachtoffers nodig om naar overeenkomsten te kunnen zoeken. Daarom worden we vooral ingezet bij seriedaders.'

'En wat levert dat op?' Roman vroeg het niet direct aan Emma, maar meer in het algemeen. 'De moordenaar valt op lange vrouwen. Geweldige informatie. Zetten jullie vervolgens een advertentie in de krant, of iedereen die op lange vrouwen valt, zich alsjeblieft wil melden bij de politie?'

'Dat zeggen sommige rechercheurs ook.' Emma haalde haar schouders op. 'Het is een beroep dat nu en dan omstreden is.'

'Soortgelijke methoden worden ook in de historische taalkunde toegepast,' merkte Johannes op. 'Om onbekende talen te reconstrueren.'

'Pardon?' Opnieuw Roman.

'Je vergelijkt het vocabulaire van twee talen en zoekt naar overeenkomsten. Als je er veel vindt, is er hoogstwaarschijnlijk sprake van een genetische verwantschap.'

Emily sprong weer van haar stoel en ging spelen. Wat saai allemaal.

'Ik ken wel genvoedsel, maar geen gentaal,' zei Sarah. Heike lachte.

'Men gaat ervan uit dat de huidige talen gemeenschappelijke wortels hebben maar in de loop van de tijd uit elkaar zijn gegroeid,' legde Johannes uit. 'Het Duits is bijvoorbeeld voortgekomen uit Middelhoogduits, maar het Jiddisch ook. De meeste woorden in beide talen zijn verwant, dus hebben beide talen een gezamenlijke voorvader, het al genoemde Middelhoogduits. Dat is te achterhalen door grote hoeveelheden gegevens met elkaar te vergelijken, in dit geval woorden.'

'Maar nu nog even over die seriemoordenaars,' zei Roman. 'Je probeert daarmee dus een moordenaar te beschrijven die je nooit hebt gezien. Je kent alleen zijn voorliefde voor lange vrouwen, en daaruit leid je dus af dat hij zelf ook groot is? Of iets anders? Volgens mij kun je daar helemaal niet zoveel uit afleiden.'

'Jazeker wel.' Johannes was in zijn element. 'Ik kan me dat zelfs heel goed voorstellen. De oudste voorvader van het Duits is bijvoorbeeld de zogenoemde Indo-Germaanse oertaal, een taal die niemand de laatste paar duizend jaar ooit nog heeft gesproken, gelezen of geschreven. Die is volledig uitgestorven, zonder een spoor na te laten.'

'Een cold case,' zei Emma. Het was weliswaar televisiepraat, maar het beviel haar hoe Johannes tot leven was gekomen.

Hij grijnsde nu. 'Door alle bekende talen die uit de Indo-Germaanse oertaal zijn voortgekomen met elkaar te vergelijken, kunnen we de dode taal met enige waarschijnlijkheid reconstrueren. Er zijn tegenwoordig zelfs onderzoekers die werkelijk in de Indo-Germaanse oertaal met elkaar kunnen praten.'

'O ja? Zeg eens iets in dat Indo... Indogo...'

'Ik ken geen stom woord in die taal.' Johannes lachte.

'En hoe vaak komen jouw voorspellingen overeen met de realiteit?' wilde Roman van Emma weten. 'Jouw inschattingen zijn in elk geval te controleren nadat de misdadiger is opgepakt.'

'Rond 95 procent van de profielen is accuraat,' antwoordde ze.

Wilde ze antwoorden, maar ze zei het niet. De waarheid was anders, als je een Engelse studie mocht geloven. Maar ook die sprak ze niet uit. Te banaal. Ze vouwde haar servet op. 'Dat is een moeilijk te beantwoorden vraag die ons ook bezighoudt,' gaf ze toe. 'Laten we bijvoorbeeld zeggen dat we weten dat de dader het op mensen heeft voorzien die in hun jeugd werden misbruikt. Om de een of andere reden zoekt hij speciaal die mensen op en doodt hen.'

'Allemachtig,' zei Heike. 'Hebben die nog niet genoeg geleden? Zijn er werkelijk zulke lui?'

'Het is maar een voorbeeld,' zei Emma. 'We zouden ons dan allereerst afvragen waarom hij dat doet. Werd hij zelf als kind misbruikt? Misschien wil hij eigenlijk zichzelf ombrengen, maar omdat hij dat niet voor elkaar krijgt, doodt hij in plaats daarvan anderen die hetzelfde hebben ondergaan. Wellicht denkt hij zelfs dat hij ze uit hun lijden verlost. Of heel anders: zijn vader, of iemand van wie hij houdt, werd van kindermisbruik beschuldigd, misschien ten onrechte, en heeft daarna zelfmoord gepleegd. Nu wreekt de zoon zich op iedereen die anderen van kindermisbruik beschuldigt. Als het erop aankomt, kennen we zijn drijfveren niet. We weten alleen iets over zijn daden.'

'Waar is het dan allemaal goed voor?'

'We stellen er richtlijnen mee op voor de rechercheurs. Natuurlijk kun je niet iedereen arresteren die in het schema past. Maar wanneer iemand verdachte is, kan de rechercheur het thema in het gesprek aan de orde stellen. Je informeert naar de jeugd van de verdachte, vraagt een beetje door en kijkt naar de reactie. Uiteindelijk geven we de speurders alleen aanwijzingen, ze moeten verder zelf bewijzen dat de verdachte schuldig is.'

Toen zei ze het toch: 'Volgens een onderzoek in Groot-Brittannië is maar 2,7 procent van de daderprofielen accuraat, maar in 90 procent van de gevallen zeggen de speurders dat het profiel nuttig was voor het opsporen van de dader.'

Roman snoof, maar Johannes zei: 'Is het niet frustrerend om je zoveel moeite te getroosten en dan te moeten afwachten en hopen dat de rechercheurs hun werk goed doen?'

De spijker op zijn kop. Emma grijnsde. 'Nou ja, met moeite alleen kom je er niet. Ik heb ooit in een profiel van een serieverkrachter beweerd dat hij geestelijk achtergebleven zou zijn en bezeten van de kleur rood. Toen we hem vonden, bleek hij uiterst intelligent en kleurenblind te zijn.'

De anderen lachten. Johannes ook. Ze glimlachte naar hem en hij hief zijn glas. 'Proost,' zei hij geamuseerd. 'Op het ongebroken optimisme waarmee we in de statistiek blijven geloven.'

Om hen heen werd er enigszins spottend gelachen. Alleen Emma begreep wat hij werkelijk bedoelde. Je had nu eenmaal geen keus. Meer was er niet.

'Daar drink ik op,' zei ze.

Na de tiramisu, waarvoor ook Emily weer aan tafel kwam – de lange vingers haalde ze er zorgvuldig uit om ze aan Emma te geven – dronken de volwassenen in de woonkamer nog een grappa. Daarna begonnen de gasten te vertrekken.

Toen Emma haar jas aandeed, zei Sarah: 'Zie je wel? Zo erg was het toch niet?'

Emma glimlachte, een beetje aangeschoten en weldadig warm. Nee, het was zo erg niet.

Haar auto liet ze staan, die zou ze de volgende ochtend wel ophalen. Ze liep door de Lausanner Straße, langs eindeloze rijen kleine kubussen, eengezinswoningen, allemaal hetzelfde, of nee, niet helemaal: soms met blauwe en dan weer met bruine daken, naar gelang de smaak van de bewoners. Een leuke kleine nederzetting hier, ja, beslist, Sarah had het goed gedaan. Onderweg naar de bushalte aan de Appenzeller Straße haalde ze voor de laatste keer de telefoon uit haar tas.

Geen bericht. Vandaag zou er zeker niets meer gebeuren. Eigenlijk was het verkeerd geweest om de avond hier door te brengen. Ze had met Lutz en Brennemann op hun vorderingen moeten proosten. Het was een echte doorbraak geweest vandaag en zij had goed werk geleverd, toch? Niettemin was zij alleen, en waren de anderen aan het werk. Emma moest zich dat telkens weer voorhouden: jouw werk zit erop, laat de rechercheurs nu hun gang gaan. Maar het ergerde haar om de zaak aan hen over te laten. Wat wisten zij nu helemaal van een psychopaat? Wat wisten ze eigenlijk van haar moordenaar? Het was haar zaak.

Emma wilde niet naar huis. Ze wilde iets doen.

29

De nacht boven de Potsdamer Platz was koud en helder toen Emma uit de M85 stapte. Ze liep achter een paar bij de Victoria Bar ingestapte dronken Franse tienermeisjes in chique jasjes, en stak het plein over tot de markante glazen hal met neondak, die de hoofdingang vormde voor alle metrolijnen, S-Bahnen en de landelijke treinverbindingen die elkaar hier ondergronds kruisten. Verderop bereikte ze de kruising waar de Potsdamer Platz aan de Leipziger Platz grenst. De Franse meisjes poseerden giechelend voor de hier opgestelde delen van de Berlijnse Muur en maakten foto's. Ze liepen verder en Emma ging op een laag restant van de muur zitten.

Ze was niet uitgestapt toen de M85 bij haar bushalte was gestopt. Vijf minuten later kwam de Potsdamer Platz al. Hoog boven haar rekte zich aan de andere kant van de straat het professioneel vermagerde lingeriemodel uit op het felverlichte reclamedoek. Zag er wel goed uit, dat ondergoed. Donkerrode zijde. Kort, heel kort vroeg Emma zich af of zoiets haar zou staan. Peinzend keek ze naar het huis waar het doek aan hing. Het valse huis met de geschilderde deuren, het met zeildoek bespannen geraamte dat nog altijd deed alsof het een doodnormaal hoekgebouw was, onschuldig, onverdacht, onaangeroerd. Berlijn slokte de moorden op, de onrechtvaardigheden, de slachtoffers wier levens de stad had verwoest, en ging vrolijk verder, bood nieuwe, opwindende prikkels tot de doden, de eenzamen en de gekwetsten langzaam verbleekten en de dag kwam dat niemand hun namen meer kende. De stad heelt alle wonden.

De nacht boven het plein was anders dan anders. Weidser, hoger, dieper. Emma legde haar hoofd in haar nek. De felverlichte torenflats, het Ritz-Carlton, het Kollhoff-gebouw, de Bahn-Tower leken om haar heen te dansen. De straten waren nog nat van de motregen, de hemel was alweer helder. Ze ademde diep door in de eindeloosheid van de nacht.

Eigenlijk ging het best goed met haar. Ze had succes in haar werk. Ze werd gerespecteerd. Misschien dat niet iedereen haar mocht, maar ze respecteerden haar wel, dat voelde ze. Natuurlijk waren er ook slechte dagen, maar niet alleen. Het leven ging verder. Dat was toch genoeg?

Een club, dacht ze. Weg uit de kou, de hitte in. Niets chics, vandaag niet. Een of andere ranzige tent. Voor het contrast. Het Köpi misschien. Daar was ze lang niet meer geweest. Ze stond op. Maar daarvoor nog een snelle blik in de glazen lift van de S-Bahn, verderop op de hoek. Nu ze hier toch was.

Leeg. Ze zag het al bij het oversteken van de straat. Niemand thuis.

Emma drukte op de knop en de deur schoof open. Ze stak haar hoofd naar binnen, alleen haar hoofd. En trok het vliegensvlug weer terug.

Het stonk. Urine, stront, zweet. Vreselijk, wat het menselijk lichaam zoal aan smerigheid produceerde. Het stonk niet intens, niet onverdraaglijk, maar sterk genoeg. De jongens van de technische recherche hadden gelijk: er verbleef hier iemand, en vaker dan af en toe, te oordelen naar de stank.

Ze wilde net de trap aflopen naar de metro, richting Köpi, toen ze hen zag.

Niet maar één dakloze, maar vijf, iets verderop onder de zorgvuldig gesnoeide bomen op het grasveld voor de Canadese ambassade. Ze stonden er roerloos, als standbeelden in de tuin, met hun zakken, winkelwagentjes, hun hele have en goed aan hun lijf, zwaar bepakt in het donker, midden in de nacht. Ze dronken niet. Ze zaten niet. Ze sliepen niet. Het was een van die merkwaardige schouwspelen die je alleen ziet wanneer je niet meer helemaal nuchter bent: je weet nooit of het jou zo vreemd voorkomt omdat je te veel gedronken hebt of dat het werkelijk ongebruikelijk is.

Wat deden ze daar?

Langzaam slenterde Emma langs de felverlichte liftschacht naar het donkere eiland van gras.

Ze praatten niet met elkaar, op twee aan de buitenkant na die fluisterend ruziemaakten. De anderen leken elkaar niet eens te kennen. Ze wachtten ergens op. Waarop? De Messias? Een ufo? Nog meer daklozen?

Toen hoorde ze het. Een stem. Eerst van ver, daarna steeds dichterbij, zangerig, alsof iemand kippen voerde: 'Hiiiier, pennerpennerpenner! Hiiiier, pennerpennerpenner!'

De pennerpennerpenner, de zwervers, hoorden het ook. Ze kwamen in beweging, draaiden naar de stem toe, die vanaf de kruising achter Emma kwam: 'Hiiiier, pennerpennerpenner!'

Een jongeman. Open leren jasje, haastig aangetrokken. Een lange slungel, nonchalante tred, een beetje onrustig, bleek, donkere kringen onder de ogen. Kortgeschoren haar, priemende, donkere ogen, brede grijns. In zijn armen bruine papieren zakken, vijf of zes stuks. Hij liep de daklozen tegemoet.

Even later deelde hij de zakken uit. Eén per persoon. Een, twee, drie, vier.

Nu zag ze het: onder zijn jas een bruin of groen overhemd, met een opgespeld naamkaartje. Dat was het, dat was het geheim: een of andere fastfoodtent aan het plein verdeelde het overgebleven eten onder de daklozen. Elke nacht, na sluitingstijd. De pennerpennerpenner wisten waar ze moesten zijn, en wanneer, om iets te krijgen.

Een, twee, drie, vier zakken.

'Hé, en ik dan?' De vijfde dakloze stond met lege handen.

'Ik heb vandaag niet genoeg zakken, niets aan te doen.'

'Je hebt er toch nog twee, dat zie ik toch!' schreeuwde de man. 'Je hebt er nog twee!'

De jongeman in zijn koffiehuiskloffie had inderdaad nog twee zakken over. Hij haalde zijn schouders op. 'Gaat niet, vandaag zijn er maar vier. Eet maar wat minder muffins, dat is gezonder. Fijne avond nog, zwervers!'

Hij liep weer naar de kruising.

'Je hebt er nog twee! Waarom ik niet?'

De jongeman stond inmiddels bij het verkeerslicht te wachten en hij lachte toen hij hoorde dat twee van de mannen op het grasveld met elkaar op de vuist gingen. De vijfde dakloze had geprobeerd de broodjeszak van een van zijn maten te bemachtigen, maar die vocht terug.

'Hé, klootzak!'

'En ik dan? En ik dan?'

De anderen grepen hun rommel snel bij elkaar en maakten dat ze wegkwamen toen Emma het grasveld naderde. De beide kemphanen hadden haar niet in de gaten. De dakloze zonder zak haalde net uit om de ander een dreun te verkopen toen Emma hem haar politiepenning voor zijn neus hield: 'Afgelopen!' De man hield zich verbaasd in en de andere rende snel weg. Emma ging recht voor de achtergeblevene staan, zodat hij niet achter zijn rivaal aan kon gaan. Ze was niet bang voor de grote, in een paar lagen van gescheurde jassen gehulde man – hij was ongetwijfeld banger voor haar dan omgekeerd –, maar de stank was overweldigend.

'Ik koop iets te eten voor u. U blijft niet met lege handen staan, goed?'

De dakloze schreeuwde en huilde bijna: 'Ik sta altijd met lege handen! Altijd ik! Dat waren mijn muffins!'

Emma bleef rustig: 'Ik haal iets voor u bij McDonald's. U geeft mij informatie, en ik geef u eten, akkoord?'

'Ik wil geen Amerikaanse rotzooi. Ik wil mijn muffins!'

'Dan krijgt u muffins. Luister, ik zoek iemand. Een man die zo nu en dan dat huis, eh, bij die stellage in en uit gaat. Hij valt kleine jongetjes lastig... Begrijpt u mij?'

De man keek Emma oplettend aan. 'Zoiets doe ik toch niet. Gadver,' zei hij verontwaardigd. 'Wil je me nu opsluiten, of zo?'

'Ik ben van de... zedenpolitie.' Ze liet haar penning weer zien. 'Ik ben alleen op zoek naar die exhibitionist die hier rondzwerft. Als u hier vaker komt, hebt u hem misschien gezien...'

'Die zou je moeten oppakken, niet mij. Dat is een hufter die kleine jongens aanspreekt en meeneemt in dat valse huis. Hij heeft me een keer geschopt, waarom pak je die niet op?' Opgewonden zwaaide hij met zijn wijsvinger in het rond. 'Wat wil je eigenlijk van mij? Waarom ik altijd?'

'Ik wil alleen maar weten waar ik hem kan vinden. Op welke tijden hij hier komt. Kunt u mij iets meer over hem vertellen?'

'Waarom haal je die klootzak niet van de straat? Je hebt wel gezien dat hij mijn muffins heeft meegenomen. Die moet je opsluiten, niet mij!'

'Hou nu alstublieft eens op over die muffins, ik zoek een andere...'

Plotseling begreep ze wat hij wilde zeggen.

Emma zette het op een lopen.

Vochtig, glad asfalt, voorzichtig, langzamer. Te laat. Ze knalde tegen een dikke, bezopen toerist in een dikke donsjas, schoof hem opzij, en rende alweer over de straat, zonder op het verkeerslicht te letten. Een auto remde, probeerde uit te wijken, net als Emma, die ertegenaan botste. Maar ze draaide op tijd, raakte alleen met haar schouder de wagen, gleed bijna uit, rende achter de auto langs; een andere auto, weer uitwijken. Ze hoorde de claxons, de krijsende remmen en het gevloek niet eens, en toen stond ze aan de zuidkant van de straat, richting Anhalter Bahnhof.

Daar was hij langsgelopen, die jongeman van zonet. Onder zijn leren jasje een bruin hemd. Naamkaartje. Muffins in een papieren zak. Een koffiehuis. Hij werkt in een koffiehuis. Ergens in deze buurt.

Emma rende verder en keek om zich heen. Daar, een hoekgebouw, achter drie zuilen, glazen gevel: Aztec Coffee.

De jongeman stond bij de deur. Binnen. Hij had een sleutel in zijn hand en praatte met een jonge vrouw achter het buffet, die de kassa opmaakte. De stoelen stonden op de tafels, het licht was gedimd. Ze gingen dicht. De jongeman droeg een rugzak over zijn schouder.

Emma ging niet langzamer lopen. Zelfs niet toen ze de glazen deur bereikte. Ze knalde ertegenop, herstelde en begon driftig te rukken. De deur gaf geen krimp. Afgesloten.

De jongeman sprong op, wankelde naar achteren en keek haar geschrokken aan, met de sleutel nog in zijn hand. Emma zocht in haar handtas naar haar politiepenning en riep: 'Politie, blijf waar u bent.' Ze was al een beetje buiten adem.

De man rende onmiddellijk naar de tweede deur.

De winkel stond niet alleen op een hoek, maar was ook als een hoek ingericht, alles L-vormig, van het buffet tot de glazen voorgevel. Voordat Emma de andere glazen deur had opgemerkt, was hij er al bijna doorheen.

Bijna.

Emma rende om de hoek naar de tweede uitgang, die de jongeman snel weer afsloot, om terug te rennen naar de eerste deur, maar niet snel genoeg. Emma erachteraan. Hij deed haar denken aan een insect in een glas dat nog niet begreep dat er geen uitweg meer was.

Patstelling. Ze stonden beiden bij de hoek, met alleen het glas tussen hen in. Achter de jongeman kon ze de jonge vrouw zien, die een hand voor haar mond had geslagen. Ook zag ze dat er behalve de twee deuren geen andere uitgangen waren.

Emma hield haar penning omhoog, drukte die tegen het glas. Wees er met haar vinger naar.

Zijn ogen. Zijn zwarte ogen. Wild. Opengesperd. Een blik die heen en weer sprong. Gevangen. Gepakt. Betrapt. Ze zag hopeloosheid in zijn ogen. Geen verontwaardiging, geen woede, geen nieuwsgierigheid – wat wil die smeris eigenlijk van mij? – alleen de zekerheid dat alles in één klap voorbij was en dat het met hem was gedaan.

De jongen vloekte. Emma hoorde elk woord door het glas. Kutsmeris, lik m'n reet. Toen hij door zijn vocabulaire heen was keek hij om zich heen of er niet toch nog een uitweg was. Hij tilde zijn rugzak op, slingerde die zo hard hij kon tegen het glas, dat trilde van de klap, en rende naar de dichtstbijzijnde deur.

Hij was al buiten op het trottoir toen Emma tegen hem aan botste en ze samen op de grond vielen. Snel sprong ze weer overeind, terwijl de jongen in paniek verder kroop. 'Blijf liggen. Stop! Als je probeert op te staan, gebruik ik mijn wapen!' Toen hij zich omdraaide en omhoogkeek, stond ze met de Sig Sauer in haar hand: 'Blijven liggen, geen beweging.' Ze voelde zich goed en sterk, en de jongeman merkte het ook. Hij bleef roerloos liggen en hijgde: 'Ik wil mijn zus. Die maakt je af, smerige slet. Bel mijn zus op, politiehoer.'

Hij beefde over zijn hele lichaam.

30

Lars Gohse, man, vijfentwintig, verscheidene kleine drugsdelicten, twee stages bij maatschappelijke bureaus afgebroken, bij het arbeidsbureau als moeilijk te bemiddelen geclassificeerd, nu en dan dakloos, woonachtig in Neukölln.

Dat was wat Emma en de paar collega's die nachtdienst hadden rond drie uur 's nachts over hem hadden kunnen vinden. Telkens maakte hij op indrukwekkende wijze weer duidelijk dat hij meer over hen wist dan zij over hem: 'Ik weet hoe jullie dat doen. Jullie nemen me mee naar de wasruimte, en plotseling struikel ik per ongeluk en ben ik zomaar dood. Zo doen jullie dat, maar niet met mij, ik ben niet gek!' En: 'Ik ken mijn rechten. Jullie mogen me niet tegen mijn wil vasthouden. Hé, doe die deur open, hé!' En: 'Ik heb vrienden bij de krant de *Bild*, die maken jullie af, jullie komen in Berlijn nooit meer aan de bak, geloof me maar. Pas maar op, ik ken jullie namen!' En natuurlijk met regelmaat zijn woedende gejammer.

De eerste keer dat Lars Gohse Emma vertelde hoe ze haar werk moest doen, lag hij nog op de grond. Ze had hem net meegedeeld dat een getuige had gezien hoe hij zich onbevoegd toegang had verschaft tot de steiger op de Leipziger Platz. 'Ik heb het recht om te zwijgen!' riep hij.

Daarna had Emma Lutz wakker gebeld en zich door hem laten uitschelden. Waarom had ze zich niet gewoon bij het politiebureau gemeld?

Omdat die vent dan onmiddellijk voor de onderzoeksrechter gebracht zou worden, hield ze hem voor. 'Is het niet beter dat we eerst rustig met hem praten in de Burcht? Voordat hij in het systeem komt?'

Lutz dacht na. Hij had het niet zo op het systeem.

'Zoals ik het zie,' ging Emma verder, 'kunnen we hem tot acht uur 's ochtends vasthouden, daarna wordt het moeilijk.'

Lutz belde Habernickel op en stuurde hem naar Emma, die een uur lang voor de halfdonkere Aztec Coffee Shop op hem wachtte. De bedrijfsleidster had haar een set reservesleutels gegeven, en Lars Gohse ijsbeerde achter de glazen wand heen en weer, heen en weer.

In de Burcht zetten ze hem in verhoorkamer 2.

Sommige mensen kunnen zelfs in hun slaap nog grote verhalen ophangen, spreken vreemden meteen aan met je en jij en hebben over elk onderwerp iets te zeggen, ook wanneer ze niets over dat onderwerp weten. Maar ze hebben geen idee wat hun te wachten staat. Lars Gohse zat in de verhoorkamer en vertelde de collega's te pas en te onpas welke rechten hij had en waar je hetzelfde pistool dat de politieman bij zich droeg op de zwarte markt kon kopen. Maar tegelijkertijd kon hij zijn knie niet stilhouden. Die danste op en neer, steeds weer op en neer.

Emma zag van veraf al wat zich in zijn brein afspeelde. Wilde gedachten schoten heen en weer door de lege ruimte tussen zijn oren en zochten een doel, maar ze vonden er geen. Hij wist niet wie hij was. Was hij angstwekkend, of een zielig geval? Had hij rechten of niet? Was dit een kleinigheidje, of was zijn leven nu voorbij? En dus probeerde hij alles uit. Zijn kennis, zijn ervaring, het was allemaal niet echt, kwam allemaal van de televisie, niets dan loze beweringen en schijn, zijn persoonlijkheid, zijn zelf, zijn ik – en dat wist hij. Hij was alleen zichzelf wanneer hij nu en dan huilend instortte.

Was Lars Gohse de dader? Nee. Was hij een medeplichtige?

Emma stelde het zich als een plaatje voor: deze jongeman 's nachts op de steiger, nat van het zweet, buiten adem, terwijl hij probeert het touw vast te houden waaraan een in ducttape verpakt lijk hangt. Hij is opgewonden, onzeker, bang, bang voor de politie, bang betrapt te worden, bang voor de moord zelf, maar vooral voor de hoofddader die ergens op de steiger staat en bevelen naar hem brult. En hij is vooral bang om deze man, die het voor het zeggen heeft, teleur te stellen. Tegelijkertijd is hij trots op alles waartoe die man hem in staat stelt, hem bevleugelt, dit grootse spektakel dat hij zelf nooit tot stand zou kunnen brengen.

Het zou bijna jammer zijn als Lars Gohse onschuldig was, want hij was de ideale medeplichtige. Een lege mens die erop wachtte door iemand met een groots plan en een sterke wil te worden gevuld.

Lutz was daar minder van overtuigd.

Toen hij binnenkwam, ongeschoren en in een binnenstebuiten aangetrokken trui, wilde hij eerst Emma spreken. 'Zeg me alsjeblieft dat je een goede reden had om hem te arresteren.'

Emma en Habernickel stonden in zijn kantoor. Lutz zat. Ogen nog slaperig, handen achter zijn hoofd gevouwen.

'Een getuige heeft hem aangewezen als de man die kinderen meeneemt naar de steiger,' zei Emma. Ze verzweeg dat de getuige een paranoïde dakloze was die geen samenhangende zin kon produceren en wiens naam en contactgegevens ze niet had opgenomen. 'Hij is in elk geval een exhibitionist en waarschijnlijk ook een pedofiel. We hebben spermasporen op de steiger gevonden, als we het DNA kunnen vergelijken, dan...'

'Maar je weet nog wel dat we met een moordzaak bezig zijn?'

Emma wist niet zeker wat hij bedoelde.

'Je beschrijft een zaak voor de lui van 13. Kun je hem in verband brengen met die moorden? Anders ga ik weer slapen en kun je Schwander uit zijn bed bellen.' Hij wees de gang in, naar het achterste gebouw. Schwander, chef van afdeling 13, Zedendelicten. 'Voor ons maakt het niet uit aan hoeveel jongens hij zijn snikkel laat zien, zolang er geen verband is tussen hem en de cocons. Dat hij zich op de steiger bevond, is niet voldoende. Dat gevaarte neemt zowat een half blok in beslag. Als we iedereen moeten oppakken die zich een keer in de buurt van de plaats delict aftrekt, zitten we hier met de kerst nog.'

Emma voelde hoe Lars Gohse haar door de vingers glipte. Hij had ongetwijfeld iets met de moorden te maken, dat kon niet anders, maar haar collega's zagen het niet. Misschien omdat zij hem niet hadden opgepakt? Als ze eerlijk was, miste ze het recherchewerk soms wel.

Ze schetste het portret voor hen: 'Als medeplichtige heeft hij alleen geholpen, heeft hij alleen bevelen uitgevoerd. Maar dat windt hem op, het geeft hem voldoening. Hij kreeg het bevel nooit meer alleen naar de plaats van de misdaad terug te gaan, maar hij kan niet anders, hij heeft het nodig, hij komt heimelijk steeds weer terug naar die plek, waar hij opgewonden raakt van zijn daad. Vandaar dat masturberen. Tegelijkertijd is hij steeds bang dat de hoofddader het merkt en kwaad op hem is. Dat windt hem nog meer op.' Rustig aan, rustig aan, dat was Lutz' afdeling, niet de hare. 'Het is een fout om terug te keren, maar hij doet het omdat hij zwak is. En dat is niet alles: als hij nog meer fouten heeft gemaakt, dan staat de naam van de hoofddader misschien in zijn telefoon, of op zijn computer, in zijn e-mails, of in elk geval heeft hij de namen van andere medeplichtigen.' Ze liet even een dramatische pauze vallen. 'Hij is de vent die de veiligheidsmaatregelen van de hoofddader aan zijn laars lapt.'

'Verdomme nog aan toe.' Lutz haalde tabletten uit zijn la. Waarschijnlijk aspirine. Hoofdpijn. 'Ik hoor allemaal grote woorden, maar zie onvoldoende verdenking. Wat jullie hier hebben, is hooguit een getuigenverhoor, althans wat de moordzaak aangaat, niet meer. Omdat hij op dezelfde plaats was. Jullie hebben een getuige gearresteerd.' Hij masseerde zijn slapen met zijn duimen.

Habernickel schoot haar te hulp. 'Luister, we kunnen op zijn minst zijn woning en zijn telefoon doorzoeken.'

'Daarvoor hebben we een onderzoeksrechter nodig die het verschil tussen redelijke verdenking en huisvredebreuk niet kent.'

Emma zweeg.

'Hebben jullie al geprobeerd om hem zijn DNA vrijwillig te laten afstaan?' wilde Lutz weten.

'Hij zegt geen woord zonder zijn zus.' Habernickel.

'Zijn zus?'

'Hij heeft ons flink bang gemaakt voor haar,' ging hij verder. 'Die is zo slim dat ze ons allemaal neersabelt en ervoor zorgt dat wij de rest van ons leven schadevergoeding moeten betalen.'

'En hij koopt van dat geld een villa op Mallorca,' vulde Emma aan.

'Maar alleen jij mag hem daar bezoeken.' Habernickel knikte naar Emma. 'Dat vond ik eigenlijk wel een beetje discriminerend, als ik eerlijk ben.' Tegen Lutz: 'Het heeft hem een beetje van de wijs gebracht dat hij door een vrouw werd opgepakt.'

'En zijn zus is advocaat?'

'Maatschappelijk werkster,' zei Ceesay, die in de deuropening opdook. 'Ze geeft leiding aan een onafhankelijk sociaal project voor ex-drugsverslaafden met de naam Zij-instromers. Ik denk dat ze zijn voogd is, officieel of officieus. Misschien belt hij haar altijd op wanneer hij in de stront zit. In elk geval weet ze de weg in het systeem.'

Lutz leunde voorover. Geïnteresseerd. Iets had zijn jachtinstinct wakker gemaakt. 'Als hij een vertrouwenspersoon wil spreken, in plaats van een advocaat, heeft hij een zwakte,' zei hij. 'Die vrouw is zijn zwakke punt.' Hij schraapte zijn keel. 'Goed, we doen het als volgt. We bellen die vrouw op en zeggen haar dat hij om acht uur 's ochtends voor de onderzoeksrechter moet verschijnen, op verdenking van medeplichtigheid aan de moorden op de Leipziger Platz. We hebben een getuige. Die kleine jongen. Hoe heet hij ook weer?'

'Elias Greve.' Emma.

'Precies. Beter nog, we hebben twee getuigen. Die andere is...?'

'Een dakloze,' zei Emma snel. 'Die vind ik zo terug. Hij is morgen absoluut om dezelfde tijd weer op dezelfde plek. Ik ben hem nog een paar muffins schuldig.'

Lutz ging verder. 'Hij kan de arrestatie wegens drievoudige moord voorkomen wanneer hij ons vrijwillig zijn DNA afstaat en ons zonder een huiszoekingsbevel in zijn woning toelaat. Mobiele telefoon en computer hebben we ook nodig, toch? Alleen op die manier kunnen we hem voor die moorden uitsluiten. Hij krijgt sowieso nog problemen vanwege die jongen, maar je kunt beter aangeklaagd worden voor exhibitionisme dan voor moord. Elke rechter is onder de indruk als hij meewerkt, dat is goed voor hem... later, als het om dat exhibitionisme gaat. Een maatschappelijk werkster zal inzien dat dit een goed aanbod is. En dit is het woord dat we gebruiken: exhibitionisme, geen pedofilie, begrepen? Ik wil vooral zien hoe hij op het voorstel reageert. Als hij ons vrijwillig binnenlaat, heeft hij waarschijnlijk niets met de moorden te maken. Als hij weigert, is het de moeite waard om ons wat langer met hem bezig te houden. Akkoord?'

Habernickel knikte. Ceesay knikte. Emma knikte.

'Goed, haal die vrouw dan maar op, mensen.' Lutz liet zich weer achteroverzakken op zijn stoel. Voordat Emma de deur dichtdeed, riep hij nog: 'Maak me wakker wanneer ik mijn voorstelling moet geven.'

31

Emma wachtte.

De gewone dienst was al begonnen en de Poppenkast zat vol. Althans, bijna: Brennemann was nergens te bekennen. Iedereen deed vandaag rustig aan. Felix en Matze speelden met de lego, Sigmar was in een van zijn vaktijdschriften verdiept. *Ethology*.

Emma liep naar het koffiezetapparaat, drukte op knoppen, luisterde naar het geratel, nam een slok of twee, drie en wachtte op het effect. Ze kon nauwelijks meer op haar benen staan, en dat terwijl ze in de pauzeruimte van MK1 nog een paar uur had geslapen.

Felix en Matze hurkten naast de legotafel, beiden met steentjes in hun hand. Ze bespraken iets en bouwden iets na. De vindplaats van de lijken? Nee, iets anders.

'Niedersachsen en Schleswig-Holstein zijn voorlopig in elk geval niet meer roze,' zei Matze. 'Dat is al een coole clan.'

Emma begreep langzaam dat ze niet begreep waar ze het over hadden.

'Maar we hebben het ook alleen nog maar met EFE-X aan de stok. Het wordt moeilijker wanneer de Britten erbij komen.'

'Heb je die Sovjet-Russische SU-85B al uitgeprobeerd? Die geeft de op een na hoogste camouflagewaarde en levert met HE-granaten meer dan 3700 schades per minuut op.'

Emma liep op haar gemak met het koffiekopje in de hand naar Sigmar. 'Niedersachsen roze, clan, SU-85B, camouflagewaarde, schades per minuut, zegt dat jou iets?'

'Is Matze niet verantwoordelijk voor de research?' vroeg Sigmar zonder van zijn tijdschrift op te kijken.

'Die kan nu even niet.'

'Er is die prachtige uitvinding die Google heet.' Sigmar googelde de begrippen. Even later begon hij te lachen.

'Dat komt uit World of Tanks, heb ik al eens eerder van gehoord.'

'Wat is dat?'

'Zo'n onlinespel. De spelers voeren oorlog met tanks. Ze sluiten verbonden als clans en vechten om gebieden die naar echte strijdtonelen uit oorlogen zijn gemodelleerd, bijvoorbeeld bepaalde delen van Noord-Duitsland. En ondertussen praten ze online via koptelefoons met elkaar en voelen ze zich tankchauffeur.'

'Denk je dat Felix en Matze zoiets zouden doen?'

Sigmar keek naar de twee en haalde zijn schouders op. 'Waarom niet? Het spel is onder mannen heel geliefd. Het heeft veel met strategie te maken, met techniek. De tanks zijn nagebootste historische modellen. En er komt veel communicatie bij kijken: je maakt afspraken over de tactiek, dat soort dingen.'

'Waarom worden mannen nooit volwassen?'

'Och, ik weet niet. Een man praat de hele dag met vrouw, kind en collega's. Altijd gaat het om wie met wie, wat heeft de chef gezegd, wat bedoelt hij daarmee – allemaal vage dingen, niets concreets. Maar dan ga je online en communiceer je alleen nog over het meest elementaire. Tactiek. Techniek. Met welke tank kun je Zuid-Frankrijk het snelst innemen? Dat is beslist een vorm van ontspanning. Ik denk er zelf ook over om me aan te melden.'

'Jij? Bij dat kinderachtige gedoe?'

'Pas op!' Sigmar lachte, maar hij was beledigd. Hij stak zijn wijsvinger op en trok een min of meer komisch gezicht. 'Nu beweeg je je op het gebied van de oorlog tussen de geslachten. Die automatische veroordeling van mannelijke persoonlijkheidskenmerken kan ook heel makkelijk als penisnijd worden uitgelegd.' Bij 'veroordeling' en 'penisnijd' stotterde hij.

Het was nog te vroeg in de ochtend voor zoiets. Emma liep terug naar haar bureau en terwijl ze van haar koffie dronk, begon het haar te dagen. Sigmar had het verkeerd gezien. Wat Felix daar met Matze deed, had niets met ontspanning te maken. Hij verzamelde bondgenoten. 'Sociale vaardigheid,' zou Brennemann het noemen. Emma verstond daar iets anders onder dan World of Tanks. Uiteindelijk kwam het daar niet op aan. Misschien op de korte termijn, maar wat uiteindelijk de doorslag gaf, was de echte vaardigheid: het oplossen van de zaak. Terwijl Felix met zijn spelletje bezig was, ging Emma aan het werk en uiteindelijk zou iedereen inzien dat zij meer gepresteerd had.

Maar daarvoor moest ze natuurlijk wel eerst met het werk beginnen. Ze keek naar de stapel dossiers die nog afgelegd moesten worden. Ze wilde geen papierwerk, ze wilde Lars Gohse. Lars Gohse, Lars Gohse, Lars Gohse. Hoe meer ze erover nagedacht, hoe meer ze ervan overtuigd raakte dat hij bij de dadergroep hoorde.

'Emma,' zei Matze. Hij hield de hoorn van zijn bureautelefoon in zijn hand. 'Er is ene mevrouw Sistig aangekomen.' Het was bijna halfnegen.

Corinn Sistig moest de aangepaste ingang nemen. Ze zat in een rolstoel. Ze was mooi, hoewel dat niet helemaal het juiste woord was. Eerder: engelachtig mooi. Ze was gezegend met iets waar de meeste mensen alles voor over zouden hebben. En dat wist ze. Zelfs nu nog straalde ze energie uit en je kon aan haar zien hoe elegant ze moest hebben bewogen voordat ze in die rolstoel was beland. Sierlijk, blond, heldere ogen, wipneusje, zorgvuldig opgemaakt. Dertig? Boven de dertig? Maar met een serieuze mond. Emma nam haar op toen ze voor haar de Ketel binnenreed. Een geengageerde mond. Een vermoeiende mond. Maar mooi.

Lutz was minder lomp dan anders. Bijna verlegen. Gewoon een man dus. De andere rechercheurs verging het net zo. Overal om haar heen voelde Emma de hormonen opspelen: meer dan tien mannelijke hersenstammen wilden op dat moment niets anders dan deze mooie vrouw beschermen. Zelf voelde ze bijna zoiets als jaloezie. Ze schaamde zich ervoor.

Lutz leidde haar naar het kantoor van Habernickel in MK1. Glazen wand. Habernickel erachteraan. Sloot de deur achter zich. Lutz boog zich voorover. Hij was geïnteresseerd in alles wat ze zei.

'Wat denk je? Een vrouw in een rolstoel? Ja of nee?' vroeg iemand achter Emma. Het was Engler.

'Die daar? Waarom niet, natuurlijk.' De tweede stem kende ze niet.

'Een rolstoel heeft ook voordelen.' Aha, Felix was er dus ook al.

'Het heeft wel iets.' De tweede giechelde. 'Zonder jouw hulp komt ze niet meer uit bed.'

'Ik bedoel, is dat niet voorgeprogrammeerd?' Engler weer. 'In ons DNA, ergens vanuit de steentijd, of zo? Beschermersinstinct? Dat weet Carow ongetwijfeld. Carow? Vertel eens hoe wij in elkaar zitten. Die vrouw, is die opwindender omdat ze in een rolstoel zit, of juist minder opwindend?'

'Waar jij het over hebt, heeft niets te maken met een beschermingsinstinct. Het is puur parasitisme.' Emma nam de moeite niet om zich naar Engler om te draaien. 'Als van een mug bijvoorbeeld. In jouw geval heb je maar één kans om het bij een vrouw te doen, en wel wanneer ze in een rolstoel zit, doof, blind en vastgebonden, zonder dat ze merkt dat jij bezig bent, omdat je lul zo klein is als die van een mug.'

'Hoho?' De mannen reageerden zoals het hoorde. Waarderend gefluit. Een van hen gaf haar zelfs een klap op haar schouder.

'Ze praten al twintig minuten met elkaar,' zei Emma nadat ze een poosje zwijgend had gekeken. 'Dat is toch wel lang.'

'Ze onderhandelen,' veronderstelde Felix.

'Wie weet wat Lutz moet opofferen om haar te overtuigen.' Engler.

De deur ging open. 'Breng Gohse hierheen,' riep Lutz de Ketel in. Vier mannen sprongen op. 'En zonder handboeien.'

Het gesprek ging verder met zijn drieën. De jonge Gohse zei weinig. Meestal liet hij zijn hoofd hangen, keek schuin op naar zijn zus, knikte, zei met tegenzin een paar woorden, knikte weer.

Pas toen de deur openging en Lutz naar buiten liep, kwam hij in opstand.

'Ik wil niet, ik doe het ook nooit meer, ik zweer het, het was de laatste keer.'

De mooie vrouw in de rolstoel was keihard. Zus, voogd, moeder, geweten, alles tegelijk. 'Dat heb je al een keer beloofd. We hebben erover gepraat en jij hebt je woord gegeven. Maar nu heb je alles verraden: je familie, jezelf, en mij ook. Alle vorderingen die we hadden gemaakt. Wat zou papa ervan hebben gezegd?'

'Ik wil niet, ik wil niet.' Lars Gohse kromp ineen van angst. Een paar zinnetjes van deze vrouw hadden hem in een kleuter veranderd.

'Denk je dat hij gewoon een oogje dicht zou knijpen? Nee, je moet leren. Dat zou hij gezegd hebben. Als je het nu niet leert, leer je het nooit. Dit is voor je eigen bestwil.'

'Nee, ik wil niet...'

'Ja, je wilt wel. Je wilt en je zult.'

Lars Gohse werd stil. Gehoorzaam duwde hij de mooie vrouw door de gang en keek niet meer op of om.

Terwijl ze iets terzijde op de lift stonden te wachten, verdeelde Lutz de taken: 'Jürgen, jij en Engler gaan mee.' Habernickel knikte. 'Ik bel de technische jongens. Die zien jullie dan in Neukölln. Ik wil dat ze zijn woning grondig doorzoeken. Computer en telefoon niet vergeten. En er moet een DNA-monster worden genomen. Ik kom later ook.'

'Doet hij dat allemaal vrijwillig?' Emma was verwonderd.

'Zijn zus heeft hem goed in de hand. Ze vermoedt dat die DNA-sporen van hem zijn. Hij zorgt al jarenlang voor problemen, zij voelt zich verantwoordelijk voor hem sinds hun ouders er niet meer zijn. Ze runt dat sociale project en heeft hem telkens weer baantjes bezorgd, eten bezorgen en zo, maar hij verknalt het telkens weer. Het kan voor hem niet meer erger worden als we zijn woning doorzoeken. Het gaat haar er nu alleen om dat hij niet van moord verdacht zal worden. Ze weet dat elke rechter er rekening mee houdt als hij meewerkt. Hij komt een paar dagen in voorlopige hechtenis, krijgt een therapie opgelegd en basta.'

'Ik wil mee,' zei Emma.

'Dat kunnen we zelf wel,' antwoordde Lutz.

'Ik wil die woning zien. Volgens mij is hij een van de hulpdaders. Die hebben een ander profiel dan de hoofddader. Tot nu toe weten we nog niets over hen.'

Lutz haalde zijn schouders op. 'Vooruit, kom dan maar mee.'

'Ik moet alleen mijn auto even ophalen, en dan kom ik ook.'

32

Neukölln. Gelig pleisterwerk, vier verdiepingen, acht appartementen, lage plafonds, waarschijnlijk uit de jaren vijftig. Schoon, ordelijk en saai, gokhal naast de deur, aan de overkant een Turkse mannenclub. Voor het pand: twee politieauto's. Blinkend gedweild trappenhuis. De meeste bewoners waren waarschijnlijk naar hun werk, een oude vrouw keek door een kier van haar met een kettinkje beveiligde deur toen Emma naar de derde verdieping klom. Geen lift.

De deur van de woning was open en Emma stond direct in de keuken. Geen gang, ongewoon voor Berlijn. Overal rechercheurs, vijf of zes, meer dan de kleine kamer aankon. De ruimte leek een combinatie van keuken, woon- en slaapkamer te zijn. Een smalle slaapbank bedolven onder kleding, de kookhoek vol melkpakken en lege bierflessen. Kleine koelkast en een kookplaat die tegelijkertijd dienstdeed als stapelplaats voor met pizzasaus besmeurde pornoblaadjes, zo te zien vrouwen, meisjes en jongens door elkaar. Naast de bank nog meer lege flessen, vieze was, een halfvolle afvalzak, sigaretten en wiet.

Ze keek om zich heen. 'Hebben jullie de computer al gevonden?'

'Geen computer. Old school.' Lutz zwaaide met de blaadjes. 'Zoals je ziet. Meer is er niet.'

'En zijn contacten? Jullie hebben zijn telefoon toch?'

'Niets opvallends, heel weinig namen, hij gebruikte het ding nauwelijks. Maar dit hier zal je beslist ergeren.'

Lutz gaf haar een fotoalbum. Hij had het onder de stapel porno gevonden. Iemand had met een kinderlijk handschrift iets op het kaft gezet: *Zij-instromers. Reisverslag*.

Emma sloeg het album open en bladerde erin: strand, blauwe hemel, beachvolleybal, hotelbar, drank, ontbijtbuffet, avondeten, mooie vrouwen bij het zwembad, halfnaakt, allemaal lekker bruin, allemaal gelukkig. Ook Lars Gohse zat erbij. Hij poseerde stijfjes en meestal alleen bij de bar, voor het zwembad of voor de hotelingang, terwijl iemand een foto van hem maakte.

'De data zijn interessant,' zei Lutz.

Het album had drie hoofdstukken. Op het eerste blad van elk hoofdstuk was een foto van een strand te zien, met daarbij in hetzelfde kinderlijke handschrift een plaatsnaam en een datum:

Mallorca, 16-27.6
Marokko, 28.7-9.8
Tenerife, 22.9-3.10

'Hallo? Hoe komt die aan zulke reisjes?'

'Reizen onder begeleiding. Maatschappelijke herintegratie. Verspilling van belastinggeld. Zijn zus heeft toch dat sociale project? Die moet alles georganiseerd hebben. Ik herhaal: de data zijn interessant.'

Emma keek nauwkeuriger, onzeker wat hij bedoelde.

'Brandner is tussen 17 en 25 juni gestorven.'

Toen zat Lars Gohse op Mallorca.

'Dat...' Ze slikte, voelde weer dat Lars Gohse haar ontglipte. 'Dat zegt niets. Het is een grote groep. Dat hij er bij één moord niet bij was, betekent niet dat hij er ook bij de andere twee niet bij was. Misschien is hij pas later bij de groep gekomen.'

'Emma, je hebt er zelf enorm op gehamerd dat de moord op Brandner voor de daders even belangrijk was als de moord op de vrouwen. Dat hij in geen enkel opzicht uit de toon viel. En je had gelijk, dat heb je ons getoond,' zei Lutz. 'Als hij er bij de moord op Brandner niet bij was, was hij er volgens mij bij die andere twee ook niet bij. Punt uit.'

'Laat mij hem ondervragen.'

'Het heeft geen zin. Vooral niet als je de andere kamer hebt gezien.'

'Ik zeg toch niet dat hij de hoofddader is? Maar hij zou tot de mededaders kunnen behoren,' hield Emma vol. Ze merkte dat ze snel praatte, een beetje paniekerig. 'We hebben ons tot nu toe alleen met de hoofddader beziggehouden, maar hoe zat het met zijn helpers, de medeplichtigen? Wat zijn dat voor figuren? Waar kon hij mensen vinden die bereid waren om zoiets te doen? En dan nog wel vijf tot acht stuks? Zijn het psychopaten, net als hij, of zijn het slaafse persoonlijkheden die alles doen om bij hem in het gevlij te komen? Hoe komt hij überhaupt aan die lui? Ze staan niet in het telefoonboek.'

'Heb je iets concreets voor mij?'

'Ik geloof dat Lars Gohse een afhankelijke persoonlijkheid is. Zo iemand zou de sleutel tot de groep kunnen zijn.'

'Emma, dat is me te abstract. Hij heeft een alibi. Kijk om je heen, er zijn hier nergens aanwijzingen voor betrokkenheid bij de moorden. Zijn zus zei dat hij zich de laatste maanden niet anders heeft gedragen dan anders. Die vent speelt geen rol voor ons.'

Misschien had hij gelijk. Dat was het ergerlijke. Lars Gohse zou zo goed in het plaatje passen, en Emma wist zo weinig over de mededaders. Bovendien, ze had hem zelf opgepakt. Dat maakte hem op de een of andere manier toch bijzonder. Confirmation bias. Het gevoel dat ze had gehad toen ze de jongeman oppakte, de stellige overtuiging dat hij iets met de moorden te maken had, verdampte meer en meer. Het was al in de Burcht begonnen toen Lutz bekendmaakte dat ze zonder huiszoekingsbevel zijn woning in mochten. Dat was een teken. Gohse had niets te verbergen, althans niets wat met de moorden te maken had.

'Hoe zit het met die tweede kamer?' mompelde Emma.

'Niets meer voor ons te halen. Ik loop met je mee.'

Ze keek door de deuropening. Witte wanden, veel mensen. Ook Corinn Sistig was er, in haar rolstoel.

'Het is zijn hobbykamer. Hij heeft helemaal geen tijd voor

moord, hij heeft veel te veel omhanden met zijn echte hobby.'

Lutz liet Emma voorgaan. Ze stapte de kamer binnen.

Een middelgrote ruimte, vierkant, maar afgezien van een matras in het midden van de vloer geen meubels, geen kleding, helemaal niets. Lars Gohse had al zijn have en goed in de keuken opgestapeld, maar de achterkamer had hij schoon en zuiver gehouden als een tempel.

Maar die wanden. Op de smetteloos witte muren prijkten afbeeldingen. Foto's, op een rij en ongeveer op ooghoogte, op alle vier de muren. Allemaal op A2-formaat. Met punaises aan de muur bevestigd. Twee muren met elk vier foto's, op de muur met de deur vijf, op de vierde wand zeven. Twintig afdrukken.

Een kunstgalerie. Dit was een kleine privégalerie. Habernickel en de rechercheurs van EG98 stonden om zich heen te kijken, haast eerbiedig, zoals dat in een galerie hoort. Ze keken naar de foto's, namen ze op, lieten ze op zich inwerken. De meesten waren een beetje verbluft. Ze wisten niet wat ze ervan moesten denken. Maar zij waren dan ook geen kunstkenners.

Emma liep verder door, bekeek een foto van dichtbij. Nog één. En nog één.

Ze waren in kleur, veelal donker en onscherp, maar hadden toch iets van een oud schilderij. Ze herkende gezichten, op elke foto een klein gezicht, maar daar ging het niet om. Het waren geen portretten.

Het ging om de penis.

Het waren close-upopnamen van een penis. Duidelijk steeds dezelfde, die heel duidelijk niet in rust verkeerde. Je houdt de camera ongeveer op de hoogte van je middel voor je, en drukt af. Het waren foto's van Lars Gohses geslachtsdeel. Met kinderen. Meest jongens, twee gezichten van meisjes. Naar schatting tussen de acht en tien jaar oud, de ogen half dichtgeknepen, angst op hun gezicht, de mond walgend vertrokken, huilend, het hoofd met een grote hand tegen de naakte heup van Gohse gedrukt, ze werden gedwongen in de camera te kijken, nu glimlachen: klik. Penisselfies. Dickpics.

In een hoek zat Corinn Sistig in haar rolstoel stil te huilen.

'Shit.' Emma was plotseling doodmoe. 'Ik heb het werk voor 13 gedaan.'

'Daarom zijn sommigen van ons rechercheur,' zei Lutz, 'en anderen psychonerds. Luister. Je kunt wel een kleine pauze gebruiken.'

Een pauze. Goed idee. Een uurtje slapen. Twee uur. Ze knikte. Ze draaide zich om, liep weg en wenste Lars Gohse nog een mooi leven, waarmee het hoofdstuk dat een nacht lang had geduurd voor haar voorbij was.

Ze zat al in de auto toen het belletje van Matze kwam.

'Ik heb de afbeelding.'

'Welke afbeelding?'

'Die met de kleding, natuurlijk. Waarop die lui aangekleed zijn.'

'Waarop die lui aangekleed zijn? Vraag ik je anders soms om naaktfoto's?' Terwijl ze het zei, begreep ze wat hij bedoelde. 'Ik ben er over een kwartier.'

33

Matze had de foto in het archief van de *Stern* gevonden, in een nummer uit 1986.

Er was een heel normaal gezin op te zien dat in de keuken zat te ontbijten. Op tafel: broodjes, verse koffie, een glazen karaf met sinaasappelsap, jampotjes, het ene rood, het andere geel, een schaal met beleg, een stuk brie, margarine, suikerpot, blauwe bloemen op de porseleinen bordjes en koppen. Hij: bezorgd gezicht, randloze bril, colbertje, bruine slip-over waaruit de kraag van zijn overhemd stak. Zij: keurig kort kapsel, trui met Mondriaan-motief. Het oudste kind, dochter: pony, lang zwart haar, rode blouse, met daarover een grof gebreide, crèmekleurige slip-over. Jongste kind, zoon: bloempotkapsel, geblokte trui in lichtbruine tinten.

'Helemaal jaren tachtig,' zei Matze.

'Weet je het zeker? Is dit het plaatje? Past het? Past alles?'

De foto hing in de Poppenkast op het whiteboard. Matze had een uitvergroting afgedrukt. De muffe kleinburgerlijkheid van de jaren tachtig straalde je tegemoet. Emma, Sigmar en Matze stonden ervoor en bewonderden de afbeelding als een ongeëvenaard meesterwerk.

'Absoluut zeker. De foto was een illustratie bij een artikel over het verval van het gezin. Dat er nauwelijks nog gemeenschappelijke maaltijden werden gebruikt en zo. En dit hier...' Matze tikte op de foto. 'Ze zitten. Ze zitten om de tafel heen.'

'Ja, en?'

'De dader heeft alleen de kleding van het bovenlijf verwisseld. Alleen wat je hier ziet.'

Felix kwam met Brennemann en nieuwe foto's van de forensische afdeling terug: de zorgvuldig uit de kleverige cocon gepeuterde flarden van jasjes en truien, de overhemden, de blouses, de sieraden, de bril met vensterglas. Alles hing al snel naast de foto van Matzes internetgezin.

Brennemann sprak uit wat iedereen dacht. 'Alles klopt precies.'

Niet alleen de kleding: ook de jampotten, de broodjes en het sinaasappelsap waren present.

'Waarom deze foto? Waarom bootst hij uitgerekend deze foto na?' vroeg Emma.

'Niet de hele foto.' Brennemann. 'Alleen vader en dochter.'

'Is de dader een vader wiens dochter werd afgepakt?' dacht Matze hardop. Toen niemand reageerde, voegde hij eraan toe: 'Zo ja, dan was het waarschijnlijk des te beter.'

Felix was niet overtuigd. 'Zijn het echt vader en dochter? Ik bedoel, de slachtoffers op de Leipziger Platz kunnen net zo goed vader en moeder zijn.'

Emma wees naar de afbeelding: 'Die kleding. Julia Fredersdorf en Lucy Herold droegen de kleding van de dochter, niet van de moeder.'

'Precies dezelfde mouwloze slip-over.' Matze.

'Is dat een boodschap?' Felix. 'Het Duitse gezin in gevaar. Zoiets als het patchworkgezin. De moeder ontbreekt, de zoon ontbreekt, gezinnen worden uit elkaar gerukt.' Toen iedereen hem perplex aankeek, haalde hij zijn schouders op: 'Ik noem maar iets.'

'Het is meer dan alleen vader en dochter.' Brennemann. 'Al die ontbijtspullen zaten er ook bij. Het gaat hem om de hele scène.'

'Maar toch niet de hele. Zonder moeder en zoon.'

'En met twee dochters in plaats van één.'

'Een harem,' zei Sigmar. 'Incest?' Nu was het zijn beurt om aangestaard te worden.

Felix liet zich op zijn stoel vallen. 'We moeten er rekening mee houden dat dit hier allemaal nonsens is. Hij neemt ons in de maling. Hij wil dat we de hele dag hier blijven staan en ons het hoofd breken over deze onzin, terwijl hij op zoek gaat naar nieuwe slachtoffers. Misschien kunnen we die hele onzin beter wegdoen.'

Niemand zei iets. Het zou goed kunnen dat hij gelijk had. Dat zou zelfs heel goed kunnen.

'We kunnen de vraag of al die kleding en spullen tot de misdaad behoren of alleen als afleiding zijn bedoeld ook even laten rusten,' stelde Sigmar voor. 'Al zou dat zo zijn, dan heeft hij toch het thema gezin uitgezocht. Hij had zijn slachtoffers ook politie-uniformen of carnavalskostuums kunnen aantrekken. Het thema van het gezin is kennelijk belangrijk voor hem.'

Emma: 'Dit hier betekent meer dan wij zien. Het... Het is abstract.'

'Hoe bedoel je dat?'

'Het beeld is niet dat van een concreet gezin, maar van een voorbeeldgezin. Vader, moeder, zoon, dochter. Van elk geslacht een exemplaar. Een ideaalbeeld. Komt in het gewone leven zelden voor. Ons echte gezin is nooit perfect. We denken misschien dat het gezin van de buren perfect is. We denken dat alleen ons gezin gek is, problemen heeft of uit elkaar dreigt te vallen. Maar in werkelijkheid zijn alle gezinnen abnormaal. Het ideale gezin kennen we helemaal niet uit de werkelijkheid, maar alleen van zulke foto's. De dader heeft een ideaal gezin nagebootst.'

Het bleef even stil voordat Felix vroeg: 'Nou en?'

'Waarom niet zijn eigen gezin? Waarom grijpt hij naar een fantasiewereld?'

'Omdat hij zijn eigen gezin niet kent? Bedoel je dat?' Sigmar.

'Het is niet meer dan een mógelijke verklaring, maar ik hou er inderdaad wel rekening mee.' Emma haalde haar schouders op.

'Zoals iemand uit een tehuis, zoals Brandner,' merkte Sigmar op. 'Hij heeft zijn leven lang naar een gezin gesmacht en nu fantaseert hij dat bij elkaar.'

'En dan maakt hij iedereen direct af? Omdat hij er zo naar smachtte?' Felix' stem droop van sarcasme.

'Of hij haat het ideale gezin omdat hij dat nooit heeft gehad.' Brennemann.

Matze herinnerde zich vaag een vakterm. 'Jullie weten wel, als je iemand plaatsvervangend doodt. Je wilt je moeder doden, maar dat durf je niet, en dus vermoord je een hoer die hetzelfde kapsel heeft. Of je trekt haar de kleding van je moeder aan, voordat je haar ombrengt.'

'Codering,' zei Emma. 'Dat zijn gecodeerde moorden. De slachtoffers staan voor iemand anders. Voor iemand die je haat. Als de dader het idee van het ideale gezin om de een of andere reden haat, dan wil hij dat ook doden. Het is misschien niet de enige verklaring, maar...'

'Jullie zijn echt psychonerds,' zei Felix. 'Allereerst geloof ik niet dat iemand zulke moorden begaat, alleen omdat hij in een tehuis is opgegroeid. Er moet veel meer achter zitten.'

Brennemann trok haar wenkbrauwen op.

'Zelfs als hij op de een of andere manier van dat idee bezeten is of als dat zijn grote thema is, brengt hij slechts een deel van het gezin om. En de dochter zelfs twee keer. Dat past op geen enkele manier in het concept.'

Weer zwijgen.

'Schreiner heeft niet ongelijk,' zei Brennemann ten slotte. 'Als dat hier zijn voorbeeld is, dan volgt hij het heel selectief na.'

De discussie bleef radeloos en doelloos heen en weer gaan. Emma luisterde nog maar met een half oor. Natuurlijk: zonder gezin opgroeien was geen motief voor moord. Zelfs wanneer de dader een grote haat had jegens gezinnen in het algemeen, zou hij eerder een echt gezin ombrengen dan een ideaal gezin nabootsen. Toch had hij precies dat gedaan. Er zat veel meer achter dan Emma kon zien.

Haar telefoon rinkelde.

Lutz. Hij had toch nog iets in de woning van Lars gevonden. Snel hield ze het toestel tegen haar oor. 'Lutz?'

Stilte. Alleen zacht ademen. Een keer. Twee keer. Dan: klik.

Dat was Lutz niet. Haar scherm liet geen nummer zien.

'Matze?'

'Ja?' Hij zat op zijn computer te rommelen.

'Nog nieuws van Lutz?'

'Daar komt niets meer vandaan. Hij is naar huis gegaan.'

Emma's mobieltje ging weer over. Geen nummer op het scherm.

Met een woedend gebaar bracht ze het toestel naar haar oor en brulde: 'Hou op me lastig te vallen!'

Stilte.

'Ik ben het.'

'Wie?'

'Johannes.'

'Pardon?'

'Johannes Kehrmann. Van het etentje. Bij je zus.'

Dat was pijnlijk. Emma liep snel de gang op.

'Het spijt me, echt. Ik werd net door zo'n anonieme ellendeling opgebeld en dacht dat hij het weer was.'

'Eh...' Johannes schraapte zijn keel. 'Ja, dat was ik.'

'O, hemel.'

'Ik dacht dat het makkelijk zou zijn om je op te bellen, maar toen heb ik de verbinding toch plotseling verbroken...'

Emma had nog niet besloten wat ze met hem aan moest. Nu was

hij haar voor. Ze zweeg, stond op de gang en keek door de glazen deur naar binnen. Haar collega's stonden nog voor het whiteboard. Veel foto's. Veel vragen. Waarom een gezin? Waarom een ideaal gezin? Waarom alleen vader en dochter? Waarom de dochter twee keer?

'Waar bel je voor?'

'Ik wilde vragen... We hebben vanavond een feest bij ons op de universiteit... met livemuziek. Allemaal jonge mensen en goedkoop bier, het wordt leuk... Heb je zin om mee te gaan? Het was een spontane opwelling,' ging Johannes zenuwachtig verder toen ze zweeg. 'Spontaniteit is altijd goed, zeggen ze. Goed, ik heb dit telefoontje sinds gisteren gepland, maar voor jou zou het toch spontaan zijn.'

Aardige poging.

'Johannes, je moet weten dat ik niet zo'n feestbeest...'

'Dat is vreemd,' zei Johannes. Het antwoord kwam snel. Ook dat had hij geoefend. 'Je zus heeft me namelijk verteld dat je heel graag danst.'

Pauze. Emma draaide zich van de glazen wand af. Daarbinnen gingen ze ook niet sneller denken, alleen omdat zij naar hen keek.

'Ik vermoord haar.'

Johannes lachte. 'Ik heb gelogen. Het was een inschatting. Statistisch gezien danst negentig procent van alle vrouwen heel graag. Dit zijn echt officiële cijfers.'

Emma grijnsde. 'Maar slechts tien procent van alle mannen, toch?'

'Inderdaad!'

'Dat is geen goed verkoopargument voor jou.'

'Dan moet ik je teleurstellen. Mijn ouders hadden een dansschool.'

Emma draaide zich weer om. Haar collega's stonden nog steeds even dom naar het whiteboard te kijken.

'Johannes, ik wil eerlijk zijn. Zoek een andere vrouw. Ik ben niet geschikt voor nette jongens. Die vind ik eventjes charmant, daarna ga ik me ergeren omdat ze alles van me accepteren, en dan sabel ik ze neer... Die rol gaat jou niet bevallen, en mij ook niet, als ik eerlijk ben. Ik heb liever een vent die me platneukt en dan in een taxi stapt, waarna ik nooit meer iets van hem hoor. Bij zo iemand loop ik geen gevaar om op zeker moment een bitch te worden.'

Wilde ze zeggen. Eerlijk, luid en duidelijk. Zodat alles helder was. Maar ze zei het niet. Ze zweeg. Hij ook.

Emma draaide weer weg. Probeerde het zich te herinneren.

Een ontmoeting met een heel gewone man, een aardige man. Het was allemaal zo lang geleden. Ze dacht na. Dat had ze nooit meer gedaan sinds... sinds toen. Vóór Uwe.

'Emma?'

'Hmm.'

'Wat denk je?'

'Ik weet het niet, Johannes. We zijn hier net met een zaak bezig. Het is belangrijk. Het kan nog lang duren.'

'Aha, begrijp ik. Nou ja, het was het proberen waard. Als je je nog bedenkt, bel dan, wil je? Ik sms je zo meteen mijn nummer.'

'Ja, prima.' Ze was niet van plan te bellen.

'Spontaan. Altijd spontaan.'

Emma lachte. Een aardige kerel. Een gewone, aardige man. 'Je kunt nooit weten. Misschien zijn we hier toch snel klaar. Ik zie het wel, goed?'

Ze verbrak de verbinding, keek door de glazen deur. Brennemann zette haar vuisten tegen haar onderrug. Prikkelbaar. De collega's discussieerden. Ze hoorde geen woord, keek alleen maar.

Op de foto uit de *Stern*: vier gezinsleden.

Op de Leipziger Platz: drie slachtoffers.

In de *Stern*: één dochter.

Op de Leipziger Platz: twee dochters.

Plotseling begon haar hart te bonken. Ze liet haar mobieltje bijna vallen, zo snel deed ze de deur open.

'Het zijn er acht.' Ze rende haast door het kantoor.

'Acht wat?' vroeg Brennemann.

'Acht slachtoffers. Waar is Lutz?'

'Dat zei ik toch al.' Matze.

Felix: 'Meen je dat?'

Sigmar: 'Hoe kom je daarop?'

Emma liep naar het whiteboard, pakte een stift en tekende een cirkel. Op de achtergrond hoorde ze Matze aan de telefoon. Hij vroeg naar Lutz. Sigmar, Felix en haar baas keken toe en zagen dat Emma in de cirkel vier woorden opschreef, en twee namen toevoegde:

Vader: Karl Brandner
Moeder:
Dochter: Julia Fredersdorf
Zoon:

'Hij bootst zijn ideale gezin na. In lijken,' zei ze. 'Dat is zijn patroon: hij doodt het ideale gezin.'

'Zonder moeder en zoon.' Felix. 'Is dus niet zo heel ideaal.' Hij kwam lichtelijk geïrriteerd over. Misschien zag hij ook alleen maar zijn hoop vervliegen. Emma onderdrukte een grijns. Dit hier is mijn terrein, jongen. En let nu maar eens goed op.

'Nee, nee. Het is hem gelukt een heel gezin te doden en op te hangen. Vier slachtoffers: vader, moeder, zoon en dochter.'

Als Brennemann haar vuisten nog lang zo tegen haar onderrug bleef duwen, zou ze nog blauwe plekken krijgen. 'We hebben ze alleen nog niet ontdekt, bedoel je.'

Emma knikte. Ze wachtte. Ze wist wat Felix ging zeggen.

Hij zei het ook: 'Dat is onmogelijk.' Maar hij was onzeker. Dat hoorde ze.

'Dat hij niet het hele gezin op dezelfde plaats heeft opgehangen, heeft waarschijnlijk praktische redenen,' ging ze verder. 'Misschien was het die avond te druk op de Potsdamer Platz, zodat hij moeder en zoon ergens anders heeft opgehangen. Belangrijk is alleen: het eerste gezin is compleet.'

'Daar zijn hoegenaamd geen bewijzen voor,' protesteerde Felix.

'Jawel,' zei Emma.

Ze tekende een tweede cirkel naast de eerste en schreef ook daar weer vier woorden en een naam in.

Vader: Karl Brandner	*Vader:*
Moeder:	*Moeder:*
Dochter: Julia Fredersdorf	*Dochter: Lucy Herold*
Zoon:	*Zoon:*

'We hebben Lucy Herold,' zei ze.

'Dat... dat kan niet waar zijn,' zuchtte Brennemann ongelovig. Ze begreep wat het betekende.

'Twee dochters. Daarom.' Matze begreep het ook. Sigmar knikte. Felix sloeg alleen zijn armen over elkaar en wachtte af.

'Toen hij het eerste gezin had gehad en nog steeds niet was gepakt, is hij nog een keer van voren af aan begonnen. Met een tweede gezin. Daar is hij nu mee bezig, of misschien is dat ook al compleet. Vandaar de twee dochters: Lucy Herold hoort bij het tweede gezin.'

Emma liep weer naar het whiteboard, om op de open plekken vraagtekens in te vullen:

Vader: Karl Brandner	*Vader: ?*
Moeder: ?	*Moeder: ?*
Dochter: Julia Fredersdorf	*Dochter: Lucy Herold*
Zoon: ?	*Zoon: ?*

'O, shit,' zei Felix. Hij spuugde zijn kauwgom in de prullenbak.

'Ergens in Berlijn hangen nog tot vijf andere lijken,' besloot Emma.

34

'Je tong is groen.'

'Matcha-ijs,' bekende Lutz. 'Heb ik deze zomer ontdekt. Zo nu en dan moet ik eraan toegeven. Je denkt eerst dat het zoet is, maar eigenlijk is het bitter. Een beetje zoals jij, Emma. Op den duur onverdraaglijk. Maar na een poosje heb ik er toch weer trek in. Pervers. Plotseling rij ik hier dan voorbij, hoewel ik vrijwel nooit in de buurt kom, en heb ik opeens een ijsje in mijn hand. Vertel het niet verder.'

Op de kleine ronde tafel voor hem stonden een kop koffie en een sorbetglas. De lange glazen toonbank van ijssalon Vanille & Co in Halensee zoemde zacht en de enige andere klant, een jonge moeder, probeerde haar twee kleintjes in toom te houden. De zwartwit geblokte vloer maakte alles op de een of andere manier vriendelijk en flitsend.

Eigenlijk had Emma hem zonder lange inleiding haar nieuwe inzichten willen meedelen. Maar toen ze hem hier eindelijk had gevonden, nadat ze meer dan een uur had gezocht, wist ze dat er iets niet klopte. Het sorbetglas zat nog bijna vol en het ijs stond onaangeroerd weg te smelten.

Atypisch gedrag noemde je dat. Lutz en problemen? Het choqueerde haar een beetje. 'Heel charmant.' Ze ging op de lege rode stoel naast hem zitten. 'Ik weet dat je niet gestoord wilt worden als je met ijs bezig bent...'

'Maar dat heeft je nooit weerhouden.'

Hij wachtte. Emma wist niet precies wat de situatie van haar verlangde. Ze wilde zeggen: Als je ergens over wilt praten, ga je gang. Wilde ze echt.

'Er zijn in totaal acht lijken,' zei ze. 'We hebben er drie, vijf hangen nog ergens in de stad.'

Lutz was nu een en al oor. Dat was in elk geval iets.

En niet alleen hij. Ook de vrouw met de twee kinderen wierp steelse blikken op haar. Emma hield er niet van dat burgers probeerden mee te luisteren. Daarom gebruikte ze met opzet woorden als 'lijken' in plaats van 'slachtoffers'.

Ze liet hem de foto uit de *Stern* zien. 'Dit hier is zijn fantasie. De dader bootst dit ideale gezin na met zijn doden.'

'Waarom? Omdat hij zijn eigen gezin haat?'

'Dat weet ik nog niet. Zijn drijfveren zijn ongetwijfeld gecompliceerder. Het enige wat we kunnen zeggen, is dat het ideale gezin een obsessie voor hem is. Er is ooit iets gebeurd, het is een of ander trauma dat met een gezin te maken heeft. Sindsdien wil hij mama en papa doden, en zoon en dochter meteen erbij.' De laatste zin voegde ze alleen toe omdat de vrouw en de kinderen aan de tafel naast hen haar met grote ogen aankeken.

'We zoeken dus iemand met problemen in zijn gezin. Dan kunnen we direct wel tachtig miljoen Duitsers arresteren. Theoretisch is het allemaal heel leuk, maar voor het onderzoek helpt het ons niet veel verder.'

Emma draaide de foto om. De achterkant was wit en leeg. Ze tekende er met een balpen twee cirkels op en schreef in beide de woorden: Vader, Moeder, Dochter, Zoon. Ze legde haar theorie uit en vlocht de woorden 'bezeten', 'moord' en het bijzinnetje 'hij wil nog meer mensen doden' in haar relaas. De vrouw met de kinderen werd steeds nerveuzer, en de kinderen, die voordien nogal druk waren geweest, waren opvallend stil.

Na een poosje zei Lutz vermoeid: 'Wij zijn ervan uitgegaan dat hij de Leipziger Platz oorspronkelijk als opslag voor de lijken had uitgezocht omdat het een bijzondere plek is. We zijn ervan uitgegaan, en ik meen dat jij dat zelf hebt beweerd, dat de moorden met die plek samenhangen en dat hij er alleen maar een aantal lijken naartoe heeft gebracht omdat die plek geschikter is voor zijn speciale enscenering dan welke andere ook. En nu zeg je dat er nog zo'n plek is waar hij lijken naartoe brengt, als hij daar zin in heeft.' 'Lijken': Lutz had 'lijken' gezegd in plaats van 'slachtoffers'. Die vrouw aan het tafeltje naast hen werkte ook hem op zijn zenuwen. 'Begrijp ik dat goed? Nog vijf doden, ergens op een andere plek?'

'Zijn relatie met die speciale plek begrijp ik nog niet,' gaf Emma toe. 'Maar ik ben er zeker van dat er in Berlijn nog meer van zulke dingen staan, grote lege steigergeraamten, midden in de stad, die vanbuiten niet of nauwelijks te herkennen zijn. In één daarvan hangen nog tot vijf lijken langzaam weg te rotten.'

Dat was de druppel: in paniek stond de moeder met de kinderen op en trok ze mee naar buiten de winkel uit.

Lutz kon een schamper lachje niet onderdrukken.

Toen de deur dichtsloeg en de ijssalon leeg was, legde hij een briefje van tien euro op tafel. 'Jij staat nu op,' zei hij. 'Je gaat voor de toonbank staan en je bestelt twee ijsjes. Voor mijn part chocolade met zeezout, maakt niet uit, iets wat je nooit van je leven zou bestellen. Als je terugkomt, zeg je helemaal niets, alsof ik er niet ben. Of beter, alsof jij er niet bent. Je laat me gewoon nadenken. Ga.'

Lutz dacht nog na toen Emma terugkwam. Hij nam zijn ijsbeker zonder een woord te zeggen aan. Emma had maar één ijsje gehaald. Het tientje lag nog op tafel, waar ze het had laten liggen.

Lutz at niet.

Na een poosje pakte hij zijn mobiele telefoon en toetste een nummer in. 'Ik ben over een uur op kantoor.' Hij praatte kennelijk met Habernickel. 'Bespreking in de Ketel. Bel Bredow op, ik wil de Tempelhofers er ook bij hebben. We hebben meer mensen nodig. MK5 maakt vanaf nu deel uit van EG98. En haal er iemand van de stad bij. We zoeken een soortgelijke locatie als die steiger aan de Leipziger Platz. Ergens moet nog zo'n ding staan. Daar gaan we nog meer lijken vinden... Vraag me niet hoe ik dat weet. Haal die mensen bij elkaar.'

Hij verbrak de verbinding. 'Twintig minuten rijden. Ik heb nog een goed halfuur om dit ijsje op te eten. Ik kan heel langzaam eten als het moet. Als je nog iets leuks te vertellen hebt, kun je blijven. Zo niet, gun mij dan mijn halve uur.'

Emma had zich al eerder afgevraagd wat ze zou doen als Lutz ooit een probleem zou hebben. Wanneer Lutz, haar mentor, haar rots in de branding, zelf ooit hulp nodig zou hebben. Ze visualiseerde het zo nu en dan: ze zou hem in haar armen nemen, over zijn haar aaien, er gewoon voor hem zijn, zonder woorden. Hij ontspant, huilt op zeker moment zelfs, ergens achter haar oor, heel zachtjes, en natuurlijk vecht hij ertegen, en Emma zegt: Laat je maar gaan, het is goed. Ze klopt hem op zijn schouder. Ook een man als Lutz heeft een rots in de branding nodig, iemand die sterk is, zodat hij ook een keer zwak kan zijn. Natuurlijk had ze gehoopt dat dit nooit werkelijkheid zou worden.

'Ik zeg niets meer,' zei ze. 'Ik luister alleen maar.'

Ze luisterde dus. Ze hoorde de ijslepel tegen het glas tikken, verder niets.

Toen hij klaar was, zei hij: 'Weet je waarom ik nooit met jou heb geslapen?'

Nee, dat wist Emma niet.

'Dan zou ik achteraf met je moeten praten, en jij zou het alleen nog over het werk hebben.'

'Ik hou van dit werk,' zei ze ter verdediging. De wending in het gesprek verraste haar toch wel een beetje.

'Maar het werk houdt niet van jou. Je bent weer de hele nacht onderweg geweest, en zo zie je er ook uit. Je weet niet wanneer je een pauze nodig hebt. Je weet überhaupt niet wat je nodig hebt. Als ik zie hoe jij jezelf kapotmaakt... Je bent jong. Het is te vroeg. Het leven krijgt je heus op zeker moment wel klein, geloof me.'

Hij staarde somber naar zijn lepel. Alle luchtigheid was verdwenen. Emma voelde de knuist in haar buik, die diep vanbinnen naar haar greep en steeds harder kneep. Ze wilde hem laten ophouden. Nee, ze wilde horen wat hij te zeggen had, wilde hem voor één keer niet tegenspreken en ervan genieten dat hij zich zorgen om haar maakte. En tegelijk wilde ze het ook niet. Het was afleiding. Van zijn eigen probleem. Dat was echt oneerlijk. Ten slotte mompelde ze: 'Je hebt er geen idee van.'

'Verbeeld je niets. Je bent niet zo bijzonder dat jij iets hebt meegemaakt wat verder niemand op aarde is overkomen. Er overkomt je één keer iets slechts, en jij wijdt daar de rest van je leven aan. Je geeft geen klap om alles wat je aan goede dingen hebt. En kunt. Hoe gezond je bent, hoe mooi en jong. Dat is allemaal niet aan jou besteed. Stommeling! Hij wilde alleen macht over jou, maar jij schenkt hem ook nog de rest van je leven, als toegift. Waarom geef je hem vrijwillig iets wat hij je helemaal niet kan afpakken? En probeer nu die witte chocolade met aardbeien eens.'

'Hallo,' zei Emma. Woedend. Bijna woedend. 'Jij bent ook niet direct de goeroe van de geweldige sheng-fuiwijsheden, weet je dat? Wanneer slaap jij eigenlijk? Wanneer neem jij een pauze? Wat voor leven heb jij buiten het kantoor? Weet je wat Brennemann laatst tegen me zei? Ik was de ongelukkigste vrouw die ze kende. En weet je wat ik toen dacht? Maar niet zo ongelukkig als Lutz.'

'Allereerst is het feng shui,' zei hij nuchter. 'Ten tweede ben ik niet ongelukkig, alleen een beetje verdoofd. Soms doet het leven dingen met je waarvan je niet weet waar ze vandaan komen, maar ongeacht wat je doet, er komt hoe dan ook rotzooi uit voort, en dan heb je gewoon een beetje tijd nodig... Laat mij mijn kleine crisis, wil je? Probeer jij maar liever iets van je eigen leven te maken, zodat jij niet op je zestigste hier hoeft te zitten om je door een sexy rechercheur van de volgende generatie de huid vol te laten schelden. Dan dringt het namelijk pas echt tot je door dat je leven binnenkort voorbij is en dat je nog steeds geen idee hebt hoe het eigenlijk in elkaar zit.'

Met die woorden stond hij op en wurmde zich in zijn jas. 'En zorg er verdomme eens voor dat je een privéleven krijgt. Neem een voorbeeld aan mij. Ik ga nu naar huis. Naar mijn vrouw.'

'Lutz...'

'Direct na de bespreking. We hebben namelijk kaartjes. We gaan naar het concertgebouw. En daar zullen we een mooie avond hebben. Of we willen of niet. Weet je, Emma, je wordt uiteindelijk makkelijker in de omgang... ontspannener... Je kleine foutjes worden eerder door de vingers gezien wanneer je 's ochtends uit een bed opstaat waar je 's avonds graag in bent gaan liggen.'

Het volgende moment was hij de deur uit.

Hm.

Het was niet helemaal gelopen zoals ze zich had voorgesteld. Zij had de sterke willen zijn, en hij had over zijn problemen moeten praten. Maar in plaats daarvan had hij zijn veren weer opgezet en haar adviezen gegeven. En hij had ook nog het laatste woord gehad.

Misschien was het gewoon eenrichtingsverkeer: Lutz was de mentor, zij was zijn beschermelinge, dat was de rolverdeling. De rollen omdraaien was onmogelijk. Daar wisten ze geen van beiden raad mee. Misschien deed het hem goed om ook sterk te moeten zijn wanneer hij eigenlijk zwak wilde zijn. Om een vrouw als Emma, die op de een of andere manier nog altijd haar weg zocht, het leven uit te leggen. Een beetje aanmatigend en een beetje ingebeeld, maar ook niet helemaal verkeerd. Zodat hij weer wist wat zijn rol was. De man, de oude rot, de man met ervaring, de sterke. Zodat hij zijn rol weer terugvond nadat hij er kort, heel kort, bijna uit was gevallen.

Emma begreep nu dat ze hem inderdaad had geholpen.

Bovendien had hij gelijk.

Ze dacht aan haar lege appartement, haar koude bed waarin de nachtmerries scholen. Aan haar bureau er direct naast, met de laptop erop. Aan het document Wensenlijst in de map Profiel EC. Aan een woord daarin, nee, drie woorden. Een wens, een experiment, onbekend terrein: *Een normale relatie*.

Ze haalde haar telefoon uit haar tas en zocht het nummer van Johannes op. 'Ik haal je op,' zei ze toen hij opnam.

35

Emma reed niet naar Johannes.

Ze reed ook niet naar huis om zich om te kleden. Ze kon het niet. Op het moment dat ze de verbinding verbrak, was ze er niet meer zeker van of ze het zou doen. Een date met Johannes. Klonk helemaal niet zo gevaarlijk. Integendeel. Maar plotseling verzette alles in haar zich ertegen en besefte ze dat ze het niet kon.

Ze reed naar Sarah.

'Dat kun je wel,' zei Sarah resoluut, terwijl ze in haar kast naar de juiste schoenen zocht. 'Een man en een vrouw alleen, kom op zeg, dat is net zoiets als fietsen, wat heb je te verliezen? Jij bent de vrouw, jij hebt de macht, jij kunt op elk moment nee zeggen.'

Ze gaf Emma de enkellaarsjes met franjes aan. Pasten goed bij haar strakke jeans. En een topje dat helemaal met geborduurde zwarte rozen bezaaid was. Dikke zilveren oorringen. Daarna maakte ze Emma's ogen op, smokey eyes. Ze voelde zich net een schoolmeisje. Kleren passen met haar zus, make-upexperimenten, haarlak – tienergedrag. Ze keek in de spiegel. 'Ben je niet goed wijs? Dat is veel te veel. Dat kan ik niet.'

'Nonsens,' zei Sarah. 'En dat topje zou je sowieso met de kerst hebben gekregen.'

Maar Emma wilde het alweer uittrekken. Ze zocht net naar de knoopjes toen Emily uit de kinderkamer kwam, naar haar keek en plotseling haar adem inhield. 'Tante Emma,' zei ze uit de grond van haar hart, 'wat ben je mooi!'

Emma keek haar aan. De kleine Emily. 'Goed,' mompelde ze. 'Misschien kan ik het toch wel aan.'

'Stel je gewoon voor dat jullie twee boksers in de ring zijn,' raadde Sarah aan. 'Jij bent Klytsjko, hij is Woody Allen.' Ze giechelde. 'En als dat nog niet genoeg is, ben je ook de scheidsrechter. Wie de regels bepaalt, mag ze ook veranderen, om de paar minuten, als het moet. Je kunt het.'

Toen Emma weer in de spiegel keek en haar blonde haar zag dat oplichtte boven het zwarte topje, wist ze dat Sarah gelijk had. Maar toch. Ze hield niet van dit gevoel. Het gevoel dat ze weer negentien was. Geen goede leeftijd voor haar.

Mannen in clubs, in bars – vreemden –, dat lukte haar. Heel goed zelfs. Prima. Een tien. Omdat ze haar koud lieten.

Toen ze na de verkrachting voor het eerst weer een vaag verlangen naar een man had bespeurd, wist ze nog niet of ze er ooit weer een zou kunnen aanraken. Ze dacht dat ze iedereen zou afwijzen, uit angst, haat of weerzin. Typisch gedrag voor slachtoffers van verkrachting. Voor de meesten. Maar niet voor haar. Zij was niet typisch, en daar was ze trots op. Tegen de weerzin had je alcohol, tegen de angst hield ze haar wapen altijd onder handbereik, en de haat, de haat maakte haar alleen maar sterker, maakte haar onkwetsbaar. Ze nam mannen zoals mannen vrouwen nemen, snel, ongecompliceerd, en ze gooide ze daarna weer weg. Daar genoot ze van, het weggooien, de verachting voor die vent die haar net had bevredigd, voor die ellendelingen, avonturiers en mislukte partners die zich even makkelijk lieten oppikken als dumpen. Ja, zeker, daar was ze trots op.

Maar deze hier, deze aardige jongen van hiernaast. Dat was een ander verhaal.

Dat was de man die de andere Emma mocht. De Emma van vóór die tijd, niet van daarna. Eerlijk, normaal, bescheiden, met gevoel voor humor, echt. De Emma van na die tijd wist helemaal niet meer hoe dat ging, een date.

'En nog een goede raad,' waarschuwde Sarah. 'Laat je mobieltje thuis.'

Emma ging op weg naar Potsdam. Helemaal niet zo ver vanaf Sarah. A100, B1, Werderscher Damm tot de Karl-Liebknecht-Straße. Afslaan. Parkeerplaatsen, veel auto's, een paar hekken en bomen, direct daarnaast het grote, moderne gebouw van de bibliotheek. Een idyllisch van de wereld afgesneden labyrint van lage, betonnen gebouwen, een universiteit van de nieuwe generatie. Een miljoen fietsen blokkeert het looppad.

Ze zat in de auto. 'Bel maar wanneer je er bent, dan kom ik naar beneden en haal je op,' had Johannes gezegd. Ze belde hem niet op. Nog niet.

Eerst belde ze met de beveiligingsdienst. Haar beveiligingsdienst. Zoals elke keer wanneer ze een man ontmoette. Ze gaf een tijd door: twee uur in de ochtend. En een wachtwoord: *oma. Oma* was altijd goed.

Daarna belde ze Johannes op.

Emma stapte uit, strekte zich, leunde tegen het autoportier en genoot van de milde avondlucht. Pas toen drong het tot haar door waar ze eigenlijk was.

Het terrein van een universiteit. Voor het eerst sinds de verkrachting.

Ze luisterde in het donker naar de harde muziek die uit de kelder van de bibliotheek klonk, zag de jongeren met hun rugzakken heen en weer lopen. Ze stonden in kleine groepjes bij de ingang, meisjesgroepen, jongensgroepen. Verderop stond iemand met een luide lach en brede schouders, met een kudde aanbidsters om hem heen, zoals ooit de jonge Uwe. Toen hij nog een aardige kerel was. Ze lachten, begroetten elkaar, maakten grapjes, flirtten en telefoneerden. Zoals het hoorde. Flesje bier in de hand. Het hele leven nog voor de boeg. Omgeven door kennis en mogelijkheden, door welwillende volwassenen die ervoor leefden om de weg voor hen te effenen. Knus genesteld in de mooiste belofte voor hun leven: de toekomst.

Net als toen. Er was niets veranderd.

De gebouwen in Frankfurt waren misschien wat minder modern geweest, de mode was misschien anders. De muziek ook. Maar niet zo heel anders. Ze had een stap terug gedaan in de tijd en stond midden tussen de studiegenoten aan de Goethe-Universiteit. Toen ze nog negentien was, jong en naïef, een heel andere Emma dan nu. Daar had ze niet op gerekend. Ze slikte.

Hier kon ze niet blijven.

'Wauw,' zei Johannes. Hij was dit keer iets formeler gekleed, en vrolijk en uitgelaten. Duidelijk geen groot poëtisch talent, maar niettemin was zijn bewondering eerlijk. 'Zullen we?'

'Luister eens, Johannes, ik... Ik heb een tegenvoorstel.'

36

'Wordt het nu gevaarlijk?'

Johannes was zenuwachtig.

Pas toen ze weer op de A100 reden had ze hem verteld wat ze van plan was. Hij maakte zich zorgen, maar probeerde het te verbergen. Dat beviel haar. Ze lachte. Vreemd dat het haar beviel.

Berlijn-Kreuzberg. Emma sloeg af, de Warschauer Straße in. De zaak die ze zocht heette Toverberg. Niet te zien vanaf de straat. Ze reed er eerst een keer voorbij, vond daarna de inrit, stak de eerste twee kleine binnenplaatsen over en stopte op de derde, omgeven door vijf verdiepingen hoge bedrijfsgebouwen van verweerde rode baksteen.

'We stellen alleen een paar vragen,' verzekerde ze hem toen ze uitstapte. 'Dit is geen onderzoek. Dat mag ik niet eens, ik ben geen rechercheur. Maar ik mag wel research doen. Ik wil me alleen een beeld vormen van die mensen.' Ze knipoogde naar hem.

Het achterhuis: stalen deuren, een oude goederenlift, aanplakbiljetten op de kale betonnen muur, dicht naast elkaar: een filmreeks uit Afrika, een demonstratie voor de vrijlating van politieke gevangenen, 'Oefenruimten te huur'. Op de tweede verdieping slechts één deur, ook van staal, wijd open. Erachter een enorme zaal die de hele verdieping in beslag nam, licht en vriendelijk. De muziek: veel bas, weinig melodie. De vloer bijna in zijn geheel bedekt met blauwe gymnastiekmatten. Hoge muren met felle kleuren: roze, geel, hemelsblauw.

Voor de balie een bord met informatie, lidmaatschapstarieven per maand, per jaar. Achter de balie: goedgebouwde jonge mensen in blauwe Toverberg-polo's. Rechts omkleedhokken, douches, kluisjes. En muren. Meer muren dan nodig waren. Ze stonden midden in de ruimte en reikten tot het plafond, maar scheidden geen kamers van elkaar. Amorfe bouwsels. Rotswanden zonder rotsen erachter. Van boven tot onderen bezaaid met roze, blauwe en gele grijpstenen en uitsparingen.

Aan de muren hingen een stuk of tien mensen, vooral mannen, in de wonderlijkste houdingen. Als insecten in cargoshorts. Ze hingen aan veiligheidskabels, waren met karabijnhaken in de weer, droegen handschoenen of grepen in de zak met magnesium aan hun riem om hun zweterige handen droog te houden.

Aan de wand links hing een klimmer radeloos op twee meter onder het plafond, krampachtig met zijn voeten en zijn linkerhand op drie gele stenen steunend. Hij zat vast. Boven zijn rechterhand was geen klimsteen meer binnen bereik. Had hij iets over het hoofd gezien? Zijn vriendin riep van beneden: 'Links is er nog een gele, gaat die niet? Ik denk dat je links verder komt.' Langzaam en voorzichtig begon de klimmer aan een draaibeweging, zodat hij met zijn rechterhand naar links kon grijpen.

'Willen jullie proefklimmen?' Een medewerker in een blauwe polo en met een veel te hoge haargrens voor zijn leeftijd keek fronsend naar de hoge schoenen van Emma. Johannes keek haar vragend aan.

'Ja,' zei ze. 'Dat wil zeggen, kunt u mij iets meer vertellen?'

'Natuurlijk.'

'Hoeveel mensen komen hier eigenlijk per dag naartoe?'

'Ongeveer zoveel als er nu zijn. Soms wat meer, soms wat minder. De sport wordt steeds populairder.'

Emma had al geen idee meer wat ze daarna nog moest vragen. Met welke slimme vragen kon ze informatie lospeuteren zonder te verraden dat ze politievrouw was? Daar had ze vooraf langer over moeten nadenken.

Wat maakte het ook uit? Ze was nooit een goede, onopvallende rechercheur geweest. Ze haalde haar politiepenning uit haar tas.

'Ik wil een paar vragen stellen met betrekking tot de moorden op de Leipziger Platz,' zei ze. 'Is uw chef er ook?'

De halve kaalkop in het blauwe poloshirt lachte. 'Tjonge jonge, jullie zijn echt een stel krukken. Jullie zijn hier toch al geweest? Praten jullie niet met elkaar?'

'Ik ben van een andere afdeling.'

'Maar je kunt toch lezen? Of schrijven ze geen rapporten bij jullie?'

'Het helpt soms om dezelfde vragen nog een keer te stellen,' zei Emma hulpeloos. Het irriteerde haar dat je je tegenwoordig als politieman of politievrouw steeds weer moest rechtvaardigen. Zij had toch ook geen kritiek op de manier waarop hij zijn werk deed? Inmiddels waren er een paar mensen bij komen staan: een jonge medewerker, eveneens in blauw poloshirt, hooguit zestien of zeventien jaar oud, misschien een stagiair, en een pezige, zwetende dame in een strakke polyester broek en fluorescerend geel sporthemd.

'Waarom denken jullie smerissen eigenlijk dat wij criminelen zijn, alleen omdat we klimmen?' Mevrouw sporthemd. 'Hebben jullie ook met polsstokhoogspringers gepraat? Of met voetballers? Zijn allemaal verdacht. Ik doe aan een zware sport! Ik moet dus een moordenaar zijn!'

'Ik ben geen smeris,' legde Johannes uit.

'De lui die op de Leipziger Platz aan de gang zijn geweest, hadden klimervaring,' antwoordde Emma. 'Vooral gevelbeklimmers staan erom bekend dat ze de wet overtreden. Dat is een illegale sport.'

'Meen je dat? Dus wie een gevel beklimt, is ook een moordenaar?'

'Gaat u alstublieft een stap achteruit.' Emma had er al spijt van dat ze naar de klimhal was gegaan. Althans, dat ze Johannes had meegesleept. Het had haar een grappig idee geleken, maar nu sloeg ze alleen maar een flater.

'Hier, arresteer me maar, nu! Ik ben een moordenaar! Wij zijn allemaal moordenaars!' Mevrouw sporthemd sprong voor Johannes in de houding, met haar armen vooruitgestoken voor de handboeien.

'Ik ben geen smeris,' herhaalde Johannes.

Er stonden inmiddels nog meer sporters om hen heen en Emma kon hun zweet ruiken. Ze praatten allemaal opgewonden door elkaar en de man met de half kale kop stond op zijn mobieltje te tikken. 'Ik bel mijn advocaat,' kondigde hij aan.

'Waarom?' vroeg Emma hem heel rustig. 'Hebt u soms iets te verbergen? Illegale klimpartijen misschien? Of een beetje wiet onder de toonbank, voor al uw vrienden hier? Moet ik mijn collega's laten komen om eens te kijken wat er zoal in die omkleedhokjes en kluisjes ligt? Wilt u de tent hier zo lang dicht hebben tot alle leden naar de concurrent zijn gegaan?'

Kaalkop liet zijn mobieltje zakken. Hij schudde zijn hoofd, sloeg de armen nors over elkaar.

'Op de Leipziger Platz nog wel!' De stagiair. Piepstemmetje, maar wel agressief. 'Ik heb er eens rondgekeken. Dat is gewoon een steiger. Daar valt niets te klimmen.'

'Wat bedoelt u daarmee?' vroeg Emma.

'Nou ja, dat is een soort klimrek uit de speeltuin. Kinderwerk.' De anderen mompelden instemmend. 'Daar wil je toch niet omhoog? Hebt u ooit een video gezien van iemand die een steiger beklimt? Net zoiets als trappen lopen, meer niet.'

Hij had gelijk. Emma kende de video's van het internet. Gevelklimmers zijn altijd aan de buitenkant van het gebouw actief, in het volle zicht. Meestal overdag, wanneer de zon schijnt. En ze gebruiken geen hulpmiddelen, zoals een steiger. Een gevelklimmer is zo trots op wat hij doet dat hij het risico om betrapt te worden voor lief neemt.

'Wie dan wel?' vroeg Emma. 'Wie klimmen er in zulke steigers?'

'Ja, wie denk je? Bouwvakkers. Steigerbouwers. Moeten wij het werk voor jullie doen?' Mevrouw sporthemd weer. Johannes gaf haar een waarschuwende blik.

'Of horrortoeristen,' zei de stagiair.

'Pardon?'

'Horrortoeristen. Van die idioten die in ruïnes rondzwerven, in oude, verlaten gebouwen, afgesloten tunnels... Alle mogelijke griezelige oorden.'

'Dat ding op de Leipziger Platz is geen ruïne,' zei iemand.

'Natuurlijk is het een ruïne,' protesteerde de stagiair. 'Het staat midden in de stad en het is leeg.'

'Daar komen 's nachts lui om te blowen, een fles wodka leeg te zuipen en elkaar griezelverhalen te vertellen.'

'Dat heeft niets met klimmen te maken.'

'Dat zijn van die gothics en grufties. Alleen echte losers doen zoiets.' Mevrouw sporthemd spuugde.

'Dat was mijn schoen,' zei Johannes. Geërgerd, scherpe stem. Hij schudde met zijn voet en deed een stap naar de vrouw toe. 'Denk jij echt dat je zomaar een smeris op zijn schoenen kan spugen? Ik geloof dat ik gek word!'

'Ik? Nee, nee. Dat was niet de... Moment.' Ze graaide in haar handtas en gaf hem een papieren zakdoekje. 'Sorry.'

'Ik ga maar vast,' zei Johannes, nadat hij zijn schoen had afgeveegd.

De discussie laaide weer op, maar Emma was ook al onderweg naar de uitgang, achter Johannes aan. De stank van zweet en verachting bleef in haar neus hangen.

37

'Nu weet ik hoe het is om met een smeris uit te gaan,' zei Johannes toen hij zich op de passagiersstoel liet vallen. Emma lachte en startte de motor. Hij moest natuurlijk stoom afblazen. 'Wat een ellendelingen daar. Ik bedoel, het gaat om een moordzaak, en die lui kunnen alleen maar zeuren en schelden. Toen dat mens begon, dacht ik al, daar komt nog vechten van.'

'Jij woont nog niet zo lang hier, geloof ik?' vroeg Emma. 'Dat is Berlijn. Het is hier bon ton om dik te doen. Maar ik heb gekregen wat ik hebben wilde.'

'Echt? Wat dan?'

'Horrortoeristen. Ik moet eerst uitzoeken wat dat eigenlijk voor figuren zijn. Dat kan onze database-expert morgen direct gaan uitzoeken.'

Nu was Johannes geïnteresseerd. 'Waarom morgen? Dat kan ik ook wel. Vijf minuten en je hebt meer informatie dan je kunt gebruiken. Kom, we gaan naar mijn huis.'

'Wat voor trucjes zijn dat?' Emma lachte. 'Doe je dat altijd zo bij een eerste date?'

Johannes moest ook lachen. 'Helemaal geen gek idee eigenlijk, in het café: Hé, schatje, heb je misschien hulp nodig bij de research voor een moordzaak? Ik heb thuis een geweldige computer.'

Het appartement van Johannes in de Manteuffelstraße zag eruit als een studentenflat van iemand die plotseling geld heeft, maar het nog niet helemaal beseft. In de keuken stond het oude fornuis naast het nieuwe. Nog niet aangesloten, vermoedde Emma. Ze bukte zich. Het nieuwe fornuis diende voorlopig als pannenkast; er stonden louter oranje pannen in. Van dat dure, Franse merk. 'Je bent een halve dag kwijt met het wegbrengen van een oud fornuis,' zei Johannes schouderophalend. 'Die tijd heb ik momenteel niet.'

'Jouw keuken is beter uitgerust dan die van mijn zus.' Emma was onder de indruk. Bijna het hele appartement was pas geverfd, in beschaafd gebroken wit. Alleen de gang was nog niet gedaan: daar kwam het vuile rood op je af, uit een tijd dat iemand bijzonder creatief en individualistisch wilde zijn. De nieuwe flatscreen en de uitgebreide Blu-ray-verzameling in de woonkamer stonden nog in een overduidelijk zelf in elkaar getimmerde kast die tot aan het plafond reikte. Hij had een voorliefde voor films, computertijdschriften en kleine Japanse monsters van bontgekleurd plastic, die goeie ouwe Johannes. En voor elektronica: een hoek van de kamer bestond alleen uit beeldschermen, kastjes en kabels.

'Ga zitten,' zei hij. Hij drukte haar een open fles rode wijn in de hand en twee glazen, die bij de wijn noch bij elkaar pasten. Nadat hij op vijf of zes knopjes had gedrukt verscheen er een computerscherm met browser op de flatscreen. Emma ging op de bank zitten en schonk in. Gewapend met muis en toetsenbord kwam Johannes naast haar zitten en het volgende moment zocht Google op het grote scherm al naar 'horrortoerist'.

Een klikje of twee verder begon er een videoclip. Een verlaten terrein, overwoekerd met struiken, een vervallen villa, nee, volgens de ondertitel een verlaten kinderziekenhuis in Schotland: Saint Mary's in Fife. Deuren en ramen die half uit de sponningen hangen; naar binnen via de voordeur, lange gangen vol stof, stenen, verfrommelde papieren, bladeren en lichtbundels die kriskras door de open deuren vallen.

Emma en Johannes proostten en keken toe. Een man, kennelijk de videokunstenaar, verkleedde zich in een lang zwart gewaad met een zwarte capuchon en een wit masker met grote ogen en opgenaaide klauwen. *Owlman*, de uilman. Daar kwamen ze al, de horrortoeristen: nieuwsgierige jongelui met rugzak, sportschoenen en camera. Plotseling dook de uilman op en waggelde langzaam uit het donker op hen af. De arme kinderen vergingen van angst, ze gilden, doken met de armen boven het hoofd weg in de hoek, sprongen uit de ramen.

Wat een lol.

'Het klopt wel,' zei Emma. 'Horrortoeristen. Mensen die gek zijn op griezelige, verlaten gebouwen. Die zouden die steiger ook interessant vinden.'

Johannes nam een slok en zocht verder.

'Hé, waar haal je eigenlijk zo'n goede wijn vandaan?' Emma keek naar de fles. Bordeaux. Clos du Roi. Zes jaar oud. Ongetwijfeld niet goedkoop.

'Dat klinkt alsof je niet heel veel vertrouwen hebt in mijn wijnkennis.'

'Je zult moeten toegeven dat je er niet direct een cultus van maakt...' Ze wees naar de tafel voor de bank. 'Of haal je de kristallen glazen alleen voor bijzondere gasten uit de kast?'

Johannes grijnsde. 'Je hebt me door. Ik heb een nicht in Frankrijk die me wijn stuurt. Zelf heb ik er geen idee van.'

'Wacht even, wat was dat, die link?'

Urbexer.

Urban Explorer noemden ze zichzelf, stadsverkenners. Ze heetten kennelijk alleen in de boulevardbladen horrortoeristen.

Urbexers verkenden verlaten drive-inbioscopen, zwembaden, winkelcentra, kantoren en fabrieken. Ergens in Azië zelfs een hele stad. Oude mijnen in Rusland, een nooit voltooid hotel in Noord-Korea. Johannes klikte en klikte.

'Berlijn,' zei Emma. 'We hebben urbexers in Berlijn nodig.' Ze schonk weer in.

Johannes klikte opnieuw, en de beelden verschenen: een oude brouwerij in Friedrichshain. Een in onbruik geraakt pretpark, het Spreepark met zijn reuzenrad en omgevallen dinosauriërs. Een overdekt zwembad in Pankow. Donkere ruimten, ingestorte plafonds, stoffige kasten, gebroken meubels.

Emma keek strak naar het beeldscherm, dat zich met foto's vulde. Een oneindige stroom dode plekken. Allemaal midden in de stad. Je loopt er voorbij en je denkt: o, een bouwplaats, maar in werkelijkheid is het een hotel dat nooit werd afgebouwd, of een voormalig kantoorgebouw. En overal achter de gevels nog bedden, wasmachines, bureaus en oude televisies. Niemand die het wil kopen, geen nieuwe gebruiksmogelijkheid: het gebouw gewoon dichttimmeren is goedkoper dan het afbreken. Er moesten duizenden van die plekken zijn, vooral in Berlijn. Half Berlijn was niets dan loze façade, en niemand die het doorhad.

O god, het is een urbexer.

'Wie? Wie is een urbexer?'

Emma had niet eens in de gaten dat ze het hardop had gezegd.

'Bedoel je de moordenaar?'

Emma: 'Misschien. Ik weet het niet... Hij denkt als zo iemand. Hij heeft de kennis van een urbexer. We moeten die lui vinden. We moeten ze ondervragen. Shit, die kunnen overal rondzwerven.'

'Facebook,' zei Johannes. 'Je vindt ze op Facebook.'

Nog een klik en voor haar verscheen de Facebookpagina van de Berlijnse urbexers, waar de groepsleden kennis, ervaring, wensen en vragen met elkaar deelden. Heeft iemand ooit het voormalige Anatomisch Instituut van de Vrije Universiteit Berlijn onderzocht? Zijn er foto's van het oude gebouw voor statistiek van de Stasi, aan de Otto-Braun-Straße?

'Je hoeft maar een vraag te sturen,' zei Johannes. 'Ze geven absoluut antwoord. Zolang ze althans niet weten dat je van de politie bent.'

Vooral de Bierpinsel fascineerde de urbexers kennelijk.

'Ik heb al drie keer geprobeerd om er binnen te komen, maar nooit een manier gevonden,' schreef roxi33. 'De moeder van een buurman van mij heeft ooit helemaal boven in het restaurant gezeten. Ze vond het toen geweldig. Ik zou dat gebouw zo graag vanbinnen willen zien.'

Johannes googelde.

De Bierpinsel: een merkwaardig gebouw in de Schloßstraße, van onderen nog een slanke toren met lift en trappen, maar boven plotseling uitwaaierend als een kolossale artisjok, allemaal van beton. Een bizarre bunker die boven de hoofden van het winkelend publiek in de Schloßstraße zweeft, zonder dat je erin kunt. Ooit was er waterschade in het gebouw, later wilde men het architectonische wangedrocht verfraaien en kregen plaatselijke graffitikunstenaars de kans het ding voor veel geld kleurig te beschilderen. Het maakte de zaak alleen maar erger. De nieuwe pachters verdwenen vervolgens en nu oefent het monster alleen nog een morbide fascinatie op horrortoeristen uit. Midden in de stad.

'Daar,' zei Johannes. 'Daar zijn ze.'

'Wie?'

Hij lachte. 'Je moordenaars.'

Op de flatscreen begon een video te lopen.

Inderdaad: Emma herkende de grote reclame op de hoek van de Leipziger Platz en de Potsdamer Platz. Het doek vertoonde de nieuwste Mercedes, niet het lingeriemodel. Daarna de deur van doek van het namaakhuis. Handen pakken het hangslot beet, hetzelfde slot dat Lars Gohse zo makkelijk had geopend om Elias naar binnen te laten. Ze openen het snel en geoefend met een haakje en een klem. De camera beweegt naar binnen, in het schemerlicht van de steiger. Buiten het lawaai van de stad. Binnen: het zware ademen van de indringer. Nee, van de indringers: iemand heeft de camera vastgehouden toen het slot werd gekraakt. Zeven minuten lang beweegt de camera over de steiger. Alleen beelden van de grond en op ooghoogte. Pas aan het eind zwaait de lens omhoog: boven hun hoofden een donkere massa van stangen en schaduwen.

'Stop.' Emma schoof op naar Johannes. Niet te dichtbij. 'Is daar iets? Glinstert daar iets?'

'Ik zie niets.' Johannes klikte.

'Kun je inzoomen?'

Hij zoomde op het beeld in, waardoor het steeds onscherper werd. Bovenin, waar de cocons hadden gehangen, was niets waar te nemen. Te donker, te ver weg.

'Laat me het begin nog eens zien. Langzaam.'

Johannes ging terug. Toen de vingers het hangslot openbraken, stopte hij het beeld. 'Dit bedoel je zeker?'

Aan de linkerringvinger was duidelijk een ring te zien: een zilveren doodskop, zoals heavymetalfans of leden van motorclubs die dragen. Of iemand die dat graag zou willen zijn.

We hebben je.

Iemand moest eens met die urbexers gaan praten, ze ontmoeten, een beetje uitvragen. Zonder ze te laten schrikken, niet naar de Burcht ontbieden, alsjeblieft niet. Die lui van zo'n groep stonden allemaal met elkaar in contact en zodra een van hen merkte dat de politie ze in het oog hield, dan wisten ze het allemaal. Eerst gewoon in burger naar ze toe, heel nonchalant. Ik. Ik moet ze leren kennen. Nee, je hebt versterking nodig, je hebt Lutz nodig als rugdekking. Je weet niet wat je daar te wachten staat. Je geeft het door. Je zegt het tegen hem, laat hem contact leggen. Maar als Lutz het overneemt, lig ik eruit. Dat doen die rechercheurs. Dan zijn ze voor mij verloren. Ik moet ze leren kennen. Ik moet het zelf doen. Ik moet weten hoe die urbexers in elkaar zitten.

Emma nam een slok. 'Kun je een Facebookpagina voor me maken?'

'Natuurlijk!' Johannes begreep onmiddellijk wat ze wilde. 'We gaan rechercheren!'

'We doen research,' corrigeerde Emma. 'Ik wil alleen weten wat voor lui dat zijn.'

'Geloof je echt dat zij de moordenaars zijn?'

'Kom zeg, ik zou nooit alleen naar ze toe gaan als ik dat zou denken. Maar zij denken net als de daders... Op de een of andere manier hebben ze iets met hen gemeen. Ik wil ze alleen leren kennen, dat is alles.'

'Heb je echt geen Facebookaccount? Hoe oud ben je eigenlijk?'

Emma gaf hem een duw, waardoor zijn wijn bijna over de bank spatte. 'Doe gewoon je werk, nerd,' zei ze.

Tien minuten later zat Emma op Facebook. Haar foto was echt: die had Johannes ter plaatse op de bank gemaakt. Haar naam bijna: M.A. Carowski.

'Stuur nu een bericht naar die urbexers: "Kan jullie in de Bierpinsel krijgen. Heb contacten."'

'Heb je die echt?'

'Geen idee. Vast wel, ergens.'

'Je bent niet goed wijs,' zei Johannes enthousiast.

Emma keek geamuseerd toe terwijl hij op het toetsenbord hamerde. Hij deed haar aan Matze denken. Op kantoor zou hij nu het onderzoekswerk doen. Matze spande zich weliswaar in om volwassen over te komen door zich vlijtig met details te tooien die persoonlijkheid bewezen: zijn fiets, die coole geblondeerde lokken, het drammerige veganisme. Heel overtuigend was het allemaal niet. Dat was precies de reden waarom Emma Matze mocht, maar dan vooral als een jongere broer. Johannes was een Matze die wel volwassen was geworden. Even open, maar zelfbewuster, steviger.

Plotseling ging er een beeld door haar hoofd: ze lagen in elkaars armen, rollebolden onder de deken, Johannes en zij, en even plotseling noemde ze hem 'Matze'. Waar kwam dat vandaan? Ze schudde haar hoofd om het beeld kwijt te raken en stond op om meer wijn uit de keuken te halen.

De deur van Johannes' slaapkamer stond op een kier, en net toen Emma er langsliep, hoorde ze een vrouwenstem.

'Hallo? Hallo. Hallo!'

Ze bleef stokstijf staan. Kippenvel. Wat was dat?

Het 'hallo' ging verder, maar nu hoorde ze dat het meer dan een stem was. Verschillende 'hallo's' van verschillende vrouwen achter elkaar. Toch? Plotseling hield het op. Stilte.

Emma deed het licht in de slaapkamer aan. Bed, tijdschriften, overal boeken, wasgoed over een stoel, een reusachtig tapijt. Er bewoog niets. Geen vrouw. Daarvoor klonk het ook te kunstmatig. Wat had ze eigenlijk verwacht, een robotmeisje dat in bed op hem wachtte?

'Hallo? Hallo. Hallo!'

Ze deed een stap naar voren. Op zijn bed lag alleen het jasje dat hij die dag had gedragen. Ze voelde in de zakken, haalde zijn telefoon eruit.

'Hallo? Hallo. Hallo!'

Ze stond in de deuropening van de woonkamer en hield zijn telefoon naar voren.

'Hallo? Hallo. Hallo!'

Hij keek op van het grote scherm en werd rood. 'O ja, mijn ringtone. Dat zijn vriendinnen van mij, die heb ik opgenomen en achter elkaar gezet... De meeste zijn inmiddels alweer uit mijn leven verdwenen, maar zo heb ik ze altijd nog bij me.'

'Neem maar op.'

Hij schudde zijn hoofd.

Misschien was hij toch nog niet helemaal volwassen, die Johannes. Zoals hij daar zat, in zijn element, omringd door techniek, was hij als een kind met te veel speelgoed voor volwassenen.

Of hij had een geheim. Een duistere kant. Was dat mogelijk? En zou ze die überhaupt herkennen, na zo'n avond met veel rode wijn?

Johannes grijnsde en hield zijn iPad omhoog. 'Wil je ook een keer hallo zeggen?'

Duidelijk. Nog niet helemaal volwassen.

Emma pakte de wijnfles, ging bij hem zitten en schonk in.

38

'Kan ik mee?'

'Waarnaartoe?'

'Naar die Bierpinsel. Dan zet ik ook een masker op en doe ik alsof ik een urbexer ben.'

Ze moest lachen. 'Waarom in vredesnaam?'

'Zodat ik je aan het schrikken kan maken. Ik wacht dan in het donker op je, net als de uilman...'

Emma fronste.

'Vroeger sleepte ik meisjes mee naar horrorfilms,' bekende Johannes, terwijl hij ondertussen muziek aanzette zonder van de bank te komen. Jazz. 'Maar in het echt is het natuurlijk veel beter. Als ik dat van tevoren had geweten, had ik je naar een van die verlaten gebouwen meegenomen, in plaats van naar een feest op de universiteit...'

'Is wat beter?'

'Luister,' legde hij uit. 'Het gaat als volgt: meisje schrikt. Jongen redt haar, nou ja, beschermt haar. Tegen al het kwaad. Zij is hem zo dankbaar dat ze zich radeloos in zijn armen stort.'

'Ik heb die films nooit begrepen,' zei Emma geamuseerd. 'Maar één ding moet je goed begrijpen: maak een politievrouw nooit, maar dan ook nooit aan het schrikken. Dan kan het heel slecht met je aflopen.'

'Ach kom. Wat zou je doen als er plotseling een uilman voor je stond? Tijdens een date heb je je pistool toch niet bij je?'

Ze haalde haar schouders op.

'Wat? Wil je zeggen dat je hem bij je hebt?'

Emma lachte niet meer.

'Nu ook?'

'Natuurlijk niet.'

'Weet je?' Johannes zette zijn glas neer. 'Soms geloof ik dat een vrouw mij alles kan wijsmaken en dat ik nooit kan uitmaken wanneer ze liegt.'

'Echt?' vroeg Emma, die net tegen hem had gelogen. 'Mij gaat het net zo met mannen. Maar pas als ik ze beter ken. Vreemd, vind je niet? Bij vreemden zie ik het onmiddellijk als ze liegen.'

'Ja, dat bedoel ik. Het is alsof je de leugen niet wilt zien bij iemand die je graag mag.'

'Je merkt het niet omdat wij biologisch geprogrammeerd zijn om elkaar te geloven,' ging Emma verder. 'Evolutie. We moeten samenwerken en elkaar vertrouwen als we willen overleven. Daarvoor moeten we nu en dan ook tegen elkaar liegen. Maar wie dat doorziet, houdt het niet uit. De man die elke leugen van het andere geslacht doorziet, kan nooit met een vrouw samen zijn. Hij plant zich niet voort.'

Johannes keek haar onderzoekend aan. 'Nu neem je me in de maling, toch?'

'Wie weet,' zei ze. 'Probeer er maar achter te komen.' Ze glimlachte niet, bewoog geen spier in haar gezicht.

Johannes lachte en haalde zijn schouders op.

'Lieg tegen mij,' zei Emma.

'Bedoel je hier en nu?'

'Zeg drie zinnen. Minstens één daarvan moet een leugen zijn. Kijken of ik die kan ontdekken.'

'Goed... Momentje.' Johannes dacht na, nam nog een slok, wendde zijn ogen van haar af.

'Ik ben een miserabele kok.'

'Goed om te weten.'

'Ik heb nog nooit bij de eerste date met een vrouw geslapen.'

'Een echte gentleman.'

'En ik hou van spruitjes. Jij ook?'

'Leugen. Waarheid. Leugen.'

'Dat is sterk! Hoe doe je dat? Ben ik echt zo slecht, of...'

'Bij de eerste leugen streek je met je linkerhand over je rechterhand. Een kalmeringsgebaar. Maar daar was de uitspraak niet ernstig genoeg voor. Bovendien heb ik je keuken gezien... Bij de tweede uitspraak strekte je je duimen naar opzij, alsof je begon te tellen. Een natuurlijk gebaar dat aangeeft dat je helemaal in de uitspraak zat. Bij de derde was ik niet zeker van mijn zaak, dus heb ik een inschatting gemaakt. Heel veel mensen houden niet van spruitjes, en wie er wel van houdt, vindt dat voor de rest niet belangrijk. Daarom ging ik ervan uit dat je loog.'

'Dat wil ik ook kunnen! Laat mij het eens proberen. Ik stel je drie vragen, bij minstens één ervan moet je liegen, goed?'

'Prima.'

Johannes dacht na. Hij nam het serieus. Alsof het hem macht gaf als hij de juiste vragen stelde. 'Heb je me gecheckt voordat je met me afsprak? Ik bedoel als politievrouw?'

'Natuurlijk niet! Dat zou misbruik van gegevens zijn. Dat mogen we helemaal niet.' Ze had het werkelijk niet gedaan. Normaal gesproken maakte ze nooit een afspraak met een man zonder hem te checken. Dit keer had ze er geen tijd voor gehad. Maar ze zou het nog doen.

'Oké. Heb je een pistool in je handtas?'

Ze aarzelde. Die vraag weer. 'Natuurlijk niet,' herhaalde ze. 'Hoewel ik het zou mogen,' liet ze erop volgen.

'Goed. Heb je ooit een triootje gedaan?'

Emma lachte. 'Tja... Je stelt wel de goede vragen, moet ik zeggen.' Hij had haar in de hoek gedreven. 'Er was zo'n tijd in mijn leven...' Nu moest ze absoluut liegen. Of lijken te liegen. En dus zei ze de waarheid. 'Heb ik wel eens een keer gedaan, ja.' Ze vouwde haar handen ondertussen. Klassiek kalmeringsgebaar.

Lang genoeg om hem het signaal te laten oppikken. Maar dat deed hij niet.

'Oké,' zei Johannes. Hij dacht na. 'Leugen. Leugen. Waarheid.'

Ze lachte. 'Precies omgekeerd: waarheid, waarheid, leugen. Ik heb nog nooit het genoegen gesmaakt om met twee mensen tegelijk te slapen.'

'Verdraaid, ik leer het nooit! Vrouwen kunnen mij vertellen wat ze willen!' Hij ergerde zich zichtbaar. Maar plotseling sloeg zijn stemming om, en hij grijnsde. 'Behalve natuurlijk als je nu alweer liegt. Dat kan ik immers niet controleren? En dat weet je.'

Slim kereltje. Ze keek hem recht in de ogen en zei: 'Dat zou ik toch nooit doen.' Ze nam een slok van haar wijn.

Johannes draaide zich plotseling om, greep haar tas van de stoel, deed hem open, liet hem onmiddellijk weer vallen.

'Shit! Zitten we hier heel gemoedelijk op de bank, en jij hebt de hele tijd dat ding in je tas!'

Walgend schoof hij de tas naar haar toe. 'Is die geladen? Waarom doe je dat?'

'Hij is vergrendeld, maak je geen zorgen.'

'Je hebt tegen me gelogen. Twee keer.'

'Luister,' zei Emma. Ze legde een hand op zijn arm. 'Ja, ik heb gelogen, maar alleen om je niet ongerust te maken. Ik ben een politievrouw. Ik ken je niet. Wij mogen mensen niet eens zeggen dat we het dienstwapen bij ons hebben.'

'Dat vind ik knap laf.'

'Pardon?'

'Je een beetje achter regeltjes verschuilen. We zitten hier gewoon bij elkaar. Dit is geen toevallig gesprek in het café en ook geen verhoor, we weten beiden wat we hier doen. We spelen een spel. Ik hou me aan de regels, jij niet. Waarom niet?'

'Kom op zeg, mensen liegen tegen elkaar. Soms met goede redenen.'

'O ja, heb je daar goede redenen voor?'

'Elke vrouw heeft goede redenen om tegen mannen te liegen. Omdat we weten dat jullie gevaarlijk zijn.'

'Vind je mij gevaarlijk?'

'Alle mannen zijn psychopaten. Allemaal.'

'Maar verder gaat alles goed met je?' Hij was opgestaan en had letterlijk een stap terug gedaan.

'Bijna alle seksuele misdaden worden door mannen begaan. Zit in de biologie. In de hersenstam. Het egoïsme, de meedogenloosheid, de driften. De meesten weten niet eens waarom ze het doen. Je kunt ze manieren bijbrengen, gedragsregels, moraal, maar de hersenstam heeft het laatste woord. Waarschijnlijk is dat zelfs voor het overleven van de mensheid ooit zinvol geweest...'

'Zo primitief zijn wij nu ook weer niet...' Geërgerd sloeg hij zijn armen over elkaar.

Emma leunde achterover en strekte een been uit. 'Kijk, die strakke broek, die schoenen met hak. Gemaakt om in de smaak te vallen bij de hersenstam. Wij weten heel goed dat het geen barst uitmaakt wat voor geweldige partners en moeders we kunnen zijn, we kennen alle rationele argumenten voor de liefde, maar zolang we jullie hersenstam niet kunnen verleiden, zijn we lucht voor jullie. We proberen het soms wel. Heel verstandelijk praten met een man, al tijdens de eerste date. Wil je kinderen, hoeveel, wil je een huis in de stad of op het land, hoe zie je je carrière...'

'Dat werkt nooit! Mooi been trouwens.'

'Dank je. Hoge hakken, werkt altijd. Een gemakkelijke prooi, daar wordt de hersenstam klaarwakker van. Zelfs de onhandigste kerel ruikt zijn kans.'

'Ik ga hier niet mijn sekse tegen jou verdedigen,' zei Johannes, nog altijd verontwaardigd. 'Ik heb vanwege mijn werk al genoeg te stellen met die figuren die me absoluut met professor willen aanspreken.' Hij nam de laatste slok wijn uit zijn glas en ging weer naast haar zitten. Vervolgens begon hij zijn sekse te verdedigen.

'Je kunt niet elke man voor een potentiële verkrachter uitmaken, alleen omdat hij driften heeft. Dat is echt... beledigend, begrijp je? Dat is het vooroordeel dat de vrouw altijd het slachtoffer is, de man altijd de boosdoener. Als dat zo was, dan zou verkrachting de regel zijn, maar het is de uitzondering. Ik bedoel, als je zo denkt, kun je je beter direct in huis opsluiten en nooit meer naar buiten komen.'

Emma lachte niet en haalde haar schouders op. 'Wie zegt dat ik dat niet het liefste zou doen?'

Johannes was bezig zijn glas weer te vullen, maar zette het plotseling neer. Hij werd bleek. 'O god. Het is jou overkomen. Natuurlijk.'

Er ging een schok door Emma's lijf. Dat had nog nooit een man geraden. Ze had het gevoel dat ze plotseling naakt voor hem stond, voor deze nerd die veel slimmer was dan hij eruitzag.

'En?' zei ze. 'Word je daar bang van? Ren je nu weg? Vluchten, dat is ook de hersenstam. Dat doen mannen ook graag.'

Ze wilde zelf het liefst wegrennen. Het hart klopte haar in de keel.

'Hoelang is het geleden?' vroeg Johannes.

'Lang genoeg.' Ze sloeg haar armen over elkaar. 'Aangifte gedaan, onderzoek, proces, de hele vernederende zooi. Dat ligt allemaal allang achter mij. Het is geschiedenis.'

Johannes was stil. De wijnfles was leeg. De muziek was opgehouden.

'Wauw,' zei hij eindelijk. Voorzichtig legde hij een arm om haar schouders en trok haar tegen zich aan. Ze liet het toe. Leunde tegen hem aan, liet haar hoofd op zijn schouder zakken. Even deed ze haar ogen dicht en droomde van verlossing. Haar armen toch nog altijd over elkaar geslagen.

'Wat is er met die vent gebeurd?' vroeg hij zacht.

'Zeven jaar,' mompelde ze. 'Ik heb nog geluk gehad. Bijna negentig procent van alle verkrachters tegen wie aangifte wordt gedaan wordt niet veroordeeld.' Dat hij allang weer uit de gevangenis was, haar pakketjes stuurde en hun verhaal overal rondbazuinde, vertelde ze niet. Dat vertelde ze niemand meer.

'Heeft het geholpen?' wilde hij weten. 'Dat hij veroordeeld werd? Dat hij zijn straf heeft uitgezeten?'

Emma wilde eerlijk zijn. Ze ging rechtop zitten en maakte zich van hem los. 'Bedoel je of het alles weer goed heeft gemaakt? Weet je, dat hele systeem van politie, rechtspraak en orde functioneert heel goed, maar altijd alleen achteraf. Ze vertellen je op school en op de televisie dat het systeem er voor je is, dat het je beschermt en redt, dat het de wereld goed houdt. Maar dat doet het niet. Op het moment dat je met hem alleen bent, zijn recht en orde afwezig, alleen jij, alleen hij, al het andere bestaat niet meer. En als hij sterker is, dan is hij dus sterker, dan heeft hij het mes in de hand. En jij bent degene die het mes niet vasthoudt.'

Ze pakte het glas uit zijn hand en gooide de laatste slok achterover. Haar eigen glas was leeg. 'Luister naar je hersenstam,' zei ze. 'Die zegt: vlucht. Vlucht maar liever.' Ze stond op, wankelde een beetje, stabiliseerde zich, greep naar haar tas. Plotseling voelde ze zich vreemd hier. 'Waarom zeg je niks? Zeg dat ik in deze toestand niet kan autorijden. Zeg dat je een taxi voor me belt. Zeg dat ik op de bank kan slapen.'

Hij schudde zijn hoofd. 'Ik ben hier niet degene die vlucht.'

Emma worstelde met haar jas.

'Ik kan het zelfs begrijpen,' ging hij verder. 'Jij kunt het je niet meer veroorloven om mannen dichtbij te laten komen. Dat is begrijpelijk.'

Ze haalde haar schouders op, zocht het nummer van de taxicentrale in haar telefoon.

'Vijf seconden,' zei Johannes. Hij stond op en liep naar haar toe. 'Je hebt er vijf seconden van gedroomd dat je het toch zou kunnen. Zonet, toen je je hoofd op mijn schouder liet rusten. Ik heb het gemerkt. Aan de manier waarop je uitademde. Als iemand die een reusachtige steen van zijn hart gooit.'

Ze liet de telefoon zakken. 'Je hebt het gemerkt.' Haar wangen werden warm.

'Ik had je op dat moment kunnen kussen.'

'Ja, had je gekund.'

Hij liet zijn vingers zacht door haar haar gaan. 'Het spijt me. Ik wilde er geen gebruik van maken.'

Ze pakte zijn hand vast. 'Is het mogelijk dat je misschien een beetje te veel gentleman bent?'

'Is dat mogelijk?'

'Is niet altijd passend...' zei Emma. Ze trok hem naar zich toe tot hun lippen elkaar raakten.

'Ik zal dat nooit begrijpen...'

'Ik ook niet,' zei Emma. Ze kuste hem.

Ze belde geen taxi.

Midden in de nacht ging haar telefoon. Ze tastte naar haar tas op de grond naast het bed en nam al op toen het toestel nog maar drie keer was overgegaan. 'Lutz?' vroeg ze slaperig.

'Dit is uw beveiligingsdienst, mevrouw Carow. Alles in orde?'

'Ja... Ja...' Het wachtwoord. Wat was het wachtwoord ook weer? 'Weet je hoe laat het is, oma?'

'Blij dat alles goed is met u. Ik heb hier uw gps-positie. Wilt u nog met iemand worden doorverbonden?'

'Lief van je, oma, maar dat is niet nodig.' Ze gaapte.

'Dan wens ik u nog een fijne avond, mevrouw Carow.' De man verbrak de verbinding.

Emma keek op het scherm van haar telefoon. Geen berichten. Vreemd. Ze had haar mobieltje werkelijk de hele avond in haar tas laten zitten. Dat kwam niet vaak voor.

Johannes lag zwaar en donker naast haar. Hij mompelde wat, complete onzin. Emma luisterde. Waarschijnlijk probeerde hij nog half in slaap commentaar te leveren op haar familieproblemen. Hij verstomde weer. Uitgeput. Tevreden. Misschien een beetje gelukkig. Emma glimlachte.

Ze sliep weer in.

39

Zondagochtend was haar mobieltje dood. Lege batterij. Brunchen met Johannes, daarna naar het museum. Met Johannes. Emma was lang niet meer in een museum geweest.

Pas toen het zondagavond begon te schemeren reed ze weer naar huis. Dat wilde ze althans echt. Maar op de een of andere manier kwam ze toch weer op kantoor terecht, alleen maar om even kort te kijken. Met de kleding van zaterdagavond nog aan.

De Poppenkast was leeg. De Ketel, het grote kantoor van MK1, ook. Doodse boel. Alleen Ceesay zat nog aan haar bureau papierwerk te doen. Natuurlijk, zondag.

Het kwam niet slecht uit dat Lutz er niet was. Emma wist nog niet precies hoe ze hem moest zeggen dat ze contact legde met de urbexers. Of dat althans probeerde. Recherchewerk mocht ze niet doen, alleen research, maar de grens was flinterdun. Ze wilde alleen maar een keer met ze praten, in een of ander café, meer niet.

'Is er nog nieuws?' vroeg Emma, zonder verdere begroeting.

Ceesay reageerde geprikkeld. Zonder haar blik van het beeldscherm los te maken, zei ze scherp: 'We hebben bijna honderd mensen daarbuiten rondlopen die een reusachtig spektakel op touw zetten. Als die niets nieuws weten te vinden, doen ze hun werk niet goed. Je moet een beetje preciezer zijn. En wat doe je hier eigenlijk?'

'Hebben ze iets gevonden bij die Lars Gohse?'

'O, dat.' Ceesay veegde een haarlok van haar voorhoofd. 'Dat niet, nee. Het was zijn sperma op de vindplaats, maar meer was er niet te halen. Die Gohse is een smeerlap, meer niet. Maar ik geloof dat Lutz iets met zijn zus heeft.'

'Wat zeg je?' Emma schrok. 'Meen je dat?'

Ceesay draaide met haar ogen. Een grap dus.

Emma liep verder door naar het magneetbord. Even groot als het whiteboard in de Poppenkast. Een fotogalerie. Tientallen gezichten met daaronder namen en een paar trefwoorden. De meeste waren doorgestreept, helaas. Verdachten, bijna-verdachten. De verzamelde bijna-verdachten van EG98. Niet allemaal, alleen de besten.

Onder anderen Caspar Mittendorf, 36, bouwondernemer, strafblad wegens zedendelicten, afdrukken van zijn laarzen op de vindplaats. Niet slecht. Guido Bleymehl, 45, lange lijst met veroordelingen. Vandalisme, politiek gemotiveerd, radicale groepen, kent beide echtgenoten van gezicht. Politiek gemotiveerd? Dacht Lutz nu echt dat het om politiek gemotiveerde moorden ging? Harald Schäppi, 29, taxichauffeur, veroordeeld als verkrachter, gebruikte ducttape, kende Julia Fredersdorf en Karl Brandner. Geen alibi. Geen sporen op de vindplaats. Meneer Schäppi stond haar aan. Ja, meneer Schäppi was veelbelovend.

Wie waren er verder nog in de aanbieding?

Verder naar beneden: de therapeuten van de twee vrouwelijke slachtoffers. Natuurlijk, als iemand wist dat die vrouwen als meisjes waren misbruikt, dan die twee. Maar hun foto's waren al met een rode viltstift doorgehaald. Geen verdenking.

Ook de foto van de zilveren mummie aan het kruis in de smkelder hing erbij. Iemand had er een snor op getekend. Eronder de aantekening: München? Harke in de gaten blijven houden.

Lars Gohse. Op zijn foto was met een rode stift '13' geschreven. Voer voor de afdeling Zedendelicten. Jammer eigenlijk. Ze was zo trots geweest toen ze hem in die nacht op de Leipziger Platz had gearresteerd. Dat zag ze nu in: *trots, ik was trots*. Tot nu toe had ze dat niet kunnen toegeven. Maar nu haar inspanningen voor niets bleken te zijn geweest, kon ze het wel. Althans voor zichzelf.

Jammer.

Emma schreef zo veel mogelijk namen van het magneetbord over, de belangrijkste, en ook een paar die al waren doorgestreept. Als analist zou ze dat eigenlijk niet moeten doen, maar ze deed het toch.

De niet-passende objecten hingen er ook, alsof het personen waren. Pseudokleding, bril met vensterglas, broodjes, jampot. Waar dat allemaal op sloeg, wist tot nu toe geen mens.

Ernaast stond de actuele kennis met betrekking tot de belangrijkste sporen. Ongeveer een derde van de laarsafdrukken bij de steiger kon tot nu toe worden thuisgebracht. Het glazen oog was van een investeerder in vastgoed die ongeveer drie jaar eerder belangstelling had gehad voor het object – ook de vingerafdrukken op de wodkafles en de DNA-sporen op de vrouwenslip waren van hem afkomstig. Een echt feestbeest.

De andere sporen waren nog niet thuisgebracht: de bier- en limonadeflessen, de pop, de kaarsen, de werkhandschoenen, de karabijnhaken. De wijnfles. Volgens het etiket een bordeaux. Clos du Roi. De wijn die Johannes ook dronk. Goed spul.

Langzaam liep Emma weer langs Ceesay, en ze overwoog of ze gewoon naar Johannes terug zou rijden, zonder er verder lang over na te denken. Ze verbaasde zich over wat er nu weer door haar hoofd schoot. Bij de deur draaide ze zich nog een keer om, wierp een laatste blik in de lege Ketel en zei: 'Echt, het is natuurlijk zondag, maar toch, het lijkt wel vakantie hier. Waar zijn ze allemaal?'

'Is dat een grapje?' Ceesay kwam overeind en keek haar voor het eerst recht in de ogen. 'Heb je niet gehoord wat er eerder is gebeurd? Waarom ben je eigenlijk niet allang op de vindplaats van die lijken?'

40

Köpenicker Straße, district 32. Aan weerszijden haveloze en vervallen flats, kale baksteen, dikke lagen graffiti, verwaarloosd groen, reusachtige braakliggende terreinen achter grijze betonnen muren, tentensteden, wagenburgen, gekraakte ruwbouw. Zoveel onbebouwde grond midden in de stad. Bij elke boom langs de weg hing een paar schoenen in de takken. Nummer 137. Köpi, het gekraakte huis waar de punkers naartoe gingen. Al generaties lang. Emma zo nu en dan ook, voor een biertje of een concert.

Vandaag niet. Recht ertegenover, aan de kant van de Spree, ter hoogte van nummer 40, vroeg een politieagent die ze niet kende om haar penning en wenkte haar vervolgens onder een half gesloopt gebouwenblok door. Alle ramen waren dichtgemetseld, en het waren grote ramen geweest. Erachter een weids, half verwilderd braakland. Vanuit het westen rukte de nieuwbouw op. Balkon op het zuiden, uitzicht over de Spree, schandalig duur, een onmogelijke vreemde eend in de bijt. De herfstlucht was rokerig. Houtvuren aan de oever van de Spree, waar ook voortdurend gehamer klonk. Het was inmiddels donker geworden.

Daar stonden ze al allemaal: de wagens van de collega's van EG98, het busje en de vrachtwagen van de Tempelhofers, een brandweerwagen, een lijkwagen. Emma parkeerde haar zilverkleurige Polo naast een Mercedes-Benz E-Klasse. De chauffeur stond in pak met stropdas besluiteloos naast het voorportier aan de bestuurderskant. 'Bent u van de politie?' vroeg hij. Hij zocht ene commissaris Bogner. Hij was van de Treuhand, de beheermaatschappij van het voormalige DDR-vermogen, die eigenaar was van het object.

Dat kwam goed uit, want Emma had een paar vragen.

Hem was alleen gezegd dat hier iets zou zijn gebeurd. Zoveel politieauto's: hij vermoedde dat het foute boel was. 'Tja, zo'n complex kun je niet afdoende beveiligen,' gaf hij toe. 'Dan zou je er persoonlijk voor moeten gaan staan. Vierentwintig uur per dag, met politiebescherming.' Hij knikte in de richting van de Spree. Toen Emma bleef zwijgen, voegde hij eraan toe: 'Daar zit toch dat kamp van die drop-outs aan de oever. U weet wel, Tipiland. Die wonen daar in wigwams die ze allemaal zelf hebben gebouwd. Eigenlijk heel aardig...'

'Is het terrein dan helemaal niet afgesloten aan de kant van de Spree?'

'Jawel, jawel, maar eerlijk gezegd, als je het werkelijk wilt, hoef je alleen maar een tijdelijk hek te trotseren.'

Emma bekeek de beveiligingsmaatregelen van de Treuhand: het ging om eenvoudige fietssloten, waarmee steeds twee manshoge metalen hekken aan elkaar waren gezet. Er stond een hek om het hele terrein en een tweede hek vlak om het gebouwencomplex heen.

Ze keek omhoog.

Rode baksteen rees zes verdiepingen hoog op, een paleis uit een ander tijdperk, met versierde friezen, timpanen, hoge ramen en een imposante schoorsteen, allemaal rond een massieve, veelhoekige toren gegroepeerd. De onderste ramen waren dichtgemetseld, de deuren op één na dichtgetimmerd, de ruiten ingegooid, de wanden bezaaid met graffiti: 'FUCK MILIONAIRS!' gaf niet alleen blijk van een slechte spelling, maar ook van politiek engagement; wat ernaast was genoteerd moest wel het werk van een dichter zijn: 'Vroeger was ik ooit een zachtaardig wezen. Nu ben ik vies, bezaaid met littekens en uitgekotst.' Er zat iets in. Berlijners maken alles kapot wat ze in hun vingers krijgen. Maar ze doen het met oprechte overgave. Ze houden van hun ellende, die voor hen kunst is, een levensgevoel: alles laten vervallen of bij voorbaat al niet afmaken, dat maakt het leven pas echt voelbaar.

'Het is een oude ijsfabriek,' legde de man van de Treuhand uit. 'Een van de eerste en grootste van Europa, uit de negentiende eeuw.'

'Zo'n enorme fabriek, alleen voor ijs?'

Hij lachte nerveus. 'Geen consumptie-ijs natuurlijk, waterijs, om te koelen. Er waren toen nog geen elektrische koelkasten. Er werden enorme hoeveelheden ijs geproduceerd die in grote staven aan huis werden afgeleverd. Woont u in een oud gebouw? Die hebben vaak nog inbouwkasten onder de ramen, waar het ijs in werd gedaan.' Hij schudde zijn hoofd. 'We proberen dat ding al twintig jaar kwijt te raken, maar wie koopt zoiets? Behalve...'

Hij werd onderbroken door luid geratel. De mobiele generator die de mannen van de technische recherche op de binnenplaats hadden neergezet, was gestart. Dikke kabels liepen door de enige bruikbare deur het trappenhuis in, dat als een duiventil tegen de zijkant van de toren was geplakt.

Zes verdiepingen.

'Loopt u maar mee,' zei Emma.

In vergelijking met de rest van het gebouw was het trappenhuis verbazingwekkend intact. De hoge deuropeningen in de zijwand voerden echter naar een bodemloze diepte. De meeste vloeren tussen de etages van de twee hoofdgebouwen waren weggebroken. Emma kon vanaf de tweede verdieping tot in de machinehal op de begane grond kijken, waar reusachtige tandwielen in het schemerige licht opdoemden.

Hierboven was geen licht. Geen vensters meer. De man van de Treuhand haalde zijn mobiele telefoon tevoorschijn en zette de zaklampfunctie aan. Op de tast liepen ze verder. Beneden waren de wanden nog bezaaid geweest met graffiti, verschillende lagen glanzende en fonkelende abstracte kunst, maar boven was daarvan niets meer terug te vinden. Te hoog, te ver weg, helemaal boven in het labyrint van een meer dan honderd jaar oude fabriek, die droog en muf tegelijk rook: stof, spinnenwebben, rattenkeutels, vermolmd hout.

Het trappenhuis liep maar tot de vijfde verdieping. Om de bovenste etage van de toren te bereiken, moesten ze eerst de relatief in goede staat verkerende vijfde verdieping oversteken: de begaanbare route was met afzetlint gemarkeerd. Achterin leidde een witgeverfde stalen trap omhoog naar de torenkamer.

'Daar moeten we heen,' zei Emma net toen ze de voetstappen hoorden.

Iemand was hen gevolgd.

Ze draaide zich om. 'Is daar iemand?'

Geen antwoord. Snel geschuifel, daarna stilte. Niemand te zien.

'Loopt u maar door,' zei ze tegen de Treuhand-manager. 'Nog een verdieping hoger, via die trap daar achterin, dan vindt u de collega's wel. Gewoon de kabel volgen.'

'Ik kan u hier toch niet alleen achterlaten?' zei hij ridderlijk, maar zijn stem trilde. Ze stuurde hem verder en liep terug naar het trappenhuis. Slechts een donker gat onder haar. Niettemin hoorde ze zacht ademen.

'Wie is daar?'

Geen antwoord. Een collega was het niet.

Haar mobiele telefoon met zaklampfunctie was nutteloos: lege batterij. Ze trok haar pistool in het donker en drukte de pal van de vergrendeling naar beneden. Klaar om te schieten. 'Politie. Ik ben gewapend,' zei ze. 'Kom tevoorschijn.'

Voorzichtig liep ze de trap af, tastend met haar voeten, tree voor tree. De ene na de andere. Halve trap tot de overloop tussen twee verdiepingen, dan weer verder. Toen ze bijna beneden was, hoorde ze het weer.

'Stop!'

Ze zag in de streep maanlicht die door het kapotte raam naar binnen viel een gestalte die een trui met capuchon droeg. Hij draaide van haar weg en ze zag nog even een videocamera, waarop een rood lichtje brandde. Daarna was de man – was het een man? – verdwenen.

'Stop! Blijf staan!'

Emma sprong de laatste treden van de trap naar beneden, rende over de kleine overloop naar de volgende, greep naast de leuning en struikelde op de bovenste tree. Terwijl haar benen wegknikten en ze voorover in het niets viel, liet ze alles los, greep in de lucht naar houvast en kreeg de leuning te pakken voordat ze met haar hoofd op de vloer zou slaan. Haar vingers braken bijna, haar knieën knalden tegen de betonnen treden, haar ribben tegen de muur, maar ze wist zich vast te houden.

Sterren dansten voor haar ogen, maar pas toen ze overeind wilde komen, merkte ze dat het felle licht niet alleen inbeelding was.

Daar stond iemand, vlakbij. Midden op de onderste overloop, bijna recht tegenover haar. Hij had een videocamera in zijn hand, maar dat kon ze alleen maar vermoeden, omdat ze niets anders zag dan de filmzon die op haar gericht was.

Plotseling wist ze heel zeker wie het was, met een onwrikbare stelligheid. Misschien was het alleen haar hulpeloosheid die haar aan hem herinnerde, maar ze was er heilig van overtuigd: 'Uwe, ben jij dat?'

De man, de onbekende man in het donker, de onzichtbare, hield zijn adem in. Emma hoorde het. Daarna snoof hij. Uwe snoof.

En hij bleef filmen.

'Ophouden! Ik ben gewapend!'

Ze greep naar haar Sig Sauer. Weg.

Met trillende knieën daalde ze tree na tree af, op zoek naar haar wapen, steeds dieper de duisternis in, terwijl ze bedreigingen bleef roepen, belemmering van een politieactie, onbevoegd betreden van het pand, verdenking van medeplichtigheid aan moord. 'Ik ben gewapend, ik ben gewapend!' Geen reactie. De filmzon belichtte maar een klein vlak en was op haar gezicht gericht, zodat ze er weinig nut van had. Het zweet stond op haar voorhoofd. Misschien had Uwe haar pistool al in zijn hand, dat kon ze niet weten. Ze ging op haar knieën zitten en de schijnwerper volgde haar. Tree na tree zocht ze de halve trap systematisch af en vervolgens het hele oppervlak van de overloop van de muur tot de muur rechts, heen en weer, terwijl Uwe doodgemoedereerd doorademde en filmde, steeds een paar stappen uitwijkend, tot ze eindelijk het koude en geruststellende metaal van haar Sig Sauer onder haar vingers voelde.

Ze greep het wapen vast, draaide zich half om, richtte op de schijnwerper, alles in één vloeiende beweging. 'Stop! Blijf staan!' Op dat moment schakelde de filmzon uit. Een seconde lang zag ze helemaal niets meer, en daarna alleen nog vlammende duisternis. Iemand rende weg, sprong, vluchtte. De trap af.

Ze hurkte in het donker, zonder licht, zonder mobiele telefoon. Toen ze weer iets kon zien, waren zijn voetstappen al niet meer te horen.

41

Emma stond voor de open stalen deur van de bovenste torenkamer.

Ze trilde. Ze probeerde te kalmeren. Probeerde haar hart minder te laten bonken en de adrenaline, die met razende snelheid door haar bloed schoot, af te remmen, in te dammen.

Dat ze werd overvallen, dat ze in het trappenhuis op de grond had rondgekropen, op zoek naar haar pistool, dat daar ergens een video van was, dat Uwe er weer was – daar hoefde niemand iets van te weten. Je hoefde je positie niet zelf opzettelijk te verzwakken. Niet op het werk en elders ook niet.

Ze bleef naast de stalen deur staan wachten tot ze weer helder kon nadenken.

Achter de deur: licht. Veel licht. Alsof het dag was in die ruimte, die volledig intact was, in tegenstelling tot de rest van het gebouw. In de lichtgloed van de lampen kon Emma elke scheur in de muur zien, elk muizenhol. Had ze kunnen zien, als er niet voor elke scheur en elk muizenhol iemand had gestaan. Overal mannen in witte tyvekpakken, als bij een ongeval met een reactor, twintig rechercheurs, misschien nog meer. Een paar collega's die ze herkende, Lutz, Felix. Ook vreemde voorwerpen die aan het plafond hingen.

Ze had het verprutst. Ze was in paniek geraakt. Ze had de controle verloren. Ze had niet naar Lutz geluisterd, die haar had bijgebracht om haar gevoel te beheersen, in plaats van er het slachtoffer van te zijn. Angst was een gevoel. Meer niet. Geen almachtige God, geen militaire bevelhebber, geen automatisch programma, alleen maar gevoel.

Hij had het niet met zoveel woorden gezegd, over gevoelens had hij nooit gepraat. Hoefde hij ook niet. Hij had het haar voorgedaan. In het schietlokaal, op de sportvereniging, nog voordat ze bij de politie was gekomen. Ze wilde leren schieten, verder niets, verbeten en vastberaden. Lutz had haar woede opgemerkt en hij leerde haar om die af te leggen voordat ze het wapen in haar hand nam. Hij leerde haar om zich koel en geduldig op het ritueel van het schieten te concentreren, haar wapen te leiden als een partner tijdens een wals, het doel als een deel van het geheel te begrijpen. Dat is tegennatuurlijk, druist tegen het instinct in, is ergerlijk, maar het gaat niet alleen om het doel. Als je je alleen op het doel concentreert, heeft het doel de controle over jou, dan beheerst het je en schiet je mis omdat het doel je beveelt ernaast te schieten. Geen doel wil getroffen worden. Pas toen Lutz haar duizendmaal had ingeprent dat het om het hele proces ging, om haar houding, om het wapen, om de afstand, de omgeving, het weer, om haar adem, haar hart, haar ogen en haar kracht, om haar, om vertrouwen, ontspanning, om een leven met het doel en daarna, om dat alles gaat het – pas toen zij begreep dat hij helemaal niet over het schieten praatte, maar over haar leven, begon ze raak te schieten.

Ze wachtte voor de stalen deur tot ze zichzelf weer in de hand had. Tot ze er zelf aan twijfelde of het werkelijk Uwe was geweest in het trappenhuis. Waarom zou hij het zijn geweest? Geen gezicht, geen stem, geen bewijs. Als je kunt twijfelen aan wat je niet kunt bewijzen, wat je alleen gevoeld hebt, is dat een teken dat je weer helder denkt. Net als bij het wakker worden na een nachtmerrie, wanneer je hem 's nachts weer voor je hebt gezien en langzaam tot jezelf komt... Moment. Je haalt droom en werkelijkheid door elkaar. Het kan Uwe helemaal niet zijn geweest. Hoe had hij daar binnen moeten komen? Het hele terrein werd vandaag streng bewaakt. Het moet iemand zijn geweest die vertrouwd is met zoiets... Misschien een urbexer. Shit. Die camera. Ik moet nodig contact leggen met die lui voordat een van hen die video van mij nog online gaat zetten.

Ze liep door de deur het licht binnen, naar de collega's, kreeg overtrekschoenen, een haarnetje en handschoenen aangereikt. Ze was weer in dienst, was weer zichzelf, was weer Emma.

42

De ruimte was bijna vierkant. Er liepen drie dikke, houten balken over het plafond en er waren haken in het hout gedraaid. Daar hingen ze aan, direct onder handbereik dit keer. Zilverkleurige cocons, in ducttape gewikkeld.

Vijf. Vijf lijken.

Vijf plus drie, in totaal acht. Acht slachtoffers: twee vaders, twee moeders, twee dochters, twee zonen. Twee gezinnen. Zoals ze had voorspeld. Het werk van de dader zat erop.

De mannen van de technische recherche zwermden zo dicht om de lijken heen dat een nadere inspectie nauwelijks mogelijk was. Om van de stank nog maar te zwijgen.

Niettemin drong Emma naar voren. Ze zocht een gezicht.

Het eerste lijk had er geen meer. Het vrijgehouden gezicht in de cocon was niet meer dan een zwarte korst met barsten waar lichtere vlekken achter te zien waren: de jukbeenderen. Twee donkere gaten waar ooit de ogen zaten.

Bij het volgende was het vlees nog niet helemaal zwart, maar geel en groen gezwollen. Het bewoog: door de scheurtjes sijpelde een dikke, gelige vloeistof, in de oogholten wriemelden witte maden.

Een van de cocons lekte. De onderste helft was opgezwollen en tussen de lagen ducttape drong een donkere vloeistof naar buiten die het zilver zwart kleurde en een plas vormde op de grond. De volgende cocon hing er zo dicht naast dat ze zich tussen de twee door moest wurmen. Ze voelde de smerige kleverige zilveren tape direct tegen haar ribben, rook de lege, zware dood erachter. Ze wendde zich af.

Vroeger zou ze hebben overgegeven. Alleen al die stank, en die gezichten. Neem iemand een arm af, en hij is nog een mens. Hetzelfde met een been. Maar het gezicht? Als het gezicht alleen nog een verwoest strijdtoneel is voor vogels en maden, dan is ook de mens vergaan.

Tegenwoordig kon ze haar walging onderdrukken, kon ze haar medelijden met de slachtoffers in toom houden. Sinds ze zelf slachtoffer was geweest en nooit medelijden wilde krijgen. Emma werd niet meer bang als ze zulke gruwelijkheden zag. Omdat ze wist dat het niet om haar eigen dood ging. In het trappenhuis was ze wel bang geweest, maar hier niet, te midden van collega's, professionals die de dood opmaten, belichtten, onder de loep namen. Dat was niet meer dan een andere kant van het leven.

Daar was het: in het midden. Een gezicht. Eindelijk. Hoewel: de huid was deels weggevreten, de rest zwart en verhard. Een gezicht als dat van de anderen, bijna, maar niet helemaal. Een kenmerk, nee twee, waar ze iets mee kon beginnen: een paar stoppels onder de neus. Grijze haren. Snor. De ogen hadden overleefd. De vogels hadden het lijk kennelijk te laat ontdekt. De oogballen waren hard en verdroogd, maar gingen schuil achter een randloze bril in de stijl van de jaren tachtig. Net als op de foto van het ideale gezin om de ontbijttafel die nu in de Poppenkast op het whiteboard hing.

Dat was dus de tweede vader van de beide 'gezinnen' van de dader. Duidelijk.

Maar daarnaast: nog een cocon, ongeveer van hetzelfde formaat. Het gezicht even verwoest. Ook dit gezicht had een kenmerk dat niet over het hoofd was te zien. Een bril, randloos, in dezelfde stijl.

Hier hingen twee oudere mannen. Twee vadertypen. Met Brandner erbij waren het er drie.

Dat kon niet waar zijn.

Lutz praatte met twee technisch rechercheurs die ze niet kende, of vanwege hun tyvekpakken niet herkende. Emma onderbrak hem. 'Lutz? Er hangen twee oudere mannen bij.'

'Jij ook een goedenavond,' zei hij.

'Dat is vreemd. We zoeken één oudere man, geen twee. En dan nog twee zonen en twee moeders.' Ze wees naar de lijken.

'En wat we gevonden hebben, zijn twee oudere mannen en drie jongens,' verklaarde Lutz.

'Jongens?' zei een snuivende stem achter haar. Ze draaide zich om. 'Kinderen bedoel je.'

Felix.

'Hier klopt iets niet.'

'Nee, nee.' Lutz schudde zijn hoofd. 'De vindplaats klopt. Die is precies zoals de dader die heeft achtergelaten. Hier is alles precies zoals de dader het wil. En als dat niet bij jouw theorie past, dan klopt er iets niet met jouw theorie.'

'Waar zijn de vrouwen?'

Hij haalde zijn schouders op. 'Misschien zijn er geen vrouwen. Misschien bootst hij alleen de vader en de kinderen van de foto na. Of misschien moet je nog eens nadenken over jouw theorie van het gezin.'

'Dat kan niet.'

'Ik moet je teleurstellen. Kottke heeft ze al even bekeken. Geen vrouwen van middelbare leeftijd.'

Emma voelde de angst weer in zich opkomen. Het trappenhuis. Hij was er weer, zat weer op haar nek. Zelfs hier, direct naast Lutz. Omdat ze iets verkeerd had geïnterpreteerd. Omdat ze de dader niet goed begreep. Omdat de werkelijkheid zich toch aan haar onttrok en een spelletje met haar speelde. Omdat ze hulpeloos was tegenover de werkelijkheid.

'Nee,' zei ze. 'De theorie klopt. Dit hier klopt niet.'

'Je ziet een beetje bleekjes,' merkte Lutz op.

Emma rekende: twee gezinnen. Dat zijn twee vaders, twee moeders, twee zonen, twee dochters. En wat hebben we hier? Drie vaders, drie zonen, twee dochters.

Een vader te veel, een zoon te veel, twee moeders te weinig. Wat had hij tegen moeders?

Ze liep langs de muren, om de lijken heen, om elk afzonderlijk, langzaam, langs de deur, langs het enige raam dat niet dichtgespijkerd was, haar blik telkens op de cocons gericht. Ze nam de installatie van de hangende doden uit elke gezichtshoek op.

Kijk hoe het werkelijk is, Emma. Probeer je theorie niet op de vindplaats te projecteren. Laat de theorie erbuiten, schuif die opzij, die is op dit moment onbelangrijk. Alleen de vindplaats is van belang. Alleen dit kunstwerk dat de dader voor ons heeft achtergelaten en waarin hij zijn boodschap aan ons, aan de wereld heeft geënsceneerd. Kijk naar wat je werkelijk voor je ziet.

Was het een patroon? De hangende lijken vormden een patroon.

Ze vormden een driehoek, met de punt naar het raam gericht: een cocon direct voor het venster, twee erachter, iets naar rechts en links verspringend, de laatste twee in de achterste rij. Ze keken allemaal in dezelfde richting. Alle vijf gezichten waren naar het venster gericht. Het enige echte venster.

In de steiger op de Leipziger Platz was het net zo geweest. De drie lijken hingen in een driehoek, licht verspringend, allemaal met hun gezicht naar de achterkant van het felverlichte reclamedoek. Een kleine driehoek van drie slachtoffers. Hier een grote van vijf.

Dat was een patroon. Het hoorde bij het plan.

Emma liep naar het raam aan de noordoostelijke kant, waar de dode gezichten naartoe gekeerd waren. Ze keek naar buiten, zag een reusachtig, heuvelachtig braakliggend terrein. Van links slingerde zich de bochtige Spree in het zicht, direct naar de Schillingbrücke toe, die zijn grote bogen over het donkere water spande. Daarachter verkeerslichten, kruisingen, verkeer, flats. De S-Bahn, het S-Bahnstation Warschauer Straße, de Mercedes-Benz-Arena, lichtreclame. In de nevelige verte dacht ze de Karl-Marx-Allee te herkennen, en de Fernsehturm. De lichtjes in het donker, de lichte nevel boven het water, zelfs het avondverkeer op de brug met zijn permanente, verre geruis, maakten het lelijke mooi. Je kon ver kijken vanaf dit punt.

Op de vensterbank aan de buitenkant lagen nog glassplinters van de gebroken ruit.

Emma pakte een scherf op en hield die in het licht. Hij was aan één kant blauw gespoten, de andere kant was schoon, zonder verf.

Graffiti. Op de buitenkant van het gebouw zaten ze overal. Zelfs de buitenmuren van de toren waar ze nu in stonden, waren ermee bezaaid.

Emma keek nog eens om zich heen in de kamer. Witte wanden. Geen graffiti te zien. Vergeeld en stoffig, hier en daar wat afgebladderd, maar verder schoon. Net als de binnenkant van de glasscherven. Waarom waren er buiten sporen van vandalisme te vinden, en binnen niet?

Ze liep naar de deur, waar Gökgöl aan het werk was. De Tempelhofer.

'Hoe komt het dat er binnen geen graffiti te vinden is?' vroeg ze.

Felix gaf antwoord. Hij was haar gevolgd en stond nu met zijn armen over elkaar geslagen achter haar. Hij zag er belachelijk uit met zijn overtrekschoenen en het haarnetje. Ze zagen er allemaal lachwekkend uit.

'Dit was kennelijk de enige etage die permanent afgesloten was,' zei hij. 'Waarschijnlijk van kort na de oorlog. In alle andere ruimten is wel graffiti te vinden.'

'Hadden de daders een sleutel van deze kamer?'

Gökgöl schudde zijn hoofd. 'Ze hebben het slot gekraakt. Ergens in de afgelopen zes maanden.'

'Waar leid je dat uit af?'

'Tot een halfjaar geleden stond er nog geen extra hek om het gebouw. Zo ongeveer iedereen kon hier in en uit lopen.'

'Als de ruimte toen al open was geweest, hadden we hier wel graffiti gevonden.' Felix.

'De daders kwamen dus pas nadat het huis was afgezet...' zei Emma.

Ze liep naar Kottke. De patholoog onderzocht net het lijk dat direct voor het raam hing, de punt van de driehoek.

'Welk lijk hangt hier het langst?' vroeg ze. Ze moest haar neus dichtknijpen.

'Het oudste lijk?' Kottke had ook weinig met overbodige begroetingen. 'De ontbinding lijkt bij dit het verst gevorderd te zijn. Ik denk dat hij als eerste als een vis werd ingeblikt. Het slachtoffer helemaal achteraan is nog het best bewaard gebleven.'

'De daders hingen de eerste lijken dus dicht bij het raam en werkten vervolgens naar achteren?'

'Hm, dat zou wel kunnen.' Hij haalde zijn schouders op. Kauwde op iets. Kauwgom? Hoe kon hij hier kauwgom lopen kauwen? 'Zal waarschijnlijk wel. Maar ik moet ze nog onderzoeken om het met zekerheid te kunnen zeggen. Deze hier vooraan is denk ik een krap halfjaar geleden gestorven. Misschien in de lente.'

Julia Fredersdorf was niet het eerste slachtoffer. De Leipziger Platz was niet de oudste vindplaats. De dader was niet de man die Emma in gedachten had. Hij was meer.

Ze liep naar Lutz en onderbrak hem opnieuw.

'Het zijn drie gezinnen,' zei ze.

'Pardon?'

'Het zijn drie gezinnen, geen twee. Drie vaders. Drie zonen.'

'Emma, nee. Dat is... te veel.'

'Degene die dit hier doet, is ambitieus. Hij heeft twee gezinnen kunnen doen zonder gestoord te worden. Hij werkt nu aan het derde gezin, of hij is er al mee klaar.'

'Daar zijn geen aanwijzingen voor. En hoe zit het met de moeders? En waar is de derde dochter?'

'Die zullen we nog vinden. Ergens daarbuiten. Een jonge blondine, midden tot eind twintig, zoals Fredersdorf en Herold, en drie vrouwen van middelbare leeftijd, rond de vijftig.'

'Dat is niet af te leiden uit de bewijsstukken.' Lutz schudde zijn hoofd. 'Hij wil ons om de tuin leiden, hij neemt ons alleen maar in het ootje.'

'Ik denk ook dat je de plank misslaat.' Wat was er vandaag met de stem van Felix aan de hand? Emma keek hem aan. Hij keek weg. Had hij gehuild? 'Niemand kan twaalf mensen op deze manier doden en naar drie verschillende plaatsen vervoeren zonder dat het opvalt. En dan nog een paar keer. Drie plaatsen. Dat redt niemand. Het is te veel.'

'Ik sla de plank niet mis.'

'We hebben bijna alle leegstaande objecten in de stad gecontroleerd.' Lutz. 'De kans dat we nog meer slachtoffers vinden, is te verwaarlozen.'

Emma legde de glasscherf in zijn hand.

'Kijk eens. Dit glas ligt buiten op de vensterbank. Aan de buitenkant zit er graffiti op, aan de binnenkant niet.' Ze draaide de scherf op zijn open hand om. 'De ruit werd vanbinnen kapotgeslagen. Door de dader.'

Hij zei niets. 'Alleen de dader is in deze ruimte geweest,' zei Emma.

'Ik weet eerlijk gezegd niet of vandalisme nog zo heel belangrijk is als we met acht moorden te maken hebben.'

'Loop even mee en kijk vanaf het raam naar de lijken.'

Lutz liep achter haar aan naar het raam en draaide zich naar de cocons om. De anderen bleven staan.

'Wat zie je?' Emma.

'Ik zie vijf lijken.'

'In drie rijen,' benadrukte Emma. 'Ze zijn heel zorgvuldig gepositioneerd. Ze kijken allemaal naar voren. Het slachtoffer helemaal vooraan, dat als eerste werd opgehangen, ziet alleen het raam. Maar de anderen, achter hem, kijken tegelijkertijd naar hem... en uit het raam.'

'Klopt,' zei Lutz, die nu recht voor het raam stond. 'Ze kijken me aan.' Snel stapte hij opzij.

'Daarom heeft hij het raam ingeslagen,' besloot Emma. 'Zodat ze naar buiten konden kijken.'

'Ze hebben helemaal nergens naar gekeken,' hield Felix haar geërgerd en ongeduldig voor. 'Ze waren dood.'

'Ze leefden nog,' zei Emma zacht. 'Met hun laatste blik keken ze uit het raam en naar elkaar.'

Lutz werd bleek. 'Er is geen moordenaar die zijn slachtoffer levend achterlaat,' zei hij. 'Niet als het te vermijden is. Een slachtoffer dat nog levend wordt aangetroffen, zou hem kunnen aanwijzen als moordenaar. Zo'n risico neemt een dader niet, en een seriemoordenaar die alles nauwkeurig plant al helemaal niet.'

Felix, met hese stem: 'We hadden toch gezegd dat hij ze in zijn kelder liet hangen en zich eraan opgeilde dat ze voor zijn ogen verhongerden? Dat is te begrijpen. Je bent in de macht van een moordenaar en je weet wat er gaat komen. Maar als je hier hangt, in de openbare ruimte, met de deur open, dan... dan geloof je nog, dan hoop je nog. Kinderen hopen tot het einde. Dat kan toch niet, Emma.'

Wanhoop. Dat was het, dat hoorde ze. Ze hoorde het afschuwelijke lijden in deze ruimte, toen de slachtoffers hier hingen, versmachtend van honger en dorst, steeds met hun blik op de stad gericht, steeds samen met anderen, nooit alleen, ook al antwoordden die anderen niet, ook al zeiden ze niets. En op zeker moment beseften ze: die anderen zeggen niets, ze bewegen niet, ze zijn dood: ik hang hier met lijken. En langzaam ontglipte het leven hun terwijl ze daar hingen, in goed gezelschap, met een schitterend uitzicht. Felix had zelf kinderen en zij waren het die Emma in zijn stem hoorde.

De anderen hoorden het ook en het gemompel om hen heen verstomde. Ze herkenden het, zagen wat Emma zag.

Felix was de eerste die het uitsprak: 'Die verdomde, vervloekte smeerlappen. Die daar achteraan, die jongen die zo dicht naast de anderen hangt, die leefde gisteren nog. Hij hing hier in alle openheid. De deur was open, en hij leefde nog. Wij wisten dat er ergens nog slachtoffers moesten zijn, we hadden hem kunnen vinden, godallemachtig. Die godvergeten klootzakken.'

Emma keek geschrokken naar Kottke.

'Of hij gisteren nog leefde, kan ik niet met zekerheid zeggen,' zei de patholoog. 'Maar eergisteren zeer zeker nog.'

'Lutz,' zei Emma.

Haar voormalige chef stond wezenloos voor zich uit te kijken.

'Lutz, die vier vrouwen, die daarbuiten nog ergens zijn – een van hen is misschien nog in leven.'

43

Emma luisterde naar de radio terwijl ze zich gereedmaakte om naar het werk te gaan. Ze wachtte op het nieuwsbericht. Het kwam niet. Alleen het gebruikelijke dagelijkse geschetter.

Maar het was ook nog vroeg.

Ze hadden er lang over gediscussieerd, gisteren in de ijsfabriek, lang met elkaar gebekvecht: Lutz, Felix, Kottke, Emma, de anderen. Later, in de Burcht, ging het verder, nu met ook Brennemann en Habernickel van MK1 erbij.

'We moeten ermee naar buiten komen,' hield Felix vol. 'We hebben geen keus. Anders vinden we ze niet meer.'

Brennemann was besluiteloos. Dat kwam zelden voor.

Emma: 'Als we helemaal niets doen, vinden we ze in elk geval nooit.'

'We mogen geen tijd meer verliezen.' Felix.

'Kijk, kijk, jullie zijn het voor de verandering een keer met elkaar eens,' zei Lutz geërgerd. 'Jullie hebben geen idee hoeveel werk er op ons afkomt. Ik heb dat al eerder meegemaakt, dank je wel.'

Habernickel: 'Daar krijg je alleen maar chaos van.'

Brennemann: 'Maar als ze nog leven, in een of andere moderne ruïne die nergens vermeld staat, die niet opvalt en die alleen de mensen uit de directe omgeving kennen...'

Felix: 'Buurtbewoners zien soms dingen die niemand anders ziet.'

Lutz: 'We zullen ons 99 procent van de tijd alleen met onzin moeten bezighouden. Echt, 99 procent! Daar word je niet vrolijk van, en het levert niets op.'

Ten slotte waren ze door hun argumenten heen. De een na de ander hield op met praten, tot iedereen wist wat er gedaan moest worden. Soms gaat dat zo: er is geen oplossing, maar desondanks moet er iets gedaan worden.

Pas toen ze in de auto zat en onderweg was naar het werk, kwam het bericht: De politie vraagt om uw medewerking.

Er zijn aanwijzingen dat een of meer personen, mogelijk vrouwen, in een verlaten gebouw ergens in de stad gevangen worden gehouden. Op dit moment worden alle bekende leegstaande gebouwen en bouwprojecten doorzocht. Wie verdachte activiteiten in een leegstaand gebouw, hetzij in privébezit of eigendom van de stad, heeft waargenomen of de verdenking koestert dat er in een bepaald gebouw mensen zouden kunnen worden vastgehouden, wordt verzocht dat bij het dichtstbijzijnde politiebureau te melden. Ga in geen geval zelf het gebouw in.

Dat was zo ongeveer de tekst die Lutz had laten uitgaan. Voor de presentator was het kennelijk niet genoeg. Toen hij klaar was, bleef het een seconde lang stil, waarna hij er bijna op fluistertoon aan toevoegde, alsof hij alleen tot zichzelf sprak, en niet tot duizenden luisteraars: 'Ik geloof dat het om de mummiemoordenaar gaat.'

Er liep een koude rilling over haar rug.

Ze passeerde woonkazernes, bakstenen kolossen, omheinde sportterreinen, nachtwinkels, seksshops en een Woolworth, een leegstaande school, een verlaten tankstation, failliete meubelzaken en talloze handelaren in tweedehandsauto's, overheidsgebouwen en kerken, stadsvilla's, afzichtelijke kantoren, taxi's en personenwagens, bussen en beroepsverkeer, de verkeerslichten op de grote kruispunten, overal getoeter, kinderen die naar de bushalte renden, een vermoeide hoer op de hoek met een meeneemkoffie, mannen van de stadsreiniging in oranje veegwagens die de straat blokkeerden. Dat alles in de ochtendschemering, en daarbij nog het bericht dat er in een verlaten gebouw om de hoek nieuwe slachtoffers konden hangen. Emma besefte dat de dader had bereikt wat hij wilde.

Vanaf nu was de stad veranderd. De mensen waren veranderd. Hij had ingegrepen in hun leven, deze dag voor altijd voor zichzelf opgeëist. Hij had de hele stad tot zijn slachtoffer gemaakt. Iedereen zou later weten waar hij was toen dit bericht werd uitgezonden. Iedereen zou weten wat hij had gedacht toen hij bij het broodjes halen, tijdens de lunchpauze of onderweg naar huis langs een al lang leegstaand woonhuis kwam, een zwembad dat rijp was voor de sloop, een vervallen en al jaren gesloten warenhuis aan een drukke kruising. Hangt daarbinnen iemand?

De hele stad luisterde naar hem.

44

Op zeker moment in de chaos en het lawaai van de volgende dag keek Emma op en zag twee mensen die ze niet kende. Een griet met bruin haar in een knotje, hoge hakken, aktetas. Een oudere man, een beetje verfomfaaid, hemd uit de broek, papieren onder zijn arm, klein zilverkleurig dicteerapparaat in zijn hand. Wie werkte er tegenwoordig nog met een dicteerapparaat? Hij praatte met Felix. Emma nam de twee op en probeerde er wijs uit te worden. Wie waren dat? Wat deden ze hier?

Zagen ze niet dat ze aan het werk waren?

Het ging de hele ochtend al zo. Toen ze binnenkwam, stond de televisie in de hoek al aan. Phoenix, NTV, N24, alle nieuwszenders, steeds het laatste nieuws. Het was overal: de mummiemoordenaar hield mogelijk nog levende slachtoffers vast. Soms verscheen de hoofdcommissaris van politie op het scherm, dan weer de deelstaatvoorzitter van de politievakbond, het hoofd van de voorlichtingsdienst of Lutz. Intern was geen enkel diensthoofd nog voor iets bereikbaar.

De geruchten gingen nog sneller rond dan de berichten. De dader zou de slachtoffers voor het inwikkelen van hun organen hebben ontdaan, net als in het oude Egypte; er zou een lijst zijn met de volgende slachtoffers; de zittende burgemeester zou een chantagebrief hebben ontvangen.

'Die lul van de pers, Schiedemeyer, zegt dat de *Bild* vanavond uitkomt met de kop: "Hoeveel moeten er nog hangen?",' vertelde

Felix nadat de twee vreemden waren vertrokken.

Matze: 'Een grappenmaker van Radio Energy heeft zitten rekenen: 8 slachtoffers per week, dat zijn er 416 per jaar, zodat de dader nog bijna 8113 jaar nodig heeft om heel Berlijn op te hangen, op zichzelf na. Maar het goede nieuws is dat we dan eindelijk weten wie de dader is.'

'Lutz had geen keus,' zei Felix. 'Niet alle leegstaande complexen van Berlijn zijn bekend, laat staan beveiligd, wat de verantwoordelijke overheden ook beweren.' De leiders van de Treuhand, de districtskantoren en een handjevol andere autoriteiten betuigden openlijk hun spijt en putten zich uit in excuses waarom de objecten niet afdoende beveiligd werden, wezen met beschuldigende vingers naar anderen en vroegen zich af of we in de toekomst soms op elke straathoek videocamera's wilden hebben. De eerste vertegenwoordigers van de kerken waren ook al ten tonele verschenen en beklaagden zich met lange gezichten over de teloorgang van de naastenliefde en de burgermoed. Voor de avond waren er talkshows aangekondigd. Zo ging het al de hele dag, en zo zou het verdergaan: het was te veel. Niemand kon zich meer concentreren. Plotseling begon Matze te lachen, bijna hysterisch. Iets op internet, een of andere video. Hij verborg zijn gezicht in zijn handen en kreunde: 'O god, o god.'

Emma wilde niet eens weten wat hij bekeek.

Ze ging van bureau naar bureau en trok alle telefoons eruit, alle schermen, inclusief de televisie. Ze pakte Felix' mobieltje uit zijn hand terwijl hij nog in gesprek was en verbrak de verbinding. Ze negeerde de protesten, die sowieso niet heel luidruchtig waren. Iedereen leek opgelucht.

'Over een uur krijgen we het eerste medisch-forensische rapport, daarna moeten wij leveren,' zei ze. 'Tot die tijd is er maar één vraag waarover we moeten praten en nadenken.'

Emma schreef op het whiteboard: *Waarom doodt een moordenaar zijn slachtoffer niet?*

Felix snoof. 'Hij heeft ze wel vermoord. Ze zijn toch dood, of niet? Als hij denkt dat hij een rechter ervan kan overtuigen dat het helemaal geen moord was omdat hij ze levend achterliet, dan vergist hij zich.'

Emma merkte dat ze met de viltstift stond te spelen. Ze legde het ding op de richel voor het whiteboard, maar pakte hem direct weer op. De vraag maakte haar nerveus en wilde niet uit haar hoofd.

'Niets kan ons meer over de dader vertellen dan deze vraag,' benadrukte ze, tegen het bord tikkend. 'Het antwoord daarop is het antwoord op de vraag wie hij is. Het hele complex van zijn motieven zullen we misschien nooit begrijpen – maakt niet uit. Maar we moeten begrijpen waarom hij moordt zonder te moorden, want dat is wat hem van alle anderen onderscheidt.'

Felix sloeg zijn armen over elkaar, maar hij luisterde.

'Voor een moordenaar is niets belangrijker dan de moord zelf. Dat is het moment waarnaar hij verlangt, waar hij alles voor riskeert, waar hij jarenlang van droomt voordat hij het doet. Maar deze hier niet. Wat windt hem op aan de moord, als het niet de moord zelf is? Waarvan droomt hij zijn hele leven, als het dat niet is?'

'Klopt,' knikte Sigmar. 'Een moordenaar hunkert ernaar zijn slachtoffer te doden. Hij voelt hoe het mes naar binnen dringt, hij geniet van het drama, van de angst en de pijn, dat windt hem op, vooral het moment waarop het slachtoffer zijn laatste adem uitblaast. Veel daders bereiken op dat moment een seksueel hoogtepunt... Waarom kijk je me zo aan, Matze?'

'Ik zie dat ook zo, maar ja, iemand van dorst laten omkomen, dat is toch saai? Hoezo drama? Het slachtoffer wordt alleen maar zwakker en zwakker, en hoe zwakker het wordt, hoe minder hij of zij van angst schreeuwt; er vloeit geen bloed en het moment van sterven merkt de dader waarschijnlijk niet eens op, zelfs niet wanneer hij daar in dezelfde ruimte op wacht. Wat levert deze manier van doden hem dan op?'

'Eigenlijk alleen... absolutie,' zei Sigmar na een poosje. 'Het fictieve idee dat hij zich niet schuldig heeft gemaakt. Net als die moeders die hun kinderen "per ongeluk" laten verhongeren...'

'We hebben het nog niet over godsoordelen gehad,' opperde Emma.

'Wat zeg je?' Felix fronste. 'Brennemann zei toch dat er geen aanwijzingen waren voor religieuze rituelen?'

Emma legde het dossier weer neer. Ze had rode strepen van de viltstift op haar vingers. 'In de middeleeuwen geloofde men in het principe van het godsoordeel,' ging ze verder. 'Wanneer een rechtbank niet kon uitmaken wie van de twee partijen schuldig was, moesten ze met elkaar vechten. Wie won, stond in zijn recht, omdat God zijn leven had gespaard. Het was een manier om de wil van God te ervaren. Misschien wil de moordenaar deze mensen bestraffen, maar is hij er niet honderd procent van overtuigd of ze werkelijk de dood verdienen. Dat laat hij dus aan God over: wanneer ze niet op tijd worden gevonden, hebben ze de dood verdiend.'

'Dat zou goed passen.' Sigmar knikte naar haar. 'Als God het oordeel velt, valt de dader niets meer te verwijten. Het zou niet de eerste keer zijn dat een moordenaar de wil van God erbij haalt om zijn drang om te doden te rechtvaardigen.'

'Hoe komen jullie nu plotseling bij religie terecht, jongens?' vroeg Felix bars. 'Omdat er toevallig drie kaarsen op de Leipziger Platz stonden, of zo? En eerlijk gezegd, een godsoordeel? Hij laat het niet aan God over. Hij weet heel goed dat er geen mens in die verlaten gebouwen komt. Hij heeft zijn huiswerk goed gedaan en precies de juiste uitgezocht. Hij kan zijn schuld niet op God schuiven.' Hij had zijn lege SHERIFF-mok stevig in zijn twee handen geklemd en zette hem nu met zo'n klap neer dat het oor afbrak.

'Hoe was dat precies vanochtend? Met die dominee? Wat zei hij ook weer? Was dat niet iets over schuld?' Emma was plotseling opgewonden. Ze had beter moeten opletten, beter moeten luisteren. Ze had geprobeerd alles buiten te sluiten, al dat lawaai van buiten, maar ze had beter kunnen luisteren, want alles wat gezegd moest worden, was al gezegd. Ze had het alleen niet meegekregen.

'Welke dominee?' Felix klonk geïrriteerd.

'Op de radio. Of in de krant. Jullie hadden het er nog over, een of andere dominee die zich had gemeld. Matze!'

'Dat was op N24, geloof ik. Hij zei dat de maatschappij verruwd was en dat niemand zich meer om zijn buren bekommerde. Anders had toch iemand moeten merken dat er een slachtoffer in het huis naast hem hing.'

'Ja, wat wil je? Die zit vlijtig aan zijn volgende preek te schrijven en is dankbaar voor het thema.' Felix keek naar de twee brokstukken van de mok in zijn handen.

'Schuld,' hield Emma vol. 'Het gaat om schuld. Het is de schuld van de maatschappij. Niet van de dader. Dat wil hij ons zeggen.'

'Dat meen je toch niet.' Felix.

'Hij heeft een boodschap, en ik geloof dat dit haar is.' Ze stond weer op. 'Hij nagelt de maatschappij aan de schandpaal. Hij wil tegen ons zeggen: Jullie zijn harteloos, in jullie midden lijden mensen, maar jullie merken het niet eens. Jullie zouden ze kunnen redden, maar jullie doen het niet. Jullie zijn de eigenlijke moordenaars. Hij wil ons laten zien hoe verdorven we zijn. Daarom al die moeite, die hele enscenering... Dat is het.'

'Hij brengt acht mensen om zeep, en dat zou de schuld zijn van de maatschappij?' Felix gooide zijn mok in de prullenbak. Frustratie en woede. 'Tegenwoordig heeft de maatschappij het kennelijk altijd gedaan. Een jongen laat de school barsten, wordt drugsdealer, steekt zijn concurrent overhoop, maar wiens schuld is het eigenlijk? Niet van hem of zijn vader, nee, natuurlijk niet, het was de maatschappij. Baarlijke nonsens. Niemand pleegt moorden om de maatschappij te verbeteren. Hij doodt mensen omdat hem dat opwindt.'

'Nee, nee,' bezwoer Sigmar. 'Het gaat er niet om dat hij moorden pleegt om zijn boodschap over te brengen, Felix. Hij gebruikt dat alleen als argument om zijn daad voor zichzelf te rechtvaardigen. En dat is helemaal niet zo ongewoon. Die Noor, Breivik, beweerde dat hij de maatschappij tegen de ondergang door de islam wilde beschermen. Een boodschap die niet meer dan een excuus was: in werkelijkheid wilde hij gewoon doden.'

'Weet ik ook wel,' bromde Felix. 'Ik ben niet gek.'

'Ik kan jullie psychonerds precies zeggen wat de dader ons zeggen wil.' Habernickel stond in de deuropening. 'Hij wil ons zeggen dat hij een seriemoordenaar is.'

Niemand lachte.

'Ik heb rapporten van het voorlopig medisch-forensisch onderzoek en het recherchewerk voor jullie.' Met een paar notitieblokken in zijn handen ging de lange Habernickel voor het whiteboard staan en vertelde wat ze tot dan toe over de vijf nieuwe slachtoffers te weten waren gekomen.

Ze waren allemaal op dezelfde manier omgekomen als de slachtoffers 1 tot en met 3, tijdstippen van overlijden tussen begin mei en drie dagen geleden. Bitter. Emma schreef de namen en data op het whiteboard. De bovenlichamen van beide mannen waren net zo gekleed als hun pendant op de gezinsfoto, de jongens als de zoon van het gezin. Ze hadden ook weer 'niet-passende' objecten bij zich: de mannen zoals eerder, de jongens beiden een Nutella-pot.

De drie dode kinderen heetten Christoph Drumm, Karl Jacobi en Andreas Hanft. Christoph Drumm was veertien geworden, kwam uit Hannover, wilde een geslachtsoperatie ondergaan en droomde van een leven op het toneel, als travestiekunstenaar. Prostitué, verslaafd, woonachtig in opvanghuizen voor daklozen.

Karl Jacobi, zestien, uit Lichterfelde, was twee jaar eerder van huis weggelopen, leefde op straat en in opvanghuizen en was vooral in beeld gekomen als hooligan. Prostitué, verslaafd.

Andreas Hanft, veertien, opvanghuizen, prostitué, verslaafd. 'Hij was betrokken bij dat schandaal deze zomer,' zei Habernickel, 'met die hulpverlener die werd opgepakt omdat hij steeds weer drugs en seks van zijn pupillen eiste.'

Emma maakte notities. 'Zijn er aanwijzingen dat die jongens thuis werden misbruikt?'

'Tot nu toe niet. Maar het zou me niet verbazen. Alles lijkt erom te schreeuwen,' zei Habernickel. 'De vader van Drumm wil niet met ons praten. Letterlijk: "Voor ons is hij allang dood." De Hanfts zoeken al twee jaar naar hun zoon. Ze waren verbluft om te horen dat hij tot voor kort nog leefde. Hij was verdwenen toen het hele gezin op vakantie was op Mallorca. Zomaar weg. De politie ging van een ontvoering uit en heeft een jaar lang gezocht.'

'In elk geval verstoorde gezinsverhoudingen dus,' zei Matze.

'Ja, wat dachten jullie dan?' Felix had zijn mok weer uit de prullenbak gehaald en zocht nu in zijn bureau naar lijm. 'Die jongens zijn van huis weggelopen. Dat hebben ze niet gedaan omdat de kleur van het tapijt ze niet aanstond.'

'Dan heb ik hier nog die twee oudere mannen,' ging Habernickel verder. 'Harald Didas, vierenveertig, geen familie, bracht bijna zijn hele leven in instellingen door. Werd voor het laatst voor de Auguste-Viktoriakliniek gezien. Na zijn bezoek aan een arts zou hij worden opgehaald, maar toen de chauffeur bij het ziekenhuis aankwam, was Didas nergens te bekennen.

Ernst Kuphal, negenendertig, pedagoog, tijdelijk zonder vaste woon- of verblijfplaats, laatste adres in Pankow; sinds twee jaar werkloos, sinds een jaar gescheiden, twee zonen, vervreemd van het gezin.'

'Dus ook daklozen, net als Brandner,' zei Emma. 'Dat lijkt een patroon...'

'Ho, ho, wacht even,' onderbrak Habernickel haar. 'Dit zijn geen daklozen.'

'Nee?'

'Die pedagoog, Kuphal, had alleen het afgelopen jaar zes maanden lang geen vaste woon- of verblijfplaats. Sinds een jaar geeft hij les op een privéschool. En Harald Didas, de oudste van de twee, heeft zijn leven lang in instellingen gezeten en stond steeds onder begeleiding. Hij heeft zijn vader vermoord toen hij vijftien was. De dossiers waren tot nu toe verzegeld. Zijn moeder heeft zich zes maanden na de moord verhangen... Maar hier heb ik nog iets wat je deugd zal doen, Carow.' Hij grijnsde. 'Beide mannen zijn in hun jeugd misbruikt. En in beide gevallen zijn er zaken van gekomen, tegen een tehuis en een internaat. Heeft aandacht getrokken in de pers.'

'Ook Brandner...'

'Precies.' De rechercheur nam het onmiddellijk van Emma over. 'Ook hij was betrokken bij een aanklacht wegens kindermisbruik.'

'Dan is de dader dus niet achter daklozen aan gegaan, maar heeft hij de namen van misbruikslachtoffers in de krant gevonden...'

'Nee, dat heeft hij niet.' Habernickel weer. 'In de krant werden hun namen niet volledig weergegeven.'

'Shit.' Ze waren zo dichtbij.

'Dat valt wel mee,' merkte Matze op. Opgewonden. 'Luister. Ik zie wel een patroon. Mensen die bereid zijn aangifte te doen van misbruik zullen ook veel sneller geneigd zijn om hun verhaal met anderen te bespreken.'

'Matze heeft gelijk.' Sigmar. 'Ze praten er met heel veel mensen over voordat ze ermee in de openbaarheid treden.'

'Wat die oudere mannen gemeen hebben, is dat ze open zijn omgegaan met het thema kindermisbruik,' vatte Matze samen.

'Dan moet Lutz...'

'Precies. Lutz wacht met spanning op jullie aanwijzingen. Hebben jullie al iets wat ons kan helpen bij het onderzoek?' Habernickel keek vergenoegd toen er geen antwoord kwam. 'Dacht ik wel.' Zijn glimlach was alleen te herkennen aan de punten van zijn snor die iets omhoogkwamen.

Toen de avond begon te vallen waren ze nog niet verder. Ook de nieuwsuitzendingen konden ze niet meer negeren.

In Stahnsdorf had een oudere man een jong meisje naar een vervallen gebouw gelokt, onder het voorwendsel dat daar iemand zou hangen die nog leefde. Hij had haar hulp nodig. Het meisje ontsnapte met lichte verwondingen aan de poging tot verkrachting. Naar de onbekende man werd gezocht. In Pankow was een aantal kinderen en jeugdigen in leegstaande bedrijfsgebouwen gewond geraakt, en toen een groep jongeren in Lichtenberg een jongeman uit een leegstaand pakhuis zag komen, vonden ze dat verdacht en riepen ze hem ter verantwoording. De jongeman wilde hun vragen niet beantwoorden, waarop ze hem het ziekenhuis in sloegen.

Emma dwong zich op te staan en de televisie uit te zetten. Toch beter zonder nieuws.

Even was het stil in de Poppenkast. Toen zei Matze plotseling: 'Karl.'

Emma: 'Karl?'

'We hebben twee Karls. Karl Brandner en Karl Jacobi.'

'Ja, en?'

Matze trok zijn wenkbrauwen op. 'Er zijn nog meer overeenkomsten in de namen. Een van de slachtoffers heet Christoph. Christoph Drumm. De dochter van Karl Brandner heet Krissi.'

Sigmar: 'Karl Jacobi, de wegloper. Het zoontje van Lucy Herold heet Jakob.'

Op de een of andere manier was dit toch interessant.

Felix lachte. 'Lucy Herold. Harald Didas. Herold. Harald. Hij zoekt ze op naam uit.'

Iedereen keek als betoverd in het niets. Emma kon de klok horen tikken.

Felix was de eerste die weer bij zinnen kwam. 'Wat een gierende onzin,' snoof hij. Nu zagen de anderen het ook: dwaasheid. Volstrekte flauwekul. Het deed goed om te kunnen lachen. Alleen Felix lachte niet meer.

'Dat levert toch allemaal niets op.' Hij brulde bijna. Nadat hij tot drie keer toe had geprobeerd het oor weer aan zijn mok te plakken, bekeek hij het doosje van de lijm nog eens goed en stelde vast dat die niet geschikt was voor porselein. De tube vloog door het kantoor. 'Verdomde shit.' Hij stond op, schoof zijn stoel met een ruk opzij. 'We zitten hier maar een beetje koffie te leuten en komen geen stap verder. Denken jullie dat hij daarbuiten bang is voor onze spelletjes? Allemaal bullshit. Ik heb bier nodig.' Hij greep zijn jas, en weg was hij.

Tien minuten later hadden de anderen er ook genoeg van. 'Ik moet weg,' zei Sigmar.

Dat gebeurde soms: verloren dagen, waarop het hele kantoor op de een of andere manier nergens toe kwam. Er was niets aan te doen, behalve de volgende dag fris van voren af aan beginnen.

Nee. Emma kon het niet accepteren.

Ze sprong overeind voordat alle anderen de deur uit waren. Laatste poging. Ze draaide zich om naar het whiteboard, waar haar vraag nog steeds op stond: *Waarom doodt een moordenaar zijn slachtoffer niet?*

'We hebben de belangrijkste elementen van zijn gedachtegang misschien al. Hier.' Elementen, zei ze. Ze bedoelde: puzzelstukjes. Voor haar was de dader een puzzel. Ze hadden nu vlijtig stukjes verzameld, misschien nog niet allemaal – de puzzel was nooit compleet –, maar wellicht wel de belangrijkste. Ze lagen allemaal als gelijkwaardige onderdeeltjes voor haar ogen en nu moest ze proberen ze met elkaar te verbinden. 'We weten alleen nog niet hoe ze precies aan elkaar passen. Blijf erover nadenken. Slaap er een nachtje over. Het antwoord staat hier ergens.'

Onder haar eerste vraag schreef ze nog drie zinnetjes:

– Dader heeft het gemunt op voormalige misbruik-slachtoffers
– Dader bootst het ideale gezin na
– Boodschap: het is de schuld van de maatschappij

Ze draaide zich om naar Sigmar en Matze. Beiden hadden hun computer afgesloten en stonden op het punt om te gaan. Toch wees ze weer op de wand achter haar.

'Waarom slachtoffers van misbruik? Is hij zelf misbruikt? Werd hij ooit ten onrechte van misbruik beschuldigd? Heeft dat zijn leven geruïneerd en wil hij wraak nemen? Waarom dat gezin? Het ideale gezin? Omdat hij geen gezin had? Omdat hij zijn gezin haat? Is er een andere reden waarom hij juist dit beeld nabootst?

En waarom uitgerekend deze boodschap: *Mensen lijden in alle openbaarheid, en de maatschappij verhindert dat niet*. Maakt niet uit of de boodschap echt is of alleen een voorwendsel. Waarom heeft hij van de vele boodschappen die hij had kunnen afgeven, juist deze gekozen?' Emma trok een dikke cirkel rond de vraag: *Waarom doodt een moordenaar zijn slachtoffer niet?* 'En dan dit hier. Als ik dat lees, moet ik steeds weer aan die marshmallowtest denken. Kennen jullie die?'

'Een beroemd sociologisch experiment,' zei Sigmar. 'Je geeft een kind een koekje of andere zoetigheid en belooft hem nog meer als hij zich beheerst en het niet onmiddellijk opeet.'

'O ja, ken ik,' zei Matze. 'Dat hebben ze zelfs een keer in de reclame gebruikt, toch? Het kind mag het koekje direct opeten, maar als het wacht tot de volwassene terugkomt, krijgt hij er nog een. Dan gaat de volwassene weg, en het kind zit alleen met zijn koekje. Hij draait bijna door en moet een keuze maken. Het koekje opeten of nu lijden en iets later twee koekjes opeten? Een marteling, als je het mij vraagt. Ik zou het koekje hebben opgegeten.'

'Het gaat om het uitstellen van de beloning,' legde Sigmar uit. 'Een volwassene kan dat, hij ziet af van de directe beloning als hij gelooft dat hij later een betere kan krijgen.'

'Dus niet als vakkenvuller bij de Aldi gaan werken en geld verdienen voor een avond in het café,' zei Matze, 'maar jarenlang studeren en arts worden om later het grote geld te kunnen binnenhalen. Tja, als ik zo om me heen kijk, zie ik hier ook niet veel dokters en chirurgen om me heen.'

Sigmar, doctor Sigmar Anstätt, kuchte, toch enigszins tekortgedaan. Matze negeerde hem. 'Maar wat heeft dat met onze seriemoordenaar te maken?'

'Dat is precies wat hij doet,' zei Emma. 'Voor de normale psychopaat is het folteren en doden van zijn slachtoffers de beloning. Daar geniet hij van, dat is wat hij wil, dat is zijn doel. Maar die van ons ziet af van de beloning. Waarom?'

Sigmar: 'Bedoel je dat dit alles, al deze moorden, dat dat niet meer is dan het voorspel van iets anders?'

'Misschien,' zei Emma. Ze wist het ook niet. Alleen hij wist het. 'Voor hem wel. Voor hem is er nog iets beters weggelegd.'

45

Ze had in elk geval nog een troefkaart in handen: de urbexers. Vanavond.

Emma wist zo goed als niets over hen: of het mannetjes of vrouwtjes waren, onschuldig of gevaarlijk. Ze kende hun echte namen niet, wist niet met hoeveel ze waren. En ze kon niet zeggen of ze misschien graag met een videocamera in de oude ijsfabriek rondzwierven. Het bericht op Facebook gaf alleen aan dat ze tijdens hun ontmoeting die avond als groep zouden verschijnen.

Ze had Lutz er niets over gezegd. Ook Brennemann niet. Niemand, zelfs Johannes niet, die ongetwijfeld teleurgesteld zou zijn dat ze hem niet had meegenomen. Maar hier moest ze alleen naartoe.

De sleutels van de Bierpinsel rammelden in haar handtas. Ze had een officiële aanvraag ingediend: in het kader van het onderzoek had ze toegang tot het gebouw nodig, en snel. 'Maar mevrouw Carow, we hebben alles al gecontroleerd, het gebouw is volstrekt onaangeroerd, gelooft u mij.' Ze had erop gestaan.

Ze zouden elkaar in een openbare gelegenheid ontmoeten, in de OffenBar, Hauptstraße, Friedenau, op een paar honderd meter van de Bierpinsel. Emma moest aan de bar gaan zitten en wachten. Ze zouden haar wel aanspreken. Schuwe wezens, die urbexers. Hopelijk hadden ze geen scherpe hoektanden.

Er kon niets gebeuren. Ze zou haar pistool bij de hand houden. Voor het geval dat. En wat zou er helemaal kunnen gebeuren? Het was een onschuldige kennismaking, een ongevaarlijk stukje research, dat was alles.

Ze had nog net even tijd om naar huis te rijden, onder de douche te springen en zich om te kleden voordat ze naar de OffenBar zou gaan. Ze was al in de gang en onderweg naar het tussengebouw toen haar mobieltje ging.

Matze.

'Emma, het zou goed zijn als je eens langskwam in de bar, de Tränke, nu, bedoel ik. Direct.'

'Geen tijd.'

'Felix vertelt verhalen over jou.'

'Wat zeg je? Wat vertelt hij dan?'

'Ja, een of andere toestand met... met zo'n vent. Vroeger.'

'Wat voor toestand?'

'Emma, kun je verdomme niet gewoon... Kom gewoon langs.' Hij verbrak de verbinding.

Vier minuten later stond ze in de Tränke.

Matze was al weg. Maar Pach niet. Kutschbach. Wilk. Engler.

En Felix.

Hij zat op een barkruk aan de toog, met zijn rug naar haar toe. En hij had een goed publiek vandaag, klein, maar uitgelezen. Ze hingen aan zijn lippen. Hij vertelde met grote gebaren. Hoeveel bier had hij al naar binnen gegoten?

'... kan haar niet schelen of we die kerel ooit vinden. Alleen die intellectuele spelletjes vindt ze belangrijk, al die theorieën die ze erop na houdt, het is allemaal flauwekul. Echt. Jullie hadden haar moeten zien. Ze liep zo tussen die lijken door, hier kijken, daar kijken... Die hingen daar, en zij loopt er gewoon tussendoor alsof ze in de dierentuin is. Het waren nog kinderen, maar wat maakt het haar uit wie daar hangt?'

Emma wachtte tot er een grap van gemaakt zou worden, maar dat gebeurde niet, niemand die het thema oppikte. Ze zag heel duidelijk dat de jongens geen geintjes maakten. Wat ze bespraken, was serieus. En ze bespraken... haar?

'Ik bedoel, als zo iemand als zij... Je wilt toch een seriemoordenaar vinden, maar zij wil alleen haar theorieën ontwikkelen, al het andere kan haar niet schelen... Maar het gaat er toch om dat we hem pakken, ongeacht hoe hij in elkaar zit... En weet je waarom? Verkrachting, kom op, zijn daar geen regels voor? Mag een verkrachtings... verkrachtingsslachtoffer... Mag een slachtoffer op een dader jagen? Dat is toch niet in de haak? Dat zijn lynchpraktijken. Zij doet het allemaal omdat ze wraak wil of omdat ze een tik van de molen heeft gekregen, maar niet omdat ze bij de politie zit.'

Emma's keel werd steeds verder dichtgeknepen. Alles werd strak en stijf, haar spieren verstrakten, ze begon te beven.

'Ik geloof niet dat daar een regel voor is... Hoe zou dat ook kunnen?' Wilk wist kennelijk niet hoe serieus ze Felix moest nemen. 'Luister, er zijn zoveel vrouwen die op enig moment in hun leven aangerand of verkracht zijn, of die problemen hebben met jullie kerels, maar die niettemin hun werk kunnen doen.'

'Maar zij heeft het niet verwerkt,' hield Felix vol. 'Ze heeft een tik en ze neemt die mee naar haar werk. Dat ziet toch iedereen... Jullie niet? En dat ze dat niemand heeft verteld. Hebben wij soms niet het recht om dat te weten? Van een collega?'

'Felix...' Pach had Emma gezien. Wilk ook. En de anderen. Alleen Felix niet, die zat nog te veel in zijn verhaal.

'Maar altijd doen... alsof ze over water kan lopen... Luister, dat je een keer verkracht bent, maakt je nog niet tot een genie...'

Pas toen begreep Emma waar hij het eigenlijk over had. Ze had het al gehoord toen Matze belde, maar nu begreep ze werkelijk wat het betekende. Hij praatte over haar en Uwe. Over haar verleden. Hij. Felix. Over haar verkrachting.

Hoe kon hij dat weten? Ze had het niemand verteld.

Cool blijven, dacht ze. De collega's weken voor haar uiteen als de Rode Zee voor Mozes. Felix zag haar niet aankomen.

Ze tikte op zijn schouder.

Cool blijven, dacht ze.

Hij draaide zich om.

Cool blijven, dacht ze nog toen Felix al op de grond zat en met een arm naar de barkruk greep, zijn bier in zijn kruis. Het verbaasde Emma zelf hoe snel het was gegaan, hoe snel ze hem een klap had verkocht zonder het zelf in de gaten te hebben.

Het zag er niet goed uit. Dat had ze niet gewild. Ze stak haar handen uit en hielp hem overeind. Ze rook zijn alcoholkegel. Zodra hij enigszins vaste grond onder de voeten had, stortte hij zich met alle kracht op haar. Samen rolden ze over de grond. Ze voelde de pijn niet. Het was alleen de verrassing. Ze draaide heen en weer om hem van zich af te gooien, maar hij liet haar niet overeind komen. Zijn gezicht vlak voor haar, groot voor haar ogen, rood, ingespannen, vertrokken van woede.

Vreemd, op dat moment zag ze in zijn ogen hoe hij haar zag: als een vleesklomp, een groot onbeweeglijk brok, een hindernis die hij niet opzij kon schuiven, waar hij niet omheen kon, die hem koppig en onwrikbaar in de weg stond.

Het hielp allemaal niets. Ze moest haar knie in zijn zij rammen. Daarna rolde ze hem op zijn buik en draaide zijn handen op zijn rug.

Pas toen hoorde ze het joelen om hen heen.

Felix verzette zich niet meer. Hij hijgde, hakkelde afgebroken zinnen, probeerde een grapje te maken. Te dronken misschien. Of misschien plotseling te nuchter.

Het werd stil om hen heen.

Er stond iemand achter haar. Boven haar.

'Opstaan, allebei.'

Lutz.

Hij loodste Felix van de toog weg en drukte hem op een stoel bij de garderobe. 'Ik kom zo dadelijk bij jou.'

Hoe witheet hij was, merkte Emma aan zijn greep om haar arm. Hij sleepte haar mee het damestoilet op en deed de deur dicht.

'Lutz...'

'Beheers je! Zo gedraag je je niet in het openbaar, als politiebeambte.'

'Lutz, heb jij het rondverteld?'

'Wat? Wat rondverteld?'

'Dat ik ooit verkracht ben.'

'Ik? Ben je niet goed wijs? Alleen Karen weet het. Verder niemand.'

'Brennemann?'

'Zij heeft het me gevraagd. Emma, er is een boek verschenen. Je weet welk boek ik bedoel.'

'Dat kan toch niet? Dat is illegaal. Hij mag mijn naam niet noemen.'

'Hij heeft het over een politievrouw. Een Berlijnse profiler...'

'Als Felix het weet, dan weten ze het allemaal.' Ze wilde huilen. Voor het eerst sinds jaren. Ze sloeg haar handen voor haar gezicht. Haar collega's kenden haar verhaal nu. En niet eens van haar, maar van de dader. Alsjeblieft, alsjeblieft dat niet.

'Mensen trekken hun conclusies, dat kun je niet verhinderen...' Lutz legde een hand op haar schouder, zocht haar ogen.

'Hoe weet jij...' Ze liet haar handen zakken. Plotseling begreep ze waarom Lutz zei wat hij zei. 'Heb je het gelezen?' Ze gooide het er zomaar uit.

Een collega wilde het damestoilet binnenkomen, maar draaide zich onmiddellijk weer om. Ze verontschuldigde zich zelfs.

'Wat... Dat heeft er niets mee te maken.' Hij zocht naar woorden. 'Wat er ook in dat boek staat, het is geen excuus voor dit gedrag. Ik verwacht meer van je.'

'Je hebt het gelezen!'

'Emma, jouw gevoelens interesseren hier niemand. Je moet leren je te beheersen. Als je zo doorgaat, sta je zó dicht voor een officiële waarschuwing...' Tussen zijn duim en wijsvinger liet hij misschien drie millimeter ruimte.

'Je hebt het gelezen.'

'Verdomme, Emma, het is tien jaar geleden. Leer ermee te leven.'

'Wat zeg je?'

'Leer ermee te leven.'

Voor ze begreep wat er gebeurde, vloog Emma's hand door de lucht en knalde in het gezicht van Lutz.

Het begon kennelijk een slechte gewoonte van haar te worden. Daar moest ze dringend eens over nadenken. Een andere keer. Nu draaide ze zich om en liep weg.

46

Hij had het boek gelezen.

Emma zat in de Keithstraße, tegenover de Burcht, in haar auto en sloeg met een vuist op het stuur.

In haar buik breidde de vraatzuchtige leegte zich uit, het gat dat er altijd was, zelfs in goede tijden, als alles op rolletjes liep en ze het vacuüm nauwelijks opmerkte, zich zelfs haast kon inbeelden dat het verdwenen was, dat zij het overwonnen had, maar nee, het was er nog. Je ontsnapt me niet. Je ziet toch dat je niet aan me kunt ontsnappen? Waarom dan al die moeite? Hou op met vechten.

Ze verborg haar gezicht in haar handen en haalde diep adem. Telde tot tien. Ze klapte het spiegeltje achter de zonneklep naar beneden, haalde haar vingers door haar haren en wiste de schrammen weg. Geen bloed van de aanvaring met Felix, alleen een beetje vuil.

Ze moest zich vermannen. Ze had een afspraak, later kon ze er verder over nadenken. Nu moest ze functioneren. Nu was ze politievrouw, analiste, moest ze haar werk doen.

Ze startte de motor.

In de OffenBar zat ze bijna een halfuur aan de toog te wachten.

Meer naar achteren zaten de vier urbexers om een ronde tafel. Emma had ze onmiddellijk herkend. Het waren de enigen die niet in het etablissement pasten. Het was een gemoedelijke, klassieke bar met een indrukwekkende keuze aan sterke drank, een indirect verlichte toog, en in de hoek zelfs een echt vuur in de haard. Verschillende heren in pak en dames aan de prosecco. Die werkten ongetwijfeld in het raadhuis van Friedenau, schuin tegenover de bar.

De vier urbexers dronken bier uit flesjes.

Ze zagen er niet heel gevaarlijk uit:
- mannelijk, midden twintig, groot hoofd en groot bovenlichaam, kin op de borst, alsof hij zijn lengte wilde verdoezelen, een blonde beer met een wollen muts, die net een baard liet staan;
- mannelijk, eind twintig, klein, overgewicht, zwart haar, zwart heavymetalshirt, trendy hoornen bril;
- vrouwelijk, midden twintig, slank, onvoordelige bril, geen kapsel, geen kleur haar, mannenoverhemd, opdringerig chronisch glimlachje;
- mannelijk, midden vijftig, getraind, baard van drie dagen, burgerkloffie, ongetwijfeld vader, kantoorbaan, midlifecrisis, daarom: de enige volwassene.

Emma dacht dat ze nooit zouden besluiten of ze haar zouden aanspreken of niet. Nou ja. Ze had de tijd. En het bier kon ze goed gebruiken.

Eindelijk liep er een naar haar toe.

'Heb jij contact met ons gezocht op Facebook?' vroeg het heavymetalshirt. 'Jij wilde kennismaken met de Berlijnse horrortoeristen?'

Ze draaide zich naar hem om en glimlachte zo argeloos mogelijk. 'Is dat een strikvraag?'

'Wat?'

'Niemand zegt "horrortoerist", alleen de *Bild*. Ik wil niet getest worden. Als jullie geen nieuwe mensen erbij willen, kan ik ook gaan.'

Het heavymetalshirt was overdonderd. 'Zo bedoelde ik dat niet. We moeten voorzichtig zijn.'

Berlijners. Principieel paranoïde. Wie in Berlijn niet kon zeggen dat de politie hem in de gaten hield, leefde niet echt. In Parijs scheppen ze op over het fantastische eten, de prachtige mode en de geweldige vrouwen, in New York heeft iedereen iets groots op stapel staan, kent iedereen iemand die een ander kent die je de assistent van weer een ander kan maken, in Londen vertellen ze over de laatste fotosafari in Binnen-Mongolië en het leven aldaar, maar in Berlijn vertelt Jan en alleman je hoe ze de sociale dienst om de tuin leiden en waarom die verrekte smerissen hen op de korrel hebben.

Ze keek hem recht aan, indringend. Het was voor hem duidelijk iets nieuws om door een vrouw te worden aangestaard. Hij keek weg. 'Oké, duidelijk, ik denk dat je gewoon bij ons aan tafel kunt komen zitten. Maakt ook niet uit, we doen ook niks ergs, of zo.'

Nauwelijks was ze gaan zitten, of de urbexers probeerden zich er met nadrukkelijke nonchalance overheen te zetten dat er een vreemde tussen hen in zat. Het ging over een verjaardagsfeest afgelopen week, over de video's van de urbexers uit Dresden, die echt niet met die uit Berlijn konden concurreren, maar toch meer bekeken werden op internet, en vervolgens moesten de esthetische verschillen tussen de Batman-film en het Batman-videospel nog dringend geanalyseerd worden.

Emma hield haar mond en luisterde. Ze liet haar blik rondgaan, probeerde zich het silhouet uit het trappenhuis in de ijsfabriek voor de geest te halen.

Aan de hele tafel geen trouwring. 'Laat net een baard staan' heette Till en deed iets wat hij 'websiteoptimalisatie' noemde. Freelancer. Een knutselaar, een eenzame wolf, iemand op zoek naar een persoonlijkheid. 'Heavymetalshirt' luisterde naar de naam Justus. Hij had een harde lach en een soort vroegrijpe jovialiteit. De heavymetalscene zit vol met kleine, gezette mannen, was Emma altijd weer opgevallen. Figuren die een eigen groep nodig hebben, omdat de mainstream niets voor hen is – en omgekeerd. De 'vader' heette Andreas, expert op het gebied van horrorfilms, werkzaam bij de post. De frustratie droop uit zijn ogen. Had hij eigenlijk een gezin? Of was hem dat door een zich dood vervelende echtgenote ontnomen? 'Onvoordelige bril' ging als Vivian door het leven en droeg vooral de woorden 'ja, precies' aan het gesprek bij. Klassiek voorbeeld van een afhankelijke persoonlijkheid. Till ('laat net zijn baard staan') was de videokunstenaar van het gezelschap. Maar Justus ('heavymetalshirt') was de man met de zilveren doodskopring aan zijn linkerringvinger.

Niemand zei iets tegen haar. Till nam Emma op en wachtte op een antwoord.

'Pardon?' vroeg ze.

'Hoe komt het dat jij in de Bierpinsel kunt komen?'

Emma dacht dat ze het nooit zouden vragen. 'Ik moet jullie iets bekennen...'

'Niemand heeft er video's van.' De stem van Andreas klonk gretig.

'Niemand komt er binnen,' zei Till. 'Totaal afgesloten, die tent.'

'Ja, precies,' zei Vivian.

'... mijn grote broer werkt bij de beveiliging daar,' zei Emma. 'Hij is me nog een dienst schuldig.'

'Wat voor dienst?' vroeg Vivian.

Emma trok alleen haar wenkbrauwen op. 'Een grote.' Ze knikten allemaal vol begrip, alsof ze zich precies konden voorstellen wat ze bedoelde. Ze nam de gelegenheid te baat: 'Waarom willen jullie daar eigenlijk absoluut naar binnen? Jullie hebben toch video's van bijna alles? Zelfs van de Leipziger Platz. Waar die Spiderman-lijken hingen. Ik heb een video van jullie op die plek gezien.' Ze had er een verborgen compliment in verwerkt. In een vraag! Misschien bezat ze toch nog zoiets als sociale vaardigheden.

'Ik kan me nog altijd voor mijn kop slaan dat ik daar niet omhoog ben geklommen,' kreunde Justus.

'Ach kom, die hingen er toen nog niet,' zei Andreas.

'Ik heb het uitgerekend, het was in de zomer, toen waren ze er al, minstens een.' Vivian. Iedereen keek haar aan. Ze haalde haar schouders op. 'Is toch zo?'

'Recht boven ons!' zei Justus opgetogen. 'Dat is toch sterk.'

'Je had omhoog moeten klimmen.' Andreas.

De blonde beer, Till, snoof, maar zei niets. Vreemd, nu de Leipziger Platz aan de orde was, zei hij plotseling niets meer. Hij raakte ook zijn bier niet meer aan.

'De volgende keer slaan we niets over, geen enkele hoek, misschien vinden we...'

Justus kon zijn zin niet afmaken.

'Wat doet die verrekte smeris hier? Verdomme nog aan toe!'

De stem kwam niet van de tafel. Iemand stond vlak achter haar. Emma draaide zich met een ruk om.

Lars Gohse.

47

Lars Gohse een urbexer? Een lid van de groep die de video van de vindplaats op de Leipziger Platz had gemaakt?

Emma kreeg het idee dat haar plan om in haar eentje met deze figuren naar de Bierpinsel te gaan, of ze zelfs alleen maar te willen ontmoeten, gevaarlijker zou kunnen worden dan ze had gedacht.

'Die heeft mij gearresteerd omdat ik muffins aan zwervers heb uitgedeeld,' ging Gohse verder. 'Dat is verboden in dit land. Ze is een smeris.'

Emma stond op en schoof haar stoel naar achteren. 'Luister, zo was het niet.'

'Zij denkt dat wij het hebben gedaan,' zei Lars, die zijn duimen achter de riemlussen van zijn broek had gehaakt. 'Daarom is ze hier, vanwege die lijken op de Leipziger Platz. Zij denkt dat wij dat waren, alleen omdat we urbexers zijn. Hebben jullie iets gezegd? Ze hoort ons uit. Waarschijnlijk draagt ze een microfoon.'

Emma deed een stap achteruit en stak haar handen bezwerend omhoog. 'Goed, ik werk voor de politie, maar alleen als analiste. Ik doe geen onderzoek naar jullie, dat mag ik niet eens. Ik ben alleen nieuwsgierig, dat is alles. Niemand staat hier onder verdenking.'

'Wij hebben niets met die zaak op de Leipziger Platz te maken,' stamelde Justus. 'Ja, we vinden het misschien spannend... Maar luister, ook die video, dat was voor die tijd, wij hebben toch niet...'

'Till, je moet je harde schijf wissen. We moeten allemaal onze harde schijf wissen. Nu, onmiddellijk.' Plotseling kwam Vivian tot leven. Ze wist precies wat ze moest doen. 'Je hebt een uur, dan heeft ze een huiszoekingsbevel voor jullie computers, dan is het te laat, geloof me.' Ze graaide haar spullen bij elkaar.

Till was de hele tijd roerloos blijven zitten. Hij had Emma alleen maar aangekeken. Ze begreep dat ze allemaal de benen zouden nemen als ze hen niet tegenhield.

'Niemand hoeft iets te wissen,' zei ze. 'Niemand verdenkt jullie ergens van. Ik wil alleen een beeld van jullie krijgen.'

'Ik wil je politiepenning zien,' zei Vivian agressief.

Plotseling werd het heel stil. Emma pakte haar handtas, ging langzaam weer zitten en trok haar penning tevoorschijn. Toen Justus beter wilde kijken, gaf ze hem de penning aan.

'Mensen, ze willen ons te pakken nemen,' waarschuwde Lars. Emma voelde hoe hij achter haar op zijn hakken op en neer stond te wippen. 'Die smeerlappen hebben een dader nodig, en nu zijn wij de lul.'

'Zelfs wanneer ik een rechercheur zou zijn,' verweerde Emma zich, 'die paar video's op jullie website interesseren me geen sodemieter, echt niet. Het gaat om iets anders.' Ze haalde diep adem. 'Denk eens na, mensen. Jullie zouden ons kunnen helpen. Ons helpen om die perverselingen te pakken. Jullie kennen de stad als je broekzak, ook de donkere hoeken. Jullie zien dingen die niemand anders ziet.'

De penning maakte het hele rondje.

Lars: 'Ik ga mijn harde schijf wissen, voordat ze een huiszoekingsbevel gaat halen.' Hij tikte tegen zijn voorhoofd. 'Een smeris binnenhalen, wat een idioten. Ciao, losers.' Terwijl hij zich omdraaide om weg te lopen gaf hij nog een laatste waarschuwing: 'Drie keer overschrijven, anders kunnen ze de harde schijf nog lezen.'

Vivian stond ook op en ging achter hem aan. 'De groeten.'

Andreas en Justus, die nog aan tafel zaten, keken elkaar vragend aan, en keken vervolgens naar Till.

'Voor alle duidelijkheid,' zei Emma. 'We hebben Lars Gohse helemaal niet gearresteerd, alleen ondervraagd, en alleen als getuige, omdat zijn DNA op de steiger op de Leipziger Platz werd gevonden.'

'Wat? Wat voor DNA?' vroeg Till. Hij keek haar recht aan. Indringend. 'Speeksel, of zo? Haren? Bloed?'

'Dat moet je hem zelf maar vragen.' Emma keek de andere kant op.

Justus stond op. Eerst onzeker, daarna vastbesloten: 'Smerissen blijven smerissen,' zei hij. 'De groeten, mensen.' Hij verdween door de deuropening.

Ook Andreas stond op en legde wat munten op de tafel. 'Tja, mensen, ik... Het spijt me, Till, ik heb nog plannen.'

Emma had hier niet naartoe moeten gaan. Ze had Lutz moeten informeren zodra ze van het fenomeen 'horrortoerist' hoorde, en de rest aan hem moeten overlaten. Het ging niet meer om vertrouwen dat ze beschaamde, maar om een overschrijding van haar bevoegdheden, nu er hier een verdachte was opgedoken. Ze moest hem opbellen, onmiddellijk, en alles vertellen. Zonder er doekjes om te winden. Opstaan, betalen, het café uit lopen, mobiele telefoon uit de tas, Lutz opbellen. Dat zou niet leuk worden.

Tegenover haar de blonde beer. Till. Hij rekte zich uit op zijn stoel, nam een grote slok bier en keek haar aan. Emma pakte haar handtas. Gerammel. Ze zette de tas weer neer, trok een ring met een stuk of tien sleutels eraan tevoorschijn en keek er peinzend naar.

'Ik heb eigenlijk wel zin om de Bierpinsel te kraken,' zei ze.

48

De Schloßstraße: kilometerslang een afwisseling van anonieme koopjespaleizen en heel exclusieve speciaalzaken, totdat hij even een time-out neemt en onder de brede Joachim-Tiburtius-Brücke door duikt. Nou ja, een brug? Een dwarsstraat die graag een snelwegviaduct zou willen zijn.

Emma wachtte onder de brug. Till zou op de fiets achter haar aan komen. Het zou nog een paar minuten duren.

Het was donker. Dag of nacht, het is altijd donker onder deze brug waar op de brede trottoirs, geliefd bij straatmuzikanten vanwege de mooie echo, een heel eigen, klein wereldje bestaat, afgeschermd van de zon. Een wereld van grote metro-ingangen, massieve pilaren van baksteen, open trappenhuizen van kale grindbetonplaten, flakkerend neonlicht, afgeronde hoeken, smerige vensters. Het was er leeg, donker en vochtig, nu na winkelsluitingstijd. In de brede pijlers van de brug zijn, een beetje verborgen, winkels gevestigd: links een beroemde hobbyzaak, rechts een onbekende kapper.

En alsof dat alles nog niet genoeg was, prijkte er ook nog een toren op de brug. Niet zomaar een. Hoe moest een gebouw er eigenlijk uitzien dat midden op een kruising staat en geen grondoppervlak in beslag mag nemen: van onderen smal, van boven breed. Een zware paddenstoel van beton die van onderaf door de brug heen is gegroeid en die zich pas ver daarboven ontvouwt: dat is de Bierpinsel. Een beetje de Fernsehturm voor de armen, een beetje experimentele architectuur, een beetje erg jaren zeventig. In het echt zag hij er nog surrealistischer uit dan op de foto's. Alsof hij elk moment kon omvallen.

Misschien had Till zich bedacht. Driemaal trok Emma de mobiele telefoon uit haar handtas om Lutz op te bellen, maar dan dacht ze weer aan hun laatste gesprek en duwde het toestel terug.

Eindelijk was hij er toch. Ruim een kwartier later dan op de fiets te verwachten was. 'Ik moest nog iets halen,' zei hij verontschuldigend. Achter op zijn fiets: een zware sporttas.

Eerst liepen ze via een trap omhoog naar de brug en vandaar verder, aan de buitenkant langs de toren naar de getraliede poort op halve hoogte. Gerommel met de sleutelring in het licht van hun zaklampen, daarna waren ze binnen.

'Heftig,' zei Till eerbiedig.

Het was alsof ze in een kathedraal liepen, een kathedraal met een extreem laag plafond. Een lege zaal, met grauw en nevelig licht dat door de vele ramen viel. Het rook er muf. Stilte als na de eerste sneeuwval. Dat was het stof op de wandbekleding en op de dikke tapijten. Emma zag de vage geometrische patronen in aardkleuren. Stofkleuren.

De muren bestonden vooral uit glas.

Rechthoekige vensters, dicht naast elkaar, de hoeken afgerond als bij een oude zwart-wittelevisie. Schuin naar beneden gericht, naar de straat. Naar de knipperende, toeterende, geel en rood oplichtende kronkelende straat onder hen die beefde en trilde van het verkeer en zich in de nacht wentelde als een hoer die alleen met haar blingbling Jan en alleman wilde verleiden. Je kon op die ramen gaan liggen om boven de stad te zweven.

Ze stonden in een voormalig restaurant. Bar, vitrine, stoelen die achteloos tegen de muur opgestapeld stonden, tafels tegen de andere muur, alles nog aanwezig. De kassa was weg, vermoedelijk verkocht, net als de uitrusting van de grote keuken. De rest van de inventaris hadden ze niet kunnen slijten. Oude menukaarten, in plastic laminaat: jägerschnitzel, uitsmijter, cappuccino met slagroom. Twaalf soorten bier.

Ze stonden verbaasd in het donker toen er plotseling iets rinkelde. Emma schrok. Till lachte en haalde zijn mobiel tevoorschijn, tikte wat in. Een antwoord op een sms-bericht.

'Lars vraagt waar we zijn. Die baalt als een stekker.'

In het schijnsel van Emma's zaklamp zocht Till in zijn rugtas. Ze zag een touw, karabijnhaken, handschoenen. Een rol ducttape. Waar diende die voor? Hij haalde een voorhoofdsband met een mijnwerkerslamp uit de tas en deed die om zijn hoofd. Een felle, gerichte lichtbundel, die deed denken aan het licht dat Emma in de ijsfabriek had verblind. Interessant. Hij pakte zijn videocamera en begon te filmen.

'Het is alsof je door het ruimteschip *Orion* loopt.' Till snoof van opwinding. Emma had geen idee wat ruimteschip *Orion* was. 'Kijk, een trap, we gaan de volgende etage bekijken.' De voormalige discotheek, met kunstleer beklede bar en zithoeken, metalig glanzende dansvloer, alles nog aanwezig, zelfs de discobol aan het plafond. Volgende etage: vergaderzalen met een grandioos uitzicht over de stad. Alle computers waren weg, maar de zware, oude monitoren stonden er nog als sluimerende, nutteloze monolieten. Naar binnen toe donkere gangen, veel deuren, opslagruimten, kantoorruimten, een labyrint.

'Till?'

Till was weg.

'Till? Hallo?' Ze scheen met de zaklamp om haar heen: behalve zijzelf was er niemand in de ruimte.

Ook niet in de kamer ernaast, in de toiletten of in de opslagruimten. Ze liep de gangen door, bijna helemaal rond. 'Till?' De trap af, voorzichtig, naar de disco. 'Till? Hallo?' Ze bleef staan, luisterde. Niets. Emma daalde verder af.

Toen ze het restaurant naderde, hoorde ze doffe dreunen. Iemand snoof en gromde ongeremd, alsof hij seks had of in een gevecht verwikkeld was waarin de ander stil bleef. Het was daar, voor haar, achter de deur.

'Till?'

Ze trok haar Sig Sauer uit haar handtas en liep de zaal voorzichtig binnen. Stapje voor stapje.

Daar was hij. Een grote blonde beer, naakt, zijn hoofd in zijn nek gegooid, ogen dicht.

Hij danste.

In het midden van de zaal, waar er ruimte was. Zijn kleding lag op een hoopje naast zijn rugzak op een vensterbank. Alleen zijn oortjes had hij in, smartphone in zijn hand. Ze kon alleen het snelle ritme horen, meer niet. Hij zweette, gromde, sprong op de maat, maakte schokkende bewegingen, sloeg naar het plafond, dat hij bijna aanraakte, met een hunkering op zijn gezicht alsof hij de hemel wilde bestormen.

Emma borg haar wapen op.

Toen hij haar zag, althans het licht van haar zaklamp, en zich in haar richting draaide, verscheen er een lach op zijn gezicht. Hij grijnsde. Hij hield niet op met dansen, maar haalde wel de oortjes uit zijn oren. 'Dans mee! Zo cool!' brulde hij. Hij hield haar een van de dopjes voor.

Emma lachte.

'Je voelt je daarna goed, vrij, echt, het is bevrijdend!'

Ze sloeg het aanbod af.

'Schreeuw in elk geval een keer!'

Hij hield op met dansen, ging midden in de ruimte staan, haalde diep adem, balde zijn vuisten, trommelde op zijn borst als Tarzan en schreeuwde. Brulde. Een lang, zwaar gebrul rolde uit zijn mond, eindeloos, tot hij geen adem meer had, tot hij rood was in zijn gezicht. Hij zoog zijn longen weer vol en liet zijn oerkreet opnieuw klinken.

Daarna lachte hij buiten adem. 'Nu jij.'

Emma bleef staan waar ze was, kwam niet dichterbij. Maar wel haalde ze diep adem en schreeuwde. Zoals hij had gedaan: een lang monotoon gebrul dat ze uit haar longen perste.

Buiten, binnen: aparte werelden.

Hier golden andere regels. Hier kon ze zoveel lawaai maken als ze wilde. Niemand die haar zou horen. Niemand die haar zou vinden. Niemand kon haar vinden, niemand kon haar hinderen. Niemand die haar wil zou breken.

Ze grijnsde.

Till zag het en hij grijnsde terug. 'Zie je wel? Vrij.'

Ze lachte. 'Ja, het heeft wel iets.'

Het was hetzelfde gevoel dat ze in de steiger op de Leipziger Platz had gehad. Heb jij je daar ook vrij gevoeld? dacht ze. Hou je van deze plekken omdat ze je bevrijden? Dans jij ook naakt, schreeuw je, lach je, grijns je voordat je je slachtoffers ophangt?

Till schuifelde naar het raam en liet zich op een bank vallen. Hijgend en zwetend, zo naakt als hij was. 'Justus pist meestal.'

'Pardon?' Emma ging op een andere bank voor het raam zitten, niet te dichtbij.

'Hij pist. Hij zegt dan dat hij te veel gedronken heeft, maar hij doet het altijd, principieel. Dan vindt hij iets, bijvoorbeeld een bureau in het kantoor op de derde etage, en pist eroverheen.'

'Als een hond die zijn territorium afbakent.'

'Andreas jat iets. Die discobol bijvoorbeeld. Die had hij absoluut meegenomen. Vivian doet helemaal niets. Raakt nauwelijks iets aan. Zij staat alleen in een hoek en kijkt. Lars ook. Raakt niets aan en steelt ook niets. Hij maakt hoogstens foto's. Hij heeft veel eerbied. Ik niet. Ik bedoel, als ik dan toch hier ben, waarom niet? De mensen daarbuiten zitten aan hun avondeten, kijken naar de tv, doen hun werk, vervelen zich, maar ik, ik ben de enige op de wereld die deze avond naakt in de Bierpinsel danst. Yeah, baby!'

Hij grijnsde trots, sloeg met zijn vuist op zijn naakte borst, haalde een flesje water uit zijn rugzak en nam een grote slok. Daarna pakte hij zijn kleding en kleedde zich zonder haast weer aan. 'Is Lars echt een verdachte?' vroeg hij, toen hij zijn boxershort aantrok. 'Ik bedoel voor die moorden op de Leipziger Platz?'

'Het ging om iets anders. Dat moet je hem zelf vragen.'

'Wat ik bedoel, is dat het me niet zou verbazen. Hij draait soms echt door. Hij is me een keer naar de keel gevlogen, serieus, hij stortte zich echt op mij. Ik had een of andere grap gemaakt, in een oude, verlaten fabriek met extreem hoge plafonds, en ik moest die terugnemen. Zo mocht ik niet praten, hij werd woedend, besprong me, drukte me tegen de grond. Het duurde niet zo lang, ik bedoel, hij is een klein ventje. Maar toch, er zit een enorme woede in die kerel.'

Vreemd. Zomaar zo'n aanval?

'Wat was dat voor een grap die je maakte?'

'Dat weet ik allang niet meer. Hij is snel beledigd. Hij vindt het ook niks wanneer ik dans, dan gaat hij altijd ergens anders heen.'

'Hoe heeft hij op die moorden gereageerd?'

'Dat was een enorme discussie. Hij was niet hier toen het gebeurde, hij kwam pas twee weken later terug. Volgens hem hadden ze het verdiend. Als ze het hadden moeten overleven, zou iemand ze wel gevonden hebben, en trouwens, hoeveel mensen op de wereld werden niet getroffen door leed en honger en oorlog, terwijl niemand iets deed? Maar als drie lui in zo'n steiger sterven, staat het in alle kranten. Op de een of andere manier had hij nog gelijk ook. Ik bedoel, het klopt toch? In Afrika verhongeren halve landen en hier gaat het om drie mensen. Nou en? Er sterven elke dag wel ergens drie mensen, normaal interesseert dat niemand.'

'En wat vonden Justus en Andreas ervan?'

'Gaaf.' Till trok zijn T-shirt met een ruk over zijn hoofd. 'Tamelijk gaaf. We baalden er echt van dat we toen niet omhoog waren geklommen.'

'Ja, waanzin, hè? Als jij de dader was geweest, zou jij dan je slachtoffers op zo'n plek hebben opgehangen?'

'Toch niet op een plek waar urbexers ronddwalen en video's maken.' Hij lachte. Een beetje nerveus. 'Zoiets als die steiger op de Leipziger Platz, dat is midden in de stad. En die reclames, worden die niet elke paar weken gewisseld? Daar lopen mensen in en uit, dus op enig moment moesten die lijken wel gevonden worden. Dat was dom.' Hij schudde zijn hoofd. 'Ik zou het veel verder buiten de stad doen. Er zijn daar allerlei kleine plaatsen die zo goed als uitgestorven zijn. Daar zou niemand ze vinden. Kerken die al jarenlang dicht zijn, zwembaden... Er is een kleine bioscoop in Brandenburg die al eeuwig dichtgetimmerd zit. Daar komt geen sterveling. Nooit.'

Het was duidelijk. Till dacht als een normaal mens. Als een normaal mens een moordenaar wordt, wil hij niet dat het lijk wordt ontdekt. Hij verstopt het, zoals Till het zou verstoppen. Emma's dader dacht anders. Hij was niet als Till, niet zoals zijzelf. Hij had totaal andere drijfveren dan een urbexer.

Ik heb je helemaal verkeerd ingeschat, dacht Emma. Ik dacht dat jij was zoals wij, maar dat ben je niet. Jij houdt niet van deze plaatsen, jij vreest ze. Groot, leeg, dood, van het leven afgesneden: voor jou is dat geen vrijheid. Het betekent dat je alleen gelaten werd.

Dat er voor jou geen hoop is. Daarbuiten zijn mensen die vermoeden dat je hierbinnen zit, maar ze komen niet. Net als toen, toen ze de deur van de kinderkamer op slot deden, hoewel ze wisten dat je bang was in het donker. Ze zijn heel dichtbij, en toch ben je verlaten. Er is geen hoop. Ze komen je niet redden.

Dit hier is een plaats van kwelling voor jou. Je was hier aan het kwaad overgeleverd, je hebt hier geleden. Je hebt hier zozeer geleden dat je het nu met anderen wilt delen, zodat je niet meer de enige bent met dit lot.

Emma keek zwijgend door het smerige glas.

Onder haar de nachtelijke Schloßstraße, een snoer van lichtjes dat de nacht verdeelde, ordende, en uiteindelijk in de verre duisternis verdween. Vanaf hier kon ze tot het eind van de straat kijken, tot aan de Steglitzer Kreisel, de zwarte flat met zijn rode waarschuwingslampen voor vliegtuigen, nog zo'n moderne ruïne, die wegens asbestvervuiling al jarenlang leegstond. Als Emma in de Kreisel zou staan in plaats van hier, zou ze waarschijnlijk weer ergens een andere ruïne kunnen zien en vanaf die de volgende. Zo zou ze steeds verder kunnen gaan, een Berlijns netwerk van dode gebouwen. Ze lagen midden tussen het fonkelende en bruisende leven daarbeneden, donker en stil, om de paar honderd meter: de restanten van een vroeger tijdperk, een onzichtbaar dinosauriërskerkhof, de dood midden in het leven. En niemand die het zag, alleen degene die het wist.

'Weet je wat je ook goed kunt doen hierbinnen?'

'Hm? Wat?'

Till keek haar niet direct aan. In de verte deed hij haar aan Johannes denken. Die ze nu al twee keer niet had teruggebeld. Hij was alleen jonger, onbevangener. Ze vermoedde al wat hij zou gaan zeggen. Niettemin liet ze hem uitpraten.

'Weet je, mijn eerste ruïne, dat was al voordat het begrip urbexer überhaupt bestond. Ik was zestien, en toen was er dat meisje, ze was nieuw op school. Ze was echt supercool. Zo'n punk met tattoos en piercings in haar neus en zo. En ze had haar hoofd kaalgeschoren.

Welk meisje scheert nu haar hoofd kaal, zelfs wanneer ze punk is? Dat doet toch niemand, ongeacht hoe extreem je bent? Dat maakte indruk op mij. We moesten dezelfde kant op naar huis en stapten dus bij dezelfde bushalte uit. Die bus reed altijd langs zo'n flat. Een heel normale flat, zoals alle andere. Op een dag zei ze: "Er gaat daar nooit iemand naar binnen of naar buiten." Dat was mij nooit opgevallen. Ik lette er de hele week op, vanuit de bus, en het klopte. Er stonden nooit ramen open, geen bloemen op vensterbanken of iets in die geest, helemaal niets. Ik zei haar dat ze gelijk had, en toen zijn we gaan kijken. Alles was dichtgetimmerd, geen naamplaatjes bij de deurbellen. Jaloezieën naar beneden. Bij het gebouw ernaast vonden we een inrit. Vanaf de inrit konden we over het hek klimmen, naar de binnenplaats, waar een kelderraam was dat we konden opendrukken. We waren binnen. Het hele gebouw stond leeg. Alle woningen. In sommige stonden nog meubels van vroeger, waarschijnlijk zo'n twintig jaar oud. Achter een kast vond ik een fotoalbum, misschien uit de jaren tachtig. Een gezin op vakantie, ergens op zo'n camping aan de Adriatische Zee. Echte ouderwetse afdrukken nog. Een week later kwamen we terug met gereedschap en braken we het slot open, zodat we de kelderdeur van buitenaf konden opendoen. Daarom ga ik tegenwoordig nooit zonder gereedschap naar een verlaten huis: je weet nooit wat je nodig hebt. Het werd ons feesthuis, de hele zomer lang, of toch bijna. We hebben daar echt gaaf gefeest: zij jatte alcohol van haar vader, zwaar spul, en ze had zo'n gettoblaster. We nodigden vrienden uit, ik had er nog maar een paar en zij nog helemaal geen, maar al snel waren het er heel veel. Dat waren echt te gekke feesten.' Hij lachte. 'Maar op een dag stond de politie voor de deur en was het uit. Maar één keer, voor we met die feesten begonnen, hadden we seks op de vloer van een voormalige kinderkamer, zij helemaal naakt. Het was mijn eerste keer, voor haar ook. Ik vroeg of we geen condoom moesten gebruiken, en ze zei dat ik me geen zorgen hoefde te maken. Lara. Zo heette ze, Lara. Toen de school weer begon, was ze er niet meer.'

Hij stopte.

'Kanker?'

Hij knikte. 'Ik ben een keer naar het ziekenhuis gegaan, maar ze lieten me niet binnen. Ze wilde me niet zien. Ik wist niet waarom. Toen althans.'

'Ze wilde niet dat je haar zo zag.'

Till trok zijn schouders op. 'Misschien. Misschien was dat ook goed. Ik weet nog steeds niet hoe ze er op het eind aan toe was, alleen hoe ze er in dat verlaten pand uitzag, naakt, met mij, in mijn armen, hoe ze lachte en stomme grappen maakte en wild was. Niemand die ons zag, niemand die haar zag, behalve ik, in dat pand.'

Hij keek haar aan, met die trouwe hondenblik die ook mannen van twee meter lang zo goed beheersen wanneer ze iets van een vrouw willen. Ze wist wat er door zijn hoofd gespeeld had, heel kort. Dat hij misschien een keer, misschien zelfs die avond met haar, die ene zomer van zijn herinnering, dat ene meisje kon terughalen, hier in de Bierpinsel.

Toch wel een mooie gedachte. Bijna een compliment. Emma haalde diep adem en stond op.

'Ik geloof dat we beter kunnen gaan, Till,' zei ze.

49

Plotseling, onverwacht, rees Till voor haar op, rukte de tas uit haar hand en slingerde hem dwars door de zaal naar de andere kant, pakte haar bovenarmen, duwde haar voordat ze kon reageren op de grond, wierp zich op haar, met zijn volle gewicht. Ze hapte naar lucht, ze gilde en schopte naar hem, maar hij liet zich niet van de wijs brengen, rukte de kleding van haar lijf en lachte, terwijl hij haar vuisten afweerde: Je hebt het niet gemerkt! Je hebt de ducttape in mijn tas gezien, die mijnwerkerslamp, de video, je hebt gehoord dat ik zulke verlaten oorden met dode vrouwen in verband breng, en toch heb je me niet herkend!

Dat zei hij niet.

Dat deed hij niet.

Hij had het kunnen doen, maar hij deed het niet. Ze had hem juist beoordeeld. Hij was hier niet om haar of iemand anders iets aan te doen, hij was hier om een mystieke ervaring te herhalen. Hij was ook niet de man die haar in de ijsfabriek was gevolgd. Emma had dat allemaal correct ingeschat.

Ze stond met haar rug naar de trapopgang onder de Joachim-Tiburtius-Brücke en keek naar Till die op zijn racefiets stapte, even zijn hand hief en in de Schloßstraße verdween. Hij had haar telefoonnummer willen hebben, vertederend. In plaats daarvan had zij het zijne. Voor het geval ze toch nog zou besluiten om het morgen aan Lutz door te geven.

Het was na middernacht, maar het voelde als een net begonnen avond. Ze had de indruk dat ze niet de enige was die het zo ervoer. Het verliefde paartje dat tegenover haar op de nachtbus wachtte, de fietser die besluiteloos even verderop op het brede trottoir onder de brug rondjes draaide, de kleine man die in alle gemoedsrust voor het verkeerslicht stond te wachten hoewel het op groen stond. Misschien kon ze Johannes nog opbellen. Nu meteen. Het was morgen een gewone werkdag, maar een man is altijd blij met zoiets, toch? Maar aan de andere kant, was Johannes wel het type daarvoor? Misschien was het wel wat aan de late kant.

De fietser werkte op haar zenuwen. Op het trottoir. Zelfs toen hij uiteindelijk een beslissing had genomen, op de pedalen ging staan en haar bijna omverreed, deed ze alleen geërgerd een stap opzij, bijna hoffelijk. Hij raakte haar niettemin, gooide haar bijna tegen de grond, ze wankelde, moest zich vastgrijpen en die ellendeling reed gewoon verder. Als een gek.

Met haar tas.

'Hé!' riep ze, al achter hem aan rennend. Hij was het brede trottoir onder de brug overgestoken en wilde net afslaan, de Schildhornstraße in.

Haar dienstwapen zat in die tas.

'Ik ben van de politie, ellendeling!' Terwijl ze het zei, begreep ze dat de fietser wist wie ze was. De man op de fiets was Lars Gohse. Ze kon er niet zeker van zijn, want ze had hem alleen vanuit haar ooghoek gezien, te donker, te snel, maar er was een zekere fysieke overeenkomst. Het moest Lars Gohse zijn. Zo kort na de confrontatie in de OffenBar, zo kort na het sms'je aan Till – waar zitten jullie? Dat was geen toeval. Hij wilde haar penning en gegevens zien, hij wilde weten wie ze was en waar ze woonde. Lars Gohse, een moordenaar, een van de moordenaars, en hij wilde weten waar zij woonde.

'Help! Hou die fietser tegen!'

Ze rende de metro-ingang voorbij. De fiets was al in de Schildhornstraße verdwenen, achter de kiosk op de hoek, maar ver was hij nog niet. Een auto met open ramen en keiharde muziek schoot vanuit de Schloßstraße met piepende banden door rood de Schildhornstraße in, veel te snel, achter de fietser aan. Het volgende moment was ook de auto achter de kiosk verdwenen.

'Hou hem tegen! Hij heeft mijn handtas!' schreeuwde ze tegen alles en iedereen. Ze gebaarde en rende nog sneller de donkere Schildhornstraße in die kaal en doods voor haar lag: niemand te zien. Fietser weg. Tas weg. Auto weg. Hadden ze haar gehoord? Verdomme.

Emma rende verder, sneller, met grotere passen, midden over straat, tot bij de inrit van een parkeerplaats.

De parkeergelegenheid lag links naast de straat onder de opgang naar de brug, was een paar rijen breed en afgezet met hekken. De auto stond in het midden. Eromheen lege parkeerplaatsen, een paar verstofte busjes. De motor liep, het portier stond open. De donkere auto, donkerblauw of zwart, misschien een Mercedes of een Audi, nee, wel Mercedes, E-Klasse. Fietser weg, bestuurder ook verdwenen. Nu kwam hij terug, in looppas, buiten adem, op haar af.

In zijn hand haar tas. Niet te geloven.

Emma bleef rennen tot ze bij hem was. Hij wachtte in het licht van zijn koplampen. 'O god,' hijgde ze, toen ze eindelijk voor hem stond. 'Die vent kwam uit het niets. Ongelooflijk, dank u wel.' Ze glimlachte opgelucht naar hem.

De man gaf Emma de tas niet. 'Is die van u?'

Natuurlijk was die van haar. Waarom vroeg hij dat?

Hij: donker haar. Lichte ogen, heel licht. Ongeveer van haar leeftijd, misschien iets ouder. Goed in vorm. Wollen colbert, chique, gepoetste schoenen. Verzorgd, zelfverzekerd, volkomen verwisselbaar.

'Dat hebt u toch gehoord?' Ze glimlachte.

'Sta me toe dat ik het controleer,' zei hij. Een grijns op zijn gezicht.

'Luistert u eens...'

Hij deed de handtas open. 'Oho...' Met duim en wijsvinger trok hij haar Sig Sauer P6 tevoorschijn. 'Bent u van de politie? Is dat uw dienstwapen? Toch wel vergrendeld, mag ik hopen?'

'Ik moet u vragen mij mijn dienstwapen te geven, meneer...'

'Maar we hebben toch nog helemaal niet vastgesteld of het uw tas is?' De vreemdeling stak het wapen achter zijn broekband.

Emma stond midden op een stille parkeerplaats in het neonlicht onder de oprit van een brug; de motor van de Mercedes zoemde onnatuurlijk hard: het enige geluid wijd en zijd. Geen voetstappen, geen auto's, geen woord. Winkelgebied, geen uitgaanswijk, 's nachts was hier alles doodstil, niemand die nog ging wandelen. De nachtbus was net vertrokken, de taxistandplaats onder de brug was leeg en voor haar stond een vreemde met een wapen. Haar wapen.

Wat had Lutz ook weer gezegd? Naar je hoofd luisteren. Niet naar je gevoelens. Gevoelens komen en gaan.

Statistiek. Statistiek was altijd goed. Emma rekende.

Rond 96 procent van alle Berlijners houdt zich aan de wet. En zij die dat niet doen, zijn voor het overgrote deel niet zeer ambitieuze fiets- en tassendieven. Degenen die levensdelicten of seksuele misdaden begingen vormden niet alleen minder dan één procent, maar zelfs minder dan één promille van de bevolking. En een groot deel van hen zat al in de gevangenis. De kans dat Emma toevallig tegenover een moordenaar of verkrachter stond, was verwaarloosbaar klein.

Aan de andere kant waren er vrouwen, zoals Emma, die het gevaar en de spontane bereidheid van mannen om geweld te gebruiken altijd weer onderschatten. Of die gewoon slecht gezelschap aantrokken. Ze wist het uit ervaring.

Nu stond ze onder een brug midden in Berlijn, midden in de nacht, met een vreemde die ze niet kon inschatten. Die haar wapen achter zijn broekband droeg en naar haar grijnsde.

'Bent u dat?' Hij had haar identiteitsbewijs van de politie gevonden, hield het omhoog en keek naar de foto. 'Glimlachen alstublieft! Anders is er niets te herkennen.'

Maar Emma wist ook iets wat veel vrouwen niet weten. Wat ze zelf lang niet geweten had: dat er mannen zijn die zich als psychopaten gedragen omdat ze zich gewoon eens sterk en machtig willen voelen. Die hebben dan nog niet besloten of ze gewelddadig zullen worden, maar de smaak in de mond, de voorpret, die laten ze zich niet ontnemen. Zulke mannen willen spelen, en zolang ze meespeelde, zou hij geen noodzaak zien om geweld te gebruiken.

Als hij zo'n man was.

Veel slachtoffers geloven dat het voorbij is op het moment dat ze zijn uitgezocht. Ze schakelen onmiddellijk over op de slachtoffermodus, huilen en smeken, stellen zich al voor dat ze verkracht of dood zijn en de seksuele misdadiger ziet zijn mooiste fantasieën al waarheid worden. Emma wist echter dat het gedrag van het slachtoffer vaak alles kan omdraaien. Ze wist dat ze de dader een alternatieve fantasie moest bieden. Niet de zijne bevestigen, maar die onderuithalen, de confrontatie in een andere richting sturen. De regie overnemen.

Niet zo makkelijk wanneer je hart overslaat.

Ze sloeg haar armen over elkaar als iemand die langer moest wachten dan hem lief was. Ongeduldig. Ze voelde de beslissing in zich rijpen. Nee, nu zou het anders worden.

De vreemde bestudeerde de foto. Daarna haar gezicht. 'Precies hetzelfde,' zei hij. Klopte ook: op de foto glimlachte ze niet. 'Inderdaad. U bent het. Emma Carow. Alstublieft.'

Hij maakte aanstalten om haar de tas terug te geven.

Het wapen niet.

Deze man wilde spelen.

Dat kwam goed uit. Zij ook.

50

Met zijn linkerhand hield hij de tas vast. Haar identiteitsbewijs met zijn rechter. Haar pistool zat in zijn broekband. De motorkap direct achter hem, op een paar centimeter.

'Wilt u dat identiteitsbewijs alstublieft weer in de tas doen?' vroeg ze. Ze kwam een stap dichterbij.

'Eens kijken wat hier allemaal op staat.' Hij was tijd aan het rekken. De man keek naar beneden om te lezen. 'Bent u echt al dertig?'

Nu. Nu hij beide handen vol had. Niet aarzelen. Ze hoefde maar een stap naar voren te doen, vastbesloten toe te slaan, achteruit te stappen. Het volgende moment hield ze haar wapen weer in haar hand.

De man voor haar verstarde en hapte naar adem van verrassing. 'Compliment,' hijgde hij.

'Doe dat identiteitsbewijs weer in de tas.' Haar stem was rustig en beslist.

Hij gehoorzaamde en stak de tas naar voren.

'Haal nu de handboeien uit de tas.'

'U gaat me toch niet arresteren? Ik heb uw eigendom gered...'

'Ik ga je niet arresteren. Ik ben wat anders van plan.'

Hij aarzelde.

'Nu!' Ze brulde zo hard en luid dat hij in elkaar kromp. Ze kon niet toelaten dat hij te veel nadacht. 'Opschieten!'

De man rommelde in de tas, tot hij de handboeien vond.

'Omdoen.'

Hij aarzelde weer, maar dit keer korter. Hij zette de tas op de motorkap achter zich, leunde ertegen en deed de handboeien om. Hij moest een beetje friemelen, ervaring met handboeien had hij niet. Klik. Zijn handen waren samengebonden, zijn armen voor zijn buik.

'Vond je dat leuk?' vroeg ze.

Hij antwoordde niet.

'Je was toch niet echt van plan om een politievrouw haar wapen af te pakken, hè? Je had toch niet echt gedacht dat dat goed zou gaan, of wel?'

'Nee.'

'Maar je moest spelen. Spelen, spelen, dat moet je altijd. Ongeacht wat de vrouw ervan vindt, jij hebt je lolletje nodig, toch?'

Hij antwoordde niet.

'Jij en een vrouw alleen in de nacht, en jij hebt het wapen. Is dat jouw fantasie? Vrouwen die hulpeloos aan jou overgeleverd zijn?'

Hij bleef zwijgen.

Emma kwam een stap dichterbij. Hij zweette. Ondanks de koele nacht. Ze kon het ruiken. Zijn kleding was minder netjes dan het op het eerste gezicht leek: na een lange werkdag zat het overhemd niet meer zo strak in de broek. Er zaten baardstoppels op zijn wangen.

'Word je daar geil van?'

Hij dacht na. Interessant. Hij kon toch nog nadenken. In deze situatie.

'Antwoord geven!'

'Ja,' zei hij.

'Daar word je geil van?'

'Ja.'

'Dan ga je naar huis, denk je aan mij en trek je je af?'

'Ja.'

'Laat zien.'

'Pardon?'

'Laat het me zien.'

Ze vroeg zich even af hoe hij zou reageren. 'Luister, mevrouw, dat gaat te ver' of 'Is dat een grapje?' of 'Alstublieft, doe dat niet, laat mij gaan'. Maar dat zei hij allemaal niet. Hij wist heel goed dat ze het serieus meende.

Hij was iets groter dan zij en niet zo slank, maar goed gebouwd. Een beetje onzeker vanwege haar spottende toon. Maar wel opgewonden. Hij kon het niet verbergen. Hij beet op zijn lippen en maakte inderdaad zijn broek open, langzaam, moeilijk met handen in handboeien. Riem, rits, hij liet de broek gewoon vallen. Eronder: zwarte, strakke shorts. Een man die verwachtte dat zijn ondergoed zo nu en dan door andere ogen bewonderd zou worden.

Emma was in de greep van een ongekend machtsgevoel. Hij had het gedaan. Zonder verzet.

'Haal hem eruit.'

Hij haalde diep adem, greep in zijn onderbroek en deed wat ze zei. Ze had het goed ingeschat. Hij was opgewonden.

'Word je daar geil van?'

Hij knikte nauwelijks merkbaar.

'Laat het me zien. Opschieten.'

'Je hebt me volledig in de hand,' mompelde hij.

'Doe het,' zei ze.

Hij gehoorzaamde.

Emma keek toe in het licht van de koplampen, terwijl boven hun hoofden en op de straten naast hen nu en dan een auto voorbijreed door de nacht, met een vermoeide bestuurder die niets zag, alleen naar huis wilde. Niemand wilde parkeren, ze waren alleen en zouden dat blijven, midden in de stad, en zij keek hoe zijn lid omhoogkwam.

'Wilde jij zonet dat ik bang zou worden?' Haar stem was droog en hees.

'Ja.'

'Wat had je gedacht dat ik zou zeggen? O nee, doe me niets?'

'Ja, zeg het alsjeblieft.'

Ze deed een stap in de richting, ging achter hem staan. Pakte zijn heupen vast. Met haar ene hand drukte ze haar Sig Sauer in zijn zij, onder zijn ribben. Ze rook zijn deodorant en het zweet in zijn nek. Het zweet rook sterker.

'Vergeet het maar,' fluisterde ze in zijn oor. 'Ik heb het pistool.'

'Ja.'

'Zeg het.'

'Jij hebt het pistool. Jij hebt het pistool.'

Ze pakte zijn geslacht beet. Zijn rechterhand bleef bewegen, op en neer, stootte tegen haar hand die zijn eikel masseerde, weer omlaag, weer tegen haar hand. Hij rilde en beefde. De handboeien rinkelden.

'Zeg het.'

Hij steunde, bijna jammerend, kon nauwelijks meer praten. Maar hij probeerde het: 'Jij hebt het pistool... Jij hebt het pistool.'

Ze was niet meer bang voor hem.

51

'Ik ga mijn harde schijf wissen, voordat ze een huiszoekingsbevel haalt.'

Dat had Lars Gohse gezegd. In de OffenBar.

Emma sliep al bijna, ze lag in haar bed, alleen, en liet de beelden van de afgelopen dag voor haar geestesoog de revue passeren, liet ze van zich wegdrijven, liet ze gaan, wat ze betekenden was niet van belang, laat ze los... Maar toen hoorde ze weer het zinnetje van Lars Gohse.

'Mijn harde schijf wissen.'

Er stond geen computer in de flat van Lars Gohse. Ze was er geweest. En als hij geen computer had, hoe kon hij dan zijn harde schijf wissen?

Ze kwam overeind.

Hij had nog ergens een kamer. Misschien nog een tweede flat die hij om goede redenen voor zijn zus geheimhield.

Zijn DNA op de steiger. Lid van de urbexers van Berlijn. Zijn reactie op de drie lijken op de Leipziger Platz volgens Till: 'Ze hebben het verdiend.' De poging om haar tas te stelen – Emma was er zeker van dat hij het was, hoewel ze het gezicht van de fietser niet had kunnen zien. Het was geen toeval. Hij was het. Hij hoorde erbij. Lars Gohse, Lars Gohse, Lars Gohse. Hij hoorde bij de moordenaars.

Uiteindelijk sliep ze in.

Toen Emma de volgende ochtend vroeg in de Poppenkast kwam, had ze een plan. Wie liegt, doet er goed aan de leugen zo dicht mogelijk bij de werkelijkheid te houden. Ze zou haar verhaal dus ongeveer zo laten luiden: haar zus Sarah had haar met iemand in contact gebracht, ene Johannes. Tijdens hun date had Johannes gezegd dat hij mensen kende die allerlei verlaten oorden opzochten, en dat het leuk zou zijn om eens kennis met ze te maken. Dus ging ze nietsvermoedend naar een bijeenkomst – en wie dook daar op? Lars Gohse.

Dat was niet zo slecht. 'Nietsvermoedend': altijd een goede kwalificatie. Als je die tenminste niet te vaak gebruikte. Misschien zou Brennemann haar de wind van voren geven omdat ze niet met haar had overlegd, maar dat zou ze kunnen verdragen. Met een beetje geluk zou er geen officiële schriftelijke waarschuwing komen. En Brennemann zou het aan Lutz vertellen, zodat Emma niet zelf tegenover hem zou hoeven toegeven dat ze zich met zijn onderzoek had bemoeid. Dat was goed. Ja, het zou kunnen werken.

Nog voordat ze bij haar bureau kwam, zei Brennemann: 'Mijn kantoor. Nu.'

Emma's adem stokte. Ze werd onzeker. Wist Brennemann al iets? Van wie? Dat kon toch niet? Er kwam iets op haar af waarop ze niet was voorbereid. Ze negeerde de starende blikken van de mannen, liep het kantoor binnen en deed de deur achter zich dicht. De chef zat al achter haar bureau. Ze bood Emma geen stoel aan, maar nam haar onderzoekend op van top tot teen.

'Heb jij een zesjarige jongen met je dienstwapen bedreigd? Zeg alsjeblieft dat het niet waar is.'

'Nee, ik?' Ze dacht: Lars Gohse? Ik heb hem helemaal niet bedreigd. En hij is ook geen zes jaar oud.

Toen drong het tot haar door waar het om ging.

'Ik wacht op uitleg. Welke dan ook. Ik bid dat die er is. En de laatste keer dat ik heb gebeden, was toen ik vijftien was en net over een plastic staafje had geplast. Overtuig me ervan dat je nog goed bij je hoofd bent.'

'Ik heb hem niet bedreigd,' zei Emma stellig. 'Ik heb hem gevraagd mijn nichtje niet meer lastig te vallen.'

'Je hebt het hem gevraagd? Zijn moeder heeft een ander verhaal, als ik de klacht van de interne inspectie goed lees. En ik kan zulke klachten van de inspectie buitengewoon goed lezen.' Brennemann tilde een stapel papier van haar bureau en liet die zwaar terugvallen.

'Ik heb alleen met hem gepraat.'

'Met Finn Allensberg. De kleinzoon van een zekere rechter Allensberg. Daar heb je kennelijk niet bij stilgestaan.'

Emma zweeg.

'Hij heeft zijn moeder verteld dat je hem hebt bedreigd. Dat je hem je wapen hebt laten zien. Hij was er vast van overtuigd dat je hem zou doodschieten als hij niet deed wat je zei.'

'Wacht eens even. Ik heb dat wapen niet getrokken. Ik...'

'Heb je het hem laten zien?'

Emma aarzelde. Fout. Alleen dat maakte het al onmogelijk om nog geloofwaardig te liegen.

'Heb je daarbij verteld dat je bij de politie werkt?'

Daar had ze niet aan gedacht. Was het niet duidelijk geweest? Natuurlijk niet voor die kleine jongen. Instinctief, voordat ze begreep dat het precies de verkeerde manoeuvre was, ontweek ze de vraag. 'Het kan zijn dat mijn jas open was en dat ik mijn wapen eronder droeg. Maar hij is nooit in gevaar...'

'Godallemachtig!' Brennemann brulde nu. De anderen op de afdeling keken op, iedereen behalve Felix. 'Nooit in gevaar? Dat jochie is zes jaar oud. Heeft hij je nichtje een beetje gepest? Vond je dat hij daarom een potentiële verkrachter was, tegen wie je de wereld moest beschermen? Wat dacht je eigenlijk? Is het werk je naar het hoofd gestegen? Ben je doorgedraaid?'

'Ik heb nooit... Het was nooit de bedoeling...'

'Zeg me alsjeblieft dat we, als we je woning doorzoeken, geen souvenirs vinden van verkrachters die je zelf te grazen hebt genomen.'

Emma was in shock. 'Natuurlijk niet, wat denk je eigenlijk van me?'

'Scalpen? Afgeknipte vingers? Video's van slachtoffers? Helemaal niets?'

Emma gaf geen antwoord.

'Ja, wat moet ik van je denken? Je hebt een zesjarig jochie met een dienstwapen bedreigd.'

'Mijn jas stond open...'

'Geef me je wapen.'

'Maar waarom, ik heb toch...'

'Je pistool. Nu.'

Emma pakte haar Sig Sauer uit haar handtas en legde die op het bureau.

'Er komt een intern onderzoek. Ik laat het vandaag van start gaan. Tot die tijd heb je geen contact met getuigen of verdachten. En geen contact met burgers uit hoofde van je functie.'

'Maar...'

'Ik hoop voor jou dat de inspectie dat verhaal van je jas gelooft. Ze kennen je natuurlijk niet zo goed als ik, dus misschien heb je geluk. Tot die tijd wil ik je niet meer zien. Het beste is dat je gewoon naar huis gaat. En ik geef je een goede raad: als je me ziet aankomen, ga je mij uit de weg.'

'Maar chef...'

'Nog een tip, Carow, omdat jij het bent. Als je toch iets in je huis verborgen houdt, heimelijk gemaakte foto's, of adressen van verkrachters of kerels die je gewoon niet mag, laat die dan alsjeblieft verdwijnen voordat er echt iemand op het idee komt om een huiszoeking te doen. En nu wegwezen hier.'

Emma pakte haar tas, die lichter was dan anders. Er ontbrak iets. Ze liep naar haar bureau en bleef daar staan, onder de blikken van de anderen, tot ze besefte dat ze niets van het bureau nodig had. Vreemd. Ze bracht hier meer tijd door dan thuis, en toch had ze zelfs geen eigen koffiemok hier staan. Ze keek naar het whiteboard.

Daar stond Felix.

Hij had net Emma's aantekeningen uitgeveegd en schreef nu: *Waarom drie verschillende soorten slachtoffers?*

Waarom? Dat hadden ze al uit-en-te-na doorgesproken: de slachtoffers hadden allemaal gemeen dat ze vroeger ook slachtoffer waren geweest. Waarom wilde hij dat nu weer aan de orde stellen? En waarom eigenlijk maar drie soorten? Het waren er in totaal vier: vader, zoon, dochter, moeder. Vier. Ze moest hier blijven. Ze moest dat corrigeren. Toen ze zich naar het whiteboard draaide, zag ze hoe Felix ervoor ging staan alsof hij zijn aantekeningen tegen haar wilde beschermen.

Hij keek haar niet aan toen ze zich omdraaide, de gang op liep en de Burcht verliet.

52

Hij was het geweest. Die hufter. Hufter. Hufter.

Emma zat in haar Polo in de Wichmannstraße, om de hoek van de Burcht, met haar voorhoofd op het stuur. Zo nu en dan hief ze haar hoofd en liet het weer zacht zakken. Dom. Dom. Dom.

Ze had het kunnen zien aankomen. Er gingen beelden door haar hoofd als de momentopnamen van een zich voltrekkende catastrofe: Felix in de Tränke, jongens onder elkaar, een beetje kletsen, klap op de schouder, een paar schuine moppen. Felix praat met Matze over World of Tanks. Felix met Lutz. Felix met Habernickel. Felix met Brennemann. Felix, die Emma's theorie dat de slachtoffers een gezin voorstellen in twijfel trekt en die eenvoudig wegveegt als Emma nog maar nauwelijks vertrokken is. *Drie soorten slachtoffers, niet vier*. Felix met zijn oude collega's van het rechercheteam, die weten hoe je een kleine interne klacht tot het thema van de dag maakt.

Hoe heeft hij dat voor elkaar gekregen? Hoe kon hij weten wat ze tegen de jongen had gezegd? Had hij met de ouders gesproken en ze aangespoord om een klacht in te dienen? Kende hij die rechter Allensberg?

Ze ging kaarsrecht overeind zitten.

Had hij die aankondiging van Uwes lezing in de kantine opgehangen?

Ze moest iets doen. Wat dan ook. Ze greep haar mobiele telefoon. Ze wilde Matze opbellen, maar dacht eraan hoe hij World of Tanks speelde met Felix. Tot nu toe kon ze altijd van Matze op aan. Sigmar? Die hield zich het liefst overal buiten. Had ze eigenlijk nog vrienden bij de OMA? Had ze eigenlijk nog vrienden in de Burcht? Ergens?

Ze moest met iemand praten. Het maakte niet uit met wie.

Sarah nam niet op.

Dat was het dan. Dat was haar huidige keuze aan gesprekspartners. Sarah. Eigen schuld. Soms benijdde ze die mannen die gewoon naar het café gingen en ongeremd een of andere vreemde of de barkeeper hun levensverhaal vertelden.

Johannes nam wel op.

Ja, ja natuurlijk vond hij het leuk, zei hij. Maar wel op een heel koele toon. Op dat moment kon hij niet praten omdat hij op kantoor was. Er zat een studente bij hem, en anderen wachtten en ze had natuurlijk twee keer niet teruggebeld, zodat hij toch een beetje verrast was dat ze zich alsnog meldde. Eerlijk gezegd.

Emma kon geen smoes bedenken.

'Bel me zo rond zes uur op,' besloot hij. 'Als je wilt. Maar niet veel later, na die tijd ben ik de deur uit.'

Ze verbrak de verbinding.

Ze probeerde er een gezellige dag van te maken. Thuis. Afleiding zoeken. Niet te veel nadenken over de stommiteit die ze had begaan, de consequenties die ze nog niet kon overzien. Het intern onderzoek. Brennemann. Lutz.

Emma was er niet goed in om er een gezellige dag van te maken.

Ze smeerde een broodje jam, liet zich ermee op de bank vallen, zette de televisie aan. Een talkshow, een of andere herhaling. Dat was toch goed om te ontspannen? Maar haar gedachten schoten alle kanten op. Door de woonkamer, naar de kast achter haar rug.

Haar baas had haar gewaarschuwd. Stel je voor dat de inspectie haar appartement inderdaad zou laten doorzoeken? Dat was beslist een grapje. Maar als ze het serieus zouden doen, zouden ze op zeker moment die kast vinden. De gifkast, zoals ze die noemde. Om over haar kelder maar te zwijgen.

Een uur lang probeerde Emma er niet aan te denken.

Toen stond ze op en liep naar de kast, deed die open, trok alles naar buiten wat ze zorgvuldig had opgestapeld: een fotoalbum, de dossiers, het mes, de hele weerzinwekkende rotzooi. Tot ze het weer in haar hand had. Zijn pakje.

Zijn boek. Zijn rotboek. Dat had alles weer opgerakeld. Het zette haar in de schijnwerpers, of ze wilde of niet. Felix had haar erin herkend. Lutz had haar erin herkend. Haar verkrachting was lang geleden, maar het was alsof hij zich met dit boek opnieuw aan haar vergreep, uit wraak voor zijn straf, iets waarop ze niet had gerekend. Daarmee hield hij haar nog steeds in zijn ban.

Nu was het ogenblik gekomen om het papier eraf te scheuren. Omslag, titelblad, opdracht. Hij had er ongetwijfeld een opdracht in geschreven. Iets persoonlijks, alleen voor haar.

Haar vingers trilden.

Ze kon het niet.

Ze sprong overeind en liet het pakje vallen, schopte het opzij als een handgranaat die voor haar voeten was gerold. Weg, bij de rest van de rotzooi.

Ze kon het niet openmaken, maar ze kon er wel iets tegen ondernemen.

Eindelijk kreeg ze Sarah aan de lijn.

'Vertelde jij niet dat je een advocaat kende? Een schoolvriend van je?'

'Ja, Basti, hoezo? Is er iets gebeurd?'

'Denk je dat hij mij een keer zou willen bellen? Ik heb een vraag.'

'Ik kan het hem vragen. Wat is er aan de hand, Emma?'

Ze wachtte een uur op het telefoontje. Steeds weer wilde ze het pakje openmaken, het boek openslaan, de ban eindelijk breken, maar telkens bedacht ze zich – de advocaat kon elk moment bellen. Toen ze begreep dat het telefoontje nog op zich zou laten wachten, probeerde ze aan iets anders te denken, zich af te leiden.

Het eerste wat in haar hoofd opkwam, was Felix. Die hufter. Tegen hem kon ze wel iets doen.

Hij nam onmiddellijk op. Verwachtte haar telefoontje al.

'Op het plein voor het DIN-gebouw,' zei ze, 'over een kwartier.'

53

Hij liet haar wachten. Drieëntwintig minuten.

Het waaide niet in de Kurfürstenstraße, maar niettemin was het er koud. Op de open plek, niet meer dan een blok van de Burcht verwijderd, moest er zelfs in de winter wat zonlicht te vinden zijn, maar vandaag hing er een treurige nevel over de stad en was het regelrecht donker op het plein. Emma wachtte in de

Burggrafenstraße, naast het kleine, ommuurde stukje groen dat het plein van de straat afgrensde. Ze leunde tegen haar wagen, met dikke laarzen en haar lichtgekleurde donsjas aan. Achter haar rug het DIN-gebouw met zijn reusachtige glazen gevel, die er altijd uitzag alsof zich net een ruimteschip in het pand had geboord en erin was blijven steken. Ingenieurskunst. Ze draaide zich om. Twee mannen in donkerblauwe pakken en grijze jassen aan kwamen uit het gebouw, slenterden over straat en rookten samen bij de monoliet midden op het plein een sigaar. Fallussymbolen, overal fallussymbolen. Een vrouw met kinderwagen bekeek in alle rust de eindeloos lange etalage van Kasten & Bedden. Toen Felix eindelijk aan kwam lopen, zag ze zijn domme grijns als eerste.

'Heb je er lol in om mij te laten wachten?'

'Er is het een en ander te doen,' zei Felix. 'Je weet wel, daarboven, in het kantoor waar jij om de een of andere reden op het ogenblik niet welkom bent...'

'Jij was het met die aankondiging.'

'Wat voor aankondiging?'

'Van die lezing. Dat boek. Toch? Jij hebt die poster in de kantine opgehangen, zodat iedereen hem kon zien. Jij hebt rondgebazuind dat ik ooit ben verkracht, dat ik in dat boek voorkom.'

'Dacht je niet dat wij het recht hadden om dat te weten? Profilers jagen op verkrachters. Het maakt je bevooroordeeld. In elk geval zolang dat voor jou nog zo'n heet hangijzer is. Daarmee breng je ons werk in gevaar. Je ziet de dingen niet helder meer, en dat weet je ook. Het erge is niet dat ik er toevallig achter ben gekomen, het erge is dat jij het voor ons verzwegen hebt.'

Het was een bekentenis, verkleed als een beschuldiging. Een oude truc die haar helaas nog altijd woedend maakte.

Ceesay liep over de Kurfürstenstraße, beladen met Aldi-tassen. Lunchpauze. Onder de bomen van de Burggrafenstraße sloop een rode kat voorbij, die met een sprong de noordkant van het kleine stukje groen binnendrong.

'En dat met dat jochie? In de kinderopvang? Die klacht. Dat was jij toch ook?'

'Nu word je langzamerhand paranoïde.' Hij lachte.

'Nu grijns je nog, maar ik ga er alles aan doen om jou van deze afdeling weg te krijgen.'

'En dat moet ik nu nog serieus nemen? Een dreiging van iemand die geschorst is?'

Engler reed in zijn zilverkleurige Škoda-stationwagen voorbij en sloeg af, de Kurfürstenstraße in. In het armetierige struikgewas aan de zuidkant van de groenstrook zat een zwarte kat de rode roerloos op te nemen. Die had de zwarte nog niet gezien.

'Je wilt me in diskrediet brengen. Denk je dat dat positief overkomt wanneer Lutz en Brennemann dat ontdekken?'

'Hoho, Emma, nu begrijp ik het. Je draagt een microfoon, of niet?' Hij giechelde. 'Ergens in die dikke jas heb je een microfoontje verstopt en nu heb je me er net toe gebracht om mijn misdaden op te biechten.' Hij leunde voorover en praatte hard tegen Emma's kraag. 'Hallo daarbinnen! Ik ben het, Felix. Ik heb over een vrouwelijke collega geroddeld. Kom hier en arresteer me!' Hij deed een stap achteruit en leunde tegen de auto achter hem. 'Heb jij soms het idee dat je hier een drugsbaas aan het arresteren bent? Emma, je bent alle contact met de realiteit kwijt.'

'Weet je waarom jij zo'n hufter bent? Omdat je weet dat je niet van mijn niveau bent. Je hebt het over concurrentie op ooghoogte en al dat soort onzin, maar je kunt niet tegen me op, en ook niet tegen de anderen in de OMA. Daarom stoot je onder de gordel, omdat je het anders niet redt. En je bent er nog trots op ook. Denk je dat je kinderen nog tegen je op zouden kijken als ze wisten wat voor laag-bij-de-grondse streken je hier uithaalt?'

De grijns was verdwenen. Dat had hem geraakt. De kinderen, dacht Emma. Dat is zijn zwakke punt.

'Weet je wat, Emma? Al die laag-bij-de-grondse toestanden die jou hier overkomen, die heb je alleen aan jezelf te danken. Je verwacht van je vrienden dat ze je trouw blijven, maar je behandelt ze als drek. Je luistert nooit, komt altijd te laat, maar weet uiteindelijk altijd alles beter. Wat denk je dat ze achter je rug om zeggen? Ze vragen Lutz al waarom hij het altijd voor je opneemt. Hij moet smoesjes verzinnen. Maar dat interesseert jou niet, nee, jij kunt het heel goed zonder je vrienden stellen. Ik hoop het voor je, want binnenkort heb je er geen meer.'

Er klonk gejank en geblaas over het plein toen de zwarte kat de rode aanviel. Het kind in de kinderwagen begon te huilen, en de moeder rukte zich los van de etalage.

Felix keek Emma onderzoekend aan. Overwoog of hij er nog een schepje bovenop zou doen. En hij deed het: 'Wil je weten waar ik de naam Uwe Marquardt vandaan heb? Je hebt hem driemaal per week opgezocht sinds je bij de politie werkt. En hem niet alleen: al je onenightstands ook. Ik ben misschien een hufter, maar als jij de namen van je minnaars in de databanken van de politie moet nazoeken, dan weet je minder over mannen dan een schaap over de boer die het beest naait.'

'Hoe weet jij...'

'Ik weet ook wat je met die Marquardt van plan bent: je hoopt dat je hem ooit definitief te pakken kunt nemen, is het niet? Je denkt dat het alleen maar een kwestie van tijd is voordat hij weer in zijn oude gewoonten terugvalt, en dan wil je je kans grijpen. Hoe stel je je dat voor? Dat je hem voor jezelf hebt in een of andere cel en hem doodslaat, als er niemand kijkt? Weet je wat jij bent? Jíj bent hier de crimineel. Jíj bent het gevaar. Hij heeft zijn tijd uitgezeten, maar dat jij hier nog vrij rondloopt, is een gevaar voor de stad.'

Haar rechterhand schoot naar voren voordat ze een heldere gedachte kon formuleren of voor tot haar door kon dringen dat het toch geen gewoonte moest worden dat ze om zich heen sloeg. Haar hand had zijn gezicht bijna geraakt, maar nu was hij er wel op voorbereid. Hij ving haar midden in de slag op en draaide de arm op haar rug, zodat ze op de knieën moest.

'Leer eindelijk eens hoe je je als collega moet gedragen.'

Daarna was hij weg. Hij draaide zich om en liep over het plein, langs die stomme monoliet, waar de mannen hun sigaren uittrapten. Ergens in het bloembed zaten de twee katten tegen elkaar te blazen, met die zware, monotone uithalen die katten laten horen als ze in een patstelling zijn beland.

Toen Emma eindelijk weer in haar Polo stapte, bliezen ze nog steeds.

54

Basti belde pas laat terug. Aardige vent, die vriend van Sarah, maar kennelijk zeer druk. Emma ook. Ze had uren zwijgend en roerloos in de keuken zitten wachten.

'Dat is overduidelijk een inbreuk op de privésfeer,' zei hij, toen ze hem haar probleem had uitgelegd.

Hij wilde weten of zij bij naam werd genoemd in het boek. Dat wist ze niet. Ook niet hoe gedetailleerd ze werd beschreven. Maar zo dat haar buren haar als de beschrevene zouden kunnen herkennen? Ook dat kon ze niet zeggen. 'Mijn collega's hebben mij herkend...'

'Hebt u dat boek dan zelf nog helemaal niet gelezen?'

Emma slikte. 'Dat kan ik niet.' Daarna: 'Is dit niet zoiets als stalking? Om mij dat boek te sturen?'

'Ik vrees dat er iets meer voor nodig is dan dat.'

'Wat?' Ze voelde dat alles in haar samenkromp. 'Maar dat is toch inbreuk, bedreiging. Of niet?'

'Hebt u dat pakje eigenlijk opengemaakt?'

'Kan ik niet,' zei ze met een zachte stem. 'Ik weet zeker dat er een opdracht in staat, maar ik...'

'Dat is toch goed? Als er een opdracht in staat kunnen we proberen dat als bedreiging uit te leggen. Maar er moet wel meer staan dan alleen vriendelijke groeten. En we moeten weten hoe u in het boek wordt afgeschilderd. U zult het helaas toch zelf moeten lezen, voordat ik iets kan doen. Dat kan ik niet van u overnemen.'

Emma verbrak de verbinding, verborg haar gezicht in haar handen, die trilden. Ze bleef zitten totdat ze wist dat het niet meer kon: ze kon het niet langer voor zich uit schuiven, zichzelf niet langer wijsmaken dat het boek ooit vanzelf uit haar leven zou verdwijnen.

Ze stond op, liep naar de woonkamer, pakte het pakje op. Terwijl ze midden in de kamer bleef staan, scheurde ze het open.

Daar was hij. Zoals ze hem al op de aankondiging van zijn boekpresentatie had gezien. Die grijnzende tronie.

Loutering. Mijn lange reis naar mijzelf door Uwe Marquardt.

Ze dwong zich diep adem te halen, sloeg het boek open. Haastig sloeg ze de eerste bladzijden om. Daar. De opdracht. In een fraai, precies handschrift.

Voor jou.

Haar handen werden vochtig.

Ik ben...

Ze klapte het boek dicht en haar hart sloeg haar in de keel. Ze beet op haar lippen, deed het boek weer open.

Ik ben het mes, jij bent het vlees.

In liefde, Uwe.

Zonder dat ze er iets tegen kon doen, kwam alles weer boven, scherper dan tevoren, duidelijker dan tevoren, de sluier van de tijd werd verscheurd. Ze hoorde zijn stem, glashelder, ze voelde zijn adem, hoe het harde bed waarop ze vastgebonden lag bewoog als hij erop klom en bij haar kwam, de precieze, snijdende pijn van de kling op haar huid, zijn blik, indringend, gretig, verachtelijk, de stem duister, dronken van lust: *Zeg me na.*

Het boek viel op de grond. Ze kon de wc nog net bereiken voordat ze moest overgeven.

Ze voelde het litteken achter haar oor. Dat had hij steeds gezegd. *Zeg me na: jij bent het mes en ik ben het vlees.* Hij had het in haar oor gefluisterd terwijl hij het mes in haar huid drukte.

En ze had het gedaan.

Ze waste haar gezicht en ging terug naar de woonkamer. Snel graaide ze alle rommel die uit de open kast puilde bij elkaar en deed alles in een grote, blauwe afvalzak. Het mes. De dossiers. Zijn boek.

Er viel iets tussen de bladzijden uit en zweefde naar de grond.

Twee briefjes van vijfhonderd euro.

Ze bleven precies voor haar voeten liggen.

Die klootzak. Wat moest dat? Was het smartengeld? Wilde hij vergeving? Dat had hij op televisie al een keer gezegd. Was dat soms haar prijs? Ze greep de biljetten van de vloer en smeet ze in de blauwe zak, die ze met een forse knoop afsloot. Daarna liet ze zich op de bank vallen en bekeek de zak met een vijandige blik.

Wanneer hield het op? Wanneer kon je vergeten? Wanneer verdween hij eindelijk uit haar leven? Uit haar hoofd? Die advocaat was nutteloos. Niemand zou iets doen. En die hufter van een Felix: Uwe was de brave burger en zij, Emma, de crimineel. Niemand zou haar helpen. Ze moest het zelf doen.

Ze moest de confrontatie met hem aangaan, zonder angst, zonder te trillen, zonder te vluchten. Ze moest hem het hoofd bieden, hem tegemoet treden en overwinnen. Geef het toe: alles wat je de laatste zeven jaar hebt gedaan diende alleen ter voorbereiding op die confrontatie. Nu is het zover. Jij bent nu degene met het wapen. Waar ben je bang voor?

Emma stond op, liep naar de keuken en dronk een glas water. Langzaam. Vervolgens naar de slaapkamer. Ze deed haar kledingkast open. Op de bodem een kleine kluis, de wapenopslagplaats. Snel greep ze haar tweede wapen, een Heckler & Koch P8 9 mm. Daarna haalde ze haar jas van de kapstok en liep naar de auto.

Naar Berlijn-Mitte, Unter den Linden, de Spree oversteken, Alexanderplatz voorbij, verder. Münzstraße, daarna de Alte Schönhauser in. Langzaam. Ze stopte voor nummer 14. Ertegenover: nummer 48.

Laatste kwart negentiende eeuw, vijf verdiepingen, imposant gerenoveerd, bakstenen gevel, afgedekt met crèmekleurige decoraties. In het appartement rechtsboven, vierde verdieping, geen licht. Mistig novemberweer, het werd langzaam donker. De auto's reden stapvoets door de nauwe straat. Jongelui slenterden voorbij, bleven bij elke etalage staan. Het pand waarin Uwe Marquardt woonde was donker en stil.

Was hij er eigenlijk wel? Of was hij op een of andere bijeenkomst van een stichting ter preventie van jeugdcriminaliteit, of iets in die geest? Met een glas witte wijn in zijn hand, een beetje kletsen, een paar anekdotes uit de gevangenis, een beetje borrelpraat en 'Hoe was het op Sylt?'.

Nu. Ga ernaartoe en bel aan. Bel aan, bel aan, bel aan. Misschien is hij er toch. Bedreig hem. Laat hem je politiepenning zien, je Heckler & Koch. Zeg dat je hem, als hij ooit weer contact met je zoekt, als hij ooit zijn misselijke tronie weer laat zien, als je hem ooit terugziet, zo kapotmaakt dat hij het zal berouwen je ooit gekend te hebben. Zeg hem dat je hem levenslang zult achtervolgen, altijd met het pistool in de aanslag, zeg hem dat je zijn naam aan alle agenten van de stad zult doorgeven, die hem op zijn huid zullen zitten tot hij zo volkomen murw is dat hij het huis niet meer uit kan, of tot hij een fout maakt en jouw Heckler & Koch als vanzelf afgaat, zodat hij als een hoopje stront voor je voeten ligt en om vergeving smeekt. Zeg hem dat.

Emma stapte uit, deed de auto op slot, stak over. Motregen. Ze liet een Volvo passeren, liep naar de huisdeur, vond de deurbel. Uwe Marquardt, vierde verdieping.

Ze verraste zichzelf door aan te bellen.

Ze belde nog een keer, een derde keer.

Een stem. Vragende intonatie.

'Politie. Doe open.'

De huisdeur zoemde. Emma liep de trappen op, steeds sneller. Niet langzamer, maar sneller. Op de vierde verdieping stond een deur open, zag ze toen ze de laatste trap opliep. Er stond iemand. Wie het was, zag ze pas toen ze voor de deur stond: een vrouw.

Blond. Knap. Grote oorbellen. Donkere getailleerde jurk met

witte kraag, laarzen, duur kapsel, dure lippenstift. Een beetje hoekig gezicht, een beetje stompe neus. Ze had die bepaalde broosheid die mannen zo graag zien. Dunne lippen en grote ogen. Blauwe ogen.

Zoals Emma zelf. Maar jonger. Ongeveer van de leeftijd die Emma had toen ze Uwe leerde kennen.

Ze duwde het meisje opzij, liep het appartement in, met een hand in haar zak, haar vingers om de greep van haar Heckler & Koch.

'Waar is hij?'

'Wat wilt u, wie bent u?'

'Waar is hij? Haal hem!'

'Hij is er niet. Ik ben alleen. Wat wilt u? Hallo!'

Emma gaf geen antwoord, liep door de gang de woonkamer in. Uitsluitend witte meubels, witte stereo, witte televisie, zilverkleurige plafondlamp; werkkamer: opgeruimd, veel hout, gepolitoerd donker hout, whiskyglazen, leren fauteuil, antiek bureau; slaapkamer: rond bed, dik hemelsblauw tapijt, opgeruimd, wandkasten, spiegel boven het bed.

'Hij is er niet. Kunt u misschien...?' Ze stond achter haar in de gang. Zacht stemmetje, een beetje benauwd. 'Ik wil uw legitimatie zien.' Emma vroeg zich af of zij ook zo naïef had geklonken, toen.

'Slaat hij je?'

Het meisje wist niet wat ze moest antwoorden.

'Dwingt hij je te doen alsof hij je verkracht? Bindt hij je vast aan het bed? Gebruikt hij een mes? Moet je hem smeken? Moet je bedelen? Wil hij dat? Doe je dat voor hem? Moet je tegen hem zeggen: "Jij bent het mes, en ik ben het vlees"?'

Toen het meisje begon te huilen, ging ze weg. Genoeg. Ze had er genoeg van. Dat voelde ze. Het was niet bevredigend geweest – Uwe Marquardt een mes in zijn buik steken, dat zou bevredigend zijn. Maar ze had genoeg van het meisje en het lege appartement waarin hij niet te vinden was. Te weten dat ze het had gedaan, dat ze het appartement inderdaad binnengestormd was en bereid was geweest om oog in oog met hem te staan, was genoeg voor haar.

Ze startte de motor van haar Polo en reed langzaam naar de hoek.

Ze had de controle over haar trillende handen nog niet helemaal terug. Ze wilde al afslaan toen de BMW haar tegemoetkwam. Een coupé van serie 4, zilverkleurig. De auto was al bijna voorbijgereden in het donker toen ze zag wie er achter het stuur zat.

Op hetzelfde moment herkende Uwe ook haar. Hij stopte.

Emma verstarde. Die grijns op zijn gezicht. Hij liet het raampje zakken. Knikte naar haar. Zei iets. Iets vriendelijks, dacht ze. Zo leek het. Maar ze hoorde niets. Alles brandde. Ze wist niet meer of ze voor een verkeerslicht stond, of het verkeerslicht op groen stond, of iemand voor haar de straat overstak – ze gaf gas. De motor sloeg af.

'Wilde je naar mij toe?'

Ze keek hem niet aan, hoorde wel zijn stem. Ze draaide aan de contactsleutel en trapte op het pedaal. De motor startte, maar sloeg opnieuw af.

'Je weet dat mijn deur altijd voor je openstaat.'

Het pistool. Haar tweede wapen. Haar Heckler & Koch. Dat lag in haar tas op de passagiersstoel. Nog geen armlengte bij haar vandaan. Ze kon het zo grijpen, ze kon het niet missen.

Maar ze kreeg zelfs haar auto niet aan de praat.

Ze draaide weer aan de contactsleutel.

Hij stond op het punt uit te stappen.

Eindelijk sloeg de motor aan. Eerste versnelling. De auto sprong vooruit, op de verkeerde weghelft, maakte niet uit, er reed niemand. Ze gaf gas, stuurde naar de goede weghelft en reed al vijftig toen ze de volgende verkeerslichten bereikte. Rood. Ze stopte niet, sloeg rechts af, nog een verkeerslicht, bijna botste ze tegen een lantaarnpaal. Pas toen keek ze in de achteruitkijkspiegel. Hij was nergens te zien.

55

Weg, alleen maar weg. Vol gas. Snel, veel te snel. Het bloed suisde in haar oren.

Ze moest diep ademhalen, drie keer, vier keer, daarna lukte het haar pas het stuur stil te houden. Het was kort voordat ze de Köpenicker Straße bereikte. Voorbij de ijsfabriek, die inmiddels was afgezet. Twee huizen verderop parkeerde ze op een binnenplaats van gebroken asfalt en woekerend onkruid. Ze haalde diep adem, kwam tot rust. Het duurde een kwartier voordat ze zover was.

Eindelijk haalde ze haar telefoon uit de handtas, koos het nummer, drukte op afbreken. Drie keer. Daarna liet ze het toestel overgaan. Hij nam op.

'Luister, Johannes,' zei ze zo rustig als ze kon. 'Het gaat vanavond toch niet lukken.'

'Dat was wel duidelijk. Ik ben niet dom. Zes uur is al een poosje voorbij.' De gekwetstheid die in zijn stem doorklonk gaf haar een steek. 'De reservering die ik had geregeld is nu vervallen.'

'Er is iets gebeurd,' gooide ze eruit. Haar stem trilde, dat wilde ze niet. Ze wilde hem alles vertellen. Daar zijn mannen toch voor? De brede schouder. Bescherming. Vertrouwen. Een thuis. Een plek waar je alles kwijt kunt, waar je kunt vergeten en van betere tijden kunt dromen.

'Emma, is alles in orde? Wat is er gebeurd?'

Ze wilde hem alles zeggen. Alles. Maar ze zei: 'Op het werk... is iets gebeurd. Ik ben er nog. Ik kan niet weg. Het wordt laat. Ik bel je weer, goed?'

Stilte. Hij leek niet te weten hoe hij moest reageren. Had ze zijn steun nodig, zou ze hem nog een keer afwijzen als hij zijn betrokkenheid liet blijken? Hij wist het niet.

Het kon hem niet schelen.

'Zal ik langskomen, je ophalen?'

Hij zou het echt doen. Nog steeds. Emma slikte. Ze deed haar ogen dicht en stelde zich voor dat ze ja zei. Ze stelde zich voor dat ze een normaal mens was. Iemand die de hand greep die haar werd toegestoken. Iemand die gelukkig mocht zijn, zelfs in het ongeluk. De tranen brandden achter haar ogen, en ze haatte hem, haatte zichzelf erom.

Zo was zij nu eenmaal niet.

'Emma?'

Ze brak het gesprek af.

Even later stapte ze uit en liep door de koude nacht een paar huizen terug, naar het Köpi. Het regende niet meer. Dat was wat ze nodig had. De apocalyps. Nou ja, zoals toeristen zich de apocalyps voorstelden.

Het zanderige plein achter de scheve stalen poort was bezaaid met onkruid en bierflesjes. Rechts en links knoestige bomen, meer naar achteren een kampement van bouwketen op bokken, stapels hout, schuren en tenten. Een paar honden en kinderen renden door het donker en maakten lawaai voor tien. Het Köpi, Berlijns bekendste kraakhuis. Voor het hoofdgebouw brandende oliedrums, eromheen drommen punks en daklozen. Uit de duisternis zweefden haar stemmen tegemoet, vloeken, schuttingwoorden, brallerige scheldpartijen, gelach – waarvandaan precies was niet vast te stellen. Muren zonder pleisterwerk of kleur, kapotte ruiten, graffiti, afval. Onder haar voeten knarsten de scherven.

Ze liep de punks, drop-outs, zuipers en daklozen voorbij, de mooie, lelijke en halfdode lichamen. Ze betaalde tien euro, liet een stempel op de rug van haar hand zetten en ging door de zware stalen deur naar binnen, links de grote gang in, de bar voorbij, de tafel met T-shirts voorbij, het vrijende stelletje, het blowende stelletje, het ruziënde stelletje voorbij – allemachtig, ze zien er allemaal hetzelfde uit en ze stinken allemaal naar die rotzooi die ze in hun haren smeren; een plaag is het dat alleen in Berlijn een achttienjarige nog gelooft dat het cool is om punk te zijn, zich van de maatschappij af te keren, aan lagerwal te raken, op straat te leven, heel authentiek, in plaats van zich door het systeem te laten misbruiken. Dat meisje daar, misschien vijftien jaar oud, met een maagdelijke huid, zonder tattoos, die vond dat allemaal nog supercool, met om zich heen alleen authentieke, getatoeëerde punk-daklozen van rond de dertig die haar het echte leven lieten zien en tegelijkertijd in haar broekje wilden graaien. Ook die liet Emma achter zich. Ver achterin, achter het gordijn, naar de grote zaal, steeds verder in de richting van de dreunende, opzwepende, hysterische muziek.

Nauwelijks licht hier. Het stoorde de band niet. Het aangekondigde concert was nog niet begonnen, tot dat moment mochten er amateurs op de bühne, zoals dit kleine bandje dat even luidruchtig en slechtgehumeurd was als de grote. Dat was wat ze nodig had: keihard, dof en agressief, meer wilde ze niet.

De muziek overspoelde haar. Ze dook onder in de menigte. Nu en dan ging er een golfbeweging door de dansenden, ze botsten tegen elkaar, zo hard mogelijk, zo verrassend mogelijk, en de kunst was om niet om te vallen en de golf door te geven. Emma stootte, stampte, danste en maakte schokkende bewegingen, sprong als een derwisj rond, op het steeds snellere ritme, tot ze niet meer wist waar ze was, wie ze was en waarom ze er was.

Meer wilde ze niet. Alleen dat, meer niet.

De tijd vergeten. Soms met open, soms met gesloten ogen. Toch merkte ze hoe de punks haar aankeken. Ze droeg een spijkerbroek, dikke laarzen, een witte trui. Geen tattoos, geen klinknagels, geen kaalgeschoren hoofd, geen naald door haar neus. Emma was niet cool, ze was C&A. Maar zij had toevallig wel een wapen in haar handtas. Ze had schijt aan die punks.

Ze danste woedend, boos en op zeker moment begon ze te vloeken, hardop. Ze vervloekte Felix, Lutz en Brennemann, mannen in het algemeen, zichzelf, haar domme verlangen, haar vervloekte lafheid, en daarna de wereld met zijn verkrachters, ellendelingen, fuck, shit, klote – niemand die haar hoorde bij die muziek, vlak voor de luidsprekers, en in het donker kon niemand zien dat ze huilde.

Behalve de lange die meedanste.

Hij kwam steeds dichter bij Emma dansen, zo dichtbij dat het leek alsof hij met haar danste. Pogo als paardans, beetje raar. Hij grijnsde naar haar. Een punk van boven de dertig, maar glad als een dertienjarige, had een lekker ding in het vizier, danste naar haar toe, dacht dat dat sexy was en dat alleen zijn nabijheid haar al ervan zou overtuigen dat ze hem die avond nodig had, en dat zij het die avond nodig had, waarom was dat mokkel anders hier? Hij danste dichterbij, opende zijn armen, raakte haar aan.

Haar vuist schoot in zijn richting als een katapult, trof hem in zijn gezicht, op zijn neus en bovenlip. Ze voelde hoe iets meegaf. Ze hoorde geen knak, daarvoor was er te veel lawaai, maar ze voelde het. Hij ging tegen de vlakte, probeerde niet eens op de been te blijven.

Ze liep om hem heen, dwars door de zaal naar de deur, anderen voorbij, rustig nu. Iedereen maakte plaats en keek ernaar. Ze hoorde commentaren als 'hé', 'wauw' en 'wat was dat?'. Emma sloeg er geen acht op. Het was te luidruchtig, en het maakte niet uit. Ze liep door de gang naar buiten en door de kou en duisternis naar haar auto. Nadat ze zich op de stoel achter het stuur had laten vallen trok ze de dikke trui over haar hoofd en hijgde na. Ze zat in haar onderhemd.

Langzaam kwam haar hart tot rust. Ze voelde de nachtbries, het zweet in haar nek, onder haar borsten. Maar dat was het goede zweet, het frisse zweet, het zweet van de lust, niet van de angst. Ze wist weer wie in haar leven de touwtjes in handen had.

En ze bedacht wat haar te doen stond.

Emma glimlachte.

Ze rommelde in haar tas. Hier. Notitieblok, telefoon. Ze stuurde een sms. Ging snel. Als hij al sliep, hoefde hij niet te antwoorden. Ze startte de motor. De Köpenicker Straße uit, over het Spreekanaal en dan langs de rijen flats van de lange, troosteloze Leipziger Straße, voorbij de eerste vindplaats, over de bonte Potsdamer Platz naar haar groezelige wijk. Het licht van Berlijn in de paar uur voor middernacht, een viezig oranje dat alle andere kleuren opslokte, koud als een elektrisch haardvuur. De oude Potsdamer Straße door, langs de verveelde hoer met engelenvleugels op haar rug. Al bijna thuis.

Ook goed.

Een piepje. Hij had geantwoord. Midden op de kruising keek ze op het kleine beeldscherm. Geen tekst, alleen een adres: Strausberger Straße, dat was in de wijk Friedrichshain. Eronder een naam: Georg Wallner.

Zo heette dus de onbekende van de parkeerplaats onder de brug.

Ze keerde haar auto.

56

Emma werd wakker met het gevoel dat er iets was misgegaan.

Rondom haar geen geluid. Duisternis, volkomen stilte.

Met een ruk kwam ze overeind: het werk. Ze tastte naar de wekker. Hoe laat? Geen wekker.

Naast haar in bed: de vreemde.

Hij sliep nog. Donker haar op een wit kussen. Een pols aan het bed vastgebonden. Ze wist weer waar ze was. Georg heette hij, Friedrichshain, Strausberger Straße, district 51. De wekker: die stond aan zijn kant van het bed. Iets na vieren. Wat was ze toch vergeten?

Ze keek naar de onbekende. Hij zou van alles kunnen zijn. Hoezo zou? Er zat in elk geval een mogelijke psychopaat in hem. Wat hier was gebeurd, mocht niet worden herhaald.

Tijd om te gaan.

Was dat haar sjaal? Ze maakte hem voorzichtig los, zonder de man te wekken.

Geruisloos stapte ze uit bed, trapte bijna op de wijnfles die ze gisteren hadden geleegd. Au. Ze kon nauwelijks lopen. Te veel seks. Hoe vaak? Ze kon het zich niet meer herinneren, voelde zich alsof ze onder water zat, heel diep, alsof ze niet te snel mocht terugkeren naar het oppervlak.

Ze liep door zijn lege, koele woning.

Nieuwbouw. Inbouwkasten, veel hout, veel glas, alles blank. Chic. En op de een of andere manier alles op maat. Zwart-witfoto's aan de muren. In de kasten autobiografieën van politici en zakenlieden. Verzameling dure horloges, hebbedingetjes van Playboy, Porsche, Manufactum. Een carrièreman. Geen bureau, geen werkhoek, geen computer met printer en kabelrommel. Een man die werk en privé keurig gescheiden hield. Ook geen familiefoto's. Had hij die snel weggehaald voordat zij aanbelde?

Alles clean, te gelikt. Te onpersoonlijk. Dure statussymbolen, maar alleen het gebruikelijke, geen eigen smaak, geen kleine, persoonlijke obsessies. Helemaal niets persoonlijks. Dit was een man die op zoek was naar zichzelf. Of een man die zijn ik verstopte.

Veel ruimte. Parket, alles naadloos in elkaar overlopend, verleidelijk glad. Stijlvol. Of aangepast voor gehandicapten. Eerder stijlvol. Emma nam een aanloop en gleed op haar sokken dwars door de gang de openstaande badkamer in. Bij de wastafel voor de spiegel vond ze make-up voor vrouwen. Natuurlijk. En eerlijk gezegd was het beter zo. Dat maakte het makkelijker om niet meer terug te komen. Ze plensde koud water in haar gezicht en keek verlangend naar de luxe, ruime douche met regenwaterdouchekop. Daar nu onder gaan, een halfuur, en alles wegspoelen...

Ze moest echt gaan.

Een minuut later stond ze onder de douche.

Terwijl ze zich inzeepte kwam de herinnering aan de afgelopen uren terug. Ze werd overvallen door schaamte en lust. Ze wilde het weer en ze wilde het niet. En daar stond hij ook al in de deuropening. Ging zonder een woord te zeggen bij haar onder de warme regen staan. Een, twee, drie stappen maar en hij drukte haar tegen de muur. Liet haar niet gaan. Trok haar heupen omhoog, drong van achteren in haar. Alsof hij gedachten kon lezen. Het deed maar een beetje pijn. Ze was alweer nat.

Alsof ze zijn speelgoed was. Overal, altijd bereid. Waarom ook niet? Een keer de controle verliezen, je overgeven, je volledig laten gaan? Wanneer had ze dat voor het laatst gedaan?

Zo lang geleden was dat niet.

Afgelopen nacht. Hij had haar in het nauw gedreven, zijn lust grenzend aan geweld, zijn handen als boeien om haar armen, tot haar opwinding in angst omsloeg, in panische angst als gal in haar mond. Tot ze hem kon overwinnen, zich losmaakte, zijn arm op zijn rug draaide, zodat hij haar vanwege de pijn losliet. Daarna lag hij vastgebonden op bed, hulpeloos, smekend; zij speelde nu met hem, zonder angst of schaamte, zoals hij aan haar overgeleverd was en om verlossing smeekte. Heen en weer. Tussen angst en woede. De controle inleveren, nee, hem verliezen, herwinnen en alles weer weggeven, dat was een lust, een verboden lust die ze zich al jaren niet meer had gegund, maar met hem had ze het gedaan.

Ze herinnerde zich het moment gisteravond, het exacte moment waarop ze dacht dat het voorbij was. Direct aan het begin. Ze was helemaal in zichzelf teruggetrokken, helemaal in haar gedachten, haar lichaam daarbuiten, onder hem, roerloos of bijna roerloos, niet meer onder haar controle, maar onder de zijne, heel ver weg, en zij was alleen, in haar hoofd, en wachtte af wat er met haar daarbuiten gebeurde.

Dat was het dan. Dacht ze. Te laat. Eigen schuld.

Om mijn overleving hoef ik me niet meer druk te maken. Of over mijn principes. Niet meer mijn zaak. Dat doet hij nu. Is ook beter zo. Hij doet het goed. Hij naait ze uit mijn hoofd. Langzaam. Onverbiddelijk. Het werkt. Opschepper.

Is dat erg? Is dat slecht? Wie ben ik zonder mijn zorgen? Zonder littekens? Ik moet huilen. Kan ik niet. De ogen geblinddoekt, in mijn oren ruist het bloed. Waarom had Uwe het mes gepakt? Waarom? Hij had me ook zo kunnen krijgen. Hij had me alleen hoeven te kussen. Hij had me kunnen verleiden. Als hij had gewild. Hij wilde iets anders. Deze hier kust me. En hij gebruikt me. Hij weet dat hij gewonnen heeft. Hij doet alles met me wat hij wil. Ik weet niet wat hij dadelijk gaat doen. Maakt niet uit. Hij valt in vele, vele mannen uiteen. In iedere man die ik ooit had. En iedere die ik nooit had. Alle mannen van deze wereld. Ze nemen me allemaal. Ze willen me allemaal. En ik geef mezelf weg. Aan hen allemaal. Aan hen die anders niet met me praten. Die me uit de weg gaan. Die bang voor me zijn. Die me begeren. Matze, Lutz, Felix, Johannes, de postbode. Allemaal. Ik geef vandaag een rondje.

Het bevalt hem dat het mij bevalt. Het bevalt hem dat ik iets doe wat ik niet zou mogen doen. Dat is een overwinning voor hem. Het is smerig en slecht, maar ik kan er niet mee ophouden. Ik dacht dat ik het kon. Juist ik. Maar dat is mijn zaak. Het laatste wat nog van mij is. Dat neemt niemand me af. Laat hem winnen. Geef je over en wees dankbaar. Hij bewijst je een dienst. Het maakt niet uit.

'Hoe laat is het?'

'Geen idee. Interesseert me niet.'

Ze ramde haar elleboog in zijn buik. 'Hoe laat is het?'

'Wat maakt het uit?' Hij greep haar steviger vast. 'Te laat voor jou.'

Maar de stemming was verdwenen. Ze draaide zich om in zijn armen. Hij hield haar vast. Het deed pijn.

Haar telefoon had om twee uur 's ochtends over moeten gaan om haar te wekken. Het toestel was niet overgegaan. Haar beveiligingsdienst had niet opgebeld, had het wachtwoord niet gevraagd. Wat was het wachtwoord ook weer? Ik heb er geen opgegeven. Ze had de beveiliging helemaal niet gebeld.

Dat was wat ze vergeten was.

Het was haar nooit eerder overkomen.

Ze had zich laten gaan.

'Laat me los!'

Waar was haar pistool eigenlijk? De Heckler & Koch? Ze ging nooit naar een man zonder de beveiligingsdienst in te lichten, zonder een wapen in haar tas, naast het bed, altijd onder handbereik. Waar was dat ding?

Het schoot haar weer te binnen: ze hadden hem gebruikt. 's Nachts. Als speelgoed. De ene keer had zij hem in haar hand, de andere keer hij. Spelen, het was alleen maar een spel. Toch? Mijn god, wilde ze zichzelf dood hebben? Laten ombrengen? Wilde ze dat? Wilde ze zich aan de macht van een vreemde man overgeven, was dat de reden waarom ze hier was?

Ze dwong zich weer aan de slaapkamer te denken. In gedachten om zich heen te kijken. Waar had ze haar pistool neergelegd? Niet op het nachtkastje aan haar kant. En ze had hem ook niet weggeborgen, dat zou ze zich herinneren. Ze zou hem niet in bed hebben laten liggen. Als deze Georg hem niet had verstopt, moest hij nu op zijn nachtkastje liggen. En hij was vastgebonden geweest. Emma werd rustig. Ze liet hem zijn gang gaan en voelde dat hij het merkte, dat hij erop reageerde, van haar overgave genoot.

Plotseling, met een eenvoudige beweging, heel speels, maakte ze zich van hem los. Ze draaide zich om, wilde naar buiten, de douche uit.

Maar hij was sneller. Hij spreidde zijn armen tegen de natte muur opzij van haar en maakte zo een kooi. Hij lachte toen ze probeerde naar rechts of links uit te wijken, ging eenvoudig mee. Een levende kooi. Groter dan zij, sterker dan zij. En zeer, zeer vastberaden. Hij lachte, maar gaf niet toe.

'Je komt hier niet meer weg, klein geil ding.'

Hij zou haar echt niet laten gaan.

Dat kende ze. De man die haar niet wil laten gaan. Hij glimlacht erbij, en je weet nooit of hij het serieus meent of niet, zo charmant en toch onwrikbaar – het is makkelijker hem gewoon te vertrouwen terwijl hij je vastpakt, vastbindt, knevelt, je wil breekt, je van je hoop berooft, je wanhopig maakt, niet luistert naar je gejammer en smeekbeden; hoeft hij ook niet, hij is sneller, vastberadener, hij weet wat hij wil, en jij niet, helemaal niet, toch wel, wegkomen, alleen maar weg, maar daarvoor is het nu te laat, daar had je eerder aan moeten denken, nu is het te laat, precies zoals hij zegt, met die stem, met die duistere, zelfgenoegzame stem.

Je komt hier niet meer weg.

Richten, dacht Emma. Wat is het doel? Hoe ver is het verwijderd? Wat hindert je? Wat staat je in de weg? Wat had Lutz haar bijgebracht? Het is een proces. Je moet het geheel zien, jouw aandeel daarin aanvaarden. Maak jezelf niets wijs. Blijf helder. Geen gevoelens. Woede. Paniek. Angst. Verontwaardiging. Dat waren nu haar vijanden.

Maar haar knieën werden slap. Ze kon niet meer blijven staan. Er was maar één weg: naar beneden.

Goed dan.

'Wil je spelen?' vroeg ze hees. Ze leunde achterover, lachte, gleed met haar rug tegen de muur langzaam naar beneden en nam zijn geslacht in haar mond. Ze proefde zeep en zichzelf. Georg ontspande, vergat zijn doelgerichtheid. Ergens wel indrukwekkend hoeveel energie de man in zijn eigen lust investeerde. Ze schonk hem een, twee minuten. Terwijl ze haar vluchtweg berekende. Naar opzij wegduiken, eruit, deur van de badkamer achter zich dichtslaan. Niet uitglijden.

Voordat hij zijn hoogtepunt kon bereiken, deed ze het ook.

Toen hij vanuit de douche achter haar aan kwam, was ze al in de slaapkamer. Daar lag hij: haar Heckler & Koch. Open en bloot, op zijn nachtkastje. Nee, daar lag hij niet. Shit, waar was hij? Het was de enige mogelijkheid. Nee, er was nog een plek. Georg had haar al bijna bereikt toen ze zich op haar buik dwars over het bed liet vallen, alsof ze wilde spelen. Hij wierp zich op haar, greep haar natte benen vast, haar achterste. Knielde achter haar. Ze trok zich met beide handen aan de rand van het bed verder, liet haar hoofd naar beneden hangen en zag het pistool.

Daar, onder het bed. Onder handbereik. Voordat hij opnieuw in haar kon binnendringen rolde ze over de rand van het bed, greep het pistool, richtte op hem. Langzaam trok hij zich van het bed terug.

Ze bleef hem strak aankijken terwijl ze opstond, liep naar hem toe en greep met haar ene hand haar kleding en tas van de grond, alles waar ze bij kon.

'Opzij, ik ga.'

Hij ging niet opzij.

Met één hand trok ze haar spijkerbroek aan. Zonder slip. Hij bewoog niet. Haar bh ging niet met één hand. Dan zonder bh. Om haar trui aan te trekken zou ze hem een ogenblik uit het oog moeten verliezen, dus geen trui. Jas ging wel, schoenen ook. Klaar. De rest van haar kleren en haar tas in haar linkerhand, de Heckler & Koch in de rechter.

Hij bewoog zich nog steeds niet. Ja. Toch. Hij spreidde langzaam zijn armen en blokkeerde de hele deur.

'Laat me erdoor.'

Hij grijnsde alleen maar.

Emma haalde de trekker over.

De knal vulde de kleine kamer, de kogel sloeg in het deurkozijn in, vlak boven zijn hoofd. Georg dook op de grond, met zijn handen op zijn achterhoofd, in elkaar gekrompen. 'Godver!' Hij rolde zo ver mogelijk van haar vandaan. 'Ben je gek geworden?'

Ze stapte over hem heen, liep door het appartement, kleren en tas in de linkerhand, pistool in de rechterhand, naar de deur, het trappenhuis in. Snel, zonder om te kijken de trappen af, naar buiten, weg hier.

Pas op straat, halfnaakt, terwijl ze onder het lopen haar jas dichtknoopte, vroeg ze zich af wat er zojuist was gebeurd.

Begon ze door te draaien?

57

Vier uur 's ochtends, bijna halfvijf. Ze moest drie keer aanbellen voordat de stem van Brennemann door de intercom klonk: 'Ik hoop dat je een overvaller of een ontvoerder of zoiets bent, want ik schiet direct.'

'Je hebt ook midden in de nacht bij mij aangebeld, dan mag ik dat nu ook,' zei Emma.

Stilte. Emma wachtte. De deur ging open. Het was niet ver. Begane grond.

Het appartement zelf zag ze niet. Alleen de gang met telefoon, telefoontafeltje, wandspiegel, en de keuken: schoon, nieuw, efficiënt, geen gietijzer, geen koper, geen prullaria. Daar wachtte Brennemann op haar. Ze stond naast het koffiezetapparaat. Haar ochtendjas kreeg ze niet meer helemaal dicht. Een hand op het aanrecht, een hand in haar rug. Onopgemaakt zag ze er nog dreigender uit dan met make-up. Het was ook echt heel vroeg. Ze zei niets. Ze wachtte. Hoopte kennelijk dat het snel zou gaan. Toen Emma aan de keukentafel ging zitten, besefte haar chef kennelijk dat dat ijdele hoop was. Het koffiezetapparaat stond op het aanrecht naast de koelkast, de glazen kan nog halfvol. Brennemann schonk een kopje in en zette het in de magnetron.

Emma wist niet wat ze moest zeggen, alleen dat ze iemand moest spreken. Toen ze aanbelde, had ze gedacht dat ze alles eruit zou gooien, alles. Maar nu haar chef met een diepe zucht ging zitten, wist ze dat ze haar niet alles zou kunnen vertellen.

'Ik moet met iemand praten.'

'Godzijdank. Ik dacht al dat je geld wilde lenen.'

'Heb jij ooit een relatie gehad die het slechtste in je naar boven haalde?'

'Zijn er dan ook andere relaties? Kom alsjeblieft ter zake. Wat wil je me zeggen, Carow?'

'Ik... ergens... geen idee. Alles loopt door elkaar. Ik geloof dat ik niet meer weet wat ik doe. Ik geloof dat ik mijn leven kapotmaak.'

'Ach, meen je dat?' Zelfgenoegzaam. 'Wil je soms biechten? Bekennen dat je te ver ging met dat kind in het kinderdagverblijf, of zo?'

'Ja, dat kind. Nee. Meer. Anders. Er was een man. Ik geloof dat ik hem pijn wilde doen. Ik geloof dat ik hem om zeep wilde helpen.'

'Tja. Mannen. Wie wil dat niet? En heb je het gedaan?'

'Er is niets gebeurd. Ik bedoel, ik geloof dat ik te ver ben gegaan, en ik weet niet wat ik moet doen.' Brennemann was sceptisch. Dat zag Emma. Ze wist niet of haar ondergeschikte een hysterisch en gevoelig zieltje was dat getroost moest worden, of dat ze op de een of andere manier door het lint was gegaan.

'Vertel me eerst eens wat er is gebeurd. In een paar zinnen. Zoals in een proces-verbaal.'

Emma wilde niet over Georg Wallner praten. Ze begon over Lars Gohse.

Ze vertelde dat ze alleen wat research wilde doen, maar toen in contact kwam met de urbexers. Omdat ze ruzie had met Lutz vertelde ze hem niets en ging ze er alleen naartoe, hoewel ze wist dat ze zich op die manier met het recherchewerk ging bemoeien – en toen stond hij daar ineens. Lars Gohse. Urbexer. Hij kende die verlaten oorden. Hij hield van die plekken. Hij had een persoonlijkheid die afhankelijk kon worden van iemand met een sterke persoonlijkheid. En het zinnetje: 'Ik ga mijn harde schijf wissen.'

'Ik ben er zeker van dat hij bij die groep hoort. Hij is een van de moordenaars.'

Ping.

Brennemann pakte het koffiekopje uit de magnetron, gooide er koude melk bij en zette het voor Emma neer. Ze dronk. Door de melk was de koffie weer afgekoeld. Haar chef keek toe. Dacht na. Daarna zei ze: 'Lars Gohse heeft alibi's voor alle acht de moorden. Driemaal was hij op reis, een paar weken lang, twee keer hielp hij zijn zus bij verschillende langlopende projecten, en er was ook nog iets met vrienden. Die reizen zijn heel goed gedocumenteerd. Met videoblogs. Hij was niet eens in Berlijn, en daarom denk ik dan ook dat die ander alibi's kloppen, zelfs wanneer ze van vrienden en familie komen. Tot zover jouw informatie. Maar dat is niet alles wat je me wilde vertellen. Er is vanavond nog iets anders gebeurd, zonet. Wat was dat?'

Emma kon het niet zeggen.

'Ik ben gaan dansen. In zo'n punktent. Een of andere kerel drong zich op en ik heb hem een klap in zijn gezicht gegeven. Ik geloof dat ik zijn neus heb gebroken.' Ze was die vent uit het Köpi dankbaar. Over hem kon ze praten. Niet over Georg Wallner.

'Drink dat op en ga weg,' snauwde Brennemann. 'Nog beter, drink dat niet op en ga weg. Als je tegen me wilt liegen, kun je dat ook op kantoor doen. Niet om vijf uur 's ochtends in mijn keuken. Wie denk je wel dat je bent?'

Emma wilde niet gaan. En ze wilde ook die smerige koffie niet opdrinken. 'Ik vertrouw mezelf niet meer,' zei ze. 'Ik weet niet of ik degene kan zijn die ik wil zijn. Ik weet niet eens meer wie ik wil zijn.'

Haar chef wachtte.

'Er is dat boek. Dat boek, iemand heeft een boek...'

'Ik ken het boek.'

'Ik krijg het niet uit mijn hoofd. Ik denk er dag en nacht aan. En... aan die vent die het mij heeft gestuurd.'

'Je verkrachter. Ik weet over wie je het hebt. Je hoeft niet in raadselen te spreken of zijn naam te verzwijgen. Zo belangrijk is hij niet.'

'Hij maakt alles kapot. Ik kan er niet mee overweg. Het werkt op mijn brein. Als een hersentumor, begrijp je? Ik zie het niet scherp meer, ik denk niet scherp, ik doe dingen die ik niet zou moeten doen. Ik geloof dat ik niet meer in staat ben om als politievrouw te functioneren.'

Ze had het gezegd. In bijna dezelfde bewoordingen die Felix had gebruikt.

Brennemann stond op, schonk een kop koffie voor zichzelf in. Zette die in de magnetron. Ze bleef ernaast staan tot het apparaat 'ping' zei. Het duurde een eeuwigheid. Ze kwam terug aan tafel en dronk de koffie zonder melk.

'Het is vijf uur 's ochtends. Je bent net geschorst. Je verkrachter heeft contact met je gezocht. Je hebt de hele nacht gedanst, genaaid of gezopen. Je bent kwaad, in de war. Je denkt dat je het allemaal niet meer aankunt. Als ik niet heel erg verrast overkom, komt dat omdat wij allemaal ooit in ons leven denken dat we het niet meer aankunnen, vooral wanneer we net contact hebben gehad met onze verkrachter. Ik zal je bedenkingen omtrent je inzetbaarheid in mijn achterhoofd houden, en wanneer het interne onderzoek voorbij is, bekijk ik of een psychologisch onderzoek aan de orde is. Tot die tijd heb ik er alle vertrouwen in dat je niet de stad in gaat om rotzooi te trappen.' Brennemann haalde een fles bronwater uit de koelkast en nam een grote slok. 'Bovendien zal ik je nu iets zeggen wat geen psycholoog je ooit zal verklappen: geen van jouw problemen is onoplosbaar. Die ga je nu een voor een aanpakken, en dan zien we verder. En nu ga je allereerst naar bed en slaapt een gat in de dag. Je ziet er echt beroerd uit. Daarna zet je een goede pot koffie, niet zoals deze hier, en ga je ervoor zitten om een lijst op te stellen van de problemen die je moet oplossen. Helemaal bovenaan staat: intern onderzoek. Heb je al contact opgenomen met je advocaat van de vakbond?'

'Ik kon alleen maar aan dat boek denken.'

'De vakbondsadvocaat heeft de hoogste prioriteit. Je moet samen met hem een strategie voor dat interne onderzoek opstellen. Op de tweede plaats komt dat jochie uit het kinderdagverblijf. Je moet persoonlijk je verontschuldigingen aanbieden bij de Allenbergs. Het kinderdagverblijf regelt dat en de vakbondsadvocaat fluistert je in wat je daarbij wel en niet moet zeggen. Dan komt het belangrijkste op de lijst: je biedt je verontschuldigingen aan bij de volgende personen. Allereerst, bij je baas. Bij... Hoe heet ze ook weer...?'

'Mevrouw...'

'Wie?'

'Brennemann,' zei Emma.

'Precies, Brennemann,' knikte haar chef. 'Met bloemen bij voorkeur. En daarna bij Lutz, die je een draai om zijn oren hebt verkocht. Dat was, naar ik aanneem, geen beroepsmatige maar een vriendschappelijke oorvijg, anders was je nu je baan kwijt. Je biedt hem je verontschuldigingen aan met een bijzonder duur ijsje van Galeries Lafayette, karamel beurre salé zou ik zeggen, in de chicste koeltas die je kunt vinden, met een strik erom.'

'IJs van Galeries Lafayette, met strik,' herhaalde Emma.

'Daarna bied je je verontschuldigingen aan bij Schreiner. Je zegt hem dat je overgereageerd hebt, dat je hem hebt gebruikt en dat het je spijt. Je zegt hem dat het nooit meer zal gebeuren en dat hij op je kan vertrouwen zoals dat bij een collega moet kunnen. En je neemt een fles wijn mee, en iets voor zijn kinderen.'

'Fles wijn en iets voor de kinderen.' Emma knikte.

'Dan kom je bij mij en praten we over die Uwe Marquardt. Die vent is een zaak voor een advocaat, maar als jij er voor de verandering voor zorgt dat je op goede voet staat met je collega's, kun je het werk van die advocaat veel kracht bijzetten op een manier die alleen je collega's kennen. Het kost je het een en ander aan flessen wijn en onderdanig gebedel, maar je gaat het wel doen. Vanaf morgen vroeg. Met een lijst. Heb je dat begrepen?'

Emma had het begrepen. Heel goed zelfs. Zo goed dat ze bijna het gevoel had dat haar problemen al waren opgelost. Ze voelde zich lichter, bijna vrolijk, bijna opgetogen. Ze deed net haar mond open om haar chef te bedanken, toen ze kuchen hoorde.

Het was niet Brennemann. Het was een mannelijk gekuch. Onmiskenbaar. En het kwam uit de slaapkamer.

'Och, het spijt me. Ik...'

Nog meer gekuch. Ze herkende de stem niet.

'Ik wilde niet... storen.'

'Maar natuurlijk niet. Wie belt er nu om vijf uur 's ochtends aan met de bedoeling om te storen?'

58

Emma sliep tot in de middag. Ze stond op, zette koffie, goede, romige, hete koffie. Een koffie die haar het vieze spul van die nacht liet vergeten. Ze smeerde een boterham met honing, ging aan de keukentafel zitten en stelde haar lijst op.

Allereerst belde ze met haar vakbondsvertegenwoordiger en beschreef wat er was gebeurd. De man gaf haar een paar telefoonnummers. Advocatenkantoren. Emma maakte een keus, werd eindeloos in de wacht gezet. Ondertussen zette ze een tweede pot koffie. Ze smeekte wanneer ze iemand aan de lijn kreeg. Overdreef. Overreedde. Het had haast, het ging om een actuele zaak, ze was nodig op het werk, de zaak moest snel afgehandeld worden, een zaak om leven of dood. Eindelijk wist ze bij een advocaat nog diezelfde dag een afspraak los te peuteren.

Tweede item op de lijst: het kinderdagverblijf.

Emma koos het nummer van haar zus. Die was kortaangebonden.

Op het kinderdagverblijf was die ochtend een enorme ruzie ontstaan. Emma was er niet meer welkom. Eerlijk gezegd was ze op dat moment ook bij Sarah niet echt welkom. Het duurde lang voordat haar zus het telefoonnummer gaf.

'Ik wil graag de kans krijgen om de jonge Finn en zijn ouders persoonlijk te verzekeren dat hij nooit in gevaar is geweest en dat het absoluut niet mijn bedoeling was om hem te laten schrikken of te bedreigen,' verklaarde Emma tegenover de sceptische directrice. 'Ik heb overgereageerd, en ik aanvaard de consequenties daarvan. Het kan zijn dat de jongen iets heeft gezien wat hij niet had moeten zien, mijn dienstwapen. Dat had ik moeten voorkomen en ik wil graag de kans krijgen om te zeggen dat het me spijt. Ook tegenover uw kinderdagverblijf: dat is een plek waar kinderen zich veilig moeten voelen, en als ik dat onvoldoende in het oog heb gehouden, wil ik mij daarvoor ook bij u verontschuldigen.'

Ze legde haar aantekeningen weg. Zulke zinnen kwamen niet makkelijk over haar lippen, vooral omdat het misselijke jochie in kwestie waarschijnlijk een misselijke grote vent in spe was. Maar kennelijk kon ze op papier geloofwaardig formuleren: de directrice van het kinderdagverblijf gaf haar een dag en tijdstip waarop ze zich bij haar op kantoor persoonlijk kon verontschuldigen bij de ouders en ook bij Finn alle angst voor haar persoon kon wegnemen. 'We weten dat die jongen moeilijk is,' voegde ze er zelfs aan toe. 'Maar als kind kun je je ouders helaas niet uitzoeken...'

Emma was te verbluft om te antwoorden.

'U hebt het niet van mij, maar ik denk dat het op een scheiding gaat uitlopen.'

'Ik zou ook graag de leidster van de groep spreken.' Emma schraapte haar keel. 'Die nieuwe, die er die dag was. Ik weet niet hoe ze heet.'

'Luise werkt hier niet meer,' zei de directrice. 'Zij was een invalkracht.'

'Invalkracht?' Iets stoorde Emma daaraan. 'Werken die bij kinderdagverblijven? Ik dacht dat de leidsters gecontroleerd moesten zijn en van staatswege...'

'Hebt u daar iets op aan te merken?'

'Nee, nee,' verzekerde Emma. Maar het stoorde haar wel op de een of andere manier. 'Ik bedoel alleen dat ik me dat anders had... Ik wist dat niet.'

'Het ziekteverzuim onder de leidsters is relatief hoog,' zei de directrice. 'We hebben vaak met uitval te maken en dan vertrouwen we op een bureau dat ons ervaren tijdelijke krachten kan leveren.'

Emma zei niets meer, zei tot ziens en verbrak de verbinding.

Maar nog steeds zat het haar niet lekker.

Nou ja. Verder met de lijst.

Ze belde Johannes op. Hij verbrak de verbinding.

De collega's: ze maakte een lijst van attenties die ze moest meenemen. Wat geef je aan een kind van een jaar? Ze belde Sarah weer op, die inmiddels een beetje was afgekoeld en die haar een paar suggesties aan de hand deed voor wat de kinderen van Felix leuk zouden kunnen vinden.

Het was goed om dingen te doen die niet bij haar pasten, die anders nooit bij haar zouden zijn opgekomen. Een beetje kruipen, een beetje stroop om de mond smeren, waarom niet? Altijd die ellendige trots. Ze stelde zich even voor hoe het zou zijn als ze alleen nog maar dingen zou doen die niet bij haar pasten, waardoor ze ooit, als het ware terloops, een ander mens zou worden.

Ja, een nieuwe Emma, een andere Emma, dat zou goed zijn. Wat nog meer? Wat kon ze verder nog doen om dat te bespoedigen? Wat zou de oude Emma nu níét doen? Dat wilde de nieuwe Emma juist wel.

Ze keek om zich heen in haar appartement.

Alles was even onbelangrijk, alles was in wanorde. Net als haar leven. Afgelopen met die onzin. Ze haalde haar bed af en stopte dekbedovertrekken en lakens in de wasmachine. Ze hield grote schoonmaak in het hele appartement, kreeg het warm van het werk en zette alle ramen open. Buiten was de hemel grijs, maar dat maakte niet uit, ze genoot van de ijzige wind. Ze verlangde naar ordening en duidelijkheid. Zo niet vanbinnen, dan in elk geval vanbuiten.

Toen ze in de woonkamer de nog altijd rondslingerende afvalzak met de rommel van Uwe zag liggen, wist ze wat haar te doen stond.

Ze trok dikke sokken en haar donzen jas aan, pakte haar sleutels, gooide de vuilniszak over haar schouder en liep door het trappenhuis naar de lift. Vier verdiepingen naar beneden. Aan de achterkant naar buiten, vuilcontainers.

Ze gooide het ding erin. Uwe was opgeruimd. Hij zat erin, in de afvalzak, met alle souvenirs, krantenknipsels, het mes, het boek met de opdracht en de twee bankbiljetten van vijfhonderd euro. Alles. Uwe in de afvalbak. Eindelijk.

Ze draaide hem de rug toe en voelde zich voor het eerst sinds jaren bevrijd. Bijna gewichtloos. Ze wilde zingen. Dansen. Iemand omarmen. Dat was de nieuwe Emma, zo snel ging het. De oude was weg, meer was er niet voor nodig geweest: gewoon Uwe weggooien. Waarom was ze niet eerder op dat idee gekomen?

Het onbeschrijflijke, lichte, vrolijke gevoel van bevrijding hield aan tot de deur van de lift openging.

Ze moest het boek nog lezen.

Ze moest het persoonlijk doornemen om vast te stellen of het haar privésfeer raakte. Dat had ze de advocaat beloofd. Het stond zelfs op haar lijst, boven in de keuken, als laatste punt in de planning voor volgende week, nadat ze het had goedgemaakt met haar collega's. Daarna: boek lezen.

Ze kon dat ding niet weggooien. Nu niet. Nog niet. Later misschien. Later zeker, heel zeker, maar nu nog niet.

Ze liep terug naar de vuilcontainer, trok de zak er weer uit. Terug naar het trappenhuis, maar niet naar boven, niet naar de lift – naar beneden, de kelder in. De smalle, donkere gang door tot ze helemaal achteraan voor de bergruimte stond met de naam CAROW op de deur. Daar gooide ze de afvalzak naar binnen. Ze sloot de deur weer af met het hangslot en draaide zich om.

Maar ze liep niet weg.

In de bergruimte wachtte de oude Emma.

Ze was er, dat voelde ze. Hier onder in de kelder, ver weg van de wereld daarboven. Ze hoorde bijna hoe de oude Emma haar naam riep, haar vroeg om binnen te komen. Alsof ze toch een beetje eenzaam was.

Emma ging niet graag naar binnen.

In de kelder waren seriemoordenaars. Verkrachters. Moordenaars, folteraars, sadisten, psychopaten.

In de kelder was werk. Werk waarvan Lutz, Brennemann en de Poppenkast niets wisten. Ze wilde nu niet werken. Ze hunkerde ernaar de afgelopen dagen met alle mislukkingen, kwetsingen en stommiteiten te vergeten en met zichzelf in het reine te komen. Ze wilde de nieuwe Emma zijn. Maar ze besefte ook dat ze, voordat ze daar ook maar aan kon gaan denken, nog dieper in de ellende moest afdalen. In de onderwereld, in de afvalput van de mensheid, er middenin. Dat was wat Emma Carow werk noemde.

Zuchtend opende ze het hangslot en stapte naar binnen.

59

Het was geen gewone kelder.

Het metalen gaas van haar bergruimte was met spaanplaat afgetimmerd en vanbinnen met kurk bekleed. Aan het plafond hing een gloeilamp, die in het donkere hol niet veel effect had. Het duurde een poosje voordat haar ogen aan de duisternis gewend waren. In het midden stond een klapstoel, verder was de ruimte leeg.

Hoewel, niet helemaal.

De binnenwanden waren bezaaid met fragmenten uit politiedossiers en krantenknipsels. En foto's: opengesneden buiken, doorgesneden kelen. Opgezwollen lijken die te lang in de Spree hadden gelegen. Ogen die in het Grunewald in het niets keken, verkrampte handen die in een achtertuin in Lichtenberg niet meer om hun leven vochten, met ijzerdraad geboeide voeten onder een brug in Spandau. Verminkingen, brandmerken, afdrukken van beten. Wat er overbleef nadat verkrachters, moordenaars, necrofielen, kannibalen of sadisten zich te goed hadden gedaan.

En direct daarnaast degenen die voor zulke zaken verantwoordelijk waren. Althans, diegenen onder hen die Emma het interessantst vond, het authentiekst, degenen die gezegd hadden wat ze voelden, vreesden of fantaseerden: haar seriemoordenaars.

Het deed echt, echt, echt goed. Een van de beste dingen die ik ooit in mijn leven heb gedaan. De woorden van Daniel Gonzalez stonden onder de foto van een van zijn slachtoffers, een van de vier die hij in Londen met een mes had afgeslacht.

Peter Kürten, die minstens negen vrouwen in Düsseldorf met hamers, messen en scharen vermoordde en verminkte: *Als ik de middelen ervoor had gehad, dan had ik hele massa's omgebracht, catastrofes veroorzaakt.*

Zelfs op de politiefoto nog in pak met das: Rudolf Pleil. Altijd stijlvol, ook nadat hij in de Harz minstens tien vrouwen de hersens had ingeslagen: *Toen ik dat meemaakte, begreep ik dat het mijn roeping is om te doden.*

Emma's seriemoordenaars. Een kleine privéverzameling van... mensen. Van mensen die niemand buiten haar kleine donkere cel als mensen kon of wilde zien. Emma kon dat wel. Ze kon hen zien zoals ze waren. Ze kon hen begrijpen omdat ze hen wílde begrijpen.

Gonzalez: hij vond de grootste emotionele vervulling daar waar verder niemand die vindt.

Kürten: haat, ongeremde, laatdunkende haat.

Pleil: zelfervaring. Hij ontdekte iets in zichzelf, een nieuwe zingeving voor zijn leven.

Iemand als Sarah mocht nooit iets van haar kelder te weten komen. Wat zou ze zeggen? Dat geen normaal denkend mens in die ruimte zou kunnen komen zonder door het lint te gaan en wanhopig te worden? Wat ben je voor een mens, Emma? Zij ging niet door het lint en ze werd niet wanhopig. Integendeel. Ze werd heel rustig. Ze wist: begrijpen of veroordelen – beide tegelijkertijd ging niet.

Vóór alles wilde Emma haar seriemoordenaar begrijpen, haar hoofddader, die zijn slachtoffers inwikkelde, ophing en met een prachtig uitzicht op de stad aan de dood overgaf. Wat zou hij zeggen als hij hier bij haar in de kelder zat? Welke woorden van hem zou ze op het grote prikbord zetten?

Ze hebben het verdiend.

Misschien.

Ik heb ze leren hopen. Hopen dat ze toch nog gered konden worden. Het was de meest intense ervaring van hun leven, waarvoor ze me dankbaar zouden moeten zijn.

Wacht even. Wat was dat?

Was het niet angstaanjagend dat ze gered hadden kunnen worden? Heeft het je geen pijn gedaan dat niemand kwam om ze te redden, hoewel ze daar hingen en baden dat er hulp zou komen?

Nee. Dat is alleen een voorwendsel. Niemand doodt om een boodschap te verkondigen, de maatschappij angst aan te jagen. Je doodt omdat je wilt doden. Lieg niet tegen mij. Wat levert het op? Waarom doe je het?

Je hebt er niets van begrepen, Emma, helemaal niets. Je gelooft dat ik net zo ben als de anderen. Zoals die erbarmelijke Uwe van jou. Die je heeft vastgebonden, gesneden, verkracht, je genomen heeft, je tot de zijne heeft gemaakt, met huid en haar. Waar was hij al die tijd? Hij was bij je. Hij wilde bij je zijn, altijd, elke minuut.

Emma begon te luisteren.

Maar ik? Ik heb nog geen uur doorgebracht bij mijn slachtoffers. Ik ben jouw Uwe niet, met zijn platte lust en lichamelijke liefde, zijn begeerte van bloed, zaad en drek. Hij denkt in niets zoals ik denk. Voelt niets van wat ik voel. Hij heeft in zijn leven niets doorgemaakt van wat ik heb doorgemaakt. Hij is dom, blind, hij weet niet wat hij met zijn woede, zijn talent, zijn gave moet beginnen. Hij is een amateur. Zie je het verschil niet?

Waarom dood jij, als je zoveel beter bent dan alle anderen? Uiteindelijk doe je precies hetzelfde, ik zie geen verschil. Je doodt je slachtoffers, net als iedere andere seriemoordenaar.

Ik dood mijn slachtoffers niet.

Dat verbeeld je je alleen maar! Je doodt ze net zo goed als alle anderen. Jouw slachtoffers zijn dood, en dat is jouw schuld.

Ik dood mijn slachtoffers niet.

Emma schudde haar hoofd en probeerde zich van de beelden, stemmen en gedachten te bevrijden. Ze stond op, opende de deur, deed het licht uit, sloot achter zich af en liep via de nauwe gang tussen de bergruimten door terug naar het trappenhuis. Ze dacht na.

Ze begreep hem niet. Emma begreep haar dader niet.

60

'Alsjeblieft, laat het me goedmaken. Het komt me al duur te staan, geloof dat maar. Neem me alsjeblieft mijn Emily niet ook nog af.'

Emma had een lange dag voor de boeg. Eerst de advocaat van de vakbond, dan allerlei boodschappen. Ze was extra vroeg opgestaan. Ze was uitgeslapen, had gedoucht en zich opgemaakt en was klaar om de deur uit te gaan. Ze had zelfs ontbeten. Toen bedacht ze het. Als ik alles achter de rug heb, 's middags als beloning: Emily. Dat had ze nodig.

Haar zus zuchtte. 'Goed dan. Maar je gaat niet naar het kinderdagverblijf. Je haalt haar hier af. Jullie kunnen met Kalli naar de junglespeeltuin. Misschien kan ik naderhand nog iets op tafel zetten... Maar hooguit worstjes.'

'Ik ben gek op worstjes,' zei Emma.

Voordat ze de deur uit ging, belde ze Matze op.

'Je moet er bij Lutz op aandringen dat hij gaat praten met de medewerksters van de kinderdagverblijven waar de kinderen van onze slachtoffers heen gaan, die van Herold en Fredersdorf.'

'Emma, ik weet het niet. Je bent geschorst, praat eerst liever met...'

'Al goed. Het gaat om verdachten. Het is belangrijk om dat door te geven. Ik denk dat de medewerksters van die kinderdagverblijven meer wisten dan zou moeten, op zijn minst bijvoorbeeld dat onze beide vrouwen problemen met hun moederrol hadden.'

'Hoe konden ze dat dan weten?'

'Kinderen gedragen zich anders en opvallend wanneer er thuis stress is. Ze zijn een open boek. En zo'n leidster merkt dat meteen. De details kent ze niet, maar ze denkt er wel het hare van, en als ze meer wil weten, hoeft ze het alleen maar een keer handig te vragen.'

'Hm... Ik heb hier de lijst met verdachten voor me. De kinderdagverblijven staan er al op. De kinderen gaan naar verschillende adressen. Lutz heeft de leidsters al aan de tand gevoeld. Zelfs wanneer sommigen op de hoogte waren van het probleem van Lucy Herold... Luister, dat is onzin. Hoe zouden ze dan ook gehoord moeten hebben van de problemen van Julia Fredersdorf? Haar kind gaat naar een heel ander kinderdagverblijf.'

'Er zijn tijdelijke krachten. Die werken de ene maand bij het ene kinderdagverblijf, de volgende maand bij het andere. Heb ik vanochtend ontdekt.'

'Tijdelijke krachten in kinderdagverblijven? Is dat toegestaan?'

'Dat verraste mij ook. Het gaat kennelijk niet anders. Die lui zijn heel vaak ziek. Gespecialiseerde bureaus sturen dan tijdelijke vervangers. Die werken vaak in vier, vijf of zes verschillende kinderdagverblijven per jaar. Ook mannen. Het is heel goed mogelijk dat een vervanger zowel het kind van Lucy Herold als dat van Julia Fredersdorf kende en heeft uitgehoord.'

Matze dacht na. 'Ik zeg het tegen Lutz.'

'Matze?'

'Ja?'

'Doe alsof het jouw idee was.'

Kalli en Emily stonden allebei te springen van ongeduld toen Emma haar nichtje warm aankleedde en een flink aantal koekjes inpakte. Kalli omdat hij een hond was, en Emily omdat ze Emma in de speeltuin absoluut een trucje wilde laten zien. Maar ze waren nog niet in de junglespeeltuin in het Bäkepark aangekomen, of ze was het vergeten.

Emma en Kalli keken toe terwijl Emily over het hangmattenlandschap rende en op de houten tijgers, slangen en apen klom. Een Turks jongetje hield een wedstrijdje met haar, steeds de glijbaan weer op en af. Een oudere man, alleen, misschien een vader, misschien ook niet, keek vanaf een picknicktafel toe. De jongen won. Emily was boos en liet hem staan, maar praatte het eerstvolgende halfuur over niets anders dan de jongen, die alleen maar sneller was geweest omdat hij snelle schoenen had: zelf was hij helemaal niet sneller en zijn mama was stom, die daar in de verte, ja, precies; en hij had haar een kauwgom gegeven omdat ze zo verdrietig was, maar ze mocht helemaal geen kauwgom eten omdat mama altijd dacht dat ze hem zou doorslikken. Omdat mama ook stom was. Ze was toch geen baby meer!

Van Emma mocht ze de kauwgom hebben, en Emily slikte die prompt in. Toen de jongen haar uitlegde dat haar billen die avond aan elkaar zouden kleven, kreeg Emily de slappe lach. Maar haar tante wist wel een remedie: direct heel veel koekjes eten. Ze verdeelde ze ruimhartig over beide kinderen.

Emma besefte dat ze op zeker moment ruzie om een speeltoestel zouden krijgen en dat ze met de moeder van de jongen zou moeten praten, die naast een andere vrouw met een hoofddoek verderop op een bank zat. Maakte niet uit. Dat hoorde erbij. Op de een of andere manier was alles al aanwezig hier in de speeltuin, het hele leven. De strijd tussen de seksen, de aantrekkingskracht tussen de seksen. Concurrentie, voor jezelf opkomen, teleurstelling, de hiërarchie waarover telkens weer onderhandeld moest worden. Alleen was alles hier nog spel.

Emily kwam naar haar toe rennen. Het was haar weer te binnen geschoten wat ze haar tante wilde laten zien. Ze had Kalli zo'n leuk trucje geleerd. Dat moest Emma beslist zien.

'Zit. Kalli, zit! Nee, Kalli, braaf. Kijk.'

Emily stak met een groot gebaar een koekje in de lucht. Alle aandacht van Kalli ging direct en volledig uit naar de lekkernij. Hij leunde naar voren, begon te kwijlen, keek met glanzende ogen naar het koekje, dat hem met zijn aanblik en reuk volkomen in de ban hield. Met zijn staart kwispelend kwam hij weer overeind, klaar om naar dat ding toe te springen.

'Nee,' zei Emily. Ze hield het koekje nog hoger, zogenaamd, maar niet werkelijk, buiten het bereik van de hond. 'Zit! Kalli, zit!'

De grote labrador van drie jaar hield zijn ogen strak op het koekje gericht en liet zich met tegenzin door zijn achterpoten zakken om met een kreuntje op zijn achterste te landen. Langzaam en voorzichtig bracht Emily het koekje binnen het bereik van Kalli's snuit, daarna op ooghoogte. De hond knipperde niet met zijn ogen. Zijn romp bewoog heen en weer, net als zijn staart, maar zijn kop bleef stil.

Emily legde het koekje op de snuit van Kalli.

Daar lag het op zijn neus te balanceren. Kalli's ogen bleven er strak op gericht, hij keek er scheel van.

'Nee,' zei Emily. Ze wist dat de hond de lekkernij met een ruk van zijn kop omhoog kon gooien en in zijn bek kon vangen. Hij wilde dat ook. Dat zag ze aan hem. 'Nee,' waarschuwde ze. 'Braaf.'

Kalli beheerste zich. Vertwijfeld. De geur van het koekje vulde zijn neus, maakte hem gek, zo dichtbij, zozeer van hem, alleen van hem, maar hij mocht niet bewegen omdat zij het had bevolen. De kleine Emily, het kleine vrouwtje, nauwelijks groter dan hijzelf en met veel minder scherpe tanden. Maar toch was het aan de kleine Emily om het bevel al dan niet te geven.

Er stonden nu vier kinderen om hen heen. Ze kwebbelden, wezen naar de hond. Ze waren onder de indruk.

'Nee,' zei Emily. 'Nee.'

Kalli gehoorzaamde.

'Nee.'

Kalli ontplofte bijna, maar hij bewoog zijn snuit niet.

'En hop!' zei Emily.

Het koekje was al weg en Kalli wachtte kwijlend op het volgende hapje.

'Brave hond!' riep Emily. Ze klapte in haar handen. 'Kalli is de slimste van allemaal!'

Er liep een koude rilling over Emma's rug. Ik begrijp je, dacht ze. Eindelijk begrijp ik je.

Ze greep haar telefoon. Lutz.

Hij nam niet op. Ze sprak zijn voicemail in. 'Lutz, ik weet nu waarom hij geen sporen achterlaat. Volgens mij heeft hij helemaal geen contact met de slachtoffers, tot hij ze ophangt. Eigenlijk kunnen ze hem niets schelen. Het gaat hem helemaal niet om hun dood, het gaat hem om de controle, dat is het... Lutz, bel me. Bel alsjeblieft terug.'

Het werd langzaam donker. De Turkse jongen vertrok. Sarah zat met de worstjes op hen te wachten. Emma deed haar mobiele telefoon terug in de tas, floot Kalli en zei tegen Emily: 'Doe dat nog eens.'

61

Kort voor middernacht begreep ze dat Lutz niet zou terugbellen.

En dus ging Emma naar kantoor.

Niemand in het trappenhuis. Niemand op de gang. Niemand in de Poppenkast. Ze haalde de dossiers die ze nodig had uit het archief, pakte haar aantekeningen uit de la, zette de computer aan en opende de databanken. Daarna zette ze een pot koffie en ging aan het werk.

De lijst van alle verdachten en getuigen tot dan toe was lang. Ze voerde de namen op alfabetische volgorde in de databanken in en ploos de dossiers na. Ze zocht twee kenmerken: allereerst verdachten die als kind misbruikt waren, of die ook maar indirect met misbruik in contact waren gekomen.

Ten tweede personen die een deel van hun jeugd in een rigide, afgescheiden gemeenschap hadden doorgebracht. Op het blaadje noteerde ze: *sekte, commune, tehuis, internaat, andere gezinsvervangende gemeenschappen met strenge regels.*

Misbruikt. Gezinsvervangende gemeenschap. Ergens tussen die parameters zat de dader.

Ze opende een nieuw gegevensbestand en tikte de namen in van degenen die aan beide kenmerken voldeden.

Harald Schäppi, taxichauffeur, de veroordeelde verkrachter die zijn slachtoffers graag met industriële tape vastbond, bracht bijna twee jaar door in een jeugdgevangenis in Brandenburg, een instelling waartegen later verdenkingen rezen wegens misbruik door de bewakers. Een jeugdgevangenis: ook een 'gezinsvervangende gemeenschap', een instituut dat het gezin noodgedwongen verving. Volgens de onderzoeksgegevens had Schäppi beroepsmatig contact gehad met de echtgenoot van Julia Fredersdorf, en als buurman met Karl Brandner.

Zijn naam kwam als eerste op de lijst.

In Minsk zat een echtpaar in de gevangenis omdat het hun kinderen jarenlang voor prostitutiedoeleinden aan bekenden en vreemden aanbood, vermoedelijk als deel van een netwerk. Was een kinderprostitutienetwerk een 'gezinsvervangende gemeenschap'? Dat was wel heel cynisch, maar het kwam dicht in de buurt, want de ouders hadden door deelname aan het netwerk hun ouderlijke plichten opgegeven en hun kinderen aan vreemden uitgeleverd. De inmiddels volwassen kinderen woonden in Berlijn: de zoon, Janka Kasulin, hulpkracht in de bouw, was tussen 2009 en 2011 dakloos geweest en had in die tijd de vermoorde Harald Didas gekend; zijn zus Nadesjda kwam in 2012 viermaal als schoonmaakster in de woning van Lucy Herold.

Emma schreef de namen van de broer en zus op.

Reagerend op de bekendmaking over de moorden op de Leipziger Platz had ook ene Susanne Ronski contact met de politie gezocht, omdat haar zoon Friedemann, zevenentwintig, al twee jaar eerder een bizar kunstwerk van industriële tape in zijn kamer had geïnstalleerd. De zoon, die als moeilijk lerend te boek stond, had bijna alles in de kamer met zilverkleurige ducttape beplakt, zelfs zijn matras en dekens. In de databanken dook zijn naam niet op, maar wel die van de moeder: ze was lid geweest van de Great Spirit-commune in Canada, die tijdelijk onder vuur kwam te liggen vanwege de rigide opvoedingsmethoden. Nadat de commune vreedzaam was ontbonden, was de vrouw kennelijk teruggekeerd naar Duitsland.

Friedemann werkte als chauffeur voor een maaltijdservice die eten bezorgde bij opvangtehuizen voor daklozen, en had langs die weg contact kunnen hebben met de drie zwerfjongeren. Wel had hij een alibi voor de tijd van de moord op de drie jongens: de ene keer was hij met zijn moeder in Zweden op vakantie geweest, de andere twee keer woonde hij een seminar van Caritas in Essen bij. Niettemin noteerde ze zijn naam.

Op het dossier van Benjamin Fottich stond met grote letters: SEKSCLUBMUMMIE. Toen Emma begreep wat daarmee werd bedoeld, kreeg ze een schok: Lutz had hem dus gevonden, de man die zich in ducttape had laten wikkelen en vierentwintig uur lang aan een kruis had gehangen. Dat wist ze helemaal niet, en toen ze de aantekeningen las begreep ze ook al snel waarom niet. Benjamin Fittich, drieënveertig, bouwondernemer uit München, de laatste jaren steeds om de twee, drie maanden voor zaken in Berlijn, bleek iemand te zijn geweest die graag experimenteerde met seks. Na een solo-experiment met wurgseks, met gebruikmaking van een tuinslang, was hij een klein jaar geleden overleden. Zijn naam hoefde ze niet te vermelden.

Het was halfdrie in de ochtend en de tweede pot koffie was leeg toen Emma de klus had geklaard. Op haar lijst stonden eenentwintig namen. Ze rekte zich uit, stond op, deed het raam van de vergaderhoek open en ademde diep door. Koud. Goed. Ze wipte op haar tenen, liep om de grote tafel heen en ging zigzaggend tussen de bureaus door. Wakker blijven, wakker blijven. Iets op het bureau van Matze trok haar aandacht. Twee foto's. Twee dossiers. Medewerkers van kinderdagverblijven? Aha. Hij was dus eens gaan kijken. Dank je, Matze.

Emma bekeek de foto's. Kathleen Miller, strenge blik, ongeveer zo oud als zij, en Karsten Lasalle, een jongeman, twee piercings in zijn wenkbrauwen. Ze bladerde de papieren door. Beide verdachten waren hulpkrachten en hadden op verschillende tijdstippen in de kinderdagverblijven gewerkt waar de kinderen van de vrouwelijke slachtoffers heen gingen. Miller had alibi's voor de tijd waarin de twee vrouwen waren verdwenen. Lasalle niet.

Interessant. Ze zette de twee als laatsten op de lijst, sloeg het bestand op en begon met een tweede lijst.

Dit keer noteerde ze gezinsvervangende gemeenschappen. Een paar kende ze al: het Albertinuscollege in Berlijn, de voormalige Kindercommune in Augsburg, het kindermisbruiknetwerk in Wit-Rusland, de grote familie van de vrijkerkelijke gemeente Ottersdorf en het voorbeeldinternaat in Zwitserland, de Appenzeller Schule. Andere waren nieuw voor haar, zoals het inmiddels opgeheven Alemanha Livre in Brazilië dat in de jaren zeventig door een geëmigreerde Duitse pedagoog was gesticht en waar de kinderen volgens vooruitstrevende pedagogische principes door de hele gemeenschap moesten worden opgevoed. In de praktijk werden ze echter regelmatig door de oprichter seksueel mishandeld en met elektroshocks gemarteld, om ze te zuiveren van 'slecht gedachtegoed'.

Toen Emma klaar was stonden er zeventien 'gezinsvervangende gemeenschappen' op haar lijst en ze wist niet meer zeker wat erger was: de paar seriemoordenaars die buiten rondliepen, of al die reformpedagogen, die vooruitstrevende instituten met hun leiders vol nieuwe ideeën, de drop-outs en utopisten die met grootse verhalen begonnen en uiteindelijk een paar kleine privéhellen schiepen waarin ze onder de dekmantel van liefdevolle opvoeding de hun toevertrouwde kinderen mochten kwellen.

Ze had nog een uur of twee. Genoeg. Het was krap, maar genoeg.

Emma schreef. Ze formuleerde haastig, slordig, provisorisch, maar ze schreef. Om halfzeven had ze een nieuw profiel.

Rudimentair, vol schrijffouten, maakte niet uit. De Poppenkast zou al snel bevolkt raken. Ze zouden haar vragen wat ze daar deed. Ze moest weg. Toch dook ze nog een laatste keer in de databanken. Nog maar twee namen: *Johannes Kehrmann* en *Georg Wallner*. Het was verboden, maar ze moest het doen. Die twee door de databanken jagen. Ze las niets, noteerde niets, geen tijd. Ze klikte gewoon op 'afdrukken' en stopte de uitgespuugde blaadjes snel in haar handtas.

Achter het raam schemerde de ochtend al. Buiten op de gang hoorde ze een eerste gesprek. De derde kan koffie stond halfvol op haar bureau. Ze liet hem staan, sloot de computer af, griste haar papieren bij elkaar en sloop als Assepoester door de achteringang weg, snel voordat iemand van de hofhouding het zou merken.

Toen ze zich buiten nog een keer omdraaide, in het loodgrijze ochtendlicht, zag ze de lichten in de Burcht een voor een aangaan. De werkdag begon, en hij begon zonder haar.

62

Ze vond hem in warenhuis Real. In de Müllerstraße, in de wijk Wedding.

Vlak achter de Turkse vrouw met de vermoeide ogen en brede schouders in haar zwarte blouse met SECURITY erop, die tegen het statafeltje in de passage leunde en zich na haar nachtdienst een kop koffie en een broodje met worst gunde.

Hij zat op de bank. Naast hem een dikke aktetas, type pilotenkoffer, met daarop een kop koffie, zwart, en een plastic beker Florida-Eis, met speculaas. Een seizoenssoort. Zo vroeg al? Was de adventstijd al begonnen? Ja, natuurlijk.

In haar linkerhand hield Emma de stapel haastig volgeschreven blaadjes, met haar rechterhand zette ze de koeltas naast hem op de bank.

Hij was niet blij haar te zien. 'Wat heb je daar? Je ontslagbrief?'

Ze was voorbereid. Ze had geoefend, had zelfs een paar woorden opgeschreven en uit haar hoofd geleerd, buiten nog, in de auto. Ze wist wat ze moest zeggen. 'Ik heb iets meegenomen ter verontschuldiging.' Ze wees naar de koeltas. 'Vanwege laatst... Wat ik gedaan heb, was niet oké. Ik wilde je niet kwetsen. Niet als vriend en niet als chef. Jij bent de enige die er altijd voor mij was.'

Lutz was niet onder de indruk. 'Dat klinkt als iets wat jouw baas zou kunnen bedenken. Was zij het? Wat zit erin? Iets duurs uit KaDeWe? Of van Lafayette? Natuurlijk, wat anders?'

Emma, die een uitnodiging om te gaan zitten had verwacht, bleef besluiteloos staan. Hier had Brennemann haar niet voor gewaarschuwd.

Lutz sloeg zijn armen over elkaar. 'Apart dat je eerst geschorst moet worden voordat je een keer aardig kunt zijn voor iemand.'

De Security-dame schuifelde langzaam om haar statafel heen dichterbij.

'Lutz, wat wil je van mij? Ik kan alleen maar zeggen dat het me spijt. Eerlijk. Moet ik het als een gedicht opzeggen? Man, je weet toch hoe slecht ik in zoiets ben?'

'Natuurlijk. Weet ik. Wil je horen dat ik het je vergeef? Geen probleem. Je hoeft er ook helemaal niet om te vragen, op een bepaald moment gaat dat vanzelf. Weet je waarom? Omdat ik het gewend ben. Mannen doen dat voortdurend, vanaf het begin, het is de eerste grote investering van hun leven: lang voordat ze een huis bouwen of iets anders doen investeren ze in jullie vrouwen, doen ze alles wat nodig is, vergeven ze alles, want de investering die je doet is niet gering, in een investering stop je geld, je gelooft erin, jarenlang, maar dan merk je op zeker moment dat de investering slecht is. Je hebt jarenlang in vw geïnvesteerd, maar er komt niets uit, maar je hebt er al zoveel ingestoken dat je er nog iets bovenop legt, zodat het eindelijk functioneert: vergeet het maar! Dus investeer je op zeker moment een beetje in Toyota, een klein beetje maar, een paar euro, dat kan toch geen kwaad? Maar als vw dat hoort, o, o, dan krijg je gedonder, zeg ik je, en je hele investering zie je nooit meer terug, al het geld foetsie, weg, overboord en dan merk je: vw heeft helemaal niets in jou geïnvesteerd, alleen omgekeerd, alleen jij hebt geïnvesteerd en vw heeft alleen geïncasseerd. Nu is al het geld weg en Toyota staat voor je en houdt een hand op.'

'Eh...'

Emma had geen idee waar hij het over had. Wel begreep ze dat hij echt woedend was. Was het zo vreselijk om met haar te werken? Ze wist niet hoe ze moest reageren, stond erbij als een passant bij een auto-ongeluk die bij zichzelf zegt: ik had toch die cursus EHBO moeten doen.

De Security-dame raakte haar koffie niet meer aan. Ze zag er ook niet meer zo moe uit. Lutz had niet bepaald zacht gepraat.

Hij merkte het nu zelf en schraapte zijn keel, wreef over zijn ogen. 'Maar je hebt papieren in je hand. Een theorie die je kwijt wilt, of niet?'

'Lutz, ik kan ook...'

'Al goed, Emma. Wat heb je daar? We blijven bij een thema waar je verstand van hebt. Wat is je theorie dit keer?'

Aarzelend gaf ze hem de blaadjes aan: de lijst van verdachten met misbruik in hun biografie, de lijst met gezinsvervangende gemeenschappen en haar haastig geschreven, voorlopige profiel.

Hij nam de papieren niet aan, maar wachtte met gevouwen handen af. Het was vreemd om zo voor hem te staan, als een schoolmeisje bij een presentatie. Maar ze was te trots om gewoon naast hem te gaan zitten.

'Ik heb me afgevraagd hoe de verschillende elementen van zijn enscenering bij elkaar passen,' begon ze. Het kostte haar moeite om haar stem te beheersen. Het was te veel, de mislukte excuses, zijn vreemde tirade waarop hij een of ander antwoord verwachtte, maar wat? Ze wist het niet en ze wilde dat ze alleen over het werk kon praten met hem, daar had ze tenminste verstand van, dat had hij goed gezegd. Ze wilde dat er niets anders was dan werk.

'Allereerst dat idee-fixe van het gezin, het ideale gezin. Waarom is dat zo belangrijk voor hem? Ik denk omdat hij nooit een gezin heeft gehad en ernaar verlangt. Als dat klopt, moet je je afvragen: hoe is hij opgegroeid? Iemand heeft hem opgevoed, wie of wat was dat?'

Lutz schudde zijn hoofd. 'Te veel open vragen.'

Emma ging gewoon door. 'Dan het misbruik. Hij zoekt voormalige slachtoffers van misbruik op. Waarom? Wil hij ze van hun kwelling verlossen? Wil hij ze bestraffen? Het misbruik hoort in elk geval bij zijn eigen verleden, hetzij dat hij zelf in zijn jeugd werd misbruikt, of een familielid van hem.'

'Jullie hebben het over de Leipziger Platz, toch, collega's?' zei de Security-dame. Ze keek in de richting van Lutz en blies in haar koffie. 'Is die plek nog vrij?' Ze knikte in de richting van de koeltas. Emma stond nog steeds.

'Nee,' zei ze niettemin. De brutaliteit. Ze was nog niet klaar. 'En die ducttape, ook zo'n obsessie. Heeft misschien met het misbruik te maken. Bij zijn misdaad heeft hij hem gebruikt om zijn slachtoffers hulpeloos te maken. Hij associeert hem dus met onmacht. Ik wil natuurlijk niet zeggen dat hij als kind in ducttape werd gewikkeld en werd opgehangen, maar op de een of andere manier werd hij daarmee beteugeld...'

'Ja, en hoe dan? Bedoel je dat hij zijn groente niet wilde opeten en dat zijn vader hem dan met tape op zijn stoel vastzette tot het bord leeg was?'

'Ja, iets in die richting.'

De Security-dame haalde haar schouders op. 'U hebt zeker geen kinderen? Die kunnen je behoorlijk op de zenuwen werken.'

Lutz hield het niet meer uit. 'Jij zegt dat zijn vader hem heeft misbruikt, en tegelijkertijd zeg je dat hij geen vader had. Je maakt het me moeilijk om je...'

Emma onderbrak hem: 'De vervangende vader, bedoel ik. De vervanging voor het gezin. Een internaat of zoiets. Wie jarenlang door een autoritaire figuur wordt misbruikt, droomt ervan dat zoiets in zijn echte gezin nooit zou zijn gebeurd. Hij fantaseert over een abstract, ideaal gezin, dat perfect is, maar dat hij in werkelijkheid helemaal niet kent.'

Lutz knikte. Dat kon hij zich in elk geval voorstellen.

De Security-dame streek haar haren zorgvuldig achter haar oren. Ze maakte Emma nerveus. Het waren allemaal interne kwesties die ze hier in het openbaar besprak, dat zou ze niet moeten doen, maar ze had geen keus. Ze moest doorgaan, zolang Lutz nog min of meer luisterde. Ze begon sneller te praten.

'Daar komt het element openbaarheid nog bij. Hij doodt zijn slachtoffers niet in een kelder, waar geen getuigen aanwezig zijn, maar voor het oog van iedereen, op plekken die voor iedereen toegankelijk zijn.'

'Dat past in elk geval bij het misbruik in een instituut als een internaat...' Lutz knikte met enige tegenzin.

'Precies. Als een kind door zijn eigen vader thuis wordt misbruikt, dan gebeurt dat in de privésfeer. Het kind verwacht niet dat de buren er iets aan zullen doen. Hoe zou dat ook kunnen? Zij weten immers niet wat er achter de voordeur gebeurt. Ze vermoeden hooguit iets. Maar in een internaat is niets privé. Het is openbaar toegankelijk en iedere medescholier, iedere leerkracht, iedere journalist die het internaat bezoekt, iedere geldschieter en iedere ouder kan over het misbruik horen – geruchten zijn er altijd – en er iets tegen ondernemen. Maar als dat niet gebeurt, krijgt het kind de indruk dat hij of zij door de hele maatschappij in de steek wordt gelaten. Daarom hangt hij zijn slachtoffers op openbare plaatsen op: de maatschappij moet de kans hebben om ze te redden, en wanneer dat niet gebeurt, is dat voor hem een bevestiging dat zijn lijden de schuld is van de samenleving.'

Lutz zuchtte diep. Hij was moe. Hij masseerde zijn voorhoofd.

'Ik moet nu toch echt even gaan zitten,' zei de Security-dame. 'Een dienst van tien uur, begrijpt u?' Ze keek gespannen van de een naar de ander. Lutz stond snel op, voordat ze de daad bij het woord kon voegen. Emma had niet veel tijd meer.

'Lutz, die drie elementen, daarmee vinden we hem: misbruik; een gezinsvervangende gemeenschap als een internaat, een tehuis of een jeugdgevangenis, een commune, sekte of weet ik wat; en het element openbaarheid. Hulpeloos in de openbaarheid, Lutz, dat was het trauma, dat heeft de dader zo'n twintig jaar geleden meegemaakt, en het was bekend, er werden verwijten gemaakt, als slachtoffer is hij ermee naar voren gekomen, of er is een onderzoek geweest, op zijn minst waren er geruchten, dat vertelt de enscenering ons. Lutz, het heeft in de krant gestaan. Misschien zelfs in onderzoeksrapporten. Het is openbaar geweest. We moeten het alleen achterhalen.'

De Security-dame haalde haar smartphone tevoorschijn en begon te tikken. Lutz trok bijna de knopen van zijn jas toen hij die aantrok.

'Emma... het klinkt allemaal niet slecht. Maar het is me te theoretisch. Als ook maar één aanname niet klopt, valt de hele theorie in duigen. Er zijn te veel lacunes. Alleen al het idee dat hij een ideaal gezin nabootst, is vergezocht. Waar zijn de vrouwen? De drie moeders? We hebben ze tot nu toe niet gevonden. Zelfs de derde dochter ontbreekt. Soms is de eenvoudige verklaring de betere. Misschien wil hij ons inderdaad alleen maar bij de neus nemen. Het zou niet de eerste keer zijn. Felix werkt nu aan een andere theorie, dat er drie daders met drie verschillende offerschema's zijn die samenwerken. Ik geloof dat het een veelbelovend idee is. En jouw chef ook.'

Hij had zijn jas dichtgeknoopt en pakte de aktetas op. Terwijl hij zich omdraaide om weg te lopen zei hij: 'We praten er op kantoor nog een keer over. En wel nadat jij dat interne onderzoek achter de rug hebt.'

Emma sprak nog gehaaster: 'Je moet naar die video kijken, van die hond, dan begrijp je het.'

'Emma, luister nu eens naar jezelf. Je kunt je werkelijk afvragen over wie je het nu eigenlijk hebt. Je hebt een hele theorie ontwikkeld over een moordenaar die alleen moordt omdat hij zelf ooit slachtoffer is geweest en niemand hem te hulp kwam. Beschrijf je nu de dader of jezelf?'

Ze verstarde.

Lutz zuchtte. 'Ga alsjeblieft gewoon naar huis. Richt je op dat interne onderzoek. Dat is nu je taak. Verder niets.'

Hij gooide zijn ijs, dat half gesmolten was, in de afvalbak en liep zonder zich nog om te draaien naar de deur. Hij hief alleen nog even kort zijn hand.

'Lutz, ik begrijp hem nu!'

Hij liep door. Ze bleef hem met de papieren in de hand nakijken. Op de bank achter haar stond nog de koeltas met het dure ijs van Lafayette.

'Och meisje,' zei de Security-dame, die dankbaar de lege plek van Lutz innam. 'Jij hebt echt nooit geleerd om met je chef te praten, hè?'

63

Op een gegeven moment bereikte ze het einde van de lijst.

Emma leverde de bloemen af. Brennemann nam ze met een grom aan en ging weer aan het werk. Felix was wantrouwend en verrast, misschien zelfs positief verrast, toen Emma hem de voetbal van badstof voor zijn jongens gaf.

Nadat ze alles had afgewerkt en alleen nog op haar afspraak voor het interne onderzoek wachtte, had ze niets meer omhanden. Ze ging naar huis, en het appartement leek haar vreemd leeg. Het was lang geleden dat ze zo vaak als in de laatste dagen thuis was geweest. Hopelijk werd het geen gewoonte. Stel je voor dat ze haar baan verloor. Haar advocaat dacht dat het niet zou gebeuren. Maar wat moest ze als het toch gebeurde?

Ze kon naar een beveiligingsbedrijf gaan. Privédetective worden. Haar appartement verkopen.

Dat was allemaal geen grap.

Ze ging aan de keukentafel zitten en zocht in haar puzzelboekjes naar een nog niet opgeloste puzzel. Daar zag ze de stapel documenten weer die ze van kantoor had meegenomen. De geprinte bladen uit de databanken.

Ze was ze totaal vergeten. Ze had ook niet meer geprobeerd Johannes op te bellen. Als hij voor die tijd al kwaad op haar was geweest, was hij nu ongetwijfeld woedend. Typisch Emma: ze stond niet alleen op het punt om Lutz, de enige man die er altijd voor haar was geweest, te verliezen, ze was ook al bezig de volgende aardige man die nog maar net in haar leven was verschenen, tegen zich in het harnas te jagen.

Ze legde de geprinte blaadjes naast elkaar en nam ze systematisch door.

Georg Wallner

Bevolkingsregister: woonachtig in Zehlendorf. Interessant. De neukwoning was in de Strausberger Straße, Friedrichs-

hain. Zat er in Zehlendorf een vrouwtje op hem te wachten?
Burgerlijke stand: niet getrouwd, geen kinderen.
INPOL: niet bekend, geen dossier.
SIS, de databank van Schengen: niets.
DNA-databank: niets.
BKA-schietwapendatabank: niets.
POLIKS, de Berlijnse databank: niets.
Flensburg, databank verkeersovertredingen: helemaal niet zo weinig. Hij rijdt dus graag hard op de snelweg, meneer Wallner.

De Kamer van Koophandel, het kadaster en de douane kenden hem.

De heer Wallner was eigenaar van Ceder Import bv. Exotische houtsoorten, voor de bouw van sauna's, tuinhuisjes, vakantiehuizen, skihutten. Ze herinnerde zich het spiegelgladde parket in zijn appartement. Chic. Maar kennelijk niet chic genoeg. Twee jaar eerder faillissement aangevraagd, beslag gelegd op het bedrijfsvermogen, vestiging verdwenen, inventaris in beslag genomen en opgeslagen.

Als Emma een profiel van Georg Wallner zou moeten maken, zou ze opschrijven: *Carrièreman, oppervlakkig. Verstopt zijn echte persoonlijkheid. Geleid door zijn driften. Egocentrisch, meedogenloos. Goede leugenaar. Aarzelde niet om mij als politievrouw mijn wapen te onthouden. Dat was een bedreiging, ingekleed als spel. Heeft zich niet verontschuldigd of zijn daad gerelativeerd. Aarzelde niet op intimiteit in te gaan, hoewel hij kennelijk een vriendin heeft. Heeft ook slechts oppervlakkig moeite gedaan om de sporen van de andere vrouw in zijn tweede woning te verbergen. Psychopathische aanleg, potentieel gewelddadig.*

Johannes Kehrmann
Bevolkingsregister: woonachtig in de Manteuffelstraße.

Emma kende het appartement.
Burgerlijke stand: niet getrouwd, geen kinderen.
SIS, de databank van Schengen: niets.
DNA-databank: niets.
BKA-schietwapendatabank: niets. Wat zou er ook moeten zijn? Johannes was een open boek.
Flensburg: een goede chauffeur was hij ook. Een punt voorsprong voor Johannes!
INPOL: niets.

Ja, er was toch iets. Misschien was de goede Johannes toch niet zo saai als hij zich graag voordeed.

POLIKS, de Berlijnse databank: dossier jeugddelinquent. Toen hij negentien was kreeg hij een waarschuwing en werd zijn appartement doorzocht vanwege computerfraude. De kleine nerd had vlijtig films, programma's en videogames van het net geplukt en thuis op honderden cd's gezet. Helaas via illegale accounts, met vervalste creditcards: hij was een zogenaamde faker. Moest een stevige schadevergoeding van 9000 euro betalen. Dus toch een kleine crimineel, onze Johannes.

Of misschien helemaal niet zo klein.

Een jaar geleden werd hem door het gerecht een contactverbod opgelegd naar aanleiding van een klacht: de heer Kehrmann mocht niet meer in de buurt komen van de woning van zijn voormalige vriendin. Een halfjaar geleden: voorlopige hechtenis en een geldboete van 5000 euro wegens overtreding van het contactverbod.

Dus ook nog een stalker, die goeie meneer Kehrmann. Het puntje voorsprong voor voorbeeldig rijgedrag werd helaas weer afgetrokken.

In haar hoofd noteerde Emma: *Johannes Kehrmann: attent, empathisch. Eerlijk, open. Laat zien wie hij is, op een paar kleinigheden na. Laat zich leiden door zijn verstand. Onderzoekt zijn eigen daden en die van de mensen om hem heen. Enerzijds sympathiek, anderzijds duidt dat op innerlijke onzekerheid. De typische aardige buurman, maar ook een man die het niet verdraagt afgewezen te worden en die slecht kan loslaten. Zou gevaarlijk kunnen worden.*

Twee mannen met kleine mankementen. Tja, wie had die niet?

Op de achterkant van een van de bladen noteerde Emma haar samenvatting: *Georg: potentiële psychopaat. Johannes: potentiële stalker.* Dan liever Johannes. Anderzijds: *Georg: geen strafblad. Johannes: strafblad.* Dan toch liever Georg.

Emma lachte zacht om zichzelf. Zoveel moeite en zoveel research, zonder dat het iets opleverde. Ze was gewoon weer terug bij af. Ze wist dat Johannes de betere partner van de twee was, en ze wist dat ze Georg terug wilde zien.

Wat zou Sarah zeggen? Vermoedelijk: volg je hart.

Wat zou Lutz zeggen? Gevoelens komen en gaan. Wat wil je? Doelen liggen voorbij gevoelens.

Georg. Er was nog iets.

In de nacht die Emma bij Georg had doorgebracht had hij iets verteld, lang voordat ze om vier uur was opgestaan. Ze was al half in slaap geweest toen hij begon te praten, zomaar, en ze wist eerst niet of ze het gedroomd had.

'Jij kent ongetwijfeld veel moordenaars,' had hij gezegd. Zijn stem laag, naar binnen gekeerd. 'Ik heb er ook een gekend. Mijn broer. Hij heeft onze vader vermoord. Dat heb ik nog nooit aan iemand verteld.'

Misschien wist hij niet eens dat ze luisterde, misschien was het ook helemaal niet voor haar oren bestemd. Of ze was de enige aan wie hij het kon vertellen.

'Onze vader was een harde vent. Boswachter. Hij had een tik met zelfstandigheid. Toen ik dertien werd, bracht hij me weg, naar het bos. Hij liet me achter met een mes en een fles water en zei dat hij me na een week weer zou ophalen: als je niet alleen kunt overleven, wil ik je niet in huis hebben. En als je met iemand praat, als je iemand om hulp vraagt, hoef je al helemaal niet meer terug te komen. Daarna was hij verdwenen. Ik weet nog dat ik door het bos zwierf. Zo koud als het 's nachts werd. Ik bouw een val en ik vang een haas, dacht ik eerst nog. Dit wordt een avontuur. Maar dat zijn kinderdromen. Ik had geen kans. Ik had honger. Ik vrat gras. Ik vrat paddenstoelen en werd ziek. Ik zag reeën die voorbijkwamen toen ik in de modder lag en niet meer kon huilen. Ik zag een jager op een uitkijktoren, maar ik durfde hem niet aan te spreken. Ik wist niet meer welke dag het was en ik zou het ontmoetingspunt waar hij me een week later had willen afhalen nooit meer teruggevonden hebben. Uiteindelijk vond de jager me en hij bracht me naar de politie. Toen mijn vader me afhaalde en beweerde dat ik ervandoor was gegaan, hoorde ik dat de week nog helemaal niet om was...'

Hij bleef zo lang stil dat Emma al dacht dat hij was ingeslapen. Maar dat was niet zo. 'Ik schaamde me. Alleen mijn oudere broer begreep wat ik voelde. Hij had het achter de rug. Hij was slim geweest. Hij had lang voor die tijd een aansteker, een tent en proviand naar het bos gesmokkeld. En zelfs een kompas, geloof ik. Mijn vader stak zijn plannen nooit onder stoelen of banken, maar wij, de anderen geloofden hem niet. Mijn kleine zusje viel op de tweede dag in een kloof en lag daar drie dagen, tot ze door wandelaars werd gevonden. Haar benen waren bekneld geweest en deden het daarna niet meer. Toen mijn broer dat zag, werd alles anders. Hij zei niets meer. Toen, op een nacht was hij verdwenen. We wilden dat vader hem ging zoeken, maar vader was dood. Doodgestoken. In zijn bed. De politie vond mijn broer een week later in het bos. Hij kreeg een jeugdstraf, maar zat die uit alsof hij wilde bewijzen dat hij mans genoeg was om zijn straf te ondergaan. Pas toen hij eruit kwam, heeft hij zelfmoord gepleegd. Nog voordat we hem nog een keer konden spreken.'

Emma had iets terug willen zeggen, maar wat zou hier een passende reactie zijn geweest? In plaats daarvan ging ze zonder een woord te zeggen op hem zitten.

Mannen met mankementjes. Vreemd: dat zijn de mannen die een vrouw wil helen. Het zijn ook de mannen die vrouwen ombrengen. Emma stond op en liep naar de slaapkamer. Naar haar computer. Ze startte het apparaat, zocht de map Toekomst en daarin het bestand Wensenlijst.

Ze doorzocht het bestand.

Daar stond het: *Ik wil een man kunnen vertrouwen.*

Die man was Georg niet.

Dat had ze steeds geweten, vanaf het begin. Waarom had ze hem überhaupt overwogen? Wat was er met haar aan de hand? Ze zag heel goed dat die vent fout was. Fout, fout, fout, maar toch had ze met het idee gespeeld, het idee van hem, toch had ze gefantaseerd dat zij en hij... Nou ja, dat ze in elk geval veel lol zouden kunnen hebben. Vrouwen. Je zegt ze waar het gevaar loert, wijst ze heel duidelijk de deur die ze nooit mogen binnengaan, omdat het er met grote letters boven staat: NIET OPENEN. En onmiddellijk stappen ze door die deur.

Dat was voorbij. Emma wilde zo'n vrouw niet meer zijn.

Ze pakte haar mobiel en koos het nummer.

Het ging goed met haar. Wonderbaarlijk goed. Ze had een beslissing genomen. Dat gaf kracht. Het gevoel dat ze haar leven eindelijk weer in de greep had. Althans wat dit aanging. De rest was bijzaak. Ook al zou alles verder fout lopen, ze had de kracht om een nieuw begin te maken. Dat voelde ze nu. En dat was wel anders geweest.

Hij nam op.

'Johannes, kunnen we ergens afspreken?'

64

Johannes bleef in de deuropening staan. Stijf, de armen over elkaar. Hij vroeg haar niet binnen te komen. Vandaag was hij niet meer de aardige, attente academicus die ze kende. Als ze naar binnen wilde, moest ze erom vragen. Ze deed het.

Aarzelend deed hij een stap opzij, liep door de gang, ging rechtsaf de keuken in. Op het fornuis stond pasta te koken, met een open pot pesto ernaast op het aanrecht. Emma merkte nu pas hoe uitgehongerd ze was. Ze probeerde niet aan eten te denken. Hij bleef voor het fornuis staan, zijn armen nog steeds voor zijn borst gekruist. Bood haar geen stoel aan.

'Er is... er was nog iemand anders,' zei ze na een poosje. Een biecht, dus. Tot dat moment had ze niet zeker geweten wat ze zou zeggen. Het was geen plechtige verzekering van onschuld geworden, maar het tegendeel: ik ben in de fout gegaan. Ik heb je voor het lapje gehouden, slecht behandeld, gekwetst. Op de een of andere manier deed het haar goed om eindelijk de waarheid te zeggen, ongeacht tegen wie.

Hij reageerde niet. Toen toch wel. 'Dat dacht ik al.' Pauze. 'Maar waarom vertel je me dat? Zijn we een stel?'

'Ik heb een besluit genomen. Ik zal hem niet meer zien.'

Nu kwam het los bij hem. 'Aha, ik ben leuker dan hij? Bij mij vergeleken is hij een slapjanus? Wil je dat daarmee zeggen?' Hij begon zich op te winden. Emma deed een stap achteruit, richting het raam, en struikelde bijna over zijn verzameling bierflessen en jampotten.

'Waarom drijf je daar de spot mee?' antwoordde ze. 'Je bent een leuke vent. Je hebt ruggengraat. Jij bent niet de grote-mond-zonder-inhoudsukkel. Hij wel. Sommige vrouwen vallen daarvoor, ik ook een beetje, maar dat wil ik niet. Ik wil niet zo'n vrouw zijn.'

Op de keukentafel lag een stapel oude computertijdschriften. Plotseling kon hij zich niet meer inhouden. Hij greep een handvol en smeet ze in Emma's richting tegen het raam. Een paar vielen achter haar op de grond.

Hij schreeuwde nu. Bijna althans. Hij wilde het, maar kon het niet echt, hield zich uit gewoonte in. Maar toch perste hij de woorden er met kracht uit. 'En dat zeg je zo trots, alsof ik blij moet zijn dat ik tweede keus ben. Gefeliciteerd, Johannes, je bent niet de man van wie ik opgewonden raak, die ben ik zat, en nu neem ik jou!'

De pasta kookte over en het water doofde de gasvlam, maar hij negeerde het. Hij hijgde.

'Wat was het, Emma? Wat heeft hij gedaan, die echte vent? Wat kwam je tekort? Deed hij het harder? Gemener? Een man mag niet te aardig voor je zijn, toch? Daar word je bang van.'

Hij kwam dichterbij.

Emma vroeg zich af waar ze aan begonnen was. Johannes was niet zo smalletjes als ze zich hem herinnerde. En hij was ook een kop groter dan zij. Niet alleen wanneer hij zich zo opwond en van woede vervuld was. En hij was woedend. Veel meer dan ze had aangenomen. Ze had gedacht dat hij een beetje boos op haar zou zijn. Ze hadden immers geen verplichtingen jegens elkaar. Maar hij was niet een beetje boos, hij was ziedend, op haar, op alle vrouwen die hem ooit hadden afgewezen, die hem links hadden laten liggen, die hem hadden getaxeerd en als argeloos hadden geclassificeerd, en weer genegeerd hadden. Het was geen geringe woede, geen geringe pijn.

Hij gaf haar een duw. 'Zoiets?'

Het was een aanloop. Een test. Hij wilde weten waartoe hij in staat was.

Emma deed een stap achteruit, maar kwam niet ver. Ze keek in de keuken om zich heen: messen en braadpan buiten bereik. De flessen. Vlak achter haar.

'Johannes, luister...'

'Slaat hij je? Word je daar geil van?'

Hij haalde uit, gaf haar een klap.

Niet hard. Niet zo hard als ze had verwacht. Op het laatste moment had hij geaarzeld en de klap afgezwakt, alsof hij de stem van zijn vader had gehoord: nooit een meisje slaan. Het deed geen pijn, niet echt, maar toch verraste het haar dat hij het had gedaan. Sterker, het schokte haar. Net als het feit dat ze zich niet had verweerd.

'Hoe vaak heb je met hem geslapen?'

'Twee keer.'

Nog een oorvijg, rechts. Daarna links. Niet hard, maar harder. Haar wangen brandden.

'Eén voor elke keer,' zei Johannes, met een van woede en haat vertrokken gezicht.

Emma werd nu heel rustig. Haat was iets wat ze begreep. Geweld was iets wat ze begreep. Kijken hoe ver hij ging.

'Drie keer,' fluisterde ze. Ze keek hem uitnodigend aan.

Ze kreeg nog een klap.

Maar nu sloeg ze terug. Niet gericht, niet zoals tijdens de zelfverdedigingstraining, niet als een politievrouw, maar als iemand die alleen maar zijn gevoel de vrije loop liet.

Hij ving haar hand op, die ze hem ook haast had aangeboden.

Hij lachte. 'Je vindt het leuk,' zei hij. Verwonderd. 'Is het dat wat je me wilt zeggen? Is het dat wat je van me wilt?' Hij pakte haar bij haar arm, duwde haar de keuken uit, over de gang naar de slaapkamer, gooide haar op het bed.

'Kleed je uit.'

'Johannes...'

Ze was bang, maar vreemd genoeg niet omwille van haarzelf, maar omwille van hem.

'Niet kletsen, uitkleden. Weet je wat? Ik doe het wel voor je.'

Hij greep haar broek vast, trok die naar beneden, rukte haar slip omlaag, greep haar haren vast en trok haar hoofd achterover. Hij hield haar vast, maakte zijn broek open en drong hard bij haar binnen. Als iemand die vertwijfeld zijn territorium wilde heroveren.

'Zo goed?'

'Ja,' zei Emma. Het deed pijn. Het ging te snel. Ze was niet nat. Maar het zou niet lang meer duren, dacht ze bij zichzelf.

'Zo vind je het lekker, dit is wat je nodig hebt. Toch?'

'Ja,' gaf ze toe. Misschien een leugen, misschien ook niet. 'En jij?'

Het was de verkeerde vraag.

Hij liet haar abrupt los, wankelde achteruit alsof ze hem geslagen had.

'Ik kan dat niet.'

Hij trok zijn broek weer omhoog.

Plotseling voelde ze zich naakt. Naakt, lelijk en vernederd. Alsof hij haar pas met de woorden 'Ik kan dat niet' pijn had gedaan. Ze trok haar slip omhoog. Haar broek.

'Ik ben niet de klootzak die jij zoekt,' zei hij.

Thuis ging ze in haar slaapkamer op de rand van haar bed zitten, haar armen om haar knieën geslagen. Ze bleef lang zitten, in het donker.

Goed, goed. In orde. Nog een man afgeschrikt. Weer te laat ontdekt wat ik heb. Het is goed. Overleef ik ook nog wel.

De wind rammelde aan de ruiten. Ze zat met haar knieën dicht tegen haar lijf getrokken te luisteren. De oude zolder boven haar hoofd knarste en kraakte. De wind werd een storm die een of twee dakpannen losrukte en op straat te pletter liet slaan. Hij huilde en gierde om het gebouw, rukte aan de oude muren, stoof over het lege veld verderop, zong tussen de metalen pijlers van de brug, twee huizen verderop. De storm nam af, zwol weer aan. Hard, zacht. Hard, zacht. Onverbiddelijk, onvermoeibaar.

Toen er iets rinkelde, drong er al zonlicht door de gordijnen. Ze lag op haar bed, was ingeslapen. Hoe laat? Ze wankelde naar de keuken. Haar telefoon lag nog op de keukentafel. Rinkelde en rinkelde. Niet ophouden, ik kom, niet ophouden.

De keukenklok gaf 08.30 uur aan.

'Johannes?'

'Johannes?' echode Lutz. 'Ik begrijp dat je al nieuwe vrienden hebt gevonden. Een hele opluchting.'

'Lutz? Lutz, wat is er...'

'We hebben ze gevonden.'

'Wie?'

'Je weet wel.'

65

Een kruising van snelwegen is een merkwaardige constructie: op de kaart zie je alleen betonnen linten die om elkaar slingeren, in elkaar overgaan, zich weer losmaken van elkaar, maar wie er zelf met de auto overheen rijdt, weet nooit precies in welke richting hij gaat, alleen dat hij een weg volgt die steeds verder draait en draait en draait – het rijden wordt een kwestie van vertrouwen, je voegt in, stroomt mee en hoopt dat je uiteindelijk ergens aankomt. En als je toch de verkeerde afrit neemt, moet je kilometers doorrijden tot je kunt omdraaien en het weer van voren af aan mag proberen.

Emma had twee pogingen nodig voordat ze de plek vond: een nauwelijks zichtbare, alleen voor bosbouwvoertuigen bedoelde afslag. In het noorden van Berlijn, in een betonnen wirwar van stroken en wegen, waar de A100 in de verbindingsweg A111 naar de snelweg richting Hamburg overgaat, dan verder richting Siemensallee en alsjeblieft de afrit niet missen.

Emma stuurde haar Polo over de smalle, hobbelige weg, tussen hoge bomen en struikgewas door naar een kleine heuvel die 's zomers een dichte groene kroon droeg, maar nu grotendeels kaal was. De laatste nevelslierten hingen nog tussen de bomen die links en rechts als zwarte zuilen oprezen, en werden langzaam weggebrand door de zon. Het lawaai van de snelweg was onmiddellijk naar de verte verbannen. Een dikke laag bladeren bedekte de weg, een paar stammen waren omgeknakt, de storm van de afgelopen nacht had geen half werk geleverd. Na de tweede bocht kwam ze niet verder. Auto's, politiewagens en busjes stonden kriskras over de rijweg tussen de bomen geperst. Ze parkeerde op dezelfde manier en liep verder tot ze de stemmen van haar collega's hoorde die de stilte van het bos doorbraken.

Nergens in de wijde omgeving een bouwvallig, verlaten pand te bekennen. Ze had op een transformatorhuisje gerekend, een oude uitkijktoren, of iets in die geest. Ze keek om zich heen. Niets. Ook zag ze nergens lijken.

Ze vroeg het aan de eerste die ze onderweg tegenkwam, in dit geval Pach: 'Waar zijn de slachtoffers?'

Hij wees met zijn kin naar boven.

Daar hingen ze. Een paar meter verder het bos in. In zilverkleurige ducttape gewikkeld, hoog aan de kale takken. Drie cocons aan drie bomen, niet ver van elkaar af, als treurige zilveren vruchten, de laatste van hun soort, die er om wat voor reden ook niet afgevallen waren, de enige die waren achterbleven in de wisseling der seizoenen. Emma keek omhoog en had het gevoel dat ze in een kathedraal stond: overal was iets te zien, zelfs boven je hoofd, lichteffecten, decoraties, verstopte figuren. En graven. De drie cocons glansden in het ochtendlicht als zwakke fakkels. In de kathedraal van de natuur. Ze bungelden zelfs een beetje in de wind, merkte ze nu. Heel lichtjes, heel zacht, heen en weer, heen en weer.

De cocons hingen in een losse driehoek. Zoals steeds. Ze keken allemaal in dezelfde richting. Emma volgde hun blik richting de snelweg.

Dag en nacht auto's, koplampen, permanent geraas, een onophoudelijk komen en gaan, ergens heen, ergens vandaan, anonieme omhulsels met eenzame zielen in de cockpit, geconcentreerd op de weg voor hen, met alleen de radio en de bomen langs de weg als gezelschap. Dat was het laatste uitzicht van de drie hangende doden.

Vreemd: vanaf die plek kon ze de auto's nog zien. Overdag moesten de automobilisten toch eigenlijk ook ver genoeg het bos in kunnen kijken om zulke ongewone, zilverig glanzende voorwerpen te zien.

'Maar vanaf de snelweg kun je die toch goed zien daarboven? En niemand die ooit iets heeft gemerkt?'

'Pas vanochtend,' zei Pach. 'Deze bomen hebben hun blad nu pas verloren. Tijdens de storm van vannacht.'

'En zijn het vrouwen?'

'Dat moet je aan Lutz vragen.'

'Waarom? Waarom kun jij het me niet zeggen?'

'Omdat Lutz zegt dat je het aan hem moet vragen.'

Lutz stond met Habernickel en Hauke Bredow bij de kraanwagen.

Ja, dan moest ze er wel naartoe. In elk geval stond hij er niet alleen.

Ze stapte met haar laarzen door de bladeren. Kastanjeblad, modderbruin, gele eikenbladeren, de bonte kleuren van de esdoorn. Toen ze eenmaal bij Lutz stond, was het alsof ze nauwelijks had bewogen: boven haar nog steeds de lijken.

Hij nam haar nieuwsgierig op. Onderzoekend. Alsof ze een van de slachtoffers was. 'Jij bent zeker blij,' zei hij.

'Ook goedemorgen.' Ook zij kon koppig zijn.

'Ach, kom.'

'Nee, ik ben niet blij,' zei ze.

'Jawel, je bent wel blij. Jij wilde dode moeders, en nu zweven er drie boven je hoofd. Jij kunt er dus alleen maar aan denken dat je gelijk had, en dat maakt je blij.'

Habernickel en Bredow keken haar aan, nieuwsgierig hoe ze zou reageren. Emma zweeg. Hij had gelijk. Ze hoorde niet zo te denken, maar dat deed ze wel. Ze bewoog haar koude vingers in de zakken van haar jas. Lege handen. Werkelijk? Ze was niet met lege handen gekomen, Lutz kon zeggen wat hij wilde.

'Lutz, ik begrijp nu wie de dader is,' zei ze. 'Wil je weten wat ik over hem weet? Wil je weten waarom het hem geen zier kan schelen of die slachtoffers overleven of sterven? Wil je weten wat hij werkelijk van plan is? Wil je iemand hebben die zich in hem kan verplaatsen, die hem begrijpt en die jou alles vertelt? Dan moet je accepteren dat ik daarvoor mijn baan terug wil. Wil je mij, dan moet je me weer inzetten, dan moet je dat met Brennemann en het hoofdbureau regelen, dan moet dat verrekte onderzoek uitgesteld of versneld worden of wat dan ook, maakt me niet uit hoe je dat doet. Ik wil morgenochtend naar kantoor en een profiel opstellen, zoals mijn beroep dat van mij vraagt, zoals ik het heb geleerd en zoals jij dat nodig hebt. Of ik een slecht mens ben of niet, daarover kunnen we in alle rust praten wanneer je hem hebt gepakt.'

Lutz zweeg, bukte en raapte een kastanje op. Poetste hem glanzend op zijn mouw, keek naar de mahoniekleurige schaal. Hij gooide hem weg, ver in de bladerhopen op de grond.

'Ik wil het nieuwe profiel om twaalf uur.'

66

Ze begon met een verhaal, hetzelfde verhaal dat ze Lutz al had verteld.

Ergens in de jaren tachtig of de vroege jaren negentig groeide er een jongen op in een tehuis. Misschien is het geen tehuis, maar een internaat of een jeugdgevangenis of misschien een sekte, een van die drop-oututopieën waar ouders hun kinderen volgens nieuwe theoretische inzichten gemeenschappelijk opvoeden. Het maakt niet uit. Al die instituten hebben iets gemeen: de ouders staan de verantwoordelijkheid voor hun kinderen af aan de instelling. Vanaf dat moment worden de kinderen door de leider van de nieuwe gemeenschap opgevoed. Hij wordt vervangende vader, vervangende moeder, het gezag. Wat een echt gezin is en hoe zijn leven in een echt gezin zou zijn, daar kan het kind alleen over fantaseren.

'En hij fantaseert daar heel veel over omdat het slecht met hem gaat in de gemeenschap,' zei Emma.

Het grote kantoor van MK1 zat vol, heel EG98 was aanwezig. Sommigen hadden stoelen uit andere kantoren gehaald, anderen leunden tegen kasten en bureaus, of stonden in looppaden ertussen. Ze zag Hauke Bredow, chef van de Tempelhofers, die naar haar knikte, en Schwander, chef van afdeling 13, Zedendelicten. Lutz was er ook, alleen Brennemann ontbrak, maar die zou op zeker moment wel opduiken: die middag moest Emma met haar en Lutz naar het hoofdbureau aan de Platz der Luftbrücke. Het interne onderzoek was nog niet van de baan, maar haar werk en haar dienstwapen had ze terug. Voorlopig.

Matze en Sigmar waren nog met research bezig in de Poppenkast. Emma had ze al vanaf de vindplaats de lijst met verdachte gezinsvervangende gemeenschappen doorgegeven. Ze wilde weten wat er geworden was van degenen die in de jaren tachtig de scepter zwaaiden over die internaten, tehuizen en communes, en zo snel mogelijk, liefst nog voordat ze klaar was met de presentatie van het profiel. Felix ontbrak.

Emma stond voor het magneetbord en vertelde. In die gemeenschap wordt de jongen misbruikt, jarenlang, en hij niet alleen. Iedereen weet het, maar niemand doet er iets tegen. Het misbruik hoeft niet per se op misbruik te lijken, het hoeft ook niet altijd seksueel te zijn, het kan bijvoorbeeld ook bestaan uit bijzonder harde straffen.

'Als de jongen niet leren wil, zet de opvoeder hem bijvoorbeeld met ducttape aan zijn stoel vast.'

Er ontstond onrustig gemompel. Emma had het idee dat ze op een theaterpodium stond. Ze ging verder: 'Het ergste voor het kind is niet per se het misbruik zelf, maar de hulpeloosheid, dat er niemand is die hem helpt, bij wie hij terecht kan. Zijn ouders zijn of ver weg, of ze zijn misschien aanwezig, maar ondergeschikt aan de leider van de sekte of commune. Ze zouden hem nooit tegenspreken en ze zijn ervan overtuigd dat alles wat hij doet voor de bestwil van de kinderen is. Op zeker moment krijgt de buitenwereld belangstelling voor de zaak. Op een dag komt er een journalist die een artikel schrijft over de interessante nieuwe pedagogische ideeën die hij bij de commune heeft gezien, prominenten leveren welwillend commentaar. Geen woord over het misbruik. De jongen krijgt de indruk dat niet alleen zijn ouders en de onderwijzers weten dat hij misbruik wordt, maar de hele maatschappij, en dat niemand er iets tegen wil doen. Hij heeft in de waarste zin van het woord geen vriend op de hele wereld.'

'Straks moet ik nog huilen,' bromde Ceesay, maar de mannen om haar heen sisten: 'Sst.'

'Dat is onze dader,' zei Emma. 'In de loop van vele jaren heeft hij een fantasie ontwikkeld waarin hij zijn onmacht in geweld tegenover anderen heeft veranderd. Zijn motivatie is gelaagd: allereerst wil hij zich op de maatschappij wreken die hem vroeger in de steek heeft gelaten. Maar er komt nog iets bij. Misschien wil hij met zijn daad ook een eind maken aan zijn lijden. Wat er precies in het brein van zo'n psychopaat gebeurt, kan ik niet zeggen. Maar voor ons is belangrijk dat hij de elementen van zijn lijden in zijn daad bij elkaar heeft gebracht: hopeloosheid, de schijnbare openbaarheid, het verlangen naar een ideaal gezin, de ducttape en het hangen. Daarmee laat hij ons heel precies zien wat hij zelf in zijn jeugd heeft doorgemaakt.'

'En nu moeten wij alle internaten en communes van Duitsland aflopen en vragen of ze daar wel eens kinderen met ducttape aan een stoel hebben gekluisterd?' Ceesay weer.

'Ik geloof dat we de daders al kennen,' zei Emma.

Dat beviel de collega's niet. 'Je hoeft ons niet langer in spanning te houden,' riep iemand die ze nog nooit eerder had gezien. 'Zeg ons gewoon wie het is, dan kunnen we eindelijk naar huis.'

'Ik denk dat minstens een uit die groep zich onder de verdachten bevindt die we al hebben verhoord. Het is niet de hoofddader, die is er te slim voor, maar iemand uit zijn directe omgeving.'

'En wij hebben ze nog niet gevonden, omdat we stom zijn.' Engler.

'Wij hebben ze nog niet gevonden omdat we ons tot nu toe op de hoofddader hebben geconcentreerd,' corrigeerde Emma. 'Omdat wat wij zien zijn fantasie is. De sleutel ligt echter bij de groep daders. Zij zijn zijn eigenlijke slachtoffers.'

De Ketel explodeerde.

'Goeie god,' hoorde ze, en 'Wat is dit voor een politiek correcte bullshit?,' en 'Zeg maar eens tegen die dode vrouwen dat zij eigenlijk geen slachtoffers zijn, die zien dat beslist anders.' Het werd pas stil toen Lutz naar het magneetbord liep en brulde: 'Koppen dicht!'

Emma wachtte tot het gemompel was weggeëbd.

'De mededaders hebben zijn lot gedeeld,' legde ze uit. 'Zij zijn allemaal samen in dezelfde ellende opgegroeid. Misschien zijn het broers en zussen, misschien weten ze het niet eens. In elk geval hebben ze hetzelfde misbruik meegemaakt. Dat is ook de reden waarom de hoofddader die anderen zo haat. Hij kijkt naar ze en hij ziet zichzelf als kind: zwak, hulpeloos, jammerlijk.'

Een paar waren nog steeds sceptisch, zag Emma. Ook Lutz. Maar ze luisterden.

'Hij haat dat kind en iedereen die zo is gebleven. Slachtoffers. Hij is geen slachtoffer meer. Hij is nu de dader. De kwelgeest uit zijn jeugd is zijn voorbeeld geworden. Dat zegt hij niet tegen ze. Misschien weet hij het zelf niet. Hij verbergt zijn haat voor ze, maar in werkelijkheid wil hij ze nog veel liever kapotmaken dan alle anderen.'

De Ketel was stil. Emma zag dat Pauluhn van de techniek van achter in het kantoor alles op video vastlegde.

'Op zeker moment werd de gemeenschap ontbonden en de kinderen, nu volwassenen, moesten zichzelf zien te redden. Dat lukte hun niet. Ze waren opgevoed om in de gemeenschap te leven, niet in de echte wereld. Ze hebben nooit geleerd met normale mensen in een normale samenleving om te gaan. De omstandigheden zijn er volkomen anders. Niets van wat ze zeggen, vindt gehoor. Op hun werk hebben ze nauwelijks kans promotie te maken. Vriendschappen blijven afstandelijk, relaties lopen stuk. Ze kunnen hun problemen niet onder woorden brengen en op een dag belanden ze op straat of in de bijstand. Ze horen bij de verliezers in de maatschappij. Jarenlang hebben ze geprobeerd zich aan te passen, maar dat is niet gelukt. Ze zijn nergens thuis. Nu komt onze hoofddader om de hoek kijken. Hij haalt ze bij elkaar, windt ze om zijn vingers, geeft hun de bevestiging die ze zo missen, luistert naar ze, zegt dat hij van ze houdt. Hij schenkt hun geborgenheid, net als de leider van vroeger. Hij maakt ze emotioneel afhankelijk, misschien ook financieel. Pas dan vertelt hij hun zijn plan.'

Nu luisterden ze allemaal. Engler, Habernickel en Pach wreven over hun voorhoofd alsof ze hoofdpijn hadden, maar ze luisterden.

'Het is belangrijk om de relatie tussen de hoofddader en de groep daders te begrijpen. De vakterm ervoor is "afhankelijke persoonlijkheidsstoornis". Dat zijn mensen die geen eigen persoonlijkheid ontwikkeld hebben, en geen eigen wil. Het is vaak een gevolg van misbruik, en door de jarenlange verwaarlozing is de stoornis bij onze mededaders nog uitgesprokener. Hun leven is leeg en ze hunkeren ernaar om het betekenis te geven, ook al is het door slaafse gehoorzaamheid aan een andere, sterkere persoonlijkheid. Dat zijn de vrouwen die door hun man worden geslagen, maar hem toch nooit verlaten omdat ze geloven dat ze zonder hem niet kunnen overleven. Zo zijn onze mededaders. Zonder de hoofddader en zijn grote plannen hebben ze geen bestaansrecht.'

'Maar dat maakt nog lang geen slachtoffers van ze.' Engler weer. 'Als ze mensen ombrengen, zijn het moordenaars, zo eenvoudig is dat.'

'Het plan van de dader kent twee fasen.' Emma zuchtte. 'In de eerste fase gaat het om vreemden die moeten sterven, pas in de tweede fase zijn de daders zelf aan de beurt. Maar denk eraan: het manipuleren van zijn mededaders is voor hem heel essentieel, in elke fase.'

'Dat kun je allemaal niet echt weten,' riep iemand. 'Of heb je in een kristallen bol gekeken?' Her en der werd er gelachen.

'Nee, op YouTube,' gaf ze terug. Punt voor haar. 'Dit alles komt heel logisch voort uit één enkele vraag,' benadrukte ze. 'Waarom heeft de dader zijn slachtoffers alleen laten sterven?'

Stilte. Het was een vraag waar de anderen zich ook mee hadden beziggehouden.

'Een psychopaat moordt alleen om de dood van zijn slachtoffers te kunnen meemaken. Deze dader was helemaal niet aanwezig toen zijn slachtoffers stierven. Hun dood interesseerde hem niet. Dat is het belangrijkste kenmerk van onze dader, dat onderscheidt hem van alle andere moordenaars. De reden is: de dood van deze mensen was niet meer dan een middel tot een doel. Het werkelijke doel, wat hij echt wil, komt pas in de tweede fase. Meneer Pauluhn, misschien kunnen we nu naar de video kijken?'

De technische man reed een monitor op een wagentje naar voren, rommelde met kabels, knoppen en een afstandsbediening en deed het licht uit toen de video begon.

Op het beeldscherm was een YouTubeclip te zien.

Een hond. Een terriër, dit keer. En een koekje.

'Een geliefd trucje,' zei Emma toen het licht weer aanging. 'Er staan ontelbare varianten van die video op internet.'

'De dader is dus een hond,' grapte iemand.

'Nee, de dader is degene met het koekje,' brulde een ander. 'De mededaders zijn honden: het is een hondenbende!'

Emma negeerde hen. 'Dit kunstje is het toppunt van controle,' zei ze met nadruk. 'Als een baasje een hond er zonder dreiging, zonder lichamelijke dwang toe kan brengen om van het koekje af te blijven – terwijl dat alles is wat hij op dat moment wil –, dan heeft hij volledige controle over het dier. Bij onze dader is het net zo: hij heeft zoveel macht over zijn mededaders dat hij ze kan dwingen dingen te doen die ze anders niet zouden doen: moorden.'

'Woef,' zei iemand achteraan.

Emma negeerde ook dat. 'Zelfs als de mededaders afhankelijke persoonlijkheden zijn, betekent dat nog lang niet dat ze geen geweten hebben. Om te doden moet een normaal mens een enorm obstakel overwinnen. Stel je voor: voor en na de moorden worden de mededaders overspoeld door paniek. Ze hebben schuldgevoelens, twijfels, zijn bang dat de politie bij ze aanklopt, zijn meer in de war dan ooit; ze willen ophouden, zich aangeven, ze willen de dader laten ophouden, hem het volgende slachtoffer uit zijn hoofd praten.' Emma liet haar woorden even inwerken. 'Dat is zijn grote moment. Hij temt ze, dwingt de mededaders in het gareel, dwingt ze hun angsten, gevoelens en geweten te overwinnen en te doen wat hij zegt. In zijn jeugd had hij geen controle, was hij hulpeloos aan anderen overgeleverd. Nu heeft hij zoveel macht dat hij al die anderen die op hem vertrouwen in het verderf kan storten. Ze doen zelfs vrijwillig mee. Dat is wat hij werkelijk wil. Dat bevredigt hem meer dan de moorden zelf.'

'Waarom brengt hij ze niet om, als hij die lui zo haat?' zei Ceesay.

'Ik ga ervan uit dat hij dat ook van plan is. Dat is de tweede fase, daar heeft hij vanaf het begin naartoe gewerkt.'

Er ging gekreun door de rijen. 'Holy shit,' zei iemand, een ander alleen: 'Fuck.'

'We zien dat bij bepaalde sekten,' legde Emma uit. 'Controle is een essentieel onderdeel van de motivatie van sekteleiders. Als de sekte op een goed moment in moeilijkheden komt en de leider gearresteerd dreigt te worden, dan zijn zijn aanhangers vrij. Hij heeft geen controle meer over ze, en dat verdraagt hij niet. En dus praat hij hun de Grote Finale aan...'

'Heb je concrete aanwijzingen dat ze een massale zelfmoord plannen?' Lutz.

'Nee,' gaf Emma toe. 'Maar dat geeft het profiel aan. De hoofddader werkt er jaren aan om zijn groep daders te maken tot wat hij van ze maken wil: moordenaars. Ze zijn nu van hem, zowel fysiek als mentaal, net zoals een slachtoffer van misbruik van de dader is. Hij zal nooit toelaten dat wij ze weer van hem afpakken.'

'Maar ik hoor hier eigenlijk niets wat ons verder helpt, als ik eerlijk ben,' merkte Habernickel op. 'Of hij nu in een sekte zat of als kind geen nieuwe fiets heeft gekregen met de kerst, wij moeten weten waar we hem kunnen vinden.'

'Hem zullen we niet vinden,' antwoordde Emma, 'alleen zijn mededaders. Tot nu toe zijn we van een gewone moordenaar uitgegaan die zijn slachtoffers persoonlijk uitzoekt. Dat betekent dat hij voor de moord op de een of andere manier contact had met elk slachtoffer. Hij moet tenslotte controleren of ze geschikt zijn voor zijn doel. Daar heeft hij een exacte voorstelling van. Daarom zochten wij naar iemand die tegelijkertijd op zoek was naar daklozen, weggelopen jongeren, jonge jongens, goed gesitueerde vrouwen en... wat voor vrouwen zijn dat ook weer, die moederfiguren?'

'Onderzoeken we nog.' Habernickel. 'Tot nu toe kunnen we alleen zeggen dat ze alleenstaand en kinderloos zijn, en relatief welgesteld. En boven de veertig.'

'Geen dader houdt er een zo breed spectrum aan slachtoffertypen op na,' ging Emma verder. 'Maar als de slachtoffers de dader eigenlijk niet interesseren, dan is het heel goed denkbaar dat hij ze niet eens zelf heeft uitgezocht. Als de slachtoffers onbelangrijk zijn, kan hij de keuze aan zijn mededaders overlaten. Ik denk dat de hoofddader de slachtoffers helemaal niet kende, tot het moment dat hij ze in zijn macht kreeg.'

Lutz moest voor de tweede keer naar voren komen om de rust te herstellen. 'En hoe moet dat in zijn werk zijn gegaan?' vroeg hij daarna aan Emma.

'Als volgt. Hij heeft vier leden van de groep opdracht gegeven ieder drie slachtoffers uit te zoeken. Hij gaf alleen een paar criteria: ouderdom, geslacht, misbruikverleden. Ik kan me voorstellen dat een van de groepsleden een langdurige dakloze was, of een weggelopen jongere, en dat hij zijn slachtoffers in dat milieu zocht. Zodra één uit de groep een potentieel slachtoffer had aangedragen, werd hij weggestuurd, het liefst zo ver mogelijk. Eén tot drie weken lang. Naar het buitenland, op vakantie, naar een festival, een cursus. Ergens waar hij gefotografeerd kon worden, waar hij te identificeren was. Vanaf dat moment was zijn enige taak om een waterdicht alibi op te bouwen. Met de moord zelf had hij niets meer te maken.'

'Wacht even,' zei Habernickel. 'Degene die het slachtoffer heeft uitgezocht neemt zelf niet deel aan de moord?'

Emma schudde haar hoofd. 'Nee, zijn enige taak is het uitkiezen. Hij heeft een alibi voor de periode waarin het slachtoffer overlijdt en kan ook geen sporen op de vindplaats achterlaten, omdat hij er niet was.'

'Maar waar blijft mijn bevrediging dan?' riep Ceesay in de daaropvolgende stilte. Een paar mannen lachten. 'Ik bedoel, mijn beloning. Jullie weten wat ik bedoel! Wat heeft de dader eraan?'

'De mededader die het slachtoffer uitzocht?' vroeg Emma. 'Erkenning, waardering. Misschien zoiets als... liefde? Van de hoofddader. Verder niets.'

'Maar dat slaat toch nergens op?' bleef Ceesay bijna wanhopig volhouden.

'Toch wel.' Emma keek om zich heen en zag de gebaren van het nadenken: fronsende voorhoofden, neuswrijven, in de verte staren. 'Het is de perfecte werkverdeling. Een paar dagen nadat de mededader die het slachtoffer heeft uitgezocht weg is gegaan, grijpen de andere mededaders het slachtoffer en hangen hem of haar op. Tot dat moment hebben ze geen contact met die persoon gehad. Geen getuige heeft ooit gezien dat ze met het slachtoffer hebben gepraat, hem of haar over zijn jeugd hebben uitgehoord, of iets dergelijks. Er is geen enkele reden om hen te verdenken. Degene die het slachtoffer uitzoekt heeft een alibi, omdat hij tijdens de moord het land uit is, en degenen die het slachtoffer ontvoeren en ophangen worden al helemaal niet verdacht, omdat ze het slachtoffer niet eens kennen.'

'Lekker.' Ceesay. 'Je hebt net een scenario geschetst waarin we de dader nooit zullen vinden.'

'We vinden hem wel,' zei Emma. 'Jullie moeten alleen anders gaan denken. Tot nu toe zijn verdachten met een alibi steeds van de lijst geschrapt. Maar die moeten jullie nu nog een keer onder handen nemen. Hoe beter het alibi, hoe verdachter de persoon.'

67

Matze stond in de deuropening van de Ketel en rammelde met haar autosleutels. Hij had niet kunnen wachten tot ze naar de Poppenkast terugkwam. Emma ging sneller lopen.

'Ik heb die vent echt onder druk gezet,' zei hij trots. 'Hij heeft eigenlijk helemaal geen tijd en wilde het eerst met de ambassadeur afkaarten, maar ik heb hem gezegd dat er mensenlevens op het spel stonden, dat het om de mummiemoordenaar ging en dat het geen uitstel kon lijden. Nu zegt hij een afspraak voor ons af. We moeten direct vertrekken, nu.'

'Waarheen? Matze, waar gaat dit eigenlijk over?'

'Ik leg je alles in de auto uit.'

Nog geen kwartier later waren ze op de Leipziger Platz. De steiger stond stoïcijns op de hoek en deed alsof hij een gebouw was. Dit keer prijkte er een computer op het reusachtige reclamevlak. Emma parkeerde ervoor, half op het trottoir.

In het pand ernaast was de Canadese ambassade gevestigd. Achter het pantserglas en de veiligheidssluis stond in de ontvangsthal het hoofd van de beveiliging op hen te wachten, een kleerkast met een keurig getrimde baard en een verzorgde lange staart. Ze stapten met hem in de lift, daalden af naar de kelder en liepen door een lange gang naar een grote, helder verlichte ruimte met een laag plafond, talloze boekenrekken, dossierkasten, computers en ouderwetse microfichelezers: het archief. Helemaal achter in het kantoor. Sigmar zat er al en was in gesprek met een slanke veertiger met grijs gemêleerd haar en een bril. Dr. Jennings, hoofdarchivaris. 'U bent geïnteresseerd in de Great Spirit-commune, als ik het goed begrijp,' zei hij ter begroeting in vloeiend Duits met een grappig accent. Hij gaf Emma een hand.

Op de lijst van gezinsvervangende leefgemeenschappen kwam de Great Spirit-commune driemaal voor. Dat had Matze ontdekt, terwijl Emma haar profiel presenteerde: deels was de leefgemeenschap onder de naam Heide-commune opgevoerd, en pas toen Matze daar verder naar ging zoeken, stelde hij vast dat het om dezelfde groep ging.

'De Great Spirit-commune is al een poosje geleden,' zei Sigmar, terwijl ze met de archivaris naar een brede tafel liepen waarop twee leesapparaten voor microfiches stonden: grote, zwarte kubussen uit een ander tijdperk. Tussen de apparaten een stapel fotokopieën en een cd, naast een compacte stereo-installatie.

'Allemaal van voor de tijd van internet 2.0, vandaar dat er online zo weinig over te vinden is,' legde Jennings uit. 'Gelukkig is ons archief hopeloos verouderd. We hebben zelfs nog dingen die je toentertijd cd's noemde.' Hij grinnikte, pakte de cd op, stopte hem in een doosje en gaf hem aan Emma. 'Dat is de Great Spirit-commune,' zei hij.

Het kleurrijke plaatje op het doosje toonde een naakte vrouw die begeleid door een adelaar verrukt door de lucht zweefde. Uit de luidsprekers klonk getrommel, het vioolachtige aanzwellen en wegsterven van een synthesizer en een woordeloze melodie van een lieflijke vrouwenstem. En fluiten. Een heel orkest aan fluiten.

'Meditatiemuziek,' zei Sigmar. 'En niet eens zo heel slecht.'

'Beetje Keltisch, beetje Indiaas, beetje indianendans...' Matze.

'De groep noemde zich The Children of Wakan Tanka,' zei Jennings. 'De composities zijn uitsluitend bedoeld voor meditatie. In de jaren tachtig en begin negentig hebben ze daar veel geld mee verdiend, overal in Europa en zelfs in Japan. Wat maar heel weinig mensen toen wisten, is dat er achter die groep een Duitser zat, ene Karsten Ahrensbeck.'

'Die had eeuwen geleden een soort schlagerhit: "Im Herzen der Nacht".' Matze grijnsde verlegen. 'Mijn moeder.'

'Tot hij de maatschappij de rug toekeerde,' zei Sigmar. 'Hij stichtte een commune op de Lüneburger Heide, laat in de jaren zeventig. Een oude boerderij, zelfvoorzienend, vrije liefde, antiautoritaire opvoeding, het gebruikelijke verhaal, kortom. De Heidecommune. Het waren ook nog activisten. Ze hebben een keer alle koeien van de grote boeren uit de omgeving bevrijd. De tweede keer hebben ze de *Bild* gehaald, toen ze allemaal naakt door het dorp marcheerden. Drie van hen hadden seks op een hooiwagen en de anderen dansten eromheen en zongen. Het heeft indruk gemaakt in het dorp.' Hij sprak zelden zo vloeiend.

'En na Tsjernobyl is de hele commune naar Canada vertrokken,' vulde Jennings aan. 'In 1986.'

'Hetzelfde jaar van onze foto uit de *Stern*,' zei Matze.

'Waar in Canada?' vroeg Emma.

'Ontario. In het Huronmeer ligt het eiland Manitoulin, het grootste eiland ter wereld in een zoetwatermeer. Bijna de helft van de bewoners bestaat uit indianen, Anishinabe, die in zes reservaten wonen. In een daarvan had Ahrensbeck een groot stuk land gepacht. Ze noemden zichzelf nu de Great Spirit-commune; ze feestten, jaagden, verbouwden maïs en produceerden cd's. Vooral met de muziek moeten ze behoorlijk hebben verdiend, en alles bleef in de commune. Het was een soort grote familie. De kinderen leerden zingen en instrumenten bespelen, ze speelden en zongen allemaal, iedereen droeg bij aan de productie. Vanbuiten moet het een vrolijke gemeenschap hebben geleken, een echt paradijs voor drop-outs. Ze trokken mensen uit de hele wereld aan, vooral uit Duitsland, maar niet alleen. In de hoogtijdagen woonden er wel driehonderd mensen.'

'Bestaat de commune nog?' vroeg Emma.

'Ontbonden,' zei Jennings. 'Dertien jaar geleden.'

'Een moord,' legde Matze uit. 'Een van de kinderen, een tiener nog, heeft die Ahrensbeck met een machete aan mootjes gehakt. Niemand waarschuwde de politie. Pas een week later waren er geruchten buiten de commune, in het reservaat, waarna de stampolitie poolshoogte kwam nemen. Toen kwam alles aan het licht.'

'Hoe kregen ze het voor elkaar om een moord een week lang voor de politie geheim te houden?'

'Recht en rechtshandhaving in een reservaat zijn een heel gecompliceerd grijs gebied,' zuchtte Jennings. 'De meeste misdaden worden door de stampolitie afgehandeld. Maar voor hen was de commune niet veel meer dan een stelletje idioten uit Europa. Ik bedoel, ze maakten weliswaar gebruik van de indiaanse mystiek, maar in de praktijk hadden ze helemaal geen contact met de indianen zelf. Ze hoorden niet bij de stam, waren niet meer dan huurders. Best mogelijk dat de Anishinabe nu en dan een oogje dicht hebben geknepen. Maar een moord moest natuurlijk wel bij de mounties worden gemeld.'

'Hier komt de ducttape om de hoek kijken.' Sigmar. 'De jongen had geprobeerd het lijk in ducttape te wikkelen. Dat wil zeggen de onderdelen. Hij is niet ver gekomen.'

De chef van de bewaking kwam weer binnen, met een pot thee en een schaal koekjes op een dienblad. Voorzichtig zette hij het blad tussen de twee apparaten op tafel.

Jennings zette het leesapparaat aan, legde er een paar strookjes microfilm in en navigeerde door krantenberichten tot hij het juiste artikel vond. Zwart-witfoto's van jonge mensen met naakte kinderen op de arm, voor een inrit met poort. Een jongen met wild haar kijkt verward uit het raam van een politieauto.

'In elk geval doorzocht de Canadese politie vervolgens het hele terrein, onder protest van de communeleden. In een schuur vonden ze drie kinderen, die aan het plafond hingen...'

'Pardon, wat zegt u?'

'Precies zoals ik reageerde,' zei Sigmar. 'Twee jongens en een meisje tussen de twaalf en dertien jaar oud. Er waren tentharingen onder hun borstspieren door gestoken, waaraan touwen werden bevestigd. Vervolgens werden ze daaraan opgehangen. Om te zorgen dat ze niet zouden schreeuwen of om zich heen trappen, waren hun handen, voeten en mond met ducttape afgeplakt. Ze hingen er al een hele dag toen de politie ze vond.'

'Soms ontwikkelen zulke geïsoleerde groepen extreme ideeën die voor henzelf heel normaal lijken, omdat er niemand is om hun te vertellen dat het níét normaal is,' zei Jennings. Hij roerde in zijn thee.

Emma moest gaan zitten.

'Het gaat hier om een heel oude rite,' ging de archivaris verder. Hij zette zijn bril af en begon die te poetsen. 'Het is eigenlijk een traditie van de Mandan-indianen, niet van de Anishinabe, maar de Great Spirit-commune heeft tradities uit allerlei verschillende culturen overgenomen, nietwaar? Oorspronkelijk was het een initiatierite voor jonge krijgers...'

'Meent u dat?' onderbrak Matze hem ongelovig.

'Ze moesten een paar dagen hongerlijden, daarna werden er haken of houten wiggen onder hun borst- of rugspieren gestoken, waaraan ze moesten blijven hangen tot ze het bewustzijn verloren, wat overigens hooguit een halfuur duurt.'

'Maar bij de Great Spirits duurde het dus langer?'

'Kennelijk, in een aantal gevallen. Niet alle kinderen van de commune hebben die marteling overleefd,' zei Sigmar. 'De politie heeft het hele terrein afgegraven en vier lijken van jonge kinderen gevonden, deels nog geboeid met ducttape. Langzaam maar zeker konden ze een paar vrouwen ertoe brengen verklaringen af te leggen, maar het lukte maar bij een paar, en alleen onder druk. Zelfs na zijn dood waren de aanhangers hun leider nog trouw.'

'Brachten ze hun eigen kinderen om?' Emma kon het nog steeds niet helemaal bevatten.

'Die goeroe, Ahrensbeck, noemde zich *Wakan*, wat "geest" of "mysterie" betekent en hij wilde de eerste authentieke spirituele gemeenschap ter wereld opbouwen,' vertelde Jennings. Emma keek hem vol onbegrip aan. 'Zogenaamd om de wereld te redden,' vulde de archivaris aan.

'En die zelfverklaarde Wakan was in zijn eentje verantwoordelijk voor de opvoeding van de kinderen,' zei Sigmar.

'Pardon, dat klopt niet helemaal,' onderbrak Jennings hem. 'De hele groep trad op als voogd. Elke volwassene was moeder of vader, alle kinderen waren broers en zusters. De groep geloofde in vrije seksualiteit van kinderen. In de praktijk betekende het echter dat de kinderen ter beschikking stonden van de pedofielen in de commune. Vooral van de Wakan. Een paar kinderen gebruikte hij alleen voor zijn eigen genoegen, als een soort persoonlijke harem, zogezegd. En als ze de heer Ahrensbeck niet ter wille waren, was daar de initiatierite. En ook wanneer een kind bijvoorbeeld zijn muziekinstrument niet goed beheerste. Muziek was immers de belangrijkste inkomstenbron.'

Matze hield een kop thee in zijn ene hand, een koekje in de andere. Hij kon kopje noch koekje naar zijn mond tillen. Hij luisterde alleen nog maar.

'Vertelt u alstublieft die kwestie met dat totemwoord nog eens,' zei Sigmar.

'Ja, het totemwoord.' Jennings wreef in zijn handen. 'De commune geloofde niet in lichamelijke straffen en wees elke vorm van geweld af. Maar wel geloofden de leden in de spirituele zoektocht en de zogenaamde totemdieren: geestelijke wezens die in de droom verschijnen zodra je er spiritueel rijp voor bent. Ze bieden troost, raad en wijsheid, en ze begeleiden je op je levensweg. Ook dat is een verkeerde interpretatie van de indianentradities, maar dat terzijde. In de Great Spirit-commune werden de kinderen weliswaar niet geslagen als ze fouten maakten, maar wel werden ze spiritueel onrijp verklaard, met ducttape aan handen en voeten geboeid en vervolgens in een zweethut opgesloten. Daar moesten ze het zonder eten en drinken uithouden tot hun totemdier verscheen en met ze praatte, waardoor ze de spirituele rijpheid, lees het inzicht, verkregen.'

'Zweethut?' zei Emma zacht. 'Dat is toch gevaarlijk?'

'Een paar jaar geleden was er een geval in de Verenigde Staten.' Sigmar knikte. 'Tijdens zo'n esoterisch weekend verloren verschillende mensen in een zweethut het bewustzijn en zijn daarna gestorven. Ze lagen meer dan vierentwintig uur in de hut en raakten uitgedroogd.'

'De dehydratie leidt vaak tot hallucinaties,' legde Jennings uit. 'Dat is precies wat spiritueel geïnteresseerden zoeken. En Ahrensbeck had er een trucje voor. Om de paar uur vroeg hij het kind of het zijn totemdier al had gesproken. Het kind zei natuurlijk ja. Maar daarmee was hij er nog niet. Ahrensbeck beweerde dat het dier het kind een zogenaamd totemwoord zou geven, een wachtwoord dus. Als het kind zijn totemdier echt had ontmoet, zou het hem het juiste wachtwoord kunnen zeggen.'

'En alleen de goeroe wist natuurlijk wat het juiste wachtwoord was.' Emma.

Jennings knikte. 'Natuurlijk bedacht het kind gewoon iets, om er maar uit te komen, en alleen wanneer Ahrensbeck hem eruit wilde laten, accepteerde hij het wachtwoord. Zo niet, dan zei hij gewoon dat het fout was en dat het kind nog een paar uur of een dag langer moest hongeren.'

'Jezus,' zei Emma.

'Als kind geloof je natuurlijk dat er echt een totemwoord bestaat,' merkte Sigmar op, 'en dat de Wakan dat woord kent. Je gelooft het. Het ligt aan jou als je bestraft...'

'Dat hebben we allemaal al begrepen, Sigmar.' Matzes interruptie was ongewoon grof voor zijn doen.

Het gonsde in Emma's hoofd. De muziek was inmiddels overgegaan in vogelgetsjilp en zachte oerwoudregen. Ze voelde zich ellendig. Haar longen leken samengeperst. Die kinderen... Ze zochten en zochten het juiste woord, wisten niet, dat het niet bestond, nooit had bestaan, nooit zou bestaan, dat de Wakan naar believen zelf bepaalde hoelang hij ze zou straffen. Dat voorspiegelen dat ze zich konden redden met een totemwoord. De hulpeloosheid die een klein mens niet helemaal begrijpt, alleen aanvoelt, zonder te weten hoe hulpeloos hij werkelijk is, een kind snapt dat niet vanzelf, nee, dat moet een volwassene hem eerst bijbrengen. Die moet hem echt laten zien dat hij overgeleverd is, pas dan begrijpt het kind dat het niets voorstelt, in de rotzooi geboren werd en altijd een loser zal blijven. Deze kinderen leerden dat al vroeg. Emma pas op haar negentiende. Vergeleken met deze slachtoffers had ze het nog goed getroffen.

'Alles in orde?'

Ze knikte. 'Stond daar niets van in de VICLAS, Matze? Hebben we dat over het hoofd gezien?'

'Alleen de moord op die leider stond erin,' mompelde hij. 'Dat van dat ritueel en zo niet. En de moordenaar is in elk geval dood.'

'Die jongen die Ahrensbeck heeft omgebracht is gestorven?'

'Hij werd door de commune aan de politie overgedragen,' zei Jennings. 'Daar werd al snel vastgesteld dat hij geestelijk niet helemaal in orde was. Hij heeft tijdens zijn hechtenis zelfmoord gepleegd, voordat het tot een proces kon komen. Nog voordat hij door de mounties zou worden overgeplaatst. Hij heeft zich met een beddenlaken opgehangen.'

'Er is ook nog een andere theorie,' zei Matze.

'Zoals ik al zei, geloof ik daar niet veel van,' waarschuwde Jennings.

'De jongen had direct na de moord geen afweerverwondingen. Er werd geen bebloede kleding gevonden, en hij kon niet uitleggen hoe of waarom hij het had gedaan. Een poosje werd er over gespeculeerd dat de commune de achterlijke jongen had uitgeleverd om de echte moordenaar te beschermen. Misschien zelfs met de opdracht om zich in gevangenschap op te hangen voordat er een echt onderzoek kon worden ingesteld.'

Jennings zuchtte. 'Het is een theorie die ook alleen maar in een tamelijk twijfelachtig boulevardblad is opgedoken.'

'Hij heeft zichzelf direct na het bezoek van een van de vrouwen, mogelijk zijn moeder, van kant gemaakt.'

'Hoezo "mogelijk"?' vroeg Emma. 'Was het zijn moeder of niet?'

'De kinderen werden gemeenschappelijk opgevoed,' benadrukte de archivaris. 'Het was niet uit te maken wie het kind van wie was. Dat was maar in heel weinig gevallen bekend.'

'Zelfs de moeders hebben dat verzwegen?'

Jennings knikte.

'Dat levert ons nu problemen op,' bekende Matze. 'Ook al weten we wie ze als kinderen waren, dan betekent dat nog niet dat we ze nu kunnen terugvinden. Veel leden van de commune droegen verzonnen namen, indiaanse godennamen, en zo. Een paar kinderen zijn nooit bij de burgerlijke stand aangemeld. Sommigen hadden Duitse passen, anderen niet...'

'Toen de commune werd ontbonden en de meeste leden naar Duitsland werden uitgewezen, moest de Duitse ambassade nieuwe passen afgeven, vaak met namen die niet gecontroleerd konden worden en die misschien zomaar verzonnen waren,' vulde Jennings aan.

'Met andere woorden, zelfs de grensbewaking, de Bundesgrenzschutz, zal er moeite mee hebben om de kinderen van toen nu nog te identificeren.' Nu was het Emma die zuchtte.

'Ik ben er zeker van dat onze ambassadeur bereid is om zich voor uw zaak in te zetten. Hij is er vandaag helaas niet, maar ik zal proberen hem te bereiken. Hij moet contact opnemen met de CBSA.'

'CBSA?'

'Canada Border Service Agency. De grensbewaking. Dat kan wel even duren. Maar ik zou er niet te veel van verwachten, als ik u was.'

'Zijn er nog meer foto's van die kinderen?' wilde Emma weten.

'In het krantenarchief heb ik helaas niets gevonden.' Jennings haalde een boekje uit het cd-doosje. 'Maar we hebben dit hier.'

Emma klapte het boekje open. In het midden een foto over twee pagina's: grove korrel, zwart-wit. Het interieur van een schuur, omgebouwd tot muziekstudio. Met tafels, versterkers, een duizelingwekkend aantal instrumenten. Wakan zelf zat in het midden, zijn ogen dicht als in trance, met een sitar op schoot. De vrouwen droegen wijde kleding, hun haar was meisjesachtig lang, de gelaatsuitdrukking verlicht. Tussen hen zaten, stonden en knielden ze: de kinderen van Wakan Tanka, in het wit gekleed, op blote voeten, bevallig naar de camera lachend, de meesten met een muziekinstrument in de hand.

Emma telde: negen mannen, zeven vrouwen, twaalf kinderen.

Ze bestudeerde de gezichten beter. 'Een paar komen me bekend voor. Hebben jullie dat ook?'

'Die daar,' zei Matze. 'Dat gezicht zou zomaar op het prikbord van MK1 kunnen hangen.'

'En deze.' Emma weer. 'Die ken ik. Zou dat Lars Gohse kunnen zijn?'

Sigmar was sceptisch. 'Te oud. Gohse was veel jonger toen die foto werd gemaakt.'

'En hoe zit het met die jongen die zijn kamer met ducttape had volgeplakt?'

Sigmar haalde zijn schouders op.

'Ik ken dat gezicht. Dit spul moet allemaal direct naar Lutz,' besloot Emma.

'Doe ik,' zei Sigmar. Matze knikte.

'We hebben ze,' zei ze.

Zei ze niet. Ze wilde het zeggen. In plaats daarvan: 'Dank je, Sigmar. Matze. Goed werk.' Ze gaf de archivaris een hand, die hij langer vasthield dan nodig was. 'Weet u, ik... ik had u eerder geholpen als ik had geweten...'

'Wij hadden een aanvraag ingediend,' zei Emma. 'Voor de videobanden van de bewakingscamera's.'

'Dat is niet tot mij doorgedrongen. Niet mijn terrein.' Jennings ergerde zich. 'Verdomde ambtenarij.'

Nog in de gang vanuit het archief, terwijl het hoofd van de beveiliging hen weer naar de uitgang bracht, ging Emma's telefoon. Een sms van Felix. Kijk eens aan. Leefde hij ook nog?

'17.00 uur. DIN-Platz.'

Ze schreef terug: 'Moet zo dadelijk naar het interne onderzoek. Op zijn vroegst 17.15 uur. Wat is er aan de hand?'

Hij antwoordde alleen: 'We moeten over je toekomst bij de OMA praten.'

Heel grappig. Kennelijk zakte er iemand door het ijs. Terecht, volkomen terecht. Sinds die ochtend was het zo goed als zeker: Brennemanns baan was voor haar.

Wat kon hij dus bedoelen met die zin?

68

Na een korte middagpauze in de Mall of Berlin en een ongemakkelijk uur met haar chef en haar ex-chef bij de interne inspectie op het hoofdbureau aan de Platz der Luftbrücke, waar ze beterschap had beloofd en een psychologische evaluatie opgelegd had gekregen, werden de klachten tegen Emma voorlopig op ijs gezet.

Toen ze om twintig over vijf voor Felix op de DIN-Platz stond, onmiskenbaar als een winnares, wist ze nog steeds niet wat hij van haar wilde.

Ze wist alleen dat ze gewonnen had.

Felix wachtte op haar bij de monoliet voor het DIN-gebouw, onder een grijze hemel, in een snijdende wind. Ze zag hem al van verre staan, en ze had geen idee wat ze ging zeggen. Dus grijnsde ze alleen maar.

'Ik wil mijn baan terug,' zei hij ter begroeting.

Emma lachte. 'Hoe bedoel je jouw baan? Je hebt toch een baan? Op mijn afdeling. Maak je geen zorgen, ik ontsla je niet.'

Ze grijnsde nog steeds. Voelde zich goed. Sterk. Ze had altijd al gedacht dat hij een slechte verliezer was.

'Ik wil die zwangerschapsvervanging en ik wil dat jij daar vrijwillig van afziet.'

Haar grijns verdween. 'Pardon?'

'Ik bied je een deal aan. Jij trekt je aanspraak op die post vrijwillig in, en ik geef je iets wat jij wilt.'

Emma lachte ongelovig. Het klonk haast als hoesten. 'En wat wil ik dan zo graag dat ik mijn carrière er vrijwillig voor opgeef?' Nu komt er een of andere dubbelzinnige grap, dacht ze. Kijken wat hij te bieden heeft.

Felix zei: 'Ik heb het boek gelezen.'

Emma begroop onmiddellijk welk boek hij bedoelde.

'Leest lekker weg, trouwens. Ik had het in een nacht uit. Heftig. Eerlijk gezegd, petje af dat je hem niet allang om zeep hebt geholpen.'

Emma zweeg.

'Hoe hou je dat uit?'

'Gaat je niet aan.'

'Waarom niet? Ik heb hem op televisie gezien, die kerel. Beetje gladjes, maar hartelijk, oprecht, echt een goeie vent. Hij wil de maatschappij wat teruggeven. Wil absoluut dat je hem vergeeft.

Wist je dat? Hij is dol op je. Hoe hij over je schrijft... Jij hebt zijn leven veranderd, hem een doel gegeven. Ik geloof dat hij je werkelijk mag.'

Emma voelde zich niet meer zo heel goed. Het was nonsens, hij verkocht nonsens. Ze had moeite rustig te blijven. Ze hoefde het niet aan te horen, maar bleef toch staan.

'Elke week doorzoek je de databanken omdat je erop wacht dat daarop een nieuwe verkrachter opduikt bij wie je zijn handtekening herkent. Je wacht erop dat hij een fout maakt en dan grijp je hem, dit keer als politievrouw. Maar wat zou je doen?' vroeg Felix. 'Wat zou je doen, wanneer er werkelijk een nieuw slachtoffer opduikt bij wie de verkrachter precies dezelfde woorden gebruikte die hij ooit tegen jou zei? Ga je hem in zijn cel bont en blauw slaan? Is dat echt waar je van droomt?'

Emma zweeg. Ze speelde met haar autosleutels. Ze kon zich gewoon omdraaien en weggaan, nu, onmiddellijk. Vertrekken, nog beter. Ver weg.

'Dat is toch de enige reden waarom je bij de politie bent gegaan? Dat was het plan. Alleen, het plan tot het einde doordenken, dat is niet gelukt. En een goede rechercheur ben je trouwens ook niet. Anders had je geweten dat hij een vriendin heeft.'

'Dat weet ik ook.'

'En dat ze een drugsprobleem heeft. Cocaïne natuurlijk. Hij ook. Vermoedelijk. Maar zij is degene die ergens toe over te halen is. Als de juiste smeris haar althans op heterdaad betrapt. Die zou haar namelijk een aanbod kunnen doen: ze komt weer vrij en de aanklacht tegen haar vervalt, als zij haar vriend aangeeft. Wegens drugsgebruik, wegens huiselijk geweld, maakt niet uit. Het hoeft niet iets heel groots te zijn. Ze kan de aangifte later zelfs weer intrekken. Het moet alleen genoeg zijn om hem twaalf uur naar Moabit te krijgen.'

Moabit: de strafgevangenis.

Emma's knieën werden slap. Toen hij dat zei, leek het of alles om haar heen begon te draaien. Wat hij haar aanbood... was het moment waar ze jaren op had gewacht. Uwe in een cel. Alleen, overgeleverd, zij en hij in één ruimte, zonder getuigen. Twaalf uur in voorlopige hechtenis. Zij had maar een uur nodig, meer niet. Niet eens: vijf minuten. Een goed getrainde politieagent kan veel schade aanrichten in vijf minuten.

'Ach ja, dat was ik bijna vergeten. Jij hebt geen vrienden in Moabit, hè? De ellende is, je bent nooit alleen. Overal camera's. Je moet vrienden hebben als je daar, laten we zeggen, tien minuten onopgemerkt met een oude maat in een cel wilt doorbrengen. Echte vrienden, die je al rugdekking hebben gegeven en op wie je blindelings kunt vertrouwen. Jij hebt daar geen vrienden, toch? Maar ik wel.'

Déjà vu. Plotseling had Emma het gevoel dat ze al wist waar dit op uit zou draaien. Dat ze dit aanbod al eens eerder had gekregen, de gelegenheid waar ze zo lang naar uitkeek. Ze had op die dag gewacht en zich die zo vaak voorgesteld dat ze nu alleen maar dacht dat het een herhaling was. De realiteit: niet meer dan een slechte imitatie van haar fantasie.

Ze zweeg.

'De dame heb ik al zover,' liet Felix weten. 'Ze heeft vanochtend haar verklaring afgelegd en er komt geen proces tegen haar. Geloof me, ze was enorm opgelucht. Je oude vriend zit nu in een politieauto en is onderweg naar Moabit. Om 18.45 uur word je verwacht. Alleen. Dienstwapen bij de ingang afgeven. Je krijgt tien minuten. Lang zal je vriend daar niet blijven zitten, vermoed ik: tegen de late avond staat hij weer buiten. Het aanbod is dus van zeer tijdelijke aard. Je hoeft me geen antwoord te geven. Als je om 18.45 in Moabit door de deur stapt, beschouw ik onze deal als beklonken. Morgenochtend zie je dan vrijwillig af van de zwangerschapsvervanging.'

Emma kon niets meer zeggen. Ze dacht na. Stelde het zich voor. Er was veel om over na te denken.

'Heb jij je ooit afgevraagd, Emma, wat je werkelijk wilt? Nu kun je het krijgen.'

69

Emma zat in de auto en keek door het zijraam naar de ingang van de strafgevangenis.

Wachttorens. Staal en glas. Een hoog ijzeren hek aan de straatkant. Een laag bezoekerscentrum en daarachter de massieve rode bakstenen muren, een vesting uit de tijd van de keizer, een burcht vol moordenaars, verkrachters, dieven, dealers en bedriegers, midden in de stad, allemaal netjes weggestopt. Eromheen: appartementen, kantoren, speelplaatsen, brave burgers, winkeliers, mensen die hun geluk zoeken, belasting betalen en niet bang zijn voor het collectieve monster dat achter de muren loert, elke dag weer.

Haar mobiele telefoon ging over. Lutz. Matze. Brennemann. Ze nam niet op.

18.15 uur.

Nu en dan draaide ze de contactsleutel om, ontgrendelde de handrem, wilde wegrijden. Dan aarzelde ze, zette de motor weer af.

Ze zou iemand kunnen opbellen. Erover kunnen praten met iemand.

Brennemann. Hoe zat het nu met die zwangerschapsvervanging? Hoeveel kans had ze echt? Maar ze wist dat ze daar vandaag geen antwoord op zou krijgen. En zelfs als haar chef haar die positie zou kunnen of willen beloven, zou dat iets veranderen? Nee.

Lutz. Hem om raad vragen. Alles vertellen. Uwe zit daar en wacht op mij. Hij is hulpeloos, eindelijk, en ik zit hier; ik hoef alleen maar naar binnen te lopen, en alles is voorbij, alles wat hij me heeft aangedaan, binnen tien minuten voorbij. En al het andere ook: mijn leven. Het leven dat ik heb opgebouwd, alles zal anders zijn.

Sarah bellen, om hulp vragen: ik moet iets doen waar ik al jaren op wacht, meer dan op wat ook ter wereld; ik kan mijn leven weer goedmaken, het kan eindelijk weer van mij zijn; ik weet niet of ik daar de moed voor heb. Wat zei vader altijd: *Je hebt je eigen leven in je hand, je hebt alleen de moed nodig om het vorm te geven zo-*

als jij wilt, en niet zoals anderen dat willen. Zei hij dat niet altijd? Help me op weg.

18.20 uur.

Ze zou het kunnen doen.

Ze had zich altijd voorgehouden dat Uwe op enig moment weer in de fout zou gaan. Dat ze op een dag in de databanken zou kijken en zou struikelen over de woorden 'Jij bent het mes, ik ben het vlees'. Als een slachtoffer van verkrachting zoiets in haar verklaring vermeldde, kwam dat in de databanken. Dan zou ze hem hebben, dan zou ze weten dat hij weer in zijn oude gewoonten was vervallen. Daarna zou ze erbij zijn, zou ze hem oppakken en zou er iets gebeuren, wat dan ook, hij zou haar bedreigen of iets anders, maakte niet uit, en zij zou schieten, zou moeten schieten; de kogels zouden zijn vlees verscheuren, zijn borst, zijn hart, zijn hoofd, zijn brein, zijn lul. En zij zou de heldin zijn.

Zo had ze het zich voorgesteld. Daarom had ze de zware training van de politie doorlopen, daarom had ze leren schieten, daarom beet ze zich zo vast in haar werk, om op een dag haar eigen leven terug te kunnen krijgen.

Maar stel dat die dag nooit zou komen?

Wat moest ze als hij gewoon nooit meer in de databanken zou opduiken? Als hij te geslepen is of nooit meer iemand verkracht? Dan komt hij ermee weg. Niet alleen dat, hij wordt een ster, een bekende persoonlijkheid, een favoriet van de media, en zij blijft zitten met de puinhoop waarin hij haar heeft achtergelaten. Hij krijgt zijn leven terug, zij het hare niet.

Deze dag zou haar enige kans kunnen zijn. Alles wat ze wilde, alles wat ze had opgebouwd, alles leidde naar dit moment.

Ze wist wat het betekende. Felix niet. Hij dacht dat ze naar binnen zou gaan en de man een keer stevig in elkaar zou slaan. Dat zou ook Lutz vermoeden. Of Sarah. Ze hadden allemaal geen idee.

Ze voelde op haar rug. Daar was het. Het jachtmes dat jarenlang in de kast in haar woonkamer had gelegen, de imitatie van Uwes mes, snede van twaalf centimeter, een greep van glad gepolijst moerbeihout, een kling van 1,1545-staal met een hardheid van 59 HRC. Het zat nu in zijn schede onder haar blouse en was met een strook ducttape op haar rug geplakt. Die goeie ouwe ducttape.

Emma wist: als ze met haar mes naar binnen ging, zou ze het ook gebruiken.

Ze keek in de achteruitkijkspiegel naar haar gezicht. Zacht maar beslist zei ze het: 'Moordenares.'

Ze had zich voorgesteld dat ze iets van een schuldgevoel, van een slecht geweten zou voelen. Maar het woord verontrustte haar niet. Ze had het al te vaak uitgesproken tijdens haar bloedige dagdromen, in de eindeloze nachten waarin ze half in slaap met hem vocht: 'Moordenares.'

Het tegendeel was waar. Ze werd heel rustig, alsof alles plotseling zin kreeg. Het was een woord waarmee ze kon leven.

Het was de enige manier. Nou ja, misschien. Nee, beslist. Het betekende de gevangenis. Het betekende het einde van haar carrière – en ze had een carrière voor zich, dat wist ze nu, een goede zelfs: ze had net de zaak van de mummiemoordenaar opgelost. Ook dat: weg. De vrienden van Felix zouden misschien een oogje dichtknijpen wanneer een vrouwelijke collega haar verkrachter in elkaar sloeg, maar een moord, dat zou gevolgen krijgen, en niet alleen voor haar.

Ze wist dat Sarah zou zeggen: kun je daarmee leven? Met het feit dat je een moord hebt gepleegd? Jaren in de cel, je werk en je leven weggegooid, en dat terwijl je al zoveel vooruitgang hebt geboekt?

Het was de verkeerde vraag.

De juiste vraag was: zou ze verder kunnen leven zonder daarnaar binnen te gaan?

18.29 uur.

Daarbinnen zat hij, daar, achter die muren, op dit moment. De man die haar alles had afgenomen.

Ze kende hem toentertijd vluchtig, via een gemeenschappelijke vriendin, op de universiteit van Frankfurt, zij sociologie, hij bedrijfskunde. Het was haar niet ontgaan hoe hij haar aankeek tijdens een gezamenlijk bijvak, op de gang, in de mensa. Hij vroeg een vriendin over haar uit. Waarschijnlijk kende hij haar naam niet eens, hij zat tenslotte een paar jaar boven haar, maar ze had het gevoel dat hij haar mocht, in elk geval op afstand. Toen kwam die nacht, na een feest bij vrienden, een beetje buitenaf. Zij ging na middernacht naar het station van de S-Bahn, maar de laatste trein was al vertrokken. Hij stopte naast haar met zijn auto, tegenover de taxistandplaats, waar geen taxi stond.

Charmant. Voorkomend. En hij wist een kortere weg binnendoor, een onverharde weg door het bos, die hij altijd nam, zoals iedereen deed die uit deze buurt kwam. Ze probeerde het te geloven. Ze zweeg, maar toen moest ze toch haar twijfel uitspreken. Hij had eerst koffie nodig, zei hij. Te veel gedronken. Zijn ouders hadden niet ver daarvandaan een jachthut. Nou ja, jachthut, eerder een vakantiehuisje. Hij lachte. Maar ze waren net langs een tankstation gereden waar hij makkelijk koffie had kunnen halen. Misschien wilde hij haar in die hut verleiden – ook niet oncharmant, en ze kon natuurlijk altijd nee zeggen, waarna ze weer in de auto zouden stappen en verder zouden rijden, stelde ze zich voor. Hij nam de tijd in de kleine keuken in de hut; zij werd onrustig, hij maakte een grap.

Toen het water voor de koffie begon te koken, zei hij dat hij haar iets wilde laten zien. Het was van zijn vader. In de gang. Ze volgde hem aarzelend. Langs de slaapkamer. Daar ging hij in elk geval niet naar binnen. Aan het eind van de gang bukte hij en trok een schuiflade open.

Toen hij zich omdraaide, hield hij een jachtmes in zijn hand.

Ze dacht nog steeds dat hij een grap maakte toen ze het mes op haar hals voelde. Hij duwde haar achteruit naar de slaapkamer, naar het bed, gooide haar erop. Hij schold haar uit: slet, hoer. Ze dacht: dat ben ik niet, hij praat met een ander. Ze zei het zelfs een keer. Nee, echt, ik ben geen slet. Ze wilde verstandelijk met hem discussiëren.

Toen het mes haar huid openscheurde, stokte haar adem. Toen hij haar kleding van haar lijf sneed, keek ze hem alleen maar als verlamd aan. Het enige wat ze kon denken was: ik heb die oude onderbroek aan die ik allang had willen weggooien. Hij sneed zelfs haar schoenen kapot. 'Die heb je niet meer nodig.' Ze was doodsbang voor haar tenen. Toen ze volledig naakt was, liet hij zijn broek zakken, drukte haar op het bed en verkrachtte haar. Steeds wanneer ze bewoog, voelde ze het mes op haar keel.

Toen hij zijn penis terugtrok en het bloed zag, vloekte hij. 'Ben je ongesteld?'

Ze schudde haar hoofd. 'Ik ben maagd.' Terwijl ze het zei, besefte ze dat dat niet meer klopte.

Hij zei alleen: 'Dat had je me ook eerder kunnen zeggen.'

Daarna bond hij haar vast aan het bed en ging naar de keuken. Het water was verkookt. Hij zette nieuwe koffie, kwam terug en verkrachtte haar opnieuw. Drie dagen lang. Na de tweede dag hield ze niet meer op met bloeden. Het lag niet alleen aan hem. Het lag aan het mes. 'Niet bewegen,' zei hij toen hij het voor het eerst in haar schoof, langzaam, voorzichtig, nieuwsgierig. 'Ontspan, ik wil alleen kijken hoe ver ik kom.'

18.40 uur.

Emma herinnerde zich de vrouwelijke arts in het ziekenhuis. Ze had haar bij de kin gepakt en gedwongen haar recht aan te kijken. Ze zei dat ze begreep dat Emma haar niet zou geloven, en dat ze het liefst zou willen sterven, maar de pijn zou overgaan. Ze mocht blij zijn dat ze zo jong en gezond was, haar lichaam zou dat voor elkaar krijgen, zei ze. Ze had gelijk gekregen, op een kleinigheidje na, zoals later bleek: Emma kon geen kinderen meer krijgen. Jarenlang had ze het daarna juist daarop aangelegd, had ze gedacht dat een kind haar wonden kon helen, een kind, ongeacht van wie. Tevergeefs. De littekens liepen te diep door. Haar cyclus werd nooit meer regelmatig, ze was nooit zwanger geworden.

18:41 uur.

Ze wist niet of ze het zou doen. Tot het moment dat ze uit de auto stapte en het dichtslaan van het portier in haar oren nagalmde, wist ze niet of ze het zou doen.

Okergele muren, zoemende tl-buizen, piepende glasdeuren, schoon en triest tegelijk, de kantoorpraktijk van alledag. Portier, identiteitsbewijs en penning, de metaaldetector piepte: dienstwapen afgeven. Ze legde haar Sig Sauer op de balie. De beambte achter het glas keek op, nam het wapen aan, borg het op. Hij bladerde in papieren, zei haar waar ze verwacht werd. Sloten klikten, gingen open en dicht, ze liep door deuren, getraliede hekken, door eindeloze gangen, beklom trappen; alles weergalmde hol, zakelijk gemompel, gebrulde bevelen, diffuus gejammer. Alles rook een beetje muffig hier. Verschimmeld. Stoffig. Emma rook de jaren, de generaties, de weggegooide levens. Zoals het mijne, dacht ze. Misschien zit ik hier binnenkort ook. De gedachte liet haar koud. In kamer 457c zaten twee agenten. Ze verwachtten haar. Ze zeiden geen woord en brachten haar via een gang naar een deur zonder opschrift. Haar handen op de deurkruk. Daarna de woorden: 'Tien minuten', en ze trokken de deur van buiten dicht.

Het was schemerig in de ruimte.

Geen klank drong tot haar oor door. Aan de muur een treurige tl-buis, boven een paar blinde spiegels. Verder was alles leeg. De toiletten en wasbakken waren verwijderd en er was een nieuwe betonvloer gegoten. Ooit had hier iets anders moeten komen, voordat het geld op was. Nu was het een verlaten bouwplaats.

Achterin. Daar zat hij.

Op een stoel die hier niet hoorde, een oude, houten stoel. Gezicht naar de muur, handen achter zijn rug geboeid. Hij zat gekromd, ongemakkelijk, onzeker. Hij was ongeschoren en hij zweette. Ze rook hem, zijn zweet. Interessant. Dezelfde geur als toen. Nee, scherper: angstzweet. Zijn donkergrijze pantalon was smerig. Alsof hij vandaag al een keer op de grond was beland.

Voor zijn voeten: een gummiknuppel.

Emma aarzelde.

'Je ruikt net als toen,' zei hij.

Ze haalde scherp adem. Hij praatte tegen haar. Ergens had ze dat niet verwacht.

'Naar opwinding,' zei hij. 'Ik denk daar vaak aan terug. Jij was mijn eerste. Ik wilde dat het eeuwig zo door had kunnen gaan. Jij toch ook? Jij denkt er ook nog altijd aan.'

Ze voelde het: de angst. Als een demon die bezit nam van haar lichaam. Die haar keel dichtkneep. Nee, dacht ze. Nee. Dit keer niet. Niet hier in de gevangenis. Dit is mijn terrein, hier heb ik het voor het zeggen. Niet nu hij hier is omdat ik hem hierheen heb laten brengen, omdat ik hem hier wil hebben. Nee, deze tien minuten zijn van mij.

Ze werd heel rustig. Uitstekend.

Tien minuten.

Ze trok haar blouse uit haar broek, greep achter haar rug naar het mes, liep naar hem toe, stond naast hem. Het mes een paar centimeter van zijn keel verwijderd. Als hij eens wist.

'Ik weet dat je het fijn vond,' zei hij.

Hij zag niet dat ze een mes in haar hand had.

Ze schopte zo hard als ze kon, zette heel haar gewicht achter haar been en trapte. Hij vloog van de stoel op de grond, de stoel belandde in de hoek.

Daar lag hij, op zijn buik, zijn handen achter zijn rug geboeid, niet in staat op te staan. Maar hij hield niet op met praten, zijn hoofd opzij gedraaid, min of meer in haar richting. Hij probeerde haar blik te vangen. 'Toen ik je op dat feestje zag wist ik onmiddellijk dat jij het wilde. Wie had gedacht dat...'

Ze boog zich over hem heen, het mes in haar linkerhand. Met de rechter sloeg ze hem in zijn gezicht, op zijn mond, zodat hij stil was. Nog een keer. En nog een keer. Er zat bloed aan haar knokkels. Ze knielde boven op hem, haar rechterknie tussen zijn schouderbladen geramd, haar hele gewicht erbovenop, alles op deze knie, alsof ze zijn ruggengraat wilde breken. Ze bukte zich over hem heen, ver, over zijn gezicht, zijn hals.

'Hallo, Uwe,' zei ze.

Hij zei niets meer. Hij vond geen woorden meer. Nu was hij bang. Hij trilde. Rook naar pis. Maar hij rook ook nog altijd naar Uwe. De geur die ze wilde vergeten en die ze toch elke ochtend weer in haar neus had.

Ze moest die geur kwijt.

Ze zette het mes op zijn keel. Zijn adem stokte.

'Voel je dat? Het is hetzelfde als dat van jou. Voel je het?'

Uwe maakte een ondefinieerbaar geluid, meer niet. Ze duwde de snede harder tegen zijn keel. Op zijn dikke, ongewassen, ongeschoren huid. Boven op de kling groeide een bloeddruppel als een felrode paddenstoel.

Ze boog nog verder over Uwe heen.

'Zeg het!'

Hij begreep niet wat ze wilde.

'Zeg het!' Ze schreeuwde nu. Ze was zich er nauwelijks van bewust, maar ze schreeuwde. 'Zeg: jij bent het mes en ik ben het vlees. Schiet op!'

'Jij... jij bent het mes,' mompelde Uwe hees. 'En ik... ik ben het vlees.'

Nu.

Doe het. Doe het nu en je bent hem voor altijd kwijt. Waarom aarzel je?

'Hé!'

Ze had niet gemerkt dat de deur achter haar was opengegaan.

Emma verroerde zich niet. Trok het mes niet weg. Draaide alleen haar hoofd iets om.

Felix.

Een arm omhoog. Zijn vinger wees naar het plafond. Daarboven, in de hoek, was een kleine witte bobbel. Plastic. Rond. In het midden een kleine zwarte lens. Een videocamera.

'Dacht je nu echt dat ik dat zou toelaten?' zei hij.

Emma kon zich niet bewegen.

'Kijk eens naar jezelf, wat doe je daar? Een mes? Echt? Ik wist dat het erg was, maar niet zo erg. Wilde je zijn keel doorsnijden? Was je dat van plan?'

Ze kon niet antwoorden. Ja, wat deed ze eigenlijk? De stem, diep vanbinnen, die haar zei: doe het, één haal en je bent klaar, je kunt het nog doen, Felix is te ver weg, doe het... Die stem was verstomd.

'Goeie god, ik wilde je er alleen in luizen, ik wilde binnenkomen en je waarschuwen dat ik alles op video had, maar een mes... Daar had ik niet op gerekend, en geloof me, ik kan me het een en ander voorstellen.'

Emma draaide eindelijk haar hoofd en keek hem aan.

Felix. Het was allemaal niet meer geweest dan een truc. Nee, chantage. Hij wilde haar hierheen lokken voor iets waarmee hij haar later kon chanteren. Vanwege de baan. Alles voor die baan. Het had niets met haar te maken.

En zij was erin getuind.

'Ik vertel je wat er nu gaat gebeuren.' Felix. 'Je legt dat mes weg, en je gaat naar huis. Morgenochtend zeg je tegen Brennemann dat je niet geschikt bent voor de baan. Ben je ook niet. Kijk naar jezelf. Denk je echt dat jij een afdeling van de politie kunt leiden? Je weet zelf dat je het niet kunt.'

Emma liet Uwe niet los. Het lukte niet.

'Sta op en leg dat mes weg, of ik pak het je af.'

Ze had geen keus. De stem was weg, de kracht was weg, de woede was weg. Het enige wat er nog was: vernedering. Schaamte. Verwarring. Wat deed ze hier, wat was er van haar terechtgekomen? Wie was ze?

Ze stond op, liet haar verkrachter los, liep langs Felix, door de deur naar buiten, zonder hem aan te kijken. Buiten op de gang merkte ze dat ze het mes nog steeds in haar hand hield. Ze ramde het in haar broekzak. Bij elke stap die ze deed kraste het in haar dij.

70

'Ik wil je zien.'

Georg schraapte zijn keel. 'Ik dacht dat je me nooit meer zou willen zien.'

'Wilde ik ook niet,' gaf Emma toe.

Hij lachte. 'Zie je wel, dat kon ik me dus niet voorstellen. Heb je veel aan me gedacht?'

'Misschien. Heb je tijd?'

Hij aarzelde. 'Vanavond ben ik eigenlijk bezet.'

Die ander dus. Ze wachtte. Kijken of hij die zou lozen. Voor haar.

'En het appartement eigenlijk ook,' voegde hij eraan toe.

Emma wachtte. Georg ook. Zij wachtte langer.

'Ik weet een hotel,' zei hij. 'Maar ik heb een uur nodig. Ik bel je terug.'

'Welk hotel?'

'Dat zeg ik je dan.' Verbinding verbroken.

Emma legde haar mobieltje weg. Wachtte af. Tot haar buik weer rustig werd. Ze probeerde niet aan Uwe te denken. Aan de geur van zijn zweet, de stoppels op zijn keel, waar ze haar mes op had gezet.

Bijna twee uur lang had ze door de stad gedwaald, in het donker, tot het te koud werd. Ze had geprobeerd afleiding te zoeken door te gaan shoppen, in het Alexa, waar alles bont en luidruchtig was, maar ze kon er niet tegen. Nu zat ze met het portier open in haar kleine, zilverkleurige Polo op de parkeerplaats naast het Total-tankstation in de Mollstraße, haar mobieltje in de hand. Achter de voorruit denderde het drukke verkeer over de Prenzlauer Allee voorbij. Talloze koplampen probeerden de duisternis van de novembernacht te doorboren. Fietsen zonder verlichting flitsten voorbij, af en toe dreunde er een tram langs. Veel lawaai, geen stemmen. En motregen: een dichte laag vocht die zich onophoudelijk, druppel voor druppel, aan huid, haar, schoenen en handen hechtte tot alles vochtig was, binnen en buiten, de autostoelen, jas en spijkerbroek, de lucht, haar longen.

De promotie kon ze uit haar hoofd zetten. Die had ze Felix toegespeeld. Eigen schuld. En waarvoor? Ze had het niet gedaan. De laatste tien jaar had ze zich steeds weer voorgesteld hoe graag ze alles zou willen opofferen, alleen maar om Uwe kwijt te raken. Ze had het niet voor elkaar gekregen en was niettemin alles kwijt.

Georg was de enige die ze kon bedenken. Wie anders? Sarah? Lutz? Brennemann? Met hen kon ze niet praten, niet over wat er zojuist was gebeurd. Nooit. Met Georg ook niet, maar met hem hoefde ze ook niet te praten. Hem kon het niet schelen dat het haar niet was gelukt. Hij was een hufter, en hufters malen niet om zoiets. Vreemd eigenlijk. De laatste keer dat ze elkaar zagen had ze hem bijna doodgeschoten, en toch was hij de vent met wie ze het best kon omgaan. Ze moest hem haar excuses aanbieden. Of misschien ook niet. Moest je je wel verontschuldigen tegenover een hufter? Dat was nu juist het aardige van hufters.

Ze trilde niet meer en geloofde dat haar maag ook zover was. Ze stapte uit, sloeg het portier dicht, liep het tankstation binnen, keek om zich heen: fel licht, verse koffie, chips, porno, gekoeld bier en goedkoop speelgoed voor de kleintjes op de achterbank. Een minisupermarkt voor mensen die niet naar huis wilden. Ze kocht een blikje bier, een *Morgenpost*, een baguette met kaas en liep weer naar haar auto. Emma opende het blikje, nam een slok, nam een hap van de baguette. Ze haalde diep adem.

Haar mobieltje ging over. Dat was snel.

'Zeg alleen waar en wanneer,' zei ze.

'Weet je dat je gevolgd wordt?'

Dat was Georg niet.

Ze keek op haar scherm. Geen nummer. Maar die stem.

Uwe.

'Het moet wel echte liefde zijn, als hij zo achter je aan zit. Ik mag hem niet, die nieuwe minnaar van jou. Jaagt hij je ook van vakantiehuis naar vakantiehuis en moet hij je uiteindelijk dwingen?

Vind je het leuk als hij je aan het bed vastbindt? Denk je aan mij, als je het met hem doet?'

'Ik geef je aan. Dit is stalking.'

'Je maakt een grap, zeker?' Uwe lachte. Lang en hartgrondig. 'Twee minuten en mijn advocaat heeft alles omgedraaid: jij hebt mij bij mijn lezing opgezocht. Je hebt mijn vriendin onder druk gezet. En wat was dat zonet eigenlijk, als ik vragen mag? Weet je hoe ik eruitzie? Alsof ik me dronken heb geschoren. Jij bent een echte stalkster geworden.'

Emma zweeg.

'Wil je me terug hebben, Emma?'

Ze liet hem praten.

'Kun je me daarom niet loslaten?'

Dat maniertje van hem, ze kende het. Van toen. Toen ze vastgebonden aan zijn bed hing en hem smeekte haar vrij te laten. Zoals hij praatte, alsof alles heel normaal was, alsof het niet meer was dan een spelletje, alsof ze toch eigenlijk mee wilde doen, alsof hij haar een genoegen deed. Hij kon alles verdraaien tot de werkelijkheid onwerkelijk leek. Toen al had hij haar getrakteerd op zijn doordachte manier om het voor en tegen in alle gemoedsrust te bespreken, en met het *voor* voor hemzelf en het *tegen* voor haar te eindigen. Heel logisch allemaal.

'Weet je, Emma, we kunnen dat allemaal achter ons laten. Alles wat tot het verleden behoort kunnen we gewoon vergeten. Wat vind je? Jouw kleine uitschieter van vandaag: zand erover. Je zou met mij samen kunnen optreden, de mensen kunnen vertellen dat ik een nieuw iemand ben. Dat willen ze horen. Je hebt geen idee hoe graag ze dat willen horen. Ze zouden je op handen dragen, je zou de ster aan mijn zij zijn. Ze zouden van je houden zoals ik van je hou, Emma. En 's avonds bind ik je weer vast aan het bed, zoals in die goeie ouwe tijd, en jij schreeuwt, huilt en bedelt, zoals je dat zo graag doet.'

'Als je me nog een keer opbelt, maak ik je af,' zei Emma. Haar stem was rauw en hees.

Ze drukte het gesprek weg, rende haar auto uit, gooide de smerige baguette in de afvalbak. Ze moest een kwartier over het trottoir op en neer lopen, met het verkeer oorverdovend luid in haar oren, tot ze weer normaal kon ademhalen. Ik had hem moeten doden. Die kans komt nooit meer terug. Ik had hem moeten afmaken.

Telefoon.

'Hallo? Wie is dit?'

Het was geen gesprek. Een sms. Matze. Ze drukte hem weg. Wat kon het haar schelen? Die moesten het maar een dag zonder haar redden. Ze kon alleen nog aan Uwe denken. Pas nu drong tot haar door wat hij had gezegd: 'Weet je dat je gevolgd wordt?'

Werd zij gevolgd? Door wie?

Johannes.

Natuurlijk. Die kon toch niet loslaten. Vanbuiten zacht, vanbinnen hard. Geen zelfbewustzijn, verdraagt geen afwijzing, weet niet wat hij doet tot hij op een bepaald moment met een mes voor de deur staat.

Ze belde hem op. 'Volg je mij?'

'Pardon? Ben jij dat, Emma?'

'Als je niet onmiddellijk ophoudt, weet je niet wat je overkomt. Ik zit bij de politie. Je hebt geen idee wat ik allemaal kan doen, als ik dat wil.'

Korte stilte. 'Ik weet niet wat je bedoelt.'

'Heb je me begrepen?'

'Emma, ik...' Hij aarzelde, dacht na. 'Emma, luister, kunnen we praten?'

'Als ik op een bepaald moment uit het raam kijk en heel toevallig jouw auto zie of merk dat je ergens achter me staat in de rij, ongeacht waar, geloof me, dan zul je het berouwen. Dit is mijn laatste waarschuwing.'

Ze verbrak de verbinding.

Toen haar mobiel weer overging, wilde ze tegen het toestel brullen, maar uit voorzorg keek ze eerst op het schermpje. Geen nummer. Dus geen Johannes.

'Hallo?'

'Een laatste keer kan geen kwaad,' zei Georg.

'Ach nee?'

Hij gaf een adres door.

'Twintig minuten,' zei ze.

71

Rustig, donker, knus, de paar winkeltjes dicht, alle omwonenden thuis, geen mens op straat. Emserstraße, hoek Düsseldorfer Straße, Charlottenburg, district 26. Ze herkende pension Bellevue al van ver aan de met een lichtslang versierde markies. Netjes, bescheiden, mooi anoniem, en van de Düsseldorfer Straße gescheiden door een grote bouwput. Emma moest in de doodlopende straat omkeren, moeilijk, ergerlijk, en een parkeerplaats zoeken op de Ludwigkirchplatz. Daarna te voet door de motregen terug naar de Emserstraße.

Ze was weer een beetje gekalmeerd na het telefoontje van Uwe. Maar niet meer dan een beetje. Ze moest erover praten. Met iemand, ongeacht wie. Misschien zelfs met Georg. Ze zag hem al vanaf de hoek. Hij stond voor het pension, draaide zich om toen hij haar zag komen. Glimlachend wachtte hij op haar.

Ze mocht niet vergeten haar beveiligingsdienst te bellen. Dit keer niet. Ze trok haar mobieltje uit de tas en zocht het sneltoetsnummer.

Parkeren was hier echt een ramp. De auto's stonden hutjemutje. Een busje stond stil en donker dubbel geparkeerd: die had lef. Goed, het was zo'n grote taxi voor gehandicapten, die mochten dat. Toen ze tussen het busje en een Golf door het trottoir op wilde lopen, haar blik nog steeds op de telefoon gericht, kwam ze bijna in botsing met een rolstoel. Ze wilde zich er met een verontschuldiging langs wurmen, toen de vrouw haar aansprak: 'Pardon, kunt u mij helpen?' Zij wilde ook het trottoir op. Ze had het bij de eerste aanloop niet gehaald, en nu ontbrak het haar aan vaart: de stoep was te hoog. Ze moest weer naar achteren rijden om vaart te maken, maar dat was moeilijk omdat het bergop ging, en het asfalt was nat.

Georg zwaaide. Hij zag de vrouw niet. Aan de overkant van de straat stond een man te telefoneren. Ook hij zag de vrouw niet. Ze werd aan alle kanten door auto's aan het zicht onttrokken.

Voor Emma de rolstoel.

Ze borg het mobieltje op en klemde haar handtas onder haar arm.

'Laat mij maar even,' zei ze. Ze pakte beide handvatten, kiepte de rolstoel iets, draaide hem om zodat de grote wielen naar het trottoir wezen. Daarna kon ze het gevaarte achteruit over de stoeprand omhoogtrekken.

Uit haar ooghoek zag ze dat de man aan de overkant van de straat de rolstoel nu ook had gezien. Eindelijk. Hij deed zijn telefoon in zijn zak en stak hulpvaardig de straat over. Emma glimlachte, zette zich schrap om een tegenwicht voor de rolstoel te vormen en liet de stoel opnieuw kiepen tot die bijna horizontaal lag. De vrouw was klein maar zwaar. Vreemd. Ze zag er eigenlijk slank uit.

'O, dank u wel,' zei ze. 'Echt, dat is in Berlijn zo nu en dan...'

Haar stem kwam Emma bekend voor.

'Berlijn is soms een ramp voor mensen in een rolstoel,' ging ze verder.

Emma kende haar. Van de Burcht. Beslist. Een secretaresse? Een agente? In een rolstoel?

Eindelijk kwam het ding in beweging. Ze trok hem naar achteren, met de grote wielen op de stoep.

Lars Gohse.

Daar kende ze haar van. Zij had hem opgehaald. Ze had met Lutz in zijn kantoor gepraat, een regeling getroffen en Gohse weggehaald. De mooie vrouw in de rolstoel, de zus van Lars Gohse. Vreemd. Vandaag had ze een dikke muts op, geen losse haren, zoals de laatste keer. Zo lang en blond.

Tegenstrijdige instincten.

Haar politietraining zei: loslaten en onmiddellijk je wapen pakken.

Alle andere vezels van haar lichaam zeiden: laat haar niet los. Ze zit in een rolstoel. Zet haar veilig op het trottoir.

Maar ook dat kon ze niet meer. Daarvoor had ze een stap naar achteren moeten doen, maar dat ging niet omdat er al iemand stond. Een man. Haar politietraining schreeuwde in haar hoofd. Nu gehoorzaamde ze ook, eindelijk. Ze liet de handgrepen van de rolstoel los.

Het was te laat.

De man achter haar liet een touw, of een riem, over haar hoofd en haar bovenlichaam zakken, tot haar ellebogen, die nog gebogen waren omdat ze de handgrepen van de rolstoel had vastgehouden. Hij trok de band strak tot haar armen vast tegen haar zij gesnoerd waren. Haar tas viel op de grond.

Ze draaide zich om, probeerde zich naar links te gooien, zich los te rukken, maar er was nog een man. De tweede pakte haar bij haar schouders, en een derde trok een linnen zak over haar hoofd. Ze schreeuwde, maar er kwam geen echt geluid uit haar keel, vreemd, aha, iemand snoerde de zak om haar keel vast, ze hapte naar lucht. Ze schopte met haar benen, maar de mannen tilden haar al op, zodat haar voeten in de lucht schopten. Ze hoorde hoe de laaddeuren van het busje werden geopend. Met een harde klap belandde ze op de metalen bodem. Er dansten bliksemschichten voor haar ogen. De mannen klommen achter haar in de bus, grepen haar benen vast, gingen erop zitten en bonden ze aan elkaar. Ze voelde een steek in haar schouder. Een naald, zo overweldigden ze hun slachtoffers, dacht ze nog: rohypnol? Ketamine? Het donker overspoelde haar als een compacte, warme golf en werd tot een pure, absolute duisternis. Haar laatste gedachte voordat ze het bewustzijn verloor: en Georg? Hoe zit het met Georg? Hebben ze hem ook te grazen genomen?

72

Georg verzorgde haar liefdevol. Hij streelde Emma's wangen. Ze was blij dat ze hem had opgebeld. Dat ze zich hadden verzoend. Hij was toch een goeie vent, wat was er toch in haar gevaren?

Hij merkte dat ze wakker was, glimlachte naar haar. Zij glimlachte terug. Althans, dacht dat ze dat deed. Als Georg haar los zou laten, kon ze ongetwijfeld ook opstaan. Maar zijn aanrakingen waren gewoon te aangenaam. Hij liet zijn vingers door haar haren glijden en maakte haar geschramde gezicht met een doekje met olie schoon. Was ze ziek? Nee. Ze was gevallen. Ze was overvallen. Was ze gevallen, werd ze overvallen? Nou ja, uiteindelijk kwam het op hetzelfde neer. In beide gevallen viel je.

Ze had dorst. Ze schraapte haar keel. Hij liet haar water uit een fles drinken. Attent. Daarna trok hij haar broek naar beneden. Slip ook. Goed zo. Had ze hem daar niet voor gebeld? Maar er was iets. Kennelijk was hij iets van plan. Waarom smeerde hij haar anders in? Hij draaide haar zelfs om, smeerde ook haar billen zorgvuldig in. Ze rook babylotion.

Vage herinneringen doemden op. Geen beelden, alleen een gevoel, misschien een geur, het was moeilijk te zeggen. Lang geleden. De weldadige onmacht van de kindertijd. Het vertrouwen: mama doet alles. Papa past op. Haar vader had opgepast, toen. Inderdaad. Hij was een goede man geweest, een geweldige man, ze wilde dat hij hier was. Ze wilde dat hij nooit was weggegaan. Ze wilde dat ze nooit zo oud was geworden dat mama zich niet meer om haar bekommerde.

Maar nu was Georg er. Hij deed haar voorzichtig een luier om. Emma deed haar ogen dicht en liet het gebeuren. Een luier in plaats van een slip. Als hij dat graag wilde, was het goed. Ze was nog nooit zo ontspannen geweest.

Hij trok haar broek weer omhoog, streelde haar haar en nam haar kort in zijn armen. Ze had zijn omarming graag willen beantwoorden, maar ze kon haar armen niet omhoogkrijgen.

Georg fluisterde haar toe: 'Ik heb je iets laten houden. Een cadeautje. Alleen voor jou. Je zult het snel voelen, wanneer je vingers weer goed zijn.'

Haar vingers? Emma kon haar vingers inderdaad niet voelen. Geen probleem, als Georg maar zei dat ze er nog waren.

Hij glimlachte. Die brede, overtuigende glimlach die haar zwak maakte, die haar verwarde. Toen begon hij haar in te wikkelen.

Ze lag op een smalle plank, merkte ze nu. Elke strook die hij om haar voeten, dan om haar kuiten, haar knieën, haar dijen wikkelde, tilde hij de planken even op om de rol eronderdoor te halen. Georg had vier handen. Welnee, heel veel handen! Iemand hielp hem. Een man. Ze herkende hem niet, of ja, ergens toch wel, maar ze wilde er niet aan denken, wilde eigenlijk alleen zijn met Georg, en dus negeerde ze de ander. Evenals de jonge vrouw die hen hielp, vooral toen Georg haar bovenlijf inwikkelde. Daarvoor moesten zelfs twee mannen en twee vrouwen meehelpen, om haar telkens weer op te tillen, zodat de rollen onder haar konden worden doorgegeven. Verscheidene rollen. Steeds weer van voren af aan: eerst de voeten, dan het bovenlijf. Ze deden vreemde dingen met haar armen, recht, gebogen, de ene zus de andere zo, nee, toch anders. Ze kon er alleen naar gissen, want ze voelde haar armen niet. Toen ze haar hoofd inwikkelden, was dat op de een of andere manier prettig. Warm. Geborgen. Strak om haar hoofd als een muts in de winter. Alleen haar oorschelpen staken eruit. De olie op haar gezicht zorgde ervoor dat de huid niet beschadigd werd.

Woeps! Plotseling stond ze overeind.

Ze was helemaal niet van plan te gaan staan. Maar ze stond. Of misschien hing ze. Haar voeten raakten de vloer niet. Maakte niet uit. Vallen, overvallen. Staan, doorstaan. Grappig.

Ze was thuis, in de woonkamer. Het moest de woonkamer van haar ouders zijn. Die uitnodigende bank, een landschap van dikke bekleding met schuifladen eronder en de *Stern* en de televisiegids erbovenop. Die rustieke kastenwand met ruimte voor de televisie, de cd-stereotoren en de glazen kast met de verzameling theekopjes en zoetsappige Hummel-beeldjes – wie kocht dat tegenwoordig nog? De grote eetkamertafel. Het tapijt, Perzisch natuurlijk, en vlak voor haar een piano. Opengeklapt. Het was haar piano, waaraan ze had geleerd. Was dat mogelijk? Dezelfde piano?

Wacht eens even. Haar ouders hadden geen piano. Emma wilde er altijd een, maar kreeg in plaats daarvan een blokfluit, waarop ze jammerlijk mislukte. Dat was haar woonkamer helemaal niet. Een andere kamer. Maakte niet uit. De piano was beter. Het beviel haar. Haar nieuwe gezin beviel haar ook.

De moeder – of was het haar oudste zus? – in de rolstoel. Georg. Twee zussen, de ene gezet, de andere slank. Maar hetzelfde gekleed. Crèmekleurige slip-over, mouwloos. Daaronder een rode blouse. Het kwam haar bekend voor. Net als die trui die de vrouw in de rolstoel droeg: met Mondriaan-achtige ruiten. Die kende ze ook. En Georg. Trui en colbert. Had hij altijd al een bril op? Die stond hem helemaal niet.

Ze praatten, lachten met elkaar, terwijl ze borden en bestek op de grote eettafel zetten. Er kwamen zware kristallen glazen naast te staan. Daar waren de twee jongens, de ene groter dan de andere, nou ja, eerlijk gezegd meer mannen. In grijsbruine truien met opengewerkte patronen, kraag van het overhemd eroverheen. Beiden hetzelfde. Ze waren allemaal min of meer van Emma's leeftijd. Niettemin: een harmonieus, gelukkig gezin dat nooit uit elkaar was gegaan. Waarom moest je ook altijd weggaan? De jongens brachten het eten binnen: drie grote pizzadozen. Lekker. Kreeg zij ook wat? Ze was er niet zeker van of ze wel honger had. Ze had ook al iets in haar mond, die ze op de een of andere manier niet kon opendoen. Zoals in een droom. Ja, misschien droomde ze dit allemaal.

De pizza werd aangesneden en zorgvuldig over de borden verdeeld, limonade vulde de kristallen glazen en de dozen werden weggeruimd: nu zaten ze daar, een plaatje van een gezin, alles in orde, iedereen welopgevoed, voorbeeldig.

Ze pakten elkaars handen vast en de moeder sprak een gebed

uit. Zoiets had Emma lang niet meer gehoord. De vrouw dankte de kosmische geest en ze vroeg om zegen voor haar gezin. Zegen voor Sakuru, dat hij groot en sterk mocht worden, voor Tirawa, dat ze de natuur leerde liefhebben, voor Kachina, dat ze de viool leerde beheersen, voor Ahayuta, dat hij de goden mocht bevallen, voor Tirawa dat ze nederigheid mocht leren, voor Kolowisi dat hij zijn test mocht doorstaan en voor Tawa dat zij de kinderen van de aarde met haar geest en haar overvloed mocht voeden.

Emma werd ook bedacht.

'En zegen Emma, dat ze leert niet alleen aan zichzelf te denken.'

De andere kinderen stortten zich op de pizza, maar heel goed opgevoed, met mes en vork.

Emma maakte zich nu toch zorgen over het feit dat ze haar mond niet kon openen. Hoe moest ze mee-eten? Het rook zo lekker. Ze kon haar kaken bewegen, maar niet meer dan een klein stukje. Haar lippen ook nauwelijks. Ze waren vastgeplakt. Ze ademde alleen door haar neus. Plotseling wilde ze haar armen en benen bewegen, maar dat ging niet. Waarom? O ja, Georg had haar in ducttape gewikkeld.

'Emma? Emma?'

Ze hield op zich tegen het nauwe omhulsel te verzetten. De andere kinderen keken haar nu aan. Ze hadden allemaal hun bestek neergelegd. De pizza was nog onaangeroerd. Kennelijk was er iets belangrijkers dan eten. 'Emma zal ons vandaag voor het eerst iets op de piano voorspelen,' zei de vrouw in de rolstoel, 'en ze verheugt zich er al op.' Iedereen keek haar aan.

Emma kon niet pianospelen. Ze kon haar armen niet eens bewegen.

'Ze gaat ons vandaag allemaal trots maken. Nietwaar? Je wilt je vader toch trots maken?'

Emma zag geen vader. Maar die vrouw praatte alsof hij er was.

'Op een dag maakt vader geen muziek meer,' zei ze, 'dan moet Emma de muziek maken die de wereld zo mooi vindt en nodig heeft, die de wereld in harmonie brengt met de kosmos. Kom, Emma, speel eens wat. Het lied van Wakan Tanka en hoe hij de bergen schiep, dat vader voor je geschreven heeft.'

Iedereen keek haar vol verwachting aan. Ook Georg. Georg? Had ze hem ooit verteld dat ze pianospeelde? Waarom zei hij niets? Waarom was hij hier eigenlijk? Hij was toch geen kind? Niemand was hier nog een kind. En de moeder was geen moeder. Nu herkende ze de vrouw in de rolstoel. Uit de Burcht. Daar was ze een keer geweest om een getuige af te halen, die exhibitionist. Lohse, Gohse... Dit hier, had dit alles toch met het werk te maken? Dit was niet haar gezin, en zij was geen klein meisje. Ze was een volwassen vrouw, ze was misdaadanaliste bij de politie.

'Waarom speel je niet, Emma?' bleef de vrouw in de rolstoel volhouden.

De anderen lachten niet meer. Ze waren niet meer vrolijk. De uitdrukking op hun gezichten. Woede. Angst. Ook Georg, volkomen veranderd.

'Waarom speel je niet?' herhaalden ze.

'Waarom speel je niet?' vroeg de gezette vrouw met kort haar, die Emma zo bekend voorkwam.

'Waarom?' vroeg de grote jongen met de sombere blik. Hij herinnerde haar aan iemand. Een collega op het werk? Nee. Een afbeelding. Uit een of ander dossier. Een foto?

'Emma heeft niet geoefend,' zei de vrouw in de rolstoel. Haar toon was nu anders, heel anders. Ze was geërgerd. 'Hoewel vader het had gevraagd. Wat gebeurt er als je niet oefent? Dan houdt de goddelijke muziek op. De muziek die de wereld nodig heeft. Die zoveel liefdevolle mensen overal nodig hebben. De wereld moet mediteren, anders vindt die nooit vrede, en de goddelijke muziek helpt ons daarbij en mag nooit ophouden. Zodat de wereld eindelijk heel wordt. Wil jij niet dat de wereld heel wordt, Emma?'

Het trottoir. De vrouw in de rolstoel. De man die aan de overkant van de straat stond te telefoneren: dat was toch die kleine, slanke vent daar geweest? De lijken die in de steiger op de Leipziger Platz hadden gehangen en in de ijsfabriek, overal in Berlijn. En nu hing zij ook. Inderdaad, ze hing. Waaraan begreep ze niet, maar haar voeten raakten de vloer niet.

Plotseling was het licht hard en schel. Haar hart bonkte, haar hele lichaam tintelde. Het pantser en de lap in haar mond sneden haar de adem af. Wild keek ze heen en weer, van gezicht naar gezicht, ze schreeuwde, maar kon haar mond niet opendoen.

De vrouw in de rolstoel reed om de eettafel heen en kwam op haar af. Haar gezicht bleek en vertrokken.

'Kan je dat allemaal niets schelen?' Ze siste inmiddels. 'Wil je dat alles corrupt en verdorven blijft, de natuur, de mensheid, alles? Wil je dat, Emma? De anderen willen de wereld redden, alleen jij wilt die in het verderf storten, de mensen tot oorlogen en bedrog aanzetten; jij denkt alleen aan jezelf, het Inzicht kan je niets schelen, het Goede kan verrekken. Is dat wat je wilt, Emma? Wil je dat?'

Met de lap in haar mond en de ducttape ervoor kon ze geen woorden vormen, maar toch schreeuwde ze: 'Ik kan spelen! Ik kan pianospelen! Laat het me proberen!'

'Waarom speel je niet, Emma?' vroeg Georg.

'Ik wil spelen!'

'Ze heeft niet geoefend. Ik heb gezien hoe ze naar buiten is geslopen!' De gezette. Emma kende haar.

'Jij hebt ons verraden, jij was het!' De grote jongen, woedend nu.

Het graatmagere meisje stond er alleen maar hulpeloos bij, haar armen over elkaar. Ze vocht tegen haar tranen.

'Ons allemaal, je moeder, je vader, je broers en zussen, iedereen heb je verraden.' De vrouw in de rolstoel weer.

'Jij bent de verraadster!' De gezette. Ze schreeuwde. Ze schreeuwden allemaal.

Eerst was het alleen maar een zetje. Bijna speels. Emma schommelde lichtjes. Op de een of andere manier hing ze, zweefde ze in de lucht, niet helemaal vrij, maar vrij genoeg, misschien aan een constructie die ze niet kon zien. Ze moest aan een vlieg in een spinnenweb denken.

De gezette vrouw sloeg als eerste toe, met een vertwijfeld en van haat verwrongen gezicht.

'Je maakt ons allemaal kapot!' Haar geur drong in Emma's neus, het zweet, de woede. Toen kwamen de anderen. Ook de magere. Ze sloegen op haar in, hun blikken blind van haat en wanhoop. En die stemmen. Anders dan alles wat ze ooit in haar leven had gehoord. Geen normale stemmen. Als een vrouw een kind ter wereld brengt, is dat zo pijnlijk dat ze haar echte stem gebruikt, ze kan niet anders, maar verder krijgen mensen daar zelden de kans voor: ze leren hun stem op de maatschappij af te stemmen, tot het een soort kleding is, een pak, een avondjurk, bijgeknipt en ingenomen. Maar deze stemmen, dit waren echte stemmen. Brullende, huilende, krijsende, kraaiende, gillende, joelende stemmen. Scheller, harder, onvervalst, zonder spelletjes, zonder pretenties: gekwetste, vertwijfelde, hopeloze, echte stemmen.

'Maar dat klopt helemaal niet,' wilde ze zeggen. 'Dat zou ik nooit doen!'

Te laat. Ze waren alle controle kwijt. De slagen daalden op haar neer, op haar buik, haar hoofd, haar gezicht, haar benen. De magere, kleine man stortte zich op haar alsof hij haar van de constructie wilde rukken. Emma wilde uitwijken, maar kon zich niet bewegen. Ze wilde wegrennen, wegspringen, wegkomen, wegkruipen, bukken, zich oprollen, ademhalen, jammeren, smeken, maar ze kon niet ontsnappen, ze hing daar en kreeg klap na klap, wist niet meer of ze haar spieren moest aanspannen of niet wanneer de klap kwam; ze voelde haar ribben knakken, zelfs door het pantser heen voelde ze elke slag. De pijn was niet meer te lokaliseren: buik, rug, benen, gezicht, een stekende pijn in het bekken; ze gilde, ze huilde om Georg, Georg was er toch, waarom hielp hij haar niet, ze begreep niet waarom, ze smeekte om vergeving, draaide zich en bewoog tegelijkertijd niet, ze beloofde het nooit meer te doen; ze hoorde ze schreeuwen: 'Slet, smerige slet, het is jouw schuld, het is allemaal jouw schuld! Je zou dood moeten, ik hoop dat je sterft, je bent niets, je bent lelijk, walgelijk, ik haat je', tot alleen de vrouw in de rolstoel haar nog sloeg.

Ze was uit de stoel gevallen, lag op de grond en klemde zich aan Emma's benen vast. 'Klootzak, klootzak, smerig zwijn,' huilde ze, alsof ze helemaal niet meer tegen Emma praatte, maar tegen iemand anders, in haar verbeelding. Maar die was er niet, zelfs dat was haar niet vergund. Ze moest haar woorden tot Emma richten, omdat hij er niet was, wie ze dan ook aansprak.

De anderen hadden Emma al lang met rust gelaten, ze wachtten tot de vrouw ophield en alleen nog voor zich uit jammerde. Georg en een andere man hielpen haar terug in de rolstoel. Ze veegde de tranen uit haar ogen.

De woede was bedaard. Niemand sloeg haar meer. Ze was dankbaar dat het voorbij was. Misschien hadden ze haar vergeven. Was dat zo? Ze wist niet zeker of het goed met haar ging of slecht. Een beetje misselijk was ze wel. Maar ze kon vooral haar ogen niet van de vrouw in de rolstoel losmaken.

Ze omarmden elkaar nu. De anderen. Ze veegden hun tranen weg, wiegden elkaar, fluisterden om vergeving, stonden om de vrouw in de rolstoel heen en kusten haar en elkaar.

'Emma,' zei de vrouw in de rolstoel. 'Emma, we vergeven je.'

Ze was blij. Het ging weer goed met haar.

'Maar je moet ook de Geest om vergeving vragen.' De vrouw sloot haar ogen en boog haar hoofd. De anderen vormden een kring rond Emma en legden hun handen op haar, heel licht, op haar schouders, haar wangen, haar borst. Emma voelde de handen niet onder het pantser, maar ze zag net genoeg om het te kunnen waarnemen.

'Dat is nu je opgave, Emma,' zei de vrouw in de rolstoel. 'De levens van ons allemaal liggen in jouw handen, onze zielen, onze hoop, onze liefde, het hele leven, alles ligt bij jou. Je moet vasten en bidden en je moet de grote Wakan om het woord smeken, het totemwoord dat alleen hij kent, en wanneer hij het je zegt, moet je het uitspreken, dan is alles weer in orde. Heb je me begrepen?'

De vrouw keek Emma in haar knipperende ogen en glimlachte. 'We mogen Emma wel dankbaar zijn. Dat ze zich voor ons opofferde. Dat ze ons deze dienst bewijst. Deze onzelfzuchtige dienst. Laat ons zingen,' zei ze tegen de anderen. 'Uit dankbaarheid.'

Georg stond op en zette zijn vreemde bril af. Ook de anderen kwamen overeind. Emma zag hoe ze een halve kring rond de rolstoel vormden, op de bank, de leuningen, het tapijt, alsof er een foto van het gezin werd gemaakt.

De vrouw neuriede iets en Georg viel in. Daarna de ene stem na de andere. Eerst ruw, ongeoefend, daarna voller, helderder, harmonisch, met kracht. Ze zongen een lied zonder woorden dat zweefde, danste en haar liefkoosde. Een handvol hemelse stemmen, verrukte gezichten, gelukkig, tranen in hun ogen, tranen van vreugde. Een danklied voor Emma, een verlossingslied voor Emma, en het was werkelijk zo gemeend, ze waren haar dankbaar, dat kon ze horen, en ze vergat haar pijn. O god, dacht Emma, terwijl het steeds moeilijker voor haar werd om te ademen, ze zingen als engelen. En het is voor mij, alleen voor mij. Ze wilde huilen. Van dankbaarheid. Zoiets moois had ze nog nooit gehoord... Hoe moet ik het zeggen, vroeg ze zich af, dat totemwoord: mijn mond zit dicht, ik kan niets zeggen, hoe moet ik dat woord vormen? Ze verloor het bewustzijn.

73

De pijn schreeuwde naar Emma, schreeuwde haar wakker.

Hij steeg vanuit haar ribben op, schoot door haar hart en longen tot achter haar voorhoofd, als een ijzeren hamer die vanbinnen op haar insloeg.

Ze kon zich niet bewegen. Waarom was alles zo nauw? Ze herinnerde het zich weer: ze was in tape gewikkeld. Net als de anderen die ze had gezien: dood, hol, vergaan in hun cocon.

Paniek.

Haar keel zwol dicht, haar neus ook, tranen uit haar ogen. Ze proefde bloed aan haar verhemelte. Het ergste was de gedachte aan Georg. De schaamte. Verraden. Verkocht. Alleen. Niet huilen, niet opwinden. Anders stik je. Vergeet niet dat je alleen door je neus kunt ademhalen. Ze vocht om lucht binnen te krijgen. Die smerige lap in haar mond. Walgelijk. Kokhalzen, haar hart bonkte, wilde niet luisteren. Dat nauwe omhulsel. Ze drukte haar armen en benen tegen de zerk van ducttape, maar haar spieren waren nutteloos, vastgeklemd als in een bankschroef. Erger dan alle pijn: de onmacht. Roerloos, stom, hulpeloos, volledig overgeleverd.

Ze hoorde stemmen. Boze stemmen.

'Hou op met huilen! Hou alsjeblieft op met huilen!'

Ze probeerde het, maar merkte dat het helemaal niet over haar ging. Iemand anders daarbuiten huilde.

'Maar we hebben er al zoveel geofferd.' Het magere meisje. Ze snikte, probeerde haar stem in bedwang te krijgen. Het drong langzaam tot Emma door wat het snikkende meisje deed: ze ging ergens tegenin.

'Ook zij moet zich opofferen.' Een rustige stem, zwaar en mannelijk, corrigeerde haar daarbuiten.

Daarbuiten? Waar was dat buiten? Het was donker. En koud.

De boze stem: 'Weet je niet meer wat ze ons heeft aangedaan? Zij en al die anderen zoals zij? Wij waren goed. Wij hebben geoefend, we hebben geluisterd, wij hebben de liefde in de wereld verspreid en de Geest beroerd. Alleen zij niet. Zij en alle anderen zoals zij. Zij hebben deze wereld kapotgemaakt, zij hebben onze slachtoffers bespot en nu is ze zelf aan de beurt. Ze moet zich opofferen, zoals wij ook hebben gedaan. Pas wanneer Wakan haar vergeeft, weten we dat ons werk ten einde is. Dan kunnen we ophouden.' Emma herkende de stem: de vrouw in de rolstoel.

De zware stem: 'Ze moet hangen.'

De vrouw in de rolstoel, boos: 'Ze moet hangen.'

Nu herhaalden alle anderen het: 'Ze moet hangen.' Maar een paar stemmen aarzelden. Bij een paar stemmen heerste twijfel.

De vrouw in de rolstoel: 'Zoals wij hingen.'

De snikkende stem deed een laatste poging. Timide, angstig: 'Misschien wil de Wakan dat ze haar redden.' Heel zacht. 'We zouden haar kunnen ophangen en dan de politie bellen. Misschien wil hij dat we dat doen.'

Emma hoorde gemompel. Flarden van zinnen. Instemming. Ook anderen deelden de mening van het snikkende meisje.

'De politie zoekt ons al,' zei iemand. 'Als we haar vrijlaten, houden ze daar misschien mee op.'

De groep was verdeeld. Ze hoorde het, en haar hart ging sneller slaan. Precies op het moment dat Emma opgehangen moest worden, dreigde het zieke gezin daarbuiten uit elkaar te vallen. Er was een kans.

De zware stem greep in: 'Hoor eens, betekent het dan helemaal niets wat Corinn voor jullie heeft gedaan? Weten jullie dat eigenlijk nog?' Onwrikbaar. Luid. Beslissend. Dat was Georg.

Stilte.

'Zij heeft voor ons gehangen...' mompelde het snikkende meisje ten slotte.

'Ja, zij hing voor jullie. Jullie hebben allemaal om haar geschreeuwd, toen jullie niet meer konden. Driemaal heeft ze voor jullie gehangen. Voor jou, Dirk, en ook voor jou, Lily, en voor Lars. Steeds heeft ze jullie plaats ingenomen wanneer jullie het niet meer konden. In de studio, in de zweethut, in zijn bed. Steeds weer. Totdat ze gebroken was. Zijn jullie dat vergeten? Nu kan ze niet meer voor jullie invallen. Nu moeten anderen dat doen. Of willen jullie dat ze nog een keer voor jullie gaat hangen? Kijk naar haar! Heeft ze niet genoeg voor jullie gedaan? Corinn, zeg toch iets.'

'Willen jullie mij? Willen jullie dat ik bij jullie blijf?' De vrouw in de rolstoel schreeuwde bijna. Ze had nu nieuwe energie, schopte de twijfelaars in het gareel, kreeg de controle terug. 'Ik ben het die het gezin bij elkaar houdt. Een gezin is niet iets voor watjes. Liefde is niet voor twijfelaars; liefde, gerechtigheid en het goede moeten met hand en tand verdedigd worden. Als je niet bereid bent alles voor de liefde te doen, wil je de liefde niet. Ben je niet bereid? Ga dan weg, nu onmiddellijk, verlaat ons, ik wil je er niet bij hebben, in dit gezin is geen plaats voor jou als je de liefde niet wilt.'

Nu huilden er twee. Nog één, zacht en berustend. Emma hoorde geen protesten meer.

Het was die vrouw.

Hoe heette ze ook weer? Ze kende haar. Sistig. Corinn. Zij was de aanvoerster. Emma had een fout gemaakt, zag ze nu in. De hoofddader was geen man, maar een vrouw.

'Laten we Wakan dan om vergeving vragen.'

Emma lag. Het drong nu tot haar door: ze hing niet meer. Ze lag op haar rug. Ze was ook niet meer in de woonkamer. Alles om haar heen was donker. Er viel ergens door een raam licht op een wand. Ze lag in een heel kleine ruimte, alles klonk vreemd, zoals de galmende stemmen, dichtbij en hard. Het rook naar metaal, naar ijzer, rubber en benzine.

Ze lag in het busje.

Ze zag het omdat de laaddeuren opengingen. Iemand klom naar binnen. Nog een. De bodem schommelde. Emma ook. Ze klommen allemaal naar binnen en gingen om haar heen zitten. Er waren zitbankjes. Emma lag in het gangetje ertussen, ze moesten over haar heen stappen. Schimmen in het donker: de gezette. De jonge vrouw, nauwelijks twintig, met het dunne blonde haar, die nog altijd snikte. De lange man met zijn grote kolenschoppen. De magere, kleine man, bedeesd maar vastbesloten. De tijd van het nadenken was voorbij. Ze droegen nu allemaal de hesjes van hulpverleners, en petten, diep over het voorhoofd getrokken. Handschoenen. Klimhandschoenen. Emma's blik dwaalde van onderaf over de gezichten. Ze keken haar niet aan. Voor hen was ze al niet meer aanwezig. Ze keken ook elkaar niet aan. Emma kon de neusgaten van de grote jongen zien.

De wagen schommelde nog een keer opzij. Voorin was iemand op de bijrijdersstoel gaan zitten. De opgeklapte rolstoel werd aan de achterkant naar binnen getild. Door Georg. Hij had de vrouw uit de rolstoel op de bijrijdersstoel geholpen en de rolstoel achterin gezet. Hij sloeg de portieren aan de achterzijde dicht en ging zelf achter het stuur zitten.

Met de lap in haar mond deed slikken pijn. Emma probeerde na te denken.

Wie waren die lui? Ze kende die gezichten toch, en ze had hun namen al eens gehoord. De dikke vrouw, de grote jongen... Emma wilde als een politievrouw denken. Ze wilde haar situatie analyseren, haar kansen berekenen, de zwakheden van de groep vinden. Ze hadden ruziegemaakt. Ze waren het niet helemaal eens. De vrouw had doorgedrukt, waarschijnlijk voor de zoveelste keer, maar ze had moeite om de groep bij elkaar te houden. Er was ergens een zwak punt.

Maar ze kon het niet. Ze trilde over heel haar lijf. Ze ademde met horten en stoten. Haar brein zat vol watten en wilde niet denken. Dat had andere prioriteiten. Weg uit die benauwdheid, eiste haar brein, weg, nu, onmiddellijk, schreeuw, huil, smeek, ook al hoort niemand je. Ze wilde alleen nog schreeuwen, snuiven en kronkelen, met armen en benen om zich heen slaan, haar ogen dichtdoen en wachten tot alles voorbij was, tot er iemand kwam die alles ongedaan maakte: Lutz, papa, God, wie dan ook, iemand moest komen om hier een eind aan te maken.

Maar ze kon niets doen.

Alleen tellen.

Tellen, dat kon ze nog. En dus telde ze.

74

Een. Twee. Drie.

Emma telde.

Ze moest helder worden in haar hoofd. Ze moest de pijn verdringen. De paniek onderdrukken. Weer worden wat ze was: politievrouw.

Ze was alweer gestopt met tellen.

Een. Twee. Drie.

Ze telde omdat Lutz had gezegd: *Negentig procent van een onderzoek bestaat uit cijfers. Hoeveel schoten? Uit welke hoek? Hoe laat? Als je het rekenwerk in de greep krijgt, krijg je de dader in je greep.*

Ze begon weer van voren af aan: Een. Twee. Drie.

Het busje trok op, bleef bijna direct weer staan. Een portier van de cabine ging open, Georg klom naar buiten, deed iets achter de auto, metalen geratel, misschien een grote stalen deur, of een lang poorthek op wieltjes. Hij stapte weer in.

Ze reden weg en nu had Emma iets om te tellen:

Een: links afslaan. Langzaam: 20 kilometer per uur? Na ongeveer 20 seconden rechtdoor. Hobbelige bestrating. Dat onthield ze: straatstenen. Geen verkeer. Stop.
Twee: rechtsaf. 55 seconden rechtdoor. Rustige, gladde straat, geasfalteerd. Geen lichten van huizen eromheen. Als die er stonden. Stop.
Drie: rechtsaf, gladde, bredere straat, straatverlichting, geen verkeer. Niet langer dan zes seconden. Richtingaanwijzer.
Vier: U-bocht, terug over dezelfde weg. Een weg met groenstroken in het midden, die alleen bij bepaalde dwarsstraten over te steken was? Twaalf seconden. Stop.
Vijf: rechtsaf. Gladde straat, sneller, breder misschien, een minuut, twee, drie, waar bleven de verkeerslichten? Vier minuten, vijf. Provinciale weg? Verkeer: snelwegkruising? Reden ze al buiten Berlijn?
Zes: na achttien minuten een bocht. Nee. Wat was dat? Was er iets op de weg? Georg week uit, reed naar rechts, dan weer met een bocht naar links, vervolgens rechtdoor. Een stuk opgebroken weg misschien? Opgebroken weg, dan weer rechtdoor.

Emma telde elke bocht, elke stop, elk geluid. Alles kreeg een getal. Ze herhaalde de cijfers in haar hoofd steeds weer in de juiste volgorde, visualiseerde waar ze voor stonden en hoopte dat ze alles kon onthouden.

> *Negen*: rustige straat, smal, midden in de stad, dat hoorde ze aan de manier waarop het motorgeluid tegen de gebouwen aan weerszijden weerkaatste. Stapvoets, twee minuten, dan steeds langzamer, afwachtend, korte stop. Achteruit. Parkeerplaats. Motor uit.

De rit duurde 32 minuten en 30 seconden.

De metro. Emma hoorde hem. Er kwam hier een metro langs. Maar niet onder de grond, erboven. Hij kwam van links aangeraasd, over haar heen. Het busje stond kennelijk onder een brug. Plotseling was het lawaai weg, het verdween niet langzaam in de verte, maar werd opgeslokt, als door een tunnel.

Emma wist waar ze was.

Nee, nee, nee, o god, alsjeblieft, nee.

Niemand bewoog, niemand zei iets. Emma ademde door haar neus, hoorde haar adem, staarde naar het donkere dak. Georg stapte uit en deed de laaddeuren aan de achterkant open. Een voor een stapten ze uit, snel, geoefend. Ze grepen Emma, trokken haar op een brancard, legden een deken over haar heen en droegen haar over de straat en het trottoir, in alle openheid. Zo eenvoudig ging dat.

Dan de deur. Georg had sleutels en probeerde er een aantal, tot de deur openging. Het trappenhuis in. Ze droegen schoenen met rubberzolen, lieten het licht uit en liepen zonder lawaai te maken rechtdoor. Ze stapten direct in de lift, iemand had kennelijk al eerder op de knop gedrukt. Naar boven, eerste etage, tweede, derde, vierde. Uitstappen. Weer in het trappenhuis. Met zijn vieren tilden ze de cocon – tilden ze Emma – de laatste trap omhoog, soepel en snel de hoek om, zonder ergens tegenaan te stoten, als professionele verhuizers, geruisloos. Ze hadden geoefend. *O god, o god, nee, nee, nee,* ze herkende de muren, het plafond, de treden, de zolder, de roestige ijzeren deur ervoor. *Nee, nee, nee.* Ze wachtten zwijgend tot Georg geroutineerd het hangslot van de ijzeren deur had gekraakt. De deur zwaaide open.

Een oude zolder.

Niet uitgebouwd, nauwelijks afgedicht, een grote, in onbruik geraakte droogzolder, met aan de zijkant stapels planken, oude wastobbes, doorhangende waslijnen, spinnenwebben. Ze droegen Emma tot voorbij de balken en legden haar neer. In het stof. Nu word ik geplaatst, dacht ze. Ze had dorst. Ze moest plassen. Ze moest kotsen. Ze moest zichzelf in de greep krijgen. Dit had ze niet verwacht.

Achter en boven haar geluiden. Ze bouwden iets. Of nee: ze gooiden gewoon een touw over een van de vrij hangende dwarsbalken.

Nee, nee, nee.

Het duurde niet lang voordat ze Emma optilden en even later weer loslieten. Daar hing ze al.

Op de zolder boven haar eigen appartement.

75

Emma probeerde na te denken, probeerde om zich heen te kijken. Zonder haar nek te kunnen bewegen. Ze was nog nooit hierboven geweest. De zolder was niet toegankelijk voor de bewoners van de appartementen.

Het was donker. Alleen het licht van de nachtelijke stad dat door de dakramen kwam, wierp een schemerige gloed over de gezichten van de twee vrouwen. Ze keken naar haar op en hielden elkaars handen vast. Emma hing een kleine meter boven hen. Waar was Georg? Waar waren de beide andere mannen? De vrouwen wachtten. Ze keken haar bijna teder aan. Waar wachtten ze op?

De leider. De rolstoel. De mannen hielpen Corinn Sistig en haar rolstoel naar boven.

Hoeveel minuten had ze nog voordat ze haar hier moederziel alleen zouden achterlaten? Vijf? Tien? Drie? Wie zoveel moeite doet om iemand levend op te hangen, gaat niet direct weer weg. De leidster zou nog wel iets te zeggen hebben. Ongetwijfeld had ze een klein ritueel in petto. Emma schatte dat ze tien minuten had om zich te weren. Maar hoe kun je je weren, wanneer je volstrekt hulpeloos bent?

Ze kon niet helder denken.

Ze wilde dat ze zichzelf een klap in haar gezicht kon geven, zichzelf door elkaar kon schudden om de chaos in haar hoofd kwijt te raken; ze wilde dat de mensen hier haar weer zouden slaan. Maar ze glimlachten alleen maar naar haar.

Het was onmogelijk dat ze hulpeloos zou zijn. Ze voelde zich zo, wist geen uitweg, voelde de behoefte te huilen en te schreeuwen, ongeacht tegen wie. Maar ze bezwoer dat ze niet hulpeloos was. Overgeleverd, ja, maar niet honderd procent. Niemand is ooit volkomen onmachtig. Niet tot hij gelooft dat hij dat is. Je kunt je altijd op de een of andere manier weren. Toch?

Emma had misschien vijf minuten. Ze dacht na. Niet genoeg.

De ijzeren deur ging open. Daar waren ze weer: Georg, de grote jongen, de magere man. En Corinn Sistig, gedragen door Georg. Voorzichtig, bijna teder liet hij haar in de rolstoel zakken die de andere man net had opengeklapt. Corinn was niet alleen de leidster, ze was ook de vriendin van Georg, begreep Emma nu.

Nee, Emma was niet hulpeloos. Een dader had zijn slachtoffers nodig, zonder hen was hij niets, en dat wist zij. Het gedrag van het slachtoffer was even belangrijk als dat van de dader. Ze had het al een keer eerder gered, toch? Ze moest alleen die ene mogelijkheid vinden die ze nog had om zich te weren. Ze dacht na.

De vrouw in de rolstoel keek tevreden naar Emma. Haar ogen glansden. 'We weten dat je het zult redden, Emma,' zei ze. 'We staan allemaal achter je. Jou gaat het lukken om Wakan gunstig te stemmen, bij jou wordt hij week, daar ben ik zeker van. Jou gaat hij het woord geven dat hij ons heeft onthouden, en dan zullen we leven, dan hoeven we niet meer voortdurend te sterven. Dat doe jij voor ons, alsjeblieft, doe dat voor ons. We geloven in jou. We rekenen op jou.'

Emma wilde schreeuwen, smeken, zich bewegen. Ze deed het echter niet. Kon het niet. Ze dacht na.

'Wij zijn dankbaar voor je goede daad. We zullen je voor altijd dankbaar zijn. Ook wanneer je het nu misschien niet gelooft: alles wat het leven aan hindernissen voor je opwerpt, is voor jouw bestwil. Toeval bestaat niet. Je moet alleen weten wat het je wil zeggen. Denk erover na, nu heb je daar de tijd voor. Maar denk niet altijd alleen aan jezelf, denk aan de anderen, die ook moeten lijden. Bedenk dat er altijd iemand is met wie het slechter gaat dan met jou.'

Corinn Sistig. Ze had niet helemaal ongelijk. Emma keek haar aan. Een mooie vrouw, beeldschoon, in een rolstoel. Ook haar had het leven niet direct heel rechtvaardig behandeld.

Iedereen op de donkere zolder ging nu in een kring om Emma heen staan. Ze pakten elkaars handen vast en Corinn Sistig sprak een ceremoniële spreuk uit die klonk als een gebed: 'We roepen tot jou, Wakan, die alles bij elkaar houdt, spreek met Emma, zij wil dat je tot haar komt, zij wil dat je het gezin weer bij elkaar brengt, zodat we de wereld kunnen helen. Zegen ons gezin, zegen de wereld, zegen de mensen, opdat ze geen oorlogen meer voeren, zegen de aarde, de bossen en de bergen, zegen de walvis en de tijger, zegen het maïs en de bloemen.'

Emma kon niets zeggen, niet smeken, dreigen of iets beloven. Ze zweefde daar, uitgeschakeld, in tape gewikkeld, haar mond met de lap erin dichtgeplakt. In haar hoofd alleen watten. Verdomde angst. Verdomde verdoving. Ze kon helemaal niets, was volledig overgeleverd.

Nee. Nee, nee, nee. Ik ben niet hulpeloos. Ze dacht na. Emma's gedachten tolden rond.

'Vergeef de samenleving dat die blind en corrupt is,' bad Sistig verder. 'Vergeef de mensen dat ze jouw natuur vernielen, vergeef Dirk dat hij onze vader niet heeft gehoorzaamd, vergeef Friedemann dat hij zich niet in de hand had, vergeef Kathleen dat ze je vergeten is, vergeef Lars...' Ze zei Lars. Lars Gohse, wie anders? Waar was Lars? Vier. Wat betekende dat? Maakte niet uit. '... en Lily, dat ze zwak is, en Georg, omdat hij zo vaak aan ons wanhoopt. Vergeef mij dat ik zo feilbaar ben. Vergeef ons allemaal, wij die dwalen, die alleen aan onszelf denken, vergeef ons en neem dit offer aan, in plaats van ons.'

Het gebed van Corinn Sistig was beëindigd.

Ze was klaar. Ze was klaar, en Emma wist nog steeds niet wat ze moest doen.

De vrouw wendde zich nu tot de anderen. 'Hebben jullie Emma nog iets te zeggen?' vroeg ze. 'Willen jullie niet met een paar woorden afscheid nemen van onze zuster, die zich zo onbaatzuchtig opoffert?'

Ze hadden allemaal op dit moment gewacht, en vielen elkaar in de rede, probeerden elkaar te overschreeuwen. Ze wisten dat niemand hen hoorde. Het appartement direct onder de zolder was leeg. Dat was het appartement van Emma.

'Ik hoop dat ze je vinden.' De kleine die stilletjes huilde. Lily. Ze kreeg de woorden nauwelijks uit haar mond, moest erbij slikken. 'Ik hoop het, ik hoop het!' Ze had gelijk. Plotseling wist Emma het zeker. Iemand zou haar vinden. Lutz. Haar collega's van de Burcht. Dat waren professionals, die konden dat.

'Doe je best! Denk niet steeds aan jezelf!' De magere vent. Dat moest dus Dirk zijn. Woorden vol haat en speeksel. 'Hij komt alleen bij je als je zuiver bent, dus span je in, of hij komt helemaal niet en je sterft!' Nee, hij had gelijk. Wie zou ooit bedenken dat ze op die zolder hing? Hierboven kwam geen mens. Behalve de schoorsteenveger. En was die dit jaar al niet geweest? O god, stel je voor dat hij gelijk krijgt.

'Als je het niet overleeft, ben je je leven niet waard. Zo eenvoudig is het.' Bitter. De dikke. De invalster bij de kinderdagverblijven. Kathleen. Ze herkende haar gezicht uit de dossiers.

En ze had gelijk. Wat stelde Emma eigenlijk voor? Haar hele leven was rond drie dagen opgebouwd, dagen waarin haar pijn was aangedaan; al haar gedachten draaiden alleen om wraak, om deze ene man, terwijl het leven zoveel meer te bieden had, nee, ze verdiende het te sterven, ze was het leven niet waard.

Nee.

Ze moest daarmee ophouden. Ze moest vechten. Nog een paar minuten, dan waren ze weg, dan was ze werkelijk hulpeloos.

'Je moeder zal je missen.' De grote jongen. Friedemann. Ook hij kwam haar bekend voor. 'Je hebt geluk. De mijne interesseert zich niet voor mij.' Hij boog zich voorover, zijn stem was zacht, nauwelijks te horen. Nu fluisterde hij: 'Ik haat je. Ik heb het nooit gezegd, ik heb het verborgen gehouden omdat je mijn zus bent, maar ik haat je en ik hoop dat hij niet komt.'

Georg zei niets. Hij keek alleen naar haar. Alsof hij van elke seconde ten volle wilde genieten. Het leek bijna of hij glimlachte.

Emma wist dat het voorbij was, en ze had niets kunnen bedenken. Haar lichaam zei: paniek. Paniek is nu de enige oplossing. Haar hart bonkte razend, maar Emma zocht naar heldere gedachten. Een zou genoeg zijn. Eentje maar.

En daar was die gedachte.

Ze had een profiel gemaakt. Haar profiel was goed. Het was correct. Als het klopte, wist ze dingen over deze vrouw die die vrouw zelf niet wist. Ze wist dat Corinn Sistig controle nodig had. Niet over Emma, maar over de anderen, over haar broers en zussen, of wat ze ook van haar waren, haar lotgenoten, die er werkeloos bij hadden gestaan toen ze door haar vader, de grote Wakan, haar geliefde leider, werd misbruikt. Dit hier, dit ritueel, dat was alleen maar een enscenering om controle over haar broers en zussen te houden. Controle. Daar ging het om.

Er was een spier die Emma nog kon bewegen.

Ze knipoogde.

Niet in de richting van Sistig. Niet in de richting van de anderen. Ze knipoogde naar Georg. Het bleef niet onopgemerkt.

De vrouw in de rolstoel was eventjes geërgerd. Georg had het niet eens gezien. Hij lette niet meer op Emma maar op de anderen.

Emma knipoogde opnieuw.

De vrouw in de rolstoel draaide zich om naar Georg. 'Wat moet dat? Wat wil ze van jou?'

'Zij daar?' Hij haalde zijn schouders op.

'Heb je wat met haar?'

Nu keken ook de anderen gealarmeerd naar Georg. Afwerend hief hij zijn handen. 'Met haar? Natuurlijk niet. Hoe kom je erbij? Ik heb alleen gedaan wat we afgesproken hadden. Ik heb alleen met haar geslapen om uit te vinden wat de politie weet, dat heb ik toch gezegd? Waarom zou ik tegen je liegen?'

Corinn zei niets.

'Vertrouw je me soms niet?' Hij was onzeker. Echt. Zo had Emma hem nog nooit gezien. Ze moest lachen, tot haar eigen verwondering. Sistig kon het horen.

'Ga je haar vrijlaten? Hebben jullie dat afgesproken, of zo? Ben je van plan het gezin te verraden? Zit het zo?'

Het werd stil op de zolder. Emma zag het: ze koesterden allemaal dezelfde verdenking. Ze wisten dat hij loog.

'Corinn, hoe kun je...?' Bijna paniekerig nu. 'Ik doe dit allemaal alleen voor jou, alles wat jij zegt, Corinn, alleen voor jou en voor ons gezin, wat zou ik met haar moeten?'

De vrouw keek woedend naar Emma. 'Denk jij dat je dit gezin uit elkaar kunt halen? Dat kun je niet! Dat kan niemand! Breng me naar buiten!' Georg pakte de rolstoel beet en reed die door de ijzeren deur naar het trappenhuis.

Vanaf de andere kant keek Georg nog een keer om en nam Emma door de deuropening op. Zijn wenkbrauwen samengetrokken. Hij vroeg zich af wat voor spelletje ze speelde. Misschien had hij haar onderschat. Hij aarzelde. Dacht na. Zocht naar iets, een verklaring. Emma kon zien welke gedachten er door zijn hoofd schoten, dat hij zijn mond opendeed om iets te zeggen. Maar hij zei niets.

Daarna was hij weg. Achter de anderen aan, weg van Emma's zolder. De grote jongen trok de deur achter zich dicht.

De deur ging weer open. De gezette vrouw. Met een van haat vertrokken gezicht siste ze Emma woedend haar woorden toe: 'Jij gaat sterven. Er zal niemand komen. Omdat er helemaal geen woord bestaat. Er bestaat geen totemwoord.'

De deur sloeg dicht en ze was alleen.

76

De wind streelde haar gezicht.

Corinn Sistigs kleine moordgezin had het schuine dakvenster zo ver mogelijk opengezet en Emma zo opgehangen dat ze naar buiten kon kijken.

Langzaam wenden haar ogen aan de nacht. De hemel boven Berlijn was nooit helemaal donker. Ze herkende in de verte de lichtjes van station Gleisdreieck achter de uitgestrekte zwarte vlek van het park. De lange metrobrug die daarnaartoe kronkelde.

Maar zodra haar blik wegdwaalde naar de lege ruimte onder haar voeten, kwam de paniek weer opzetten, die in haar opsteeg als een wolk zand, waarin ze niet kon zien, horen of ademen, alleen schreeuwen en brullen tegen de lap die in haar mond was gestopt, maar niemand die haar hoorde behalve zijzelf; ze trapte met haar samengebonden benen, sloeg met de armen die nog altijd verdoofd waren, als afgekneld, vooral de rechter, tot ze uitgeput was en niet meer schreeuwen kon. Dan vonden haar ogen eindelijk het raam weer. Ze trilde, en hoestte, kokhalsde en jammerde.

Kalmeringsgebaren. De eerste tekenen van stress tijdens het verhoor van verdachten. Over de neus wrijven, rug van de hand strelen, handen vouwen, op de lippen bijten. Wat zou ze nu niet overhebben voor een eenvoudig kalmeringsgebaar.

De kokhalsreflex was onverdraaglijk. Steeds wanneer de paniek in haar opkwam, was ze bang te stikken. Ze moest die lap kwijtraken. Dan kon ze misschien de ducttape op haar mond met haar lippen naar binnen zuigen en laag voor laag doorkauwen, doorbijten, een kleine opening was al genoeg. Daarna om hulp roepen. Ze kauwde op de oude, muffe lap en haar maag begon te knorren. Het lukte haar een klein stukje zacht te kauwen en met tong en snijtanden af te scheuren, zodat ze het kon doorslikken. Het smaakte weerzinwekkend, maar gaf haar een triomfantelijk gevoel.

Emma telde.

Hoeveel bochten vanaf de woning van de daders tot bij haar, in de Dennewitzstraße?

Negen.

Dat is weinig voor in een grote stad. Waren het er echt maar zo weinig? Het was toch geen korte rit geweest. Denk na. Doe het goed. Maak er je werk van. Dit is een zaak, en je verhoort jezelf. Wat zou je doen?

Alles opschrijven.

Ze sloot haar ogen, concentreerde zich, ademde rustig.

Papier. Wit papier. Ze zat weer aan haar bureau, op het werk. Ze hoorde niets, zag niets, maar ze wist dat ze er allemaal waren, haar vrienden, haar collega's, ze waren om haar heen, in dezelfde ruimte in hetzelfde gebouw, in hetzelfde leven. Ze tekende de bochten, de weg die ze had afgelegd, op het witte papier en schreef de getallen ernaast. Zorgvuldig, oplettend, steeds opnieuw. Ze deed een la van haar denkbeeldige bureau open en legde het blad erin. Wilde een nieuw vel pakken...

Hoeveel daders? Zes.

Hoeveel slachtoffers? Drie vaders, drie moeders, drie zonen, twee dochters: elf in totaal.

Nee, drie dochters. Met Emma drie.

Zij was het twaalfde slachtoffer.

Emma schreeuwde. Ze schreeuwde en kronkelde tot ze niet

meer kon. Waarom ik? Ik pas niet eens in het profiel! Ik heb toch helemaal geen kapot gezin? Ik heb helemaal geen gezin. Jullie hebben een fout gemaakt!

Hoeveel uur sinds de overmeestering?

Ze zweette, rilde, probeerde zich te oriënteren. Hoe laat was het? Ze had geen idee. Hoelang zou het duren voordat iemand zou merken dat ze verdwenen was?

Hoelang nog? Hoeveel uur, verdomme?

Ze voelde een beving. Wat was dat?

Natuurlijk. De metro. Lijn 1, die sinds bijna honderd jaar regelrecht door het gebouw naast haar reed. Beide panden waren zo goed geïsoleerd dat Emma in haar appartement het denderen van het spoor bijna nooit had gemerkt. Maar nu wel. Nu voelde ze het. De balken trilden zachtjes bij het passeren van elke metro, en Emma trilde mee. Vreemd: hier had ze daar niets op tegen. Integendeel, ze was er blij mee. Het was een teken van leven. Het enige teken van leven. Om de vijf minuten.

De metro. Precies. Die reed op vaste tijden. Lijn 1 begon 's ochtends om kwart over vier te rijden, dat wist ze van haar vele slapeloze nachten. Toen Georg beneden op straat had geparkeerd, was er een metro boven hun hoofd langsgekomen. En de zon gaat in deze tijd van het jaar kort na zeven uur op. Buiten was het nog steeds donker. Het was dus ergens tussen vijf en zeven uur 's ochtends.

Ze schatte dat het tegen vijf uur was.

Op kantoor zouden ze zich op zijn laatst tegen de middag gaan afvragen waar Emma bleef. Ze neemt haar mobiel altijd op. In de loop van de middag, op zijn laatst, zouden ze haar mobiel via de gps-functie zoeken en ergens in de stad terugvinden in de afvalbak, waarin Corinn Sistig het toestel ongetwijfeld had laten verdwijnen. Nog voor het donker werd zouden ze haar appartement doorzoeken. Misschien zouden ze speurhonden meenemen die haar geur oppikten en de trap op zouden lopen naar de zolder. Trouwens: Sistig had de deur naar de zolder niet afgesloten. Dat had ze gehoord.

Wie wilde, kon de ijzeren deur van buitenaf openduwen. Dat paste wel weer in het profiel.

De kans dat ze gevonden zou worden, was helemaal niet zo klein. Misschien diezelfde avond al? Of 's nachts. Hooguit de volgende ochtend. Langer dan twee dagen zou het niet duren. Dat kon ze uithouden. Ze had al voor hetere vuren gestaan, dit lukte haar wel.

Ze hoorde stemmen. Zacht, in de verte. Beneden op straat. Twee buren die elkaar begroetten. Daarna de auto's: dichtslaande portieren, startende motoren, wegstervend geluid, stilte. Ze reden naar hun werk. Het was nog donker, maar geen nacht meer. Ze had zich verrekend. Hoe laat was het? Zes uur? Halfzeven? De buurt werd wakker. De intervallen tussen de passerende metro's werden korter. Kinderstemmen op straat, hondengeblaf uit het park. De hemel achter het dakraam werd langzaam licht.

Daar.

Daar had je het. Dat was waar ze op had gewacht. Gerinkel. Het gerinkel van een telefoon. Vaste verbinding. In het appartement onder haar. In haar appartement. Ze zochten haar.

Hoe laat was het? Zeven uur?

Was het Lutz? Zou hij zo vroeg bellen? Nee. Sarah? Nee, die belt in geen geval zo vroeg, waarom ook? Dus toch Lutz, of Brennemann, of Matze. Er moest iets zijn gebeurd dat ze zo vroeg opbelden.

Het rinkelen hield op. Haar telefoonbeantwoorder schakelde na zeven keer overgaan in. Ze hoorde haar eigen stem op de band. Ze wachtte. Weer gerinkel. Zeven keer, dan het antwoordapparaat.

Nu vroegen ze zich af waarom ze niet te bereiken was.

Ze zouden komen. Vandaag nog.

Toen de zon opging, scheen die eventjes direct in haar gezicht. Dankbaar sloot Emma haar ogen en genoot van de warmte op haar huid. Pas nu merkte ze hoe koud en stijf ze in de nacht was geworden.

Op zeker moment, toen het leven langzaam terugkeerde in haar armen, die trouwens vreemd gepositioneerd waren (haar linker afhangend, de rechter gekruist over haar borst), merkte ze dat ze iets in haar hand hield. In de rechter. Direct tegen haar lichaam, onder het pantser. Zwaar en metalig. Ze wilde net haar vingers bewegen, blij dat ze die weer voelde, maar hield ze onmiddellijk weer stil.

Haar dienstpistool. Met haar vingers om de greep, de wijsvinger aan de trekker.

De loop van de Sig Sauer was naar boven gericht, precies op de onderkant van haar kin. Als het pistool af zou gaan, zou de kogel eerst haar kaak, dan haar linkeroog en dan haar hersenen doorboren.

Emma probeerde de wijsvinger uit de beugel om de trekker te halen, langzaam, voorzichtig, tot ze merkte dat die vastgeplakt was. Ze probeerde haar duim van de ontgrendeling terug te trekken: de knop om het magazijn te verwijderen zat maar twee centimeter lager. Maar ook haar duim kon ze niet bewegen. Ze probeerde zich te herinneren of het magazijn misschien leeg was, maar ze wist dat ze er altijd voor zorgde dat het vol was. Voor het geval dat.

'Een cadeautje,' had Georg bij het inwikkelen gezegd. Een geschenk.

77

Emma rook koffie. Ze rook verse broodjes. Ze rook aardappelpannenkoekjes. Ze rook pizza. Ze rook bloemkool. Ze rook kolenvuur en benzine.

Ze hoorde begroetingen buiten, gesprekken, telefoongesprekken, verkeer op straat.

De schaduwen in het Park am Gleisdreieck werden korter en strekten zich weer uit in de andere richting.

De kinderen kwamen thuis uit school. Het werd luidruchtig. Er was ergens een speelplaats, misschien een trapveldje, ja, klopt, daar kwam ze altijd langs bij het joggen, bij de ingang van het park. Kinderen streden om de bal, krakeelden, maakten grappen, deden een wedstrijdje wie het hardst kon schreeuwen. Aan de hemel kwam een luchtballon voorbij. Een vliegtuig. Iemand bracht zijn flessen naar de glasbak. Ze hoorde veel van wat er in de buurt gebeurde. Zo dichtbij en zo ver weg.

En in het pand zelf. In het trappenhuis. Stemmen van haar buren. Heel ver weg, twee, drie etages lager. Ze luisterde naar elk geluid. Bij elk kraakje dacht ze: zijn ze dat? Komen ze? Nu dan. Zo meteen. Het kan niet lang meer duren. Nu?

Onder haar voeten ging een verdieping lager, in haar lege appartement, de telefoon weer over.

Ze hoorde de wind in de bomen aan de overkant, het ruisen van de bladeren die hij door de straten joeg. Toen het begon te schemeren, verzamelden zich krijsende zwermen kraaien in de hemel boven het park.

De ouders kwamen terug van hun werk. Drukte. Claxons. Fietsbellen. Hondengeblaf. Joggers. Een ruzie. Een taxi met draaiende motor. Auto's parkeerden, kofferdeksels knalden dicht, deuren die opengingen en weer sloten. Het werd donkerder.

Haar maag knorde, rammelde en gromde, en werd uiteindelijk ook stil. De lichtjes van het station gingen weer aan. Gouden puntjes in de grijze nacht. Ver weg.

Ze waren nog steeds niet gekomen. Waren ze al in het appartement geweest en weer weggegaan? Ze had niets gehoord. Was ze ingedommeld? Had ze het gemist? Nee, ze komen nog. Ze komen straks.

Waar bleven ze?

Ze kon haar voeten niet meer voelen, haar ribben des te meer. Pijn, dat was eigenlijk een goed teken. Ze moest dankbaar zijn. Haar botten kraakten. Haar gewicht drukte de cocon van ducttape naar beneden en trok de stroken die om haar ribben gewikkeld waren steeds strakker. Ondanks de plank op haar rug. Die was te smal. Er was iets gebroken, dat was zeker. Ze wilde dat ze haar positie kon veranderen, alleen die ene strook kon opschuiven die zo op haar ribben drukte, maar ze kon haar linkerarm nog geen twee centimeter bewegen. De rechter was nutteloos. Om redenen die te veel pijn deden om ze nader te onderzoeken.

Waarom heb je dat gedaan, Georg?

Ik had je eruit kunnen halen. Waarom heb je niets gezegd? Nee, je bent en blijft een goede soldaat, je marcheert mee tot het bittere eind, gehoorzaamt je generaal, voert uit wat zij je beveelt. Afhankelijke persoonlijkheidsstoornis. Onderdanig tegenover haar, maar als zij je opdracht geeft je als een hufter te gedragen, dan kun je dat. Je hebt haar zelfs verteld dat we met elkaar geslapen hebben. Hoe reageerde ze daarop? *Goed gedaan?*

Heb je gezegd dat je de stand van het onderzoek had achterhaald? Dat was toch je opdracht? Lars Gohse moest mijn tas stelen, jij moest me redden en me daarna aan het praten krijgen. *O ja? Heb jij met die mummiemoorden te maken? Hebben jullie al iemand op het oog?*

Maar dat heb je niet gedaan. Je hebt me niet uitgehoord en ik heb je niets verteld. Kennelijk heb ik je te veel afgeleid. Dat heb je voor je leidster verzwegen. Je wilt je niet alles laten voorschrijven, je probeert van haar los te komen. *Jij wilt haar vrijlaten!* verweet ze je. Zou het waar kunnen zijn? Ben je misschien echt van plan om mij te bevrijden, achter haar rug om?

En dat met je broer? Dat verhaal dat je me in bed hebt verteld? Het was de waarheid. Of op zijn minst iets wat er sterk op leek. Mocht dat wel? Had je me dat mogen vertellen? Het klopte allemaal, toch? Jouw broer, dat was ongetwijfeld de jongen die jullie 'vader' in Canada heeft vermoord. Was dat een kleine biecht? Een poging om me te waarschuwen? Een schreeuw om hulp? Had ik anders moeten reageren? Heb ik op het juiste moment de juiste vragen niet gesteld? Was je bereid om me alles te vertellen? Alles eruit te gooien? Mij om hulp te vragen, om je eruit te halen? Er een einde aan te maken? Was dat het moment waarop ik je had kunnen redden?

Nu is het te laat.

Omdat jullie van plan zijn te sterven. Heb ik gelijk? Ik ben het laatste slachtoffer. Drie complete gezinnen. Nu beginnen jullie jezelf te doden. Het vierde gezin. Net zoals er in jullie ideale gezinnen steeds vier gezinsleden waren, zijn er in totaal vier gezinnen. Jullie zijn het laatste. Nu sterven jullie.

Te beginnen met Lars Gohse. Hij was er vandaag niet bij. Omdat hij ongehoorzaam was. Hij heeft het gezin verraden, is naar de hangplaats teruggekeerd met zijn kleine jongens. Hij heeft er gemasturbeerd en er zijn DNA achtergelaten. Dat was tegen de afspraken. Degene die de slachtoffers uitzoekt mag nooit ook maar een voet op de plaats delict zetten, om geen sporen achter te laten. Maar Gohse kon de verleiding niet weerstaan. Hij moest terug, moest zich opgeilen aan zijn daad. Daarom moest hij sterven.

Waar hangt hij, Georg? Waar?

Ach, shit. Ik ben vergeten om muffins te halen voor die oude zwerver.

Lutz kwam niet. Brennemann kwam niet. Georg kwam niet. Niemand kwam.

De tweede nacht was rustig en koud, weids en helder en Emma zag de duisternis voor het kleine dakraam intreden, terwijl haar tong opzette en haar ogen rood werden en schuurden telkens als ze knipperde.

Waar bleven ze?

78

Lang voordat de zon opkwam was ze wakker.

Emma kon niet slapen van de dorst, die meer pijn deed dan haar ribben. Haar ogen brandden, haar maag kromp samen, haar luchtpijp lag als een snoer in haar keel. Haar brein greep elke mogelijkheid aan om haar te waarschuwen dat ze water nodig had. Het was niet nodig. Ze wist het al.

Ze dacht aan niets anders. In alle vormen. Regen. Sneeuw. Een waterval. Limonade. Cola. IJsthee. Bier. Een waterpoel op de grond waaruit ze als een hond zou drinken. Een enkel ijsklontje.

Dat met die lap was een slecht idee geweest. Hij was nu kleiner dan eerder, maar ze had te veel speeksel verbruikt bij de poging de stof kapot te kauwen. Nu was alles weg. Haar verhemelte was zo droog dat ze nauwelijks nog kon slikken en de lap kleefde er als een schimmel of een zwam aan vast.

Ze probeerde niet aan haar rechterhand en het cadeau van Georg te denken.

Ook begreep ze nu waarom die andere slachtoffers zich tot bloedens toe hadden gekrabd. Haar huid spande en jeukte, vooral daar waar haar linkerhand op haar dij lag. Uitdroging. Alsof er insecten onder haar huid heen en weer kriebelden. Hoeveel dagen hing ze hier al? Drie? Ze had er drie geteld. Pas toen ze probeerde te krabben merkte ze dat haar vingers in een lichte handschoen van katoen zaten. Ter bescherming tegen zelfverwonding, dacht ze eerst, heel attent. Daarna begreep ze dat het als bescherming van de ducttape tegen haar vingernagels diende. Ze wilde haar vuisten ballen, maar bedacht zich op het laatste moment. Woedend spreidde ze de vingers van haar rechterhand zo ver mogelijk, bewoog ze in de gevangenis van kleverige stroken heen en weer, millimeter voor millimeter, urenlang.

In het appartement onder haar ging de telefoon. Emma hield haar adem in. Ze luisterde, telde. Na zeven keer zou het antwoordapparaat inschakelen. Als het gerinkel eerder ophield was er iemand in het appartement, Lutz, collega's. Emma telde mee. Het toestel ging zeven keer over, daarna werd het weer stil.

Waarom waren ze er nog niet?

Omdat het niet logisch was dat ze hier hing. Het was de laatste plek waar ze haar zouden zoeken. En hoe kwam ze er eigenlijk bij dat haar telefoon met de gps op te sporen zou zijn? Sistig had die functie ongetwijfeld uitgeschakeld voordat ze het toestel weggooide, zodat het niet meer te traceren viel. Zelfs wanneer op dit moment het hele rechercheteam onder haar voeten haar appartement zou doorzoeken, zou niemand van hen op het idee komen ook op zolder te kijken. Zelfs haar buren deden dat niet. Sinds ze hier woonde, had niemand uit het hele gebouw de oude droogzolder ooit betreden. Waarom ook? Iedereen had tegenwoordig toch een wasdroger of een wasrek in de badkamer – de tijd dat mensen de grote was samen deden, was allang voorbij.

Het idee dat ze snel gevonden zou worden was een wensdroom geweest. Er zouden maanden voorbij kunnen gaan voordat iemand die deur opendeed.

Zij was slachtoffer nummer twaalf.

79

'Pas op!'

'O man, kijk.'

'Je bent gek!'

Emma's hart bonkte. Droomde ze? Ze was ingedommeld. Of had ze het bewustzijn verloren? Maakte niet uit. Ze sperde haar ogen open. Een krachttoer.

Het werd alweer schemerig.

En ze hoorde kinderstemmen.

Heel dichtbij. Gegiechel, flarden van zinnen. Vlak achter de deur. Vanaf de laatste overloop in het trappenhuis, die zo groot was als een kleine galerij. Er scheen licht onder de deur door. Ze waren kennelijk in het trappenhuis gaan zitten.

Ze herkende de stemmen. Dat watje van de eerste verdieping, Ahmed? Mohammed? En het meisje van de tweede verdieping, Luise of Charlotte, met die eco-ouders. En nog iemand, die ze niet kende, waarschijnlijk een jongen uit de buurt.

'Heb je peuken?'

'Nee, vandaag niet.'

Daarna ging het over iets als kussen. Niko en kussen. Niet duidelijk wie Niko was. Maakte ook niet uit.

'Ik zweer het!' Dat was Ahmed of Mohammed.

'"Ik zweer het!" Hé, Turk, "ik zweer het!"'

'Ik ben geen Turk. Jij bent een Turk!'

'Je bent zelf een Turk!'

Wat deden ze daar?

Natuurlijk: ze wisten dat er niemand naar boven kwam. Kinderen zoeken altijd plekken op waar volwassenen hen niet kunnen vinden. Waarom had Emma daar niet eerder aan gedacht? Kinderen. Hier waren geheimen te vinden, hier hadden ze iets wat alleen van hen was. Natuurlijk, kinderen, die kijken in alle hoeken.

En ze proberen alle deuren.

Emma rekte haar nek, zo goed en zo kwaad als het ging. Ze zag de deur, zo'n oud geval dat niet makkelijk in het slot viel. Die moest je van buitenaf welbewust afsluiten. Niemand van Corinn Sistigs gezin had dat gedaan. Dat zou ze gehoord hebben. De kinderen zouden die deur proberen om te kijken wat erachter zat, de deur zou opengaan, onverwacht, en ze zouden Emma daar zien hangen, in de cocon. Ze zouden gillen, naar huis rennen, hun ouders zouden zich de berichten uit de krant herinneren en de politie bellen.

Ja. Dat gingen ze nu doen.

'Kom op, laat zien!'

Het meisje liet iets zien. Daarvoor waren ze naar boven gekomen. De jongens werden stil. Interessant, wat het ook was.

Waarom deden ze de deur niet open?

'Ken ik al, zoiets heb ik al eens gezien.'

'Teruggeven!'

'Ik zeg het tegen mijn moeder!'

'Ik ken dat al. Geef eens hier. Heel even maar.'

Ze deden de deur niet open.

Waarom niet?

Omdat ze hier niet voor het eerst waren.

De eerste keer probeer je elke deur, misschien de tweede keer ook nog eens. Maar als een deur altijd dicht is, dan hou je ermee op.

Emma gilde. Ze wist dat ze geen geluid maakte. Maar toch. Ze schopte met haar benen, sloeg met haar armen, maar bereikte alleen dat ze zachtjes aan haar haak heen en weer schommelde. Ze schreeuwde zo lang en zo hard als ze kon, tot ze geen kracht meer had.

Wat er toen gebeurde, kon ze nauwelijks geloven.

'Hoorden jullie dat?' vroeg Luise.

'Wat bedoel je?'

'Er was net een raar geluid.'

'Niks gehoord.'

'Mijn mama zegt dat er een relmuis op de zolder zit,' verklaarde Ahmed.

Ongelovig gesnuif.

'En stel je voor dat er hier een hangt, vlak achter de deur?' Luises stem trilde. 'Je weet wel, zo'n mummie?'

'Onzin, hoe kan dat nou? Die deur zit dicht.'

'En als dat niet zo is?'

'Die zit dicht.'

Iemand rammelde aan de deurkruk. De deur bewoog niet. Hij zat niet op slot, kon niet op slot zitten. Natuurlijk klemde het oude ding. Het gerammel aan de kruk was ook niet erg overtuigend, meer voor de show.

'Zie je wel?'

Ga door. Probeer het alsjeblieft nog een keer. Niet zo snel opgeven.

Maar de kinderen gingen weg. Ze hoorde het mobieltje van Luise overgaan. Waarschijnlijk haar moeder, want het volgende moment renden ze de trappen af en waren ze verdwenen.

80

Emma werd 's nachts wakker en begreep plotseling waarom ze haar Sig Sauer in haar hand hield.

Het pistool was er om de kinderen te alarmeren.

Er was maar één maar: was het pistool op haar hoofd gericht of ernaast? Door haar voortdurende getrappel en gewroet had ze nu iets meer speelruimte onder de schil van ducttape. Ze kon haar vingers beter bewegen. Misschien kon ze de richting van de loop iets veranderen. Maar waar maakte ze zich eigenlijk zorgen over? Het was een cadeautje van Georg. Had hij gezegd. Dan moest het pistool wel langs haar hoofd gericht zijn. Hoe moest dat anders in zijn werk gaan? Het zou goed zijn.

Ze nam de greep vast in haar hand, wachtte en luisterde voor het geval de kinderen terugkwamen.

Ze hoorde geen stemmen in het trappenhuis.

De zon ging op, de hemel was blauw en koud en Emma werd duizelig. Ze wist dat ze aan het verdorsten was toen ze merkte dat ze niet meer urineerde of poepte. Alles wat water bevatte, werd binnengehouden. Snel, al heel snel zou haar lichaam het water uit het bloed zuigen, tot het te dik werd om nog rond te stromen. Haar hart bonkte alsof het wist wat er ging gebeuren. Ze rilde van de kou. Toen de zolder voor het eerst om haar heen draaide dacht ze dat er een harde windvlaag door het raam was gekomen die haar liet schommelen. Maar er was geen wind. Daarna werd alles zwart. Toen ze weer wakker werd, regende het buiten. Het water spetterde op het halfopen dakraam en losse druppeltjes spatten in haar gezicht. Ze wilde haar tong uitsteken om ze op te likken, maar dat ging niet. Emma huilde; er kwamen geen tranen, haar snikken klonk als hoesten. Ze kokhalsde, wilde schreeuwen, brullen, sterven. Ze probeerde door haar mond te ademen, door de ducttape en de lap heen. In paniek, oppervlakkig. Ze begon te hyperventileren en verloor het bewustzijn weer.

Ze werd wakker toen er ergens onder haar een deur dichtsloeg.

Het was donker. Was het avond? Nacht? Nee, buiten was het nog licht, ze zag het zonlicht door het raam. Nee, dat was geen zon, hier binnen was het donker. Nu drong het tot haar door: het was de maan.

Ze luisterde. Het was doodstil, ook buiten.

Ze hoorde iemand de trap op komen.

Langzamer en zachter dan voor die tijd. Het was maar één kind dit keer. De jongen, dacht ze. Ahmed.

Hij zuchtte luid, misschien om zich minder alleen te voelen, en installeerde zich omstandig op de overloop voor de deur. Wat wilde hij daar, in zijn eentje? Zich moed indrinken?

Emma rook sigarettenrook. Aha. Hij was nog geen elf jaar, maar hij rookte al. Geen wonder dat hij regelmatig hier naar boven kwam.

Ze hoorde hem besluiteloos op en neer lopen en rommelen. Ze dacht te horen dat hij aan de deur luisterde. Emma deed alle moeite om te schreeuwen, maar er kwam niet meer uit dan wat gekreun.

Het was nu of nooit.

Ze hield haar pistool stevig vast.

Het zou een vreselijke knal worden, zo dicht bij haar oor. Misschien zou ze haar oor eraf schieten. Als ze helemaal niets meer hoorde wist ze dat ze haar hoofd getroffen had. Ze lachte.

Haar vingers knepen zo vast mogelijk om de greep, de wijsvinger op de trekker, de duim op de ontgrendeling. Ze boog haar hoofd zo ver als ze kon naar rechts, meer dan een paar millimeter ging niet.

En ze haalde de trekker over.

Een paar seconden lang verloor ze het bewustzijn vanwege de knal. Maar ze had hem gehoord. Nu was ze doof, op een doffe galm in haar oor na.

En de jongen? Ze kon haar gezicht niet naar de deur draaien. Hoorde niet of die open was gegaan. Had hij het schot gehoord of niet? Het touw moest gedraaid zijn. Half verdoofd probeerde ze zich terug te draaien in de richting van de deur. Het lukte niet, het lukte niet.

Toen zag ze hem. Hij stond recht voor haar. Ahmed, het watje. Ogen als schoteltjes, mond wijd open.

O god, wat was ze dankbaar. Ze wilde 'Achmed' zeggen, 'dank je wel'. Ze wilde huilen, maar bracht alleen wat gegrom voort, een akelig gegrom terwijl ze zich in haar cocon probeerde te bewegen.

Dat had ze niet moeten doen.

Zijn gezicht vertrok tot een masker van pure doodsangst. Hij probeerde te gillen, maar er kwam alleen een gesmoord gekreun uit zijn keel. Hij wankelde achteruit, viel, sprong weer op, rende naar de deur. Emma hoorde hem nu. Een schril geschreeuw, als een hoge fluittoon. Hij bonkte op de deur, die in het slot was gevallen, rukte hem in paniek open en rende naar buiten, het trappenhuis in.

Daarna hoorde ze alleen nog gestommel, de jongen gilde niet meer. Ze hoorde hem tegen de vloer slaan: een, twee, drie keer. Hij moest op de kleine overloop tussen de twee trappen naar zolder zijn beland, een paar meter schuin boven de ingang van haar appartement.

De zolderdeur viel in het slot, het was stil.

Hij wordt straks wakker, dacht ze, terwijl ze de brandende pijn aan haar oor begon te voelen. Hij wordt wakker, staat op, en vertelt wat hij gezien heeft. Word wakker. Sta op. Het is allemaal niet zo eng, Ahmed. En je bent geen watje. Je bent teruggekomen. Je hebt me gevonden. Sta alsjeblieft op en vertel je moeder wat je hebt gezien.

Maar buiten de deur was het stil.

Ze zouden hem zoeken. Niko en Luise zouden over hun rokershoekje vertellen, en ze zouden hem gaan zoeken. Hun ouders zouden door het lint gaan, maar de bezorgdheid om Ahmed zou groter zijn. Toch? Vroeg of laat moesten ze naar boven komen. Toch?

Maar het bleef stil.

Het enige wat ze hoorde was het overgaan van de telefoon in haar appartement. Het toestel rinkelde nu bijna ononderbroken. 's Nachts werd ze via het dakraam beschenen door de schijnwerper van de politiehelikopter, die daarna weer wegvloog.

Emma's lippen waren gebarsten, haar gezwollen tongpunt lag als papier tegen haar tanden. Haar ogen waren vreemde elementen in haar hoofd geworden, dichtgekleefd en bedekt met korsten. Ze probeerde niet te knipperen, probeerde de pijn te verdringen. Dat kon ze. Ze probeerde niet aan water te denken. Dat kon ze niet.

In de ochtendschemer hoorde ze de politieauto. Ze hoorde hoe de deur van haar appartement onder haar werd ingetrapt. Het hout versplinterde, het dakgebint beefde. Emma hing te trillen aan haar haak. Ze hoorde flarden van zinnen, het kraken van radio's, het doorzoeken van haar appartement, het afspelen van haar telefoonbeantwoorder. Ze hoorde Sarah huilen. Was dat mogelijk? Kon ze Sarah door de vloer heen horen huilen? Niet huilen, Sarah. Ik ben er toch? Nu is alles goed.

Waarom kwamen ze niet naar boven? Ze probeerde nog een keer te schieten, maar het magazijn was leeg. Ze had één schot gehad, en dat had ze verspild.

Maar ze waren er nog. Onder haar. Niet meer dan vijf meter bij haar vandaan. Ze zouden naar boven komen. Ze moesten komen. Ze waren zo zorgvuldig daarbeneden, stelden urenlang sporen veilig. Goed zo. Beste collega's, van hen kon ze op aan. Luister, de stem van Lutz. Ze kon hem horen schelden. Dacht ze. Nee, heel zeker. Hij had ruzie met Brennemann. Ze moest glimlachen. Kom naar boven, Lutz. We gaan een ijsje eten.

Maar er kwam niemand.

Gedempte stemmen in het trappenhuis. Ze verzegelden het appartement en vertrokken weer. Voetstappen die zich verwijderden tot ze niet meer te horen waren. Startende auto's buiten. Bij elk geluid dacht Emma: nee, kom terug. Nee, jullie zijn nog niet klaar. Jullie hebben iets over het hoofd gezien. Doe je werk, mensen. Toen was het stil.

Ik ben er en ik ben er toch niet, dacht ze.

Zoals mijn hele leven.

In het appartement ging haar telefoon weer. Ze moest lachen.

'Hallo?' fluisterde ze. 'Ja, ik ben hier. Maar niet lang meer, stommeling. Kom langs en breng iets te drinken mee.'

Later hoorde ze Ahmeds moeder om haar zoon roepen, in de verte, zacht, daarna harder. Daarna hoorde ze haar in het trappenhuis gillen.

Maar ook zij kwam niet naar de zolder.

Emma was bijna opgelucht. Wat had ze tegen haar moeten zeggen? Ze had haar zoon gedood.

81

's Nachts kwamen ze eindelijk.

Koud was het. Emma rilde over haar hele lijf. Het was de vierde nacht. Nee, de vijfde? Vierde, vijfde, zesde, wat maakt het uit?

Eerst Ahmed. Hij stak zijn hoofd om de deur en verontschuldigde zich omdat hij de vorige dag niet goed had gereageerd op haar schot. Een heel beleefde jongen. Hij sprak haar met u aan, noemde haar 'mevrouw Carow'. Ze hadden een leuk gesprek, maar toen moest hij weer naar school. Emma was blij dat het goed met hem ging.

Ze kon nu helderder denken.

De omtrek van het raam lichtte op in de nacht. Ze zag de bonte strepen van vliegtuigen aan de hemel, hoorde het ritselen van de bladloze bomen. De takken klikten en klakten als een windgong van botten. Ze hoorde de deuren: de huisdeuren, de autoportieren, zelfs de deuren van kasten. Overdag zwaaiden de mensen naar haar vanachter de ramen van de rijdende metro. Om de vijf minuten. Ze hoorde de vuilnismannen. Ze hoorde hoe ze de afvalbakken ratelend over de weg rolden, hoe de grote wagen de bakken optilde, leegde, heen en weer schudde, weer neerzette, en sissend verder reed. De vuilnismannen zwaaiden naar haar.

Fijn dat ze niet meer alleen was. Emily speelde op de vloer. Het was een beetje stoffig, maar Emma gaf haar nicht geen standje. Ook Emily was blij dat ze zoveel tijd bij tante Emma kon doorbrengen.

Emma flirtte een beetje met Lutz. Dat permitteerde ze zich. Jij vond me toch altijd al leuk, of niet soms, Lutz?

Van een vrouw zoals jij blijf je liever af, zei hij droogjes. Ik ben niet levensmoe.

Jij bent ook niet direct de makkelijkste, koppige stier.

Op de vijfde dag – of was het de zesde? – begreep ze dat het hallucinaties waren. Dan was het ook voorbij, besefte ze.

Waarom ook niet?

Misschien was het alleen maar goed dat ze stierf. Zonder kinderen. Zonder hoop. Zodat idioten zoals zij ooit gewoon uitstierven, verdwenen, als een foutje van de natuur dat gecorrigeerd moest worden. Misschien maar beter zo.

De dood kan ook een verlossing zijn. Van de dorst, van de pijn, van de hopeloosheid die zich steeds dieper in haar nestelde. Van de vloek die Uwe haar had opgelegd en waarvan ze hoopte dat ze hem ooit zou kunnen verbreken. De dood... ook niet verkeerd. Waarom had ze daar niet eerder aan gedacht? Ze moest toch ooit sterven, waarom niet nu, nu het zinvol was? Vanaf de verkrachting was de dood elke dag al zinvol geweest. Maar in plaats daarvan had ze gevochten, zinloos gevochten, elke dag strijdend doorgebracht, elke verrekte dag weer, uitgeput, gebroken en doelloos. Dat zag ze nu in. De dood betekende: niet meer elke ochtend bij het wakker worden aan Uwe denken en in elkaar krimpen. Het betekende: niet meer jarenlang zinloos vechten voor geluk en het leven, dat toch niets voor haar was.

Nou ja, Uwe. Misschien was hij helemaal niet zo erg als zij zich voorstelde. Toen hij haar kwam opzoeken was hij in elk geval aardig. 's Nachts maakte hij de deur open en kwam binnen. Toen ze zag dat de deur openging, dacht Emma dat iemand haar kwam redden. Alles was plotseling weg, de pijn, de angst. Ze dacht alleen nog: Ze hebben me gevonden.

Maar toen stond Uwe daar. Vrolijk. Bijna hartelijk.

Wat hang je daar mooi, zei hij. Zo mooi ingepakt. Ik hoop dat het comfortabel is. Ik zou je graag een keer zo hebben ingepakt. Wel ergerlijk dat je nieuwe vriend als eerste op dat idee kwam. Ik ben toch wel een beetje jaloers. Maar het is natuurlijk mijn eigen schuld. Ik heb je te lang verwaarloosd. Nu ben je van hem.

Hij glimlachte. Hij droeg gele handschoenen en een vreemde muts. Natuurlijk: het was koud buiten. Of misschien wilde hij geen DNA op de plaats delict achterlaten. Die Uwe, hij dacht ook echt aan alles.

Jammer. Anders had ik je hier weggehaald. Een anoniem telefoontje, meer is niet nodig, en je bent weer vrij. Maar je bent niet meer van mij. Na alles wat ik voor je gedaan heb. Ik heb een wereld voor je geopend. Je zou me dankbaar moeten zijn. Die vent, dat is geen vervanging voor mij. Weet je, je kunt me terugkrijgen. Op elk moment. Zeg alleen maar dat je van mij bent. Nog altijd. Dan haal ik je bij me. Zeg het. Eén keer maar, voor mij, zoals in die goeie ouwe tijd.

Haar hier weghalen? Zou hij dat voor haar doen? Maar als ze toegaf, zou ze van hem zijn. Ze had toch altijd gezegd dat ze liever zou sterven? Maar nu... nu was ze daar niet meer zo zeker van.

Over wat hij daarna zei, moest ze nadenken: Wij tweeën hebben een band die we niet meer kwijtraken, ongeacht wat er gebeurt. Jij bent een deel van mij, en zelfs wanneer we elkaar nooit meer terugzien, zijn we door de ruimte en de tijd heen met elkaar verbonden. Zeg het. Geef het toe.

Hij had gelijk. Uiteindelijk had hij gelijk. Was zij gewoon een van die vrouwen die eigendom waren van de moordenaars en verkrachters van deze wereld? Ze was aan een verkrachter ontkomen, en in de armen van een moordenaar gelopen. Waarom was ze naar Georg gegaan? Omdat ze diep vanbinnen hoopte dat hij haar zou doden? Georg had ze helemaal niet begrepen. Ze wist nu ook waarom: omdat hij geen echte psychopaat was. Hij speelde alleen het spelletje van zijn zus.

Maar Uwe was er wel een. Was ze van hem? Eigenlijk wel. Hier hoorde ze in elk geval niet. Hij had haar het eerst gevonden. En had hij niet beloofd om haar hier weg te halen? Het zou zo makkelijk voor hem zijn: een anoniem telefoontje was al genoeg. Had hij dat niet gezegd?

Ze hoefde alleen te zeggen wat hij wilde horen.

Geen probleem.

Ja, Uwe, ik doe alles wat je wilt, haal me hier weg, ik ben van jou, als je me wilt dan ben ik van jou, ik vind het goed.

Het was niet genoeg. Hij hoorde haar, maar zei niets meer. Waarom zweeg hij nu? Hij stond toch voor haar, daar bij het raam?

Doe met me wat je wilt, alles, ik vind het goed, ik ben van jou. Ik zeg het. Ik vergeef je. Echt. Alsjeblieft, haal me hier weg. Alsjeblieft. Laat me eruit.

Maar hoe meer ze smeekte, hoe meer ze zich afvroeg of hij daar echt stond. Bij het raam. Het was Uwe helemaal niet. Wie was dat?

Ze praatte met een vogel. In het dakraam. Een mus. Hij keek haar nieuwsgierig aan, met zijn kopje schuin. Zoiets had Emma nog nooit gezien. Hij hupte heen en weer. Tsjilpte. Hij zong. Schattig, zo'n musje. Levensverwachting: tweeënhalf jaar.

Interessant, zo'n mus. Zoals die zijn partner uitzocht. Het mannetje bouwde als eerste een nest. Meer niet. Het vrouwtje heeft geen interesse voor het mannetje, alleen voor het nest. Pas bij de bezichtiging van de woning zet hij zijn borst op en zingt. Wil je het nest, dan krijg je mij erbij, maar zo vreselijk ben ik niet, ik kan zingen.

Zo eenvoudig is dat. Een vrouwtjesmus heeft geen bestanden op de computer waarin ze onzin over het geluk opschrijft: Profiel mus, Wensenlijst mus, Levensdoelen mus. Een vrouwtjesmus denkt niet elke dag aan haar verkrachter. Mussen staan niet als door een glazen wand naar het leven te kijken en zich af te vragen wat zich daarbuiten bevindt. Hoe het daar toegaat. Nee, de vrouwtjesmus bekijkt gewoon het nest, bedenkt of ze het zingen van het mannetje kan verdragen; ze is niet dom, ze weet dat het mannetje niet meer zo vaak zal zingen als ze eenmaal een beslissing heeft genomen, maar in plaats daarvan eisen zal stellen, maar dat doen alle mannetjes. Hoofdzaak, het nest is in orde. Prima, dan draait ze haar achterste naar hem toe, en klaar. Zo eenvoudig is dat.

Plotseling wilde Emma leven.

Met heel de wanhoop van haar ziel wilde ze leven.

Al die mensen daarbuiten, die altijd weer voor verrassingen zorgen. Alle jaren die Emily nog voor zich heeft. Sarah. Lutz. Matze. Ze had wel vrienden. Alle dingen die ze nooit had gedaan. Die tempel in Thailand, dat rif in Australië. Ooit een marathon lopen. Een man, een kind, een gezin. Zelfs als dat allemaal niet lukte, zelfs als het niets meer werd met haar leven zoals ze zich dat met heel haar hart wenste, er zou altijd nog bier en pizza zijn. Ook al kreeg ze niets meer dan een biertje na een lange werkdag, dan was dat meer dan genoeg. Het werk. De vacante positie. Zelfs als Felix die kreeg. Ze kon ermee leven. Zelfs met Uwe. Zelfs met de verkrachting. Zelfs met alles wat daarna kwam. Het was leven. Haar leven. Ze wilde het, alleen dat, ongeacht wat, ongeacht hoe, ongeacht tot welke prijs, ze wilde het, ze wilde leven. Ja, gilde ze, je hebt gelijk, Lutz! Ik wil het!

Maar het was te laat om te leven.

82

Felix was er ook. Hij stond naast Uwe.

Kun je me horen?

Zijn stem gaf haar een steek. Maar hij praatte helemaal niet met haar. Met wie dan? Met Uwe? Met Lutz. Lutz was er ook. Felix en Lutz. Ze stonden naast Uwe.

Mevrouw Carow? Mevrouw Carow?

Uwe nam haar op. Zijn gezicht zo dicht bij het hare. Onaangenaam.

Mevrouw Carow? Uw collega's willen u spreken.

Hij raakte haar linkerwang aan. Het deed pijn. Ze verweerde zich. Duwde zijn hand weg, tastte naar haar keel, haar oor. Waar dat brandende gevoel was geweest. Ze voelde niets. Waar was haar huid? De ducttape. Ze trok eraan, pakte de tape met duim en wijsvinger vast en probeerde hem weg te trekken. Hij was heel zacht. Uwe pakte haar pols beet en duwde haar arm zachtjes weer tegen haar zij. Ze had de kracht niet om zich te verzetten. Ze probeerde het met de andere hand. Iemand hield ook die tegen. De ducttape. Zo zacht als watten. Als watten. En haar armen, ze kon haar armen bewegen.

Het licht. Het bed. Uwe, die zich over haar heen boog. En Felix en Lutz, naast het bed. En Uwe, die Uwe niet was, maar een onbekende. In een jas. Een witte doktersjas. Een arts en Felix en Lutz.

Emma verwonderde zich over het vreemde geluid. Het klonk als blaffen. Dat was zijzelf.

Het deed pijn. Diep in haar keel. Ze kon haar keel voelen. Haar tong. Er was geen lap meer. En uit haar ogen rolden tranen.

Water. Dat was toch een goed teken?

Water.

83

Ze wist niet of ze wakker was. Zelfs toen ze besefte dat ze in het ziekenhuis moest zijn, zei ze niets. Ze durfde het niet. Misschien hing ze daar toch nog en droomde ze alleen maar. Ze had al genoeg vreemde dingen gezien.

Ze probeerde naar Ahmed te vragen. Als ze daar antwoord op konden geven, was ze echt gered. Maar ze lalde alleen maar, de anderen verstonden haar niet. Te veel inspanning allemaal. Ze sliep weer in.

Toen Emma weer wakker werd, was ze nog steeds op dezelfde

plek. Ze kneep in haar arm. Ze rilde. Ze wilde de arts, de zuster, Lutz of wie dan ook bedanken, iedereen bedanken, iedereen omarmen, iedereen kussen, iedereen de voeten kussen, dank je, dank je, dank je, dat je me daar weg hebt gehaald. Nu was ze echt wakker.

Dank je wel zeggen. Ze vormde haar zin. Wat eruit kwam was geen bedankje: 'Was het Uwe?'

'Meneer Bogner, ze is wakker.' Een verpleegster. Emma zag haar nu, over haar heen gebogen. 'Vijf minuten, meneer Bogner,' zei ze. 'Ik haal de arts.'

'Wat zei je, Emma?'

Het was Lutz. Ze herkende hem nu.

'Ze vroeg of het Uwe was.' De verpleegster.

Dat was verkeerd. Zo wilde ze het niet zeggen. Emma dacht na. Ze keek Lutz aan. Een vriendelijk gezicht. Het enige vriendelijke gezicht op aarde. 'Was het een... telefoontje?' fluisterde ze moeizaam.

'Wie moet er dan gebeld hebben?' vroeg Lutz. Zijn glimlach zweefde boven haar.

'Ben je het echt?'

'Ik ben het echt, Emma. Je bent in het ziekenhuis. In het Charité. Je bent buiten levensgevaar en veilig. Je komt erdoor.'

Misschien was het waar. Ze liet de gedachte op zich inwerken.

'Is Kottke er? Ik wil Kottke niet.'

'Kottke? Waarom zou hij er zijn?'

Domme vraag. Omdat het haar plotseling heel plausibel leek dat ze in het Medisch-Forensisch Instituut op de tafel van Kottke lag, vers uit de koeling.

'Ben ik dood?'

Lutz lachte luidkeels. 'Je bent niet dood. Maak je geen zorgen, we laten Kottke niet in je buurt komen.'

Ze wist het. Hij hoefde niet zo hard te lachen. Ze was niet dom. Nu wist ze het in elk geval.

'Anoniem, bedoel ik,' zei ze. 'Was het een anoniem telefoontje? Waardoor jullie mij hebben gevonden?'

'Nee, het was...'

'... Ahmed?'

'Wie is Ahmed?'

'Een buurjongen. Gevallen... Is hij dood?'

'Momentje, dat schrijf ik op. Langzaam nu. Wie?'

'Ahmed.'

'Achternaam?'

'Askar. Eerste verdieping. Is hij dood?'

'We gaan het na.'

'Wie heeft me dan gevonden?'

'Felix.'

'Nee, toch niet Felix?' Ze schudde haar hoofd. 'Uwe. Felix was er helemaal niet.'

'Er is geen anoniem telefoontje geweest,' zei Lutz. Hij schoof een stoel naast haar bed. 'Emma, heb je iemand herkend?'

Ze voelde paniek opkomen. Haar stem werd schril. 'Heb je ze niet? Heb je ze niet gevonden?'

'Ze zijn ondergedoken. Maar maak je geen zorgen, we zitten erbovenop. Kom, denk na, Emma.'

Plotseling was alles weer terug.

Ze deed haar ogen dicht en telde.

'Zes. Een vrouw in een rolstoel, die Corinn Sistig...'

'Schrijf op.' Lutz. Emma zag niet tegen wie hij praatte.

Ze beschreef de daders, de ene na de andere. Noemde hun namen, voor zover ze die nog wist. 'Ze hadden bijnamen, enigszins esoterische, die heb ik niet onthouden...' Ze haalde haar schouders op.

Ze wees Sistig aan op de foto's die Lutz haar voorhield. En de grote jongen, Friedemann Ronski, die zijn kamer met ducttape had beplakt. 'Ik haat je,' had hij op de zolder tegen haar gezegd.

Hij liet haar een foto zien van Lars Gohse. 'Die was er niet bij.' Ze schudde haar hoofd. 'Ik denk dat hij al dood is.'

Lutz had nog meer foto's voor haar. 'We zijn jullie tip met betrekking tot die invallers in de kinderdagverblijven nagegaan,' zei hij. Hij liet haar de foto van een jongeman zien. Die had ze al eerder gezien en ze schudde haar hoofd. 'Hij niet.'

Een foto van de gezette vrouw met het korte haar. Uitdrukkingsloos gezicht. Emma knikte. 'Ze noemden haar Kathleen.'

'Kathleen Miller,' bevestigde Lutz. 'Ze heeft een goed alibi voor Julia Fredersdorf en Lucy Herold.'

'Als je het niet overleeft,' had ze tegen Emma gezegd, 'dan ben je het leven niet waard.'

'We denken dat zij de jonge vrouwen heeft uitgezocht. In de kinderdagverblijven. Lars Gohse was kennelijk verantwoordelijk voor de vaders. Hij werkte zo nu en dan als chauffeur voor sociale diensten, heeft daklozen voor medische controle naar artsen gebracht. Voor de weggelopen jongeren kijken we naar Friedemann Ronski. Hij zat in dat wereldje. Wie de moeders heeft uitgezocht, weten we nog niet.' Lutz trok zijn stoel dichterbij. 'Emma, vertel. Waar hebben ze je naartoe gebracht?'

Emma beschreef de woonkamer die zo vreemd aandeed, op de een of andere manier onecht, alsof die was ingericht door iemand die nog nooit een echte woonkamer had gezien. 'Als een soort filmdecor. Met meubels uit de jaren tachtig, alsof ze zo uit het huis van mijn ouders kwamen. En ze droegen de kleding, Lutz, de kleding.'

'Welke kleding?'

'Van die foto uit de *Stern*.'

'Kun je ons een aanwijzing geven waar die kamer was? Welke wijk, de straat? Heb je onderweg iets opvallends gehoord of gezien? Wat dan ook?'

Negen bochten.

Het was er allemaal nog, in haar geheugen gegrift, elk getal, elke seconde. Maar het liep allemaal door elkaar.

'Ik heb een vel papier nodig,' zei ze. Ze had alles opgeschreven in haar hoofd en ze kon het er alleen weer uithalen door het nog een keer op te schrijven.

'Ik haal wat voor je,' zei Lutz.

'Nee, nee.' Ze zwaaide met haar hand. 'Het moet papier uit mijn bureaula zijn, uit de la rechtsboven.'

Lutz trok zijn wenkbrauwen op. 'Ik zorg ervoor. Verder nog iets wat we moeten weten?'

Ze schudde haar hoofd. Het putte haar uit om zo lang te praten. Ze had slangetjes in haar armen en neus. De arts verscheen en vulde het infuus bij. Ze vroeg wat er met haar was gebeurd, en hij legde het uit: ernstige uitdroging, drie gebroken ribben, talloze kneuzingen. Als ze duizelig was of zich te zwak voelde om op te staan, moest ze zich daar niet over verwonderen. Dat zou nog even zo blijven. Ze lag al drie dagen in het ziekenhuis, twee daarvan was ze in coma gehouden.

'Kon je de leider herkennen?'

'Corinn Sistig,' gooide ze eruit. 'Zij is de drijvende kracht van de groep. Ze zijn allemaal aan haar onderworpen. Zij is de hoofddader. Haar moeten jullie vinden.' De laatste woorden waren nauwelijks nog te verstaan, zo hees was ze al. Lutz gaf haar een glas water. Ze dronk het gretig op.

'Die hebben we al. Sistig is dood.'

'Wat zeg je?'

De tweede dag na Emma's verdwijning was het huis van Corinn Sistig afgebrand. Toen het vuur geblust was, vonden ze haar verkoolde lijk in de ruïne. 'Met een stevig schedeltrauma. We denken dat ze ruzie heeft gekregen met de anderen en dat ze is vermoord.' Lutz boog zich voorover. 'Een impulsieve misdaad. Heb jij een idee waarom?'

Georg. Georg had zich van zijn leidster bevrijd. Zoals ze al dacht. Maar haar had hij niet bevrijd.

'Ik heb naar hem geknipoogd,' mompelde Emma. Ze wilde het niet zeggen, wilde zijn naam niet prijsgeven. Lutz moest ernaar vragen. Twee keer.

'Wie?'

'Die man... Er was nog een man bij. Ik wilde haar jaloers maken, haar controle ondermijnen.'

'Georg Wallner?'

Lutz was dus op de hoogte van Georg. 'Ja. Ik wilde dat ze aan hem ging twijfelen, zodat ze ruzie zouden krijgen.'

'En met succes.' Hij knikte. 'Die zoeken we ook. Via hem hebben we je uiteindelijk gevonden. We...' Hij fronste en draaide zich om, zei tegen de anderen: 'Laat ons even alleen.'

Toen iedereen weg was en de deur dicht was, zei hij: 'Wat had je je in vredesnaam in je hoofd gehaald?'

'Niets. Helemaal niets,' mompelde ze. 'Hij was geen verdachte... Ik... ik heb er niets bij gedacht.'

'Je was hartstikke gek.'

'Maar de seks was top,' kraste ze hees. 'En hoe haalde jij het eigenlijk in je hoofd om Brennemann zwanger te maken?'

Lutz was met stomheid geslagen. 'Hoe weet jij...?'

'Ik heb veel tijd gehad om na te denken. Over gekken gesproken.'

Hij keek naar de grond en schudde zijn hoofd. Toen hij weer opkeek, grijnsde hij.

'Wat zegt je vrouw daarvan?' wilde Emma weten.

'Die heeft me eruit gesmeten.'

'Maar Brennemann heeft je denk ik geen plekje op haar bank aangeboden, toch?' ging ze verder toen hij zweeg. Hij antwoordde nog steeds niet. 'Nou ja, mijn bank is altijd ter beschikking,' zei ze grootmoedig. Ze liet zich weer op haar kussen zakken. Ze was moe.

'Goed om te weten.' Hij schraapte zijn keel. 'Godzijdank, eindelijk eens een vrouw die niet kwaad op me is. Maar goed, die groep is dus niet meer te vinden. Na die brand zijn ze op de vlucht geslagen, maar we geloven niet dat ze het land al hebben verlaten. Ze moeten zich ergens hebben verstopt, in een tweede huis misschien. Ze hadden tenslotte geld van die commune in Canada. Van de opbrengsten van die cd's is ongetwijfeld ook iets naar Sistig gegaan.'

'Lutz, kunnen we later verder praten?'

'We hebben onderbroeken van jou in het huis van Sistig gevonden, Emma.'

'Wat?' Ze werd duizelig. 'Dat is onmogelijk.'

'Twee stuks,' ging Lutz verder. 'Na de brand hebben we de ruïne doorzocht, maar nauwelijks iets gevonden. Geen computer, nauwelijks brieven of foto's, ze hebben alles voor die tijd weggehaald. Een beetje munitie, Amerikaanse makelij, maar geen wapen. Ik denk dat ze de brand hebben gesticht om sporen uit te wissen, maar één ding hadden ze vergeten: zo'n klein stalen geldkistje met een verzameling ondergoed. Verder niets, alleen ondergoed. Van mannen en vrouwen. We hebben DNA-monsters genomen, en de namen van de andere slachtoffers doken onmiddellijk op. Ook jouw naam. Pas toen kregen we in de gaten wat er met je was gebeurd. Je was toen al 72 uur vermist.'

Lutz beschreef kort hoe hij en de collega's vanaf dat moment alle verlaten plekken van Berlijn opnieuw hadden doorzocht. Vierentwintig uur per dag. Ook MK2 en MK3 werden ingezet.

'Na 96 uur vroeg Felix hoe Sistig aan twee slipjes van jou was gekomen. Toen ze je ontvoerden, droeg je er waarschijnlijk maar één.' Lutz grijnsde kort. 'Hij kwam op het idee dat je een verhouding had met een van de daders. We hebben iedereen ondervraagd met wie je ooit ook maar een paar beleefdheden had gewisseld. Je zus heeft ons geholpen. Er kwam een Johannes Kehrmann boven water. Die hebben we doorgezaagd, maar zonder succes. Op de laptop bij jou thuis vonden we alle mogelijke vreemde bestanden met de namen van je oude... kennissen. Die hebben we allemaal ondervraagd.'

Emma verborg haar gezicht in haar handen.

'Toen zei Felix dat je vaak in de databanken... mannen had gecheckt. Voor privédoeleinden. Wat natuurlijk verboden is. Ik kon het niet geloven. Ik geloof het nog steeds niet. Maar plotseling had hij twee nieuwe namen. De ene was Uwe Marquardt. Zijn DNA is bekend, maar we hebben geen verband met Sistig gevonden. Toen bleef er nog maar één over: Georg Wallner.'

Lutz wist het dus. Ze wisten het allemaal. Emma had een verhouding met een seriemoordenaar. Eén uit de groep die ze zochten, die met zijn mededaders elf mensen had vermoord. Ze wisten zelfs hoe vaak ze met hem had geslapen. Emma wilde nog een dosis morfine om de pijn te verjagen. Ze trilde van inspanning, wilde slapen. Maar ze onderbrak hem niet. Dat deed de arts die weer naar binnen keek: 'Meneer Bogner? Mevrouw Carow heeft rust nodig. Kunt u alstublieft afronden?'

Hij negeerde hem. Geen wonder. De deur achter zijn rug klepperde voortdurend. Het was een bijna geluidloos maar permanent komen en gaan.

'We hebben zijn appartement gevonden. Jij kent het natuurlijk al. Hij had het nog niet ontruimd. We hebben er in elk geval zijn hele researchwerk gevonden, met foto's van de latere vindplaatsen, krantenknipsels, foto's van de slachtoffers. Aantekeningen over hun gewoonten en routines, het gebruikelijke materiaal. En ducttape. Bergen ducttape. Hij heeft dat spul als een gek gekocht. Hij had een hele kelder vol. Kennelijk kon hij geen bouwmarkt voorbijlopen of...'

'Lutz...'

'Tussen de foto's en situatieschetsen vonden we er ook een paar van jouw straat en jouw appartementengebouw. Inclusief de zolder. Daar waren we nooit opgekomen. Volgens mij is nog nooit iemand zo snel over de Kurfürstenstraße naar de Dennewitzstraße gereden als wij. Toen Felix zei dat je nog ademde, begonnen de jongens in het hele trappenhuis te applaudisseren.'

Plotseling besefte Emma het ten volle: ze was niet gestorven.

Voor het eerst keek ze langs Lutz en zag dat de hele kamer vol stond met mensen.

Levende mensen. Mensen die niet wilden ophouden met praten, die naar dingen verlangden, kwamen en gingen, tegen elkaar lachten, het oneens waren, discussieerden, elkaar ergerden. Zoals dat gaat in het leven. Ze glimlachte.

Alle anderen waren op de tafel van Kottke beland. Zij niet. Alle anderen hadden aan het kortste eind getrokken. Zij niet.

Ze keek naar haar handen, probeerde het te begrijpen.

De ziekenhuiskamer rook naar ontsmettingsmiddel. Het licht was schel en onbarmhartig, drong tot in elke hoek door, verjoeg elke schaduw. Het was niet haar thuis, niet haar wereld, het was een zacht zoemende machine die geen zin verleende of troost schonk, maar iemand alleen in leven hield, verder niets. Diep vanbinnen welde er iets op in Emma. Ze hoorde niet meer wat Lutz vertelde. Het bloed ruiste in haar oren, ze hijgde. Ze had plotseling zin om te huilen, hartgrondig, als een kind dat plotseling uit de warme geborgenheid van de baarmoeder de werkelijkheid in glijdt en voor het eerst het leven aanschouwt, voor het eerst het hele schrille theater ziet waar het nu deel van uitmaakt: dit overrompelende geschenk, welkom, veel plezier ermee, alles in één keer, verspil het niet, en nu aan het werk! Dan huilt het alleen nog, met alle vezels van zijn kleine lichaam, met alle verse, nieuwe kracht. Dat wilde Emma ook.

En ze deed het.

Twee seconden later wemelde het in de kamer van de verpleegsters.

Vier seconden later was ze weer ingeslapen.

84

Er zwaaide een kind naar haar door het dakraam. Het zat in een boom. Beneden, in het park.

Emma was niet alleen op haar zolder. Langzaam en moeizaam draaide ze haar hoofd in haar pantser. De deur stond open. Er was iemand. Uwe. Niet Felix. Dat had ze toch gezegd?

Jaagt hij je ook van vakantiehuis naar vakantiehuis? vroeg hij. Vroeg Uwe. *En moet hij je uiteindelijk dwingen?*

Plotseling was ze klaarwakker.

Het was donker. Haar hart bonkte. Ze hapte naar lucht. Ze verzette zich tegen haar pantser, hijgde, probeerde te schreeuwen. Haar rondmaaiende armen sloegen tegen metaal. Ze viel bijna uit het bed.

Een bed. Ze was in het ziekenhuis.

Hulpeloos tastte ze in het donker om zich heen tot ze de lichtschakelaar vond. Een felle tl-buis floepte boven haar hoofd aan. De deur ging open. Ze was niet meer alleen. Twee mensen. Het leek Emma een menigte. Een verpleegster. En Felix.

'Alles in orde?' Dat was Felix.

De zuster pakte haar hand en voelde haar pols. Emma's borstkas rees en daalde als een blaasbalg. Ze leefde. Ze leefde.

'Ik heb akelig gedroomd,' hijgde ze.

'Moet ik u iets geven voor de slaap?' vroeg de verpleegster.

Emma sloeg het aanbod af. 'Gewoon een droom.'

Uwe bij het raam. Die grijns. *Hij jaagt je van vakantiehuis naar vakantiehuis.*

'De arts zegt dat je goed opknapt.' Dat was Felix.

'Waarom ben je hier?'

'We wisselen elkaar af. Als jij je nog iets herinnert, moet ik Lutz bellen. Iedereen zoekt die vent. Op alle stations, luchthavens, overal.'

'Hoe laat is het?'

'Bijna vier uur in de ochtend. Je hebt weer bijna twintig uur geslapen, sinds de laatste keer dat je wakker was. Is jou ondertussen nog iets te binnen geschoten?'

'Ik had om papier gevraagd...'

'O ja, bijna vergeten.' Hij greep achter zijn rug en gaf haar een pakje. 'Heb ik opgehaald.'

'Eén blaadje is genoeg.' Ze ging voorzichtig rechtop zitten en nam het blad aan. 'Komt dat echt uit mijn bureau? Dat is belangrijk.'

'Ik wist dat je dat zou vragen.' Felix zuchtte en kwam naast het bed staan. 'Daarom heb ik dit hier gemaakt.' Hij hield haar het beeldscherm van zijn mobiele telefoon voor en liet Emma een video zien van hoe hij naar haar bureau liep, de la rechtsboven opentrok en het papier eruit pakte. Ze lachte en drukte het blad tegen zich aan. 'Dank je wel.'

'Stop, het filmpje is nog niet afgelopen,' zei hij. Ze zag dat hij zich in het kantoor omdraaide om weer te gaan, maar op weg naar buiten nam hij elk bureau op dat hij passeerde. 'Beterschap, Emma,' zei Sigmar. 'Kom snel terug,' zei Matze. 'We hebben je nodig.' Zelfs Brennemann hief haar hand vanuit de deuropening van haar kantoor.

Emma wist niet wat ze moest zeggen. Felix grijnsde en borg zijn mobiel op. Hij wees naar het papier. 'Waarom is dat zo belangrijk? Zit daar geheime inkt op of zo?'

Ze haalde haar schouders op. 'Misschien.'

Brandende pijnscheuten schoten door haar ribben toen ze zich weer tegen het kussen liet zakken. De verpleegster bracht nog een paar pillen en een glas water en vertrok weer. Felix bleef, hij stond tegen de deurpost geleund. Ze wisten beiden niet wat ze moesten zeggen.

'Jij hebt mij gevonden.'

Felix bleef zwijgen. Hij leek op iets te wachten.

Emma haalde haar schouders op. 'Ik moet toegeven dat je echt een goede rechercheur bent.'

Hij glimlachte. 'Is dat zoiets als dank je wel? Jij bent echt een harde, weet je dat? Het wil je gewoon niet over de lippen komen.'

'Een beter...' Ze keek hem niet aan. 'Een betere dan ik had gedacht.'

'Het is wel goed, Emma. Ik ben ook blij dat je er weer bent.'

Ze knikte. 'Ga naar huis,' zei ze. 'Als me nog iets te binnen schiet, bel ik op.'

Hij keek op de klok, wreef in zijn ogen.

'Bij mij is alles in orde. Ga maar.'

Voordat hij de deur achter zich dichtdeed, draaide hij zich nog een keer om. 'O ja, trouwens,' zei hij met een glimlach, 'die jongen leeft.'

Emma was weer alleen. Licht aan, televisie ook. Zonder geluid. Het blauwe vlak maakte haar rustig. Thuis was ze vaak voor de televisie ingeslapen. Het had iets huiselijks. Ze pakte het papier in haar hand en keek lang naar het witte vlak. Toen zag ze het. De lijnen, de bochten en ten slotte de getallen die ze op de zolder in haar hoofd had getekend, steeds weer, op dit vel papier, dat ze uiteindelijk in haar bureaula had gestopt, waar het veilig was. Ze hoefde de lijntjes alleen maar na te tekenen.

Ze pakte de pen van haar nachtkastje.

Toen Emma klaar was, zag het eruit als de koortsgrafiek aan het voeteneinde van haar bed. In het begin veel op en neer, uiteindelijk een bocht, daartussen een lange licht dalende lijn met alleen in het midden een uitschieter naar links. En kort daarvoor een vreemde bocht die ze niet kon verklaren. Dat wil zeggen, als ze het ding niet op de kop hield. Waar was het noorden? Ze zocht het eindpunt, haar woning in de Dennewitzstraße. Ze had nog in het busje de metro gehoord: ze waren tot onder de brug gereden waar lijn 1 door het huis heen reed, hadden daar geparkeerd. Aan de rechterkant. En het huis waar ze voor stonden, waar de metro doorheen reed, stond noordelijk van Emma's woning. De wagen was dus uit het noorden gekomen.

Emma draaide haar tekening tot het noorden aan de bovenkant zat. Aha. Ze waren dus helemaal aan de oostkant vertrokken.

Er zat iets in haar achterhoofd. Een herinnering. De droom. Ze liet het papier zakken.

Hij jaagt je van vakantiehuis naar vakantiehuis. Uwe in de deuropening van de zolder.

Nee, dat was niet op de zolder geweest. Niet een van haar hallucinaties. Dat was aan de telefoon geweest, toch? Hij had het echt tegen haar gezegd toen hij haar belde, kort voordat ze Georg in het hotel wilde ontmoeten. 'Weet je dat je gevolgd wordt?' Emma had gedacht dat hij het over Johannes had, maar die was het niet geweest. Georg was haar gevolgd, het hele gezin. Zij hadden de overval voorbereid. Uwe had het gezien. Hoe was dat mogelijk? Omdat hij haar ook was gevolgd. Natuurlijk.

'Van vakantiehuis naar vakantiehuis.'

Dat vervloekte zwijn. Hij had haar met Georg gezien, was hem gevolgd naar zijn appartement, overal heen. Hij wilde alles over Emma's nieuwe minnaar weten, en vond ook zijn schuilplaats. Waar de woonkamer was. Uwe wist waar Georg zich verschanste.

Vakantiehuis.

Georg importeerde exotische houtsoorten voor de bouw van sauna's, schuurtjes en vakantiehuizen.

Er was een rechtszaak geweest. Een faillissement. De inventaris. Waar was de inventaris? De onvoltooide opdrachten, de showmodellen voor op de beurzen, de modelhutten, kant-en-klaar ingericht, gezellig, aantrekkelijk. Die moesten ergens opgeslagen zijn: op een terrein, in een hal. De modellen stonden er op een rij, met in elk groter formaat vakantiehuis een woonkamer.

Waar? Het zou niet in het telefoonboek staan. Ook niet in de databanken. Maar wel in de dossiers van de advocaten en de rechtbank. Emma ging overeind zitten. Ze kon niet meer slapen. Ze had dagenlang geslapen. Ze keek op de klok.

04.16 uur.

Nog een uur en het was ongeveer het tijdstip waarop ze op haar zolder was opgehangen. Kort na vijf uur waarschijnlijk. Dat betekende dat de daders ongeveer rond deze tijd, rond kwart over vier, halfvijf, uit hun schuilplaats waren vertrokken. Met Emma achter in het busje. Bij aankomst in de Dennewitzstraße had ze de metro gehoord. Een van de eerste ritten in de vroege ochtend.

Ze wist hoe belangrijk het was voor een reconstructie om een correct tijdvenster te kiezen. Als je een route op een ander tijdstip narijdt, kan hij veel korter of langer duren. Ze had geen twee uur meer voordat het werkverkeer op gang zou komen.

Er staken twee slangen in Emma's rechterarm, direct boven de elleboog. Ze eindigden in naalden die met grote pleisters waren vastgezet. Ze trok de naalden langzaam uit haar arm en drukte de pleisters steviger aan. Het deed geen pijn. Ze wachtte even voordat ze opstond.

Makkelijk was het niet. Elke verkeerde beweging joeg een stekende pijn door haar ribbenkast. Ze moest rustig ademen, haar hart laten kalmeren, zich vasthouden. Alles tolde en draaide. Ze ging op de zijkant van het bed zitten en nam een grote slok water. Daarna rommelde ze in het nachtkastje. Er stonden bloemen op. Daarnaast lag een boek. Met een kaartje. Van Sarah en Emily. Wie weet hoelang ze aan haar bed hadden gezeten? Druivensuikertabletten. Ze probeerde er een. Chocolade. Ze kon zich niet voorstellen dat ze dat zou eten. Een grote fles bodylotion, halfleeg. Een plastic zak met kleding. Spijkerbroek, bh, T-shirt. Tweede schuifla: een zak met haar autosleutels, identiteitsbewijs en penning, make-up, rommeltjes: de inhoud van haar handtas, die Corinn, Georg en de anderen kennelijk om de een of andere reden bij haar hadden achtergelaten op de zolder. Daar was ze zich niet van bewust geweest. Verder nog twee sleutels die ze niet kon thuisbrengen, in een doorzichtige plastic zak, met rekening. Natuurlijk: Lutz had de deur laten forceren om in haar appartement te komen. De sleutels waren ongetwijfeld van het hangslot dat er krachtens de voorschriften daarna moest worden aangebracht. Ze stopte ze in de zak bij de andere spullen.

De handtas zelf en de kleding die ze had gedragen lagen natuurlijk in het laboratorium. Ook haar auto stond ongetwijfeld ergens bij de Tempelhofers. Allemaal sporen. Haar dienstpistool ook.

Ze stond op, liep een beetje heen en weer, verkende de kamer. Naast de deur een kast met schoon beddengoed. Een leren jasje. Dat oude ding dat ze niet meer droeg. Die jas had Sarah waarschijnlijk uit haar woning meegenomen. In het borstzakje zat twintig euro. Sarah.

Emma kleedde zich aan. Langzaam, heel langzaam. Ze pakte de zak van het nachtkastje, luisterde bij de deur of er iemand op de gang was. Voordat ze uit de kamer sloop, keek ze kort in de spiegel die aan de binnenkant van de deur hing. Ze herkende zichzelf niet. Ongelovig streek ze met haar vlakke hand over haar hoofd.

Waar was haar haar gebleven?

Aha. De ducttape.

85

De taxichauffeur mopperde. Maar hij was een Berlijnse taxichauffeur: mopperen hoorde bij zijn beroep. 'Waar wilt u dan heen, jongedame?' vroeg hij smakkend. Hij rook naar winegums.

Het was iets voor vijven. De taxi stond in de Dennewitzstraße. Hij had Emma bij het ziekenhuis opgehaald, haar ernaartoe gebracht en gewacht tot ze in haar appartement geld had gehaald.

Ze had echter geen geld, omdat er niets was. Toen ze terugkeerde naar de taxi, zat haar Heckler & Koch P8 in haar tweede handtas. Geladen.

'Ik zeg waar u naartoe moet rijden. Allereerst rechtdoor. Tot de hoek.' Toen hij flink gas gaf: 'Stapvoets graag.'

'Weet u eigenlijk waar u naartoe wilt? Als u het zegt, kan ik u er namelijk heen brengen. Ik ben een professional. Ik kan dat.' Hij deed een knisperende greep in zijn zakje winegums. Emma's maag informeerde haar dat ze daar nog niet aan toe was. Ze had hoofdpijn, haar ribben deden zeer, ze kon alleen voorzichtig bewegen. Ze zocht in de tas, trok moeizaam haar politiepenning tevoorschijn en hield die voor zijn neus. 'Dit is een dienstrit. Als u niet kunt rijden zoals ik zeg, neem ik de auto in beslag en rijd ik zelf. Of u rijdt en u krijgt daar geld voor. En nu nog een keer van voren af aan. Rechtdoor. Tot de hoek.'

De chauffeur, een slungelachtige figuur met ingevallen wangen en de *Berliner Kurier* op de passagiersstoel naast hem, reed weg. Ze had hem daarnet gevraagd de radio uit te zetten. Hij reed langzaam en dacht na. Op de hoek zei hij: 'Dat kunt u helemaal niet.'

'Volgens paragraaf 31 van de ASOG, de algemene veiligheidswet van Berlijn, kan ik dat heel goed. En nu stil graag, ik moet me concentreren.'

Emma keek afwisselend op haar schets en op haar telefoon. Ze telde achteruit. *Negen*: parkeerplaats in de Dennewitzstraße. *Acht*: de Lützowstraße in, tot de Potsdamer Straße. In het busje had ze dertig seconden geteld. Ze keek naar de stopwatch op haar telefoon: de taxichauffeur had er vijfentwintig seconden voor nodig. Ook goed.

'Rechts de Potsdamer Straße in. Houdt u zich precies aan de maximumsnelheid. Ik zeg wanneer.'

'Paragraaf 31 van de algemene veiligheidswet van Berlijn? Nooit van gehoord.'

'U gaat er snel genoeg van horen als u niet doorrijdt,' dreigde Emma. De ASOG Berlijn had ongetwijfeld een paragraaf 31, maar ze had geen flauw idee wat erin stond. Was ook niet van belang.

Ze reden midden door de stad, Potsdamer Straße, Leipziger Straße, alles ging in elkaar over, alles één grote brede straat, min of meer rechtdoor, over de Spree, de wijk Nikolai, de Alexanderplatz en verder naar het noordoosten.

Tien minuten.

'Hier rechts.'

De Mollstraße.

Zeven.

Ze reden een minuut door de Mollstraße. Twee minuten, drie. Platz der Vereinten Nationen, Landsberger Allee, Friedrichshain.

'Stop. Dit klopt niet. U bent verkeerd afgeslagen.'

'U zei dat ik moest afslaan en ik ben afgeslagen.'

'Er ontbreekt iets... Anderhalve minuut na de Alexanderplatz moesten er wegwerkzaamheden zijn, midden op straat. Daar had u met een boog omheen moeten rijden, om daarna pas weer rechtdoor te gaan.'

'Dit hier is Berlijn. Hier wordt om de paar meter aan de weg gewerkt. Welk opgebroken stuk weg had u gehad willen hebben?'

'Nee... Ik zoek een bepaalde plek waar wegwerkzaamheden zijn. Anderhalve minuut van de grote kruising bij de Alexanderplatz. Het is een kleine afzetting, je hoeft er niet via een zijstraat omheen, maar met een boog op dezelfde straat. Weet u er zo een?'

'Ja, hoor eens, u bent hier niet bij McDonald's, waar u uw lievelingsmenu kunt samenstellen, zoals u het graag wilt hebben. Kunt u dat eigenlijk wel betalen? En nog iets. Ik ga geen formulieren invullen. Ik heb de pest aan formulieren. Ik zet u hier liever af en roep een collega op, die dit dan verder doet.'

'Nu moet u goed luisteren, beste man.' Het werd bijna zwart voor haar ogen. 'Bent u nu een professional of niet? Bent u voor het eerst in de stad? Ik heb wegwerkzaamheden nodig midden op een brede straat, ongeveer anderhalve minuut van de Alexanderplatz. En u helpt mij om die te vinden.'

De chauffeur werd stil. 'Laat eens zien,' zei hij ten slotte.

Emma gaf hem de schets aan en zei hoe hij moest rijden: eerst de Petersburger Straße, rustig, leeg, vier rijbanen. Daarna liet ze hem een lange bocht naar rechts nemen, over alle rijbanen, tot aan de straatkant, dan weer naar links. Een halve cirkel. Zoiets zocht ze. Zo had het gevoeld in het busje.

'Dat zijn geen wegwerkzaamheden,' zei de chauffeur. Hij draaide zich om met een grijns. 'Had u niet gedacht, hè, collega? Je rijdt altijd links om wegwerkzaamheden heen, via de andere rijrichting, nooit rechts.' Op de Alexanderplatz nam hij de Karl-Marx-Allee. Eén minuut en tien seconden later reed hij met een grote boog om de rotonde van de Strausberger Platz.

Dat was het.

'Het klopt dus wat toeristen over de Berlijnse taxichauffeurs zeggen.'

'Wat dan?'

'Eerst flink kankeren, dan lukt het wel.'

'We praten verder als ik mijn geld zie.'

Ze bleven lang op de Karl-Marx-Allee, de B1, door Lichtenberg, Alt-Biesdorf, onder de B158 door en verder naar de kruising Blumberger Damm.

'Stop.'

Aan de overkant van de kruising stopte de chauffeur aan de rechterkant van de weg.

'Wanneer komt de volgende grote kruising? Zo groot als deze. Met vier rijbanen?'

'Weet ik veel? Ergens voorbij het park daar.'

'Dat is te ver.'

De chauffeur keerde om en reed de Blumberger Damm op. Een vierbaansweg met een lange groenstrook in het midden die het onmogelijk maakte om direct vanuit een van de zijstraten de tegenovergestelde richting te nemen. Je moest eerst een stuk de Blumberger Damm af rijden om bij de eerstvolgende doorgang naar de tegenovergestelde richting te gaan. Zoals Georg in het busje gedaan had. Emma zag ook al vanuit welke zijstraat hij was gekomen: uit de Dingolfinger Straße.

Drie.

De taxichauffeur sloeg rechts af. Glad asfalt. Klopte. Hij volgde de straat tot het eind.

'Nu links.'

Twee.

Straatstenen.

De Walsheimer Straße.

De taxi reed langzaam verder. Geen woonhuizen, geen straatverlichting, alleen bedrijventerreinen, omheind met hekken en gaas. In de verte blafte een hond.

'Stop.'

Na vijftien seconden stapte ze uit. Ze liep voor de taxi langs en keek naar de bordjes bij de inritten. Geen vakantiehuisjes, geen Ceder Import bv. Een van de inritten was echter anders dan de andere. Op het bordje was een plastic documenthoes geplakt. Er zat alleen een visitekaartje in: Sabine Koff, Westerland & Koff. Bewindvoerders.

Een.

'Dat is dan 29,50.'

Emma haalde haar Heckler & Koch en haar identiteitsbewijs uit haar tas. De tas zelf liet ze op de achterbank liggen. Het identiteitsbewijs gaf ze aan de taxichauffeur. 'Bel de politie, en vraag naar Lutz Bogner van de recherche. Het gaat om die mummiemoorden. Ik heb versterking nodig.'

'Ja, alles goed en wel, jongedame. Maar hoe zit het met mijn geld?'

'Lutz Bogner, recherche. Mijn naam staat op dat pasje.'

'Lutz wie?'

Emma bleef rustig, zakelijk en onwrikbaar. Zoals het een politievrouw betaamde.

'Lutz Bogner. U krijgt uw geld zodra de politie hier is. Hoort u schoten, dan gaat u er gewoon vandoor.'

Emma begon over het hek te klimmen. Ze werd onmiddellijk duizelig. Toen ze erbovenop zat, moest ze even pauzeren. Toen ze zich naar links draaide om aan de andere kant af te dalen, kreeg ze nauwelijks nog lucht. Maar ze moest over dat ding heen. Het duurde een eeuwigheid voordat ze het voor elkaar had. Toen ze weer op de grond stond, ademde ze eerst langzaam en diep door. De chauffeur was uitgestapt en keek geamuseerd naar haar.

'Bellen,' fluisterde ze, terwijl ze overeind kwam.

Ze liet hem staan en liep verder.

Voorzichtig bewoog ze zich over het donkere terrein, langs een stapel hout, een kantoorgebouw van bonte containers, twee verdiepingen. Alles was donker. Ze liep verder. Daar, helemaal achteraan, een opslag, halfrond, golfplaten, zeker drie verdiepingen hoog, grote poort. Afgesloten.

Geen licht achter het enige raam. Verder ook niet. Het was inmiddels bijna halfzes. Ze liep om de hal heen. Haar blik sprong van schaduw naar schaduw, van de hal naar de containers, naar de ramen.

Verder naar achteren nog een kleine deur. Niet afgesloten. Slordig. Zonder de aanvoerster liet de discipline van de groep te wensen over.

Emma liep de donkere hal in. Geruisloos, pistool in de hand. Ontgrendeld. Ze wachtte. Na een paar seconden kon ze beter zien.

Voor haar: de grote binnenruimte, het hoge dak. Rechts vier of vijf manshoge stapels houten planken. De geur van schimmel, heel licht.

Ze herkende de geur.

Aan de andere kant een vorkheftruck, binnen voor de deur een paar auto's, een paar fietsen, een crèmekleurig busje. Ze herkende Georgs donkerblauwe Mercedes E-Klasse. Verder naar achteren was een steiger opgebouwd, tot aan het dak. Een trainingssteiger.

De vakantiehuisjes stonden tegen de achterwand.

Zeven stuks, allemaal verschillend. Heel aardig, eigenlijk. Een soort blokhutten. Ze stonden op houten pallets. Een van de huisjes stond op een dieplader klaar om over de snelweg naar de volgende beurs vervoerd te worden. Het huisje in het midden was ongeveer van de afmetingen van een gewoon woonhuis, met een verdieping en balkon. De andere waren kleiner. Twee ervan waren tuinhuisjes, het kleinste was waarschijnlijk als sauna bedoeld.

Ze waren allemaal donker.

Ze sloop langzaam langs de wand, zonder precies te kunnen zien waar ze liep.

Toen blafte de hond.

Ze hoorde hem aankomen. Nagels op de betonnen vloer. Snel, uit de richting van het grote huis. Ze richtte haar Heckler & Koch op het geblaf, zag hoe een woedende pitbull vanuit het donker op haar afstormde.

Ze haalde de trekker over.

Het geblaf werd plotseling gejank en verstomde. De hond botste tegen Emma's benen en bleef dood op haar voeten liggen.

In de vakantiehuisjes gingen de lichten aan.

86

Stemmen. Niet duidelijk waarvandaan.

'Hoorden jullie dat ook?'

'Wat was dat?'

Iemand floot naar de hond. Tevergeefs.

'Is dat de politie?'

'Georg! Haal Georg!'

Ze gingen zachter praten. Emma verstond ze niet meer.

In drie van de vakantiehuisjes brandde licht. Er ging een deur open, nog een. De gezinsleden verlieten de kleine blokhutten en verzamelden zich in het grote huis in het midden.

Hoeveel?

Corinn Sistig was dood. Bleven over de grote jongen, Friedemann Ronski; de gezette kinderleidster, Kathleen Miller. De magere man (Dirk?) en de kleine die altijd huilde – Lily? Vijf personen, inclusief Georg.

Recht voor haar: hout. In stapels en rijen. Hek- en wandelementen van verschillende afmetingen, deuren, kozijnen, deels in dikke folie verpakt, gesorteerd en opgestapeld, met smalle doorgangen ertussen. Daarachter de huisjes. Achter haar rug de deur naar buiten, die openstond. Ze kon nog altijd terug.

Op de tast liep ze naar voren, elke stap voorzichtig en langzaam. Met gestrekte armen, haar Heckler & Koch in de rechterhand.

Ze riep. 'Georg!'

Het werd stil. Het gemompel in het grote huis verstomde.

'Georg! Weten de anderen dat Corinn Sistig dood is?' Emma schreeuwde zo hard als ze kon, zodat iedereen het zou horen. Haar keel deed pijn. 'Ze is dood. De politie komt zo dadelijk. Jullie kunnen niet weg. Het heeft geen zin je te blijven verzetten.'

Stilte. Geen antwoord. Emma liep op de tast verder door het schemerlicht. Au. Een splinter.

'Georg? Praat met mij. Er hoeft niemand te sterven. We hebben maar een paar minuten.'

'Emma?'

Dat was Georg. Uit het grote huis.

'Kom naar buiten! Ik wil zien dat jullie ongewapend zijn.'

'Emma? Ik wist dat je het zou overleven! Je hebt het gered!'

Vanaf haar positie achter de bouwelementen kon Emma het grote huis beter zien. De ramen: rechthoeken van goudgeel licht.

Twee kleine ramen en in het midden een groot raam.

'Georg, doe het licht in de hal aan. Jullie gaan met z'n allen voor het huis staan, zodat ik jullie kan zien. Dan praten we. Akkoord?'

Plotseling gingen alle lichten in het grote huis uit. Alleen de ramen in de kleinere huizen bleven verlicht.

Er ging een deur open. Voetstappen.

'Georg? Georg, doe het licht in de hal aan. We moeten praten. Als je iets anders van plan bent, maak je een grote fout.'

'Ja, we praten. We doen het licht aan. Ik ben zo blij dat je er bent, Emma! Ook Corinn is heel blij. Emma, we zien elkaar zo meteen!'

Daarna geen woord en geen beweging meer.

Corinn is heel blij?

Tussen Emma en het grote huis stond nog een ander huisje, op pallets op de dieplader. Het was kleiner, en onverlicht. Donker en stil. Drie of vier metalen treden voor de deur. Langzaam liep Emma langs de trap.

Licht. Een zaklamp ging kort aan en uit. Niet direct voor haar, maar dichtbij. Dichterbij dan het grote huis. Iemand oriënteerde zich in het donker, op weg naar haar. Ze wilden haar komen halen.

Ze liet zich op haar knieën zakken en kroop voorzichtig onder het huis, onder de dieplader waar het op stond.

Voetstappen. Ze hield haar adem in, haar Heckler & Koch stevig in haar rechterhand. Daar waren ze, recht voor haar. Twee. Waarschijnlijk de grote jongen en de gezette vrouw. Ze liepen verder. Geruisloos, langzaam, om het kleine huis heen, waar Emma onder lag.

Ze haalde moeizaam adem, maakte te veel lawaai. Ze kon zich nauwelijks bewegen, zo krap was het onder de wagen. Een vlaag paniek liet haar hart bonken. Zwakte overviel haar, ze wilde zich alleen nog laten vallen, plat op de vloer, inslapen. Het zou zo makkelijk zijn. Het beetje beweging had haar volledig uitgeput. Plotseling was ze er helemaal niet zeker van waarom ze hier eigenlijk naartoe was gegaan. Zonder Lutz, zonder haar collega's. Had de taxichauffeur de politie eigenlijk wel gebeld? Hoelang zou het duren voordat ze kwamen? Wat wilde ze eigenlijk bereiken, in haar toestand?

Onder het huisje op de dieplader kon ze van alle kanten worden aangevallen, zodra iemand er met een zaklamp onder scheen. Achterwaarts kroop ze er weer onderuit, weg van de stemmen, tot ze voor de trap van het kleine huisje stond. Ze kwam kreunend overeind, voelde zich even duizelig, ging verder. Waarheen?

Voetstappen.

Ze trok zich aan de dieplader op, liep de vier treden omhoog, deed de deur van het huisje met haar linkerhand open, in de rechterhand nog steeds haar pistool. Snel dook ze het donker in, trok de deur zo zacht mogelijk achter zich dicht en liet zich uitgeput op de vloer zakken. Met de rug naar de deur.

Toen rook ze het.

Het stonk. Naar bloed en urine, naar zweet, angstzweet, naar verrotting. Ze kende de stank van bij Kottke. Het rook naar de afdeling pathologie. Naar lijken.

Emma kneep haar neus dicht, om te voorkomen dat ze moest kokhalzen. Ze probeerde in het donker iets te zien, maar kon niets onderscheiden.

Toen hoorde ze het.

Een stem. Zacht, krachteloos.

Iemand in de kamer huilde.

Een zacht, zwak gejammer, vol berusting. Het hield op. Een zacht gehijg, als van lucht die schoksgewijs uit een ventiel ontsnapt, daarna begon het weer. Nauwelijks hoorbaar.

Emma richtte haar Heckler & Koch op het gejammer. Ze hield het wapen met beide handen vast. Ze kon niets zien, geen contouren, geen beweging. Haar knieën werden slap. Het deed haar ergens aan denken. Het herinnerde haar aan haarzelf, besefte ze plotseling.

Buiten voor de deur hoorde ze niets. Op het zachte huilen daarbinnen na was alles stil.

Emma fluisterde. 'Ik ben van de politie. Wie bent u?' Ze siste.

'Bent u daar? Ik ben gewapend. Waar bent u?'

Het jammeren begon weer.

Emma stond op en deed een stap de duisternis in. Een tweede stap. Bij de derde stap botste ze tegen iemand aan. Ze sprong achteruit, wankelde tegen de deur, bleef ertegenaan geleund staan. Met haar linkerhand zocht ze de lichtschakelaar. Ze vond hem en deed zonder na te denken het licht aan.

Twee lijken.

Ze hingen aan het plafond. Naakt. Op hun smerige luiers na waren ze naakt. Ze hingen aan draden met daaraan haken die diep in hun huid boorden. Ze hingen er als opstijgende engelen, de borst als hoogste punt, schouders en hoofden naar achteren en naar beneden getrokken, alsof hun nek geen botten meer had. Ze waren slap en grauw, met op hun borstkas een spitse piramide van vlees die naar de hemel reikte. De benen blauw en opgezwollen, de hoofden wit, grauw, levenloos, hun ogen mat en donker.

Daar was hij. Lars Gohse.

Ze kromp in elkaar toen ze hem herkende. Zijn jeugdige lichaam was nu nog magerder en slap. Hij leek een blauwe rubberen bal in zijn mond te hebben. Het was geen rubberen bal, maar zijn tong.

Het tweede lijk was geen lijk.

Het was het meisje. Het schuchtere, huilende meisje.

'Lily?'

Ze was nauwelijks meer bij bewustzijn, maar huilde toch nog, een haperend, zacht gejammer, als het laatste restje levenswil van een gebroken ziel. Zo zou Emma ook geklonken hebben als ze haar niet kort voor die tijd hadden gevonden.

Iets klopte niet. Emma was negen of tien dagen geleden opgehangen. Corinn Sistig was de dag daarna omgekomen. Dit meisje kon hier niet al acht dagen hangen. Kennelijk was ze opgehangen nadat Sistig al dood was.

Dat was niet te verklaren. Sistig was dood, maar dat hield de groep niet tegen. Waarom niet?

Omdat Emma een fout had gemaakt.

Haar theorieën en gedachtegangen waren voldoende om de daders aan te wijzen en haar naar hun schuilplaats te leiden, maar onvoldoende om ze echt te begrijpen. Misschien kon niemand een seriemoordenaar begrijpen. Misschien zou zelfs een Emma Carow dat nooit kunnen.

Het was een fout geweest om met Georg te willen praten. Het was een fout geweest om hiernaartoe te komen, vooral alleen. Wat ze op de zolder niet voor elkaar hadden gekregen, zouden ze nu afmaken. Zij was het laatste slachtoffer dat ze nodig hadden. En ze was vrijwillig teruggekomen.

Waarom deed ze dat? Was ze ziek? Ze had alleen willen proberen om Georg tot rede te brengen. Vond ze het belangrijker om hem te redden dan zichzelf te redden? Ze had moeten weten dat ze hier niet meer levend uit zou komen.

Lily. Ze moest het meisje van haar haak bevrijden. Ze trok een stoel naar voren.

Er explodeerde iets. De wand trilde, het raam sprong aan diggelen. Een jachtgeweer. De eerste kogeltjes sloegen niet ver van Emma's hoofd in het plafond en de wand.

Ze hadden het licht gezien.

Emma viel in een bliksem van stekende pijn op de vloer – haar ribben. Ze stond direct weer op, rende naar de deur, deed het licht uit, zocht dekking, kroop langs de wand, weg van de deur, richtte haar pistool op het raam, en daarna, toen de schoten ophielden, op de deur.

87

Ze wrong zich onder de hangende lichamen door.

De bank onder het kapotte raam was haar doel. Ze trok zich eraan omhoog, negeerde de knerpende glasscherven onder haar knieen, hield haar hoofd zo laag mogelijk en richtte nog steeds met het pistool op de deur. Ze draaide iets opzij en riep door het raam: 'Georg! Hoor je mij?'

Geen antwoord.

'Friedemann Ronski! Kathleen Miller! Dirk! Georg! Corinn is dood! Het is voorbij, jullie kunnen niets meer voor haar doen, jullie kunnen haar niet meer volgen, jullie moeten nu aan jullie eigen leven denken.'

'Jij hebt er niets van begrepen!' Friedemann. 'Ze leeft, en ze wacht op ons!'

Emma probeerde iets anders. 'Begrijpen jullie het dan niet? Corinn heeft jullie bedrogen, gemanipuleerd!'

'Hou je smoel, slet!'

'Ze deed alsof ze van jullie hield, maar in werkelijkheid haatte ze jullie, omdat zij veel meer moest lijden dan jullie. Zij had alles voor jullie gedaan en ze had alles verloren, haar gezondheid, haar geluk, alles. En nu wilde ze zich wreken, zelfs na haar dood gebruikt ze jullie nog en drijft ze jullie de dood in. Maar jullie hoeven niet te sterven, jullie...'

'Je liegt! Ze wilde samen met ons sterven. En dat doet ze ook, zodra we hier klaar zijn, dan zijn we weer allemaal samen.' Friedemann.

'Zij wilde nooit met jullie sterven. Wie heeft jullie dat verteld? Georg? Heeft ze afscheid genomen? Anders zei ze toch altijd alles tegen jullie? Waarom nu dan niet? Omdat ze dood is. Heeft ze ooit iets geheimgehouden voor jullie? Deed ze dat?'

'Het is gelogen.' Friedemann. Maar hij was onzeker. 'Georg? Ze wilde toch samen met ons sterven? Dat heeft ze jou toch gezegd? Georg?'

Georg antwoordde niet.

Emma liet zich dieper in de bekleding van de bank zakken. Glassplinters vielen van de kussens op haar dijen. Ze had zich hees geschreeuwd. De kamer tolde. Ze was moe. Doodmoe. Waar bleven de anderen? Had de chauffeur nu opgebeld of niet? Was hij de naam van Lutz vergeten? Of was hij ervandoor gegaan nadat er geschoten was, zoals ze hem had gezegd? Verdomde taxichauffeurs van Berlijn.

Schoten. Twee kogels boorden zich in het plafond. Geklik. Iemand was door zijn munitie heen.

'We hangen je op, slet!' Dat was Kathleen. 'Je kunt zoveel onzin vertellen als je wilt, ik heb het toch nooit geloofd, ook Corinn en Georg niet. Helemaal niets, en jij slaat ook alleen onzin uit. Ik wil alleen maar dat je doodgaat, omdat je een verdomde, smerige slet bent, net als die andere blonde kutwijven. Ik kom nu naar binnen en ik schiet je overhoop, stuk verdriet.'

De houten wand achter Emma's rug vibreerde en het plafond boven haar hoofd versplinterde en trilde toen de kogeltjes uit het jachtgeweer erin insloegen.

Emma zakte dieper in de bank. Haar handen trilden. Ze richtte haar pistool afwisselend op het raam en de deur.

Ze had hen volledig onderschat. Ze was er zeker van geweest dat de groep zonder de leidster hulpeloos zou zijn. Maar hun strijdlust was ongebroken. Er was haar iets ontgaan.

Kathleen herhaalde: 'Ik kom nu binnen!' Maar de deur ging niet open. Nog niet. Kathleen wachtte. Waarop?

Emma richtte op de deur.

Voordat Kathleen iets kon doen, kwam het bevel: 'Stop!'

Georg.

'Blijf gewoon staan.'

Daarna tegen Emma: 'Ben je daarom hier gekomen? Om me dat te vertellen?'

'Daarom ben ik hier. Ze heeft je alleen maar gebruikt.'

'Ben je gekomen om met mij te praten?'

'Ja, Georg. Jullie moeten nu verstandig zijn. Het hoeft niet met de dood te eindigen.'

Georg zei niets. Emma wachtte af, haar pistool nog steeds op de deur gericht.

Toen: 'Friedemann, Kathleen. Kom naar de huiskamer.'

Voetstappen die zich verwijderden. 'Emma, jij ook. Kom naar de woonkamer. We praten nu. Allemaal, als een gezin.'

Daarna was het stil buiten voor het kapotgeschoten raam. Geen stemmen, geen voetstappen. Emma zag ook geen beweging meer. Voorzichtig kwam ze overeind, liep naar de deur en deed het licht aan. Ze wachtte.

Geen schoten, geen geschreeuw. Geen valstrik. Absolute stilte.

Achter haar hing het meisje aan de twee haken die door haar borst waren geboord. Ze begreep het systeem nu: voor buitenstaanders ducttape, voor gezinsleden het ritueel van de Mandanindianen. Zoals vroeger, thuis.

Ze trok de stoel weer dichterbij, ging erop staan en bestudeerde de haken en de draden beter. Ze moest het meisje bevrijden. Maar hoe? Ze had geen gereedschap.

Pas toen ze daar stond, besefte ze waarom het zo stil was geworden. Het jammeren was opgehouden.

'Lily?'

Ze hield haar oor voor de droge lippen. Ze hoorde niets, voelde niets. Er kwam geen geluid meer uit de mond. En geen adem. Alleen nog een laatste restje warmte.

Had ze alles fout gedaan? Waar bleef Lutz? Zij stond een beetje met moordenaars te discussiëren en het meisje dat vlak daarvoor nog leefde, stierf waar ze bij was. Had ze haar kunnen redden als ze Lutz direct hiernaartoe had gestuurd? Maar nee, zij moest zo nodig alleen gaan omdat ze met Georg wilde praten. Hij was een dader, geen slachtoffer, ze moest hem arresteren, niet redden. Wat deed ze hier, en wat stelde ze zich daarbij voor?

Ze stootte de deur open.

'Georg. Georg!'

'Ik ben hier. We wachten op je.'

'Ik kom.'

88

Het grote huis was helder verlicht, de voordeur stond wijd open. Emma stond in de deuropening, met haar rug naar de hal, en keek recht de woonkamer in. Geen halletje.

Ze kende de kamer. De grote, te dik beklede grijze bank aan de andere kant, het smakeloze wandmeubel met de vele glazen deuren en schuifladen, de verzameling hebbedingetjes. De grote eetkamertafel. Daarachter, nu in de hoek geschoven, de piano waarop ze had moeten spelen. Het goedkope Perzische tapijt waarboven ze gebungeld had.

En in de plafondbalk boven haar hoofd de grote haak. Die had ze toen niet gezien.

De drie mensen aan de tafel wachtten ongeduldig tot Emma voorzichtig binnenkwam, haar Heckler & Koch in beide handen voor zich uitgestrekt. Ze zaten roerloos op hun plaatsen: Georg aan het hoofd van de tafel, Friedemann rechts van hem, Kathleen links. Een triumviraat. Hun handen op schoot. Waar was die Dirk? Was hij ook al dood?

Op de eettafel voor hen lagen een lange koperen buis, een water- of verwarmingsbuis waarschijnlijk, een pistool en een oud jachtgeweer. Het pistool: een 9 mm Glock. Het jachtgeweer: dubbelloops, geen Duits fabricaat, waarschijnlijk een Browning. Daarnaast een paar halflege limonadeflessen.

In de wand achter Georg zag ze twee deuren. De rechter stond open, het licht was aan, een voorraadkamer, kennelijk leeg. De linkerdeur zat dicht.

Emma stond aan de andere kant van de eettafel, haar wapen op Georgs borst gericht.

'Waar is die ander?'

'Dirk houdt de wacht.' Georg was de rust zelve. 'Maak je geen zorgen, hij verlaat zijn post niet. Hoeveel tijd hebben we? Om te praten?'

'Een paar minuten,' zei Emma. 'Op zijn hoogst.'

'Ik geloof wel dat er versterking komt.' Hij glimlachte. 'Maar ik denk ook dat jij je een voorsprong hebt gepermitteerd.'

'Leg jullie handen op de tafel. Waar ik ze kan zien.'

Niemand bewoog.

'Handen op tafel!'

Elke ademtocht brandde in haar keel. Deze mensen waren verantwoordelijk voor haar pijn. Ze moest haar best doen om niet te trillen.

'Doe wat ze zegt,' zei Georg. Friedemann en Kathleen legden hun handen op het tafelblad. Georg niet. 'Waarover wil je praten?'

'Jij ook,' zei Emma.

'Tjonge, je bent ook echt een meid, hè. Je moet altijd alles uitpraten. Je moet altijd weten waarom. Waarom heeft hij mij verlaten? Waarom heeft hij dit gezegd, dat gedaan, waarom wilde hij me doden?' De spot in zijn stem. 'Een man had me allang neergeschoten. Ongeacht waarom ik hem wilde vermoorden, uiteindelijk telt alleen het overleven. Maar jij? Jij moet vragen stellen. Meisjes.'

Emma wist dat het bespottelijk was. Ze had hem er niet voor nodig om haar dat te vertellen. Maar toch. 'Waarom ik? Ik pas toch helemaal niet in jullie schema?'

'Schema? Jij hebt echt over ons nagedacht, hè? Heb je echt een profiel over ons geschreven? Ik hoop dat we er een beetje goed van afgekomen zijn. *De dader is groot en aantrekkelijk, draagt een pak en das.*'

'Geef antwoord op de vraag.'

'Jij past heel goed in ons schema, lieve Emma. Dat voelde ik al onder de brug, nog voordat ik de details kende. Eigenlijk dacht ik toen dat we gewoon samen een biertje zouden drinken en ik je een beetje zou uitvragen. Maar ik merkte onmiddellijk dat je er een van ons bent.' Hij praatte nu sneller, leunde voorover, werd driftiger. Hij praatte over iets wat hij begreep. Wat hij voelde. 'Friedemann en Kathleen hier, die hebben hetzelfde probleem als jij. Ze hebben nooit geleerd om zich te gedragen zoals de maatschappij dat verwacht. Ze staan vlak voor het leven, het ligt voor het grijpen, maar toch zijn ze buitengesloten. Net als jij, Emma. Jij ziet de normale mensen met hun kleine probleempjes, hun erbarmelijke opvattinkjes en hun zorgen om hun leuke kinderen, en je begrijpt niet waarom jij dat alles ook niet kunt hebben. Nooit ofte nimmer. Je grijpt ernaar, je probeert het te pakken te krijgen, maar je kunt het niet. Je bent als een geest, alles glipt je door de vingers. Bij ons heeft onze vader daarvoor gezorgd, bij jou kwam het pas later, toen je negentien was, als ik me niet vergis. Daarom hoor je bij ons, lieve Emma, en moest jij ook hangen, net als wij. Ook jij bent onze zuster.'

Er bewoog niets. Alleen Emma's handen. Ze trilde plotseling. 'Dat kon je niet weten. Dat ik ooit verkracht werd. Ik heb het niemand verteld.'

'Je hebt me Uwe genoemd.'

Haar adem stokte en haar handen trilden ongecontroleerd. Ze voelde hoe de zwakte zich door haar hele lichaam verspreidde.

'In bed. Tot twee keer toe. Ik heb die naam gegoogeld. Er zijn heel veel Uwes in Berlijn, maar er was er maar één die de krantenkoppen haalde. Hij heeft een boek geschreven over zichzelf en zijn verkrachtingsslachtoffer, zijn favoriete slachtoffer, moeten we zeggen, een vrouw die tegenwoordig bij de Berlijnse politie werkt. Dat boek, tja, dat maakte je heel interessant.'

Ze had hier niet naartoe moeten gaan. Ze had hier nooit van haar leven naartoe moeten gaan.

'Ik ben van gedachte veranderd. Ik wil niet meer praten. Leg je handen op tafel.'

Georg bewoog niet. 'Zoals hij jou heeft beschreven, Emma... Dat boek is een grote liefdesverklaring. Als ik eerlijk ben, was ik jaloers. Meer dan een beetje.'

'Handen op tafel!'

Georg hief zijn linkerhand, waarin hij een zaklamp hield. Hij legde hem op tafel. 'Zo dadelijk.'

Emma dacht dat hij het tegen haar had.

Dat was niet zo.

'Zo dadelijk,' was geen antwoord op haar bevel. Hij sprak tegen Kathleen en Friedemann. Emma zag dat de twee zich schrap zetten, maar ze wist niet waarvoor. Friedemann leunde voorover, Kathleens blik sprong heen en weer. Het was een signaal. Het eerste. Maar Emma begreep het pas toen het tweede signaal kwam.

'Ook de andere hand,' zei ze.

Toen kwam het tweede signaal. Georg fluisterde: 'Nu.'

89

Friedemann sprong als eerste.

Uit de stoel, om de tafel heen, de koperen buis in zijn hand. Hij was verrassend snel, zo snel dat Emma, toen ze haar pistool op hem richtte, niet in de gaten had dat Kathleen het dubbelloopsjachtgeweer van de tafel had gepakt.

Friedemann haalde uit en sloeg het pistool uit haar hand. Dat was hij althans van plan. Maar Emma liet zich met het wapen stevig in haar hand naast de tafel op de vloer vallen, ze liet niet los, ook al brandden haar handen als vuur. Ze gilde, hij ook, woedend, omdat het hem niet gelukt was. Emma wierp zich opzij en beschermde haar hoofd. Ze rolde weg op het moment dat Friedemann op haar afsprong en Kathleen schoot. Het jachtgeweer daverde als een donderslag en Emma zag hoe het schroot de jongen in de lucht kapotscheurde. Zijn schouder en zijn hoofd waren alleen nog een rode massa toen hij over haar heen vloog en tegen de wand knalde.

Iemand gilde. Kathleen. Ze had er niet op gerekend dat Friedemann in de weg zou staan. Dat was de bedoeling niet geweest. Misschien had ze alleen het bevel opgevolgd: *Als ik 'nu' zeg, pak je het jachtgeweer en schiet je.*

Emma's ribben stonden in brand. De dreun van de val. Ze lag op de vloer en kon zich niet meer bewegen, voelde haar handen niet meer, die Friedemann had geraakt. Haar Heckler & Koch gleed uit haar vingers.

Kathleen rees naast haar op.

Ongelovig. Als verdoofd. Emma zag haar van verdriet vertrokken gezicht en hoorde dat Georg brulde, een of ander bevel. Het volgende moment kon de vrouw zich weer concentreren. Ze zette het geweer tegen haar schouder en richtte op Emma's hoofd.

Emma kon zich niet bewegen. Van pijn, van schaamte, in het bewustzijn dat ze hier nooit naartoe had moeten gaan.

Kathleen haalde de trekker over.

De tweede loop was leeg. Ze had het geweer buiten al een keer gebruikt. Verward keek ze ernaar, en besloot onmiddellijk het om te draaien en als slagwapen te gebruiken. Emma rolde opzij, haar ribben kraakten, ze reikte naar haar pistool, greep het vast, dwong zich haar vinger te krommen, rolde weer op haar rug en schoot één keer.

Verbazing op het gezicht van Kathleen. Ze keek naar haar schouder, waar haar jas een groot gat had. Haar vingers konden het geweer niet meer vasthouden, ze liet het vallen, bleef staan, klemde haar andere hand om haar schouder en besefte dat ze alles verknoeid had. Ze wist niet meer wat ze moest doen.

Emma richtte haar Heckler & Koch op Georg.

Hij stond schuin achter Kathleen, met de Glock in zijn rechterhand. Hij richtte op Kathleens hoofd.

De vrouw verstarde. Alsof ze een bevel verwachtte. Of een uitbrander. Zijn pistool tegen haar hoofd. Georg pakte haar hand. Haar rechterhand, die ze niet meer zelf op kon tillen, en leidde die naar het pistool. Hij boog haar hand om de greep, zette de wijsvinger op de trekker. Liet zijn eigen hand zakken.

Kathleen hield nu de Glock tegen haar eigen slaap.

'Je hebt het niet gered,' fluisterde Georg in haar oor. 'We hebben het geen van allen gered, en misschien moest dat ook zo zijn; Wakan heeft ons altijd gezegd dat we het niet zouden redden, en nu moeten we er een punt achter zetten. Vanavond, voordat de politie komt, moeten we allemaal weg zijn. De tijd is te kort, ik kan je niet meer ophangen, maar dat hoeft ook niet meer.'

'Georg?' Emma probeerde hem te onderbreken, Kathleens aandacht te trekken. Het viel haar moeilijk om te richten. Ze beefde nu over haar hele lichaam. 'Georg? Wat doe je? Hou op!'

'Ik weet dat je het nooit hebt geloofd, vanaf het begin al niet, en ook onze vader wist dat. Zelfs Corinn heb je nooit geloofd. Het is niet erg. Je bent niettemin net als wij, wij zijn niettemin net als jij, de rest is onbelangrijk.' Zijn gefluister klonk zwaar en laag, als een liefkozing. 'Jij beseft alleen beter dan wij allemaal dat we waardeloos zijn, dat jij waardeloos bent, dat je hele leven waardeloos is. Niemand hier wil jou, het heeft geen zin, dat heeft Corinn gezegd. Dat waren haar laatste woorden. Het is tijd om te gaan.'

'Kathleen! Hij liegt! Luister naar mij, Kathleen, niet naar hem...'

Kathleen had tranen in haar ogen.

Ze haalde de trekker over. De kogel perste een rode wolk uit de andere kant van haar hoofd en ze zakte in elkaar. Verrassend zacht viel ze op de grond.

Emma verstarde.

Georg bukte zich en pakte de Glock weer op. Emma was niet snel genoeg om het te verhinderen.

Hij stond naast haar, zijn rechterarm langs zijn zij, het op de vloer gerichte pistool losjes in zijn hand.

Emma hield haar pistool met beide handen vast en richtte op zijn borst. Ze schokte van de stuiptrekkingen, maar probeerde rustig te blijven. Het lukte niet.

'Laat je wapen vallen, Georg.'

Hoorde hij haar niet? Zag hij niet dat ze haar pistool op hem had gericht? Hij hoefde alleen zijn vingers te openen. Het maakte hem niet uit.

'Zodra dat pistool van jou omhoogkomt, haal ik de trekker over. Hoor je me? Laat vallen.'

Pas nu zag ze het verdriet op zijn gezicht.

Het was alsof er een andere man voor haar stond. Een man zonder grote mond, het jongetje, het kind dat hangen moest, kwetsbaar en gekwetst, keer op keer. Ze zag de man die niet wist wat hij met zijn leven moest aanvangen, die alleen herhaalde wat hem werd aangedaan. Voor het eerst zag ze hem voor zich, de ware Georg. Dit was het moment waarvoor ze was gekomen.

'Kun je me helpen?' vroeg hij.

Hij had tranen in zijn ogen.

'Georg, doe dat pistool weg.'

'De Wakan, de anderen, ze hebben me steeds doorgegeven, begrijp je? Toen hij eindelijk dood was, dacht ik dat ik vrij zou zijn. Maar toen begon Corinn me te chanteren. Ik moest alles doen wat ze zei. Ik moest mensen doden. Ik moest mijn broers en zussen verraden.'

'Laat je pistool vallen, Georg.'

'Nu ben ik ze eindelijk kwijt, maar wat is er veranderd?' Hij haalde zijn schouders op. 'De leegte blijft. Dat ken jij toch ook? Weet je, ik wilde je nooit offeren, ik vond het niet goed zoals ze met je omsprong. Ik wilde verliefd worden. Jij was... anders. Corinn... Eerst zei ze dat ik met jou moest aanpappen, daarna werd ze jaloers. Ze was net als mijn vader, wilde alleen maar bepalen, alleen maar bevelen uitdelen.'

'Je pistool, Georg.'

Hij praatte verder alsof hij haar niet had gehoord. Nonchalant hief hij de hand met de Glock, alsof hij zijn woorden kracht wilde bijzetten.

'Ik wil alleen maar van dit leven af, Emma. Kun je me helpen?'

Ze dacht na. Ze dacht na over Georg.

Ze dacht aan de nacht waarin hij haar op haar eigen zolder had opgehangen.

Er was toen iets gebeurd. Helemaal in het begin. Nog hier in de hal, of voor de poort. Ze lag al in het busje, en buiten maakten de gezinsleden ruzie. Twee wilden ermee ophouden, waarschijnlijk die magere en het meisje dat nu dood naast Lars Gohse hing. 'We hebben er al zoveel geofferd. Misschien kunnen we haar redden.'

Toen greep Corinn in. Ze dreigde het gezin te verlaten als ze niet deden wat ze zei. Ze bracht ze allemaal terug in het gareel. 'Een gezin is niets voor watjes. Wil je het niet? Ga dan, nu onmiddellijk.' Dat waren haar woorden. De woorden van een leider. Maar het initiatief was niet van haar uitgegaan. Georg had de trefwoorden geleverd. Corinn had geaarzeld, en toen greep hij in. 'Betekent het dan niets, wat Corinn voor jullie heeft gedaan?' Pas daarna had ze haar toespraak gehouden. Ze had gewacht op wat hij zou doen.

Hij was het. Niet Corinn. Hij was de hoofddader. Het was zijn plan. Zijn fantasie. Zijn moordlust.

Diep vanbinnen kromp Emma in elkaar. 'Jij bent het, Georg.'

Zijn hand met het pistool aarzelde even.

'Jij hebt haar alleen naar voren geschoven. Corinn. Ze hield van je, toch? En dus heb je haar gebruikt. Je had haar nodig om de anderen te manipuleren. Ze waren bang voor jou, maar Corinn... Corinn vertrouwden ze blindelings. Ze zouden alles voor haar hebben gedaan. Maar niet voor jou. Waarom?'

Hij staarde haar alleen maar aan.

'Corinn had zich al als kind voor jullie ingezet, is het niet? Ze had zelfs jullie straffen op zich genomen. Maar jij... jij niet. Wat heb jij gedaan? Heb je haar verraden? Heeft je vader iedereen misbruikt, behalve jou? Waarom vertrouwden de anderen jou niet?'

Zijn gezicht was van steen geworden. Leeg. Gewoon alleen leeg. Langzaam verscheen er een grijns. Cynisch, vertrokken. Als een wond in zijn gezicht. 'Waarom zou hij mij misbruiken?' Bijna gefluisterd. 'Hij had mij nodig om de anderen gewillig te maken.'

Plotseling begreep ze het verhaal dat Georg haar in bed had verteld: 'Jij hebt je vader vermoord. Er was helemaal geen grotere broer.'

'Moord?' Georg lachte. Arrogant en nerveus tegelijkertijd. 'Ik moord niet. Ik help anderen hun lot te vervullen. Mijn vader moest sterven omdat hij onze zus had verlamd. Dat wist hij ook, diep in zijn hart. Iedereen wist het. Ik moest flink op hem inpraten, maar uiteindelijk zag hij het in. Hij wilde er zelf voor gestraft worden. Het waren zijn eigen regels.'

'Je leeft volgens zijn regels.' Emma kon het niet begrijpen. 'Nog altijd.'

'Emma, jij noemt jezelf een profiler, maar je weet niets van mensen. Wanneer je iemand wilt doden, moet je hem respecteren, onvoorwaardelijk accepteren, en dan moet je hem geven wat hij nodig heeft. Pas dan staat hij je toe hem te vernietigen.' Zijn hand met het pistool hing losjes naar beneden, wiebelde licht heen en weer, nerveus, doelloos.

'Je broers en zussen heb je niets gegeven, je hebt hun alles afgenomen.'

'Integendeel. Ik heb hun de macht teruggegeven die ze altijd wilden hebben. Het beviel ze. Ze wilden iedereen daarbuiten doden, iedereen als het mogelijk was, ze zouden nooit zijn opgehouden.'

'Dat geloof ik niet. Jij hebt slachtoffers uitgezocht die zoals jullie waren,' antwoordde Emma. 'Mensen die al genoeg geleden hadden in hun leven. Waarom?'

'Omdat ze wilden sterven. Al die mensen wilden hun hele leven al sterven, maar ze hadden er het lef niet voor.'

'Net als jullie,' zei Emma. 'Als jij.' Hij haalde zijn schouders op, en hief zijn arm daarbij. Zoals je dat doet. Ze keek hem niet meer aan, hield alleen zijn pistool in de gaten. Waar richtte hij het op? Op haar? Op zichzelf?

'Weet je wat jij bent, Georg? Je vader. Je bent je vader geworden. Die zucht om je broers en zussen dingen te laten doen die ze niet willen, die ellendige kwellerij – dat heb je van hem geleerd, je hebt geen eigen leven geleid, je hebt alleen het zijne herhaald, nee, je hebt het zelfs nog beter gedaan dan hij.'

Ze zag hoe zijn vingers zich om het wapen spanden. De knokkels werden wit. 'Zeg dat niet. Zeg dat nooit meer.'

Ze had hem willen redden. Daarom was ze hier. Dat begreep ze nu. De onschuldige jongen in de schuldige man vinden, met hem praten, hem verlossen. Nu begreep ze dat er geen onschuldige jongen meer was. Er was geen redding mogelijk.

'Wapen weg, Georg.'

Zijn arm bewoog. Emma haalde de trekker over, kort voordat hij zijn pistool helemaal had geheven.

Eén kogel. Meer was niet nodig. Ze richtte exact.

Toen alles voorbij was, wilde ze haar Heckler & Koch neerleggen, maar het lukte niet. Ze moest de vingers van haar rechterhand met die van haar linkerhand openen. Pas na een paar pogingen lukte het haar overeind te komen.

Georg lag op zijn rug. Op zijn hemd niet meer dan een kleine, donkere vlek. Zijn pistool lag naast hem. Hij verroerde zich niet, zei niets, zijn adem reutelde. Snel, heel snel, zou zijn adem stoppen.

Emma boog zich over hem heen en zag de pure angst in zijn ogen. Angst voor de dood waaraan hij zoveel levens had geofferd. Voor niets. Ze hield zich voor dat wat ze daar zag niets anders was dan zelfmedelijden, maar ze wist dat het voor hem puur lijden was. Ze hurkte naast hem neer, pakte zijn schokkende hand, kneep erin. De hand werd stil.

Alles werd stil.

Er kraakte een deur.

'Is het voorbij?'

Emma draaide zich met een ruk om, haar wapen weer in de hand. Achter haar de magere. Dirk. Hij stond in de deuropening. De deur was tot dan toe gesloten geweest. Hij reageerde niet, stond daar alleen maar.

'Ja,' zei ze.

'En Corinn?'

'Ze is dood.'

Dirk hield een revolver in zijn hand, een .35 Smith & Wesson waarschijnlijk. Maar die hing slap naar beneden. De magere man keek naar Georg, de dode Georg. Daarna ging zijn blik naar Kathleen en Friedemann.

'Ben ik de laatste?'

Emma knikte langzaam. 'Heb je bevel mij dood te schieten als alles misgaat?'

'Nee.' Hij schudde zijn hoofd, vermeed haar blik. 'Zij daar. Die moet ik doodschieten.'

Emma wist niet wie 'Zij daar' was.

'En jezelf ook?'

'Ja.'

'Omdat Georg het heeft gezegd?'

'Corinn. Georg... Zij heeft het Georg gezegd.'

'Je laat je revolver nu vallen,' beval Emma uitgeput en op politietoon. 'Je gaat helemaal niemand doodschieten.'

Dirk keek van Georg naar Kathleen, naar Friedemann, naar Emma. Hij liet het wapen op de grond vallen en schuifelde onzeker naar de naastgelegen kamer.

Ergens van buiten hoorde Emma geluid. Een geluid dat aanzwol als een aardbeving die naderbij kwam. Oorverdovend. Een helikopter. Speciale eenheden dus.

Een voor een pakte ze de Glock, het jachtgeweer en de .35-revolver, maakte de magazijnen leeg en legde ze opzij. Daarna pakte ze haar eigen Heckler & Koch op en sjouwde achter Dirk aan.

In de kamer stond een bed. Dirk lag er al in. Toen ze binnenkwam, rolde hij op zijn zij, met zijn rug naar haar toe, en trok de deken over zijn hoofd.

In de andere hoek van de kamer stond iets. Nee, er hing iets. Aan een haak aan het plafond.

Een zilveren cocon.

Het laatste slachtoffer. Vervanging voor Emma, omdat ze ontkomen was. Natuurlijk. Zonder deze laatste dochter zouden de drie dode gezinnen van Georg niet compleet zijn. Pas daarna kon de zelfvernietiging beginnen.

Emma trok het nachtkastje van het bed naar voren en klom er moeizaam op.

De vrouw had bruine ogen. Ze waren opengesperd.

'Politie,' zei Emma. Ze was te moe om haar identiteitsbewijs te laten zien. Had ze dat eigenlijk bij zich? 'De collega's komen snel. Er zal u niets overkomen. Ze kunnen u niets meer doen.'

Ze hoorde alleen een dof gejammer, maar wist dat de vrouw onder de ducttape schreeuwde. Wild en in paniek. Uit het diepst van haar wezen, oorverdovend geschreeuw, dat echter door de tape en de lap werd gesmoord, zodat er nauwelijks geluid naar buiten kwam.

Emma trok de zilveren tape van haar lippen en haalde de lap uit haar mond, zodat ze echt kon schreeuwen.

90

Emily lag in Emma's armen, haar hoofd op de borst van haar tante genesteld, haar kleine lichaam als een stookoven onder de dunne gewollen deken in haar tantes bed. Zo nu en dan was er een zacht gesnurk te horen.

Ze waren naar de speeltuin geweest. Eventjes maar, want Emma raakte nog snel uitgeput. Toch hadden ze naderhand nog zoals het hoorde groentedöner gegeten op de Potsdamer Straße, uit de hand, vet en met veel saus, alle drie de sauzen tegelijk: kruiden, knoflook en scherp – anders zou het niet compleet zijn geweest. Daarna moest Emma thuis met Emily verstoppertje spelen en ten slotte voor de tiende keer *Prinses Lillyfee* kijken. Haar moeder zou haar de volgende ochtend na het ontbijt weer ophalen.

Nog lang nadat het meisje was ingeslapen, bleef Emma bij haar in bed liggen. Het was alsof de kleine Emma daar lag, zeker en vol vertrouwen, in de wetenschap dat de volgende ochtend licht, mooi, zonnig en goed zou zijn. Pas toen haar arm al bijna sliep, maakte ze zich los uit Emily's omarming en sloop ze op haar tenen naar de woonkamer.

Ze ruimde het speelgoed op, nam een biertje, draaide het geluid van de televisie zacht en nestelde zich op de bank.

Mijn zoon Helen. Der Alte. Let's Dance. Ik ga verhuizen. De smeris van Tölz.

Het was lang geleden dat ze zich in haar eigen woonkamer zo goed had gevoeld. Alles was licht. Ze had nieuwe lampen gekocht. En in het kastje onder het raam ontbrak het boek. Het lag nu bij Sarah. Ze zou het doorkijken en mogelijke inbreuken op Emma's privésfeer markeren. Die zou Emma dan verder bekijken – vermoedelijk met haar therapeute, mevrouw Klee – en ermee naar een advocaat stappen.

Laatst gezien in Berlijn. Kanker – waar gaat het onderzoek naartoe? Camilla Läckberg. De boomhutspecialisten. Stropers op het spoor.

Zelfs over het interne onderzoek maakte Emma zich geen zorgen. Het forensisch onderzoek had aangetoond dat Georg met een pistool voor haar stond, toen ze op hem had geschoten. De rest was van minder belang: dat ze alleen naar de opslaghal was gegaan, in plaats van Lutz in te lichten, was nog het grootste probleem. Maar haar vakbondsadvocaat argumenteerde dat ze onder invloed stond van medicatie en extreme stress, nadat ze een week in de macht van de daders was geweest. Haar baan zou ze houden. Haar privéonderzoekjes in de databanken kwamen niet meer ter sprake: Felix en Lutz hadden er hun mond over gehouden.

Polizeiruf 110. Het dorp van de stilte. Edel & Starck.

De andere baan was ze echter kwijt. De baan die ze zo absoluut had nagestreefd. Felix had zich er al op verheugd dat hij de aangewezen persoon zou zijn, en ze nam het hem niet eens kwalijk. Des te verrassender was het dat Sigmar als opvolger van Brennemann werd aangewezen. 'Jullie hebben je allebei helaas te bezopen gedragen,' was Brennemanns enige commentaar geweest.

Kaya's week. Switch Reloaded. Kölner Treff. 3 nach 9. Nachtcafé. Riverboat.

Het zij zo. Emma was tevreden. Voor het eerst... voor het eerst sinds lang, heel lang. Daarom zapte ze ook niet verder toen ze op de televisie het gezicht van Uwe Marquardt zag verschijnen.

Had ze misschien wel moeten doen.

Hij zat in een talkshow met een presentatrice die laaiend enthousiast reageerde op zijn opmerking over respect voor vrouwen. Hoe een echte man een vrouw nooit zoiets zou aandoen als hij toentertijd had gedaan. Welke problemen hij vroeger had, die hem ertoe hadden gedreven.

En hoe de ervaring hem had veranderd!

In de gevangenis was hij met zichzelf geconfronteerd. Moest hij erkennen welke afgronden er in hem zaten, in ieder van ons. In wezen was hij zijn slachtoffer tegenwoordig dankbaar. Door haar had hij kunnen veranderen. Door haar had hij ervaren dat vrouwen in wezen de betere mensensoort zijn. Vooral omdat ze na deze ervaring zo dapper was geweest om het hem te vergeven – hoewel hij het zichzelf nog niet eens kon vergeven.

Vergeven? Had hij gezegd dat ze het hem had vergeven?

Emma keek verbluft naar het scherm. Naar dat glimlachende gezicht. Die gladde, warme stem die zo geloofwaardig over de belangrijkste dingen van het leven keuvelde. Zelfkennis. Tolerantie. Gelijkheid. Vergeving.

Hij keek in de camera. Ze keek hem recht in de ogen.

'Sommige mensen zijn door een onzichtbare band met elkaar verbonden, zonder dat ze het merken. Ook mensen die de ander iets aandoen wat ze later berouwen. Het heeft lang geduurd voordat ik het wilde erkennen, maar mijn slachtoffer en ik, we hebben zo'n soort relatie die boven het lichamelijke uitstijgt. Ook al zien we elkaar nooit meer, door deze afschuwelijke daad zijn we door de ruimte en de tijd heen met elkaar verbonden. Ze zal voor altijd een deel van mij zijn.'

Had hij nu net 'door de ruimte en de tijd heen met elkaar verbonden' gezegd? Wat had hij net gezegd? 'Ze zal voor altijd een deel van mij zijn'?

Dat had hij toch al eens eerder gezegd? Precies dezelfde woorden. Emma greep naar haar hoofd. Hoofdpijn. Plotselinge, brandende hoofdpijn.

Precies dezelfde woorden.

Op de zolder. Daar had hij het gezegd.

Maar dat was toch een hallucinatie geweest? Hoe kon hij nu op televisie haar hallucinatie citeren? Ze kneep in haar arm.

Er was maar één verklaring mogelijk. Het was geen hallucinatie geweest.

Hij had haar daar opgezocht.

Ze herinnerde zich zijn telefoontje: 'Hij jaagt je van vakantiehuis naar vakantiehuis.' Uwe had geweten waar de opslaghal van Georg was. Omdat hij niet alleen Emma, maar ook Georg was gevolgd. Maar één ding was haar tot nu toe niet duidelijk geweest, en dat was als een klap in haar gezicht: hij moest haar ook zijn gevolgd op de avond dat ze werd ontvoerd. Hij had alles gezien. Hij was achter het busje aan gereden naar de opslaghal en later vanaf de hal naar de Dennewitzstraße. Zonder iets te doen. En niet alleen dat. Die hufter had haar zelfs op de zolder opgezocht en toegekeken hoe zij stierf.

Het was geen hallucinatie geweest.

Ze voelde hoe een koude, zwarte vuist zich om haar hart sloot. Ze was weer terug bij af.

'Nee,' zei ze. Ze stond abrupt op, het bierflesje viel op het tapijt. 'Nee, nee, nee.'

Ze kreeg een idee.

Ze was niet hulpeloos.

Integendeel. Plotseling zag ze welke macht ze hem over haar had gegeven door al die jaren te zwijgen. Vrijwillig. Zonder zich te verzetten. Dat hoefde ze niet meer. Die macht kon ze hem ontnemen. En dat was precies wat ze ging doen. Het was eenvoudiger dan ze had gedacht.

Er was iets veranderd. Ze had overleefd. Ze was niet meer het meisje dat in de verkeerde auto stapte. Ze was de vrouw die niets meer te verliezen had. De tijd van het zich verstoppen en de tijd van de angst waren voorbij, voor altijd.

Ze ging voor de televisie staan en zette het geluid uit. Close-up van Uwe Marquardt.

'Jij bent dus nog niet klaar met mij?' zei ze. Hardop. Alsof hij haar kon horen. Waarom eigenlijk niet?

Ze pakte de telefoon. Toetste een nummer in. Vroeg een nummer op. Toetste opnieuw een nummer in. Vroeg weer een ander nummer op. Toetste nog eens een nummer in. Identificeerde zich als politievrouw. Liet zich doorverbinden.

Ondertussen praatte Uwe gewoon door. Zonder geluid. Ze zag hoe de woorden zich op zijn lippen vormden: vergeving. Relatie.

Eindelijk kwam ze erdoor.

Er werd een beetje heen en weer gepraat. Toen zag ze dat de presentatrice – hoe heette ze ook weer? Iets met Bülow? – het gesprek onderbrak, naar haar oor greep en luisterde. Haar blik werd vaag en de anderen in de studio merkten dat ze niet meer aanwezig was. Ze hielden hun mond. Vervolgens keek ze in de camera, alsof ze daar Emma's gezicht kon zien. 'Ja, ik... natuurlijk... maar dat kan iedereen.... Kan ze bewijzen wie ze is?'

Een of andere redacteur in de studio fluisterde de presentatrice iets in het oor.

Ze draaide zich om naar Uwe Marquardt.

'Meneer Marquardt. Zegt de naam Emma Carow u iets?'

De glimlach verdween van Uwes gezicht.

'Zij beweert uw verkrachtingsslachtoffer te zijn.'

Uwe deed zijn mond open, sloot hem weer. Vond geen woorden, schraapte zijn keel.

'Doorverbinden,' zei de presentatrice. 'Dames en heren, ik heb hier iemand aan de telefoon die zegt het verkrachtingsslachtoffer van de heer Marquardt te zijn. Ze wil hier en nu graag iets zeggen.'

Er klonk een klik en Emma hoorde haar stem, dezelfde stem als op de televisie, nu heel dicht bij haar oor: 'Mevrouw Carow? Mevrouw Carow, wilt u iets zeggen?'

Ja, Emma wilde iets zeggen.

Woord van dank

Onze bijzondere dank gaat uit naar dr. Christoph Scheding, die ons op medisch terrein heeft geholpen, en naar de vertaler en journalist Dominik Fehrmann, voor zijn redactionele hulp, naar Susanne Scheding en Britta Blume-Werry voor hun goede adviezen en morele ondersteuning. Verder dank aan al onze vrienden voor hun eindeloze geduld, aan Daniel Mursa en het agentschap van Petra Eggers en onze redactrices Anke Göbel en Susann Rehlein, voor hun stevige, vriendelijke maar onbevreesde ingrepen – dit is ook jullie boek!